新版

古事記

現代語訳付き

中村啓信＝訳注

角川文庫 15906

凡例

一、小社は、昭和三十一年に武田祐吉訳注『古事記』、後、中村啓信が補訂し解説を加えた『新訂古事記』を刊行してきたが、本書はそれらを新たに全面改訂したものである。

一、本書の本文は、真福寺所有の賢瑜筆本（複製本による）を底本とし、卜部兼永自筆本及び小野田光雄校訂の神道大系本などを対校して校訂本文とした。その際、底本の形態や異体字に関しては、ある程度可能な範囲で、その形を活かすように心掛けた。

一、底本の原態及び校訂の過程については、特別の場合を除き、特に注記をしなかった。

一、訓読文は、右の校訂本文を読み下したものであり、基本的に常用漢字を使用したが、異体字・別体字・略字などで、慣用的に用いられているものについては、活かせるものは活かして用いることとした。また、送り仮名は一般的基準に従った。

一、本来『古事記』は、三巻に分けてあるが、内容については章段の標示はない。武田訳注『古事記』や『新訂古事記』がしてきたように、訓読文には、新たに章段を設け、それぞれ標題を付けた。

一、歌謡（全百十一首）には、一連の歌謡番号を付し、検索の便をはかった。

一、現代語訳は、訓読文の記述に従い、こなれた訳文を試みた。表記は常用字体とした。

一、巻末に解説・索引（全歌謡各句索引・主要語句索引）を付し、読解の便をはかった。

目次

凡例

	訓読文	現代語訳	本文（行）
古事記 上つ巻	一七	二四九	四六三
序文	一七	二四九	四六三 2
過去の回顧	一七	二四九	四六三 2
古事記の企画	一九	二五一	四六三 9
古事記の成立	二〇	二五三	四六四 3
天地の創成	二一	二五五	四六四 13
特別な天つ神と神世七代	二一	二五五	四六四 13
伊耶那岐神と伊耶那美神	二四	二五七	四六五 4
おのごろ島	二四	二五七	四六五 4

八千矛神の歌物語	五六	二八四	四七六	14
系譜	六二	二九〇	四七八	8
少名毗古那神との国作り	六三	二九一	四七九	1
大年神の系譜	六四	二九二	四七九	10
天照大御神と大国主神	六六	二九三	四八〇	4
天菩比神と天若日子	六六	二九三	四八〇	4
建御雷神と国譲り	七〇	二九七	四八一	15
天忍穂耳命と迩々芸命	七四	三〇一	四八三	6
天降り	七四	三〇一	四八三	6
猿女君	七七	三〇三	四八四	9
木花之佐久夜毗売	七八	三〇四	四八四	16
日子穂々出見命（火遠理命）	八〇	三〇六	四八五	11
海佐知と山佐知	八一	三〇六	四八五	11
鵜葺草葺不合命の誕生	八六	三一一	四八七	7
鵜葺草葺不合命の系譜	八八	三一三	四八七	17

古事記　中つ巻

神武天皇 八九 三一四 四八九 2
東征 八九 三一四 四八九 2
五瀬命 九〇 三一五 四八九 8
熊野より大和へ 九一 三一六 四八九 14
久米歌 九四 三一八 四九〇 11
伊須気余理比売の立后 九九 三二三 四九二 1
当芸志美々命の変 一〇三 三二六 四九二 16
綏靖天皇 一〇四 三二八 四九三 10
安寧天皇 一〇四 三二九 四九三 11
懿徳天皇 一〇五 三二九 四九三 17
孝昭天皇 一〇六 三三〇 四九四 2
孝安天皇 一〇七 三三〇 四九四 5
孝霊天皇 一〇七 三三一 四九四 8
孝元天皇 一〇九 三三二 四九四 17
開化天皇 一一〇 三三三 四九五 10

白鳥の陵	一四四	三六四	五〇六	14
倭建命の系譜	一四六	三六六	五〇七	4
成務天皇 ——	一四八	三六七	五〇七	15
仲哀天皇 ——	一四八	三六八	五〇七	18
后妃と皇子女	一四九	三六八	五〇七	18
天皇崩御と神託	一四九	三六八	五〇八	4
神功皇后の新羅親征	一五三	三七〇	五〇八	16
応神天皇の聖誕	一五三	三七一	五〇九	2
香坂王と忍熊王の反逆	一五三	三七二	五〇九	6
気比大神	一五五	三七三	五〇九	15
酒楽の歌	一五六	三七四	五一〇	2
応神天皇 ——	一五八	三七六	五一〇	8
后妃と皇子女	一五八	三七六	五一〇	8
三皇子の分掌	一五九	三七七	五一一	2
葛野の歌	一六〇	三七八	五一一	6
矢河枝比売	一六一	三七九	五一一	7
髪長比売	一六三	三八一	五一一	18

枯野という船	一九二	四〇九	五三三	1
履中天皇	一九三	四一〇	五三三	6
后妃と皇子女	一九三	四一〇	五三三	6
墨江中王の反逆	一九三	四一一	五三三	7
水歯別命と隼人の曽婆訶里	一九五	四一三	五三三	15
反正天皇	一九八	四一五	五三三	11
允恭天皇	一九八	四一六	五三三	15
后妃と皇子女	一九九	四一六	五三三	15
氏姓の選正	一九九	四一六	五三三	18
木梨之軽太子と衣通王	二〇〇	四一七	五三四	6
安康天皇	二〇六	四二四	五三五	15
大日下王の事件	二〇六	四二四	五三五	15
目弱王の変	二〇七	四二五	五三六	2
市辺之忍歯王	二一〇	四二八	五三六	17
雄略天皇	二一二	四二九	五三七	8
后妃と皇子女	二一二	四二九	五三七	8
若日下部王	二一三	四三〇	五三七	11

引田部赤猪子	二一五	四三二	五二八	2
吉野川の浜	二一七	四三四	五二八	14
阿岐豆野の御狩り	二一八	四三五	五二八	17
葛城山の大猪	二一九	四三六	五二九	4
葛城山と一言主大神	二二〇	四三七	五二九	7
春日の袁杼比売 1	二二一	四三八	五二九	14
三重の采女	二二二	四三九	五二九	17
春日の袁杼比売 2	二二六	四四三	五三〇	14
清寧天皇 ――	二二七	四四四	五三一	2
飯豊王	二二七	四四四	五三一	2
逃亡王子の名乗り	二二八	四四五	五三一	4
歌垣と帝位の互譲	二二九	四四六	五三一	11
顕宗天皇 ――	二三三	四四九	五三二	4
置目老媼	二三三	四四九	五三二	6
猪飼の老人	二三四	四五一	五三二	13
雄略天皇陵破壊	二三四	四五一	五三二	15
仁賢天皇 ――	二三六	四五三	五三三	6

武烈天皇	二三七	四五三	五三三	9
継体天皇	二三七	四五四	五三三	13
安閑天皇	二三九	四五五	五三四	6
宣化天皇	二四〇	四五五	五三四	8
欽明天皇	二四〇	四五六	五三四	10
敏達天皇	二四二	四五七	五三五	1
用明天皇	二四三	四五八	五三五	12
崇峻天皇	二四四	四五八	五三五	16
推古天皇	二四四	四五九	五三五	17

解説　五三七

索引　五五九

全歌謡各句索引　五六一

主要語句索引　五七三

新版
古事記

古事記　上《かみ》つ巻《まき》　序を并《あは》せつ[1]

〔序　文〕

〔過去の回顧〕

臣安萬侶《やつかれやすまろ》[2]言《まを》す。夫《そ》れ混元《まろかれたるもの》既《すで》に凝《こ》りて、気象《いきかたち》効《あらは》れず、名《な》も無《な》く為《わざ》も無く、誰《たれ》か其《そ》の形《かたち》を知らむ。[3]然《しか》れども乾坤《あめつち》初めて分かれて参神《みはしらのかみ》造化《あめ》の首《はじめ》と作《な》り、[4]陰陽《めを》斯《ここ》に開《ひら》けて、二霊《ふたはしらのかみ》羣品《よろづ》の祖《おや》と為《な》れり。[5]所以《このゆゑ》に幽《よもつくに》と顕《うつしくに》[6]に出《い》で入《い》り日《ひ》と月《つき》と目を洗《あら》ふに彰《あらは》れ、海水《うしほ》に浮《う》き沈《しづ》みて神《あまつかみ》と祇《くにつかみ》身を滌《すす》くに呈《あらは》る。故《かれ》、太素《はじめのかたち》は杳冥《ほのか》なれども本《もと》つ教《をし》へに因《よ》りて土《くに》を孕《はら》み嶋《しま》を産《う》みし時を識《し》り、元始《あめつちのはじめ》は綿邈《とほ》けれども先の聖《ひじり》に頼《よ》りて神《かみ》を生み人を立てし世《よ》を察《し》れり。寔《まこと》に知る、鏡《かがみ》を

1　上巻に序文を合わせるとあるが、内容は『古事記』の成立について天皇に奏上する上表文。その上表文を序文として転用したもの。

2　臣安萬侶の表記が上表文の表記法。安萬侶の氏姓は太朝臣。養老七年（七三）没。

3　天地の開ける前の世界が整って、気と形はまだ見えていない。まだ名もなく姿も分からない。

4　気と象が現れると天と地が分かれ、天に天御中主神・高御産巣日神・神産巣日神の三神が初めて造化者となる。

5　陰陽が開け、地に伊耶那岐・伊耶那美の男女二神が万物の生みの親となった。

6　幽は黄泉の国、顕は葦原中国。ここからの四句の四・六の対は伊耶那岐・伊耶那美二神に関わる事績。「太素」以下「世を察れり」までも二

懸《か》け珠《たま》を吐《は》きて百《もも》の王《きみ》相続《あひつ》ぎ、剱《つるぎ》を喫《か》み蛇《をろち》を切りて万《よろづ》の神蕃息《うまは》りしことを。[7] 安河《やすのかは》に議《はか》りて天の下を平《ことむ》け、小濱《をばま》に論《あげつら》ひて国土《くに》を清《しづ》めたまひき。[8] 是《ここ》を以《も》ち番仁岐命《ほのににぎのみこと》、初めて髙千嶺《たかちほのみね》に降《くだ》り、神倭天皇《かむやまとのすめらみこと》、秋津嶋《づしま》に経歴《めぐ》りたまふ。[9] 熊《くま》と化《な》れるもの川《かは》より出《い》で、天《あめ》の剱《つるぎ》を髙倉《たかくら》に獲《え》、尾生《をお》ふるひと径《みち》を遮《さ》きり、大き烏《からす》吉野《えしの》に導《みちび》く。[10] 儛《まひ》を列《つら》ねて賊《あた》を攘《はら》ひ、歌《うた》を聞きて仇《あた》を伏《ふ》す。[11] 夢《いめ》に覚《さと》りて神祇《あまつかみくにつかみ》を敬《ゐやま》ひたまふ。所以《このゆゑ》に賢后《さかしききみ》と称《まを》す。[12] 烟《けぶり》を望《のぞ》みて黎元《おほみたから》を撫《な》でたまふ。今に聖帝《ひじりのみかど》と伝《つた》ふ。[13] 境《さかひ》を定《さだ》め邦《くに》を開《ひら》き、近淡海《ちかつあふみ》に制《をさ》めたまふ。[14] 姓《かばね》を正《ただ》し氏《うぢ》を撰《えら》み遠飛鳥《とほつあすか》に勒《しら》したまふ。[15] 歩《あゆ》むと驟《うぐつ》くとおのもおのも異《こと》に、文《かざ》れると質《すなほ》なると同じくあらずといへども、[16] 古《いにしへ》を稽《かむが》へて風《のり》の猷《みち》を既に頽《すた》れたるに縄《ただ》したまひ、今を照らして典《のり》の教《をし》へを絶《た》えなむとするに補《おぎな》ひたまはずといふこと莫《な》し。[17]

神の事績。先聖は天武天皇。

7　「鏡を懸け」以下、天照大御神と須佐之男命との事績。

8　高天原での神々の譲りごとと、建御雷神の大国主神との国譲りの成功をいう。

9　番仁岐命＝神統が初めて地上にもたらされ、神武天皇（皇統）に継承された。

10　東征の神武天皇が熊野から吉野に導かれる事跡。

11　大和に入った神武天皇が忍坂で土雲を討つ様子。儛は久米舞かという。

12　崇神天皇。夢の神託による祭り、神祇の祭祀を賢帝として讃えている。

13　仁徳天皇の仁政。

14　成務天皇の事績。

15　允恭天皇の事績。

16　天皇たちの治世には緩急と華朴が循環する。

17　古の聖帝の教化と道徳の衰微を正し、時代時代に先聖の教えが絶えないように補った。

〔古事記の企画〕

飛鳥清原大宮《あすかのきよみはらのおほみや》に大八州《おほやしまくに》御《しら》しめしし天皇《すめらみこと》[1]の御《み》世《よ》に暨《いた》る。潜《くく》れる龍《たつ》元《いきほひ》に体《かな》ひ、洊《しき》る雷《いかづち》期《とき》に応《こた》ふ。[2]夢《いめ》の歌《うた》を聞きて業《ひつぎ》を纂《つ》がむことを相《おも》ほし、夜の水《かは》に投《いた》りて基《ひつぎ》を承《う》けむことを知りたまふ。然《しか》れども、天《あめ》の時《とき》臻《いた》らず、南の山に蟬《せみ》のごとく蛻《もぬ》け、人の事共《ことそ》給《な》はり、東《あづま》の国《くに》に虎《とら》のごとく歩《あゆ》みたまひき。皇輿《すめらみこと》たちまちに駕《いでま》し、山川《やまかは》を淩《こ》え度《わた》り、六師《みいくさ》雷《いかづち》のごとく震《ふる》ひ、三軍《みたむらのいくさ》電《いなづま》のごとく逝《ゆ》き。矛《ほこ》を杖《つゑつ》き威《いきほひ》を挙《あ》げ、猛《たけ》き士烟《いくさけぶり》のごとく起こり、絳《あか》き旗兵《はたつはもの》を耀《かかや》かし、凶《あし》き徒瓦《ともがらかはら》のごとく解《と》けぬ。いまだ浹辰《いくばく》も移《めぐ》らずして、気殄自《わざはひおの》づから清《しづ》まりぬ。牛を放《はな》ち馬を息《いこ》へ、愷《たの》しみ悌《やすら》ぎ華夏《なかつくに》に帰り、旌《はた》を巻《ま》き戈《ほこ》を戢《をさ》め、儛《ま》ひ詠《うた》ひ都邑《みやこ》に停《とど》まりたまふ。歳《ほし》は大梁《とり》に次《やど》り、月は侠鐘《ききさらぎ》に踵《あ》たり、[3]清原大宮《きよみはらのおほみや》に、昇《のぼ》りて天位《あまつひつぎ》即《しら》しめしき。道は軒后《けにこう》に軼《す》ぎ、徳は周《しう》王《わう》に跨《こ》えたまへり。[4]乾符《あまつしるし》を握《と》りて六合《くに》を捴《す》べ、天統《あまつひつぎ》を得て[5]八荒《やすみ》を包《か》ねたまふ。二つの気《け》の正しきに乗り、五つの行《めぐり》の序《つぎて》を斉《ととの》へ、神《あや》しき理《ことわり》を設《まう》けて俗《よひと》に奨《すす》め、英《すぐ》れたる風《のり》を敷《し》きて国に弘《ひろ》めたまふ。[6]

1　天武天皇の御世に至る。
2　ひそんだ龍は天子たるべき徳をもち、頻りに鳴る雷は天子たるべき時と応える。天武天皇の正統性を、以下の壬申の乱の経過に述べる。
3　酉の年の二月に当たり。天武天皇二年二月即位。
4　黄帝・文王より勝れる。
5　神器を持ち皇孫として国の隅々まで統括なさった。
6　中国の聖帝の理想像を天皇施政の具体例に重ねて讃美。

重加《しかのみにあらず》、智《さとり》の海は浩汗《ひろ》く、潭《ふか》く上古《いにしへ》を探《さぐ》り、心の鏡《かがみ》は煒煌《かかや》き、明らかに先《さき》の代《よ》を観《み》たまふ。是《ここ》に天皇《すめらみこと》詔りたまはく、「朕《あれ》聞く、『諸《もろもろ》の家《いへ》の賷《も》てる帝紀《すめらみことのふみ》と本辞《もとつことば》[7]と、既《すで》に正実《まこと》に違《たが》ひ、多《さは》に虚偽《いつはり》を加ふ』といへり。今の時に当たり、其《そ》の失《あやまり》を改めずは、幾年《いくとせ》を経《へ》ずして、其の旨《むね》滅《ほろ》びなむとす。[8]斯《こ》れ、邦家《くにいへ》の経緯《たてぬき》、王化《みおもぶけ》の鴻基《おほきもとゐ》なり。[9]故《かれ》惟《こ》れ帝紀《すめらみことのふみ》を撰《えら》ひ録《しる》し、旧辞《ふるきことば》を討《もと》め覈《あなぐ》り、偽《いつは》りを削り実《まこと》を定《さだ》め、後葉《のちのよ》に流《つた》へむと欲《おも》ふ」とのりたまふ。時に舎人《とねり》有り。姓《うぢ》は稗田《ひえだ》、名は阿礼《あれ》[10]。年は是《こ》れ廿八《はたちあまりやつ》。人と為《な》り聡明《さと》くして、目に度《わた》れば口に誦《よ》み、耳に払《ふ》るれば心に勒《しる》す。阿礼に勅語《みことのり》して、帝皇《すめらみこと》の日継《ひつぎ》[11]と先代《さきつよ》の旧辞《ふるきことば》とを誦《よ》み習《なら》はしめたまふ。然れども、運《とき》移り世《よ》異《こと》なり、其の事を行ひたまはず。

〔古事記の成立〕

7 帝紀は歴代天皇の系譜を中心に諸氏族との関わりを記した帝王の歴史書。本辞は帝紀の背景を構成する伝え言。

8 正実に違い虚偽を加えた帝紀と本辞を正すことが急務。

9 国家行政組織、天皇徳化が政治の根本であるとする。

10 天宇受売命の子孫という。

11 歴代天皇の皇位継承の次第。既出の「帝紀」、後出の「先紀」とほぼ同義の別表記とみられる。天武紀にも「帝紀」とあり、欽明紀には「帝王本紀」とある。

伏《ふ》して惟《おも》ふに、[1]皇帝陛下《すめらみこと》[2]、一つを得て光宅《みちを》り、三《み》つを通《かよ》ひて亭育《やしな》ひたまふ。紫宸《おほうち》に御《いま》して徳《いきほひ》は馬の蹄《つめ》の極《きは》まる所に被《かがふ》り、玄扈《みあらか》に坐《いま》して化《おもぶけ》は船頭《ふなのへ》の逮《いた》る所を照らしたまふ。[3]日浮《う》かびて暉《ひかり》を重《かさ》ね、雲散《くもち》りて烟《けぶり》に非《あら》ず。[4]柯《えだ》を連ね穂《ほ》を并《あは》す瑞《しるし》、史《ふみひと》書《しる》すことを絶たず、烽《とぶひ》を列ね、訳《をさ》を重ぬる貢《みつき》、府《みくら》に空《むな》しき月無し。[5]名は文命《ぶんめい》よりも高く、徳《いきほひ》は天乙《てんいつ》よりも冠《まさ》れりと謂《い》ひつべし。[6]焉《ここ》に、旧辞《ふるきことば》の誤《あやま》り忤《たが》へるを惜《を》しみ、先紀《さきつふみ》の謬《あやま》り錯《まじ》ふるを正さむと、和銅《わどう》四年《のよとせ》[7]九月《ながつき》十八日《のとをあまりやか》を以《も》ち、臣《やつかれ》安萬侶《やすまろ》に詔《の》りたまはく、「稗田阿礼《ひえだのあれ》が誦《よ》める勅語《みことのり》の旧辞《ふるきことば》を撰《えら》ひ録《しる》して、献上《たてまつ》れ」とのりたまへば、謹《つつし》みて詔《みことのり》の旨《むね》のまにまに、子《こま》細《やか》に採《と》り摭《ひ》ひつ。然れども、上古《いにしへ》の時、言《こと》と意《こころ》と並《みな》朴《すなほ》にして、文《ふみ》を敷《し》き句《ことば》を構《かま》ふること、字《じ》には難《かた》し。[8]已《すで》に訓《よみ》に因《よ》り述《の》ぶれば、詞《ことば》は心に逮《およ》ばず。[9]全《また》く音《こゑ》を以《も》ち連《つら》ぬれば、事《こと》の趣《おもぶき》更《さら》に長し。[10]是《ここ》を以《も》ち、今、或《あ》るは一つの句《ことば》の中《うち》に、音《こゑ》と訓《よみ》とを交《まじ》へ用《もち》ゐ、[11]或るは一つの事の内《うち》に、全《また》く訓《よみ》を以ち録《しる》しつ。辞《ことば》の理《すぢ》の見え叵《がた》きは、注《いれしる》[12]すを以ち明かし、意《こころ》と況《おもぶき》の解《し》り易《やす》きは更に注《いれしる》さず。また姓《うぢ》に日下《にちげ》を玖沙訶《くさか》と謂《い》ひ、名に帯《たい》の字を多羅斯《たらし》と謂ふ。此《か》くの如《ごと》き類《たぐひ》は、本《もと》のまにまに

1　上表文の慣用語。
2　元明天皇。陛下は上表に用いる語。
3　天子の位を得て天下に臨み民に所を得させ、徳化は馬・船の行く限りに及んでいる。
4　重暉・非烟（慶雲）は祥瑞。
5　連理の枝・嘉禾ともに祥瑞で歴史書に記す。外国の使者が幾つもの烽火と通訳を重ねて来て貢ぎ物が蔵に無い時はない。
6　夏の禹王と殷の湯王。
7　西暦七一一年。
8　日本語の漢字表記は困難。
9　全てが訓字表記では意味が通じきらない。
10　全音表記は文が長すぎる。
11　音訓を交用する。
12　注には声注・訓注・音注・計数注などがある。

改めず。大抵《おほよそ》記《しる》す所は、天地《あめつち》の開《ひら》くるより始めて、小治田《をはりだ》の御世《みよ》13に訖《を》ふ。故天御中主神《かれあめのみなかぬしのかみ》より以下《しも》、日子波限建鵜草葺不合尊《ひこなぎさたけうがやふきあへずのみこと》より以前《さき》を上《かみ》つ巻《まき》と為《し》、神倭伊波礼毗古天皇《かむやまといはれびこのすめらみこと》15より以下《しも》、品陀《ほむだ》の御世より以14前を中《なか》つ巻と為《し》、大雀皇帝《おほさざきのすめらみこと》より以下《しも》、小治田大宮《をはりだのおほみや》より以前を下《しも》つ巻と為《す》。并《あは》せて三《み》つの巻に録《しる》し、謹《つつし》みて献上《たてまつ》る。臣安萬侶《やつかれやすまろ》、誠惶誠恐《まことにかしこ》み、頓首頓首《のみまを》す。

和銅五年正月廿八日《わどういつとせのむつきのはたちあまりやか》

正五位上《おほきいつのかみのくらゐ》勲五等《いさをのいつしな》16太朝臣安萬侶《おほのあそみやすまろ》

13 推古天皇の時代。
14 神武天皇から応神天皇まで。
15 仁徳天皇。
16 墓誌銘には「従四位下勲五等」とあり、『続日本紀』には民部卿であったと記し、七月七日卒とするが、墓誌銘では六日とある。墓は奈良市此瀬町にある。

〔天地の創成〕

〔特別な天つ神と神世《かみよ》七代《ななよ》〕

1 混沌の世界が天と地に初めて分かれる時点から『古事記』神話はスタートする。
2 単なる天でなく、神々のいる天上世界。
3 天の中央神。
4 中国の道教神話の司命＝

天地《あめつち》初めて発《ひら》くる時に[1]、高天原《たかあまのはら》[2]に成《な》りませる神の名《みな》は、天之《あめの》御《み》中《なか》主《ぬし》神《のかみ》[3]。次に高御《たかみ》産《む》巣《す》日神《ひのかみ》[4]。次に神産《かむむ》巣《す》日神《ひのかみ》。此《こ》の三柱《みはしら》の神は、みな独神《ひとりがみ》[5]と成り坐《ま》して、身《み》を隠《かく》したまふ。

次に国稚《わか》く、浮《う》ける脂《あぶら》の如《ごと》くしてくらげなすただよへる時に[6]、葦《あし》牙《かび》[7]の如く萌《も》え騰《あが》る物に因《よ》りて成りませる神の名は、宇《う》摩《ま》志《し》阿《あ》斯《し》訶《か》備《び》比《ひ》古《こ》遅神《ぢのかみ》[8]。次に天之《あめの》常立《とこたち》神《のかみ》[9]。此《こ》の二柱《ふたはしら》の神も、みな独神《ひとりがみ》と成り坐《ま》して、身を隠したまふ。

上《かみ》の件《くだり》、五柱《いつはしら》の神は別天《ことあま》つ神《かみ》[10]。

次に成りませる神の名は、国之《くにの》常立《とこたち》神《のかみ》[11]。次に豊雲野神《とよくもののかみ》[12]。此《こ》の二柱の神も、独神と成り坐《ま》して、身を隠したまふ。

次に[13]成りませる神の名は、宇《う》比《ひ》地《ぢ》迩神《にのかみ》。次に妹須《いもす》比《ひ》智《ち》迩神《にのかみ》。次に角杙《つのぐひ》神《のかみ》。次に妹活杙《いもいくぐひ》神《のかみ》。二柱。次に意《お》冨《ほ》斗《と》能《の》地神《ぢのかみ》。次に妹大《いもおほ》斗《と》乃《の》弁《べ》神《のかみ》。次に於《お》母《も》陀《だ》流神《るのかみ》。次に妹阿《いもあ》夜《や》訶《か》志《し》古《こ》泥神《ねのかみ》。次に伊《い》耶《ざ》那《な》岐神《きのかみ》。次に妹《いも》伊《い》耶《ざ》那《な》美神《みのかみ》。

上の件《くだり》、国之常立神より以下《しも》、伊耶那美神より以前《さき》を、并《あは》せて神世《かみよ》七代《ななよ》と称《い》ふ。上《かみ》の二柱の独神はおのもおのも一代《ひとよ》と云《い》ふ。次に双《なら》べ

上帝・天帝に発想をもつ最高神。神産巣日の神を加えて造化三神ともいう。

5 まだ一対の男女に揃ふに至らない単独の神。

6 水母（くらげ）のように漂う。

7 牙は芽に通じ、かびはイネ科植物の穂さき。芽のこと。

8 「うまし」は美称。「ひこ」は男性を表す。「ぢ」はその接尾語。

9 天の定立を神格化した神。

10 特別な天神。

11 国土の定立の神格化。

12 豊は美称。雲は虚空の象徴、野は台状の大地形成の象徴を神格化。

13 以下陰陽・男女、両性を備えた一対神。「ひぢ」は土・泥の意で土地神。「くひ」は土地造成用の杭の神。「と」は戸・門で家屋の象徴神。「おもだる」は男神が女神の

る十《とはしら》の神はおのもおのも二《ふたはしら》の神を合はせて一代と云ふ。

〔伊耶那岐神と伊耶那美神〕

〔おのごろ島《しま》〕

是《ここ》に天《あま》つ神諸《かみもろもろ》の命《みこと》以ち、[1]伊耶那岐命《いざなきのみこと》伊耶那美命《いざなみのみこと》の二柱《ふたはしら》の神に詔《の》りたまはく、「是《こ》のただよへる国を修理《をさ》め固め成せ」とのりたまひ、天《あめ》の沼矛《ぬほこ》を賜《たま》ひて、言依《ことよ》さし賜ふ。[2]故《かれ》二柱の神、天《あめ》の浮橋《うきはし》[3]に立たして、其《そ》の沼矛を指《さ》し下《お》ろして画《か》かせば、塩《しほ》こをろこをろに画き鳴《な》して、[4]引き上ぐる時に、其《そ》の矛《ほこ》の末《さき》より垂《したた》り落つる塩の累積《かさな》り嶋《しま》と成る。是《こ》れおのごろ嶋《しま》[5]なり。其の嶋に天降《あまくだ》り坐《ま》して、天《あめ》の御柱《みはしら》を見立《みた》て[6]八尋殿《やひろどの》[7]を見立てたまふ。

容貌を讃美する語。「あやかしこ」は女神が「もったいないことを」と答える。この誘い合う意の男女が「いざなき」の神と「いざなみ」の神。

1 天御中主・高御産巣日・神産巣日の三神。
2 玉の付いた矛を与えて委任する。
3 天空に浮き架けられた橋。
4 海水をコロコロとかき鳴らして。
5 自ずから凝り固まった島。大阪湾内にある島という想定。
6 天上世界と同質の聖なる柱をぱっと出現させる。
7 八は数の多いこと。尋は長さの単位。立派な神殿の意。

〔二神の結婚〕

是《ここ》に其《そ》の妹《いも》伊耶那美命《いざなみのみこと》を問ひて曰《の》りたまはく、「汝《な》が身はいかにか成れる」とのたまふ。答へて白《まを》さく、「吾《あ》が身は成り成りて、成り合はぬ処《ところ》一処《ひとところ》在《あ》り」とまをす。尓《しか》して伊耶那岐命《いざなきのみこと》詔《の》りたまはく、「我《あ》が身は成り成りて、成り余れる処一処《ひとところ》在り。故此《かれこ》の吾《あ》が身の成り余れる処を以《も》ち、汝《な》が身の成り合はぬ処に刺《さ》し塞《ふた》ぎて、国土《くに》を生み成さむと以為《おも》ふ。生むこといかに」とのりたまふ。伊耶那美命答へて曰《まを》さく、「然善《しかえ》けむ」とまをす。尓《しか》して伊耶那岐命詔りたまはく、「然《しか》あらば吾《あ》と汝《な》と、是《こ》の天《あめ》の御柱《みはしら》を行《ゆ》き廻《めぐ》り逢《あ》ひて、みとのまぐはひ[1]為《せ》む」とのりたまひき。かく期《ちぎ》りて、詔りたまはく、「汝《な》は右より廻り逢へ、我《あれ》は左より廻り逢はむ[2]」とのりたまふ。約《ちぎ》り竟《を》へて廻る時に、伊耶那美命まづ、「あなにやし、えをとこを[3]」と言ひ、後《のち》に伊耶那岐命、「あなにやし、えをとめを」と言《の》りたまふ。

1　「みと」は夫婦の寝所。「まぐはひ」は男女の交わり。
2　男は左廻り女は右廻りし、男が唱え女が和する。古代中国神話の影響が見られる。
3　「あなにやし」は感動表現。「えをとこ」は愛すべき男。「え」は本文「愛」の字を当てている。「を」は感動詞。

おのもおのも言ひ竟《を》へし後《のち》に、其の妹《いも》に告《つ》げて曰《の》りたまはく、「女人《をみな》まづ言へるは不良《さがな》し」[4]とのりたまふ。然あれども、くみどに興《おこ》して[5]生める子水蛭子《ひるこ》[6]。此の子は葦船《あしぶね》に入れて流し去《や》りつ。次に淡《あは》嶋《しま》[7]を生みたまふ。是《これ》も子の例《かず》に入れず。

是に二柱の神議《はか》りて云《の》りたまはく、「今、吾が生める子不良《さがな》し。なほ天《あま》つ神《かみ》の御所《みもと》に白《まを》すべし」とのりたまふ。共に参上《まゐのぼ》り、天つ神の命《みこと》を請《こ》ひたまふ。尓して天つ神の命以《みこともち》、ふとまにに[8]卜相《うらな》ひて詔《の》りたまはく、「女《をみな》のまづ言へるに因《よ》りて不良し、また還《かへ》り降《くだ》り改め言へ」とのりたまふ。

〔国生み〕

故尓《かれしか》して、返り降《くだ》り、更に其《そ》の天《あめ》の御柱《みはしら》を往《ゆ》き廻《めぐ》りたまふこと、先《さき》の如《ごと》し。是《ここ》に伊耶那岐命《いざなきのみこと》、まづ言《の》りたまはく、「あなにやし、えをとめを」とのりたまひ、後に妹伊耶那美命《いもいざなみのみことの》言りたまはく、「あな

4　男唱女和の常理に反したと言っている。この不祥事の結果として水蛭子と淡嶋を生む。

5　結婚をする。「くみど」は聖なる婚姻の場所の意か。

6　完備しないものの比喩。手足のなえた子。国土に相応しない子。

7　「あは」は心に不満の意。これも国土というに値しない子。

8　神代紀は「太占」をフトマニと訓む。卜占を讃美した語。日本古代の占いは、鹿の肩胛骨を樺桜の皮で灼（や）いて入るひびにより判断する。

1　兵庫県の淡路島。淡路市・洲本市・南あわじ市がある。

2　四国の総称。以下国ごとに神格化している。

3　隠岐は島前・島後を主と

にやし、えをとこを」とのりたまふ。かく言ひ竟《を》へて、御合《みあ》ひたまひ、生める子《こ》は淡道《あはぢ》の穂《ほ》の狭別嶋《さわけのしま》[1]。次に伊予《いよ》の二名嶋《ふたなのしま》[2]を生む。此の嶋は身一つにして面《おもて》四つ有《あ》り。面毎《ごと》に名有り。故伊予国《いよのくに》を愛比売《えひめ》と謂《い》ひ、讃岐国《さぬきのくに》を飯依比古《いひよりひこ》と謂ひ、粟国《あはのくに》を、大宜都比売《おほげつひめ》と謂ひ、土左《とさ》国《くに》を建依別《たけよりわけ》と謂ふ。次に隠伎《おき》の三子《みつご》の嶋[3]を生みたまふ。またの名は天《あめ》の忍許呂別《おしころわけ》。次に筑紫嶋《つくしのしま》[4]を生みたまふ。此の嶋も身一つにして面《おもて》四つ有り。面毎《ごと》に名有《あ》り。故筑紫国《つくしのくに》[5]を白日《しらひ》別《わけ》と謂ひ、豊国《とよのくに》[6]を豊《とよ》日《ひ》別《わけ》と謂ひ、肥国《ひのくに》[7]を建日向日豊久士比泥別《たけひむかひとよくじひねわけ》と謂ひ、熊曽国《くまそのくに》[8]を建日《たけひ》別《わけ》と謂ふ。次に伊岐嶋《いきのしま》を生みたまふ。またの名は天比登都柱《あめひとつはしら》と謂ふ。次に津嶋《つしま》[9]を生みたまふ。またの名は天狭手依比売《あめのさでよりひめ》と謂ふ。次に佐《さ》度嶋《どのしま》を生みたまふ。次に大倭豊秋津嶋《おほやまととよあきづしま》[10]を生みたまふ。またの名は天御虚空豊秋津根別《あめのみそらとよあきづねわけ》と謂ふ。故此の八嶋をまづ生みたまへるに因りて、大八嶋国《おほやしまくに》と謂ふ。

然《しか》ありて後還《のちかへ》り坐《ま》す時に、吉備《きび》の児嶋《こしま》[11]を生みたまふ。またの名は建日方別《たけひかたわけ》と謂ふ。次に小豆嶋《あづきしま》を生みたまふ。またの名は大野手比売《おほのてひめ》と謂ふ。次に大嶋《おほしま》[12]を生みたまふ。またの名は大多麻流別《おほたまるわけ》と謂ふ。次

する四島からなっているが、航路上三島だけが見られるとする説を採る。

4　九州の総称。

5　北九州。後の筑前・筑後。福岡県を中心とした地域。

6　後の豊前・豊後。大分県相当。

7　後の肥前・肥後。佐賀県・長崎県・熊本県相当。日向（宮崎県）はまだ国として登場していない。

8　「くま」（肥後南部）と「そ」（薩摩）を合わせた名。

9　対馬島。

10　本州に相当するが、内容的には畿内を指す。

11　岡山県の児島半島。

12　山口県周防大島町に当たる屋代島とみられる。

に女嶋《をみなしま》[13]を生みたまふ。またの名は天一根《あめひとつね》と謂ふ。次に知訶嶋《ちかのしま》[14]を生みたまふ。またの名は天之忍男《あめのおしを》と謂ふ。次に両児《ふたご》の嶋[15]を生みたまふ。またの名は天両屋《あめのふたや》と謂ふ。吉備の児嶋より天両屋嶋《あめのふたやのしま》に至るまで并《あは》せて六《む》嶋《しま》。

〔神生みと伊耶那美神《いざなみのかみ》の神避《かむさ》り〕

既《すで》に国を生み竟《を》へ、更《さら》に神を生みたまふ。故《かれ》、生みたまへる神の名《みな》は、大事忍男神《おほことおしをのかみ》。次に石土毗古神《いはつちびこのかみ》を生みたまふ。次に石巣比売神《いはすひめのかみ》を生みたまひ、次に大戸日別神《おほとひわけのかみ》を生みたまひ、次に天之吹男神《あめのふきをのかみ》を生みたまひ、次に大屋毗古神《おほやびこのかみ》を生みたまふ。[1] 次に風木津別之忍男神《かざもつわけのおしをのかみ》[2]を生みたまひ、次に海《うみ》の神、名は大綿津見神《おほわたつみのかみ》を生みたまひ、次に水戸《みなと》の神《かみ》[3]、名は速秋津日子神《はやあきつひこのかみ》、次に妹速秋津比売神《いもはやあきつひめのかみ》[4]を生みたまふ。大事忍男神より秋津比売神に至るまで并《あは》せて十の神。

此の速秋津日子《はやあきつひこ》・速秋津比売《はやあきつひめ》の二《ふたはしら》の神、河《かは》・海《うみ》に因《よ》り持ち別け

13 大分県国東市沖の姫島か。
14 長崎県の五島列島。中に小値賀島もある。
15 五島列島の南、男女群島（五島市）男島・女島かという。
1 以上家屋の成立までを神格として系列的に語るものと解せられる。
2 風を持って行使する神。風師、風神。
3 海河の接点、港・湊の神格表現。水戸は水の出入り口。
4 湾口・河口などの水勢の強く速い意。男神と女神に分ける。
5 海と河それぞれ分担して生む神。水の諸性質、用途などの神格化。波静かと泡立つ様子、水面の平静と波立ち、

て生める神の名は[5]、沫那芸神《あわなぎのかみ》。次に沫那美神《あわなみのかみ》。次に頬那芸神《つらなぎのかみ》。次に頬那美神《つらなみのかみ》。次に天之水分神《あめのみくまりのかみ》。次に国之水分神《くにのみくまりのかみ》。次に天之久比奢母智神《あめのくひざもちのかみ》、次に国之久比奢母智神《くにのくひざもちのかみ》。　沫那芸神より国之久比奢母智神に至るまで并せて八《やはしら》の神。

次に風の神、名は志那都比古神《しなつひこのかみ》[6]を生みたまふ。次に木の神、名は久々能智神《くくのちのかみ》[7]を生みたまひ、次に山の神、名は大山津見神《おほやまつみのかみ》を生みたまひ、次に野の神、名は鹿屋野比売神《かやのひめのかみ》[8]を生みたまふ。またの名は野推神《のづちのかみ》と謂ふ。　志那都比古神より野推に至るまで并せて四《よはしら》の神。

此の大山津見神・野推神《のづちのかみ》の二の神、山野《やまの》に因《よ》り持ち別けて生める神の名は、天之狭土神《あめのさづちのかみ》。次に国之狭土神。次に天之狭霧神《あめのさぎりのかみ》。次に国之狭霧神《くにのさぎりのかみ》。次に天之闇戸神《あめのくらとのかみ》。次に国之闇戸神《くにのくらとのかみ》。次に大戸或子神《おほとまとひこのかみ》[9]。次に大戸或女神《おほとまとひめのかみ》[10]。　天之狭土神より大戸或女神に至るまで并せて八の神なり。

次に生みたまへる神の名は、鳥之石楠船神《とりのいはくすふねのかみ》[11]、またの名は天鳥船《あめのとりふね》と謂《い》ふ。次に大宜都比売神《おほげつひめのかみ》[12]を生みたまひ、次に火之夜芸速男神《ひのやぎはやをのかみ》[13]を生みたまふ。またの名は火之炫毗古神《ひのかかびこのかみ》と謂ひ、またの名は火之迦具《ひのかぐ》

水の分配（クマル）、「くひざ」は汲み瓢（ヒサゴ）の略という。ひさごはヒョウタン。

6 「し」は息・風。「な」は穴か。「つ」は風の出口。

7 茎の音の交替形。「ち」は精霊。木の神。

8 神代紀には「草野姫」（カヤノヒメ）とある。

9 「或」は惑の通字、乱れる意。

10 山の神と野の神が生んだ諸神の系列は、地上に霧がかかり暗い峡谷に乱気流発生の神格化であろう。

11 船の神格化。鳥の速さ、岩石の堅固さ、良質の船材の楠で象徴している。

12 「げ」は穀物。神格としては女神。

13 火神。火の焼ける激しさをいう。男神。別名の「炫」は輝く意。「かぐ」は揺れ光る意。

土神《つちのかみ》と謂ふ。此の子を生みたまひしに因りて、みほと炙《や》かえて病《や》み臥《こや》せり。たぐりに[14]生《あ》れませる神の名は金山毗古神《かなやまびこのかみ》。次に金山毗売《かなやまびめの》神《かみ》。次に屎《くそ》に成りませる神の名は、波迩夜須毗古神《はにやすびこのかみ》。次に波迩夜須毗売神《はにやすびめのかみ》[15]。次に尿《ゆまり》に成りませる神の名は弥都波能売神《みつはのめのかみ》[16]。次に和久産巣日神《わくむすひのかみ》[17]。此の神の子は豊宇気毗売神《とようけびめのかみ》[18]と謂ふ。故伊耶那美神《いざなみのかみ》は、火の神を生みたまひしに因り、遂《つひ》に神避《かむさ》りましぬ。天鳥船より豊宇気比売神に至るまで并せて八の神。

おほよそ伊耶那岐《いざなき》・伊耶那美の二の神、共に生みたまへる嶋壱《とを》拾肆《あまりよ》嶋《しま》、また神参拾伍《みそちあまりいつはしら》の神[19]。是《こ》は伊耶那美神、神避《かむさ》りまさずありし前《さき》に生みたまへり。ただおのごろ嶋《しま》は生みたまへるに非《あら》ず、また蛭子《ひるこ》と淡嶋《あはしま》とは子の例《たぐひ》に入れず。

〔火の神を斬《き》る〕

故尓《かれしか》して伊耶那岐命《いざなきのみことの》詔りたまはく、「愛《うつく》しき我《あ》がなに妹《も》の命《みこと》を、

14 嘔吐したもの。
15 「はに」は埴で粘土。
16 水中の神。背がかがまり手足が突き出た龍体の女神。
17 若い竈の神。
18 「うけ」は穀物（稲）、食物の意。
19 三十五神の数え方に諸説がある。二神が共に生まない神ははずし、島生みの中で神名を建てたものを合わせ三十五とする説が妥当か。

1 一匹の意。神代紀の「一児」より強い表現。
2 奈良県橿原市の天香久山（一五二メートル）。大和三山の一つ。
3 小高い地形をいう語。橿原市木之本町。
4 木之本町の畝尾都多本神社は泣沢女神を祭る。
5 島根県に接する広島県側

子の一木《ひとつき》[1]に易《か》へむと謂《い》ふや」とのりたまふ。御《み》枕方《まくらへ》に匍匐《はらば》ひ御足《みあと》方《へ》に匍匐ひて哭《な》きたまふ時に、御涙《みなみた》に成れる神は、香山《かぐやま》[2]の畝尾《うねを》[3]の木《この》本《もと》に坐《いま》す、名は泣沢女神《なきさはめのかみ》[4]。故其《かれそ》の神避りたまへる伊耶那美神《いざなみのかみ》は、出《いづ》雲国《ものくに》と伯伎国《ははきのくに》との堺《さかひ》の比婆《ひば》の山に葬《はぶ》[5]りまつりき。是《ここ》に伊耶那岐命、御佩《みは》かせる十拳《とつか》の剱《つるぎ》[6]を抜き、其の子迦具土神《かぐつちのかみ》の頸《くび》を斬《き》りたまふ。尓して其の御刀《みはかし》の前《さき》に着ける血、湯津石村《ゆついはむら》[7]に走《たばし》り就《つ》き成れる神の名は、石析神《いはさくのかみ》。次に根析神《ねさくのかみ》。次に石箇之男神《いはつつのをのかみ》。三《みはしら》の神。次に御刀の本《もと》に着《つ》ける血も、湯津石村に走り就き成れる神の名は、甕速日神《みかはやひのかみ》。次に樋速日神《ひはやひのかみ》。次に建御雷之男神《たけみかづちのをのかみ》。またの名は建布都神《たけふつのかみ》、またの名は豊布都神《とよふつのかみ》。三の神。次に御刀の手上《たかみ》に集まれる血、手俣《たなまた》より漏《く》き出《い》で成れる神の名は、闇淤加美神《くらおかみのかみ》。次に闇御津羽神《くらみつはのかみ》。

上の件《くだり》、石析神より以下《しも》、闇御津羽神より以前《さき》、并せて八《やはしら》の神は、御刀《みはかし》に因り生《あ》れし神ぞ。

殺さえし迦具土神《かぐつちのかみ》の頭《かしら》に成れる神の名は、正鹿山津見神《まさかやまつみのかみ》[8]。次に胷《むね》に成れる神の名は、淤縢山津見神《おどやまつみのかみ》。次に腹《はら》に成れる神の名は、奥山津見神《おくやまつみのかみ》。次に陰《ほと》に成れる神の名は、闇山津見神《くらやまつみのかみ》。次に左の手に成れ

の比婆郡は、奴可郡・三上郡・恵蘇郡が明治三十一年に合併改称したもの。庄原市。

6　「つか」は握り拳の長さ。長い剣。剱は剣の異体字。

7　「ゆつ」は数が多い意。「石村」は岩石群。以下神の系列によって岩石に含まれる鉄鉱を火と水の力で刀剣と成す神話。「いはさく」の神から、「いはつつのを」の神まで岩石神。「みかはやひ」「ひはやひ」は火の威力。「たけみかづち」「たけふつ」「とよふつ」は剣の威力と切断音。「くらおかみ」「くらみつは」は水中の霊格。「くら」は渓谷。「みつは」→三〇頁。「たけみかづちのを」→七一頁。

8　以下各種の山の神の出現。「しぎ」は茂る意。「やまつみ」は山の精霊。「はやま」は麓。「はら」は開けた台地状の場所。「と」は外側。

る神の名は、志芸山津見神《しぎやまつみのかみ》。次に右の手に成れる神の名は、羽山津《はやまつ》美神《みのかみ》。次に左の足に成れる神の名は、原山津見神《はらやまつみのかみ》。次に右の足に成れる神の名は、戸山津見神《とやまつみのかみ》。正鹿山津見神より戸山津見神に至るまで并せて八の神。故斬りたまへる刀《たち》の名は、天之尾羽張《あめのをははり》[9]と謂《い》ひ、またの名は伊都之尾羽張《いつのをははり》と謂《い》ふ。

〔黄泉《よみ》の国〕

是《ここ》に其《そ》の妹伊耶那美命《いもいざなみのみこと》を相見《あひみ》むと欲《おも》ほし、黄泉国《よもつくに》[1]に追ひ往《い》でます。爾《しか》して殿《との》の縢戸《とぢと》[2]より出《い》で向かへたまふ時に、伊耶那岐命《いざなきのみこと》語りて詔《の》りたまはく、「愛《うつく》しき我《あ》がなに妹《も》の命《みこと》、吾《あれ》と汝《な》と作れる国、いまだ作り竟《を》へず。故《かれ》、還《かへ》るべし」とのりたまふ。爾《しか》して伊耶那美命答へ白《まを》さく、「悔《くや》しきかも、速《と》く来《き》まさず。吾は黄泉戸喫《よもつへぐひ》[3]為《し》つ。然《しか》あれども愛しき我がなせの命、入り来坐《ま》せる事恐《かしこ》し。故還らむと欲《おも》ふ。しまらく黄泉神《よもつかみ》と相論《あげつら》はむ。我をな視《み》たまひそ」[4]と、かく白《まを》して、

9 剣から発する光が尾を曳いて走る意。七一頁に神話がある。

1 死者の行く地下世界。

2 建造物の閉じてある戸。

3 黄泉国の竈の火で炊いた食物を食うこと。これにより他郷の者となったことを示す。

4 ギリシャ神話のオルフェウスとエウリディケの冥府の物語と類似する。死界の食物を口にしなかったために帰還し得た説話は『カレワラ』『霊異記』『今昔物語集』などにもある。

5 櫛の両端にある太い歯。神代紀には「雄柱」とある。長髪を左右に分け、耳のあた

其《そ》の殿《との》の内《うち》に還り入る間《あひだ》、いたく久し。待ち難《か》ねたまふ。故左の御《み》みづらに刺させる湯津々間櫛《ゆつつまくし》の男柱《ほとりは》[5]一箇《ひとつ》取り闕《か》きて、一《ひと》つ火《び》燭《とも》し入り見たまふ時に、うじたかれころろきて、[6]頭《かしら》には大雷《おほいかづちを》居り、胸には火雷《ほのいかづち》居り、腹には黒雷居り、陰《ほと》には析《さく》雷居り、左の手には若《わか》雷居り、右の手には土《つち》雷居り、左の足には鳴《なる》雷居り、右の足には伏《ふす》雷居り、并せて八《やくさ》の雷神《いかづち》[7]成り居りぬ。

是に伊耶那岐命、見畏《みかしこ》みて逃げ還ります時に、其の妹伊耶那美命言《まを》さく、「吾に辱《はぢ》見せつ」とまをす。よもつしこめ[8]を遣《つか》はし追はしむ。尓して伊耶那岐命、黒御縵《くろみかづら》[9]を取り、投げ棄《う》つるすなはち蒲子生《えびかづらのみな》る。[10]是《こ》を摭《ひり》ひ食《は》む間に逃げ行《い》でます。なほ追ふ。また其の右の御みづらに刺させる湯津々間櫛引き闕《か》きて投げ棄《う》つるすなはち笋生《たかみなお》ふ。[11]是《こ》を抜き食《は》む間に、逃げ行《い》でます。また後には其の八《やくさ》の雷神《いかづち》に、千五百《ちいほ》の黄泉軍《よもついくさ》を副《そ》へ追はしむ。尓して御佩《みはか》せる十拳《とつか》の釼《つるぎ》を抜きて、後手《しりへで》にふきつつ[12]逃げ来《く》。なほ追ふ。黄泉比良坂《よもつひらさか》[13]の坂本に到る時に、其の坂本に在《あ》る桃子《もものみ》三箇《みつ》を取り待ち撃てば、悉《ことごと》く抜《ひ》き[14]返りぬ。尓して伊耶那岐命、桃子に告《の》りたまはく、「汝《なれ》、吾《あれ》を助け

りで束ねるのに挿し用いた。今の横長の櫛でなく縦櫛であろう。

6　蛆が集（たか）って、ごそごそとうごめいて。

7　「いかづち」は物凄い威力あるものの意。かみなり。『一切経音義』に「雷八面者也」とあり、『華陽国志』は「雷二月出レ地……八月入レ地」とある。八種の雷は黄泉に発生したと日本神話は伝える。

8　本文「豫母都志許賣」。「よも」は「よみ」の交替形。黄泉の国の、みにくい鬼女。

9　黒い蔓性植物の髪飾り。

10　山葡萄。呪術でなく幻術。中国古典の影響がみられる。

11　筍。ここも幻術。

12　本文「布伎都々」。振りながら。

13　黄泉の国とこの世の境界の斜面状の坂。

14　「抜」は引くに同じ。

しが如《ごと》く、葦原中国《あしはらのなかつくに》に有らゆるうつしき青人草《あをひとくさ》[15]の、苦《くる》しき瀬に落ちて、患《うれ》へ惱《なや》む[16]時に助くべし」[17]と告《の》りたまひ、名を賜ひ意富加牟豆《おほかむづ》美命《みのみこと》と号《なづ》く。最後《いやはて》に其の妹《いも》伊耶那美命、身自《みづか》ら追ひ来つ。尓して千《ち》引《びき》の石《いは》[18]を其の黄泉比良坂《よもつひらさか》に引き塞《さ》へ、其の石を中に置き、おのもおのも対《むか》ひ立ちて、事戸《ことど》を度《わた》す[19]時に、伊耶那美命言《まを》さく、「愛《うつく》しき我《あ》がなせの命《みこと》、かく為《し》たまはば、汝《いまし》の国の人草《ひとくさ》、一日《ひとひ》に千頭絞《ちかしらくび》り殺さむ」とまをす。尓《しか》して伊耶那岐命、詔《の》りたまはく、「愛《うつく》しき我《あ》がなに妹《も》の命、汝然為《なれしかせ》ば、吾一日《あれひとひ》に千五百《ちいほ》の産屋《うぶや》を立てむ」とのりたまふ。是《ここ》を以《も》ち一日に必ず千人《ちたり》死に、一日に必ず千五百《ちいほ》人《たり》生《う》まるる[20]なり。

故其の伊耶那美命を号《なづ》けて黄泉津大神《よもつおほかみ》と謂《い》ふ。また云《い》はく、其の追ひしきしを以ち、道敷大神《ちしきのおほかみ》[21]と号《なづ》く。また其の黄泉《よみ》の坂に塞《さや》れる石《いは》は、道反之大神《ちかへしのおおかみ》と号け、また塞《さや》り坐《いま》す黄泉戸大神《よみとのおほかみ》と謂ふ。故其の謂はゆる黄泉比良坂《よもつひらさか》は、今、出雲国《いづものくに》の伊賦夜坂《いふやさか》[22]と謂ふ。

15 現実のこの世の民衆。青青とした多数の草木を民に喩えている。初めての人間の記事。
16 苦しい目にあって呆然となってしまう。「瀬」は比喩。
17 桃が邪鬼を払い、疫疾を避ける記事は中国典籍に多い。
18 千人力でなければ引き動かせないような大きな石。
19 神代紀には「絶妻之誓」とある。離婚の言葉を言い渡す。「ことど」の「ど」は呪言。
20 人に生死のあることと、人口増殖の起源の説話。
21 道を追い着いた大神の意。
22 島根県八束郡東出雲町揖屋町。揖屋神社がある。

〔禊《みそき》〕

是《ここ》を以《も》ち伊耶那伎大神《いざなきのおほかみの》詔りたまはく、「吾《あれ》はいなしこめしこめき穢《きたな》き国[1]に到《いた》りて在りけり。故吾《あれ》は御身《みみ》の禊為《みそきせ》む」とのりたまひて、竺紫《つくし》の日向《ひむか》の橘《たちばな》の小門《をど》の阿波岐原《あはきはら》[2]に到り坐《ま》して、禊《みそ》き祓《はら》へたまふ。故《かれ》投げ棄《う》つる御杖《みつゑ》に成れる神の名《みな》は、衝立船戸神《つきたつふなとのかみ》[3]。次に投げ棄つる御帯《みおび》に成れる神の名は、道之長乳歯神《みちのながちはのかみ》[4]。次に投げ棄つる御嚢《みふくろ》に成れる神の名は、時量師神《ときはかしのかみ》[5]、次に投げ棄つる御衣《みけし》[6]に成れる神の名は、わづらひのうしの神。[7]次に投げ棄つる御褌《みはかま》に成れる神の名は、道俣《ちまたの》神《かみ》[8]。次に投げ棄つる御冠《みかがふり》に成れる神の名は、飽咋之《あきぐひの》うしの神。[9]次に投げ棄つる左の御手《みて》の手纒《たまき》に成れる神の名は、奥疎神《おきざかるのかみ》[10]。次に奥《おき》津那芸佐毘古神《つなぎさびこのかみ》。次に奥津甲斐弁羅神《おきつかひべらのかみ》。次に投げ棄つる右の御手の手纒に成れる神の名は、辺疎神《へざかるのかみ》。次に辺津那芸佐毘古神《へつなぎさびこのかみ》。次に辺《へ》津甲斐弁羅神《つかひべらのかみ》。

右の件《くだり》、船戸神より以下《しも》、辺津甲斐弁羅神より以前《さき》、十《とをあまり》二《ふたはしら》の神《かみ》は、身に着《つ》けたる物を脱ぎたまひしに因り、生《あ》れま

1　本文「伊那志許米志許米岐」。いやというほど醜悪な、醜いきたない国。
2　宮崎県宮崎市に阿波岐原町があるが未詳。
3　「ふなと」は入り口を越えて来るなの意の「くなと」の転。分かれ道に立つ道祖神。
4　長い道行きの末の意の神。「ながち」の「ち」は「て」の音転。「は」は端・末の意。
5　時間を司る神。師は神に近い表現。
6　着るの尊敬語「けす」の名詞形。
7　本文「和豆良比能宇斯能神」。厄介の神格化。
8　道の分岐点にいる神。道祖神に相当する。
9　口をあけて嚙みつく神。蛇のイメージか。
10　以下は左右三個ずつの腕輪をはずして投げる順番によって奥（沖）と手許（辺）に

せる神なり。

是《ここ》に詔りたまはく、「上《かみ》つ瀬《せ》は瀬速し、下《しも》つ瀬は瀬弱《よわ》し」とのりたまひて、初め中《なか》つ瀬に堕《い》り[11]かづきて、滌《すす》きたまふ時に、成り坐《ま》せる神の名は、八十《やそ》禍津《まがつ》日神《ひのかみ》。[12]次に大禍津《おほまがつ》日神《ひのかみ》。此《こ》の二《ふたはしら》の神は、其《そ》の穢《けが》れ繁《しげ》き国に到りたまふ時の、汚垢《けがれ》によりて成れる神ぞ。次に其の禍《まが》を直《なほ》さむ[13]と為《し》て成れる神の名は、神直毘神《かむなほびのかみ》。次に大直毘神《おほなほびのかみ》。次に伊豆能売《いづのめ》[14]。并せて三の神なり。次に水底《みなそこ》に滌きたまふ時に成れる神の名は、底津《そこつ》綿津《わたつ》見神《みのかみ》。[15]次に底箇之《そこつつの》男命《をのみこと》。中に滌きたまふ時に成れる神の名は、中津《なかつ》綿津《わたつ》見神《みのかみ》。次に中箇之《なかつつの》男命《をのみこと》。水の上に滌きたまふ時に成れる神の名は、上津《うはつ》綿津《わたつ》見神《みのかみ》。次に上箇之《うはつつの》男命《をのみこと》。此の三柱《みはしら》の綿津見神は、阿曇連《あづみのむらじ》等が祖神《おやがみ》と以《も》ちいつく神なり。故阿曇連等は、其の綿津見神の子宇都志日《うつしひ》金析《かなさくの》命《みこと》の子孫《うみのこ》なり。其の底箇之男命、中箇之男命、上箇之男命三柱の神は、墨江《すみのえ》の三前《みまへ》の大神[16]なり。

是に左の御目《みめ》を洗ひたまふ時に成りませる神の名は、天照大御神《あまてらすおほみかみ》。次に右の御目を洗ひたまふ時に成りませる神の名は、月読命《つくよみのみこと》。[17]次に御鼻を洗ひたまふ時に成りませる神の名は、建速須佐之男命《たけはやすさのをのみこと》。[18]

出現したとする神。
11 入る意。
12 わざわい（災・難・悪）の神。
13 元の状態に返すこと。次の二神がその担当神。
14 代名詞どれ・どちらに当たる「いづれ」の語幹「いづ」に「の女」がついた語か。神でなく、わざわいの神とわざわいを直す神の間に立つ巫女。
15 以下六神は海神。阿曇系と住吉系を組み合わせてある。「綿」は借訓字。海の意。
16 住吉神社の祭神。「箇」は原型とみられる。「筒」に通じ「つつ」と訓む。上の「つ」は助詞「の」に、下の「つ」は津＝港に当たる。住吉は古く「すみのえ」と言い「墨江」はその表記。
17 月神。月を読む（数える）ことの神格化。左右の目右の件《くだり》、八十禍津日神より以下《しも》、速須佐之男命より以前《さき》、十柱《とはしら》の神[19]は、御身《みみ》を滌きたまひしに因りて生《あ》れませるぞ。

〔三貴子の分治《ぶんち》〕

此《こ》の時に伊耶那伎命《いざなきのみこと》いたく歓喜《よろこ》ばして詔《の》りたまはく、「吾《あれ》は子《こ》を生《あ》らし生《あ》らして、生《あ》らす終《はて》に、三《みはしら》の貴《たふと》き子を得つ」とのりたまふ。其《そ》の御頸珠《みくびたま》の玉の緒《を》もゆらに取りゆらかして[1]、天照大御神《あまてらすおほみかみ》に賜《たま》ひて詔りたまはく、「汝《な》が命《みこと》は高天原《たかあまのはら》を知らせ」と、事依《ことよ》さして[2]賜ふ。故《かれ》其の御頸珠の名を、御倉板挙神《みくらたなのかみ》[3]と謂《い》ふ。次に月読命《つくよみのみこと》に詔りたまはく、「汝《な》が命は夜之食国《よるのをすくに》[4]を知らせ」と、事依さしたまふ。次に建《たけ》速須佐之男命《はやすさのをのみこと》に詔りたまはく、「汝が命は海原《うなはら》を知らせ」と、事依さしたまふ。故《かれ》おのもおのも依《よ》さし賜《し》へる命《みこと》のまにまに知らし看《め》す中に、速須佐之男命、命《よ》させる国を治らさずて、八拳須《やつかひげ》[5]心前《こころさき》に至るまで、啼《な》きいさちき[6]。其の泣く状《さま》は、青山は枯山《からやまな》如す泣き枯ら

から日月が出現するというのは、中国古代神話の影響。
18　建速は性格の強く激しい意。本来出雲系神話の中での須佐は地名。中央神話に統合されて後、すさぶ意に転じた。
19　神数十四であるが、「阿曇連等は、その綿津見神之子」と一神に纏められている。相対する箇之男も一神とみなされ合計十神。
1　ネックレスの玉を触れ合わせゆらゆらと響かせて。
2　依託なさる。
3　御頸玉の御座《みくら》としての棚。
4　「食国」は天皇の召し上がり物を貢上する国の意。その範囲が統治領域。転じて月の照らし支配する夜の世界。
5　「須」は「鬚」の省文。あごひげ。「こころさき」は鳩尾（みずおち・みぞおち）。
6　泣きわめいた。

し、7河海《かはうみ》は悉《ことごと》く泣き乾《ほ》しき。是《ここ》を以《も》ち悪《あら》ぶる神の音《こゑ》、狭《さ》蝿《ばへ》如《な》す8皆満《み》ち、万《よろづ》の物の妖《わざはひ》悉く発《おこ》る。故《かれ》伊耶那岐大御神、速須佐之男命に詔りたまはく、「何に由《よ》りて汝《な》は事依《ことよ》させる国を治《し》らずて、哭《な》きいさちる」とのりたまふ。尓して答へ白《まを》さく、「僕《やつかれ》は妣《はは》の国根《ね》之《の》堅州国《かたすくに》9に罷《まか》らむと欲《おも》ふ。故哭《かれな》く」とまをしたまふ。尓して伊耶那岐大御神、いたく忿怒《いか》り詔りたまはく、「然《しか》あらば、汝《な》は此の国にな住むべくあらず」とのりたまひ、10神《かむ》やらひにやらひ賜ふ。故其の伊耶那岐大神は、淡海《あふみ》の多賀《たが》11に坐《いま》す。

〔天照大御神《あまてらすおほみかみ》と須佐之男命《すさのをのみこと》〕

〔誓約《うけひ》〕

故是《かれここ》に速須佐之男命《はやすさのをのみこと》、言《まを》したまはく、「然《しか》あらば天照大御神《あまてらすおほみかみ》に請《まを》

7　涙が木にふりかかって枯れる表現が『捜神記』にある。河海が干上がるのは涙のために水分が取られる比喩。

8　神代紀の訓注に「五月蝿此云二左磨倍一」とある。「なす」は、「のように」の意。

9　「妣」は亡き母。「根」は地下のイメージ。「堅州」は東北方の地=死者世界。黄泉（よみ）の国。

10　「神」は接頭語。「やらひ」は放逐する意を連続的に強め繰り返し用いている。

11　滋賀県犬上郡多賀町に多賀大社がある。兵庫県の淡路島説もある。

しに罷《まか》らむ」とまをす。天《あめ》に参上《まゐのぼ》りたまふ時に、山川《やまかは》悉《ことごと》く動《とよ》み国土《くにつち》皆震《ふる》ひぬ。[1]尓《しか》して天照大御神聞き驚きて詔《の》りたまはく、「我《あ》がなせの命《みこと》の上《のぼ》り来る由《ゆゑ》は、かならず善《よ》き心にあらじ。我《あ》が国を奪はむと欲《おも》ふのみ」とのりたまふ。御髪《みかみ》を解《と》き、御《み》みづら[2]に纏《ま》かして、左《ひだり》右《みぎ》の御《み》みづらに、また御縵《みかづら》に、また左右の御手に、おのもおのも八《や》尺《さか》の勾璁《まがたま》の五百津《いほつ》のみすまるの珠《たま》[3]を纏き持たして、そびら[4]には千入《ちのり》の靫《ゆき》[5]を負ひ、ひら[6]には五百入《いほのり》の靫《ゆき》を附け、またいつの竹鞆《たかとも》[7]を取り佩《は》かして、弓腹《ゆはら》振り立てて、堅庭《かたには》は向股《むかもも》に蹈《ふ》みなづみ[8]、沫雪如《あわゆきな》す蹶《く》ゑ散《はらら》かして、いつの男建《をたけび》[9]、蹈《ふ》み建《たけ》びて、待ち問ひたまはく、「何の故《ゆゑ》にか上《のぼ》り来つる」ととひたまふ。尓して速須佐之男命答へ白《まを》さく、「僕《やつかれ》は耶《きたな》き心無し。ただ大御神の命《みこと》以ち、僕《やつかれ》が哭《な》きいさちる事を問ひ賜《たま》ふ。故《かれ》白しつらく、『僕《やつかれ》は妣《はは》の国に往《ゆ》かむと欲ひて哭く』とまをす。尓して大御神詔《の》りたまはく、『汝《な》は此の国に在るべくあらず』とのりたまひて、神《かむ》やらひやらひ賜《たま》ふ。故罷《まか》り往《ゆ》かむとする状《さま》を請《まを》さむと以《お》為《も》ひ参上《まゐのぼ》りつらくのみ。異《け》しき心[10]無し」とまをしつ。尓して天照大御神詔《の》りたまはく、「然あらば汝が心の清《きよ》く明《あ》かきはいか

1　速須佐之男のすさまじい強暴性を表現している。
2　「みづら」は髪を左右に分け束ねる結いかた。男装。
3　大きな勾玉をたくさん緒に貫いたもの。
4　脊椎の背面の崖状のところが「そびら」で背中。前面の脇腹から腹部が「ひら」。
5　千本もの矢が入る武具。
6　本文「比良」→注4参照。
7　神代紀には「稜威之高鞆」とあり「稜威」は神の威光。「竹鞆」は竹製か。弓を射るとき、左腕に巻きつける巴型の宛てもの。弦の返りで腕を痛めるのを防ぐ。一方、弦の当たる音に威勢があった。
8　両股で踏みつけ続けて。
9　威勢ある雄々しいふるまい。
10　前文の「耶き心」に同じ。謀反心。

にして知らむ」とのりたまふ。是に速須佐之男命答へ白さく、「おのもおのもうけひて[11]子生まむ」とまをす。

故爾《かれしか》しておのもおのも天《あめ》の安河《やすのかは》[12]を中に置きてうけふ時に、天照大御神まづ建速須佐之男命の佩《は》ける十拳《とつか》の釼《つるぎ》を乞《こ》ひ度《わた》し、三段《みきだ》に打ち折りて、ぬなとももゆらに[13]、天《あめ》の真名井《まなゐ》[14]に振《ふ》り滌《すす》きて、さがみにかみて、吹《ふ》き棄《う》つる気吹《いふき》の狭霧《さぎり》[15]に成れる神の御名は、多紀理毘《たきりび》売命《めのみこと》、またの御名は奥津《おきつ》嶋比《しまひ》売命《めのみこと》と謂《い》ふ。次に市寸《いちき》嶋比《しまひ》売命《めのみこと》、またの御名は狭依毘《さよりび》売命《めのみこと》と謂ふ。次に多岐都比《たきつひ》売　命《めのみこと》[16]。三柱《みはしら》。速須佐男命、天照大御神の左の御《み》みづらに纏《ま》かせる八尺《やさか》の勾璁《まがたま》の五百津《いほつ》のみすまるの珠《たま》を乞ひ度して、ぬなとももゆらに、天の真名井に振り滌きて、さがみにかみて、吹き棄つる気吹の狭霧に成りませる神の御名は、正《まさ》勝吾《かつあ》勝々速日《かつかちはやひ》天之《あめの》忍穂《おしほ》耳命《みみのみこと》[17]。また右の御みづらに纏かせる珠を乞ひ度して、さがみにかみて、吹き棄つる気吹の狭霧に成れる神の御名は、天之《あめの》菩《ほ》卑《ひ》能命《のみこと》[18]。また御縵《みかづら》に纏かせる珠を乞ひ度して、さがみにかみて、吹き棄つる気吹の狭霧に成れる神の御名は、天津《あまつ》日子《ひこ》根命《ねのみこと》[19]。また左の御手に纏かせる珠を乞ひ度して、さがみにかみて、

11　誓約する。成否の事柄を前提として定めておき、神意がどちらにあるかを占う呪法。
12　高天原にある河。
13　「ぬ」は瓊（たま）、「な」は助詞の「の」、「と」は音。「もゆら」はさやかに。剣の表現に玉の響きをいうのは不審。
14　高天原にある神聖な井。
15　吹き出す息の霧から出現した神。
16　以上の三女神は福岡県宗像市の宗像（むなかた）神社の祭神。
17　速須佐之男命の心が清らかであったことを、正に勝った、自分が勝ったと修飾する。天の「忍穂」（偉大な稲穂）は天照大御神の御子であることを象徴する命名。
18　出雲氏などの祖先神。
19　『新撰姓氏録』によれば十八氏もの祖先神と記す。

吹き棄つる気吹の狭霧に成れる神の御名は、活津日子根命《いくつひこねのみこと》。また右の御手に纏かせる珠を乞ひ度して、さがみにかみて、吹き棄つる気吹の狭霧に成れる神の御名は、熊野久須毗命《くまのくすびのみこと》[20]。并せて五柱《いつはしら》。

是《ここ》に天照大御神、速須佐之男命に告《の》りたまはく、「是《こ》の、後に生《あ》れし五柱の男子《ひこみこ》は、物実《ものざね》[21]我《あ》が物に因り成れり。故自《おの》づから吾《あ》が子なり。先に生《あ》れし三柱の女子《ひめみこ》は、物実汝《な》が物に因り成れり。故汝《な》が子なり」と、かく詔《の》り別《わ》けたまふ。

故《かれ》其の、先に生《あ》れし神、多紀理毗売命《たきりびめのみこと》は、胷形《むなかた》の奥津宮《おきつみや》[22]に坐《いま》す。次に市寸嶋比売命《いちきしまひめのみこと》は胷形の中津宮《なかつみや》[23]に坐す。次に田寸津比売命《たきつひめのみこと》は、胷形の辺津宮《へつみや》[24]に坐す。此の三柱の神は、胷形君等《むなかたのきみら》が以《も》ちいつく三前《みまへ》の大神《おほかみ》ぞ。故此《こ》の、後《のち》に生《あ》れし五柱の子の中に、天菩比命《あめのほひのみこと》の子建比良鳥命《たけひらとりのみこと》[25]、此は出雲《いづも》の国造《くにのみやつこ》、无耶志《むざし》の国造、上菟上《かみつうなかみ》の国造、下菟上《しもつうなかみ》の国造、伊自《いじ》牟《む》の国造、津嶋《つしま》の県直《あがたのあたひ》、遠江《とほつあふみ》の国造等《ら》が祖《おや》なり[26]。次に天津日子根命《あまつひこねのみこと》は、凡《おほし》川内《かふち》の国造、額田部《ぬかたべ》の湯坐連《ゆゑのむらじ》、木《き》の国造、倭《やまと》の田中直《たなかのあたひ》、山代《やましろ》の国造、馬来田《うまくた》の国造、道尻岐閇《みちのしりきへ》の国造、周芳《すは》の国造、倭《やまと》の淹知造《あむちのみやつこ》、高市県主《たけちのあがたぬし》、蒲生稲寸《かまふのいなき》、三枝部《さきくさべの》造《みやつこ》等《ら》が祖《おや》なり[27]。

20 活津日子根命とともに所伝未詳。出雲の熊野大社の神か。
21 因子となるもの。種。
22 福岡県宗像市大島沖ノ島に鎮座。
23 同宗像市大島。
24 同市田島。
25 『出雲国造神賀詞』の天夷鳥命が同一神とみられる。出雲氏の祖神が天照大御神の子孫であることに注目。
26・27 本文は氏族表記を小書二行書きにしているが、これは割注ではなく、注的性格をもった本文であり、中国典籍に先例のあることが指摘できる。

〔天《あめ》の石屋《いはや》〕

尓《しか》して速須佐之男命《はやすさのをのみこと》、天照大御神《あまてらすおほみかみ》に白《まを》したまはく、「我《あ》が心清《きよ》く明《あ》かし。故《かれ》我が生《あ》らす子手弱女《たわやめ》[1]を得つ。此《これ》に因《よ》りて言《まを》さば、自づから我《あれ》勝ちぬ」と云《い》ひて、勝《かち》さび[2]に天照大御神の営田《つくりた》の阿《あ》を離《はな》ち、其《そ》の溝《みぞ》を埋《う》み、また其の大嘗《おほにへ》聞《き》こし看《め》[3]す殿《との》に屎《くそ》まり散らす。故然為《しかす》れども、天照大御神はとがめずて告《の》りたまはく、「屎如《くそな》すは[4]酔《ゑ》ひて吐き散らすとこそ我《あ》がなせの命《みこと》かく為《し》つれ。また田の阿を離ち溝を埋《う》むは、地《ところ》をあたらしとこそ我がなせの命かく為《し》つらめ」と詔《の》り直《なほ》したまへども、なほ其の悪《あら》ぶる態《わざ》止まずて転《うた》たあり。天照大御神忌服《いみはた》屋《や》[5]に坐《いま》して神御《かむみ》衣《そ》を織らしめたまふ時[6]に其の服屋《はたや》の頂《むね》を穿《うか》ち、天の斑馬《ふちうま》を逆剥《さかは》ぎ[7]に剥ぎて堕《おと》し入るる時に、天《あめ》の服織女《はたおりめ》見《み》驚《おどろ》きて梭《ひ》[8]に陰《ほ》上《と》を衝《つ》きて死ぬ。

故是《ここ》に天照大御神見畏《みかしこ》み、天《あめ》の石屋《いはや》の戸《と》を開きて刺しこもり坐《いま》す。

1 「たわや」はなよなよとした意。「弱女」はよわく軟らかい女。
2 勝ったぞとばかりにふるまうさま。
3 「嘗」は営田から収穫された新穀を神に奉り神と共食する祭儀。天照大御神は本来巫女であったことを暗示する。
4 大便のようにみえるのは。
5 清められた神聖な機織をする建物。
6 祭りに奉る神のお召し物。これを織女に織らせる。
7 通常でない剝ぎかた。尾の方から剝ぐことという。
8 機織りで、横糸を通す舟形の器具。「陰上」は女性器。
9 昼がなく夜ばかりが過ぎてゆく。高天原の暗さはそのまま葦原中国の闇であるところに、天照大御神が日神として地の世界にも臨むことの伏線となっている。

尓して高天原《たかあまのはら》みな暗く、葦原中国《あしはらのなかつくに》悉《ことごと》く闇《くら》し。此《これ》に因りて、常夜《とこよ》往《ゆ》く。[9] 是に万《よろづ》の神の声《こゑ》は、狭蠅《さばへ》なす満ち、万《よろづ》の妖《わざはひ》悉く発《おこ》りき。是《ここ》を以ち八百万《やほよろづ》の神、天の安の河原に神集《かむつど》ひ集《つど》ひて、高御産巣日神《たかみむすひのかみ》の子思金神《おもひかねのかみ》[10]に思はしめて、常世《とこよ》[11]の長鳴鳥《ながなきどり》を集《あつ》め鳴かしめて、天《あめ》の安河《やすのかは》の河上の天《あめ》の堅石《かたしは》を取り、天《あめ》の金山《かなやま》の鐵《まがね》を取りて、鍛人天津麻羅《かぬちあまつまら》を求《ま》ぎて、伊斯許理度売命《いしこりどめのみこと》に科《おほ》せ、鏡を作らしめ、玉祖命《たまのおやのみこと》に科せ八尺《やさか》の勾璁《まがたま》の五百津《いほつ》のみすまるの珠《たま》を作らしめて天児屋命《あめのこやねのみこと》・布刀玉命《ふとたまのみこと》を召《よ》びて、天《あめ》の香山《かぐやま》の真男鹿《まをしか》の肩《かた》を内抜《うつぬ》きに抜きて、[12]天の香山の天《あめ》のははか[13]を取りて、占合《うらな》ひまかなはしめて、[14]天の香山の五百《いほ》津真賢木《つまさかき》を根《ね》こじにこじて、[15]上枝《ほつえ》に八尺《やさか》の勾璁《まがたま》の五百津の御すまるの玉を取り着け、中つ枝に八尺《やあた》の鏡を取り繋《か》け、下枝《しづえ》に白《しら》にきて青《あを》にきてを取り垂《し》でて、[16]此の種々《くさぐさ》の物は、布刀玉命ふと御幣《みてぐら》と取り持ちて、天児屋命ふと詔戸《のりと》言禱《ことほ》き白《まを》して、[17]天手力男神《あめのたぢからをのかみ》、戸の掖《わき》に隠《かく》り立ちて、天宇受売命《あめのうずめのみこと》、天の香山の天《あめ》の日影《ひかげ》を手次《たすき》に繋《か》けて、天《あめ》の真《ま》折《さき》を縵《かづら》と為《し》[18]て、天の香山の小竹葉《ささば》を手草《たぐさ》に結《ゆ》ひ[19]て、天の石屋の戸にうけ[20]伏せて蹈《ふ》みとどろこし、神懸《かむがか》り為《し》[21]て、胷乳《むなち》を掛き出《い》で、裳《も》の緒《を》

10　神代紀に「思慮之智」の神とある。
11　ここの「常世」は神仙世界。葦原中国からみた高天原。
12　天の香山が高天原祭祀の聖山であり、そこの鹿の肩胛骨を丸ごと抜き取る。
13　朱桜。かには桜。この皮で鹿の肩骨を焼き、ひび割れによって占う。
14　卜者に執り行わせて。卜占により祭祀の次第を決める。
15　枝葉の繁った榊を根ごと掘り取って。「さかき」は今の榊に限らない。聖なる常緑樹。
16　「白にきて」は楮、「青にきて」は麻製で、枝に垂らして神前に供える祭具。
17　「ふと」は称辞。「御幣」は供物。祭主が両手の掌を神への供物の座とするので「みてくら」という。「詔戸」は祝詞。

をほとに忍《お》し垂《た》れき。尓して高天原《たかあまのはら》動《とよ》みて八百万《やほよろづ》の神共に咲《わら》ふ。

是《ここ》に天照大御神恠《あや》し[22]と以為《おも》ほし、天の石屋の戸を細《ほそ》めに開きて内《うち》より告《の》りたまはく、「吾《あ》が隠《こも》り坐《いま》すに因りて、天の原自《おの》づから闇《くら》く、また葦原中国もみな闇けむと以為《おも》ふを、何《なに》に由《よ》りて天宇受売《あめのうずめ》は楽《あそび》[23]を為《し》、また八百万の神諸《もろもろ》咲《わら》ふ」とのりたまふ。尓して天宇受売白言《まを》さく、「汝命《いましみこと》に益《ま》して貴《たふと》き神坐《いま》す。故歓喜《かれよろこ》び咲《わら》ひ楽《あそ》ぶ」とまをす。かく言ふ間《あひだ》に、天児屋命、布刀玉命、其《そ》の鏡を指《さ》し出《い》だし、天照大御神に示《み》せ奉《まつ》る時に、天照大御神いよいよ奇《あや》しと思ほして、やくやく戸より出でて臨み坐《ま》す時に、其の隠《かく》り立てる手力男神《たぢからをのかみ》、其の御手《みて》を取り引き出だしまつるすなはち布刀玉命、尻久米縄《しりくめなは》[24]を以《も》ち其の御《み》後方《しりへ》に控《ひ》き度《わた》し白言《まを》さく、「此《これ》より内に還《かへ》り入るを得じ」とまをす。故天照大御神出で坐《ま》す時に、高天原と葦原中国自づからえ照り明かりぬ。是《ここ》に八百万の神共《とも》に議《はか》りて、速須佐之男命に千位《ちくら》の置戸《おきと》を負《お》ほせ[25]、また鬚《ひげ》と手足《てあし》の爪《つめ》とを切り、祓《はら》へしめて[26]、神《かむ》やらひやらひき。

18 ヒカゲノカズラを襷（たすき）にかけツルマサキを髪に巻き付ける。
19 シノ竹の枝葉を手に持つ採物（とりもの）として束ね結いつけて。
20 本文「汙気」。桶を伏せれば中空の音響装置となる。
21 神が乗り移った状態。
22 不思議。
23 先の伏せた桶を踏み響かせて、歌い舞う。
24 シメ縄。神代紀に「左縄端出、此云㆓斯梨倶梅儺波㆒」とあり、縄の端を切らずに戻すように、ない目に挟み込む。左縄は聖域であることを示す。
25 犯した罪の科料を多くの台上に置かせる。
26 鬚と爪は切っても生える生命の象徴。体刑以上の刑。

〔蚕《かひこ》と穀物《こくもつ》の種《たね》〕

また食物《をしもの》[1]を大気都比売神《おほけつひめのかみ》に乞《こ》ひたまふ。尓《しか》して大気都比売、鼻《はな》・口《くち》と尻《しり》より、種々《くさぐさ》の味物《ためつもの》[2]を取り出だして、種々《くさぐさ》作り具《そな》へて進《たてまつ》る時に、速須佐之男命《はやすさのをのみこと》、其《そ》の態《わざ》を立ち伺《うかか》ひて、穢汚《けが》して奉進《たてまつ》ると為《おも》ひ、其の大宜津比売神《おほげつひめのかみ》を殺したまふ。故《かれ》殺さえし神の身に生《な》れる物は、頭《かしら》に蚕《こ》生り、二つの目に稲種《いなだね》生り、二つの耳に粟《あは》生り、鼻に小豆《あづき》生り、陰《ほと》に麦《むぎ》生り、尻に大豆《まめ》生る[3]。故是《ここ》に神産巣日御祖命《かむむすひのみおやのみこと》[4]、茲《これ》を取らしめて、種《たね》と成したまふ。

〔八俣《やまた》の大蛇《をろち》〕

故《かれ》避《やら》ひ追《お》はえて[1]、出雲国《いづものくに》の肥河上《ひのかはかみ》、名は鳥髪《とりかみ》といふ地《ところ》[2]に降《くだ》りましき。此《こ》の時に、箸《はし》其《そ》の河より流れ下《くだ》る。是《ここ》に須佐之男命《すさのをのみこと》、人其の河上に有りと以為《おも》ほして、尋覓《と》め上《のぼ》り往《い》でまししかば、老夫《おきな》と老女《おみな》と

1　以下の一段、編纂時の挿入神話。主語を月神とする神代紀の方が原型。ハイヌウェレ伝承とか蚕になった女などの説話に類型がある。穀神の死によって人類に食物がもたらされたとする。
2　美味な食べもの。
3　五穀。神代紀では稲・粟・稗・麦・豆とする。
4　御祖命は始祖神。人の食べる穀物の種の起源神話。

1　追放されて。
2　島根県仁田郡奥出雲町大呂。斐伊川源流船通山。

二人在《あ》りて、童女《をとめ》を中に置きて泣く。尒《しか》して問ひ賜《たま》はく、「汝等《なれども》は誰《た》ぞ」ととひたまふ。故其の老夫、答へ言《まを》さく、「僕《やつかれ》は国つ神、大《おほ》山津見神《やまつみのかみ》の子なり。僕が名は足《あ》名《な》椎《づち》と謂《い》ひ、妻《め》が名は手《て》名《な》椎《づち》[3]と謂ひ、女《むすめ》が名は櫛《くし》名《な》田《だ》比《ひ》売《め》[4]と謂《い》ふ」とまをす。また問ひたまはく、「汝《な》が哭《な》く由《ゆゑ》は何《なに》ぞ」ととひたまふ。答へ白言《まを》さく、「我が女《むすめ》は本《もと》より八《やたり》の稚女《をとめ》在り。是《こ》の、高志《こし》の八俣《やまた》のをろち[5]、年毎《ごと》に来て喫《く》ふ。今其《そ》が来《く》べき時なり。故泣く」とまをす。尒《しか》して問ひたまはく、「其の形はいかに」ととひたまふ。答へ白《まを》さく、「彼《そ》の目は赤かがち[6]の如《ごと》くして身一つに八《や》頭《かしら》・八《や》尾《を》有り。また其の身に蘿《ひかげ》と檜《ひ》榲《すぎ》生《お》ひ、其の長《たけ》は谿《たに》八《や》谷《たに》・峡《を》八《や》尾《を》に度《わた》り[7]て、其の腹を見れば、悉《ことごと》く常《つね》に血に爛《ただ》れたり」[8]とまをす。此《ここ》に赤かがちと謂《い》へるは今の酸醤《ほほづき》ぞ。尒して速須佐之男命、其の老夫《おきな》に詔《の》りたまはく、「是の汝《な》が女《むすめ》は、吾《あれ》に奉《たてまつ》らむや」とのりたまふ。答へ白さく、「恐《かしこ》し。また御名を覚《さと》らず」とまをす。尒して答へ詔りたまはく、「吾《あれ》は天照大御神《あまてらすおほみかみ》のいろせ[9]ぞ。故、今天《あめ》より降《くだ》り坐《ま》しぬ」とのりたまふ。尒して足名椎・手名椎の神白さく、「然坐《しかいま》さば恐《かしこ》し、立奉《たてまつ》らむ」とまをす。

3 神代紀には「脚摩乳・手摩乳」とあり、童女の足・手を撫でいつくしむ霊（ち）。
4 くしいなだ（奇稲田）姫の約。「くし」は霊妙の意。すぐ後に同訓の櫛が登場するので連想を遡らせてここに用いたもの。
5 「高志」は北陸の越（福井・富山・新潟）地方。多頭多尾の大蛇。多頭の大蛇の伝説や遺物は世界的広がりをもつ。
6 ナス科のほおずき。
7 長さが谷八つ、峰八つを越える。
8 血がしたたり、皮肉が傷つき破れている。
9 「いろ」は母親が同じ。「せ」は兄弟。ここは弟。

爾して速須佐之男命、湯《ゆ》津《つ》爪櫛《つまくし》に其の童女《をとめ》を取り成《な》して、御《み》みづらに刺《さ》さし[10]、其の足名椎・手名椎の神に告《の》りたまはく、「汝等《なれども》、八《や》塩折《しほをり》の酒[11]を醸《か》み、また垣《かき》を作り廻《もとほ》し、其の垣に八《や》門《かど》を作り、門毎《ごと》に八さずきを結《ゆ》ひ[12]、其のさずき毎《ごと》に酒船《さかふね》[13]を置きて、船毎《ごと》に其の八塩折の酒を成《も》り[14]て待て」とのりたまふ。故告《の》りたまへるまにまにして、かく設《ま》け備《そな》へ待つ時に、其の八俣のをろち、信《まこと》に言《こと》の如《ごと》く来ぬ。船毎に己《おの》が頭《かしら》を垂《た》れ入れ、其の酒を飲む。是に飲み酔《ゑ》ひ留《とど》まり伏し寝《い》ぬ。爾して速須佐之男命、其の御《み》佩《はか》せる十拳《とつか》の剱を抜き、其の蛇《をろち》を切り散《はふ》り[15]たまひしかば、肥河《ひのかは》血に変《な》りて流る。故其の中の尾を切りたまふ時に、御刀《みはかし》の刃《は》毀《か》けぬ。爾して怪《あや》しと思ほし、御刀の前以《さきも》ち刺し割《さ》きて見そこなはせば、都牟《つむ》羽《は》[16]の大刀《たち》在り。故此の大刀を取り、異《け》しき物と思ほして、天照大御神に白《まを》し上《たてまつ》りたまふ。是《これ》は草那芸《くさなぎ》之《の》大刀《たち》[17]なり。

故是《ここ》を以ち其の速須佐之男命、宮を造《つ》作《く》るべき地《ところ》を出雲国に求《ま》ぎたまふ。爾して須賀《すが》[18]の地《ところ》に到《いた》り坐《ま》して詔りたまはく、「吾《あれ》此《こ》地《こ》に来《き》、我《あ》が御心《みこころ》すがすがし[19]」とのりたまひて、其地《そこ》に宮を作り坐《いま》す。故其

10　童女を櫛に変化させて髪に挿す。呪術ではなく幻術。天照大御神の弟であることを常識を超えた威力で証明してみせた。
11　何回も繰り返し醸した純度の高い辛い酒。
12　サジキ（桟敷）の古形。仮設の棚。綱で木材を結ぶ。
13　酒を入れる槽（おけ）。
14　「成」は「盛」の省文。入れる。
15　ばらばらにする。
16　「つむは」は未詳。「羽」は原型「刈（かり）」か。
17　後に倭建命が草を薙いで難を免れた説話に由来する。それをここに遡らせた名。「臭蛇」（くさなぎ）説は非。熱田神宮のご神体ともいう。
18　島根県雲南市大東町須賀。
19　本文「須〻賀〻斯」。

地は今に須賀と云ふ。茲《こ》の大神、初め須賀の宮を作らしし時に、其地より雲立ち騰《のぼ》る。尓して御歌作りたまふ。其の歌に曰《いは》く、

八雲《やくも》立《た》つ　出雲《いづも》八重垣《やへがき》
妻籠《つまご》みに　八重垣《やへがき》作《つく》る
その八重垣《やへがき》を[20]　（歌謡番号一）

是《ここ》に其の足名鉄神《あなづちのかみ》[21]を喚《め》して告《の》言りたまはく、「汝《な》は我《が》が宮の首《おびと》[22]に任《ま》けむ」とのりたまふ。また名を負《お》ほせて稲田宮主須賀之八耳神《いなだのみやぬしすがのやつみみのかみ》と号《なづ》けたまふ。

〔系　譜〕

故其《かれそ》の櫛名田比売《くしなだひめ》を以《も》ちくみどに起こして、[1]生みませる神の名《みな》は、八嶋士奴美神《やしまじぬみのかみ》と謂《い》ふ。また大山津見神《おほやまつみのかみ》の女《むすめ》、名は神大市比売《かむおほいちひめ》に娶《あ》ひて生みませる子、大年神《おほとしのかみ》。次に宇迦之御魂神《うかのみたまのかみ》。二柱《ふたはしら》。兄《え》八嶋士奴美神、大山津見神の女《むすめ》、名は木花知流比売《このはなちるひめ》[2]に娶ひて生める子、布波能《ふはの》

20　「八雲立つ」は枕詞。さかんに雲が起こる意。「八重垣」は幾重もの垣。「妻籠みに」は妻を籠らせるために。「を」は格助詞。間投助詞説もある。

21　足名椎に同じ。鉄は斧（おの）を表す字であるが、ここは椎と同じ「ツチ」の国語表記に当てている。

22　「おびと」は大人（オホヒト）の約という。統率者。

1　隠れた場所。寝室で夫婦のちぎりを結ぶ。以下須佐之男命の子孫の系譜。大年神は穀物の稔りの神。宇迦之御魂は稲に宿る霊魂。この系譜は六四頁の系譜につながる。

2　後出七八頁の木花之佐久夜毘売に対応する名。

3　水神、龍蛇体とイメージされていた。

母《も》遅《ぢ》久《く》奴《ぬ》須《す》奴神《ぬのかみ》。此《こ》の神淤《お》迦《か》美神《みのかみ》[3]の女《むすめ》、名は日《ひ》河《かは》比《ひ》売《め》に娶ひて生める子、深渕之水夜礼花神《ふかふちのみづやれはなのかみ》。此の神天之都度閇知泥神《あめのつどへちねのかみ》に娶ひて生める子、淤美豆奴神《おみづぬのかみ》[4]。此の神布怒豆怒神《ふのづののかみ》の女《むすめ》、名は布帝耳神《ふてみみのかみ》に娶ひて生める子、天之冬衣神《あめのふゆきぬのかみ》。此の神刺国大神《さしくにおほのかみ》の女、名は刺国若比売《さしくにわかひめ》に娶ひて生める子、大国主神《おほくにぬしのかみ》[5]。またの名は大穴牟遅神《おほあなむぢのかみ》[6]と謂ひ、またの名は葦原色許男神《あしはらしこをのかみ》[7]と謂ひ、またの名は八千矛神《やちほこのかみ》[8]と謂ひ、またの名は宇《う》都《つ》志国玉神《しくにたまのかみ》[9]と謂ひ、并《あは》せて五つの名有り。

〔大国主神《おほくにぬしのかみ》〕

〔兎《うさぎ》とワニ〕

故此《かれこ》の大国主神《おほくにぬしのかみ》の兄《え》弟《おと》八十《やそ》神《かみ》[1]坐《いま》す。然《しか》あれどもみな国は大国主神に避《さ》り[2]まつる。避りし所以《ゆえ》は、其《そ》の八十神おのもおのも稲羽《いなば》の

4　『出雲国風土記』の国引き神話の八束水臣津野命と同じ神とされる。

5　『古事記』・神代紀の出雲系の神々をまとめた名。国土霊の意。以下がその別名での神話であることが注目される。

6　採鉄の金坑の主の意か。『出雲国風土記』は「大神」と記す。

7　「しこを」は強い男の意。

8　多数の矛の意。武神か。

9　眼に見えるこの国土の霊魂。この系譜には名義未詳の神名が多い。

1　八十は多数をあらわし、実数ではない。

2　大国主神に譲って身を引いた。始めに結末を述べて以下にことの次第を述べる『古事記』の表現形式の一つ。

八上比売《やかみひめ》を婚《ま》かむ[3]と欲《おも》ふ心有り、共に稲羽に行きし時に、大穴牟遅《おほあなむぢの》神《かみ》に俗《ふくろ》を負《お》ほせ、従者《ともびと》と為《し》て率《ゐ》往く[4]。是《ここ》に気多《けた》の前《さき》[5]に到《いた》る時に、裸《あかはだ》の兎《うさぎ》伏せり。尓して八十神其の兎に謂《い》ひて云《い》はく、「汝為《なれせ》むは、此の海塩《うしほ》を浴《あ》み、風の吹くに当たりて、高山《たかやま》の尾《を》の上《へ》に伏せれ」といふ。故其の兎、八十神《やそかみ》の教へに従ひて伏す。尓して其の塩の乾《かわ》くまにまに、其の身の皮悉《かはことごと》くに風に吹き折《さ》かえつ。故痛《い》苦《た》み泣き伏せれば、最後《いやはて》に来ませる大穴牟遅神、其の兎を見て言はく、「何の由《ゆゑ》に汝《なれ》泣き伏せる」といふ。兎答へ言《まを》さく、「僕《やつかれ》、淤岐嶋《おきのしま》[6]に在り。此地《ここ》に度《わた》らむと欲《おも》へども、度らむ因無《よしな》し。故海のわに[7]を欺《あざむ》きて言はく、『吾《われ》と汝《な》と競《きほ》ひ、族《うがら》の多き少きを計らむと欲《おも》ふ。故汝は其の族《うがら》の在りのまにまに悉《ことごと》く率《ゐ》て来、此の嶋より気多《けた》の前《さき》に至るまで、みな列《な》み伏し度《わた》れ。尓して吾《あれ》其の上を蹈《ふ》み走りつつ読み度らむ。是《ここ》に吾《あ》が族といづれか多きを知らむ』といふ。かく言ひしかば、欺《あざむ》かえて列《な》み伏せる時に、吾《あれ》其の上を蹈《ふ》み読み度り来《き》、今地《つち》に下《お》りむとする時に、吾云はく、『汝《な》は我《あれ》に欺《あざむ》かえつ』と言ひ竟《を》はるすなはち最《いや》端《はて》に伏せるわに、我《あれ》を捕《と》らへ、悉《ことごと》く我《あ》が衣服《きもの》を剥ぐ。此《これ》に因《よ》りて泣

3　鳥取県八頭郡八頭町八上の女性。「まく」は求婚する。

4　大穴牟遅神（大国主神）は兄に従属する末弟であり、兄たちの旅行バッグの担ぎ役となる。この一番のダメ男が、最後に姫を手に入れる、イワンの馬鹿型の説話。

5　鳥取市気高町末恒辺り。または同市の白兎海岸に気多岬の伝承地があり、白兎神社がある。

6　島根県の隠岐説が有力であるが、二七頁に「隠伎」とあり、白兎海岸近くの「淤岐島」は固有名詞とみるべきもの。普通名詞の「沖」の意ならば「奥」と書くであろう。

7　鮫（サメ）の類。鳥取・島根・兵庫県北部などで鮫を「わに」と呼ぶ。爬虫類の鰐（ワニ）は日本には棲息しないが、知識と恐るべきイメージは早く輸入されていたとみ

き患《うれ》ふれば、先に行きし八十《やそ》神《かみ》の命《みこと》以《も》ち誨《をし》へ告《の》りたまはく、『海塩《うしほ》を浴《あ》み、風に当たり伏せれ』とのりたまふ。故教への如《ごと》く為《せ》しかば、我《あ》が身悉く傷《そこな》はえぬ」とまをす。是に大穴牟遅神、其の兎に教へて告りたまはく、「今急《すみや》かに此《こ》の水門《みなと》8に往き、水を以ち汝《な》が身を洗ひ、其の水門の蒲《かま》の黄《はな》9を取り、敷《し》き散《ち》らして、其の上に輾《こ》い転《まろ》10ばば、汝が身本《もと》の膚《はだ》の如く、かならず差《い》えむ」とのりたまふ。故教への如く為《せ》しかば、其の身本の如し。此れ稲羽《いなば》の素兎《しろうさぎ》11ぞ。今には兎神《うさぎかみ》12と謂ふ。

故其の兎、大穴牟遅神に白《まを》さく、「此の八十神は、かならず八上比売を得じ。帒《お》を負ひたまへども、汝命《いましみこと》獲《え》たまはむ」とまをす。

是《ここ》に八上比売《ひめ》、八十神に答へて言はく、「吾《あれ》は汝等《いましたち》の言《こと》を聞かじ、大穴牟遅神に嫁《あ》はむ13」といふ。

〔螱貝比売《きさかひひめ》と蛤貝比売《うむかひひめ》〕

故尓《かれしか》して八十《やそ》神忿《かみいか》り、大穴牟遅神《おほあなむぢのかみ》を殺さむと欲《おも》ひ共《とも》に議《はか》りて、伯《はは》

られ、鮫との混交イメージで「わに」が用いられたのであろう。

8　水の出入り口。河口。

9　『大同類聚方』に「加麻乃波奈」とあり、腹痛薬とする。「黄」は花粉の色。

10　『玉篇』「輾、転也」。寝ころがる。

11　「素」は「白」に同じであるが、元と同じ衣装に戻ったことを表す。

12　白兎は祥瑞（めでたいしるし）。『延喜式』には「月之精也其寿千歳」とあり、神として祀られたものか。

13　『古事記』は男性主格では「娶」、女性主格では「嫁」を用いる。訓みは共に「アフ」。兎の予言の通りになった。

岐国《きのくに》の手間《てま》の山本《やまもと》[1]に至りて云《い》はく、「赤猪《あかゐ》此《こ》の山に在《あ》り、故われ共《とも》に追《お》ひ下ろさば、汝《なれ》待ち取れ。もし待ち取らずは、かならず汝を殺さむ」と云ひて、火を以《も》ち猪に似《の》れる大石《おほいし》を焼《や》きて、転《まろ》ばし落とす。尓して追ひ下《くだ》すを取る時に、其の石に焼き着《つ》かえて死ぬ。尓して其の御祖《みおや》[2]の命《みこと》 哭《な》き患《うれ》へて、天に参上《まゐのぼ》り、神産巣日之命《かむむすひのみこと》に請《まを》す時に、𧏛貝比売《きさかひひめ》[3]と蛤貝比売《うむかひひめ》[4]とを遣《つか》はし、作り活《い》けしめたまふ。尓して𧏛貝比売きさげ集めて、蛤貝比売待ち承《う》けて、母《おも》の乳汁《ちしる》[5]と塗れば、麗《うるは》しき壮夫《をとこ》に成りて出《い》で遊《あそ》び行《ある》く。

〔根《ね》の堅州国《かたすくに》〕

是《ここ》に八十神《やそかみ》見、また欺《あざむ》き、山に率《ゐ》入《い》りて、大樹《おほき》を切り伏せ、茹矢《ひめや》[1]を其《そ》の木に打ち立て、其の中に入らしむるすなはち其の氷目矢《ひめや》を打ち離《はな》ちて、拷《う》ち殺しつ。尓《しか》してまた其の御祖、哭きつつ求《ま》げば、見得つ。其の木を折《さ》きて、取り出だし活《い》け、其の子に告《の》りて言はく、

1 鳥取県西伯郡南部町会見。
2 母親。
3 注釈書・テキストに「[illegible]」「𧏛」に当てるが「黒」の誤字か。黒貝は貽貝（イカヒ）。『大同類聚方薬註』には「伊加伊比女」とある。
4 「ウムキノカヒ」とも。はまぐり。
5 貽貝の貝殻を焼き、削（きさげ）り集めた粉末を蛤の貝に受けその胆汁にまぜ、母乳状にして塗ったという。また蛤の分泌液は火傷の治療薬として用いられたとも。古代の火傷の療法。

1 「茹」は食・啗の意でハム・カムの意。したがって「はめや」と訓みたいところであるがすでに次行の「ひめや」に音転していたのであろう。嚙ませ矢。一種のクサビ。

「汝《な》は此間《ここ》に有らば、遂《つひ》に八十神の為《ため》に滅《ころ》さえむ」といひ、木国《きのくに》[2]の大屋毗古神《おほやびこのかみ》[3]の御所《みもと》に違《たが》へ遣《や》り[4]つ。尓して八十神覓《ま》ぎ追ひ臻《いた》りて、矢刺し乞《こ》ふ時に、木の俣《また》より漏《く》き逃《にが》して云《い》はく、「須佐能男命《すさのをのみこと》の坐《いま》せる根堅州国《ねのかたすくに》[5]に参向《まゐむ》かふべし。かならず其の大神議《はか》らむ」といふ。故《かれ》詔命《みこと》のまにまにして須佐之男命の御所《みもと》に参到《まゐいた》れば、其の女《むすめ》須勢理毗《すせりび》売《め》出で見《み》、目合為《めあはせし》[6]て、相婚《あ》はむと還《かへ》り入り、其の父に白《まを》して言《まを》さく、「いたく麗《うるは》しき神来たり」とまをす。尓して其の大神出で見て、告《の》りたまはく、「此《こ》は葦原色許男命《あしはらしこをのみこと》と謂《い》ふぞ」とのりたまふ。喚《よ》び入れて、其の虵《へみ》の室《むろ》[7]に寝《ね》しめたまふ。是《ここ》に其の妻須勢理毗売命《めすせりびめのみこと》、虵のひれ[8]を以《も》ち、其の夫《を》に授《さづ》けて云はく、「其の虵咋《く》はむには、此のひれを以ち三たび挙《ふ》り打ち撥《はら》ひたまへ」といふ。故教への如《ごと》くせしかば、虵自《おの》づから静まりぬ。故平《やす》く寝《い》ね出でましつ。また来《く》るつ日[9]の夜は、呉公《むかで》[10]と蜂《はち》との室《むろ》に入れたまふ。また呉公と蜂のひれを授け、教ふること先の如し。故平《やす》く出でましつ。また鳴鏑《なりかぶら》[11]を大野の中に射《い》入れ、其の矢を採《と》らしめたまふ。故其の野に入ります時に、火を以《も》ち其の野を廻《もとほ》[12]し焼く。是に出でむ所を知らさぬ間に、鼠《ねずみ》来て云は

2　後の紀伊国（和歌山県）。
3　家屋の神。家屋と木の連想の名か。二八頁参照。
4　人目を避けていったん方角を変えてから行かせる。
5　既出。三八頁参照。
6　互いに目を動かし合うこと。めくばせ。
7　「虵」は「蛇」の異体字。「室」は部屋。
8　領巾（首にかける布）。ここではひらひらするもの。災難除けの呪具。
9　「くるつひ」は『日本書紀』専用の訓み。「くるひ」が良いか。
10　「呉公」は「蜈蚣」の省文。
11　かぶら矢に同じ。射ると音響を発する。先端が蕪の形で内部が空洞、小孔が数個あけてある。
12　周りから焼きめぐらす。

く、「内《うち》はほらほら、外《と》はすぶすぶ」[13]と、かく言ふ。故其処《そこ》を踏《ふ》めば、落ち隠《かく》り入りし間《あひだ》に、火は焼け過ぎぬ。尓して其の鼠、其の鳴鏑を咋《く》ひ持ち出で来て奉《たてまつ》る。其の矢の羽《は》は、其の鼠の子等《ども》みな喫《く》ひつ。

是に其の妻《め》須《す》世《せ》理《り》毘《び》売《め》は、喪《も》の具《もの》[14]を持ちて哭《な》き来《く》。其の父の大神は、すでに死にきと思ほし、其の野に出で立たす。尓して其の矢を持ちて奉る時に、家に率《ゐ》入りて、八田間《やたま》の大室《おほむろ》[15]に喚《よ》び入れて、其の頭《かしら》の虱《しらみ》を取らしめたまふ。故尓して其の頭を見れば、呉公《むかで》多《さは》に在り。是に其の妻《め》、むく[16]の木《こ》の実と赤土《はに》とを取り、其の夫《を》に授《さづ》く。故其の木の実を咋《く》ひ破り、赤土《はに》を含《ふふ》み唾《つは》き出だせば、其の大神、呉公を咋ひ破り唾き出だすと以為《おも》ほして、心に愛《は》しと思《おも》ひて寝《いね》ます。尓して其の神の髪《かみ》を握《と》り、其の室《むろ》の椽毎《たりきごと》に結《ゆ》ひ着けて、五百引《いほびき》の石《いは》[17]を、其の室の戸に取り塞《さ》へ、其の妻《め》須世理毘売を負《お》ふ。其の大神の生大刀《いくたち》と生弓矢《いくゆみや》[18]と其の天《あめ》の沼琴《ぬごと》[19]を取り持ちて、逃げ出でます時に、其の天の沼琴樹《き》に払《ふ》れて地動《つちとよ》み鳴りき。故其の寝《いね》ませる大神、聞き驚かして、其の室を引き仆《たふ》したまふ。然《しか》あれども椽《たりき》に結《ゆ》へる髪を解かす間《あひだ》

13 「ほら」は洞。「すぶ」は搾。すぼまっている意。入り口は狭く内部は広い。鼠のすみかの地下の表現。蛇・呉公・蜂も地下・地下つまり根の国に属するものとしている。

14 喪器。葬礼に用いる器具。

15 「やた」は八個（ヤツ）の音転。「ま」は柱と柱の間。大きな部屋の意。

16 椋。黒い実の外皮の黄茶褐色で油っぽいのが呉公のイメージ。ムクとムカデの音の連鎖もあろう。

17 五百人力でやっと引くことのできる大きな石。

18 霊的活力を発揮する剣と弓矢。大神の権威のシンボル。

19 沼は玉。玉のような琴。

20 黄泉の国と葦原中国の境にある急坂。

21 稜線部。

22 相手を低い立ち場に置きつつ親愛感を込めた二人称。

に遠く逃げたまふ。故尓して黄泉比良坂《よもつひらさか》[20]に追ひ至り、遥《はる》かに望《みさ》け呼《よ》ばひ、大穴牟遅神《おほあなむぢのかみ》に謂《い》ひて曰《いは》く、「其の汝《な》が持てる生大刀・生弓矢以《も》ちて汝が庶兄弟《ままえおと》は、坂の御尾《みを》[21]に追ひ伏せ、また河の瀬《せ》に追ひ撥《はら》ひて、おれ[22]大国主神《おほくにぬしのかみ》と為《な》り、また宇都志国主神《うつしくにぬしのかみ》[23]と為《な》りて、其の我が女《むすめ》須世理毘売を適妻《むかひめ》[24]と為《し》て、宇迦能山《うかのやま》の山本[25]に、底津石根《そこついはね》に宮柱《みやはしら》ふとしり、高天原《たかあまのはら》に氷椽《ひぎ》たかしりて居《を》れ、是《こ》の奴《やつこ》[26]」といふ。故其の大《た》刀《ち》・弓《ゆみ》を持ち、其の八十神を追ひ避《さ》くる時に、坂の御尾毎《ごと》に追ひ伏せ、河の瀬毎に追ひ撥《はら》ひて始めて国を作りたまふ。

故其の八上比売《やかみひめ》は先の期《ちぎり》の如《ごと》くみとあたはしつ[27]。故其の八上比売は率《ゐ》来つれども、其の適妻《むかひめ》須世理毘売を畏《かしこ》みて、其の生める子は木の俣《また》に刺し挟《はさ》みて返りぬ。故其の子に名づけて木俣神《きまたのかみ》[28]と云ふ。またの名は御井神《みゐのかみ》と謂ふ。

23　シンボルを手に入れた者が大国主＝国の統治者と成り、その国の国土霊となる。→四九頁。
24　正妻。嫡妻とも。
25　島根県出雲市出雲大社の東北の御崎山の麓。
26　大地の岩盤（底津石根）に宮殿の柱を壮大に建て（ふとしり）天空（高天原）にチギを高く上げ（ひぎたかしり）て住め。こやつ。祝詞の常套句の転用。
27　結婚をなさった。「みと」は寝所。「あたはし」は共にするの敬語表現。「つ」は完了の助動詞。主語は大穴牟遅神。
28　樹木の枝間は神の座となり、井はその水面に映る神を認識する場。共に神聖な場。

〔八千矛神《やちほこのかみ》の歌物語〕

此《こ》の八千矛神《やちほこのかみ》、[1]高志国《こしのくに》の沼河比売《ぬなかはひめ》[2]を婚《ま》かむとして幸行《い》でます時に、
其《そ》の沼河比売の家に到《いた》り[3]歌ひ曰《の》りたまはく、

八千矛《やちほこ》の 神の命《みこと》は
八島国《やしまくに》 妻娶《つまま》きかねて
遠々《とほとほ》し 高志《こし》の国《くに》に
賢《さか》し女《め》を ありと聞《き》かして
麗《くは》し女《め》を ありと聞《き》こして
さ呼《よ》ばひに あり立《た》たし[4]
呼《よ》ばひに あり通《かよ》はせ
大刀《たち》が緒《を》も いまだ解《と》かずて
襲《おすひ》をも いまだ解《と》かねば[5]
嬢子《をとめ》の 寝《な》すや[6]板戸《いたと》を
押《お》そぶらひ[7] 我《わ》が立《た》たせれば
引《ひ》こづらひ 我《わ》が立《た》たせれば

1 多数の武器を象徴とする神。
2 北越の玉の川の姫。翡翠による名。新潟県糸魚川市付近。同市田伏に式内奴奈川神社があり、祭神奴奈川姫命。
3 男が夜間女の家に通う妻問い婚が日本古代の婚姻形態であったとみられる。
4 「よばひ」は呼ぶことの継続形で求婚を続ける。「あり」も動作の継続するさま。
5 「たたし」は立つの敬語。「おすひ」は重ね衣。上衣の一種。「とかねば」は解かないのに。
6 「なす」は寝るの敬語表現。「や」は間投詞。
7 押し揺することの連続形。
8 トラツグミという鳥。夜半から明け方に鳴く。
9 なんともいまいましくも。
10 打って止めさせて欲しい。
11 「い」は接頭語。「した

青山《あをやま》に　鵺《ぬえ》[8]は鳴《な》きぬ
さ野《の》つ鳥《とり》　雉子《きぎし》は響《とよ》む
庭《には》つ鳥《とり》　鶏《かけ》は鳴《な》く
うれたくも[9]　鳴《な》くなる鳥《とり》か
この鳥《とり》も　うち止《や》めこせね[10]
いしたふや[11]　天駈使《あまはせづかひ》[12]
事《こと》の　語《かた》りごとも　こをば[13]　（歌謡番号二）

尓《しか》して其の沼河日売《ぬなかはひめ》、いまだ戸を開《ひら》かず、内より歌ひ曰《いは》く、

八千矛《やちほこ》の　神《かみ》の命《みこと》
ぬえくさの[14]　女《め》にしあれば
吾《わ》が心《こころ》　浦渚《うらす》の鳥《とり》ぞ[15]
今《いま》こそは　吾鳥《わどり》にあらめ
後《のち》は　汝鳥《などり》にあらむを
命《いのち》は　な死《し》せたまひそ[16]
いしたふや　天駈使《あまはせづかひ》
事《こと》の　語《かた》りごとも　こをば

ふ」は未詳。
12 古く地方から召集した仕丁の中に天駈使があり、後に天語連が管掌した駈仕丁。
13 「こと」は故事。「語りごと」は陳述。古くからの伝えを、このように申し上げます。
14 枕詞。萎えた草のような。
15 入江の洲にいる水鳥。一対になるべき相手もいない。
16 鳥の命は打ち殺さないでくださいませ。
17 枕詞。カラスオウギ（ヒオウギ）の実は黒いので夜にかかる。
18 夜は主語ではない。八千矛の神様は夜にお出でになってください。
19 朝日の輝き上り来るように。枕詞。
20 楮の樹皮で作った綱は白いので白にかかる枕詞。
21 アワのような白く軟らかい雪。若にかかる枕詞。

青山《あをやま》に　日《ひ》が隠《かく》らば
　ぬばたまの[17]　夜《よ》は出《い》でなむ[18]
朝日《あさひ》の[19]　咲《ゑ》み栄《さか》え来《き》て
栲綱《たくづの》の[20]　白《しろ》き腕《ただむき》
沫雪《あわゆき》の[21]　わかやる胸《むね》[22]を
そだたき[23]　たたきまながり[24]
真玉手《またまで》　玉手《たまで》差《さ》し纏《ま》き
股長《ももなが》に　寝《い》は寝《な》さむを[25]
あやに　な恋《こ》ひきこし[26]
八千矛《やちほこ》の　神《かみ》の命《みこと》
　事《こと》の　語《かた》りごとも　こをば　　（歌謡番号三）

故《かれ》其の夜《よ》は合はさずて、明日《くるつひ》の夜《よ》御合《みあひ》[27]為《し》たまふ。

また其の神の適后《おほきさき》須《す》勢《せ》理《り》毘《び》売命《めのみこと》、いたく嫉妬《うはなりねたみ》[28]為《し》たまふ。故其の日子遅神《ひこぢのかみ》[29]わびて、出雲《いづも》より倭国《やまとのくに》に上《のぼ》り坐《ま》さむとして、束装《よそひ》し立たす時に、片御手《かたみて》は御馬《みま》の鞍《くら》[30]に繋《か》け、片御足《かたみあし》は其の御鐙《みあぶみ》に蹈《ふ》み入れて、歌ひ曰《の》りたまはく、

22　女性の若やいでいる胸を。
23　「そ」はそっと説、十分説がある。「だたき」は「たたき」の濁音化。揺り動かす。撫でる。
24　抱擁する。
25　「い」は睡眠、「なす」は身を横たえる。「す」は尊敬の助動詞。→五六頁注6。
26　そんなにひどく恋しいなどとおっしゃらないで。
27　結婚。
28　本妻が後妻（庶妻）に対して嫉妬すること。
29　夫の神。八千矛神。
30　木製の鞍。国字。
31　ぴったりと身に着けて。
32　沖の鳥。鴨の動作がイメージされている。
33　羽をぱたぱたするさまを、着物をあれこれ点検する比喩としている。
34　浜辺に寄せた波。比喩。
35　波頭が後に反転してゆく

ぬばたまの　黒《くろ》き御衣《みけし》を
まつぶさに　取《と》り装《よそ》ひ[31]
沖《おき》つ鳥《とり》[32]　胸《むな》見る時《とき》
はたたぎも[33]　これは適《ふさ》はず
辺《へ》つ波《なみ》[34]　背《そ》に脱《ぬ》き棄《う》て[35]
鴗鳥《そにどり》の[36]　青《あを》き御衣《みけし》を
まつぶさに　取《と》り装《よそ》ひ
沖《おき》つ鳥《とり》　胸《むな》見る時《とき》
はたたぎも　こも適《ふさ》はず
辺《へ》つ波《なみ》　背《そ》に脱《ぬ》き棄《う》て
山県《やまがた》に[37]　蒔《ま》きし　あたたで舂《つ》き[38]
染木《そめき》[39]が汁《しる》に　染衣《しめころも》を
まつぶさに　取《と》り装《よそ》ひ
沖《おき》つ鳥《とり》　胸《むな》見る時《とき》
はたたぎも　此《こ》しよろし
いとこやの[40]　妹《いも》の命《みこと》[41]

ように、背後に脱ぎ捨てる。
36 カワセミ。比喩。
37 「やまあがた」の約。アガタは山地の畑。
38 異蓼（あたたで）。中国などからの種による藍染めの蓼を舂く。
39 染めの材料。
40 愛しい子。親愛なる子。「や」は間投詞。
41 妻よ。命は敬意をもった呼びかけ。
42 比喩。自分が一族・従者一群で去ってしまったならば。
43 比喩。「ひけ」はヒキの受動形。一羽が飛びたつと一斉に引かれて飛ぶ鳥の意。
44 山のところ。山。
45 頸の後をうなじ（項）といい「うな」とも。「かぶし」は頭を傾ける。うなだれる。
46 お泣きになるだろうことは。
47 （やがて）霧となって立

群鳥《むらとり》の　吾《わ》が群《む》れ往《い》なば42
引《ひ》け鳥《とり》の43　吾《わ》が引《ひ》け往《い》なば
泣《な》かじとは　汝《な》は言《い》ふとも
山処《やまと》の44　一本《ひともと》すすき
項傾《うなかぶ》し45　汝《な》が泣《な》かさまく46
朝雨《あさあめ》の　霧《きり》に立《た》たむぞ47
若草《わかくさ》の48　妻《つま》の命《みこと》
事《こと》の　語《かた》りごとも　こをば

尓して其の后《きさき》、大御酒坏《おほみさかづき》を取り、立ち依《よ》り指挙《ささ》げて49、歌ひ曰《いは》く、　（歌謡番号四）

八千矛《やちほこ》の　神《かみ》の命《みこと》や
我《あ》が大国主《おほくにぬし》50
汝《な》こそは　男《を》にいませば
うち廻《み》る51　嶋《しま》52の埼々《さきざき》
かき廻《み》る　磯《いそ》の埼落《さきお》ちず53
若草《わかくさ》の54　妻持《つまも》たせらめ55
我《あ》はもよ　女《め》にしあれば

つだろうよ。孤独の嘆き。

48　比喩による枕詞。

49　夫の傍らに寄り添い立ち（大御酒坏を）捧げて。

50　偉大な国の統治者。普通名詞。

51　「うち」は接頭語。「みる」の本文「微流」。「微」は乙類の仮名。「見る」の「ミ」は甲類。「廻る」はまわりめぐる。

52　「しま」は水面をめぐらす土地。漢語では海中の山。

53　曲がった突端の岸も洩れることなく。どこにでも。

54　妻の枕詞。若草の柔らかくみずみずしいさま。

55　妻をお持ちでございましよう。「せ」は尊敬表現。

56　「きて」は「おきて」の「お」が脱落したもの。除いて。あなたのほかに。

57　絹織物の部屋をしきる帷帳（トバリ）の、ふんわりと

汝《な》を除《き》て56 男《を》は無《な》し
汝《な》を除《き》て 夫《つま》は無《な》し
綾垣《あやかき》の ふはやが下《した》に57
帔被《むしぶすま》 にこやが下《した》に58
栲被《たくぶすま》 さやぐが下《した》に59
沫雪《あわゆき》の わかやる胸《むね》を
栲綱《たくづの》の 白《しろ》き臂《ただむき》
そだたき たたきまながり
真《ま》玉手《たまで》 玉手《たまで》差《さ》し纏《ま》き
股長《ももなが》に 寝《い》をし寝《な》せ
豊御《とよみ》酒《き》 たてまつらせ60
（歌謡番号五）

かく歌ふ。うきゆひ為《し》て61、うながけりて62、今に至るまで鎮《しづ》まり坐《いま》す。
此《こ》を神語《かむがたり》63と謂《い》ふ。

揺れる下で。
58 「むし（帔）」は麻の一種。「ふすま（被）」は寝衣をいう。「にこ」は柔らかい状態。「や」は接尾語。
59 こうぞ（楮）の繊維で織った寝衣。それがさやさやすれ合う下で。擬音語。
60 「とよ」は称辞。「みき」は本来神から賜った酒の意。ここは「とよ」がついて美酒。「たてまつる」は献上するから転じて飲食なさる意。尊敬の「せ」により、召し上がりなさいませ。
61 「うき」は杯。「ゆひ」は盟約。もう倭国には行かないでとちぎって。
62 「うな」はうなじ（項）。首に手をかけ合って。
63 八千矛神の、ヌナカワヒメ・スセリビメとの関係はどのようであったかを、それぞれの贈答歌で述べる歌物語。

〔系　譜〕

故此《かれこ》の大国主神《おほくにぬしのかみ》、胷形《むなかた》の奥津宮《おきつみや》[1]に坐《いま》す神、多紀理毗売命《たきりびめのみこと》に娶《あ》ひて生みませる子、阿遅鉏高日子根神《あぢすきたかひこねのかみ》[2]。次に妹高比売命《いもたかひめのみこと》。またの名は下《した》光比売命《てるひめのみこと》[3]。此の阿遅鉏高日子神は、今迦毛大御神《かものおほみかみ》[4]と謂《い》ふぞ。

大国主神、また神屋楯比売命《かむやたてひめのみこと》[5]に娶ひて生みませる子、事代主神《ことしろぬしのかみ》[6]。また八嶋牟遅神《やしまむぢのかみ》の女《むすめ》、鳥取神《とりとりのかみ》[7]に娶ひて生める子、鳥鳴海神《とりなるみのかみ》。此の神、日名照額田毗道男伊許知迩神《ひなてりぬかたびちをいこちにのかみ》[8]に娶ひて生める子、国忍冨神《くにおしとみのかみ》。此の神、葦那陀迦神《あしなだかのかみ》またの名は八河江比売《やかはえひめ》[9]に娶ひて生める子、速甕之多気佐波夜遅奴美神《はやみかのたけさはやぢぬみのかみ》。此の神、天之甕主神《あめのみかぬしのかみ》の女前玉比売《さきたまひめ》に娶ひて生める子、甕主日子神《みかぬしひこのかみ》。此の神、淤加美神《おかみのかみ》[10]の女比那良志毗売《ひならしびめ》に娶ひて生める子、多比理岐志麻流美神《たひりきしまるみのかみ》。此の神、比々羅木之其花麻豆美神《ひひらぎのそのはなまづみのかみ》[11]の女活玉前玉比売神《いくたまさきたまひめのかみ》に娶ひて生める子、美呂浪神《みろなみのかみ》。此の神、敷山主神《しきやまぬしのかみ》の女青沼馬沼押比売《あをぬまぬおしひめ》に娶ひて生める子、布忍冨鳥鳴海神《ぬのおしとみとりなるみのかみ》。此の神、若盡女神《わかつくしめのかみ》に娶ひて生める子、天日腹大科度美神《あめのひばらおほしなどみのかみ》。此の神、天狭霧神《あめのさぎりのかみ》の女遠津待根神《とほつまちねのかみ》に娶ひて生める子、遠津山岬多良斯神《とほつやまさきたらしのかみ》。

1 既出四一頁。
2 「あぢ」は複数の意。「すき」は刃物。短剣。電、つまり稲光・稲妻の神格化。
3 下界に照り輝く女神。天の電神に対応する地の電神。
4 奈良県御所市鴨神の高鴨神社の祭神。
5 未詳。以下未詳神が多い。
6 大国主神の神託の代行神。
7 卜部系写本は「鳥耳神」。
8 未詳。
9 応神天皇紀に宮主矢河枝比売があり、『中臣寿詞』に八桑枝とある。
10 『豊後国風土記』に「蛇龗」をオカミと訓んでいる。龍蛇体の水神。→三一頁「くらおかみ」。
11 「ひひらぎ」は柊。モクセイ科の常緑樹。花は満開でも近づかなければ見えないので、その花は貧しいというのであろう。ただし芳香あり。

右の件《くだり》、八嶋士奴美神《やしまじぬみのかみ》より以下《しも》、遠津山岬帯神《とほつやまさきたらしのかみ》より以前《さき》、十　七世《とをあまりななよ》[12]の神と称《い》ふ。

〔少名毗古那神《すくなびこなのかみ》との国作り〕

故大国主神《かれおほくにぬしのかみ》、出雲《いづも》の御大之御前《みほのみさき》[1]に坐《いま》す時に、波の穂《ほ》より[2]、天の羅摩《あめのかがみ》[3]の船に乗りて、鷦《さざき》の皮を内剥《うつは》ぎに剥ぎ衣服《きもの》[4]と為《し》て、帰《よ》り来《く》る神有《あ》り。尓《しか》して其《そ》の名を問はせども答へず、また従へる諸神《もろかみ》たちに問はせども、みな知らずと白《まを》す。尓して多迩具久《たにぐく》[5]白《まを》して言《まを》さく、「此《これ》は久延毗古《くえびこ》[6]かならず知りてあらむ」とまをす。久延毗古を召して問ひたまふ時に答へ白さく、「此は神産巣日神《かむむすひのかみ》の御子《みこ》少名毗古那神《すくなびこなのかみ》なり」とまをす。故尓して神産巣日御祖命《かむむすひのみおやのみこと》に白し上げしかば、答へ告《の》りたまはく、「此は実《まこと》に我が子なり。子の中に、我が手俣《たなまた》[7]よりくきし[8]子なり。故汝《いまし》葦原色許男命《あしはらしこをのみこと》と兄弟《えおと》と為《な》りて、其の国を作り堅《かた》めよ」とのりたまふ。故尓《それ》より、大穴牟遅《おほあなむぢ》と少名毗古那と二柱《ふたはしら》の神相並《あひなら》び、

12　四八頁の系譜から連続して数えると十五世。阿遅鉏高日子根神と事代主神を数えて十七世としたものか。

1　島根県松江市美保関町の岬。
2　波頭を伝わって。
3　「かがみ」はガガイモ科のつる草、ガガイモ。十センチほどの紡錘状の実をつけ、割れて舟形となる。
4　真福寺本は「鵝」のように見えるが、「鷦」の崩しと判定する。小鳥のミソサザイ。その皮を丸ごと剝いで。
5　ひきがえる。谷潜りの意。
6　かかし。崩れた男の意。
7　手の指の間。
8　隙間をすり抜ける。漏れる。

此《こ》の国を作り堅《かた》めたまふ。然《しか》ありて後《のち》は、其の少名毗古那神は、常《とこ》世国《よのくに》9に度《わた》ります。故其の少名毗古那神を顕《あらは》し白《まを》しし、謂《い》はゆる久延《くえ》毗古《びこ》は、今には山田《やまだ》の曽富騰《そほど》10ぞ。此《こ》の神は、足は行《ある》かねども、尽《ことごと》く天《あめ》の下《した》の事《こと》を知れる神なり。

是《ここ》に大国主神愁《うれ》へて告《の》りたまはく、「吾独《あれひと》りして、いかにか能《よ》く此の国を作り得《え》む。孰《いづ》れの神と、吾《あれ》と能《よ》く此の国を相作《あひつく》らむ」とのりたまふ。是《こ》の時に海を光らし依《よ》り来る神有り。其の神言《の》りたまはく、「我《あ》が前《まへ》を能く治《をさ》めば11、吾《あれ》能く共与《とも》に相作り成さむ。もし然《しか》あらずは、国成り難《がた》けむ」とのりたまふ。尓して大国主神曰《の》りたまはく、「然あらば治《をさ》め奉《まつ》らむ状《さま》はいかに」とのりたまふ。答へ言《の》りたまはく、「吾《あれ》は倭《やまと》の青垣《あをかき》12の東《ひむがし》の山の上《うへ》にいつき奉《まつ》れ13」とのりたまひき。此は御諸《みもろ》の山の上《うへ》に坐《いま》す神14なり。

〔大年神《おほとしのかみ》の系譜〕

9 異界。神仙郷。→四三頁。
10 かかし。雨水に濡れる人。ソホチヒトの約という。
11 私をよく祭るならば。神が祭祀を要求するときのきまり文句。
12 青々とした垣のような。
13 神の間近にいて祭り仕える。
14 「みもろ」は神がここにいらっしゃると信じられた場所。奈良県桜井市の三輪山の神。大物主神。

1 四八頁の系譜を受ける。
2 『延喜式』神名帳の出雲郡に伊努神社があり、関係があるか。
3 朝鮮半島の神の意。韓国名の神が日本神話に組み込まれている。
4 古代朝鮮語ソフル（京城・王都）の神。
5 韓半島新羅の神。枕詞の

故其《かれそ》の大年神《おほとしのかみ》[1]、神活須毘神《かむいくすびのかみ》の女《むすめ》、伊怒《いの》[2]比売《ひめ》に娶《あ》ひて生める子、大《おほ》国御魂神《くにみたまのかみ》。次に韓神《からのかみ》[3]。次に曾富理神《そほりのかみ》[4]。次に白日神《しらひのかみ》[5]。次に聖神《ひじりのかみ》[6]。五《いつはしら》の神。また香用比売《かぐよひめ》に娶ひて生める子、大香山戸臣神《おほかぐやまとみのかみ》。次に年《としの》御神《みかみ》。二柱。また天知迦流美豆比売《あめちかるみづひめ》に娶ひて生める子、奥津日子神《おきつひこのかみ》。次に奥津比売命《おきつひめのみこと》[7]、またの名は大戸比売神《おほへひめのかみ》[8]。此《これ》は諸人《もろひと》の以《も》ち拝《いつ》く竈《かま》の神ぞ。次に大山咋神《おほやまくひのかみ》。またの名は山末之大主神《やますゑのおほぬしのかみ》[9]。此《こ》の神は近淡海《ちかつあふみの》国《くに》の日枝山《ひえのやま》に坐《いま》す[10]。また葛野《かづの》の松尾《まつのを》に坐《いま》す[11]、鳴鏑《なりかぶら》を用《もち》ゐる神ぞ。次に庭津日神《にはつひのかみ》[12]。次に阿須波神《あすはのかみ》。次に波比岐神《はひきのかみ》[13]。次に香山戸臣神《かぐやまとみのかみ》。次に羽山戸神《はやまとのかみ》[14]。次に庭高津日神《にはたかつひのかみ》。次に大土神《おほつちのかみ》[15]。またの名は土之御祖神《つちのみおやのかみ》。九《ここのはしら》の神。

上《かみ》の件《くだり》、大年神《おほとしのかみ》の子、大国御魂神《おほくにみたまのかみ》より以下《しも》、大土神《おほつちのかみ》より以前《さき》、并《あは》せて十六《とをあまりむはしら》の神。

羽山戸神、大気都比売神《おほけつひめのかみ》に娶ひて生める子、若山咋神《わかやまくひのかみ》。次に若《わか》年神《としのかみ》。次に妹若沙那売神《いもわかさなめのかみ》[16]。次に弥豆麻岐神《みづまきのかみ》[17]。次に夏高津日神《なつたかつひのかみ》。またの名は夏之売神《なつのめのかみ》。次に秋毘売神《あきびめのかみ》。次に久々年神《くくとしのかみ》[18]。次に久々紀若室《くくきわかむろ》葛根神《つなねのかみ》[19]。

栲衾（たくぶすま）は白いので新羅の音にかかるように「白」は新羅（シラキ）を表記している。

6 「聖」は国語「ひじり」を表記するための当て字。日知りの意。暦の神。以下未詳神が多い。

7 竈の神。男女一対になっている。

8 「へ」は竈の別名。近代まで「へっつい」と言った。

9 山の上を支配する神。

10 日枝山は比叡山。滋賀県大津市坂本の日吉大社。

11 京都市西京区の松尾大社。

12 広場の神か。

13 祈年祭祝詞・『万葉集』によれば、「あすはの神」とともに宅地神か。

14 山の麓の神。

15 土の神。

16 田植えをする女（早乙女）の神格化。

上の件、羽山の子より以下《しも》、若室葛根より以前《さき》、并せて八《やはしら》の神。

〔天照大御神《あまてらすおほみかみ》と大国主神《おほくにぬしのかみ》〕

〔天菩比神《あめのほひのかみ》と天若日子《あめわかひこ》〕

天照大御神《あまてらすおほみかみ》の命《みこと》以ち、「豊葦原《とよあしはら》の千秋《ちあき》の長五百秋《ながいほあき》の水穂国《みづほのくに》[1]は、我が御子《みこ》正勝吾勝々速日天忍穂耳命《まさかつあかつかちはやひあめのおしほみみのみこと》の知《し》らす国」と、言因《ことよ》さし賜《たま》ひて、天降《あまくだ》したまふ。是《ここ》に天忍穂耳命《あめのおしほみみのみこと》、天《あめ》の浮橋《うきはし》にたたして詔《の》りたまはく、「豊葦原の千秋の長五百秋の水穂国は、いたくさやぎて有りなり」[2]と告《の》りたまひて、更《さら》に還《かへ》り上《のぼ》り、天照大神に請《まを》したまひき。尓《しか》して高御産巣日神《たかみむすひのかみ》[3]・天照大御神の命以ち、天《あめ》の安河《やすのかは》の河原《かはら》に八百万《やほよろづ》の神を神集《かむつど》へ集《つど》へて、思金神《おもひかねのかみ》に思はしめて詔りたまはく、「此《こ》の葦原《あしはらの》中国《なかつくに》[4]は、我が御子《みこ》の知らす国と、言依《ことよ》さし賜《たま》へる国なり。故《かれ》此の

17 灌漑の神。
18 「くく」は茎、「とし」は稲の稔り。良い茎の良い稲の神格化。
19 刈り稲を収めるための新屋の柱を結ぶ縄の神格化。

1 日本国の美称。水辺に茂る葦原の中の永遠に瑞々しい稲穂の稔る国、と祝福する言葉。
2 ひどく騒いでいる。音響が天空の橋まで聞こえる。
3 本来の高天原の至高神。やがて巫女的性格の天照大御神が至高神にすり代わる。
4 高天原と地下世界の根堅州国の中間にある国。
5 激しい威勢の在地の神。
6 →四〇頁。
7 地上の「宇都志国玉神」(四九頁)に対する天上(高天原)の国土霊。
8 高天原の若い男の意。

国に道速振《ちはやぶ》る荒振《あらぶ》る国つ神等《ども》[5]の多《さは》に在りと以為《おも》ほす。是《こ》れ何《いづ》れの神を使はしてか言趣《ことむ》けむ」とのりたまふ。尓して思金神と八百万の神議《はか》りて白《まを》さく、「天菩比神《あめのほひのかみ》[6]、是《こ》れ遣《つか》はすべし」とまをす。故天菩比神を遣はしつれば、大国主神《おほくにぬしのかみ》に媚《こ》び附《つ》き、三年《みとせ》に至るまで復奏《かへりごとまを》さず。

是《ここ》を以《も》ち高御産巣日神・天照大御神、また諸神等《もろかみたち》を問ひたまはく、「葦原中国に遣《つか》はせる天菩比神、久しく復奏さず、また何《いづ》れの神を使はさば吉《え》けむ」ととひたまふ。尓して思金神答へ白さく、「天津《あまつ》国玉 神《くにたまのかみ》[7]の子天若日子《あめわかひこ》[8]を遣はすべし」とまをす。故尓して天《あめ》の麻迦古弓《まかこゆみ》[9]・天《あめ》の波々矢《ははや》[10]を以《も》ち天若日子に賜《たま》ひて遣はしき。是に天若日子、其の国に降《くだ》り到《いた》るすなはち大国主神の女下照比売《むすめしたてるひめ》[11]に娶《あ》ひ、また其の国を獲《え》むと慮《おも》ひ、八年《やとせ》に至るまで復奏さず。

故尓して天照大御神・高御産巣日神、また諸神等《たち》を問ひたまはく、「天若日子久しく復奏さず。また曷《いづ》れの神を遣はして、天若日子が淹《ひさ》しく留《とど》まれる所由《ゆゑ》を問はむ」ととひたまふ。是《ここ》に諸神たちと思金神答へ白さく、「雉《きぎし》、名《な》は鳴女《なきめ》[12]を遣はすべし」とまをす。時に、詔《の》

9　下文によれば高天原の梔（はじ）の木製の弓。

10　弓から放たれる矢を蛇（はは＝稲妻・稲光の象徴）と表現している。天若日子は雷電の神格化されたもの。

11　六二頁には「高比売命」とあり、別名として「下光比売命」とある。

12　「きぎし」は鳴き声による呼称か。名が「鳴女」であるのは、下文「雉を哭女（なきめ）と為（し）」によるか。↓六九頁。

13　かけた言葉に相手がこちらを向くことから服従させる意に転じた。

14　平定する。「和平」「平」「平和」ともに表記する。

15　「ゆ」は多数の意。諸説「神聖な」の意とするが、文意が通らない。楓はかえでの木でも桂の木でもなく、香樹であるから枝葉の茂った木犀

りたまはく、「汝《なれ》行きて天若日子を問はむ状《さま》は、『汝を葦原中国に使はせる所以《ゆゑ》は、其の国の荒振る神等《ども》を言趣《ことむ》け[13]和《やは》せ[14]とぞ。何ぞ八年《やとせ》に至るまで、復奏さぬ』ととへ」とのりたまふ。

故尓して鳴女、天より降《くだ》り到《いた》り、天若日子が門《かど》の湯津楓《ゆつかつら》[15]の上に居《ゐ》て、委曲《つばひらか》[16]に言ふこと天つ神の詔命《みことのり》の如《ごと》し。尓して天佐具売《あめのさぐめ》[17]、此《こ》の鳥の言《こと》を聞きて、天若日子に語《かた》りて言はく、「此の鳥は其の鳴く音《こゑ》いたく悪《あ》し。故射殺《いころ》すべし」と云《い》ひ進むるすなはち、天若日子、天つ神の賜へる天《あめ》の波士弓《はじゆみ》・天《あめ》の加久矢《かくや》[18]を持ち、其の雉を射殺しつ。尓して其の矢、雉の胷《むね》より通りて逆《さかしま》に射上がり、天《あめ》の安河《やすのかは》の河原《かはら》に坐《いま》す天照大御神・高木神《たかきのかみ》[19]の御所《みもと》に逮《いた》りぬ。是《こ》の高木神は、高御産巣日神の別名《ことな》ぞ。故高木神、其の矢を取りて見たまへば、血其の矢の羽《は》に着けり。是に高木神告《の》りたまはく、「此《こ》の矢は天若日子に賜へる矢ぞ」とのりたまふ。諸神等《たち》に示して詔りたまはく、「もし天若日子、命《みこと》[20]を誤《あやま》たず、悪《あら》ぶる神を射つる矢の至れるならば、天若日子に中《あた》らず、もし耶《きたな》き心有らば、天若日子此の矢にまがれ[21]」と云《の》りたまひて、其の矢を取り、其の矢の穴[22]より衝《つ》き返し下《くだ》したまへば、天

をいう。

16 詳細に。ありのままに。

17 探り女で、高天原から送られたスパイが寝返っている。

18 注9・10参照。

19 夕がた太陽が帰還して宿る扶桑樹（世界樹）の神格化。高御産巣日神は本来太陽神であった。ここで天照大御神と位置が逆転する。

20 天照大御神・高御産巣日神の命令。

21 曲がるの命令形。禍（マガ）あれの意。

22 天若日子の矢であけられた穴。

23 朝寝の床。胡床（あぐら）とする説もあるが、真福寺本以下の写本による。

24 仰臥した胸が坂の形をしていることからいう。鳩尾（みぞおち）か。

25 行ったきり戻らない使者。

26 風といっしょに。

若日子が、朝床《あさとこ》[23]に寝《いね》たる高胷坂《たかむなさか》[24]に中《あた》りて死ぬ。此れ還矢《かへりや》の本《もと》なり。また其の雉還《きぎしかへ》らず。故今に諺《ことわざ》に、「雉の頓使《ひたつかひ》[25]」と曰《い》ふ本是《もとこれ》なり。

故《かれ》天若日子が妻《め》下照比《したてるひ》売《め》の哭《な》く声《こゑ》、風と[26]響《ひび》き天《あめ》に到《いた》る。是《ここ》に天に在《あ》る天若日子が父天津国玉神《ちちあまつくにたまのかみ》と其の妻子《めこ》[27]聞きて、降《くだ》り来哭《きな》き悲しぶ。其処《そこ》に喪屋《もや》[28]を作りて、河鴈《かはかり》を岐佐理持《きさりもち》[29]と為《し》、鷺《さぎ》を掃持《ははきもち》[30]と為《し》、翠鳥《そにどり》を御食人《みけびと》[31]と為《し》、雀《すずめ》を碓女《うすめ》[32]と為《し》、雉《きぎし》を哭女《なきめ》と為《し》、かく行《おこな》ひ定《さだ》めて[33]、日《ひ》八《や》日《か》夜《よ》八《や》夜《よ》以《も》ち遊ぶ。[34]

此の時阿遅志貴高日子根神到《あぢしきたかひこねのかみいた》りて、天若日子の喪《も》を弔《とぶら》ふ時に、天《あめ》より降《くだ》り到れる天若日子の父、また其の妻《め》みな哭きて云《い》はく、「我《あ》が子は死なず有りけり」「我が君は死なず坐《いま》しけり」と云ひ、手足に取り懸《か》かりて、哭き悲しぶ。其の過《あやま》てる所以《ゆゑ》は、此の二柱《ふたはしら》の神の容姿《かたち》いたく能《よ》く相似《あひの》れり。故是《かれここ》を以ち過てるなり。是に阿遅志貴高日子根神、いたく怒《いか》りて曰《いは》く、「我《あ》は愛《うつく》しき友に有《あ》り。故弔《かれとぶら》ひ来つ[35]らくのみ。何ぞ吾《あれ》を、穢《きたな》き死《し》に人《びと》に比《なぞ》ふる」と云《い》ひて、御佩《みは》かせる十掬《とつか》の剱《つるぎ》を抜き、其の喪屋を切り伏せ、足以ち蹶《く》ゑ[36]離《はな》ち遣《や》りき。此《こ》は美濃国《みののくに》の藍見河《あゐみのかは》[37]の河上《かはかみ》に在《あ》る喪山《もやま》[38]ぞ。其の持ち切れる大刀《たち》の名は

27　天にいる天若日子の妻子。
28　葬式を執り行うまでの遺体を安置する建物。
29　死者に供える食物を持つ者。
30　ほうきを持って喪屋を掃き清める者。
31　「そに」は翡翠（かわせみ）。死者の食物を調理する人。
32　臼で米をつく女。
33　喪屋での儀礼の執行次第を取り決めて。
34　「遊ぶ」は音楽をかなで舞うこと。遊離した霊魂を遺体に戻す復活の儀礼。
35　朋友だから弔問に来た。
36　神代紀に「クヱハララカス」の語がある。ワ行下二段動詞。
37　岐阜県長柄川中流域か。
38　伝承地は美濃市大矢田。同県不破郡垂井町にもある。

大量《おほはかり》と謂《い》ふ。またの名は神度剱《かむどのつるぎ》と謂ふ。故阿治志貴髙日子根神は、忿《いか》りて飛び去りし時に、其のいろ妹《も》[39]髙比売命《たかひめのみこと》、其の御名《みな》を顕《あらは》さむと思ふ。故歌ひ曰《いは》く、

天《あめ》なるや[40] 弟棚機《おとたなばた》の[41]
項《うな》がせる 玉《たま》の御統《みすまる》[42]
御統《みすまる》に 足玉《あなだま》はや[43]
み谷《たに》 二渡《ふたわた》らす[44]
阿遅志貴髙日子根神《あぢしきたかひこねのかみ》ぞ
（歌謡番号六）

此の歌は夷振《ひなぶり》なり[45]。

〔建御雷神《たけみかづちのかみ》と国譲《くにゆづ》り〕

是《ここ》に天照大御神《あまてらすおほみかみ》の詔りたまはく、「また曷《いづ》れの神を遣《つか》はさば吉《え》けむ」とのりたまふ。尓《しか》して思金神《おもひかねのかみ》と諸神《もろかみ》たち白《まを》さく、「天《あめ》の安河《やすのかは》の河上《かはかみ》の天《あめ》の石屋《いはや》に坐《いま》す、名は伊都之尾羽張神《いつのをはばりのかみ》[1]、是《こ》れ遣はすべし。もしま

39 本文「伊呂」。母が同じ意。
40 天にいる。「や」は間投詞。
41 若い機（はた）織り姫。
42 「うな」は項。うなじ。ネックレスの紐に連なる玉。
43 足玉。両足首の飾りにつけた玉で織女の象徴。「はや」は詠嘆詞。
44 谷二つを繋いで渡っていらっしゃる。雷電＝龍蛇のイメージ。「み」は美称。
45 歌曲名。神代紀に夷曲と名づけるもので謡法とみられる。
1 伊耶那岐命が火神を斬った時の刀の神格化。↓三二頁。

また此《こ》の神に非《あら》ずは、其《そ》の神の子建御雷之男神《たけみかづちのをのかみ》[2]、此れ遣はすべし。また其の天尾羽張神《あめのをはばりのかみ》は、逆《さかしま》に天の安河《やすのかは》の水を塞《せ》き上げて、道を塞《さ》へ居《を》り。故他《かれあた》し神はえ行かじ。故別《こと》に天迦久神《あめのかくのかみ》[3]を遣はして問ふべし」とまをす。故尓して天迦久神を使《つか》はし、天尾羽張神を問ひたまふ時に答へ白さく、「恐《かしこ》し、仕《つか》へ奉《まつ》らむ。然《しか》れども此の道には、僕《やつかれ》が子建《たけ》御雷神《みかづちのかみ》を遣はすべし」とまをすすなはち貢進《たてまつ》る。尓して天鳥船神《あめのとりふねのかみ》[4]を建御雷神に副《そ》へて遣はす。

是《ここ》を以《も》ち此《こ》の二《ふたはしら》の神、出雲国《いづものくに》の伊耶佐《いざさ》の小濱《をばま》[5]に降《くだ》り到《いた》りて、十掬《とつか》の剱《つるぎ》を抜き逆《さかしま》に浪《なみ》の穂《ほ》に刺し立て[6]、其の剱の前《さき》に趺《あぐ》み坐《ゐ》、其の大国主神《おほくにぬしのかみ》を問ひて言《い》はく、「天照大御神・高木神《たかきのかみ》の命《みこと》以ち問《と》ひに使はせり。汝《な》がうしはける[7]葦原中国《あしはらのなかつくに》は、我《あ》が御子《みこ》の知らす国と言依《ことよ》さし賜《たま》へり。故《かれ》汝が心いかに」ととひたまふ。尓《しか》して答へ白《まを》さく、「僕《やつかれ》はえ白さじ。我《あ》が子八重《やへ》言代主神《ことしろぬしのかみ》[8]是れ白すべし。然《しか》れども鳥の遊《あそ》び・取魚《すなどり》[9]為《し》て、御大之前《みほのさき》[10]に往《ゆ》き、いまだ還《かへ》り来《こ》ず」とまをす。故尓して天鳥船神を遣はし、八重事代主神を徴《め》し来《き》て、問ひ賜《たま》ふ時に、其の父の大神に語りて言《い》はく、「恐《かしこ》し。此の国は天《あま》つ神の御子

2　火神を斬った血から出現した神。
3　天の加久矢（六八頁）の神格化。矢は堰を越えて行く。
4　建御雷神の乗船の神格化。
↓二九頁。
5　島根県出雲市大社町辺の渚。陸と海の境に神は天降る。
6　渚の波頭に剣先を上にして立てて。
7　「うし」は主、「はく」は佩く。主君として支配する。
8　託宣の神格化。ここでは大国主神の神託を告げる。だから大国主神は物を言わない。
9　「鳥の遊び」は囮（おとり）の鳥（例、鵜）で他の鳥を引き寄せ獲ること。「すなどり」はこの場合、水中に柴を入れて魚を集め取るふしづけ漁。
10　↓六三頁。
11　普通と異なる拍手をすると、忽ち船を青い柴垣に変じ

に立奉《たてまつ》らむ」といふすなはち其の船を蹈《ふ》み傾《かたぶ》けて、天《あめ》の逆手《さかて》を青柴《あをふし》垣《がき》に打ち成して、隠《かく》りき。[11]

故爾して其の大国主神を問ひたまはく、「今汝《な》が子事代主神かく白しつ。また白すべき子有りや」ととひたまふ。是《ここ》にまた白さく、「また我が子建御名方神《たけみなかたのかみ》[12]有り。此《これ》を除《お》きては無し」と、かく白す間《あひだ》に、其の建御名方神、千引《ちびき》の石《いは》を手末《たなすゑ》に擎《ささ》げて来《き》[13]、言はく、「誰《たれ》ぞ我が国に来て、忍《しの》び忍び[14]かく物言ふ。然《しか》あらば力競《ちからくら》べ為《せ》む。故我《あれ》まづ其の御手《みて》を取らむ」といふ。故其の御手を取らしむれば、すなはち立氷《たちひ》に取り成し、[15]また剱刃《つるぎは》に取り成しつ。故爾して懼《おそ》りて退《そ》き居《を》り。爾して其の建御名方神の手を取らむと乞《こ》ひ帰《かへ》して取れば、若《わか》葦《あし》を取るが如《ごと》く、搤《つか》み批《ひし》ぎて、[16]投げ離《はな》てば、逃げ去《ゆ》く。故追ひ往《ゆ》きて、科野国《しなののくに》の州羽海《すはのうみ》[17]に迫《せ》め到《いた》り、殺さむとする時に、建御名方神白さく、「恐《かしこ》し、我《あ》をな殺しそ。此の地《ところ》を除《お》きては、他《あた》し処《ところ》に行かじ。[18]此また我が父大国主神の命《みこと》に違《たが》はじ。八重言代主神の言《こと》に違《たが》はじ。此の葦原中国は、天つ神の御子の命《みこと》のまにまに献《たてまつ》らむ」とまをす。

故更《さら》にまた還《かへ》り来《き》、其の大国主神を問ひたまはく、「汝《な》が子等《こら》事

てその中に隠れた。中国古代王侯の遺体を入れる玉衣記事の影響下に成った神話。

12 長野県諏訪市諏訪大社上社の祭神。

13 千人力で引ける巨岩を手先で持ち挙げて。

14 ひそひそと。

15 氷柱。だんだん手が氷になるのでなく瞬時に氷柱に化すのでタツヒと訓まない。つぎの剱刃も同じ幻術。

16 握り押しつぶして。

17 長野県の諏訪湖。

18 諏訪大社の鎮座縁起。

19 完全に、すべて。

20 天照大御神のご子孫が、大御神の霊魂を継承なさる十全の宮殿のような。

21 ↓五五頁。

22 「百足らず」は「八十」にかかる枕詞。「八十坰手」は多くの曲がり角の遠方の地。

23 神代紀に一百八十一神と

代主神・建御名方神二《ふたはしら》の神は、天つ神の御子の命《みこと》のまにまに違《たが》はじと白《まを》しぬ。故汝《な》が心いかに」ととふ。尓《しか》して答へ白さく、「僕《やつかれ》が子等《こら》二《ふたはしら》の神の白せるまにまに、僕違《たが》はじ。此の葦原中国《あしはらのなかつくに》は、命《みこと》のまにまに既《すで》に献らむ[19]。ただ僕が住所《すみか》は、天つ神の御子の天津《あまつ》日《ひ》継《つぎ》知らしめす、とだる天《あめ》の御巣《みす》の如くして[20]、底《そこ》つ石根《いはね》に宮柱《みやばしら》ふとしり、高天原《たかあまのはら》に氷木《ひぎ》たかしりて[21]治《をさ》め賜《たま》はば、僕は百足《ももた》らず八十《やそ》坰手《くまで》[22]に隠《かく》りて侍《はべ》らむ。また僕が子等《ら》百八十《ももやそ》神《がみ》[23]は、八重言代主神、神の御尾《みを》前《さき》[24]と為《し》て仕《つか》へ奉《まつ》らば、違《たが》ふ神は非《あら》じ」と、かく白して出雲国の多芸《たぎ》志小濱《しのをはま》[25]に、天《あめ》の御舎《みあらか》[26]を造《つく》りて、水戸《みなと》の神の孫櫛八玉神《ひこくしやたまのかみ》を膳夫《かしはて》[27]と為《し》、天《あめ》の御饗《みあへ》[28]を献る時に、禱《ほ》き白して[29]、櫛八玉神《くしやたまのかみ》鵜《う》に化《な》り、海《うみ》の底に入り、底のはにを咋《く》ひ出《い》で[30]、天《あめ》の八十《やそ》びらか[31]を作りて、海布《め》の柄《から》を鎌《か》り燧臼《ひきりうす》に作り、海蓴《こも》の柄《から》を以ち燧杵《ひきりぎね》に作りて[32]、火を欑《き》り出《い》だして云はく、

「是《こ》の我《あ》が燧《き》れる火は、高天原には、神産《かむむ》巣《す》日御祖命《ひのみおやのみこと》[33]のとだる天《あめ》の新巣《にひす》[34]の凝烟《すす》の八《や》拳《つかた》垂るまで焼《た》き挙《あ》げ[35]、地《つち》の下《した》は、底《そこ》つ石根《いはね》に焼《た》き凝《こ》らして、栲縄《たくなは》の千《ち》尋縄《ひろなは》打《う》ち莚《は》へ[36]、釣為《つりす》る海人《あま》の、口大《くちおほ》の

あり、共通原資料があった。
24　後尾を守り、先頭に立って。
25　出雲市の海浜。
26　神殿。出雲大社の鎮座縁起。「天の」は天つ神の子孫のそれになぞらえる比喩。
27　料理人。
28　お食事。
29　祝福の言葉を申しあげる。
30　海底の粘土をくわえ出て。
31　「ひらか」は平たい皿で、なく見込みが斜面状に深くなっている土器。
32　海藻の根もとの茎を刈って火をきり出す臼と杵に作る。
33　の宮殿のように。
34　新造の住居。→注20
35　煤が長く垂れ下がるまで火を焚く。中国の萩室（しゅうしつ）に当たる。新造の室で楸の木を焼き、煙で燻し祓えをすること。
36　楮の長い縄を延ばして。

尾翼鱸《をはたすずき》[37]さわさわに控《ひ》き依《よ》せ騰《あ》げて、打竹《うちたけ》のとををとををに、[38]天《あめ》
　の真魚咋《まなぐひ》[39]献る

といふ。故建御雷神返り参上《まゐのぼ》り、葦原中国を言向《ことむ》け和平《やは》しつる状《さま》を復奏《かへりごとまを》す。

〔天忍穂耳命《あめのおしほみみのみこと》と迩々芸命《ににぎのみこと》〕

〔天降《あまくだ》り〕

尓《しか》して天照大御神《あまてらすおほみかみ》・高木神《たかきのかみ》の命《みこと》以《も》ち、太子《ひつぎのみこ》[1]正勝吾勝々速日天《まさかつあかつかちはやひあめの》忍穂耳命《おしほみみのみこと》に詔《の》りたまはく、「今 葦原中国《あしはらのなかつくに》を平《ことむ》け訖《を》へぬと白《まを》す。故《かれ》言《こと》依《よ》さし賜《たま》へるまにまに、降《くだ》り坐《ま》して知《し》らしめせ」とのりたまふ。尓して其《そ》の太子正勝吾勝々速日天忍穂耳命答へ白さく、「僕《あ》は、降《くだ》らむ装束《よそひ》しつる間《あひだ》に、子生《あ》れ出《い》でぬ。[2]名は天迩岐志国迩岐志天津日高《あめにきしくにきしあまつひこ》

37　口が大きく尾ひれの張った鱸。体長一メートルになる。
38　あばれる鱸を打つ竹がたわむほど打って仕止める。
39　立派な魚料理。
1　日の神の子孫として葦原の中つ国の継承予定者。
2　一度降りかけて引き返した忍穂耳命が、その子を天降すこの類型は、アジア東北部の伝承にもあるという。
3　この子も「ひ（霊）つぎ（継）」の御子。最新の生命力

日子番能迩々芸命《ひこほのににぎのみこと》、此《こ》の子を降《くだ》すべし」[3]とまをす。此《こ》の御子《みこ》は、高木神の女万 幡豊秋津師比売命《むすめよろづはたとよあきつしひめのみこと》に御合《みあひ》して生《あ》れませる子、天火 明命《あめのほあかりのみこと》[4]、次に日子番能迩々芸命《ひこほのににぎのみこと》二柱《ふたはしら》なり。是《ここ》を以《も》ち白《まを》したまふまにまに、日子番能迩々芸命に詔科《みことおほ》せ、「此の豊葦原《とよあしはら》の水穂国《みづほのくに》は、汝《いまし》知らさむ国ぞと言依《ことよ》さし賜ふ。故命《かれみこと》のまにまに天降《あまくだ》るべし」とのりたまふ。

　尓して日子番能迩々芸命、天降《あまくだ》りまさむとする時に、天《あめ》の八衢《やちまた》[5]に居《ゐ》て、上《かみ》は高天原《たかあまのはら》を光《て》らし下《しも》は葦原中国を光《て》らす神是《ここ》に有り。故《かれ》尓して天照大御神・高木神の命《みこと》以《も》ち、天宇受売神《あめのうずめのかみ》に詔《の》りたまはく、「汝《な》は手弱女人《たわやめ》に有れども、いむかふ神と面勝《おもか》つ神ぞ[6]。故もはら汝《なれ》往《ゆ》き問はまくは、『吾《あ》が御子《みこ》天降《あまくだ》り為《す》る道に、誰《たれ》ぞかくて居《を》る』ととへ」とのりたまふ。故問ひ賜ふ時に、答へ白さく、「僕《やつかれ》は国つ神、名は猿田毗古神《さるたびこのかみ》なり。出《い》で居《ゐ》る所以《ゆゑ》は、天《あま》つ神の御子天降り坐《ま》すと聞く。故御前《かれみさき》に仕《つか》へ奉《まつ》らむとして、参向《まゐ》かへ侍《はべ》り」とまをす。

　尓して天児屋命《あめのこやねのみこと》・布刀玉命《ふとたまのみこと》・天宇受売命・伊斯許理度売命《いしこりどめのみこと》・玉祖命《たまのおやのみこと》、并《あは》せて五伴緒《いつとものを》[7]を支《わか》ち加へて、天降《あまくだ》したまふ。

　是《ここ》に其《そ》のをきし[8]八尺《やさか》の勾璁《まがたま》・鏡《かがみ》と草那芸釼《くさなぎのつるぎ》、また常世《とこよ》[9]思金《のおもひかねの》

をもつ赤子の形式で天降る。

4　尾張連等の祖先神。

5　高天原から降る途中で道が幾つにもなる分岐点。

6　「い」は接頭語。面と向かって邪眼の神に勝つ神だ。

7　祭祀に関わる五つの職種集団の長。天の石屋神話（四二頁）に重なる神々であり、高天原の祭祀集団が皇孫に付属して地上に降る。

8　その石屋神話で天照大御神を招き出した時をいう。

9　葦原中国から見た高天原が常世。

10　石屋神話の石屋の出入り口の神が皇孫の御門の神となる。

11　天照大御神の御霊の祭祀を執行しなさい。

12　皇孫迩々芸命と思金神。

13　「さく」は咲く、「くしろ」（釧）は腕輪。輪に幾つもの小さな鈴を花のようにつ

神《かみ》・手力男神《たぢからをのかみ》・天石門別神《あめのいはとわけのかみ》[10]を副へ賜ひて詔りたまはく、「此《こ》の鏡は、もはら我《あ》が御魂《みたま》と為《し》て、吾が前《まへ》を拝《をろが》むが如く、いつき奉《まつ》れ。次に、思金神は、前《さき》の事《こと》を取り持ちて、政《まつりごと》を為《な》せ」[11]とのりたまふ。此《こ》の二柱の神は、[12]さくくしろ伊《い》須《す》受《ず》能《の》宮[13]を拝《をろが》み祭《まつ》る。次に登《と》由《ゆ》宇《う》気神《けのかみ》、此《これ》は外宮《とつみや》の度相《わたらひ》に坐《いま》す神[14]ぞ。次に天石戸別神《あめのいはとわけのかみ》、またの名は櫛石窓神《くしいはまとのかみ》と謂《い》ひ、またの名は豊石窓神《とよいはまとのかみ》[15]と謂ふ。此の神は御門《みかど》の神なり。次に手力男神は、佐那々県《さななかた》[16]に坐《いま》す。

故《かれ》其の天児屋命は、中臣連等《なかとみのむらじら》が祖《おや》。布刀玉命は、忌部首等《いみべのおびとら》が祖。天宇受売命は、猿女君等《さるめのきみら》が祖。伊斯許理度売命は、鏡作連等《かがみつくりのむらじら》が祖。玉《たまの》祖命《おやのみこと》は、玉祖連等《たまのおやのむらじら》が祖。

故尓して天津日子番能迩々芸命に詔《の》りたまひて、天《あめ》の石位《いはくら》を離《はな》れ[17]、天の八重《やへ》たな雲《ぐも》を押し分けて、いつのちわきちわきて、[18]天の浮橋《うきはし》に、うきじまり、そりたたして、[19]竺紫《つくし》の日向《ひむか》の高千穂《たかちほ》のくじふるたけ[20]に天降《あまくだ》り坐《ま》しき。

故尓して天忍日命《あめのおしひのみこと》・天津久米命《あまつくめのみこと》二人《ふたり》、天の石靫《いはゆき》[21]を取り負《お》ひ、頭《くぶ》椎《つち》の大刀《たち》[22]を取り佩《は》き、天の波士弓《はじゆみ》を取り持ち、天の真鹿児矢《まかごや》を手挟《たばさ》

けた鈴釧といわれるもの。「いすず」（五十鈴）にかかる枕詞。

14 伊勢神宮の外宮。「とゆうけの神」は穀物神。「度相」は地名。

15 皇居の出入り口（門）の神。『延喜式』祝詞に同じ神名が見える。

16 三重県多気郡多気町辺の地名。佐奈神社に鎮座。

17 高天原の玉座を出発し。主語は迩々芸命。

18 重なりたなびいている雲を押し分け、皇孫の荘厳な道行きにふさわしい道を選択して。

19 空中の浮き島に高々とお立ちになって。

20 「竺紫」は九州。「日向の高千穂」は宮崎県の高千穂・鹿児島県の霧島山などの説があったが未詳。「くじふるたけ」は霊峰の意で、古代朝鮮

み、御前《みさき》に立ちて仕へ奉《まつ》る。故其の天忍日命、此は大伴連《おほとものむらじ》等《ら》が祖。天津久米命、此は久米直《くめのあたひ》等《ら》が祖なり。

是《ここ》に詔りたまはく、「此地《ここ》は韓国《からくに》に向かひ、笠紗《かささ》の御前《みさき》に真来通《まぎとほ》りて、[23]朝日《あさひ》の直刺《たださ》す国、夕日《ゆふひ》の日照《ひで》る国[24]なり。故此地《ここ》はいたく吉《よ》き地《ところ》」と詔りたまひて、底《そこ》つ石根《いはね》に宮柱《みやはしら》ふとしり、髙天原《たかあまのはら》に氷椽《ひぎ》たかしりて[25]坐《いま》す。

〔猿女君《さるめのきみ》〕

故尓《かれしか》して天宇受売命《あめのうずめのみこと》に詔《の》りたまはく、「此《こ》の、御前《みさき》に立ち仕《つか》へ奉《まつ》れる猿田毗古大神《さるたびこのおほかみ》は、もはら顕《あらは》し[1]申《まを》せる汝《なれ》送り奉《まつ》れ。また其《そ》の神の御名《みな》は、汝《なれ》負《お》ひて仕へ奉れ」[2]とのりたまふ。是《ここ》を以《も》ち猿女君等《さるめのきみら》、其の猨田毗古の男神《をのかみ》の名《な》を負《お》ひて、女《をみな》を猨女君《さるめのきみ》[3]と呼《よ》ぶ事是《ことこれ》なり。故其の猨田毗古神、阿耶訶《あざか》[4]に坐《いま》す時に、漁《すなどりし》為て、比良夫貝《ひらぶかひ》[5]に其の手を咋《く》ひ合《あ》はさえて海塩《うしほ》に沈《しづ》み溺《おほほ》れき。故其の底に沈み居《ゐ》る時の名は、

語の亀旨（峰）と同語か。
21 堅固な矢入れ。
22 柄頭が握り拳の形の刀。
23 「韓国」は朝鮮半島。「笠紗の御前」は鹿児島県南さつま市笠沙町の野間岬。「真来」は「覓ぎ」の当て字。尋ね通っての意。
24 朝日がまっすぐにさし、夕日があかあかと照る国。国や宮殿を讃美する一つの型。
25 宮殿讃美の定型。↓五五頁。
1 その何者であるかを明らかにした。
2 継承してお仕えしなさい。
3 宮廷での職掌の名。氏族としての猿女君には男もおり、神楽・鎮魂などに奉仕した。
4 三重県松阪市に大阿坂町・小阿坂町があり、阿射加神社がある。

底度久御魂《そこどくみたま》[6]と謂《い》ひ、其の海水《うしほ》のつぶたつ時の名は、都夫多都御魂《つぶたつみたま》と謂《い》ひ、其のあわさく[7]時の名は、阿和佐久《あわさく》[8]御魂《みたま》と謂ふ。

是《ここ》に猨田毗古神を送りて、還《かへ》り到《いた》るすなはち悉《ことごと》く鰭《はた》の広物《ひろもの》・鰭の狭物《さもの》[9]を追ひ聚《あつ》めて問ひて言はく、「汝《な》は天つ神の御子に仕え奉《まつ》らむや」といふ時に、諸《もろもろ》の魚《うを》みな「仕へ奉らむ」と白《まを》す中《なか》に、海鼠《こ》[10]白さず。尓して天宇受売命、海鼠《こ》に謂《い》ひて云《い》はく、「此の口《くち》や答へぬ口《くち》」といひて、紐小刀《ひもかたな》を以ち其の口を折《さ》く。故今に海鼠《こ》の口折くるなり。是《ここ》を以《も》ち、御世《みよみよ》、嶋《しま》の速贄《はやにへ》[11]献る時に、猨女君等《ら》に給ふなり。

〔木花之佐久夜毗売《このはなのさくやびめ》〕

是《ここ》に天津日高日子番能迩々芸能命《あまつひこひこほのににぎのみこと》、笠紗《かささ》の御前《みさき》に、麗《うるは》しき美人《をとめ》に遇《あ》ひたまふ。尓《しか》して問ひたまはく、「誰《た》が女《むすめ》ぞ」ととひたまふ。答へ白《まを》さく、「大山津見神《おほやまつみのかみ》の女《むすめ》、名は神阿多都比売《かむあたつひめ》[1]。またの名は木花之佐久夜毗売《このはなのさくやびめ》[2]と謂《い》ふ」とまをす。また問ひたまはく、「汝《な》が兄弟《えおと》有

5 未詳。月日貝だともいう。
6 海底に沈み着く神霊。
7 泡つぶが割れる。
8 「佐久」の前に「阿和」の二字が脱落しているとみられるが、現伝写本に従う。
9 「鰭」は魚のひれ。広物はひれの広いもの、大魚。狭物はひれの狭いもの、小魚。
10 なまこ。
11 「嶋」は志摩の国。三重県志摩市。「にへ」は神事または天皇に献る土地の食物。鮮度の高さを保つための特急便で送る。

1 「阿多」は地名。南さつま市の旧加世田市笠沙町辺。
2 木の花は桜。「夜」は本来間投詞。桜の花が咲いたように美しい姫。だが花の盛りが短い。

りや」ととひたまふ。答へ白さく、「我《やつこ》が姉石長比売《あねいはながひめ》[3]在り」とまをす。尓して詔りたまはく、「吾《あれ》、汝《な》に目《あ》合[4]はむと欲《おも》ふ。いかに」とのりたまふ。答へ白さく、「僕《やつこ》はえ白さじ。僕《やつこ》が父大山津見神《おほやまつみのかみ》白さむ」とまをす。故其《かれそ》の父大山津見神に乞《こ》ひに遣《つか》はしたまふ時に、いたく歓喜《よろこ》びて、其の姉石長比売を副《そ》へ、百取《ももとり》の机代《つくえしろ》[5]の物を持たしめ奉《まつ》り出《い》だしつ。故尓して其の姉は、いたく凶醜《みにく》きに因《よ》り、見畏《みかしこ》みて、返し送りたまふ。ただ其の弟《おと》木花之佐久夜毗売を留《とど》めて、一宿《ひとよ》婚《ま》き為《し》たまふ。尓して大山津見神、石長比売を返したまへるに因《よ》りて、いたく恥ぢ、白し送りて言《まを》さく、「我《わ》が女二《むすめふたり》並べ立奉《たてまつ》れる由《ゆゑ》は、石長比売を使はさば、[6]天《あま》つ神の御子《みこ》の命《いのち》は、雪零《ふ》り風吹くとも、恒《つね》に石《いは》の如《ごと》くにして、常磐《ときは》に堅磐《かちは》[7]に動かず坐《いま》さむ。また木花之佐久夜毗売《このはなのさくやびめ》を使はさば、木《こ》の花の栄ゆるが如《ごと》く栄《さか》え坐《いま》さむと、うけひて貢進《たてまつ》りき。此《こ》の石長比売を返さしめて、独《ひと》り木花之佐久夜毗売を留めたまひつ。故《かれ》、天つ神の御子の御寿《みいのち》は、木の花のあまひ[8]のみ坐《いま》さむ」とまをす。故是《ここ》を以《も》ち今に至るまで、天皇命等《すめらみことたち》の御命《みいのち》長くあらざる[9]なり。

3　岩石の不変長命を象徴する名の姫。
4　結婚。「目」は「相」の省文。
5　「百」は多数の意。「取」は手に取り持つ。「机」は脚付きの台。「代」は相当する意。多数の台上に満載するほどの結納品をいう。
6　召し使いなさるならば。妃とすること。
7　「ときは」はトコイハ、「かちは」はカタイハの約。永遠不変の意。
8　神代紀に「如」の字に「アマヒ」の訓がある。桜の花の命の短さをいう。少しの間の意か。
9　後の天皇たちの寿命が現実に短いことの起源説話になっている。一方編年上の神武天皇の寿命が百三十七歳のような例もある。

故後《かれのち》に木花之佐久夜毗売、参出《まゐ》でて白《まを》さく、「妾《やっこ》は妊身《はら》めり。今産《こう》む時に臨《のぞ》みぬ。是《こ》の天つ神の御子、私《ひそか》に産《う》みまつるべくあらず。故請《かれまを》す」とまをす。尓《しか》して詔《の》りたまはく、「佐久夜毗売、一宿《ひとよ》にや妊《はら》める。是《こ》れ我《わ》が子に非《あら》じ。かならず国つ神の子にあらむ」とのりたまふ。尓して答へ白さく、「吾《やっこ》が妊《はら》める子、もし国つ神の子にあらば、産《う》む時幸《さき》くあらじ。もし天つ神の御子にあらば、幸《さき》くあらむ」[10]とまをす。戸《と》無《な》き八《や》尋殿《ひろどの》[11]を作り、其の殿《との》の内《うち》に入り、土《はに》を以《も》ち塗《ぬ》り塞《ふさ》ぎて、方《みざかり》に産む時に、火を以ち其の殿に着けて産みたまひき[12]。

故其の火の盛《さか》りに焼《も》ゆる時に、生《う》める子の名は火照命《ほでりのみこと》、此《こ》は隼人《はやひと》阿多《あたの》君《きみ》が祖《おや》。次に生《う》める子の名は火須勢理命《ほすせりのみこと》[13]、次に生《あ》れませる子《みこ》の御名《みな》は火遠理命《ほをりのみこと》[14]、またの名は天津日高日子穂々出見命《あまつひこひこほほでみのみこと》。三柱。

〔日子穂々出見命《ひこほほでみのみこと》（火遠理命《ほをりのみこと》）〕

10 高天原の神統の地上の皇統への継承の実現を地上の側からウケヒ（誓約）の形式で証明している。

11 やがて戸口を塞ぎ、戸無しにした大きな建物。

12 火中出産。高貴な身分の出産形式の一つ。→一二五頁。

13 神代紀の火闌降命（ホノスソリノミコト）に当たる。火が盛りを過ぎた頃の意を表す。

14 火勢の鎮静の意の名。

〔海佐知《うみさち》と山佐知《やまさち》〕

故《かれ》火照命《ほでりのみこと》は、海佐知毗古《うみさちびこ》[1]と為《し》て、鰭《はた》の広物《ひろもの》・鰭の狭物《さもの》を取り、火《ほ》遠理命《をりのみこと》は山佐知毗古《やまさちびこ》と為《し》て、毛《け》の麁物《あらもの》・毛の柔物《にこもの》[2]を取りたまふ。尓《しか》して火遠理命、其《そ》の兄《いろえ》火照命に、「おのもおのもさち[3]を相易《あひか》へて用ゐむと欲《おも》ふ」と謂《い》ひ、三度《みたび》乞《こ》はせども、許さず。然《しか》あれども遂《つひ》にわづかに相易《あひか》ふることを得つ。尓して火遠理命、海さち[4]を以《も》ち魚釣《なつ》らすに、都《かつ》て一つの魚《うを》を得ず、また其の鉤《ち》を海に失ひたまふ。是《ここ》に其の兄《いろえ》火照命其の鉤《ち》を乞《こ》ひて曰《いは》く、「山さちも己《おの》がさちさち。海さちも己《おの》がさちさち。[5]今はおのもおのもさちを返さむと謂《おも》ふ」といふ時に、其の弟《いろど》火袁理命《ほをりのみこと》答へ曰《の》りたまはく、「汝《な》の鉤《ち》は、魚釣《なつ》りしに一つの魚《うを》を得ず、遂《つひ》に海に失ひき」とのりたまふ。然《しか》あれども、其の兄《いろえ》強《あながち》に乞《こ》ひ徴《はた》る。故其の弟《いろど》、御佩《みはかし》の十拳《とつか》の剱《つるぎ》を破《やぶ》り、五百《いほ》の鉤《ち》を作り、償《つくの》ひたまへども、取らず。また一千《ち》の鉤《ち》を作り、償ひたまへども、受けずて云《い》はく、「なほ其の正本《もと》の鉤《ち》[6]を得む」といふ。是《ここ》に其の弟《いろど》、泣き患《うれ》へ海辺《うみべた》に居《ゐ》ます時に、塩椎神《しほつちのかみ》[7]来《く》。問ひて曰《いは》

1　海の幸を得る男。「さち」は海の漁の獲物。獲物は幸福をもたらし、幸福は釣具の力によるので釣具もまたサチという。山野の場合は弓矢をサチという。

2　毛のあらい獣と毛のやわらかい獣。獣類・鳥類共にいう。

3　この「さち」は道具。

4　ここは釣針。

5　呪言であろう。五七五七の律文を言うと、交換で失われていたサチの力が元に戻ることになる。

6　サチの力が籠っている釣針以外の釣針はどれほどあっても無益だということ。

7　塩は潮の借訓字。椎もツとチと合わせた借訓字。潮流の霊の意。海流の神格化。

く、「何《なに》ぞ虚空津日高《そらつひこ》[8]の泣き患へたまふ所由《ゆゑ》は」ととふ。答へ言《の》りたまはく、「我《あれ》、兄《え》と鉤《ち》を易へて、其の鉤《ち》を失ひつ。是に其の鉤を乞ふ。故多《かれあまた》の鉤を償へども、受けずて云《い》はく、『なほ其の本《もと》の鉤を得む』といふ。故泣き患《うれ》ふ」とのりたまふ。爾して塩椎神云はく、「我、汝命《いましみこと》の為《ため》に、善《よ》き議《はかりごと》作《な》さむ」といふ。間无《まな》し勝間《かつま》の小船《をぶね》[9]を造り、其の船に載《の》せまつりて、教へ曰《いは》く、「我《あれ》、其の船を押し流さば、やや暫《しま》し往《い》でませ。味《うま》し御路《みち》[10]有らむ。其の道に乗り往《い》[11]でまさば、魚鱗《いろこ》の如《ごと》く造れる宮室《みや》[12]、其《そ》れ綿津見神《わたつみのかみ》の宮ぞ。其の神の御門《みかど》に到《いた》りまさば、傍《かたは》らの井《ゐ》の上《へ》に湯津《ゆつ》香木《かつら》有《あ》らむ。故其の木の上《うへ》に坐《いま》[13]さば、其の海《うみ》の神の女《むすめ》、見《み》、相議《あひはか》らむぞ」といふ。

故教へのまにまに、少し行《い》でまししに、つぶさに其の言《こと》の如し。其の香木《かつら》に登りて坐《いま》す。爾して海《うみ》の神の女豊玉毘売《むすめとよたまびめ》の従婢《まかだち》[14]、玉器《たまもひ》[15]を持ち、水を酌《く》まむとする時に、井《ゐ》に光《かげ》[16]有り。仰《あふ》ぎ見れば、麗《うるは》しき壮夫《をとこ》有り。いたく異奇《あや》しと以為《おも》ふ。爾して火遠理命、其の婢《まかだち》を見、「水を得むと欲《おも》ふ」と乞《こ》ひたまふ。婢《まかだち》水を酌み、玉器に入れて貢進《たてまつ》る。爾して水を飲まさず、御頸《みくび》の璵《たま》[17]を解《と》き、口に含《ふふ》み其の玉器に唾《つは》

8 日子穂々出見命。「そら」は空、天（高天原）と地（葦原中国）を繋いでいる男。地の至尊者と見透かしている。
9 竹の目の詰んだ籠の小船。目のない器の中の小空間は霊的なものの乗物となる。
10 御路は漢語では天子行幸の道をいう。
11 行くこと。『万葉集』三六〇七「海原の路に乗りてや」。
12 魚のうろこのように連なって並ぶ宮殿。中国典籍から借りてきた表現。
13 井の傍らの樹木の股に神が降るのは定型。↓五五頁。
14 貴人につき従う女。
15 美しい椀。
16 光によって映る像。人影。
17 宝玉。ネックレスのトンボ玉。

き入れたまふ[18]。是に其の璵、器《もひ》に着く。婢璵をえ離《はな》たず。故着けるまにまにして豊玉毗売命に進《たてまつ》る。尓して其の璵を見、婢に問ひて曰《いは》く、「もし人、門《かど》の外《と》に有りや」といふ。答へ白《まを》さく、「人有り。我《わ》が井の上《へ》の香木の上《うへ》に坐《いま》す。いたく麗《うるは》しき壮夫なり。我《わ》が王《きみ》に益《まさ》りていたく貴《たふと》し。故其の人水を乞《こ》はしつ。故水を奉《たてまつ》れば、水を飲まさず、此の璵《たま》を唾き入れつ。是《これ》え離たず。故入れしまにまに将《も》ち来て献《たてまつ》る」とまをす。尓して豊玉毗売命、奇《あや》しと思ひ、出《い》で見るすなはち、見感《みめ》で、目合《めあはせ》して、其の父に、白《まを》して曰《まを》さく、「吾が門に麗しき人有り」とまをす。尓して海《うみ》の神自《みづか》ら出で見《み》、云はく、「此の人は、天津日高《あまつひこ》の御子《みこ》[19]、虚空津日高《そらつひこ》ぞ[20]」といふ。内に率《ゐ》入れまつりて、みちの皮の畳《たたみ》八重《へ》[21]を敷き、また絁畳《きぬたたみ》八重を其の上に敷き、其の上に坐《いま》せて、百取《ももとり》の机代《つくえしろ》の物を具《そな》へ、御饗《みあへ》為《す》[22]。其の女《むすめ》豊玉毗売を婚《ま》かしむ。故三年《みとせ》[23]に至るまで、其の国に住みたまふ。

是《ここ》に火袁理命《ほをりのみこと》、其の初めの事[24]を思ほして、大きなる一歎《なげき》[25]したまふ。故豊玉毗売命《とよたまびめのみこと》、其の歎《なげ》きを聞きて、其の父《ちち》に白《まを》して言《まを》さく、「三年《みとせ》住みたまへども、恒《つね》に歎かすことも無きに、今夜《こよひ》大きなる一歎《なげき》為《し》た

18　幻術。唾を汚れたものとしていない。
19　迩々芸命の御子。
20　高天原と葦原中国の間のソラの御子の意。以後の地上の天皇につなぐ中間的表現。
21　海獣アシカの皮の敷物を重ね敷く。
22　あまり高級ではない絹の敷物。しかし海の世界では最高のもてなし。
23　異郷訪問説話の大体決まった年数。天菩比神は葦原中国に降って三年報告をしなかった。筒川の嶼子（浦島）も仙都に三年滞在した。
24　失った釣針を得るためにここに来た発端の事情。
25　「なげき」は長息の約。ため息。

まふ。もし何の由《ゆゑ》か有らむ」とまをす。故、其の父の大神、其の聟《む》夫《こ》を問ひて曰《いは》く、「今旦《けさ》我《わ》が女《むすめ》の語るを聞けば、『三年坐《いま》せども、恒に歎かすことも無きに、今夜大きなる歎為《なげきし》たまひつ』と云《い》ひつ。もし由《ゆゑ》有りや。また此間《ここ》に到《いた》りませる由《ゆゑ》はいかに」といふ。尓して其の大神に語りたまふこと、つぶさに其の兄《いろえ》の失《う》せにし鈎《ち》を罰《はた》れる状《さま》の如《ごと》し。是を以《も》ち海の神、悉《ことごと》く海《うみ》の大小魚《おほきちひさきうを》を召《め》し集め問ひて曰《いは》く、「もし此の鈎《ち》を取れる魚《うを》有りや」ととふ。故、諸《もろもろ》の魚白《うをまを》さく、「このころ赤海鯽魚《たひ》、喉《のみと》の鯁《のぎ》[26]に、物え食はずと愁《うれ》へ言へり。故かならず是《これ》取りつらむ」とまをす。是に赤海鯽魚《たひ》の喉《のみと》を探《さぐ》れば、鈎《ち》有り。取り出だして清め洗ひ、火遠理命に奉る時に、其の綿津見大神《わたつみのおほかみ》誨《をし》へ曰《まを》さく、「此の鈎《ち》を以ちその兄《え》に給《たま》ふ時に、言《の》りたまはむ状《さま》は、『此の鈎《ち》は、淤煩鈎《おぼち》、須々鈎《すすち》、貧鈎《まぢち》、宇流鈎《うるち》』と云ひて、[27]後手《しりへで》[28]に賜《たま》へ。然《しか》して其の兄《え》高田《あげた》を作らば、汝命《いましみこと》は、下田《くぼた》を營《つく》りたまへ。其の兄下田を作らば、汝命は高田を營りたまへ。[29]然為《しかし》たまはば、吾《あれ》水を掌《し》る。故三年《みとせ》の間《あひだ》にかならず其の兄《え》貧窮《まづ》しくあらむ。もし其《そ》れ然為《しかし》たまふ事を悵怨《うら》みて攻《せ》め戦はば、塩盈《しほみ》つ珠《たま》を出《い》だして溺《おほほ》らし、もし其れ愁《うれ》

26 「のみと」は飲み門か。「のぎ」はのどに刺さった小骨。鯁には病の意がある。

27 「おぼち」はぼんやり（溺れる意もある）鈎、「すすち」はよろよろ（荒れすさぶ意もある）鈎、「まぢち」は貧乏鈎、「うるち」はおろか（ウレフと音通）鈎。本来能力の高い釣針を呪言でのろって無力化する。

28 うしろ手。呪言に伴う呪的行為。

29 「あげた」は水はけのよい田。陸稲田か。「くぼた」は水たまりの田。水稲田。

30 海は潮の干満があり、海神が司っているが、その干満を自由にできる珠を授かる。

31 兵庫県但馬、島根県隠岐、高知県その他で、鮫をワニという。

へ請《まを》さば、塩乾《しほふ》る珠《たま》[30]を出《い》だして活《い》け、かく惚《なや》まし苦しびしめたまへ」と云《い》ひ、塩盈つ珠・塩乾る珠并《あは》せて両箇《ふたつ》を授けまつる。悉く和迩魚《わに》[31]を召し集め、問ひて曰《いは》く、「今天津日高《あまつひこ》の御子《みこ》、虚空津日高《そらつひこ》、上《うは》つ国《くに》[32]に出幸《い》でまさむと為《す》。誰《たれ》は幾日《いくか》に送り奉《まつ》りて、覆奏《かへりごとまを》さむ」といふ。故おのもおのも己《おの》が身の尋長《たけ》のまにまに、日を限《かぎ》りて白す中《なか》に、一尋《ひとひろ》[33]わに白さく、「僕《やつかれ》は一日《ひとひ》に送るすなはち還《かへ》り来《こ》む」とまをす。故尓して其の一尋《ひとひろ》わにに告《の》らさく、「然《しか》あらば汝《なれ》送り奉《まつ》れ。もし海中《わたなか》を度《わた》る時に、な惶畏《かしこま》せまつりそ」とのる。其のわにの頸《くび》に載《の》せ、送り出しまつる。故期《かれちぎ》りしが如く一日《ひとひ》の内《うち》に送り奉る。其のわに返らむとする時に、佩《は》かせる紐小刀《ひもかたな》[34]を解《と》き、其の頸《くび》に着《つ》けて返したまふ。故其の一尋《ひとひろ》わにには、今に佐比持神《さひもちのかみ》[35]と謂《い》ふ。

是《こ》を以《も》ちつぶさに海《うみ》の神の教へし言《こと》の如《ごと》く、其の鈎《ち》を与へたまひき。故尓《それ》より以後《のち》、やくやくにいよよ貧《まづ》しくなり、[36]更《さら》に荒き心を起こし迫《せ》め来《く》[37]。攻《せ》めむとする時、塩盈《しほみ》つ珠《たま》を出《い》だして溺《おほほ》らし、[38]其れ愁《うれ》へ請《まを》せば、[39]塩乾《しほふ》る珠《たま》を出《い》だして救《すく》ふ。かく惚《なや》まし苦《くる》しびしめたまひし時に、稽首《の》み[40]白《まを》さく、「僕《やつかれ》は今より以後《のち》、汝命《いましみこと》の昼夜《ひるよる》の守護人《まもりびと》と

32　海神の国からみて上にある国、地上。
33　長さの単位。人が両手を広げた長さ。『説文』に、尋は八尺という。この尺を一般女性の手のひらの母指と中指の先端までの長さの単位咫（あた）に相当する（同書）とみれば、約十八～二十センチ。仮にこれによれば百四十四～百六十センチ。
34　紐のついた小刀。
35　「さひ」は鋭利な刀剣。鮫の鋭い歯を小刀に譬えている。その神格化。
36　まぢの効果。
37　すすちの効果。
38　おぼちの効果。
39　うるちの効果。以上四種が海神の教えた呪言と結果。
40　頭を地面につけて願い頼む。

為《し》て仕《つか》へ奉らむ」とまをす。故今に至るまで其の溺れし時の種々《くさぐさ》の態《わざ》、絶《た》えず仕へ奉るなり。[41]

〔鵜葺草葺不合命《うかやふきあへずのみこと》の誕生〕

是《ここ》に海《うみ》の神の女《むすめ》豊玉毗売命《とよたまびめのみこと》、自《みづか》ら参出《まゐ》でて白《まを》さく、「妾《やつこ》すでに妊《は》身《ら》めり。今産《う》む時に臨《のぞ》みぬ。此《これ》を念《おも》ふに、天《あま》つ神の御子《みこ》[1]は、海原《うなはら》に生みまつるべくあらず。故参出《かれまゐい》で到《いた》りつ」とまをす。尓《しか》して其《そ》の海《うみ》辺《べた》の波限《なぎさ》[2]に、鵜《う》の羽《は》を以《も》ち葺草《かや》と為《な》し、産殿《うぶや》を造る。是に其の産殿、いまだ葺《ふ》き合《あ》へぬに、御腹《みはら》の急《すむやけ》きに忍《あ》へず。故《かれ》産殿に入り坐《ま》しつ。尓してまさに産《う》まむとする時に、其の日子《ひこ》[3]に白《まを》して言《まを》さく、「おほよそ他《あた》し国の人[4]は、産む時に臨み、本《もと》つ国の形《かたち》を以ち産生《う》む。故、妾《やつこ》今本《もと》の身を以ち産まむとす。願《ねが》はくは妾《やつこ》をな見たまひそ」とまをす。[5]是に其の言《こと》を奇《あや》しと思《おも》ほし、其の方に産む窃《ひそ》かに伺《うかか》ひたまへば、八尋《やひろ》わにに化《な》りて、匍匐《はは》ひ委蛇《もごよ》へり。[6]見驚《みおどろ》き畏《かしこ》みて、遁《に》げ退《そ》き

41　さきに火照命は隼人阿多君の祖先であるとあった。その隼人が、神代紀では天皇の宮門を警護し、犬の吠え声を発し、隼人舞を演じ奉仕したとある。そのように絶えることなくお仕えしてきた。

1　天照大御神の御子孫。

2　波うちぎわ。渚。

3　日の神（天照大御神）の子孫。皇孫。

4　他国の人。皇孫に対して自分は異界のもの、といっている。

5　見てはならぬ、という説話の型。女性の禁止を男性が破ることで離別になるなどの一つ。伊耶那美命と伊耶那岐命の間にも、これがあった。

6　匍匐は腹行する、腹ばうこと。「もごよふ」はもごも

ましき。尓して豊玉毗売命、其の伺ひ見たまひし事を知り、心に恥《は》づかしと以為《おも》ひぬ。其の御子を生み置きて白さく、「妾《やつこ》、恒《つね》に海《うみ》つ道《ぢ》を通《とほ》り、往来《かよ》はむと欲《おも》ひき。然《しか》あれども吾《あ》が形《かたち》を伺ひ見たまひしこと、是《こ》れいたく作《はづか》し[7]」とまをす。海坂《うなさか》[8]を塞《ふさ》ぎて、返り入りましき。是を以ち其の産《あ》れませる御子を名づけ、天津日高日子波限建鵜草葺《あまつひこひこなぎさたけうかやふき》不合命《あへずのみこと》と謂《い》ふ。然《しか》あれども後《のち》は、其の伺ひたまひし情《みこころ》を恨《うら》むれど、恋ふる心に忍《あ》へず、其の御子を治養《ひた》[9]しまつる縁《よし》に因《よ》り、其の弟玉依《おとたまより》毗売《びめ》[10]に附《つ》けて、歌を献《たてまつ》る。其の歌に曰《いは》く、

赤玉《あかだま》[11]は　緒《を》さへ光《ひか》れど
白玉《しらたま》[12]の　君《きみ》が装《よそひ》[13]し
貴《たふと》くありけり　　（歌謡番号七）

尓して其のひこぢ[14]答へ歌ひ曰《の》りたまはく、

沖《おき》つ鳥《とり》[15]　鴨着《かもど》く島《しま》に
我《わ》が率寝《ゐね》し　妹《いも》は忘《わす》れじ
世《よ》の尽《ことごと》[16]に　　（歌謡番号八）

故日子穂々手見命《ひこほほでみのみこと》は、高千穂宮《たかちほのみや》に坐《いま》すこと、伍佰捌拾歳《いほちあまりやそとせ》。御陵《みささぎ》

ごと蛇行する。くねくねする状態。「委」は「逶」の省文。
7 「怍」の省文。羞恥心。
8 海の世界と陸の世界の境。坂道になる感じ方が裏にある。
9 養育。一日ずつ日を足して成長させる意。
10 霊魂が依り付く女性の意。
11 赤い玉。琥珀。
12 真珠のような。
13 装束。姿かたち。
14 「ひこ」は夫。「ぢ」は男性への敬意を表す接尾語。
15 鴨にかかる枕詞。
16 本文「余能許登碁登迩」。命のあるかぎり。

は高千穂の山の西に在り。[17]

〔鵜《う》葺草《かや》葺不合命《ふきあへずのみこと》の系譜〕

是《こ》の天津《あまつ》日高《ひこ》日子《ひこ》波限《なぎさ》建《たけ》鵜《う》葺草《かや》葺不合命《ふきあへずのみこと》、其《そ》の姨玉依毗売命《をばたまよりびめのみこと》に娶《あ》ひて、生《あ》れませる御子《みこ》の名は、五瀬命《いつせのみこと》、次に稲冰命《いなひのみこと》[1]、次に御毛沼《みけぬ》命《みこと》[2]、次に若御毛沼命《わかみけぬのみこと》[3]、またの名は豊御毛沼命《とよみけぬのみこと》、またの名は神倭伊波《かむやまといは》礼毗古命《れびこのみこと》[4]。四柱《よはしら》。故御毛沼命は、浪《なみ》の穂《ほ》を跳《ふ》み、常世国《とこよのくに》[5]に渡り坐《ま》し、稲冰命は、妣《はは》の国[6]と為《し》て、海原《うなはら》に入り坐《ま》す。

17 鹿児島県霧島市溝辺町麓字菅ノ口に伝承地がある。

1 神代紀には稲飯命とあり、海に入って鋤持神（さひもちのかみ）となったとある。本文は冰（氷の別体）。稲飯（いないひ）の約。

2 「御」は敬称。「毛」は食（け）の意で、穀物・食物に関する名とみられる。「沼」は借訓字であるが意味未詳。

3 神武天皇。

4 大和国（奈良県）の磐余（いはれ）の地名による名。後に天皇位についてから称された名。

5 波の上を走り渡った彼方にある国としてここでは表現されている。異界。

6 「妣」は亡き母。豊玉毗売の海神の国。

古事記　中つ巻

〔神武天皇《じんむてんわう》〕

〔東征《とうせい》〕

神倭伊波礼毘古命《かむやまといはれびこのみこと》[1]、其《そ》のいろ兄五瀬命《えいつせのみこと》と二柱《ふたはしら》、高千穂宮《たかちほのみや》に坐《いま》して議《はか》り云《の》りたまはく、「何《いづ》れの地《ところ》に坐《いま》さば、天《あめ》の下《した》の政《まつりごと》を平《たひ》らけく聞《き》こし看《め》さむ。なほ東《ひむかし》に行かむと思ふ」とのりたまふ。日向《ひむか》[2]より発《た》たして、筑紫《つくし》[3]に幸行《い》でます。故豊国《かれとよくに》の宇沙《うさ》[4]に到《いた》りましし時に、其《そ》の土人《くにびと》名は宇沙都比古《うさつひこ》・宇沙都比売《うさつひめ》二人、足一騰宮《あしひとつあがりのみや》[5]を作りて、大御饗《おほみあへ》を献《たてまつ》る。其地《そこ》より遷移《うつ》りて、竺紫《つくし》の岡田宮《をかだのみや》[6]に一年坐《ひととせいま》す。また其の国より上《のぼ》り幸《い》でまして、阿岐国《あきのくに》の多祁理宮《たけりのみや》[7]に七年坐《ななとせいま》す。また其の国

1　第一代神武天皇（漢風の諡号＝贈り名）。「倭」は大和の古い書きかた。「いはれ」（磐余）は桜井市・橿原市にわたる一部の地域。東征により大和へ入って以後の名称ゆえに、これは国語の諡号。
2　九州南東部。
3　筑紫国、福岡県にだいたい相当する。
4　豊国は、後に豊前・豊後の二国に分割される。福岡県の東部と大分県に相当する。宇沙は大分県宇佐市。
5　高床式建物に柱一本を掛け刻んで階段としたものか。
6　福岡県遠賀郡芦屋町の遠賀川河口の辺りとみられる。
7　広島県安芸郡府中町辺か。宮の町に多家神社がある。

より遷《うつ》り上り幸でまして、吉備《きび》の高嶋宮《たかしまのみや》[8]に八年《やとせ》坐《いま》しき。故《かれ》其の国より上り幸でます時に、亀《かめ》の甲《せ》に乗り、釣り為《し》つつ打ち羽挙《はふ》き来《く》る人、[9]速吸門《はやすひのと》[10]に遇《あ》ふ。尓《しか》して喚《よ》び帰《よ》せ、問ひたまはく、「汝《な》は誰《たれ》ぞ」ととひたまふ。答へて曰《まを》さく、「僕《やつかれ》は国《くに》つ神《かみ》なり」とまをす。また問ひたまはく、「汝《な》は海《うみ》つ道《ぢ》[11]を知れりや」ととひたまふ。答へて曰《まを》さく、「能《よ》く知れり」とまをす。また問ひたまはく、「従《したが》ひて仕《つか》へ奉《まつ》らむや」ととひたまふ。答へて白《まを》さく、「仕へ奉らむ」とまをす。故尓して槁機《さを》[12]を指《さ》し度《わた》し、其の御船《みふね》に引き入る。名を賜《たま》ひて槁根津《さをねつ》日子《ひこ》と号《なづ》く。此《こ》は倭《やまと》の国造《くにのみやつこら》等が祖《おや》なり。

〔五瀬命《いつせのみこと》〕

故其《かれそ》の国[1]より上《のぼ》り行《い》でます時に、浪速《なみはや》の渡《わたり》[2]を経《へ》て、青雲《あをくも》[3]の白肩津《しらかたのつ》[4]に泊《は》てたまふ。此《こ》の時に、登美能那賀須泥毘古《とみのながすねびこ》[5]、軍《いくさ》を興《おこ》し、待ち向《む》かへて戦ふ。尓《しか》して、御船《みふね》に入れたる楯《たて》を取りて、下《お》り立ちたまひ

8 岡山市宮浦が伝承地。
9 鳥が空を飛ぶような姿でやって来る人。
10 潮の流れの激しい海峡。神武紀では豊予海峡にあたるが、ここは明石海峡。
11 海路。
12 船を操り進める竿。
1 槁根津日子の住む国。明石海峡も彼の支配下にあった。一つの服属説話。
2 難波（なにわ）の渡の海域を通過すると、巨大な河内湖が生駒山塊の麓まで拡がっていた。
3 「白」「出づ」にかかる枕詞。
4 神武紀に「河内国草香邑

き。故其地《そこ》に号《なづ》けて楯津《たてつ》と謂《い》ふ。今には日下《くさか》の蓼津《たでつ》[6]と云《い》ふ。是《ここ》に登美毘古《とみびこ》と戦《たたか》ひたまひし時に、五瀬命《いつせのみこと》、御手《みて》に登美毘古が病《いた》矢串《やぐし》[7]を負《お》ひたまふ。故尓《しか》して詔《の》りたまはく、「吾《あ》は日《ひ》の神《かみ》の御子《みこ》と為《し》て、日に向かひて戦ふこと良《よ》くあらず。故賤《かれいや》しき奴《やっこ》が痛手《いたて》を負ひぬ。今よりは行き廻《めぐ》りて、背《そびら》に日を負《お》ひて撃《う》たむ」とのりたまひ、期《ちぎ》りて、南の方《かた》より廻り幸《い》でます時に、血沼《ちぬ》の海[8]に到《いた》り、其の御手の血を洗ひたまふ。故血沼《ちぬ》の海と謂ふ。其地より廻り幸でまし、紀《きの》国《くに》の男之水門《をのみなと》[9]に到りて、詔りたまはく、「賤《いや》しき奴《やっこ》が手を負ひてや、死なむ」とのりたまひ、男建《をたけび》[10]して崩《かむあが》りましぬ。故其の水門《みなと》に号《なづ》けて男水門《をのみなと》と謂ふ。陵《みはか》は紀国の竈山《かまやま》に在[11]り。

〔熊野《くまの》より大和《やまと》へ〕

故神倭伊波礼毘古命《かれかむやまといはれびこのみこと》、其地《そこ》より廻《めぐ》り幸《い》でまして、熊野《くまの》の村[1]に到《いた》る時に、大き熊《くま》[2]、髪《くさ》[3]より出《い》で入るすなはち失《う》せぬ。尓《しか》して神倭伊波礼

青雲白肩之津」とある。東大阪市日下町の辺。
5　生駒山の東、奈良市富雄辺りの豪族の首長。
6　注4と同地。
7　痛く貫いた矢の串。深傷《ふかで》。
8　大阪府泉南地域の海。
9　泉南市男里川の河口。いま大阪府に属するが、古くは紀の国（和歌山県）に属した。
10　怒り嘆く。
11　和歌山市和田に五瀬命を祀る竈山神社がある。その背後の円墳という。
1　和歌山県と三重県にまたがる海岸線の地域。
2　土地の神が熊に姿を変えて現れたもの。序文の「化熊」にあたる。
3　諸本に本文異同がないので底本に従う。「草」に同じ。山の草本。

毗古命倏忽《たちま》ちにをえ為《し》[4]たまひ、また御軍《みいくさ》もみなをえて伏《ふ》しぬ。此《こ》の時に熊野の高倉下《たかくらじ》此《こ》は、人の名、一横刀《たち》を賫《も》ち、天《あま》つ神《かみ》の御子《みこ》[5]の伏せる地《ところ》に到りて献《たてまつ》る時に、天つ神の御子、寤《さ》め起《お》き詔《の》りたまはく、「長寝《ながい》しつるかも」とのりたまふ。故其《そ》の横刀《たち》を受け取りたまふ時に、其の熊野の山の荒《あら》ぶる神自《おの》づからみな切り仆《たふ》さえき。[6]尒して其の惑《まと》ひ伏せる御軍 悉《ことごと》く寤《さ》め起《お》きぬ。故天つ神の御子、其の横刀《たち》を獲《え》し所由《ゆゑ》を問ひたまふ。高倉下《たかくらじ》答へ曰《まを》さく、「己《おの》が夢《いめ》に云《い》はく、天《あま》照大神《てらすおほみかみ》・高木神《たかきのかみ》二柱《ふたはしら》の神の命《みことも》以ち、建御雷神《たけみかづちのかみ》を召《め》して詔《の》りたまはく、『葦原 中国《あしはらのなかつくに》はいたくさやぎてありなり。[7]我が御子等平《たちたひ》らかにあらず坐《いま》すらし。其の葦原中国は、もはら汝《な》が言向《ことむ》けし国ぞ。故汝《なれ》建御雷神《たけみかづちのかみ》降《くだ》るべし』とのりたまふ。尒して答へ白《まを》さく、『僕《やつかれ》降らずとも、もはら其の国を平《ことむ》けし横刀《たち》有り。[8]是《こ》の刀《たち》を降《くだ》すべし。此《こ》の刀《たち》の名は佐士布都神《さじふつのかみ》と云ふ。またの名は甕布都神《みかふつのかみ》と云ふ。またの名は布都御魂《ふつのみたま》。此の刀は石上 神宮《いそのかみのかむみや》に坐《いま》す。[9]此の刀を降さむ状《さま》は、高倉下《たかくらじ》が倉《くら》の頂《むね》を穿《うか》ち、其れより堕《お》とし入れむ』とまをす。『故あさめよく汝《なれ》[10]取り持ち天つ神の御子に献れ』とのりたまふ。故夢の教《をし》への如《ごと》く、旦《あした》に己《おの》が

4 本文「遠延」。毒気に当てられ正気を失い病み臥す。

5 神倭伊波礼毗古命のこと。本文「天神御子」とあり、天つ神である御子との説があるが不可。天つ神の子孫の意。

6 以下に神剣の威力の由縁を説く。

7 たいそう騒しいようである。

8 迩々芸（ににぎ）命の降臨の前に剣神建御雷の威力で国譲りを実現したことを指す。

9 奈良県天理市布留町の石上神宮。「ふつ」は刃物で切断する擬音。

10 朝目ざめて縁起のよいものを見て、というが未詳。

倉を見れば、信《まこと》に横刀《たち》ありき。故是の横刀《たち》を以《も》ち献るのみ」とまをす。

是《ここ》にまた高木大神《たかきのおほかみ》の命 以《みこと も》ち、覚《さと》し白《まを》さく、「天つ神の御子、此れより奥つ方にな入り幸《い》でましそ。荒ぶる神いたく多《おほ》し。今天《あめ》より八《や》咫烏《あたからす》[11]を遣《つか》はさむ。故其の八咫烏引道《みちび》きてむ。其の立たむ後《しりへ》より幸行《い》でますべし」とまをす。故其の教へ覚《さと》しのまにまに、其の八咫烏の後《しり》より幸行《い》でませば、吉野河《えしののかは》の河尻《かはしり》[12]に到《いた》ります。時に筌《うへ》[13]を作り魚《な》取る人有り。尓して天つ神の御子問ひたまはく、「汝《な》は誰《たれ》ぞ」ととひたまふ。答へ白《まを》さく、「僕《やつかれ》は国《くに》つ神《かみ》、名は贄持之子《にへもつのこ》と謂《い》ふ」とまをす。此は阿陀《あだ》の鵜養《うかひ》が祖《おや》。其地《そこ》より幸行《い》でませば、尾生《をお》ふる人井《ゐ》[14]より出《い》で来《く》。其の井光《ひかり》有り。尓して、「汝は誰ぞ」と問ひたまふ。答へ白さく、「僕《やつかれ》は国つ神、名は井氷鹿《ゐひか》と謂ふ」とまをす。此は吉野首 等《ののおびとら》が祖なり。其の山に入りたまへば、また尾生ふる人に遇《あ》へり。此《こ》の人巌《いはほ》を押し分けて出《い》で来《く》[15]。尓して問ひたまはく、「汝は誰ぞ」ととひたまふ。答へ白さく、「僕《やつかれ》は国つ神、名は石押分之子《いはおしわくのこ》と謂ふ。今、天つ神の御子幸行《い》でますと聞く。故、参向《まゐ》かへつるのみ」とま

11　大きな烏。高天原からの使者としての鳥には日精・金烏と呼ばれる三本足の烏のイメージが込められている。
12　河口。吉野川は和歌山県に入ると紀ノ川となる。その奈良県側の最下流部。
13　竹で編んだ筒形の魚を取る道具。
14　木こりが尻当てとして垂らしている姿の表現かという。
15　巌の向こう側は異界であり、井の内部世界も同じ。大和から見た吉野観が表れている。
16　土着の人。いま吉野郡吉野町に国栖の地名がある。
17　奈良県宇陀市菟田野区宇賀志。

をす。此は吉野の国巣《くにす》16が祖。其地《そこ》より蹈《ふ》み穿《うか》ち越《こ》え、宇陀《うだ》17に幸《い》でます。故宇陀《うだ》の穿《うかち》と曰《い》ふ。

〔久米歌《くめうた》〕

故爾《かれしか》して、宇陀《うだ》に兄宇迦斯《えうかし》・弟宇迦斯《おとうかし》1の二人有り。故まづ八咫烏《やあたからす》を遣《つか》はして、二人を問ひて曰《いは》く、「今、天《あま》つ神《かみ》の御子《みこ》幸行《い》でませり。汝等《なれども》仕《つか》へ奉《まつ》らむや」ととふ。是《ここ》に兄宇迦斯、鳴鏑《なりかぶら》2を以《も》ち、其《そ》の使《つかひ》を待《ま》ち射返《いかへ》しき。故其《そ》の鳴鏑の落ちし地《ところ》を、訶夫羅前《かぶらさき》3と謂《い》ふ。「待ち撃《う》たむ」と云《い》ひて、軍《いくさ》を聚《あつ》む。然《しか》あれども、軍をえ聚めずあれば、仕へ奉らむと欺陽《いつは》4りて、大殿《おほとの》を作り、其の殿《との》の内《うち》に押機《おし》5を作り待つ時に、弟宇迦斯《おとうかし》まづ参向《まゐ》かへ、拝《をろが》み白《まを》さく、「僕《やつかれ》が兄《え》兄宇迦斯、天つ神の御子の使を射返《いかへ》し、待ち攻めむとして軍を聚むれども、え聚めずあれば、殿を作り、其の内に押機を張りて、待ち取らむ6とす。故《かれ》参向かへて顕《あらは》し白《まを》す7」とまをす。

1 「うかち」にちなむ人名。兄・弟は年長の「うかし」と年少の「うかし」。
2 鏑矢。蕪に似た形なのでいう。木または角製の蕪形の空洞の鏃に孔を数個あけ、矢を射ると空中で音響を発する。
3 所在未詳。
4 欺も陽もあざむく意。
5 『和名抄』に「楊氏漢語抄云鼠弩於之一云鼠弓」とあり、踏むとばねの力で圧殺する猟具。
6 待ち構えて殺そうとする。
7 隠れていたものを表に出す。白状する。
8 ののしる。
9 二人称の卑称「い」に助詞「が」のつく形。相手を軽んじていう。
10 二人称の卑称。
11 柄をにぎり。
12 矛をあしらい矢をつがえて。

尓《しか》して大伴連《おほとものむらじ》等が祖道臣命《おやみちのおみのみこと》、久米直《くめのあたひ》等が祖大久米命《おほくめのみこと》二人、兄宇迦斯《えうかし》を召《め》し、罵言《の》[8]りて云はく、「いが[9]作り仕へ奉《まつ》れる大殿の内には、おれ[10]まづ入り、其の仕へ奉《まつ》らむとする状《さま》を明《あ》かし白《まを》せ」といひて、横刀《たち》の手上《たかみ》を握《と》り[11]、矛《ほこ》ゆけ矢刺《やさ》して、[12]追ひ入るる時に、己《おの》が作れる押《おし》に打たれて死ぬ。尓《しか》して控《ひ》き出《い》だし斬《き》り散《はふ》りき。故其地《そこ》を宇陀《うだ》の血原《ちはら》[13]と謂ふ。然《しか》して其の弟宇迦斯《おとうかし》が献《たてまつ》れる大饗《おほあへ》は、　悉《ことごと》く其の御軍《みいくさ》に賜《たま》ふ。此の時、歌ひて曰《いは》く、

宇陀《うだ》の　髙城《たかき》[14]に　鴫羂張《しぎわなは》る
我《わ》が待《ま》つや　鴫《しぎ》は障《さや》らず
いすくはし[15]　鯨《くぢら》　障《さや》る[16]
前妻《こなみ》[17]が　菜《な》乞《こ》はさば
立柧棱《たちそば》[18]の　実《み》の無《な》けくを
こきしひゑね[19]
後妻《うはなり》[20]が　菜《な》乞《こ》はさば
いちさかき[21]　実《み》の多《おほ》けくを
こきだひゑね[22]

（歌謡番号九）

13　宇陀市室生区田口元上田口付近かという。
14　高所に設けられた狩場。
15　鯨にかかる枕詞。鯨をいさな（鯨魚）とも言い、「いす」はその音転。「くはし」は美味を賞めている。
16　罠（わな）網にかかる。
17　正妻。
18　ソバグリ（ブナの別名）という。ソバは蕎麦の実のように角張った形態をいう。
19　本文「許紀志斐恵泥」。「こきし」は少しだけの意か。「ひゑね」はへぎ取ってやれ。
20　本妻と別に後にもつ庶妻。
21　従来ヒサカキ（柃）といわれてきたが、近来マテバシイ、イチイガシとも。実（副菜）の少ない・多いの比喩であろう。
22　「こきだ」はたくさん、多くの意。
23　本文「亜々」は「ええ」

ええ、[23] しやごしや。此《こ》はいのごふそ。[24]
ああ、しやごしや。此《こ》は嘲咲《あざわら》ふぞ。

故其の弟宇迦斯、此は宇陀の水取《もひとり》[25] 等《ら》が祖《おや》なり 其地《そこ》より幸行《い》でまし、忍坂《おしさか》[26]の大室《おほむろ》に到《いた》りたまふ時に、尾生《をお》ふる土雲《つちぐも》[27]の八十建《やそたける》 其の室《むろ》に在り、待《ま》ちいなる。[28] 故尓して天《あま》つ神《かみ》の御子《みこ》の命《みことも》 以ち、饗《あへ》を八十建に賜ふ。是《ここ》に八十建に宛《あ》て、八十膳夫《やそかしはて》[29]を設《まう》け、人毎《ごと》に刀《たち》を佩《は》け、其の膳夫等《かしはてら》に誨《をし》へ曰《の》りたまはく、「歌ふを聞《き》かば、一時共《もろとも》に斬《き》れ」との りたまひき。故其の土雲《つちぐも》を打たむとすることを明《あ》かせる歌に曰《いは》く、

忍坂《おさか》の　大室屋《おほむろや》に
人多《ひとさは》に　来入《きい》り居《を》り
人多《ひとさは》に　入《い》り居《を》りとも
みつみつし[30]　久米《くめ》の子《こ》[31]が
頭椎《くぶつつ》い[32]　石椎《いしつつ》い[33]もち
撃《う》ちてしやまむ
みつみつし　久米《くめ》の子《こ》らが
頭椎《くぶつつ》い　石椎《いしつつ》いもち

の仮名の県音表記で、分注に「音引」とあるので音を延ばして歌ったのであろう。「しや」は笑ってしまう。「ご」は吾子（あご）の約、皆の者よ、一同よの呼びかけ。
24 ざまあ見ろの意。
25 宮廷の飲料水を掌る役目。
26 奈良県桜井市忍阪。
27 「雲」は蜘蛛（くも）の借訓字。穴居原住民を比喩したもの。「たける」は反抗者をいう。
28 うなり声を発する意か。
29 多くの調理人。給仕夫。
30 久米にかかる枕詞。勢いがある意。
31 久米部の軍人たち。子は司令者からの愛称。
32 棒状の武器の先端が槌のように塊になっている。「い」は語勢を表す助詞。
33 棒状の先端に石をつけて槌となっているもの。

今《いま》撃《う》たば善《よ》らし34　（歌謡番号一〇）

かく歌ひて、刀《たち》を抜《ぬ》き、一時《もろとも》に打ち殺《ころ》しつ。

然《しか》して後《のち》に、登美毘古《とみびこ》を撃《う》たむとする時、歌ひて曰《いは》く、

みつみつし　久米《くめ》の子《こ》らが
粟生《あはふ》35には　香韮《かみら》一本《ひともと》36
そねが本《もと》　そね芽《め》縛《つな》ぎて37
撃《う》ちてしやまむ　（歌謡番号一一）

また、歌ひて曰《いは》く、

みつみつし　久米《くめ》の子《こ》らが
垣下《かきもと》に　植《う》ゑし山椒《はじかみ》38
口《くち》ひひく39　我《われ》は忘《わす》れじ
撃《う》ちてしやまむ　（歌謡番号一二）

また、歌ひて曰《いは》く、

神風《かむかぜ》の40　伊勢《いせ》の海《うみ》の
大石《おひし》41に　這《は》ひ廻《もとほ》ろふ42
細螺《しただみ》43の　い這《は》ひ廻《もとほ》り44

34　「よろし」と同義。良い。いま撃て、と言っている。
35　粟畑。「ふ」は畑状の植生地。芝生・麻生・柿生など。
36　匂いの強い韮が一本。
37　その根と芽を一つに縛るようにして。「ね」は接尾語。
38　生薑はクレノハジカミといわれたので山椒とみる。
39　ぴりぴりと痛いほどに感じられる。敵から受けた痛手。
40　枕詞。『伊勢国風土記逸文』に伊勢津彦が大風を起こして去ったので「神風の伊勢の国」という地名起源説話がある。
41　「おほいし」の約。
42　這い廻る。「ふ」は動作の連続性を表す接尾語。
43　小型の巻貝。
44　しただみのように久米の軍勢が這い廻って。
45　奈良県磯城の地（桜井市を中心とする）の勢力。

撃《う》ちてしやまむ

また兄師木《えしき》・弟師木《おとしき》45を撃ちし時に、御軍《みいくさ》暫《しま》し疲《つか》れぬ。尓《しか》して歌ひて曰《いは》く、

（歌謡番号一三）

楯並《たたな》めて46　伊那佐山《いなさのやま》47の
樹《こ》の間《ま》よも　い行《ゆ》きまもらひ48
戦《たたか》へば　我《われ》はや飢《ゑ》ぬ49
島《しま》つ鳥《とり》50　鵜養《うかひ》が伴《とも》51
今《います》助けに来《こ》ね

（歌謡番号一四）

故尓して迩芸速日命《にぎはやひのみこと》52参赴《まゐおもぶ》きて、天つ神の御子に白《まを》さく、「天つ神の御子天降《あまくだ》り坐《ま》しぬと聞く。故《かれ》追ひ参降《まゐくだ》り来《き》つ」とまをす。天津《あまつ》瑞《しるし》53を献《たてまつ》りて仕《つか》へ奉《まつ》る。故迩芸速日命、登美毗古《とみびこ》が妹《いもと》登美夜毗売《みやびめ》に娶《あ》ひて生める子、宇麻志麻遅命《うましまぢのみこと》。此《こ》は物部連《もののべのむらじ》、穂積臣《ほづみのおみ》、婇臣《うねめのおみ》が祖《おや》なり。故かく、荒ぶる神等《ども》54を言向《ことむ》け平和《やは》し、伏《したが》はぬ人等《ども》を退《そ》け撥《はら》ひて、畝《うね》火《び》の白檮原宮《かしはらのみや》55に坐《いま》して、天《あめ》の下治《したし》らしめしき。

46 「たた」はタテのテが上の音に同化されたもの。楯を並べて射る、から「いなさ」と続けて枕詞となった。
47 奈良県宇陀市榛原区の伊那佐山といわれた辺りか。
48 「まもる」に「ふ」がついた連続型。見守ること。
49 「は」は提示の助詞。「や」は間投詞。「ゑ」は「うゑ」の「う」の脱落したもの。
50 枕詞。「沖つ鳥 鴨」「庭つ鳥 鶏（かけ）」の類。
51 鵜を飼い馴らして漁をする部民。
52 後文のように有力な豪族物部氏らの祖先神。物部氏らも降臨形式の神話をもっていたことがわかる。
53 高天原の天神に出自することを証明する宝玉。
54 荒れすさぶ。
55 奈良県橿原市の畝傍山麓の宮殿。神武天皇即位の宮。

〔伊須気余理比売《いすけよりひめ》の立后《りつこう》〕

故日向《かれひむか》に坐《いま》しし時に、阿多《あた》の小椅君《をばしのきみ》[1]が妹《いも》、名は阿比良比売《あひらひめ》[2]に娶《あ》ひて、生みたまへる子、多芸志美美命《たぎしみみのみこと》、次に岐須美美命《きすみみのみこと》、二柱《ふたはしら》坐《いま》す。然《しか》あれども更《さら》に、大后《おほきさき》と為《せ》む美人《をとめ》を求《ま》ぎたまふ時に、大久米命《おほくめのみこと》白《まを》さく、「此間《ここ》に媛女《をとめ》有り。是《こ》れ神の御子《みこ》と謂《い》ふ。其《そ》の神の御子と謂ふ所以《ゆゑ》は、三嶋《みしま》[3]の湟咋《みぞくひ》が女《むすめ》、名は勢夜陀多良比売《せやだたらひめ》[4]、其の容姿麗美《かたちうるは》し。故美和《みわ》の大物主神《おほものぬしのかみ》[5]、見感《みめ》でて、其の美人《をとめ》の大便為《くそま》る時に、丹塗矢《にぬりや》[6]に化《な》り、其の大便為る溝《みぞ》より、流《なが》れ下《くだ》り、其の美人のほとを突《つ》く。尓《しか》して其の美人驚きて、立《た》ち走《はし》りいすすきき[7]。其の矢を将《も》ち来《き》、床《とこ》の辺《へ》に置《お》く。忽《たちま》ちに麗《うるは》しき壮夫《をとこ》に成りぬ。其の美人に娶《あ》ひて生《う》める子、名は冨登多多良伊須須岐比売命《ほとたたらいすすきひめのみこと》と謂ふ。またの名は比売多多良《ひめたたら》伊須気余理比売《いすけよりひめ》と謂ふ。是《こ》は其のほとと云《い》ふ事を悪《にく》みて、後《のち》に改《あらた》めつる名ぞ。故是《ここ》を以《も》ち神の御子と謂ふ」とまをす。

是《ここ》に七《なな》たりの媛女《をとめ》、高佐士野《たかさじの》[8]に遊行《あそ》ぶ。伊須気余理比売其の中《なか》に在り。尓して大久米命、其の伊須気余理比売を見て、歌を以《も》ち天《すめら》

1　鹿児島県南さつま市加世田周辺。
2　同県鹿屋市吾平町辺。
3　大阪府旧三島郡、いま茨木市・高槻市・吹田市辺。
4　征箭（そや＝戦闘用の矢）が命中して立つイメージの名。
5　奈良県桜井市三輪の大神神社の神。蛇体神。
6　赤く塗った矢。
7　「いすすく」は、慌てる。おろおろする。
8　大神神社の北、狭井川を跨いだ両側にやや高みをもつ台地。「さじ」は窄（さ）シで狭くなっている意か。

皇《みこと》に白《まを》して曰《まを》さく、
　倭《やまと》の　高佐士野《たかさじの》を
　七行《ななゆ》く　媛女《をとめ》ども
　誰《たれ》をしまかむ 9　　（歌謡番号一五）

爾して伊須気余理比売は、其の媛女等《をとめら》の前《さき》に立てり。天皇、其の媛女等《ら》を見て、御心《みこころ》に伊須気余理比売の最前《いやさき》に立てるを知らして、歌を以ち答へ曰《の》りたまはく、
　かつがつも 10 いや先立《さきだ》てる
　兄《え》11をしまかむ　　（歌謡番号一六）

爾して大久米命、天皇の命《みこと》を以ち、其の伊須気余理比売に詔《の》る時に、其の大久米命の黥《さ》ける利目《とめ》12を見て、奇《あや》しと思ひ、歌ひて曰《いは》く、
　あめつつ　ちどり　ましとと 13
　など黥《さ》ける鋭目《とめ》　　（歌謡番号一七）

爾して大久米命、答へ歌ひて曰《いは》く、
　媛女《をとめ》に　直《ただ》に逢《あ》はむと 14
　我《わ》が黥《さ》ける鋭目《とめ》　　（歌謡番号一八）

9 「まかむ」は、相手の身体に腕をかける意の纏くの推量。転じて、妻となさいますかの意。
10 気が進まないがともあれ。
11 年長の女性。
12 入れ墨（タトゥー）をした鋭い目。刺青・文身とも。
13 「あめ」はアマドリ（胡鷰子・雨燕）、「つつ」はツツナハセドリ・ツツマナハシラ（鶺鴒）。「ちどり」は千鳥、「しとと」（鵐）はホオジロ（群馬・長野上田）・アオジ（富山・鹿児島）などを今もシトドという。
14 直接に逢おうとして。

故其の嬢子《をとめ》、白《まを》さく、「仕《まつ》へ奉らむ」[15]とまをす。是に其の伊須気余理比売命の家、狭井河《さゐがは》[16]の上《うへ》に在り。天皇、其の伊須気余理比売の許《もと》に幸行《い》でまして、一宿《ひとよ》御寝《みね》坐《ま》しき。其の河《かは》を佐韋河《さゐがは》と謂ふ由《ゆゑ》は、其の河の辺《へ》に、山《やま》ゆり草《ぐさ》多《さは》に在《あ》り。故其の山ゆり草の名を取りて、佐韋河と号《なづ》く。山ゆり草の本《もと》の名佐韋《さゐ》と云ふ。

後《のち》に其の伊須気余理比売、宮内《みやのうち》に参入《まゐ》りし時に、天皇、御歌《みうた》に曰《の》りたまはく、

葦原《あしはら》の　しけしき小屋《をや》に[17]
菅畳《すがたたみ》　いや清《さや》し敷きて[18]
我《わ》が二人《ふたり》寝《ね》し[19]　（歌謡番号一九）

然《しか》してあれ[20]坐《ま》せる御子《みこ》の名《な》は、日子八井命《ひこやゐのみこと》、次に神八井耳命《かむやゐみみのみこと》、次に神沼河耳命《かむぬなかはみみのみこと》。[21]三柱《みはしら》。

15　身分の低い女が天皇の求婚を受け入れる言いかた。
16　三輪山から流れ出る川。
17　穢（きたな）い小屋に。
18　このうえなく清らかに敷いて。「さや」は「しけし」の反対語。
19　自分（天皇）があなたと共寝をした。
20　「あれ」は現れる意。聖なる御子は生（産）まれると言わない。
21　綏靖天皇。

〔当《た》芸《ぎ》志《し》美《み》々命《みのみこと》の変《へん》〕

故《かれ》天皇《すめらみこと》崩《かむあが》りましし後《のち》に、其《そ》の庶兄《ままえ》当《た》芸《ぎ》志《し》美《み》々命《みのみこと》、其《そ》の適后《おほきさき》1伊《い》須《す》気《け》余《よ》理《り》比《ひ》売《め》に娶《あ》へる時に2、其の三《みはしら》の弟《おと》を殺《ころ》さむとして、謀《はか》る間《あひだ》に、其の御祖《みおや》伊須気余理比売、患《うれ》へ苦《くる》しびて、歌を以《も》ち其の御子《みこ》等《たち》に知らしむ。歌ひて曰《いは》く、

狭《さ》韋《ゐ》河《がは》よ　雲起《くもた》ちわたり3
畝《うね》火《び》山《やま》　木《こ》の葉《は》さやぎぬ4
風吹《かぜふ》かむとす5

（歌謡番号二〇）

また歌ひて曰《いは》く、

畝《うね》火《び》山《やま》　昼《ひる》は雲《くも》とゐ6
夕《ゆふ》されば　風吹《かぜふ》かむとぞ
木《こ》の葉《は》さやげる

（歌謡番号二一）

是《ここ》に其の御子聞き知りて驚き、当《た》芸《ぎ》志《し》美《み》美《み》を殺《ころ》さむと為《す》る時に、神沼河耳命《かむぬなかはみみのみこと》、其の兄《いろえ》神八井耳命《かむやゐみみのみこと》に白《まを》さく、「なね7汝命《いましみこと》、兵《つはもの》を持ち8入りて、当芸志美美を殺したまへ」とまをす。故《かれ》兵を持ち、入りて

1 「適」は嫡に同じ。正妻。皇后。
2 皇后を得ることが、統治者の資格。
3 三皇子の住む佐韋川の上に起こった雲が当芸志美美命と皇后の住む白檮原の宮に渡って来て。凶雲の相をいう。
4 木の葉がざわざわし始めている。事件の前兆。
5 自然現象に解釈と予告を重ねた表現。
6 「とゐ」は動揺する意。
7 「なね」のナは古い一人称か。ネはエ（兄）で年長者。呼びかけの語。我が兄。↓お兄さん。
8 武器を取って。

殺《ころ》さむとする時に、手《て》足《あし》わななきて[9]え殺さず。故爾して其の弟《いろど》神沼河耳命、其の兄《いろえ》の持てる兵を乞《こ》ひ取り、入りて、当芸志美美を殺したまふ。故また其の御名《みな》を称《たた》へて、建沼河耳命《たけぬなかはみみのみこと》と謂《い》ふ。

爾して神八井耳命、弟《いろど》建沼河耳命に譲《ゆづ》りて曰《まを》さく、[10]「吾《あ》は仇《あた》を殺すこと能《あた》はず。汝命《いましみこと》既《すで》に仇《あた》を殺すことを得つ。故吾《あ》は兄《え》にあれども、上《かみ》と為《な》るべくあらず。是《ここ》を以ち汝命《いましみこと》、上《かみ》と為り、天《あめ》の下治《したし》らしめせ。僕《やつかれ》は汝命を扶《たす》け、忌人《いはひびと》[11]と為りて仕へ奉《まつ》らむ」とまをす。

故其の日《ひ》子《こ》八《や》井命《ゐのみこと》は、茨田連《うまらたのむらじ》、手島連《てしまのむらじ》が祖《おや》[12]。神八井耳命は、意《お》富臣《ほのおみ》[13]、小子部連《ちひさこべのむらじ》、坂合部連《さかひべのむらじ》、火君《ひのきみ》、大分君《おほきたのきみ》、阿《あ》蘇君《そのきみ》、筑紫《つくし》の三家連《みやけのむらじ》、雀部臣《さざきべのおみ》、雀部《さざきべの》造《みやつこ》、小《を》長谷造《はつせのみやつこ》、都祁直《つけのあたひ》、伊余《いよ》の国造《くにのみやつこ》、科野《しなの》の国造《くにのみやつこ》、道《みち》の奥《おく》の石城《いはき》の国造《くにのみやつこ》、常道《ひたち》の仲国造《なかのくにのみやつこ》、長狭国造《ながさのくにのみやつこ》、伊勢《いせ》の船木直《ふなきのあたひ》、尾張《をはり》の丹《に》波臣《はのおみ》、島田臣等《しまだのおみら》が祖《おや》なり。神沼河耳命《かむぬなかはみみのみこと》は天の下治らしめしき。

おほよそ此《こ》の神倭伊波《かむやまといは》礼《れ》毗《び》古天皇《このすめらみこと》、御《み》年壱佰参拾漆歳《としももちあまりみそちあまりななつ》[14]。御《み》陵《さざき》は畝火《うねび》山《やま》の北の方《かた》白檮《かし》の尾《を》の上《うへ》に在《あ》り。[15]

9　恐れおののいて。
10　兄と弟の身分が逆転、弟が天皇となるので、兄は弟に「まをす」立場になる。
11　心身を慎んで神聖なるものを護り仕える役。
12　ここの二氏、本文は小書双行で記す。この型式は「氏祖注」ともいわれるが、注でなく本文であり、注的本文というべきもの。以下、かなり多くこの型式が用いられる。
13　意冨氏は多・太とも記し、『古事記』の筆録者である太朝臣安萬侶は同族。
14　神武紀は一百二十七歳とする。
15　奈良県橿原市大久保町洞ミサンザイ。円墳。

〔綏靖天皇《すいぜいてんわう》〕

神沼河耳命《かむぬなかはみみのみこと》[1]、葛城《かづらき》の高岡宮《たかをかのみや》[2]に坐《いま》して、天《あめ》の下治《したし》らしめしき。此《こ》の天皇《すめらみこと》、師木県主《しきのあがたぬし》[3]が祖《おや》、河俣毗売《かはまたびめ》に娶《あ》ひて、生《あ》れませる御子《みこ》、師《し》木津日子《きつひこ》玉手《たまて》見命《みのみこと》。一柱《ひとはしら》。天皇、御年《みとし》肆拾伍歳《よそぢあまりいつつ》。御陵《みささぎ》は衝田《つきた》の崗《をか》に在り。[4]

〔安寧天皇《あんねいてんわう》〕

師木津日子《しきつひこ》玉手《たまて》見命《みのみこと》[1]、片塩《かたしほ》の浮穴宮《うきあなのみや》[2]に坐《いま》して、天《あめ》の下治《したし》らしめしき。此《こ》の天皇《すめらみこと》、河俣毗売《かはまたびめ》が兄県主波延《えあがたぬしはえ》が女《むすめ》、阿久斗比売《あくとひめ》に娶《あ》ひ、生《あ》れませる御子《みこ》、常根津日子伊呂泥命《とこねつひこいろねのみこと》、次に大倭日子鉏友命《おほやまとひこすきとものみこと》、次に師木津日子命《しきつひこのみこと》。此の天皇の御子《みこ》等并《たちあは》せて三柱《みはしら》の中《うち》、大倭日子鉏友

1 第二代綏靖天皇。
2 奈良県御所市森脇。
3 奈良県桜井市金屋に志貴御県坐神社。祭神天津饒速日命。
4 橿原市四条町田井ノ坪。円墳。神武天皇陵の北側にあたる。

1 第三代安寧天皇。
2 旧北葛城郡浮孔村。大和高田市中・西三倉堂辺りか。
3 「孫」を人名とする説が有力であるが、下に「命」がない。諸本に異同がないので人名は始めから未詳であった

命は、天の下治らしめしき。次に師木津日子命の子二《ふたはしら》の王《みこ》坐《いま》す。一《ひとはしら》の子の孫《うみのこ》[3]は、伊賀《いが》の須知之稲置《すちのいなき》、那婆理之稲置《なばりのいなき》、三野之稲置《みののいなき》が祖《おや》。一《ひとはしら》の子和知都美命《わちつみのみこと》は、淡道《あはぢ》の御井宮《みゐのみや》[4]に坐《いま》しき。故《かれ》此の王《みこ》、二《ふたはしら》の女《むすめ》坐《いま》しき。兄《え》の名は蠅伊呂泥《はへいろね》。またの名は意富夜麻登久迩阿礼比《おほやまとくにあれひ》売命《めのみこと》、弟《おと》の名は蠅伊呂杼《はへいろど》[5]なり。

天皇、御年《みとし》肆拾玖《よそぢあまりここのつ》歳、御陵《みささぎ》は畝火山《うねびやま》のみほとに在《あ》り。[6]

〔懿徳天皇《いとくてんわう》〕

大倭日子鉏友命《おほやまとひこすきとものみこと》[1]、軽《かる》の境岡宮《さかひをかのみや》[2]に坐《いま》して、天《あめ》の下《した》治《し》らしめしき。此《こ》の天皇《すめらみこと》、師木県主《しきのあがたぬし》の祖《おや》、賦登麻和訶比売命《ふとまわかひめのみこと》、またの名は飯日比売《いひひめの》命《みこと》に娶《あ》ひて、生《あ》れませる御子《みこ》、御真津日子訶恵志泥命《みまつひこかゑしねのみこと》、次に多芸志《たぎし》比古命《ひこのみこと》。二柱《ふたはしら》。故《かれ》御真津日子訶恵志泥命は、天の下治らしめしき。次に当芸志比古命は、血沼之別《ちぬのわけ》、多遅麻《たぢま》の竹別《たけのわけ》、葦井之稲置《あしゐのいなき》が祖《おや》。

とみるほかない。
4　兵庫県南あわじ市松帆櫟田に瑞井の宮の伝承地がある。
5　この二女王は孝霊天皇の妃となる。
6　畝火山の南のくぼみにある。懿徳紀には畝傍山南御陰井上陵とある。橿原市吉田町西山。山形陵。

1　第四代懿徳天皇。
2　橿原市大軽町見瀬の辺。

天皇、御年《みとし》肆拾《よそちあまり》伍《いつつ》歳。御陵《みささぎ》は畝火山《うねびやま》の真名子谷《まなこたに》の上に在り。[3]

〔孝昭天皇《かうせうてんわう》〕

御真津日子訶恵志泥命《みまつひこかゑしねのみこと》[1]、葛城《かづらき》の掖上宮《わきがみのみや》[2]に坐《いま》して、天《あめ》の下治《したし》らしめしき。此《こ》の天皇《すめらみこと》、尾張連《をはりのむらじ》が祖《おや》、奥津余曽《おきつよそ》が妹《いも》、名は余曽多本毗売命《よそたほびめのみこと》[3]に娶《あ》ひて、生《あ》れませる御子《みこ》、天押帯日子命《あめおしたらしひこのみこと》、次に大倭帯日子国押人命《おほやまとたらしひこくにおしひとのみこと》[4]。二柱《ふたはしら》。故《かれ》、弟《いろど》帯日子国忍人命は、天の下治らしめしき。兄《いろえ》天押帯日子命[5]は、春日臣《かすがのおみ》、大宅臣《おほやけのおみ》、粟田臣《あはたのおみ》、小野臣《をののおみ》、柿本臣《かきのもとのおみ》、壱比韋臣《いちひゐのおみ》、大坂臣《おほさかのおみ》、阿那臣《あなのおみ》、多紀臣《たきのおみ》、羽栗臣《はくりのおみ》、知多臣《ちたのおみ》、牟耶臣《むざのおみ》、都怒山臣《つのやまのおみ》、伊勢《いせ》の飯高君《いひたかのきみ》、壱師君《いちしのきみ》、近淡海《ちかつあふみ》の国造《くにのみやつこ》が祖《おや》なり。

天皇、御年《みとしここのそちあまりみつ》玖拾参歳。御陵《みささぎ》は掖上《わきがみ》の博多山《はかたやま》の上に在り。[6]

3 孝昭紀には「畝傍山南繊沙谿（マナコタニ）上陵」とある。橿原市西池尻町丸山。山形陵。

1 第五代孝昭天皇。
2 奈良県御所市池之内辺。
3 孝昭紀には「世襲足媛（よそたらしひめ）」とある。
4 第六代孝安天皇。
5 孝昭紀には「和珥臣（わにのおみ）等始祖也」とある。後に春日氏となる。
6 御所市三室博多山。山形陵。

〔孝安天皇《かうあんてんわう》〕

大倭帯日子国押人命《おほやまとたらしひこくにおしひとのみこと》[1]、葛城《かづらき》の室《むろ》の秋津嶋宮《あきづしまのみや》[2]に坐《いま》して、天《あめ》の下治《したし》らしめしき。此《こ》の天皇《すめらみこと》、姪忍鹿比売命《めひおしかひめのみこと》[3]に娶《あ》ひて、生《あ》れませる御子《みこ》、大吉備諸進命《おほきびのもろすすみのみこと》[4]、次に大倭根子日子賦斗迩命《おほやまとねこひこふとにのみこと》。二柱《ふたはしら》。故《かれ》大倭根子日子賦斗迩命は、天の下治らしめしき。

天皇、御年壱佰弐拾参歳《みとしもももちあまりはたちあまりみつ》。御陵《みささぎ》は玉手《たまて》の岡《をか》の上に在り。[5]

〔孝霊天皇《かうれいてんわう》〕

大倭根子日子賦斗迩命《おほやまとねこひこふとにのみこと》[1]、黒田《くろだ》の廬戸宮《いほとのみや》[2]に坐《いま》して、天《あめ》の下治《したし》らしめしき。此《こ》の天皇《すめらみこと》、十市《とをち》[3]の県主《あがたぬし》が祖《おや》、大目《おほめ》が女《むすめ》、名は細比売命《ほそひめのみこと》に娶《あ》ひて、生《あ》れませる御子《みこ》、大倭根子日子国玖琉命《おほやまとねこひこくにくるのみこと》。一柱《ひとはしら》。また春日《かすが》の

1　第六代孝安天皇。
2　孝安紀に都を室の地に遷したとある。奈良県御所市室。
3　孝安紀には姪の押媛とあり、また孝霊天皇即位前紀には天足彦国押人の女（むすめ）かとある。
4　孝安紀には記載なし。
5　御所市玉手宮山。円墳。

1　第七代孝霊天皇。
2　奈良県磯城郡田原本町黒田。
3　奈良県旧十市郡と重なる地域。田原本町・桜井市の一部・橿原市の一部などの地域。

千《ち》々《ぢ》速《はや》真《ま》若《わか》比《ひ》売《め》に娶ひて、生みませる御子、千《ち》々《ぢ》速《はや》比《ひ》売命《めのみこと》。一柱。また意《お》富《ほ》夜《や》麻《ま》登《と》玖《く》迩《に》阿《あ》礼《れ》比《ひ》売命《めのみこと》に娶《あ》ひて、生みませる御子、夜《や》麻《ま》登《と》登《と》母《も》々曽《そ》毗《び》売命《めのみこと》[4]、次に日《ひ》子《こ》刺肩別命《さしかたわけのみこと》、次に比《ひ》古《こ》伊《い》佐《さ》勢《せ》理《り》毗《び》古命《このみこと》、またの名は大吉《おほき》備《び》津《つ》日《ひ》子命《このみこと》、次に倭飛羽矢《やまととびはや》若屋《わかや》比《ひ》売《め》。四柱《よはしら》。また其《そ》の阿《あ》礼《れ》比《ひ》売命《めのみこと》の弟《いろど》、蝿《はへ》伊《い》呂《ろ》杼《ど》に娶ひて、生みませる御子、日《ひ》子《こ》寤《さめ》間命《まのみこと》[5]、次に若《わか》日《ひ》子《こ》建《たけ》吉《き》備《び》津《つ》日《ひ》子命《このみこと》[6]。二柱。此の天皇の御子等《たち》、并《あは》せて八柱《やはしら》。男王《ひこみこ》五《いつはしら》、女王《ひめみこ》三《みはしら》。故《かれ》大倭根子日子国玖琉命は、天の下治らしめしき。大吉備津日子命と若建吉《わかたけき》備《び》津《つ》日《ひ》子命《このみこと》、二柱相副《あひたぐ》ひて、針間《はりま》の氷《ひ》河之《かはの》前《さき》[7]に忌瓮《いはひへ》を居《す》ゑて[8]、針間を道の口と為《し》て[9]、吉備国《きびのくに》[10]を言《こと》向《む》け和《やは》しつ。故此の大吉備津日子命は、吉備の上道臣《かみつみちのおみ》が祖《おや》なり。次に若日子建吉備津日子命は、吉備の下道臣《しもつみちのおみ》、笠臣《かさのおみ》が祖。次に日子寤間命は、針間《はりま》の牛鹿臣《うしかのおみ》が祖なり。次に日子刺肩別命は、高志《こし》の利波臣《となみのおみ》、豊国《とよのくに》の国前臣《くにさきのおみ》、五百原君《いほはらのきみ》、角鹿海直《つぬがのあまのあたひ》が祖なり。

天皇、御年《みとし》壹佰陸歳《ももちあまりむつ》。御陵《みささぎ》は片岡《かたをか》の馬坂《うまさか》の上に在り。[11]

4　崇神紀には「倭迹迹日百襲姫命」とあり、大物主神の妻となる神婚説話がある。
5　孝霊紀には、「彦狭嶋命」とある。
6　孝霊紀には、「稚武彦命」とあり、吉備臣の始祖とある。
7　兵庫県加古川市加古川町の加古川沿いの氷丘か。
8　神酒の甕を据えて天神地祇神を祭る。
9　非支配地域へ進攻する入り口として。
10　後の備前・美作・備中・備後の四国の総称。
11　奈良県北葛城郡王寺町王寺小路口。片岡山がある。

〔孝元天皇《かうげんてんわう》〕

大倭根子《おほやまとねこ》日子《ひこ》国玖琉命《くにくるのみこと》[1]、軽《かる》の堺原宮《さかひはらのみや》[2]に坐《いま》して、天《あめ》の下治《したし》らしめしき。此《こ》の天皇《すめらみこと》、穂積臣《ほづみのおみ》[3]等《ら》が祖《おや》、内色許男命《うつしこをのみこと》の妹《いも》、内色許売命《うつしこめのみこと》に娶《あ》ひて、生《あ》れませる御子《みこ》、大毘古命《おほびこのみこと》[4]、次に少名日子建猪心命《すくなひこたけゐごころのみこと》、次に若倭根子《わかやまとねこ》日子《ひこ》大毘々命《おほびびのみこと》。三柱《みはしら》。また内色許男命の女《むすめ》、伊迦賀色許売命《いかがしこめのみこと》に娶ひて、生みませる御子、比古布都押之信命《ひこふつおしのまことのみこと》。また河内《かふち》の青玉《あをたま》が女、名は波迩夜須毘売《はにやすびめ》に娶ひて、生みませる御子、建波迩夜《たけはにや》須毘古命《すびこのみこと》。一柱《ひとはしら》。此の天皇の御子等《たち》、并《あは》せて五柱《いつはしら》。故《かれ》若倭根子日子大毘々命は、天の下治らしめしき。其《そ》の兄《いろえ》大毘古命の子、建沼河別命《たけぬなかはわけのみこと》は、阿倍臣等《あへのおみら》が祖《おや》。次に比古伊那許士別命《ひこいなこじわけのみこと》、此は膳臣《かしはでのおみ》が祖なり。比《ひ》古布都押信命《こふつおしのまことのみこと》、尾張連等《をはりのむらじら》が祖、意富那毘《おほなび》が妹、葛城之高千那毘売《かづらきのたかちなびめ》に娶ひて、生める子、味師内宿祢《うましうちのすくね》、此は山代《やましろ》の内臣《うちのおみ》が祖なり。また木《き》の国造《くにのみやつこ》が祖、宇豆比古《うづひこ》が妹、山下影日売《やましたかげひめ》に娶ひて、生める子、建内宿祢《たけうちのすくね》[5]。此の建内宿祢の子、并せて九《ここのたり》。男七《をとこななたり》、女二《をみなふたり》。波多八代宿祢《はたのやしろのすくね》

1　第八代孝元天皇。
2　奈良県橿原市大軽町辺。懿徳天皇の宮とほぼ同じ辺か。
3　迩芸速日（にぎはやひ）命の系統。物部氏と同系。
4　一一七頁に事績がある。
5　孝元紀には「ひこふつおしのまことのみこと」の孫とする。一四八頁以下に事績が多い。この子孫と伝える氏族が極めて有力であったため多くの系譜の始祖となった。

は、波多臣、林臣、波美臣《はみのおみ》、星川臣《ほしかわのおみ》、淡海臣《あふみのおみ》、長谷部之君《はつせべのおみ》が祖なり。次に許《こ》勢小柄宿祢《せのをからのすくね》は、許勢臣《こせのおみ》、雀部臣《さざきべのおみ》、軽部臣《かるべのおみ》が祖なり。次に蘇賀石河宿祢《そがのいしかはのすくね》は、蘇我臣、川辺臣《かはへのおみ》、田中臣《たなかのおみ》、髙向臣《たかむくのおみ》、小治田臣《をはりだのおみ》、桜井臣《さくらゐのおみ》、岸田臣等《きしだのおみら》が祖なり。次に平群都久宿祢《へぐりのつくのすくね》は、平群臣、佐和良臣《さわらのおみ》、馬御樴連《うまのみくひのむらじ》等が祖なり。次に木角《きのつのの》宿祢《すくね》は、木臣、都奴臣《つぬのおみ》[6]、坂本臣《さかもとのおみ》[7]が祖。次に久米能摩伊刀比売《くめのまいとひめ》、次に怒《の》能伊呂比売《のいろひめ》、次に葛城長江曽都毗古《かづらきのながえのそつびこ》[8]は、玉手臣《たまでのおみ》、的臣《いくはのおみ》、生江臣《いくえのおみ》、阿芸《あぎ》那臣等《なのおみら》が祖なり。また若子宿祢《わくごのすくね》は、江野財臣《えののたからのおみ》[9]が祖。

此の天皇、御年伍拾漆歳《みとしいそちあまりななつ》、御陵《みささぎ》は釼《つるぎ》の池《いけ》の中《なか》の崗《をか》の上に在り。[10]

〔開化天皇《かいくわてんわう》〕

若倭根子日子大毗々命《わかやまとねこひこおほびびのみこと》[1]、春日《かすが》の伊耶河宮《いざかはのみや》[2]に坐《いま》して、天《あめ》の下治《したし》らしめしき。此《こ》の天皇《すめらみこと》、旦波《たには》の大県主《おほあがたぬし》、名は由碁理《ゆごり》が女《むすめ》、竹野比売《たかのひめ》[3]に娶《あ》ひて、生みませる御子《みこ》、比古由牟須美命《ひこゆむすみのみこと》。一柱《ひとはしら》。また庶母《ままはは》伊迦賀《いかが》

6 雄略紀に角臣があるが角宿祢の子孫と異なる。

7 雄略紀に根使主（ねのおみ）の子孫とあって、建内宿祢との関係がみられない。

8 神功皇后紀・允恭紀・雄略紀などには「葛城襲津彦」と記すが、建内宿祢の子とはない。『日本書紀』では朝鮮半島外交に関与し、『百済記』には、「沙至比跪」と表記されている。

9 『新撰姓氏録』に江沼臣があり、これか。

10 奈良県橿原市石川町、前方後円墳。三基の古墳と自然丘で一陵としたものという。

1 第九代開化天皇。

2 奈良市本子守町に率川（いざかわ）の地名がある。春日山より流れ、西流して佐保川に合流する。

色許売命《しこめのみこと》に娶ひて、生《あ》れませる御子、御真木入日子印恵命《みまきいりひこいにゑのみこと》、次に御真津比売命《まつひめのみこと》。二柱《ふたはしら》。また丸迩臣《わにのおみ》[4]が祖《おや》、日子国意祁都命《ひこくにおけつのみこと》の妹《いも》、意祁都比売命《ひめのみこと》に娶ひて、生みませる御子、日子坐王《ひこいますのみこ》。一柱。また葛城《かづらきの》垂《たる》見宿祢《みのすくね》が女、鸇比売《わしひめ》に娶ひて生みませる御子、建豊波豆羅和気王《たけとよはづらわけのみこ》[5]。一柱。此の天皇の御子等《たち》、并《あは》せて五柱《いつはしら》。男王《ひこみこ》四《よはしら》、女王《ひめみこ》一《ひとはしら》。故《かれ》御真木入日子印恵命は、天の下治らしめしき。其《そ》の兄《え》比古由牟須美王《ひこゆむすみのみこ》の子、大筒木垂根王《おほつつきたりねのみこ》、次に讃岐垂根王《さぬきたりねのみこ》。二《ふたはしら》の王《みこ》。此の二《ふたはしら》の王《みこ》の女、五柱坐《いま》しき。次に日子坐王、[6]山代之荏名津比売《やましろのえなつひめ》、またの名苅幡戸弁《かりはたとべ》に娶ひて生める子、大俣王《おほまたのみこ》、次に小俣王《をまたのみこ》、次に志夫美宿祢王《しぶみのすくねのみこ》。三柱《みはしら》。また春日《かすが》の建国勝戸売《たけくにかつとめ》が女、名は沙本之大闇見戸売《さほのおほくらみとめ》に娶ひて、生める子、沙本毗古王《さほびこのみこ》、次に袁耶本王《をざほのみこ》、次に沙本毗売命《さほびめのみこと》、またの名は佐波遅比売《さはぢひめ》。此の沙本毗売命は伊久米《いくめ》天皇《のすめらみこと》[7]の后《きさき》と為《な》る。次に室毗古王《むろびこのみこ》。四柱《よはしら》。また近淡海《ちかつあふみ》の御上《みかみ》の祝《はふり》が以《も》ちいつく、[8]天之御影神《あめのみかげのかみ》の女、息長《おきながの》水依比売《みづよりひめ》[9]に娶ひて、生める子、丹波《たには》の比古多々須美知能宇斯王《ひこたたすみちのうしのみこ》、次に水之穂真若王《みづのほのまわかのみこ》、次に神大根王《かむおほねのみこ》、またの名は八爪入日子王《やつめいりひこのみこ》、次に水穂五百依比売《みづほのいほよりひめ》、次に御井津比売《みゐつひめ》。五柱《いつはしら》。また其の母の弟《おと》袁祁都比《をけつひ》

3 京都府京丹後市丹後町竹野が関係地であろう。

4 奈良県天理市和爾町辺を本拠地とする氏族。奈良市に進出、春日和珥氏となり、また春日氏となる。多くの皇妃を天皇家に納れる。

5 『日本書紀』にこの王の名はない。

6 以下、日子坐伝承ともいうべき『古事記』独自の多数の氏族につながる系譜がある。『古事記』が系譜の書でもあることを知る一証。『日本書紀』にはこの系譜がない。

7 垂仁天皇。一二二頁に皇后の物語がある。

8 本文「以伊都玖」。滋賀県野洲市三上の御上神社の神職が祭り仕える。

9 滋賀県米原市能登瀬辺。御上神社の神が約四十キロメートル北の息長氏の女の許に妻問いして生んだ娘。

売命《めのみこと》に娶ひて、生める子、山代《やましろ》の大箇木真若王《おほつつきのまわかのみこ》、次に比古意須王《ひこおすのみこ》、次に伊理泥王《いりねのみこ》。三柱。おほよそ日子坐王の子、并せて十一《とをあまりひとはしら》の王《みこ》[10]。故兄《このかみ》大俣王の子、曙立王《あけたつのみこ》、次に莵上王《うなかみのみこ》[11]。二柱。此の曙立王は、伊勢《いせ》の品遅部君《ほむぢべのきみ》、伊勢の佐那造《さなのみやつこ》が祖《おや》。莵上王は、比売陀君《ひめだのきみ》が祖。次に小俣王は、当麻《たぎま》の勾君《まがりのきみ》が祖。次に志夫美宿祢王は、佐々君《ささのきみ》が祖なり。次に沙本毗古王は、日下部連《くさかべのむらじ》、甲斐《かひ》の国造《くにのみやつこ》が祖。次に袁耶本王は、葛野別《かづののわけ》、近《ちか》淡海《つあふみ》の蚊野別《かののわけ》が祖なり。次に室毗古王は、若狭《わかさ》の耳別《みみのわけ》が祖。其の美知能宇《みちのう》志王《しのみこ》[12]、丹波《たには》の河上之摩須郎女《かはかみのますのいらつめ》に娶ひて、生める子、比婆須比売命《ひばすひめのみこと》[13]、次に真砥野比売命《まとのひめのみこと》、次に弟比売命《おとひめのみこと》、次に朝庭別王《みかどわけのみこ》。四柱。此の朝庭別王は、三川《みかは》の穂別《ほのわけ》が祖。此の美知能宇斯王の弟《いろど》、水穂真若王は、近《ちか》淡海《つあふみ》の安直《やすのあたひ》が祖。次に神大根王は、三野《みの》の国の本巣国造《もとすのくにのみやつこ》、長幡部連《ながはたべのむらじ》が祖。次に山代の大箇木真若王[14]、同母弟《いろど》伊理泥王の女、丹波《たには》の阿治佐波毗《あぢさはび》売《め》に娶ひて、生める子、迦迩米雷王《かにめいかづちのみこ》。此の王《みこ》、丹波《たには》の遠津臣《とほつおみ》が女、名は髙杙比売《たかくひひめ》に娶ひて、生める子、息長宿祢王《おきながのすくねのみこ》。此の王《みこ》、葛城《かづらき》の髙《たか》額比売《ぬかひめ》に娶ひて、生める子、息長帯比売命《おきながたらしひめのみこと》、次に虚空津比売命《そらつひめのみこと》、次に息長日子王《おきながひこのみこ》。三柱。此の王は吉備《きび》の品遅君《ほむぢのきみ》・針間《はりま》の阿宗君《あそのきみ》が祖。また息

10　実数十五王であるが、底本および諸本十一王とあるので改めない。反乱に関わりのある四王が天武朝に削られ、元明朝に復活したものか。

11　二王に関する物語が一二七頁にある。

12　開化紀では「道主王」とあり、五人の娘がいる。

13　以下の「美知能宇志王」の娘について一二九頁に物語があるが、人名・人数に異同がある。

14　以下の系譜中の息長宿祢王が結婚した葛城高額比売は、朝鮮半島の新羅の国から渡来した天之日矛の系譜（一七三頁参照）に属し、息長帯比売命（神功皇后）に連なっていることが注目点。

長宿祢王、河俣《かはまたの》稲依毗売《いなよりびめ》に娶ひて、生める子、大多牟坂王《おほたむさかのみこ》。此は多《た》遅摩《ぢま》の国造《くにのみやつこ》が祖なり。上《かみ》に謂《い》へる建豊波豆羅和気王《たけとよはづらわけのみこ》[15]は、道守臣《ちもりのおみ》・忍海部《おしぬみべの》造《みやつこ》・御名部造《みなべのみやつこ》・稲羽《いなば》の忍海部・丹波《たには》の竹野別《たかののわけ》・依網《よさみ》の阿毗古《あびこ》等が祖なり。

天皇、御年《みとし》陸拾参歳《むそぢあまりみつ》。御陵《みささぎ》は伊耶河《いざかは》の坂《さか》の上に在り。[16]

〔崇神天皇《すうじんてんわう》〕

〔后妃《こうひ》と皇子女〕

御真木入日子印恵命《みまきいりひこいにゑのみこと》[1]、師木《しき》の水垣《みづかき》の宮に[2]坐《いま》して、天《あめ》の下治《したし》らしめしき。此《こ》の天皇《すめらみこと》、木《き》の国造《くにのみやつこ》、名は荒河刀弁《あらかはとべ》[3]が女《むすめ》、遠津年魚目々微比売《とほつあゆめまくはしひめ》に娶《あ》ひて、生みませる御子《みこ》、豊木入日子命《とよきいりひこのみこと》、次に豊鉏入日売命《とよすきいりひめのみこと》。二柱《ふたはしら》。また尾張連《をはりのむらじ》が祖《おや》、意富阿麻比売《おほあまひめ》に娶ひて、生みませる御子、大入杵命《おほいりきのみこと》、次に八坂入日子命《やさかのいりひこのみこと》、次に沼名木之入日売命《ぬなきのいりひめのみこと》、次に

15　以下の系譜、開化紀にはない。

16　奈良市油阪町山之寺。前方後円墳。

1　第十代崇神天皇。諡号の「崇神（すうじん）」は、『日本書紀』諸本の付訓による読み方。

2　奈良県桜井市金屋の志貴御県神社の辺り。

3　荒川は和歌山県紀の川市桃山町周辺という。

十市之入日売命《とをちのいりひめのみこと》。四柱《よはしら》。また大毗古命《おほびこのみこと》の女、御真津比売命《みまつひめのみこと》に娶ひて、生《あ》れませる御子、伊玖米入日子伊沙知命《いくめいりひこいさちのみこと》、次に伊耶能真若命《いざのまわかのみこと》、次に国片比売命《くにかたひめのみこと》、次に千々都久和比売《ちぢつくわひめのみこと》命[4]、次に伊賀比売命《いがひめのみこと》、次に倭日子命《やまとひこのみこと》。六柱《むはしら》。此の天皇の御子等《たち》、并《あは》せて十一柱《とをあまりふたはしら》。男王《ひこみこ》七《なはしら》、女王《ひめみこ》五《いつはしら》なり。故《かれ》伊久米伊理毗古伊佐知命《いくめいりびこいさちのみこと》は、天の下治らしめしき。次に豊木入日子命は、上毛野《かみつけの》、下毛野君《しもつけののきみら》等が祖《おや》なり。妹豊鉏比売命《いもとよすきひめのみこと》は、伊《い》勢《せ》の大神《おほかみ》の宮を拝《いつ》き祭《まつ》りたまふ。[5] 次に大入杵命は、能登臣《のとのおみ》が祖なり。次に倭日子命は、此《こ》の王《みこ》の時に、始めて陵《はか》に人垣《ひとがき》を立つ。[6]

〔美和《みわ》の大物主神《おほものぬしのかみ》〕

此《こ》の天皇《すめらみこと》の御世《みよ》に、役病《えやみ》[1]多《さは》に起《お》こり、人民《おほみたから》尽きなむと為《す》。尓《しか》して天皇愁歎《うれ》へたまひて、神牀《かむとこ》[2]に坐《いま》す夜《よ》に、大物主大神《おほものぬしのおほかみ》、御夢《みいめ》に顕《あらは》れて曰《の》りたまはく、「是《こ》は我《あ》が御心《みこころ》ぞ。故《かれ》意富多々泥古《おほたたねこ》を以《も》ちて、我が前を祭らしめたまはば、[3]神《かみ》の気《け》[4]起《お》こらず、国も安平《やすら》かにあら

4 崇神紀の千々衝倭（やまと）姫命と同一人であるが、ここの「和」は「わ」と訓まざるをえない。

5 皇大神宮の斎宮（いつきのみや）に関する最初の記事。内親王にあたる最高の巫女が皇祖天照大御神を奉斎する。

6 垂仁紀には倭彦命薨じて、近習の人々を生きながら陵のめぐりに立ったまま埋めた悲傷な記事がある。この古い風俗の殉死を以後禁ずるとあるが、史実とは考え難い。

1 「役」は「疫」に同じ。流行病。

2 神意を知るために心身を浄め寝る床。

3 神が祭を要求する形式。

4 「気」は病気。神の祟り。

5 「はゆま」は「はやうま」（早馬）の約。まだ駅制があ

む」とのりたまふ。是《ここ》を以ち、駅使《はゆまづかひ》[5]を四方《よも》に班《あか》ち、意冨多々泥古と謂《い》ふ人を求《もと》むる時に、河内《かふち》の美努村《みののむら》[6]に其《そ》の人を見得《みえ》て、貢進《たてまつ》る。爾して天皇問ひ賜《たま》はく、「汝《な》は誰《た》が子《こ》ぞ」ととひたまふ。答へて白《まを》さく、「僕《やつかれ》は大物主大神、陶津耳命《すゑつみみのみこと》の女《むすめ》、活玉依毗売《いくたまよりびめ》に娶《あ》ひて生める子、名は櫛御方命《くしみかたのみこと》の子、飯肩巣見命《いひかたすみのみこと》の子、建甕遺命《たけみかつのみこと》の子、僕《やつかれ》意冨多々泥古」[7]と白《まを》す。

是《ここ》に天皇いたく歓《よろこ》びて、詔《の》りたまはく、「天《あめ》の下平《したたひ》らぎ、人民《おほみたから》栄えなむ」とのりたまひ、意冨多々泥古命を以《も》ち、神主《かむぬし》[8]と為《し》て、御諸《みもろ》山《やま》[9]に、意冨美和之大神《おほみわのおほかみ》の前《まへ》を拝《いつ》き祭《まつ》りたまふ。また伊迦賀色許男《いかがしこを》命《みこと》に仰《おほ》せ、天《あめ》の八十《やそ》びらか[10]を作り、天《あま》つ神《かみ》・地《くに》つ祇《かみ》の社《やしろ》を定《さだ》め奉《まつ》りたまふ。また宇陀《うだ》の墨坂神《すみさかのかみ》[11]に、赤色《あかいろ》の楯《たて》・矛《ほこ》を祭り、[12]また大坂《おほさか》の神《かみ》[13]に、墨色《くろいろ》の楯・矛を祭り、[14]また坂《さか》の御尾《みを》の神と河《かは》の瀬《せ》の神に、悉《ことごと》く遺忘《わす》るること無くして[15]幣帛《みてぐら》を奉《たてまつ》りたまひき。此《こ》れに因《よ》りて役《え》の気《け》悉《ことごと》く息《や》み、国家《くにいへ》安《やす》らかに平《たひ》らかなり。

此の意冨多々泥古と謂ふ人を、神の子と知れる所以《ゆゑ》は、上《かみ》に云《い》へる活玉依毗売《いくたまよりびめ》、其《そ》の容姿《かたち》端正《きらぎら》し。是《ここ》に壮夫《をとこ》有り。其の形姿《かたち》威儀《よそほひ》時

ったわけではない。

6　大阪府八尾市上之島町付近という。崇神紀に茅渟の県の陶の邑（大阪府堺市）とする。

7　自分を名乗るのに、祖先から一人一人名を掲げる一つの型。

8　神を祭る神官の長。

9　奈良県桜井市の三輪山。

10　見込みが内側に斜面状の器。本文「毗羅訶」。

11　奈良県宇陀市榛原区萩原に墨坂神社がある。もと萩原の西峠にあった。大和の東方伊勢との出入の要衝の道祖神であろう。

12　赤色は魔性の侵入を防ぐ呪力をもつ色。中国思想の影響を受けている。

13　奈良県香芝市逢坂。同穴虫に大坂山口神社がある。大和の西側河内との出入の要衝。大

14　墨坂との対で、疫病・悪

に比《たぐひ》無し。夜半《よなか》の時に倏忽《たちま》ちに到来《き》たれり。故相感《かれあひめ》で共婚《まぐはひ》し、供住《す》める間《あひだ》、いまだ幾時《いくばく》も経《へ》ぬに、其の美人《をとめ》妊身《はら》みぬ。尓《しか》して父母《ちちはは》の、其の妊身《はら》める事を恠《あや》しび、其の女《むすめ》を問ひて曰《いは》く、「汝《な》は自《おの》づから妊《はら》めり。夫《を》无《な》きに何の由《ゆゑ》にか妊身める」ととふ。答へて曰《いは》く、「麗美《うるは》しき壮夫《をとこ》有り、其の姓名《かばね》を知らず。夕毎《よひごと》に到来たり供住《す》める間《あひだ》に、自づから懐妊《はら》みぬ」といふ。是を以《も》ち其の父母、其の人を知らむと欲《おも》ひて、其の女《むすめ》に誨《をし》へて曰《いは》く、「赤土《はに》を以ち床《とこ》の前に散らし、へその紡麻《うみを》16を以ち針に貫《ぬ》き、其の衣《きぬ》の襴《すそ》に刺《さ》せ」17といふ。故教への如《ごと》くして、旦時《あした》に見れば、針に着《つ》けし麻《を》は、戸の鉤穴《かぎあな》より控《ひ》き通《とほ》りて出《い》で、ただ遺《のこ》れる麻《を》18は、三勾《みわ》19のみ。尓して鉤穴より出でし状《さま》を知りて、糸のまにまに尋《たづ》ね行けば、美和山《みわやま》に至《いた》りて、神の社《やしろ》に留《とど》まりぬ。故其の神の子と知りぬ。故其の麻《を》の三勾《みわ》遺《のこ》れるに因《よ》りて、其地《そこ》に名づけて美和《みわ》と謂《い》ふなり。20 此の意富多々泥古命は、神君《みわのきみ》、鴨君《かものきみ》が祖《おや》。

気などの侵入を防ぐ神を祭り、こちらは黒色。

15 龍田風神祭の祝詞に、「神等をば天つ社・国つ社と忘るる事無く、遺る事無く、称へ辞竟へ奉る」とある。

16 「へそ」は本文「閇蘇」、糸巻。「うみを」は麻を紡いだ糸。

17 見知らぬものの正体を知る説話の型。ハーンの怪談集の「飴を買う女」などにも。

18 糸巻に残った麻の糸。

19 勾は曲に同じ。糸巻に三巻き分。

20 崇神紀には倭迹迹日百襲姫命が大物主神の妻となる類似の神婚説話がある。

〔将軍の派遣〕

また此《こ》の御世《みよ》に、大毗古命《おほびこのみこと》[1]は高志道《こしのみち》[2]に遣《つか》はし、其《そ》の子建沼河別《たけぬなかはわけの》命《みこと》は東《ひむかし》の方十二道《かたとをあまりふたみち》[3]に遣はして、其《そ》のまつろはぬ[4]人等《ども》を和平《ことむけやは》さしむ。また日子坐王《ひこいますのみこ》は、旦波国《たにはのくに》[5]に遣はして、玖賀耳之御笠《くがみみのみかさ》此は人の名ぞを殺《ころ》さしめたまふ。

故《かれ》大毗古命、高志国に罷《まか》り往《ゆ》く時に、腰裳《こしも》服《け》る少女《をとめ》[6]、山代《やましろ》の幣羅《へら》坂《さか》[7]に立ちて、歌ひて曰《いは》く、

御真木入日子《みまきいりびこ》[8]はや[9]
御真木入日子《みまきいりびこ》はや
己《おの》が緒《を》[10]を　窃《ぬす》み殺《し》せむと[11]
後《しり》つ戸《と》よ　い行《ゆ》き違《たが》ひ
前《まへ》つ戸《と》よ　い行《ゆ》き違《たが》ひ
窺《うかか》はく　知《し》らにと[12]
御真木入日子《みまきいりびこ》はや
（歌謡番号二二）

是《ここ》に大毗古命、恠《あや》しと思ひ、馬を返《かへ》し、其の少女を問ひて曰《いは》く、

1　孝元天皇の皇子。
2　北陸への道。
3　大和からみた東方諸国。伊勢から陸奥までの十二国というが、この時その総てが平定されたわけではない。
4　「まつろはぬ」はまつるの連続形。「まつろふ」はその否定で、天皇が彼らの神を祭ること（=服従）を受け入れない。
5　京都府北部地域。
6　裳はツーピースの下衣をいうが、ここはワンピースの腰に裳を着けたものか。巫祝のスタイルであろう。
7　京都府木津川市市坂小字幣羅坂。
8　崇神天皇。
9　底本この句の上に「古波夜」（こはや）の三字があるが、衍と認める。
10　「を」はすじとなって長く続くもの。命にもいう。

「汝《な》が謂《い》へる言《こと》は、何《なに》の言《こと》ぞ」といふ。尓《しか》して少女答へて曰く、「吾《あ》は言ふこと勿《な》し。ただ歌詠《うたよ》み為《し》つらくのみ[13]」といふ。其の如《ゆ》く所《ところ》も見えずして忽《たちま》ちに失《う》せぬ。故《かれ》大毗古命、更《さら》に還《かへ》り参上《まゐのぼ》り、天皇《すめらみこと》に請《まを》す時に、天皇答へて詔《の》りたまはく、「此《こ》は山代国《やましろのくに》に在る我が庶兄《ままえ》[14]、建波迩安王《たけはにやすのみこ》、邪《きたな》き心を起こせる表《しるし》と為《す》るのみ。伯父《をぢ》、軍《いくさ》を興《おこ》し、行くべし」とのりたまふ。丸迩臣《わにのおみ》が祖《おや》、日子国夫玖命《ひこくにぶくのみこと》を副《そ》へて遣はす時に、丸迩坂《わにさか》[15]に忌瓮《いはひへ》を居《す》ゑて、罷《まか》り往《ゆ》く。

是に山代の和訶羅河《わからがは》[16]に到《いた》れる時に、其の建波迩安王、軍《いくさ》を興《おこ》し、待ち遮《さきき》り、おのもおのも中に河を挟《はさ》みて、対《むか》ひ立ち相挑《あひいど》む。故其地《かれそこ》を号《なづ》けて、伊杼美《いどみ》と謂ふ。今は伊豆美《いづみ》と謂ふ。尓して日子国夫玖命乞《こ》ひて云《い》はく、「其廂《そなた》[17]の人、まづ忌矢《いはひや》[18]を弾《はな》つべし」といふ。尓して其の建波尓安王射つれども中《あ》てず。是に国夫玖命《くにぶくのみこと》矢を弾《はな》てば、建波尓安王を射《い》て死《ころ》しつ。故其の軍《いくさ》、悉《ことごと》く破《やぶ》れて逃げ散《あら》けぬ。尓して其の逃《に》ぐる軍《いくさ》を追《お》ひ迫《せ》め、久須婆《くすば》の度《わたり》[19]に到る時に、みな迫《せ》め窘《たしな》めらえて、屎出《くそい》で、褌《はかま》に懸《か》かりぬ。故其地《そこ》に号《なづ》けて屎褌《くそはかま》と謂ふ。今は久須婆《くすば》と謂ふ。また其の逃《に》ぐる軍を遮《さきき》りて斬《き》れば、鵜《う》[20]の如《ごと》く河に浮く。

11 「ぬすみ」はひそかに。「しす」は死ぬの他動詞形。

12 知らないで。「に」は打消の助動詞「ず」の古い形。

13 神託の暗示。

14 「建波迩安王」は孝元天皇の皇子で大毗古命と異母兄弟、崇神天皇には伯父にあたる。したがって「我」を崇神天皇とすると文脈が乱れる。汝の誤りとの説もあるが、諸本まったく異同がないので、このまま「わが」と訓み、二人称の汝の意とする。

15 奈良県天理市和爾町辺の坂。

16 木津川の上流部、泉川とも呼ばれた。

17 中国六朝の俗語表記という。其方此方の方にあたる。

18 呪詛（まじない）のかけられた矢。呪詛力の勝負。

19 大阪府枚方市楠葉、淀川の渡り場。

故其の河に号けて、鶙河《うかは》と謂ふ。また其の軍士《いくさひと》を斬りはふりつ。故、其地《そこ》に号けて波布理曽能《はふりその》[21]と謂ふ。かく平《ことむ》け訖《を》へて、参上りて覆奏《かへりごとまを》す。

故大毘古命は、先《さき》の命《みこと》のまにまに、高志国《こしのくに》に罷《まか》り行《ゆ》きぬ。尓して東《ひむかし》の方《かた》より遣《つか》はさえし建沼河別《たけぬなかはわけ》、其の父大毘古と、共《とも》に相津《あひづ》[22]に往《ゆ》き遇《あ》ひき。故其地《そこ》を相津《あひづ》と謂《い》ふ。是を以《も》ちおのもおのも遣はさえし国の政《まつりごと》を和《やは》し平《ことむ》けて[23]覆奏す。

〔初国《はつくに》知《し》らし天皇《すめらみこと》〕

尓《しか》して天《あめ》の下太《したた》平《ひ》らかに、人民《おほみたから》冨み栄ゆ。[1] 是《ここ》に初《はじ》めて男《をとこ》の弓端《ゆはず》の調《みつき》[2]、女《をみな》の手末《たなすゑ》の調[3]を貢《たてまつ》らしめたまふ。故其《かれそ》の御世《みよ》を称《たた》へて、初国《はつくに》知《し》らし[4]御真木天皇《みまきのすめらみこと》と謂《い》ふ。また是《こ》の御世《みよ》に、依網池《よさみのいけ》[5]を作り、また軽《かる》の酒折池《さかをりのいけ》[6]を作る。

天皇、御歳《みとし》壱佰陸拾捌歳《ももちあまりむそちあまりやつ》、戊寅《つちのえとら》の年[7]の十二月《しはす》崩《かむあが》りましぬ。御陵《みさざき》は、山辺道《やまのへのみち》の勾《まがり》の崗《をか》の上に在り。[8]

20　鶙は鵜に通じる。
21　京都府相楽郡精華町祝園（ほうぞの）。
22　福島県会津市。
23　諸国の諸氏族の祭祀権を天皇に帰属させ、服従させて。
1　垂仁紀に共通文があり、共通原資料によると考えられる。
2　男が弓の狩猟で得た貢納物。獣皮など。古代の税。
3　女の手先の仕事による貢納物。織物・糸など。古代の税。
4　初めて税を設けたことによる国家観からの表現。
5　大阪府住吉区庭井辺。
6　奈良県橿原市大軽町辺。
7　干支注記の初出。二五八年か。崇神紀は崩年を崇神六十八年（辛卯）とする。
8　天理市柳本町アンド。前方後円墳。同市勾田町の西山古墳説もある。

〔垂仁天皇《すいにんてんわう》〕

〔后妃《こうひ》と皇子女〕

伊久米伊理毘古伊佐知命《いくめいりびこいさちのみこと》[1]、師木《しき》の玉垣宮《たまがきのみや》[2]に坐《いま》して、天《あめ》の下治《したし》らしめしき。此《こ》の天皇《すめらみこと》、沙本毘古命《さほびこのみこと》の妹《いろも》、佐波遅比売命《さはぢひめのみこと》[3]に娶《あ》ひて、生みませる御子《みこ》、品牟都和気命《ほむつわけのみこと》。一柱《ひとはしら》。また旦波《たには》の比古多々須美知《ひこたたすみち》の宇斯王《うしのみこ》の女《むすめ》、氷羽州比売命《ひばすひめのみこと》[4]に娶ひて、生《あ》れませる御子《みこ》、印色之入日子命《いにしきのいりひこのみこと》、次に大帯日子淤斯呂和気命《おほたらしひこおしろわけのみこと》、次に大中津日子命《おほなかつひこのみこと》[5]、次に倭比売命《やまとひめのみこと》、次に若木入日子命《わかきいりひこのみこと》。五柱《いつ》。また其《そ》の氷羽州比売命《ひばすひめのみこと》の弟《おと》、沼羽田之入毘売命《ぬばたのいりびめのみこと》に娶ひて、生みませる御子、沼帯別命《ぬたらしわけのみこと》[6]、次に伊賀帯日子命《いがたらしひこのみこと》[7]。二柱《ふた》。また其の沼羽田之入日売命《ぬばたのいりひめのみこと》の弟、阿耶美能伊理毘売命《あざみのいりびめのみこと》に娶ひて、生みませる御子、伊許婆夜和気命《いこばやわけのみこと》、次に、阿耶美都《あざみつ》

1 第十一代垂仁天皇。
2 奈良県桜井市穴師の辺。
3 沙本毘売命の別名。
4 垂仁紀ではサホビメ皇后の薨後、皇后となる。
5 垂仁紀には大中姫命と女性名になっている。
6 垂仁紀には鐸石別命とある。
7 垂仁紀には胆香足姫命。
8 垂仁紀には稚浅津姫命とある。

比売命《ひめのみこと》[8]。二柱。また大箇木垂根王《おほつつきたりねのみこ》の女、迦具夜比売命《かぐやひめのみこと》に娶ひて、生みませる御子、袁那弁王《をなべのみこ》[9]。一柱。また山代の大国之渕《おほくにのふち》の女、苅羽田《かりはた》刀弁《とべ》に娶ひて、生みませる御子、落別王《おちわけのみこ》[10]、次に五十日帯日子王《いかたらしひこのみこ》、次に伊登志別王《いとしわけのみこ》[11]。また其の大国之渕の女、弟苅羽田刀弁《おとかりはたとべ》に娶ひて、生みませる御子、石衝別王《いはつくわけのみこ》[12]、次に石衝毗売命《いはつくびめのみこと》、またの名は布多遅能伊理毗売命《ふたぢのいりびめのみこと》。二柱。おほよそ此《こ》の天皇《すめらみこと》の御子等《たち》、十六《とをあまりむはしら》の王《みこ》。男王《ひこみこ》十三《とをあまりみはしら》、女王三《ひめみこみはしら》。

故大帯日子淤斯呂和気命は、天の下治らしめしき。御身《みみ》の長一丈二寸《たけひとつゑふたき》、御脛《みはぎ》の長《なが》さ四尺一寸《よさかひとき》なり。次に印色入日子命《いにしきいりひこのみこと》は、血沼池《ちぬのいけ》[13]を作り、また狭山池《さやまのいけ》[14]を作り、また日下《くさか》の高津池《たかつのいけ》[15]を作る。また鳥取河上宮《ととりのかはかみのみや》[16]に坐《いま》して、横刀《たち》壱仟口《ちふり》を作らしむ。是《これ》を石上神宮《いそのかみのかむみや》[17]に納め奉《まつ》る。其の宮に坐《いま》して、河上部《かはかみべ》[18]を定む。次に大中津日子命は、山辺之別《やまのべのわけ》、三枝之別《さきくさのわけ》、稲木之別《いなきのわけ》、阿太之別《あだのわけ》、尾張国《をはりのくに》の三野別《みののわけ》、吉備《きび》の石无別《いはなしのわけ》、許呂母之別《ころものわけ》、髙巣鹿之別《たかすかのわけ》、飛鳥君《あすかのきみ》、牟礼之別等《むれのわけら》が祖《おや》なり[19]。次に倭比売命は、伊勢《いせ》の大神《おほかみ》の宮《みや》を拝《いつ》き祭《まつ》る[20]。次に伊許婆夜和気王《いこばやわけのみこ》は、沙本《さほ》の穴太部之別《あなほべのわけ》が祖。次に阿耶美都比売命は、稲瀬毗古王《いなせびこのみこ》に嫁《あ》ふ。次に落別王は、小目《をめ》の山君《やまのきみ》、三川《みかは》の衣君《ころものきみ》が祖。次

9　垂仁紀には該当名がない。
10　垂仁紀には祖別命とある。
11　垂仁紀には胆武別命とある。
12　底本にはこの王の名がないが、後出の祖先に関するところにあるのでいま加える。
13　大阪府泉佐野市下瓦屋の辺。
14　大阪府大阪狭山市辺。
15　東大阪市日下町辺。
16　大阪府阪南市の辺。
17　奈良県天理市布留町の石上神宮。
18　河上の宮の名による印色入日子命に属する部民。
19　大中津日子命は、以上十氏の始祖となっているが、この系譜は、垂仁紀には全然ない。以下の皇子たちの場合も同様。
20　始祖に関わらない女性の記事も注形式の本文で書かれているのはこの辺りの特色。

に五十日帯日子王は、[21]春日《かすが》の山君《やまのきみ》、高志《こし》の池君《いけのきみ》、春日部の君が祖。次に伊登志和気王は、子无《な》きに因《よ》りて、子代《こしろ》[22]と為《し》て、伊登志部《いとしべ》を定む。次に石衝別王は、羽咋君《はくひのきみ》、三尾君《みをのきみ》が祖。次に布多遅伊理毘売命は、倭建命《やまとたけのみこと》の后《きさき》と為《な》る。

〔沙本毘古《さほびこ》の反逆《はんぎやく》〕

此《こ》の天皇《すめらみこと》、沙本毘売《さほびめ》を以《も》ち后《きさき》と為《し》たまふ時に、沙本毘売命《さほびめのみこと》の兄《いろえ》、沙本毘古王《さほびこのみこ》、其《そ》のいろ妹《も》を問ひて曰《い》はく、「夫《を》と兄《え》と孰《いづ》れか愛《は》しき」といふ。答へて曰《いは》く、「兄《せ》ぞ愛しき」といふ。尓《しか》して沙本毘古王、謀《はか》りて曰《いは》く、「汝《いまし》まことに我《あれ》を愛《は》しと思はば、吾《あ》と汝《いまし》と天《あめ》の下治《したし》らさむ」といひて、八塩折《やしほをり》の紐小刀《ひもかたな》[1]を作り、其《そ》の妹《いろも》に授けて曰く、「此《こ》の小刀《かたな》を以ち、天皇の寝《い》ませるを刺《さ》し殺《し》せまつれ」といふ。故《かれ》天皇、其の謀《はかりこと》を知らしめさずて、其の后《きさき》の御膝《みひざ》を枕《ま》き[2]、御寝《みね》し坐《ま》しぬ。尓して其の后、紐小刀《ひもかたな》以《も》ち、其の天皇の御頸《みくび》を刺《さ》しまつらむ

21 垂仁紀では以下三氏でなく、石田君の始祖としている。
22 子孫がないのでその名を後世に残すために設置した部。
1 繰り返し鍛造した紐のついている小刀。
2 枕として。

と為《す》。三《み》度《たび》挙《ふ》りて、哀《かな》しき情《こころ》に忍《あ》へず[3]、頸《みくび》を刺すこと能《あた》はずて、泣く涙《なみた》、御《み》面《おも》に落《お》ち溢《あぶ》る。天皇驚《おどろ》き起《お》きたまひ、其の后を問ひて曰《の》りたまはく、「吾《あれ》異《け》しき夢《いめ》を見つ。沙本《さほ》[4]の方《かた》より、暴雨《はやさめ》零《ふ》り来《き》、急《にはか》に吾《あ》が面《おもて》を沾《ぬ》らしつ。また錦色《にしきいろ》[5]の小《ちひ》さき蛇《へみ》、我《あ》が頸《くび》に纏繞《まつは》りつ。かくの夢《いめ》、是《こ》れ何《なに》の表《しるし》[6]に有らむ」とのりたまふ。尓して其の后、争ふべくあらずと以為《おも》ひ、天皇に白《まを》して言《まを》さく、「妾《やつこ》が兄《え》沙本毗古王、妾を問《と》ひて曰《い》ひしく、『夫《を》と兄《え》と孰れか愛《は》しき』といひき。是《こ》の面《まのあたり》に問ふに勝《あ》へず[7]。故妾《かれやつこ》、答へて曰《いは》く、『兄《せ》を愛《は》しきか』といひつ。尓して妾に誂《あとら》へて[8]曰《いは》く、『吾《あれ》と汝《いまし》と共に天の下を治らさむ。故天皇を殺《し》せまつれ』と云《い》ひて、八塩折の紐小刀を作《つく》り、妾に授《さづ》けつ。是《ここ》を以ち御《み》頸《くび》を刺《さ》しまつらむと欲《おも》ひ、三《み》度《たび》挙《ふ》りしかども、哀《かな》しき情《こころ》忽《たちま》ちに起こり、頸《みくび》をえ刺しまつらずて、泣く涙、御面に落ち沾らしつ。かならず是《こ》の表《しるし》に有らむ」とまをす。

尓して天皇詔《の》りたまはく、「吾《あ》はほとほと欺《あざむ》かえつるかも[9]」とのりたまふ。軍《いくさ》を興《おこ》し、沙本毗古王を撃《う》ちたまふ時に、其の王《みこ》稲城《いなき》[10]を作りて、待ち戦ふ。此の時沙本毗売命、其の兄《いろえ》にえ忍《あ》へず[11]、後《しり》つ門《と》[12]

3　耐えることができないで。
4　奈良市佐保台・法蓮町辺り。沙本毗古王の本居。
5　華麗な絹織物の色模様の。小刀に付けられた紐のイメージ。
6　夢の中に形として表れたものが後に起こる事態の前兆であろうかと疑っている。
7　面と向かっての問いに抗しえなかった。
8　相手を誘ってこちらの望みどおりにその気にさせること。
9　あやうくだまされるところだった。
10　稲を積んで城柵とする。実のついた稲を射たり焼いたりすることは禁忌であったので攻撃しにくい。
11　兄を思う心に耐えることができなくて。
12　宮廷の裏門。

より逃《に》げ出《い》でて、其の稲城《いなき》に納《い》る。此の時に其の后妊身《はら》みぬ。是《ここ》に天皇、其の后の、懐妊《はら》めると、愛《うつく》しび重《おも》みしたまへること、三年《みとせ》に至るに忍《あ》へず。故《かれ》其の軍を廻《もとほ》し、急《すむや》けく[13]攻迫《せ》めたまはず。かく逗留《とどこほ》る間《あひだ》に、其の妊《はら》める御子《みこ》を既《すで》に産《う》みまつりぬ。故其の御子を出《い》だし、稲城《いなき》の外《と》に置き、天皇に白《まを》さしむらく、「もし此の御子を、天皇の御子と思《おも》ほし看《め》さば、治《をさ》め[14]賜《たま》ふべし」とまをす。是に天皇詔《の》りたまはく、「其の兄《え》を怨《うら》みつれども、なほ其の后を愛《うつく》しぶるにえ忍《た》へず」とのりたまふ。故《かれ》后を得たまはむ心有り。是を以ち軍士《いくさびと》の中《なか》に力《ちから》士《ひと》[15]の軽捷《はや》きを選《えら》ひ聚《あつ》めて、宣《の》りたまはく、「其の御子を取らむ時に、其の母王《ははみこ》を掠《かそ》ひ取れ。[16]或《あるい》は髪、或は手、取り獲《え》むままに、掬《つか》みて控《ひ》き出でよ」とのりたまふ。尓して其の后、あらかじめ其の情《こころ》を知り、悉《ことごと》く其の髪《かみ》を剃《そ》り、髪を以《も》ち其の頭に覆《おほ》ひ、また玉《たま》の緒《を》[17]を腐《くた》し、三重《みへ》に手に纏《ま》き、また酒を以ち御衣《みけし》を腐《くた》し、全《また》き衣《みそ》の如《ごと》く服《け》せり。かく設《ま》け備《そな》へて、其の御子を抱《むだ》き、城《き》の外《と》に刺《さ》し出だしつ。尓して其の力士《ちからひと》等《ども》、其の御子を取るすなはち、其の御祖《みおや》を握《と》る。尓して其の御髪《みかみ》を握《と》れば、御髪自《おの》づから落ち、其の御手《みて》を握れば、玉の緒

13　急いでは。

14　皇子としてのあるべき位に置く。結果として養育すること。

15　垂仁紀に「当摩蹶速（たぎまのけはや）者、天下之力士也」とある。古代中国に角抵伎があり、朝鮮半島にもあり、現在の相撲に及ぶが、ここは力持ちの兵士の意か。

16　「かそふ」は「かすむ」とも。奪い取る。

17　腕輪の玉を通してある紐。

18　『捜神記』に、宋の康王が侍従の韓憑の美しい妻を奪ったので、憑は王を怨み自殺する。夫を思う妻はあらかじめ着物を腐らせておき、王と台に登った時、台上から身投げをする。王の左右の臣が着物をつかもうとするが、つかむことができないで落ちて死んだという説話があり、その翻案であろう。

また絶え、其の御衣《みけし》を握れば、御衣便《たやす》く破《や》れぬ。[18] 是《ここ》を以ち其の御子を取り獲《え》て、其の御祖《みおや》を得《え》ず。故其の軍士等《いくさひとども》、還《かへ》り来《き》て、奏《まを》して言《まを》さく、「御髪自《おの》づから落ち、御衣易《やす》く破《や》れ、また御手に纒《ま》ける玉《たま》の緒《を》便《たやす》く絶えぬ。故御祖《みおや》を獲《え》ず、御子を取り得《え》つ」とまをす。尓して天皇悔《く》い恨《うら》みたまひて、玉を作りし人等《ども》を悪《にく》みたまひ、其の地《ところ》をみな奪《と》取りたまひき。故諺《ことわざ》に、「地《ところ》得ぬ玉作り」[19]と曰《い》ふなり。

また天皇《すめらみこと》、其の后に命詔《みことのり》し言《の》りたまはく、「おほよそ子の名は、かならず母の名づくるを、いかにか是《こ》の子の御名を称《い》はむ」[20]とのたまふ。尓して答へ白《まを》さく、「今《いま》火の稲城《いなき》を焼《や》く時に当たりて、火中《ほなか》に生《う》まれぬ。故其の御名は、本牟智和気《ほむちわけの》[21]御子《みこ》と称《まを》すべし」とまをす。また命詔《みことのり》したまはく、「いかに為《し》て日足《ひた》し奉《まつ》らむ」[22]とのりたまふ。答へて白さく、「御母《みおも》を取り、大湯坐《おほゆゑ》・若湯坐《わかゆゑ》[23]を定《さだ》め、日足し奉るべし」とまをす。故其の后の白しのまにまに、日足し奉りき。

また其の后を問ひ曰《の》りたまはく、「汝《な》の堅《かた》めしみづの小佩《をひも》[24]は、誰《たれ》か解《と》かむ」とのたまふ。答へて白さく、「旦波《たには》の比古多々須美智宇斯《ひこたたすみちのうし》王《みこ》が女《むすめ》、名は兄比売《えひめ》・弟比売《おとひめ》、茲《こ》の二《ふたはしら》の女王《ひめみこ》は、浄《きよ》き公民《おほみたから》。故使

19　縄文時代の硬玉（翡翠）、弥生時代以降の瑪瑙・碧玉・ガラス玉などの激しい消長を一箇所で生活しえない玉作部民と諺化したものであろう。

20　神代巻下に、天孫が豊玉姫に「児の名はいかに称（なづ）けばよけむ」とあり、子どもが母方で養育されたことによる。

21　「ほ」は火、「むち」は尊称。「わけ」は根本から分ける意。若い意ともなる。火中出産は神聖性の保証。

22　日を重ね足して成育させる。

23　赤子の湯を扱う役。その主な役と別役。

24　「みづ」は美称。佩は紟に通じ、衣をむすぶひも。「小」は親愛の表現。妻が夫の衣の紐を結ぶ習俗による。

ひたまふべし」[25]とまをす。然《しか》して遂《つひ》に其の沙本比古王《さほひこのみこ》を殺《ころ》したまふ。其のいろ妹《も》も従ふ。

〔本牟智和気御子《ほむちわけのみこ》〕

故其《かれそ》の御子《みこ》を率《ゐ》て遊《あそ》ぶ状《さま》は、尾張《をはり》の相津《あひつ》[1]に在《あ》る二俣榲《ふたまたすぎ》を二俣小舟《ふたまたをぶね》[2]に作りて、持ち上《のぼ》り来《き》て、倭《やまと》の市師池《いちしのいけ》[3]・軽池《かるのいけ》[4]に浮《う》けて、其の御子を率《ゐ》て遊ぶ。然《しか》あるに是《こ》の御子、八拳鬚心前《やつかひげこころさき》に至るまで[5]真事《まこと》[6]とはず。故今《いま》、高往《たかゆ》く鵠《くくひ》の音《こゑ》を聞き、始めてあぎとひ為《し》つ。[7]尓《しか》して山辺《やまべ》の大鶙《おほたか》 此《こ》は人の名 を遣《つか》はして、其の鳥を取らしめたまふ。故是《こ》の人、其の鵠《くくひ》を追《お》ひ尋《たづ》ね、木国《きのくに》より針間国《はりまのくに》に到《いた》り、また稲羽国《いなばのくに》に追ひ越《こ》え、旦波国《たにはのくに》・多遅麻国《たぢまのくに》[8]に到り、東《ひむかし》の方《かた》に追ひ廻《めぐ》り、近淡海国《ちかつあふみのくに》に到る。三野国《みののくに》[9]に越え、尾張国《をはりのくに》より伝《つた》ひて科野国《しなののくに》に追ひ、遂《つひ》に高志国《こしのくに》に追ひ到りて、和那美《わなみ》の水門《みなと》[10]に網《あみ》を張《は》り、其の鳥を取りて、持ち上《のぼ》り献《たてまつ》る。故其の水門に号《なづ》けて和那美の水門と謂《い》ふ。また其の鳥を見《み》ば、物言

25 邪念のない天皇の民ですからお召し入れなさいませの意。
1 尾張は愛知県の西平。相津は所在不明。
2 榲は杉に同じ。一木の二俣になったものをくり抜いて作った舟。
3 履中紀に「磐余市磯池」とある。奈良県桜井市池之内。
4 同橿原市大軽町辺りにあった池。
5 大人になっても。垂仁紀には年既に三十とある。
6 「ま」は接頭語。ものを言うこと。
7 小児が顎を動かしてものを言おうとする様子。
8 兵庫県北部。
9 美濃国に同じ、岐阜県。
10 新潟市西蒲区・岩室温泉・和納説などがある。「わなみ」は罠網（わなあみ）の

はむと思《おも》ほすに、思ほすが如《ごと》く言ふ事《こと》な勿《な》し。

是《ここ》に天皇《すめらみこと》患《うれ》へ賜《たま》ひて、御寝《みね》ませる時に、御夢《みいめ》に覚《さと》して曰《いは》く、「我が宮を、天皇《おほきみ》の御舎《みあらか》の如く修理《をさ》めたまはば、御子かならず真事《まこと》とはむ」といふ。かく覚《さと》す時に、ふとまに[11]に占相《うらな》ひて、何《いづ》れの神の心ぞと求《もと》むるに、尓《そ》の祟《たた》りは、出雲《いづも》の大神《おほかみ》[12]の御心なりき。故其の御子を、其の大神宮《おほかみのみや》を拝《をろが》ましめに遣《つか》はさむとする時に、誰人《たれ》を副《そ》へしめば吉《え》けむとうらなふ。尓して曙立王《あけたつのみこ》[13]卜《うら》に食《あ》へり。[14]故曙立王に科《おほ》せて、うけひ白《まを》さしむらく、[15]「此の大神を拝《をろが》むに因《よ》りて、誠《まこと》に験《しるし》有らば、是の鷺巣池《さぎすのいけ》[16]の樹《き》に住《す》む鷺《さぎ》や、うけひ落ちよ」と、かく詔《の》りたまふ時に、うけひし其の鷺地《つち》に堕《お》ちて死にき。また詔りたまはく、「うけひ活《い》け」とのりたまふ。尓《しか》うけひしかば更《さら》に活《い》きぬ。また甜白檮《あまかし》の前《さき》[17]に在る葉広熊白檮《はびろくまかし》[18]をうけひ枯《か》らし、またうけひ生《い》かしむ。尓して名を其の曙立王に賜《たま》ひて、倭《やまと》は師木《しき》の登美《とみ》の豊朝倉《とよあさくら》[19]の曙立王《あけたつのみこ》と謂《い》ふ。曙立王、菟上王《うなかみのみこ》二《ふたはしら》の王《みこ》を、其の御子に副《そ》へて遣《つか》はしし時に、那良戸《ならと》[20]よりは跛《あしなへ》・盲《めしひ》遇《あ》はむ。大坂戸《おほさかと》[21]よりも跛《あしなへ》・盲《めしひ》遇《あ》はむ。ただ木戸《きど》[22]、是《こ》れ掖月《わきつき》の吉《よ》き戸[23]と卜《うら》へて、出《い》で行《ゆ》く時に、到り坐《ま》す地毎《ところごと》

義。

11 二六頁。
12 出雲大社の大国主命。
13 開化天皇の皇子日子坐王の子大俣王の子。
14 占いに当たった。
15 神意を知るための条件を設定してそれを神に申させること。本文「令宇気比白」。
16 奈良県橿原市四分町に鷺栖神社がある。鷺栖八幡宮と呼ばれている。故地は飛鳥との説もある。
17 奈良県高市郡明日香村豊浦にある甘樫の丘の突端。
18 葉の広い大きな樫の木。
19 「しき」は磯城、「とみ」は鳥見、朝倉のいずれも地名を冠し、特に朝倉に豊を冠するのは曙立王の本居を称える。曙立とは神意を明らかに定める意で賜名以後の名であろう。本は朝倉王か。
20 奈良市の北部の奈良山を

に品遅部《ほむぢべ》[24]を定めたまふ。

故出雲《いづも》に到り、大神《おほかみ》を拝《をろが》み訖《を》へ、還《かへ》り上《のぼ》る時に、肥河《ひのかは》の中に黒《くろ》き欀橋《すばし》[25]を作り、仮宮《かりみや》を仕《つか》へ奉《まつ》りて、坐《いま》せつ。尓して出雲《いづも》の国 造《くにのみやつこ》が祖《おや》、名は岐比佐都美《きひさつみ》、青葉の山を餝《かざ》りて、其の河下《かはしも》に立て、大御食《おほみけ》献《たてまつ》らむとする時に、其の御子詔言《の》りたまはく、「是の河下《かはしも》に青葉の山の如きは、山と見えて山に非《あら》ず。もし出雲《いづも》の石硐《いはくま》の曽宮《そのみや》[26]に坐《いま》す、葦《あし》原色許男大神《はらしこをのおほかみ》[27]を以《も》ちいつく祝《はふり》が大庭《おほには》か[28]」と問ひ賜ふ。尓して御供《みとも》に遣《つか》はさえし王等《みこたち》、聞き歓《よろこ》び見《み》喜《よろこ》びて、御子は檳榔《あぢまさ》[29]之長穂宮《のながほのみや》に坐《いま》せて、駅使《はゆまづかひ》を貢上《たてまつ》る。

尓《しか》して其の御子、一宿《ひとよ》肥《ひ》長比売《ながひめ》を婚《ま》きき。故其の美人《をとめ》を窃《ひそ》かに伺《うかか》へば、蛇《へみ》なり。見畏《みかしこ》み遁《に》走ぐ。尓して其の肥長比売患《うれ》へ、海原《うなはら》を光《て》らし船《ふね》より追ひ来《く》。故、ますます見畏みて山のたわ[30]より御船を引き越《こ》し、逃《に》げ上《のぼ》り行《ゆ》く。是《ここ》に覆奏 言《かへりごとまを》さく、「大神を拝《をろが》むに因《よ》りて、大《おほ》御子《みこ》物詔《ものの》りたまひき。故参上《まゐのぼ》り来《き》つ」とまをす。故天皇歓喜《よろこ》びたまひ、菟上王《うなかみのみこ》を返《かへ》して[31]、神宮《かむみや》を造《つく》らしめたまふ。是に天皇、其の御子に因りて鳥《と》取部《とりべ》・鳥甘部《とりかひべ》・品遅部《ほむぢべ》・大湯坐《おほゆゑ》・若湯坐《わかゆゑ》を定めたまふ。

越えて京都府へ通う出入り口。

21 奈良県側から大阪府へ越えて通う出入り口。穴虫越え。

22 奈良県五條市から真土山を越えて和歌山県へ通う出入り口。

23 月は肉月で肉の異体か。獣の脇腹の肉のよくついた意を「吉き」にかけているとも見られる。膂宍（そじし）の空国（神代紀下）の反対の言いかた。

24 本牟智和気の御子のための名代の部。

25 皮付きの木を簀の子状に並べた橋。

26 今の出雲大社の場所ではない。斐伊川（肥河）が神門の水海に入る辺りの岩陰の宮。

27 大国主神の名に収斂される以前の名での祭祀であろう。

28 「もちいつく」は仕え奉る意。祝は神に仕える者。大庭は祭の場。

〔丹波《たには》の四女王〕

また其《そ》の后《きさき》の白《まを》したまひしまにまに、美知能宇斯王《みちのうしのみこ》の女等《むすめたち》[1]、比婆《ひば》須比売命《すひめのみこと》、次に弟比売命《おとひめのみこと》、次に歌凝比売命《うたこりひめのみこと》、次に円野比売命《まとのひめのみこと》、并《あは》せて四柱《よはしら》を喚《め》し上《あ》げたまふ。然《しか》あれども比婆須比売命・弟比売命の二《ふた》柱《はしら》を留《とど》めて、其の弟王《おとみこ》二柱は、いたく凶醜《みにく》きに因《よ》り、本《もと》つ主《ぬし》に返し送りたまふ。是《ここ》に円野比売慚《は》[2]ぢて言《い》[3]はく、「同じ兄弟《えおと》の中に、姿醜《かたちみにく》きを以《も》ち、還《かへ》さゆる事、隣《ちか》き里《さと》に聞こえむ。是《こ》れいたく慚《は》づかし」といひて、山代国《やましろのくに》の相楽《さがらか》[4]に到《いた》りし時に、樹《き》の枝《えだ》に取《と》り懸《さが》りて、死なむとす。故其地《かれそこ》に号《なづ》けて、懸木《さがりき》と謂《い》ふ。今は相楽《さがらか》と云《い》ふ。また弟国《おとくに》[5]に到りし時に、遂《つひ》に峻《さが》しき淵《ふち》に堕《お》ちて死にき。故其地《そこ》に号《なづ》けて、堕《おち》国《くに》と謂《い》ふ。今弟国《おとくに》と云ふ。[6]

29 蒲葵。クバ。棕梠に似て基部の柄が長い。五島に現存。
30 山の鞍部。
31 出雲に引き返させる。

1 一一二頁の后妃と皇子女の条参照。王女の数・名前が一致しない。別資料によるものか。
2 垂仁紀ではマトノヒメ（真砥野媛）は妃となり、竹野媛一人が返され、恥じて葛野で輿から落ちて死んだとある。
3 恥ずかしいと思って。
4 京都府相楽郡。
5 京都府西京区・向日市・長岡京市辺り。
6 地名起源説話。

〔多遅摩毛理《たぢまもり》〕

また天皇《すめらみこと》、三宅連《みやけのむらじ》[1]等《ら》が祖《おや》、名は多遅摩毛理《たぢまもり》[2]を以《も》ち、常世国《とこよのくに》[3]に遣《つか》はして、ときじくのかくの木《こ》の実《み》[4]を求めしめたまふ。故《かれ》多遅摩毛理、遂《つひ》に其《そ》の国に到《いた》り、其の木《こ》の実を採《と》りて、縵八縵《かげやかげ》・矛八矛《ほこやほこ》[5]を、将《も》ち来《き》つる間《あひだ》に、天皇既《すめらみことすで》に崩《かむあが》りましぬ。尓《しか》して多遅摩毛理、縵四縵《かげよかげ》・矛四矛《ほこよほこ》を分け、大后《おほきさき》に献《たてまつ》り、縵四縵・矛四矛を以《も》ち、天皇の御陵《みささぎ》の戸《と》に献り置きて、其の木の実を擎《ささ》げ、叫《さけ》び哭《な》きて白《まを》さく、「常世国《とこよのくに》のときじくのかくの木の実を持ち参上《まゐのぼ》りて侍《はべ》り」とまをす。遂に叫び哭き死ぬ。其のときじくのかくの木の実は、是《こ》れ今の橘《たちばな》ぞ。

此《こ》の天皇、御年《みとし》壱佰伍拾参歳《ももちあまりいそちあまりみつ》、御陵は菅原《すがはら》の御立野《みたちの》の中《なか》に在り。[6]

また其の大后比婆須比売命《おほきさきひばすひめのみこと》[7]の時、石棺作《いしきつくり》[8]を定め、また土師部《はにしべ》[9]を定む。此の后は狭木《さき》の寺間《てらま》の陵《みさざき》[10]に葬《はぶ》りまつる。

1 『新撰姓氏録』に「新羅王子天日桙之後也」とある。
2 系譜が一七三頁にある。
3 異界にあるとされた神仙の住む世界。
4 時を定めず香り実る果木。後文に「今の橘なり」とある。甘橘類。
5 「かげ」は『延喜式』には橘子四蔭とあり、冠状に輪に貫いたもの。「ほこ」は真直な棒状のものに刺し通したもの。
6 奈良市尼辻西町。菅原伏見東陵、宝来山古墳とも。前方後円墳。周濠東南部の松の生えた小島をタヂマモリの墓と伝えている。
7 薨去の時。
8 石棺を作る部民。石作連が伴造。
9 埴輪など土器を作り、葬儀に関する部。土師連氏が伴造で菅原を本拠地とした。

10　奈良市山陵町御陵前。佐紀陵山古墳。前方後円墳。

〔景行天皇《けいかうてんわう》〕

〔后妃《こうひ》と皇子女〕

大帯日子淤斯呂和気天皇《おほたらしひこおしろわけのすめらみこと》1、纒向《まきむく》の日代宮《ひしろのみや》2に坐《いま》して、天《あめ》の下治《したし》らしめしき。此《こ》の天皇、吉備臣《きびのおみ》等が祖《おや》、若建吉備津日子《わかたけきびつひこ》の女《むすめ》、名は針《はり》間《ま》の伊那毗能大郎女《いなびのおほいらつめ》に娶《あ》ひて、生みませる御子《みこ》、櫛角別王《くしつのわけのみこ》、次に大碓命《おほうすのみこと》、次に小碓命《をうすのみこと》3、またの名は倭男具那命《やまとをぐなのみこと》、次に倭根子命《やまとねこのみこと》、次に神櫛王《かむくしのみこ》。五柱《いつはしら》。また八尺入日子命《やさかのいりひこのみこと》4の女、八坂之入日売命《やさかのいりひめのみこと》5に娶ひて、生《あ》れませる御子、若帯日子命《わかたらしひこのみこと》6、次に五百木之入日子命《いほきのいりひこのみこと》、次に押別命《おしわけのみこと》、次に五百木之入日売命《いほきのいりひめのみこと》、また妾《みめ》7の子、豊戸別王《とよとわけのみこ》、次に沼代郎女《ぬしろのいらつめ》、また妾《みめ》の子、沼名木郎女《ぬなきのいらつめ》、次に香余理比売命《かぐよりひめのみこと》、次に若木《わかき》之入日子王《のいりひこのみこ》、次に吉備《きび》の兄日子王《えひこのみこ》、次に高木比売命《たかきひめのみこと》、次に弟比売命《おとひめのみこと》。また日向之美波迦斯毗売《ひむかのみはかしびめ》に娶ひて、生みませる御子、豊国別王《とよくにわけのみこ》。また伊那毗能大郎女《いなびのおほいらつめ》の弟《おと》、伊那毗能若郎女《わかいらつめ》に娶ひて、生みませる御

1　第十二代景行天皇。
2　奈良県桜井市穴師辺り。
3　小碓命は倭建命。景行紀には、父の天皇が双児の兄弟の出生を臼に対して告げたので碓の名がついたという。
4　崇神天皇皇子。
5　景行紀には、八坂入媛が宮廷に入るに至った物語があり、生んだ子は十三人とある。
6　成務天皇。
7　氏名不詳の妾の子を、景行紀は八坂入媛の子の中に繰り入れ、『古事記』は原資料に従った。

子、真若王《まわかのみこ》、次に日子人之大兄王《ひこひとのおほえのみこ》。また倭 建 命《やまとたけのみこと》[8]の曽孫、名は須売《すめ》伊呂大中日子王《いろおほなかつひこのみこ》の女、訶具漏比売《かぐろひめ》に娶ひて生みませる御子、大枝王《おほえのみこ》。おほよそ此《こ》の大帯日子天皇の御子等《たち》、録《しる》せるは廿[9]一の王《はたちまりひとはしら》、入れ記《しる》さぬ五 十 九の王《いそぢあまりここのはしら》、并《あは》せて八十の王《やそはしら》の中に、若帯日子命《わかたらしひこのみこと》と倭建命《やまとたけのみこと》、また五百木之入日子命《いほきのいりひこのみこと》、此の三の王《みはしら》は太子《ひつぎのみこ》[10]の名を負ふ。其《そ》れより余七 十 七の王《ほかななそあまりななはしら》は、悉《ことごと》く国々の国 造《くにのみやつこ》、またわけと稲《いな》置《き》・県主《あがたぬし》[11]に別《わ》け賜《たま》ふ。故《かれ》若帯日子命は、天の下治らしめしき。小碓命は、東西《ひむかしにし》の荒《あら》ぶる神と伏《まつろ》はぬ人等《ひとども》を平《ことむ》けたまふ。次に櫛角別王は、茨田下 連《うまらたのしものむらじら》等が祖《おや》。次に大碓命は、守君《もりのきみ》・大田君《おほたのきみ》・島田君《しまだのきみ》が祖。次に神櫛王は、木国《きのくに》の酒部阿比古《さかべのあひこ》・宇陀《うだ》の酒部《さかべ》が祖。次に豊国別王は、日向《ひむか》の国 造《くにのみやつこ》が祖。

是《ここ》に天皇、三野《みの》の国 造《くにのみやつこ》が祖、大根王《おほねのみこ》[12]の女、名は兄比売《えひめ》・弟比売《おとひめ》二《ふたり》の嬢子《をとめ》、其《そ》の容姿麗美《かたちうるは》しと聞《き》こし看《め》し定《さだ》めて、其の御子大碓命《おほうすのみこと》を遣《つか》はして、喚《め》し上《あ》げたまふ。故其の遣はさえし大碓命、召《め》し上げずて、己自《おのれみずか》ら其の二《ふたり》の嬢子《をとめ》を婚《ま》き、更《さら》に他《あた》し女人《をみな》を求《もと》め、其の嬢女《をとめ》と詐《いつは》り名づけて貢上《たてまつ》る。是《ここ》に天皇其の他《あた》し女《をみな》なることを知らし

8 『古事記』の表記法によれば小碓命の名で記されるべきもの。後の倭建命の系譜（二四六頁）資料を誤ったままここに遡らせている。

9 訶具漏比売は倭建命の玄孫にあたり、天皇との婚姻はありえない。系譜に紛れがある。

10 「ひつぎのみこ」は結局一人であるが複数の候補を指す場合もある「太子」の漢語が宛てられている。

11 国造・別・稲置・県主、いずれも地方官。国造は国司制以前の大国・小国の首長、別は称号、稲置・県主は官職名といわれる。

12 開化天皇の皇子日子坐王の子。

13 天皇は大碓命に対して長く怨みを自ら抑制なさって。

14 お悩みになった。

15 相模から走水海（浦賀水

て、恒《つね》に長き恨《うら》みを経《へ》しめ、13 また婚《ま》きたまはずて、惚《なや》みたまふ。14 故其の大碓命、兄比売に娶ひて生める子、押黒之兄日子王《おしくろのえひこのみこ》。此《こ》は三野の宇泥須和気《うねすわけ》が祖。また弟比売に娶ひて生める子、押黒弟日子王《おしくろのおとひこのみこ》。此は牟宜都君《むげつのきみら》等が祖。此の御世《みよ》に田部《たべ》を定《さだ》め、また東《あづま》の淡《あは》の水門《みなと》15を定め、また膳《かしはで》の大伴部《おほともべ》を定め、また倭《やまと》の屯家《みやけ》16を定め、また坂手池《さかてのいけ》17を作る。竹を其の堤《つつみ》に植《う》ゑたまふ。

〔倭建命《やまとたけのみこと》の西征《せいせい》〕

天皇《すめらみこと》、小碓命《をうすのみこと》に詔《の》りたまはく、「何とかも汝《な》の兄《え》、朝夕《あしたゆふべ》の大《おほ》御食《みけ》1に参出《まゐ》で来《こ》ぬ。もはら汝《なれ》ねぎ2教へ覚《さと》せ」とのりたまふ。かく詔りたまひて後《のち》、五日《いつか》に至るまで、なほ参出でず。尓《しか》して天皇、小碓命を問ひ賜《たま》はく、「何とかも汝《な》が兄《え》久しく参出でぬ。もしいまだ誨《をし》へず有りや」ととひたまふ。答へて白《まを》さく、「既《すで》にねぎ為《し》つ」とまをす。また詔《の》りたまはく、「いかにかねぎつる」3とのりたまふ。答

道）を渡った淡（安房）を特定しているから館山湾。

16　天皇直轄の穀物栽培地。倉庫を付設し、田部（農民）を付属する。

17　奈良県磯城郡田原本町阪手とみられる。

1　天皇の朝夕のお食事。会食のあったことが知られる。

2　ねぎらう、懇切丁寧に。

3　どのようにねぎらったのか。

4　「あさけ」はあさあけの略。夜が明ける頃。署は曙の省文。

5　握りつかんでうつ。これが何故ねぎらう行為かといえば、『新撰字鏡』に「麻採袮具」とあるように、「ねぐ」

へて白さく、「朝署《あさけ》[4]に厠《かはや》に入りし時、待《ま》ち捕らへ搤《つか》み批《ひし》ぎて、[5]其の枝《えだ》[6]を引《ひ》き闕《か》き、薦《こも》に裹《つつ》み投げ棄《う》てつ」とまをす。是《ここ》に天皇、其《そ》の御子《みこ》の建《たけ》く荒《あら》き情《こころ》を惶《おそ》りて、[7]詔りたまはく、「西《にし》の方《かた》に熊曽建《くまそたける》[8]二人《ふたり》有《あ》り。是《こ》れ伏《まつろ》はず、礼无《ゐやな》き人等《ども》ぞ。故其の人等《ども》を取れ」とのりたまひて、遣《つか》はしたまふ。此の時に当たりて、其の御髪《みかみ》を額《ぬか》に結《ゆ》はせり。[9]尓《しか》して小碓命、其の姨倭比売命《をばやまとひめのみこと》[10]の御衣《みそ》・御裳《みも》を給《たま》はりて、釼《つるぎ》を御懐《みふつころ》に納《い》れて幸行《い》でましき。故熊曽建《くまそたける》が家に到《いた》りて見たまへば、其の家の辺《ほとり》に、軍《いくさ》三重《みへ》に団《あつま》り、室《むろ》[11]を作りて居《を》り。是に御《み》室楽《むろうたげ》[12]為《せ》むと言ひ動《とよ》み、食物《くらひもの》を設《ま》け備《そな》ふ。故其の傍《かたは》らを遊《あ》行《る》きて、其の楽《うたげ》の日を待ちたまふ。尓《しか》して其の楽の日に臨《のぞ》み、童女《をとめ》の髪の如《ごと》く、其の結《ゆ》はせる御髪《みかみ》を梳《けづ》り垂《た》れ、其の姨《をば》の御衣《みそ》・御裳《みも》を服《け》し、既に[13]童女《をとめ》の姿《すがた》に成りて、女人《をみな》の中に交《まじ》り立ち、其の室《むろ》の内《うち》に入り坐《いま》す。尓して熊曽建《くまそたける》の兄弟二人《あにおとふたり》、其の嬢子《をとめ》を見咸《みめ》で、[14]己《おの》が中に坐《いま》せて、盛《さか》りに楽《うた》げしつ。故其の酣《たけなは》なる時に臨《のぞ》み、懐《ふつくろ》より釼《つるぎ》を出《い》だし、熊曽《くまそ》が衣《ころも》の衿《くび》[15]を取りて、釼を其の胷《むね》より刺《さ》し通《とほ》したまふ時に、其の弟建《おとたける》見《み》畏《かしこ》み[16]逃《に》げ出《い》づ。其の室《むろ》の椅《はし》の本《もと》[17]に追ひ至り、其の背《せ》[18]を

に摘む・もぎとる意があり、意味をとり違える物語。ブラックユーモア。

6　四肢に同じ。手足。

7　恐ろしいと思って。

8　「くまそ」は九州南部の地名。クマの地域とソの地域を併せた名称。「たける」は咆吼（ほえる）・叫ぶなどの意で強い不服従者への卑称。

9　十五、六歳の少年の結髪。

10　姨は母の姉妹の意であるが、ここでは父（天皇）の妹。

11　四周を囲った部屋。山の岩窟。家にもいう。

12　新築祝いの宴会。

13　完全に、まったく、すっかり。

14　「咸」は「感」に同じ。「めづ」は賞美する意。美しい、可愛いと心をひかれる。

15　着物の襟（えり）。

16　見て恐ろしいと思って。

17　階段の下。椅はいいぎり、

取りて剱を尻《しり》より刺し通したまふ。尓《しか》して其の熊曾建《くまそたける》白《まを》して言《まを》さく、「其の刀《たち》をな動《うご》かしたまひそ。僕《やつかれ》白《まを》す言《こと》有り」とまをす。尓して暫《しま》し許《ゆる》し押《お》し伏《ふ》せつ。是に白して言さく、「汝命《いましみこと》は誰《たれ》ぞ」とまをす。尓して詔《の》りたまはく、「吾《あれ》は纒向《まきむく》の日代宮《ひしろのみや》に坐《いま》して、大八《おほや》嶋国知《しまぐにし》らしめす、大帯日子《おほたらしひこ》淤《お》斯《し》呂《ろ》和《わ》気天皇《けのすめらみこと》[19]の御子《みこ》、名は倭男具那王《やまとをぐなのみこ》ぞ。おれ[20]熊曾建二人、伏《まつろ》はず、礼《ゐや》無しと聞こし看《め》して、おれを取り殺《ころ》せと詔りたまひて、遣《つか》はせり」とのりたまふ。尓して其の熊曾建白《まを》さく、「信《まこと》に然《しか》あらむ。西の方《かた》に吾《われ》二人を除《お》き、建《たけ》く強《つよ》き人無し。然《しか》あれども大倭《おほやまと》[21]国《のくに》に、吾《われ》二人に益《ま》して建《たけ》き男《を》は坐《いま》しけり。是《ここ》を以《も》ち、吾《やつかれ》、御名《みな》を献《たてまつ》らむ。今より以後《のち》、倭建御子《やまとたけのみこ》[22]と称《たた》ふべし」とまをす。是《こ》の事《こと》を白《まを》し訖《を》へ、熟苽《ほそぢ》[23]の如く、振《ふ》り折《さ》きて殺したまふ。故其の時より御名を称《たた》へ、倭建命《やまとたけのみこと》と謂《まを》す。然《しか》して還《かへ》り上《のぼ》ります時に、山の神、河の神と穴戸《あなと》[24]の神をみな言向《ことむ》け和《やは》して参上《まゐのぼ》りたまふ。

梓の一種であるが、我が国では大宝二年戸籍その他多く「ハシ」に宛てている。はしご。

18　諸本「背皮」とするが「皮」は「以」の崩しから誤ったものと判定する。

19　景行天皇。

20　二人称。相手をいやしめていう。

21　底本「和」。諸本によって倭に改める。

22　景行紀には日本武尊とする。近来「やまとたける」と訓むが「たける」の卑称でたたえるわけがない。平安時代以来の古訓に戻す。

23　「ほそぢ」はほそおち（臍落）の約という。熟しきって蔕（へた）の落ちた瓜。

24　穴門は山口県下関市に比定されるが、ここの穴戸は広島県福山市の芦田川河口辺りとみるべきもの。

〔出雲建《いづもたける》　征討《せいたう》〕

出雲国《いづものくに》に入り坐《いま》す。其《そ》の出雲建《いづもたける》[1]を殺《ころ》さむと欲《おも》ひて、到《いた》るすなはち友《ともかき》を結《むす》び[2]たまふ。故窃《かれひそ》かに赤檮《いちひのき》以《も》ち、詐《いつは》りの刀《たち》[3]を作り、御佩《みはかし》と為《し》、共に肥河《ひのかは》に沐《かはあみ》す。尓《しか》して倭建命《やまとたけのみこと》、河よりまづ上《あ》がり、出雲建が解《と》き置《お》ける横刀《たち》を取り佩《は》きて詔《の》りたまはく、「刀易《たちか》へ為《せ》む」とのりたまふ。故後《のち》に出雲建、河より上《あ》がりて、倭建命の詐《いつは》りの刀《たち》を佩く。是《ここ》に倭建命誂《あとら》[4]へて云《の》りたまはく、「いざ刀《たち》合はせむ」とのりたまふ。尓しておのもおのも其の刀《たち》を抜く時に、出雲建、詐りの刀をえ抜かず。[5] 倭建命、其の刀《たち》を抜きて、出雲建を打《う》ち殺《ころ》したまふ。

尓して御歌《みうた》に曰《の》りたまはく、

やつめさす[6]　出雲建《いづもたける》が
佩《は》ける大刀《たち》[7]　黒葛多纏《つづらさはま》き[8]
さ身無《みな》しにあはれ[9]
（歌謡番号二三）

故かく撥《はら》ひ治《をさ》め、参上《まゐのぼ》りて、覆奏《かへりごとまを》したまふ。

1　出雲の強暴者。
2　親しい友人関係となる。
3　イチイガシで作った偽物の大刀。
4　こちらの思惑に乗せようと誘導する。いどみかけて。
5　木刀だから抜くことができない。
6　出雲にかかる枕詞。八つ芽（多くの芽）が、さす（自然に生え出る）意かという。
7　身につけている刀。
8　植物の蔓を立派に巻いているが。逆接法。
9　実は刀身がなくて、ああ（おかしい）。

〔倭建命《やまとたけのみこと》の東征《とうせい》〕

尓《しか》して天皇《すめらみこと》、また頻《し》きて倭建命《やまとたけのみこと》[1]に詔《の》りたまはく、「東《ひむかし》の方《かた》十二道《とをあまりふたみち》[2]の荒《あら》ぶる神《かみ》とまつろはぬ人等《ども》[3]を、言向《ことむ》け和平《やは》せ」とのりたまひて、吉備臣等《きびのおみら》が祖《おや》、名は御鉏友耳建日子《みすきともみみたけひこ》[4]を副《そ》へて遣《つか》はす時に、比々羅木《ひひらぎ》の八尋矛《やひろぼこ》[5]を給《たま》ふ。故命《かれみこと》を受け、罷《まか》り行《い》でます時に、伊勢《いせ》の大御神《おほみかみ》の宮《みや》に参入《まゐい》り、神の朝庭《みかど》[6]を拝《をろが》みたまふ。其《そ》の姨倭比売命《をばやまとひめのみこと》に白《まを》さく、「天皇既《すで》に吾《あれ》の死ぬことを思ほす所以《ゆゑ》か、何ぞ。西《にし》の方《かた》の悪《あ》しき人等《ども》を撃《う》ちに遣《つか》はして、返り参上《まゐのぼ》り来《こ》し間《あひだ》、いまだ幾《いく》ばくの時も経《へ》ず、軍衆《いくさびとども》を賜《たま》はず、今更《さら》に東の方の十二道の悪《あ》しき人等《ども》を平《ことむ》けに遣はす。此《こ》れに因《よ》りて思惟《おも》ふになほ吾の既に死ぬことを思ほし看《め》すぞ」とまをし、患《うれ》へ泣き罷《まか》りたまふ時に、倭比売命、草那芸《くさなぎ》の釼《たち》[7]を賜《たま》ひ、また御嚢《みふくろ》を賜ひて詔《の》りたまはく、「もし急《には》かなる事有らば、玆《こ》の嚢《ふくろ》の口を解《と》きたまへ」とのりたまふ。

故尾張国《かれをはりのくに》に到《いた》り、尾張の国造《くにのみやつこ》が祖《おや》、美夜受比売《みやずひめ》の家に入り坐《ま》す。

1　重ねて。
2　一一七頁注3参照。
3　天皇の祭を受け入れない意。服従しない。
4　倭建命の系譜記事（一四六頁）に吉備臣建日子とあるのと同一人であろう。
5　ヒイラギ（柊）の長い矛。呪力があるとされる。この矛は王権の象徴であり、矛の行き届く所までが王権の進出点を示す。
6　朝庭は皇居になずらえている。「みかど」はその門。ここは神殿。
7　既出（四七頁）。迩々芸命の天降りにあたり、天照大御神から八尺の勾璁・鏡とともに賜った。
8　相模の国に同じ。神奈川県の大部分。
9　甚しく霊威の激しい神。
10　相手側から燃えて来る火に対して、手前から火をつけ婚《ま》かむと思ほししかども、また還《かへ》り上《のぼ》らむ時に婚《ま》かむと思《おも》ほし、期《ちぎ》り定《さだ》めて、東《ひむかし》の国に幸《い》でまし、悉《ことごと》く山河《やまかは》の荒ぶる神と伏《まつろ》はぬ人等《ども》を、言向《ことむ》け平和《やは》したまふ。故尓《しか》して相武国《さがむのくに》[8]に到ります時に、其の国《くにの》造《みやつこ》、詐《いつは》り白《まを》さく、「此《こ》の野《の》の中に大き沼《ぬま》有り。是《こ》の沼の中に住《す》める神、いたく道速振《ちはやぶ》る神《かみ》[9]なり」とまをす。是《ここ》に其の神を看行《みそこな》はしに、其の野に入り坐《ま》す。尓して其の国造、火を其の野に着《つ》く。故欺《かれあざむ》かえぬと知りて、其の姨倭比売命の給《たま》へる嚢の口を解き開《あ》けて見たまへば、火打《ひうち》其の裏《うち》に有り。是にまづ其の御刀《みはかし》以ち、草を苅《か》り撥《はら》ひ、其の火打を以ち火を打ち出《い》で、向《む》かひ火《び》を着《つ》け[10]て焼き退《そ》け、還り出で、みな其の国造等《ども》を切り滅《ほろ》ぼし、火を着《つ》け、焼きたまふ。故今に焼遣《やきつ》[11]と謂《い》ふ。

其《そこ》より入り幸《い》でまし、走水《はしりみづ》の海[12]を渡る時に、其の渡《わたり》の神、浪《なみ》を興《おこ》し、船《ふね》を廻《めぐ》らし、え進み渡らず。尓《しか》して其の后名は弟橘比売命《おとたちばなひめのみこと》[13]白《まを》さく、「妾《やつこ》、御子《みこ》に易《か》はりて海の中に入らむ。御子は遣《つか》はさえし政《まつりごと》遂げ、覆奏《かへりごとまを》すべし」とまをす。海に入らむとする時に、菅《すが》畳《だたみ》八重《へ》・皮畳《かはだたみ》八重《へ》・絁畳《きぬだたみ》八重《へ》を以《も》ち波の上に敷《し》きて[14]、其の上に下《お》

て向こうに燃やし、安全空間を確保する。

11 「遣」は「つ」と訓めないが『篆隷万象名義』に堕（おつ）の義があり「やきおつ」→「やきつ」となる。静岡県焼津市焼津にあたるが、焼津は相模の国でない点に問題が残る。

12 浦賀水道。神奈川県横須賀市走水の地に、走水神社がある。

13 景行紀は穂積氏忍山宿祢の女とする。

14 『捜神記』の廬山の神の説話を参照している。

15 前文に「御子に易はりて」とあるから、自ら人身供犠となったことを示す。

16 「さがむ」に懸かる枕詞。嶺が立っている意という。丹沢山地の大山（一二五二メートル）のイメージか。

17 問いかけてくださった我

り坐《いま》す。[15] 是に其の暴《あら》き浪自《なみおの》づから伏《ふ》し、御船《みふね》え進みき。尓して其の后の歌ひて曰《いは》く、

さねさし[16] 相模《さがむ》の小野《をの》に
燃《も》ゆる火《ひ》の 火中《ほなか》に立《た》ちて
問《と》ひし君《きみ》はも[17] （歌謡番号二四）

故七日《かれなぬか》の後《のち》に、其の后の御櫛《みくし》海辺《うみべた》に依《よ》る。其の櫛《くし》を取り、御陵《みささぎ》を作りて治《をさ》め置《お》きき。[18]

其《そこ》より入り幸《い》でまし、悉《ことごと》く荒《あら》ぶる蝦夷等《えみしども》[19]を言向《ことむ》け、また山河《やまかは》の荒ぶる神等《ども》を平《ことむ》け和《やは》して、還《かへ》り上《のぼ》り幸《い》でます時に、足柄《あしがら》[20]の坂下《さかもと》に到り、御粮《みかりてを》[21]食す処に、其の坂の神、白き鹿《か》に化《な》りて来立《きた》つ。尓して其の咋《く》ひ遺《のこ》れる蒜《ひる》[22]の片端《かたはし》を以《も》ち、待ち打ちたまへば、其の目《め》に中《あた》り、打ち殺しつ。故其の坂に登《のぼ》り立ち、三《み》たび歎《なげ》き詔《の》云りたまはく、「あづまはや」[23]とのりたまふ。故其の国に号《なづ》けて阿豆麻《あづま》と謂《い》ふなり。

其の国より甲斐《かひ》に越え出で、酒折宮《さかをりのみや》[24]に坐《いま》しし時に歌ひて曰《の》りたまはく、

新治《にひばり》[25] 筑波《つくは》[26]を過《す》ぎて

が君よ。
18 千葉県茂原市本納の橘樹神社の場所との社伝があるといい、他にも数説がある。
19 かつてはアイヌ人説が有力であったが、東国の化外の民一般を指す語とみられる。
20 神奈川県南足柄市と静岡県駿東郡小山町の境界に足柄山地があり、足柄峠がある。
21 「粮」は「糧」に同じ。食糧。旅の携帯には干し飯（かれいひ）を用いた。
22 ノビル・ネギ・ニンニクなどの総称。強い香が悪気を払うと信じられたのであろう。
23 景行紀には「吾嬬者耶」（あづまはや）とあり、亡き妻への強い思いをこめている。
24 山梨県甲府市酒折。酒折神社の地が伝承地。
25 茨城県筑西市北部と桜川市北部にかけての地。
26 つくば市。

幾夜《いくよ》か寝《ね》つる　(歌謡番号二五)

尓して其の御火焼《みひたき》の老人《おきな》、御歌《みうた》に続《つ》ぎて歌ひて曰《いは》く、

かがなべて27　夜《よ》には九夜《ここのよ》
日《ひ》には十日《とをか》を　(歌謡番号二六)

是《ここ》を以《も》ち其の老人を誉《ほ》め、東《あづま》の国造《くにのみやつこ》28を給ふ。其の国より科野国《しなののくに》29に越《こ》え、科野の坂の神30を言向《ことむ》けて尾張国《をはりのくに》に還《かへ》り来《き》て、先《さき》の日に期《ちぎ》れる美夜受比売《みやずひめ》の許《もと》に入り坐《ま》しき。是《ここ》に大御食《おほみけ》献《たてまつ》る時に、其の美夜受比売、大御酒盞《おほみさかづき》を捧《ささ》げて献る。尓して美夜受比売、其のおすひ31の襴《すそ》に月経《さはり》32を着《つ》く。故其の月経を見て、御歌に曰《の》りたまはく、

ひさかたの33　天《あめ》の香具山《かぐやま》
利鎌《とかま》に34　さ渡る鵠《くび》35
弱細《ひはぼそ》　撓《たわ》や腕《がひな》36を
纏《ま》かむとは、我《あれ》はすれど
さ寝《ね》むとは　我《あれ》は思《おも》へど
汝《な》が着《け》せる　襲《おすひ》の襴《すそ》に

27 日数を並べて。
28 『顔氏家訓』の秉燭人の趣がある。火焼の老人は人に遅れをとる者であるが、ここで時宜を逃さず名誉を得た説話。
29 信濃の国、長野県。
30 長野県下伊那郡阿智村から岐阜県中津川市・恵那市へ越える神坂峠という。
31 五六頁注5参照。
32 女性の生理現象。
33 天にかかる枕詞。語義未詳。
34 新月が鎌形に細く鋭く見えるそのように。
35 コフ（『和名抄』）とある鵠は「ククヒ」ともいう。白鳥。
36 「ひは」は、平安時代語「ひはづ」「ひはやか」の「ひは」と、細いの「ほそ」の複合語。弱々しく細い撓やかな腕。

月立《つきた》ちにけり　（歌謡番号二七）

爾《しか》して美夜受比売《みやずひめ》、御歌《みうた》に答《こた》へて曰《い》はく、

高光《たかひか》る　日《ひ》の御子《みこ》
やすみしし　我《わ》が大君《おほきみ》37
あらたまの38　年《とし》が来経《きふ》れば
あらたまの　月《つき》は来経往《きへゆ》く
うべなうべな39　君待《きみま》ちがたに40
我《わ》が着《け》せる　襲《おすひ》の裾《すそ》に
月立《つきた》たなむよ41　（歌謡番号二八）

故爾して御合《みあひ》して、其の御刀《みはかし》の草那芸剱《くさなぎのたち》を、其の美夜受比売の許《もと》に置きて、伊服岐能山《いふきのやま》42の神を取《と》りに幸行《い》でましき。

〔思国歌《くにしのひうた》〕

是《ここ》に詔《の》りたまはく、「玆《こ》の山の神は徒手《むなで》1に直《ただ》に取りてむ」2とのり

37「たかひかる」は枕詞。「やすみしし」も枕詞。（天高く輝く）日の神のご子孫。（国土の隅まで統治なさる）我が大君よの意。
38 来て改まって過ぎゆくのが年・月なのでその枕詞となった。前者は後者を言うための修飾句。
39「うべ」はそのとおり、当然の意。「な」は間投詞。

40「がたに」は困難での意。待ちきれないで。待ちかねて。

41「月立つ」は月も新たになる。「なむよ」は願望表現であるが該当しないので、「たたらむよ」のラがナに変化したという説を採る。
42 滋賀県の岐阜県に接する辺りの伊吹山地の南端の高峰（一三七七メートル）。
1 なにも持たない素手で。
2 うち殺してやろう。

たまひて、其《そ》の山に騰《のぼ》る時に、白猪《しろゐ》山の辺《へ》に逢《あ》へり。其の大きさ牛《うし》の如《ごと》し。尓《しか》して言挙《ことあ》げ為《し》[3]て詔りたまはく、「是《こ》の白猪に化《な》れるは、其の神の使者《つかひ》ぞ。今殺《ころ》さずとも還《かへ》らむ時に殺さむ」とのりたまひて騰《のぼ》り坐《ま》しぬ。是《ここ》に大氷雨《おほひさめ》[4]を零《ふ》らし、倭建命《やまとたけのみこと》を打ち或《まと》[5]はしつ。此《こ》の白猪に化《な》れるは、其の神の使者《つかひ》に非《あら》ず、其の神の正身《ただみ》に当たれり。言挙《ことあ》げに因《よ》り、或《まと》はさえつるなり。故《かれ》還り下《くだ》り坐《ま》して、玉倉部《たまくらべ》の清泉《しみづ》[6]に到《いた》りて、息《いこ》ひ坐《ま》す時に、御心《みこころ》やくやく寤《さ》めたまふ。故其の清泉に号《なづ》けて居寤《ゐさめ》[7]の清泉《しみづ》と謂《い》ふ。

其処《そこ》より発《た》たし、当芸野《たぎの》[8]の上《うへ》に到ります時に、詔《の》りたまはく、「吾《あ》が心、恒《つね》に愈《やすら》けく虚《そら》より翔《かけ》り行きぬ[9]。然《しか》あるに今吾《いまあ》が足《あし》え歩《あゆ》まず、たぎたぎしく[10]成りぬ」とのりたまふ。故其地に号《なづ》けて当芸《たぎ》と謂《い》ふ。其地《そこ》よりやや少し幸行《い》でますに、いたく疲れませるに因り、御《み》杖《つゑ》を衝《つ》き、やくやく歩みます。故其地に号けて杖衝坂《つゑつきさか》[11]と謂《い》ふ。尾津《をつの》前《さき》[12]の一《ひと》つ松《まつ》の許《もと》に到り坐《ま》すに、先《さき》に、御食《みをし》せし時に、其地に忘《わす》らし御刀《みはかし》、失《う》せずなほ有り。尓して御歌に曰《の》りたまはく、尾張《をはり》に　直《ただ》に向《む》かへる[13]

3　声高くものを言うこと。

4　和名抄に「雨氷比左女」とある。雹（ひょう）、みぞれなど。

5　「或」は「惑」に通じる。

6　滋賀県米原市醒井か岐阜県不破郡関ケ原町玉とも。

7　座った状態で正気に戻ること。

8　岐阜県養老郡養老辺り。

9　いつでも安らかに空を飛翔することができた。

10　ぎくぎくする状態。養老の滝が意識されている。

11　三重県四日市市采女町から同鈴鹿市石薬師町に到る間の坂という。

12　三重県桑名市多度町戸津に尾津神社がある。古代はこの辺りまで海で、岬というにふさわしい場所であったと思われる。

13　尾張の熱田にまっすぐに向かいあっている。

尾津《をつ》の埼《さき》なる　一《ひと》つ松《まつ》　吾兄《あせ》を[14]
一《ひと》つ松《まつ》　人《ひと》にありせば　衣着《きぬき》せましを
大刀《たち》佩《は》けましを[15]
一《ひと》つ松《まつ》　吾兄《あせ》を　（歌謡番号二九）

其地《そこ》より幸《い》でまし、三重村《みへのむら》[16]に到《いた》ります時に、また詔《の》りたまはく、「吾《あ》が足三重《みへ》の勾《まがり》[17]の如《ごと》くして、いたく疲《つか》れぬ」とのりたまふ。故其地に号けて三重《みへ》と謂ふ。

其《そこ》より幸行《い》でまして、能煩野《のぼの》[18]に到ります時に、国《くに》を思《しの》ひて歌ひ曰《の》りたまはく、

倭《やまと》は　国《くに》のまほろば[19]
たたなづく　青垣《あをかき》[20]
山隠《やまごも》れる　倭《やまと》し　麗《うるは》し　（歌謡番号三〇）

また、歌ひ曰《の》りたまはく、

命《いのち》の　全《また》けむ人《ひと》[21]は
畳薦《たたみこも》[22]　平群《へぐり》の山《やま》[23]の
熊白檮《くまかし》が　葉《は》を

14　おまえよ、と呼びかけている。「を」は間投助詞。
15　前句「せば」を受け、「まし」で事実に反する仮想の助動詞。「を」は間投助詞。
16　三重県四日市市采女町の地といわれる。
17　米麦の粉などを飴などに和して三つ重ねに固め、ねじまげて作った餅。そのように腫れる状態の比喩。
18　三重県鈴鹿市と亀山市にまたがる高原地帯であろう。
19　もっとも秀でたところ。「ろ」「ば」は接尾辞。
20　重なり合っている青々とした山が垣をなしている。
21　「またけむ」は「全し」の古い未然形に推量の助動詞のついたもの。健全な人。
22　枕詞。敷物にしたイネ科植物「こも」。「へ」にかかる。
23　奈良県生駒郡平群町の矢田丘陵辺り。

髻華《うず》に挿《さ》せ[24]　その子《こ》[25]　（歌謡番号三一）

此《こ》の歌は思国歌《くにしのひうた》[26]なり。

また歌ひ曰《の》りたまはく、

はしけやし[27]　我家《わぎへ》の方《かた》よ[28]　（歌謡番号三二）

雲居《くもゐ》[29]起《た》ち来《く》も

此《こ》は片歌《かたうた》[30]なり。此の時に御病《みやまひ》いたく急《には》かなり。尓して御歌《みうた》に曰《の》りたまはく、

嬢子《をとめ》の　床《とこ》の辺《べ》に

我《わ》が置《お》きし　つるきの大刀《たち》[31]

その大刀《たち》はや　（歌謡番号三三）

と歌ひ竟《を》はり、崩《かむあが》りましぬ。尓《しか》して駅使《はゆまづかひ》[32]を貢上《たてまつ》りき。

〔白鳥《しらとり》の陵《みささぎ》〕

是《ここ》に倭《やまと》に坐《いま》す后等《きさきたち》と御子等《みこたち》もろもろ下《くだ》り到《いた》りて、御陵《みささぎ》[1]を作り、其《そ》

24　「うず」は髪に挿す花・葉など。植物の生命力を人体に感染させる呪術という。後には髪飾りとなる。
25　年長者・高位者の、年少者・低位者への呼びかけ。
26　故郷を思慕する歌。
27　「はしけ」は愛（は）しの古い連体形。「やし」は間投助詞。いとおしいものへの讃美の表現。
28　「よ」は「より」の古い形。
29　「ゐ」は「居る」（上一段）の名詞形。「雲居」は雲そのものを指す。
30　五七七の音数律の歌。『日本書紀』ではここの三首は景行天皇の歌であり、片歌が最初に置かれている。
31　「吊り佩き」→「つるき」であろう。
32　早馬の使者。

地《こ》のなづき田に[2]匍匐《はらば》ひ廻《めぐ》りて哭《な》く。歌よみ為《し》て曰《いは》く、

なづきの　田《た》の稲茎《いながら》に
稲茎《いながら》に　蔓《は》ひもとほろふ
薢葛《ところづら》[3]　（歌謡番号三四）

是《ここ》に八《や》尋《ひろ》白智《しろち》鳥《とり》[4]に化《な》り、天《あめ》に翔《かけ》りて、浜に向かひ飛び行《い》でます。尓《しか》して其《そ》の后と御子等《たち》、其の小竹《しの》の苅杙《かりくひ》[5]に、足跳《き》り破《やぶ》[6]れども、其の痛きを忘れて、哭《な》き追ふ。此の時に、歌ひ曰《いは》く、

浅小竹原《あさじのはら》[7]　腰《こし》なづむ[8]
虚空《そら》は行《ゆ》かず　足《あし》よ行《ゆ》くな[9]　（歌謡番号三五）

また其の海塩《うしほ》[10]に入りて、なづみ行《ゆ》く時に、歌ひ曰《いは》く、

海処《うみが》行《ゆ》けば[11]　腰《こし》なづむ
大河原《おほかはら》の　植草《うゑぐさ》[12]
海処《うみが》は[13]　いさよふ[14]　（歌謡番号三六）

また飛びて其の礒《いそ》に居《ゐ》たまふ時に、歌ひ曰《いは》く、

浜《はま》つ千鳥《ちとり》　浜《はま》よは行《ゆ》かず[15]
礒伝《いそづた》ふ　（歌謡番号三七）

1 能煩野陵、古来三説ある。
2 陵の脇の田。
3 ヤマノイモ科の薢（ところ）・野老の蔓。這い廻って嘆く比喩とする。
4 大きな白鳥。命の霊魂が化した。『捜神記』王子喬説話などの知識を前提とする。
5 細い竹、篠の刈ったあとの切り株。
6 足を傷つける。跳は膝の皿を切り取る刑で、それほどの痛みを表現する用字。
7 まばらに篠が生えている原。
8 かき分けて行くのに篠に腰をとられて難渋する。
9 「よ」は手段、「な」は詠嘆の助詞。歩いて追いかけるよりほかないもどかしさ。
10 海水。
11 「が」は所在をいう。海を海水に浸かりながら行けば。
12 広い河に生えている水草

是《こ》の四《よ》つの歌《うた》は、みな其の御葬《みはぶり》に歌ひき。故《かれ》今に至るまで、其の歌は天皇《すめらみこと》の大御葬《おほみはぶり》に歌《うた》ふなり[16]。故其の国より飛《と》び翔《かけ》り行《い》でまし、河《かふ》内国《ちのくに》の志幾《しき》[17]に留《とど》まりたまふ。故其地《そこ》に御陵《みさざき》を作り、鎮《しづ》まり坐《いま》さしむ。其の御陵に号《なづ》けて白鳥御陵《しらとりのみさざき》[18]と謂ふ。然れどもまた其地《そこ》より更《さら》に天《あめ》に翔《かけ》りて飛び行《い》でましき。おほよそ此の倭建命《やまとたけのみこと》、国平《くにことむ》けに廻《めぐ》り行《い》でまし時、久米直《くめのあたひ》が祖《おや》、名は七拳脛《ななつかはぎ》、恒《つね》に膳夫《かしはて》と為《し》て従《したが》ひ仕《つか》へ奉《まつ》りき。

〔倭建命《やまとたけのみこと》の系譜〕

此《こ》の倭建命《やまとたけのみこと》、伊玖米天皇《いくめのすめらみこと》[1]の女《むすめ》、布多遅能伊理毘売命《ふたぢのいりびめのみこと》に娶《あ》ひて生《あ》れませる御子《みこ》、帯中津日子命《たらしなかつひこのみこと》[2]。一柱《ひとはしら》。また其《そ》の海に入れる弟橘比売命《おとたちばなひめのみこと》[3]に娶《あ》ひて生みませる御子《みこ》、若建王《わかたけのみこ》。一柱。また近淡海《ちかつあふみ》の安《やす》[4]の国造《くにのみやつこ》が祖《おや》、意富多牟和気《おほたむわけ》が女、布多遅比売《ふたぢひめ》に娶《あ》ひて、生みませる御子、稲依別王《いなよりわけのみこ》。一柱。また吉備臣建日子《きびのおみたけひこ》[5]が妹《いも》、大吉備建比売《おほきびたけひめ》に

のように。
13 海という場所では。
14 (海水のために) のろのろさせられて前に進めない。
15 浜の八尋白千鳥よ、の呼びかけ。自分たち (后・御子) は浜から追って行けないで、磯伝いに行く。
16 倭建命が天皇同等とみなされてきた故の伝統による。
17 大阪府柏原市の辺り。
18 現伝承地は柏原市に接する羽曳野市軽里の白鳥陵 (前方後円墳)、但し六世紀築造。

1 第十一代垂仁天皇。
2 第十四代仲哀天皇。
3 前出一三八頁参照。
4 滋賀県野洲市。
5 倭建命東征に伴った御鉏友耳建日子と同一人であろう。一三七頁参照。

娶ひて、生みませる御子、建貝児王《たけかひこのみこ》。一柱。また山代《やましろ》の玖々麻毛理《くくまもり》比売《ひめ》に娶ひて生みませる御子、足鏡別王《あしかがみわけのみこ》。一柱。また一妻《あるみめ》[6]の子《みこ》、息長田別王《おきながたわけのみこ》。おほよそ是《こ》の倭建命の御子等《たち》、并《あは》せて六柱《むはしら》。故《かれ》帯中津《たらしなかつ》日子命《ひこのみこと》は、天《あめ》の下治《したし》らしめしき。次に稲依別王は、犬上君《いぬかみのきみ》、建部君《たけべのきみ》等《ら》が祖。次に建貝児王は、讃岐《さぬき》の綾君《あやのきみ》、伊勢別《いせのわけ》、登袁別《とをのわけ》、麻佐首《まさのおびと》、宮首別《みやぢのわけ》[7]等《ら》が祖《おや》。足鏡別王は、鎌倉別《かまくらのわけ》、小津《をつ》の石代別《いはしろのわけ》、漁田別《いざりたのわけ》が祖なり。次に息長田別王の子《こ》、杙俣長日子王《くひまたながひこのみこ》。此の王の子《みこ》、飯野真黒比売命《いひのまぐろひめのみこと》、次に息長真若中比売《おきながまわかなかつひめ》、次に弟比売《おとひめ》。三柱。故上《かみ》に云《い》へる若建王、飯野真黒比売に娶《あ》ひて生める子、須売伊呂大中日子王《すめいろおほなかつひこのみこ》。此の王《みこ》、淡海《あふみ》の柴野入杵《しばのいりき》が女、柴野比売《しばのひめ》に娶ひて生める子、迦具漏比売命《かぐろひめのみこと》[8]。故大帯日子天皇《おほたらしひこのすめらみこと》、此の迦具漏比売命に娶ひて生みませる子、大江王《おほえのみこ》[9]。一柱。此の王、庶妹《ままいも》銀王《しろかねのみこ》に娶ひて生める子、大名方王《おほながたのみこ》。次に大中比売命《おほなかつひめのみこと》。二柱。故此の大中比売命は、香坂王《かごさかのみこ》、忍熊王《おしくまのみこ》の御祖《みおや》なり。

此の大帯日子天皇、御年《みとし》壱佰参拾漆歳《ももちあまりみそぢあまりななつ》。御陵《みささぎ》は山《やま》の辺《へ》の道《みち》の上《うへ》に在り[10]。

6　名を特定できない妻。子の名から息長氏の女性であることが推定される。

7　『古事記伝』は「首」を「道」の誤りとする。むしろ「道」の省文とみるべきもので「みやぢのわけ」と訓む。

8　前の（一三二頁）には倭建命の玄孫とあったがここでは曽孫にあたり、系譜に混乱がある。

9　前の（一三二頁）の大枝王に同じ。その系譜の追加記事となっているが、本質的にはすぐ後の香坂王・忍熊王を引き出し、後のこの二王の反乱の伏線となっている。

10　奈良県天理市渋谷町向山。前方後円墳。

〔成務《せいむ》天皇《てんわう》〕

若帯日子天皇《わかたらしひこのすめらみこと》[1]、近淡海《ちかつあふみ》の志賀《しが》の高穴穂宮《たかあなほのみや》[2]に坐《いま》して、天《あめ》の下《した》治《し》らしめしき。此《こ》の天皇、穂積臣《ほづみのおみ》等が祖《おや》、建忍山垂根《たけおしやまたりね》が女《むすめ》、名は弟財郎女《おとたからのいらつめ》に娶《あ》ひて、生みませる御子《みこ》、和訶奴気王《わかぬけのみこ》。一柱《ひとはしら》。故建内宿祢《かれたけうちのすくね》を大臣《おほおみ》[3]と為《し》て大国《おほくに》・小国《をくに》[4]の国造《くにのみやつこ》を定め賜《たま》ひ[5]、また国々《くにぐに》の堺《さかひ》と大県《おほあがた》・小県《をあがた》[6]の県主《あがたぬし》を定め賜ふ。

天皇、御年《みとし》玖拾伍歳《ここのそちあまりいつつ》[7]。乙卯《きのとのう》の年三月十五日《としやよひのとをかあまりいつか》に崩《かむあが》りましぬ。御《み》陵《さざき》は、沙紀《さき》の多他那美《たたなみ》に在り。[8]

〔仲哀天皇《ちゆうあいてんわう》〕

1 第十三代成務天皇。
2 滋賀県大津市穴太。
3 「大臣」の初出。令制の大臣でなく、宮廷諸臣を束ねる最高身分。
4 畿外諸国に大国と小国を置いた。
5 この時までの地方の族長を天皇統治下の国の長とし、下部構造に県主を定め、国境線も定めたという。天皇を頂点とする行政機構確立という重要な記事。序文にもここが引かれている。
6 地方官職名としての県主が治める領域。
7 成務紀では百七歳。
8 奈良市山陵町御陵前。前方後円墳。

〔后妃《こうひ》と皇子女〕

帯中日子天皇《たらしなかつひこのすめらみこと》[1]、穴門《あなと》の豊浦宮《とよらのみや》[2]と筑紫《つくし》の訶志比宮《かしひのみや》[3]に坐《いま》して、天《あめ》の下治《したし》らしめしき。此《こ》の天皇、大江王《おほえのみこ》が女《むすめ》、大中津比売命《おほなかつひめのみこと》に娶《あ》ひて、生みませる御子《みこ》、香坂王《かごさかのみこ》、忍熊王《おしくまのみこ》。二柱《ふたはしら》。また息長帯比売命《おきながたらしひめのみこと》[4]　是《こ》れ太后《おほきさき》に娶《あ》ひて生れませる御子、品夜和気命《ほむやわけのみこと》[5]、次に大鞆和気命《おほともわけのみこと》、またの名は品陀和気命《ほむだわけのみこと》[6]。二柱。此の太子《ひつぎのみこ》の御名《みな》、大鞆和気命と負《お》ほせる所以《ゆゑ》は、初め、生《あ》れましし時に、鞆《とも》[7]の如《ごと》き完《しし》[8]、御腕《みただむき》に生《な》りぬ。故《かれ》其《そ》の御名に着《つ》けまつる。是《ここ》を以《も》ち腹《はら》の中《うち》に坐《いま》して国を知りたまふ[9]。此《こ》の御世《みよ》に、淡道《あはぢ》の屯家《みやけ》を定《さだ》む。

1　第十四代仲哀天皇。
2　山口県下関市長府豊浦町辺りという。
3　福岡市東区香椎。
4　神功皇后。開化天皇の皇子日子坐王の系統。母系の系譜は一七三頁にある。
5　仲哀紀には来熊田造の祖、大酒主の女弟姫を娶って誉屋別（ホムヤワケ）皇子を生むとあり、『古事記』と異なる。
6　後に応神天皇となる。
7　三九頁注7参照。
8　肉の俗字「宍」の異体字。尋常ではない子の出生譚。聖王伝承。
9　母皇后の胎内に在りながら国を統治なさった。

〔天皇崩御《てんわうほうぎよ》と神託《しんたく》〕

其《そ》の太后息長帯日売命《おほきさきおきながたらしひめのみこと》は、当時《そのかみ》神を帰《よ》せ[1]たまふ。故天皇《かれすめらみこと》筑紫《つくし》の訶志比宮《かしひのみや》に坐《いま》して熊曽国《くまそのくに》を撃《う》たむとしたまふ時に、天皇御琴《みこと》[2]を控《ひ》か

1　神を依り憑かせる霊能者。
2　神降ろしの呪具。「控」は引く、弾（ひ）くに同じ。

して、建内宿祢大臣《たけうちのすくねのおほおみ》沙《さ》庭《には》[3]に居《ゐ》、神の命《みこと》を請《こ》ふ。是《ここ》に太后に帰《よ》りませる神、言教《ことをし》へ覚《さと》し詔《の》りたまはく、「西《にし》の方《かた》に国有《あ》り。金《くがね》・銀《しろがね》を本《もと》[4]と為《し》、目《め》の炎耀《かかや》く種々《くさぐさ》の珍《めづら》しき宝《たから》、多《さは》に其《そ》の国に有り。吾今《あれいま》其の国を帰《よ》せ[5]賜《たま》はむ」とのりたまふ。尓《しか》して天皇、答へ白《まを》したまはく、「高き地《ところ》に登《のぼ》り西の方《かた》を見れば、国土《くに》は見えず、ただ大《おほ》き海有り」とまをす。詐《いつは》りを為《す》る神と謂《おも》ひて、御琴《みこと》を押《お》し退《そ》け、控《ひ》きたまはず、黙《もだ》し坐《いま》す。尓して其の神いたく忿《いか》りて、詔《の》りたまはく、「おほよそ茲《こ》の天《あめ》の下《した》は、汝《いまし》の知らすべき国に非《あら》ず。汝《いまし》は一道《ひとみち》に向かひたまへ[6]」とのりたまふ。是《ここ》に建内宿祢大臣白《まを》さく、「恐《かしこ》し、我が天皇《おほきみ》。なほ其の大御琴《おほみこと》をあそばせ[7]」とまをす。尓してやくやくに其の御琴《みこと》を取り依《よ》せて、なまなまに[8]控き坐《いま》す。故、幾久《いくひさ》もあらずて、御琴の音《おと》聞《き》こえず。すなはち火を挙げて見れば、既《すで》に崩《かむあが》りましぬ。

尓して驚き懼《おそ》りて、殯宮《もがりのみや》[9]に坐《いま》せまつり、更《さら》に国の大《おほ》ぬさ[10]を取りて、生剥《いけはぎ》・逆剥《さかはぎ》・阿離《あはなち》・溝埋《みぞうみ》・屎戸《くそへ》・上通下通婚《おやこたはけ》・馬婚《うまたはけ》・牛婚《うしたはけ》・鶏婚《とりたはけ》・犬婚《いぬたはけ》の罪《つみ》の類《たぐひ》を種々《くさぐさ》求《もと》め[11]、国《くに》の大祓《おほはらへ》を為《し》て[12]、また建内宿祢沙《さ》庭《には》に居《を》り、神の命《みこと》を請《こ》ふ。是《ここ》に教《をし》へ覚《さと》したまふ状《さま》、つぶさに先《さき》の日の

3　神託を受ける祭りの場。
4　金・銀が珍宝の基本となっている。
5　帰属させる。神が天皇に賜ふ。
6　ただ一つの道にお行きなさい。黄泉路。崩御の予言。
7　奏でなさいませ。
8　いいかげんに。
9　遺体を死と確認するまでの間安置し、復活の儀礼をする殿舎。その後葬儀となる。
10　罪穢れを祓うための捧げ物。国家行事と表現している。
11　神託を祈願する前に国家的に罪穢れを祓い除く儀礼。生剥から屎戸までは四二頁参照。生剝は獣皮を生かしたまま剝ぐこと。逆剝（四二頁参照）。上通下通婚以下は姦淫の罪。
12　国内の穢れおよび罪という罪のすべてを祓い浄めて。

如《ごと》く、「おほよそ此《こ》の国は、汝命《いましみこと》の御腹《みはら》に坐《いま》す御子《みこ》の知《し》らさむ国ぞ」とのりたまふ。

尓《しか》して建内宿祢白《まを》さく、「恐《かしこ》し、我が大神《おほかみ》、其の神[13]の腹に坐《いま》す御子は、何《いづ》れの子か」とまをす。答へ詔《の》りたまはく、「男子《ひこみこ》なり」とのりたまふ。尓してつぶさに請《こ》ひまつらく、「今かく言《こと》教へたまふ大神は、其の御名を知らまく欲《ほ》し」とこふ。答へ詔りたまはく、「是《こ》は天照大神《あまてらすおほみかみ》の御心《みこころ》ぞ。また底箇男《そこつつのを》、中箇男《なかつつのを》、上箇男《うはつつのを》三柱《みはしら》の大神[14]ぞ。此の時に其の三柱《みはしら》の大神の御名は顕《あらは》れぬ。今まことに其の国を求めむと思ほさば、天《あま》つ神地《かみくに》つ祇《かみ》、また山の神と河《かは》・海《うみ》の諸神《もろかみたち》に悉《ことごと》く幣《みて》帛奉《くらたてまつ》り、我が御魂《みたま》を船の上に坐《いま》せて、真木《まき》[15]の灰を瓠《ひさご》に納《い》れ[16]、また箸《はし》とひらで[17]を多《さは》に作り、みなみな大海《おほうみ》に散《ち》らし浮《う》けて、度《わた》[18]るべし」とのりたまふ。

13　神功皇后。神懸かりの巫女を神の顕現とする表現。

14　墨の江の三神（三六頁）。

15　檜・杉など良質の船材になる木。

16　その木の灰をヒョウタンに入れるのは船が沈没しない呪術。

17　「ひらで」は柏の葉数枚を綴り合わせた器。箸を添えて海神に供える神饌とする。

18　渡に同じ。

〔神功皇后《じんぐうくわうごう》の新羅《しらき》親征《しんせい》〕

故《かれ》つぶさに教《をし》へ覚《さと》しの如《ごと》く、軍《いくさ》を整《ととの》へ、船《ふね》を双《な》め、度《わた》り幸《い》でます時に、海原《うなはら》の魚《うを》、大き小さきを問はず、悉《ことごと》く御船《みふね》を負ひて渡る。尓《しか》して順風《おひかぜ》大きに起こり、御船浪《なみ》に従ふ。故其の御船の波瀾《なみ》、新羅国《しらきのくに》[1]に押し騰《あが》り、既《すで》に国の半《なか》らに到《いた》る。

是《ここ》に其の国王《こにきし》[2]、畏《お》ぢ惶《かしこ》み奏《まを》して言《まを》さく、「今より以後《のち》、天皇《すめらみこと》の命《みこと》のまにまに、御馬甘《みまかひ》[3]と為《な》り、年毎《としごと》に船を双《な》め船腹《ふなはら》乾《ほ》さず、柂檝《さをかぢ》乾さず、天地《あめつち》と共に、退《おこた》ること無く仕へ奉《まつ》らむ」とまをす。故是を以《も》ち、新羅国は、御馬甘《みまかひ》と定め、百済国《くだらのくに》[4]は、渡《わたり》の屯家《みやけ》[5]と定む。尓して其の御杖《みつゑ》を以《も》ち新羅《しらき》の国主《こにきし》の門《かど》に衝《つ》き立《た》てたまひ、墨江大神《すみのえのおほかみ》の荒御《あらみ》魂《たま》[6]を以ち、国守《まも》る神と為《し》て祭《まつ》り鎮《しづ》め還《かへ》り渡りたまふ。

〔応神天皇《おうじんてんわう》の聖誕《せいたん》〕

1 朝鮮半島東部の国。ここに金銀珍宝の国が登場する。
2 新羅国民が王を呼ぶ名称。
3 天皇に服属することを馬飼部となると表現したもの。馬および馬具の先進地新羅が供給地として反映されている。
4 新羅に向かい合う朝鮮半島西部から南部にかけての国。
5 海を渡ったところの天皇の直轄地。
6 神のもつ両面の働きの一つ。激しく荒々しい神威を現す霊魂。一つはニギミタマ。

故其《かれそ》の政《まつりごと》[1]いまだ竟《を》へぬ間《あひだ》に、其の懐妊《はら》みませるが、産《あ》れますに臨《のぞ》む。御腹《みはら》を鎮《しづ》めたまはむと為《し》て石《いし》を取りて、御裳《みも》の腰《こし》に纏《ま》かして[2]、竺紫国《つくしのくに》に渡りたまひ、其の御子《みこ》はあれ坐《ま》しぬ。故其の御子の生《あ》れましし地《ところ》に号《なづ》けて、宇美《うみ》[3]と謂《い》ふ。また其の御裳に纏《ま》かしし石《いし》は、筑紫国の伊斗村《いとのむら》[4]に在り。また筑紫の末羅県《まつらのあがた》の玉嶋里《たましまのさと》[5]に到《いた》り坐《ま》して、其の河《かは》の辺《へ》に御食《みをし》したまふ時は、四月《うづき》の上旬《かみのとをか》に当たる。尓《しか》して其の河《かは》中《なか》の礒《いそ》[6]に坐《いま》して、御裳《みも》の糸《いと》を抜き取り、飯粒《いひぼ》を以《も》ち餌《ゑ》に為《し》、其の河の年魚《あゆ》を釣《つ》りたまふ。其の河の名は小河《をがは》と謂ふ。また其の礒《いそ》の名は勝門比売《かちとひめ》と謂ふ。故四月の上旬の時に、女人《をみな》裳《も》の糸を抜き、粒《いひぼ》を以ち餌《ゑ》に為《し》、年魚《あゆ》を釣《つ》る[7]こと今に至《いた》るまで絶《た》えず。

1 新羅平定の親征。
2 出産を先に延ばすための呪術。後の生長石信仰につながる。
3 福岡県糟屋郡宇美町に宇美八幡宮がある。
4 同糸島郡二丈町深江に鎮懐石八幡宮がある。『万葉集』巻五にこの石を詠んだ歌（八一三）がある。
5 佐賀県東松浦郡浜玉町の辺り。玉島川が流れる。
6 岸辺から川面に突き出ている岩石。
7 『万葉集』巻五に、この河で女が年魚を釣る歌（八五五）がある。年魚は鮎（あゆ）。

〔香坂王《かごさかのみこ》と忍熊王《おしくまのみこ》の反逆《はんぎやく》〕

是《ここ》に息長帯日売命《おきながたらしひめのみこと》、倭《やまと》に還《かへ》り上《のぼ》ります時に、人の心を疑《うたが》ふに因《よ》り、喪船《もふね》[1]を一《ひと》つ具《そな》へ、御子《みこ》を其《そ》の喪船に載《の》せまつり、まづ、「御子既《すで》に

1 棺を載せた船。

崩《かむあが》りましぬ」と言ひ漏《も》らさしめたまふ。かく上《のぼ》り幸《い》でます時に、香《かご》坂王《さかのみこ》・忍熊王《おしくまのみこ》聞きて、待《ま》ち取らむと思ひ、斗賀野《とがの》[2]に進み出《い》で、うけひ獦為《がりし》[3]つ。尒《しか》して香坂王、歴木《くぬぎ》[4]に騰《のぼ》り坐《ゐ》て是《み》るに、大《おほ》きなる怒《いか》り猪《ゐ》出《い》で、其の歴木を掘《ほ》り、其の香坂王を咋《く》ひ食《は》みつ。其の弟《いろど》忍熊王、其の態《わざ》を畏《かしこ》まず、軍《いくさ》を興《おこ》し、待《ま》ち向《む》かふる時に、喪船《もふね》に赴《おもぶ》き空《むな》し船《ふね》を攻めむとす。尒して其の喪船より軍《いくさ》を下《お》ろして相戦《あひ》ひき。此の時忍熊王、難波《なには》の吉師部《きしべ》が祖《おや》、伊佐比宿祢《いさひのすくね》を以《も》ち将軍《いくさのきみ》と為《し》、太子《ひつぎのみこ》の御方《みかた》は、丸迩臣《わにのおみ》が祖、難波《なには》根《ね》子建振熊命《こたけふるくまのみこと》を以ち、将軍《いくさのきみ》と為《し》たまふ。故追《お》ひ退《そ》け山代[5]に到れる時に、還《かへ》り立《た》ち、おのもおのも退《しりぞ》かず相《あひ》戦ふ。尒して建振熊命権《たばか》[6]りて云《い》はしむらく、「息長帯日売命は、既に崩《かむあが》りましぬ。故、更《さら》に戦ふべきこと無し」といはしむ。弓絃《ゆづる》を絶《た》ち、欺陽《いつは》り帰服《したが》ひぬ。是《ここ》に其の将軍既に詐《いつは》りを信《う》け、弓を弭《はづ》し、兵《つはもの》を蔵《をさ》めつ。尒して頂髪《たきふさ》[7]の中《なか》より設《まう》けの弦《ゆづる》[8]を採《と》り出《い》で更に張《は》り追ひ撃《う》つ。故逢坂《あふさか》[9]に逃《に》げ退《そ》き、対《む》き立《た》ちまた戦ふ。尒して追ひ迫《せ》め敗り、沙《さ》々《さ》那《な》美《み》[10]に出で、悉《ことごと》く其の軍《いくさ》を斬《き》りつ。是に其の忍熊王、伊佐比宿祢《いさひのすくね》と共《とも》に追《お》ひ迫《せ》めらえ、船に乗り、海[11]に浮《う》き、歌ひて曰《いは》く、

2　大阪市北区兎我野町の辺り、または神戸市灘区の都賀川流域ともいう。
3　前もって事の成否を狩りにより神かけて占うこと。
4　「櫪」の拆字。拆字には卜占の意が込められ、歴は指間に木を挿んで締めつける刑であり、二人の王の反逆を暗示している。
5　京都府南部の地域。二王を、大阪湾→淀川→山代と追い詰めてきた。
6　計略をめぐらして。
7　かき上げた髪を束ねたもの。
8　別にあらかじめ用意してあった弓のつる。
9　京都府と滋賀県との境の逢坂山。
10　琵琶湖の西南部地域。
11　琵琶湖。
12　「いざ」は人を誘うときの言葉。「あぎ」は相手に親

いざ我君《あぎ》12
振熊《ふるくま》が　痛手《いたて》負《お》はずは13
鳰鳥《にほどり》の14　淡海《あふみ》の海《うみ》15に
潜《かづ》きせなわ16

海に入り、共に死《し》にき。

（歌謡番号三八）

〔気比大神《けひのおほかみ》〕

故建内宿祢命《かれたけうちのすくねのみこと》、其《そ》の太子《ひつぎのみこ》を率《ゐ》まつり、禊《みそぎ》1せむと為《し》て、淡海《あふみ》と若《わか》狭国《さのくに》2を経歴《へ》し時に、高志《こし》の前《みちのくち》の角鹿《つぬが》3に、仮宮《かりみや》を造《つく》りて坐《いま》せまつる。尓《しか》して其地《そこ》に坐《いま》す伊奢沙和気大神命《いざさわけのおほかみのみこと》4、夜《よる》の夢《いめ》に見《み》えて云《い》はく、「吾《わ》が名を以《も》ち御子《みこ》の御名《みな》に易《か》へまく欲《ほ》し」といふ。尓して言禱《ことほ》き5白《まを》さく、「恐《かしこ》し、命《みこと》のまにまに、易《か》へ奉《まつ》らむ」とまをす。また其《そ》の神詔《の》りたまはく、「明日《あす》の旦《あした》、浜《はま》に幸《い》でますべし。名《な》を易《か》ふる幣《まひ》6を献らむ」とのりたまふ。故其の旦浜に幸行《い》でます時に、鼻毀《はなこほ》てる入《い》

しみを込めて呼びかける言葉。
13　ひどい傷を受けないで。手ひどく傷つけられるくらいならばの意。
14　カイツブリ。水鳥。淡海の枕詞。
15　淡水の海である琵琶湖。
16　潜ってしまおうではないか。「な」は自分の気持ちを相手に伝えて勧誘する。「わ」は間投助詞。
1　けがれを水によってすすぎ清めること。喪船からの帰還は、伊耶那岐命の黄泉国からの帰還と同じ儀礼がなされたものとみられる。
2　福井県の西南部。
3　越前（福井県）の敦賀市。
4　同市気比神宮の祭神。
5　託宣に同意し、神に祝言を述べる。
6　名を易えてくださったしるしの礼物。

鹿魚《るか》[7]、既《すで》に一浦《ひとうら》に依《よ》れり。是に御子、神に白《まを》さしめて云《の》りたまはく、「我《われ》に御食《みけ》の魚《な》[8]を給《たま》へり」とのりたまふ。故また其の御名を称《たた》へて御食津大神《みけつおほかみ》と号《なづ》く。故今に気比大神《けひのおほかみ》と謂《い》ふ。また其の入鹿魚《いるか》の鼻《はな》の血臰《くさ》し[9]。故其の浦《うら》に号《なづ》けて血浦《ちうら》と謂ふ。今は都奴賀《つぬが》と謂ふ。

〔酒楽《さかくら》の歌〕

是《ここ》に還《かへ》り上《のぼ》り坐《ま》しし時に、其《そ》の御祖《みおや》[1]息長帯日売命《おきながたらしひめのみこと》、待酒《まちざけ》[2]を醸《か》みて献《たてまつ》る。尓《しか》して其の御祖、御歌《みうた》に曰《の》りたまはく、

この御酒《みき》は　我《わ》が御酒《みき》ならず
酒《くし》の長《かみ》[3]　常世《とこよ》[4]に坐《いま》す
石立《いはた》たす[5]　少名御神《すくなみかみ》[6]の
神寿《かむほ》き　寿《ほ》き狂《くる》ほし
豊寿《とよほ》き　寿《ほ》き廻《もとほ》し[7]
献《まつ》り来《こ》し　御酒《みき》ぞ

7　鯱（シャチ）などに追われた海豚（イルカ）の群れが海浜に乗り上げることがある。
8　神の御食事用のさかな。
9　海浜の悪臭を逐臭といい、イルカのくさいにおい。

1　母親の意。
2　御子の帰りを祝い待つ酒。
3　「くし」は何ともいえぬ不可思議なの意から酒をいう。酒を掌握する長上者。
4　異界、神仙世界。
5　この世では岩石の姿で立っていらっしゃる。
6　少名毗古那神に同じ（六三—六四頁）。
7　祝言を言いつつ狂乱状態になり、祝言しつつ甕の周囲をぐるぐる廻って醸造して。

満《あ》さずをせ[8]　ささ[9]　　（歌謡番号三九）

かく歌ひたまひて、大御酒《おほみき》献《たてまつ》る。

尓して建内宿祢命《たけうちのすくねのみこと》、御子《みこ》の為《ため》に答へまつりて歌ひて曰《いは》く、

この御酒《みき》を　醸《か》みけむ人《ひと》は

その鼓《つづみ》[10]　臼《うす》に立《た》てて[11]

歌《うた》ひつつ　醸《か》みけれかも[12]

舞《ま》ひつつ　醸《か》みけれかも

この御酒《みき》の　御酒《みき》の

あやに　うた楽《だの》[13]し　ささ　　（歌謡番号四〇）

此《こ》は酒楽歌《さかくらのうた》[14]なり。

おほよそ帯中津日子天皇《たらしなかつひこのすめらみこと》、御年《みとし》伍拾弐歳《いそちあまりふたつ》。壬戌《みづのえいぬ》の年[15]六月《みなつき》十《とをか あまり》一日《ひとひ》崩《かむあが》りましぬ。御陵《みささぎ》は河内《かふち》の恵賀《ゑが》の長江《ながえ》に在り。[16]皇后《おほきさき》は御年一百歳《ももとせ》にして崩りましぬ。狭城《さき》の楯列陵《たたなみのみささぎ》[17]に葬《はぶ》りまつる。

8　『類聚名義抄』「滿アス」、『広韻』「滿満也」。杯を満ちたままにしないでどんどん召しあがれ。

9　さあさあ。囃しことば。

10　筒の両端に皮を張った打楽器。太鼓。

11　太鼓を臼の上に立てる。酒は石臼で醸すので、太鼓を打ち鳴らし歌い舞いながら酒神の助力を乞い、発酵を促すという。

12　酒をつくったからか。疑問の已然条件法。

13　「うた」は非常に、とてもの意。

14　「酒楽」は酒宴の座の意。『琴歌譜』に類歌がある。

15　西暦一八二年。

16　大阪府藤井寺市岡。前方後円墳。築造は四世紀後半頃。

17　奈良市山陵町。前方後円墳。四世紀後半。

〔応神天皇《おうじんてんのう》〕

〔后妃《こうひ》と皇子女〕

品陀和気命《ほむだわけのみこと》[1]、軽嶋《かるしま》の明宮《あきらのみや》[2]に坐《いま》して、天《あめ》の下治《したし》らしめしき。此《こ》の天皇《すめらみこと》、品它真若王《ほむだのまわかのみこ》[3]の女《むすめ》、三柱《みはしら》の女王《ひめみこ》に娶《あ》ひたまふ。一《ひとはしら》の名は、高《たか》木之入日売命《きのいりひめのみこと》、次に中日売命《なかつひめのみこと》[4]、次に弟日売命《おとひめのみこと》。此《こ》の女王等《ひめみこたち》の父《ちち》、品它真若王は、五百木之入日子命《いほきのいりひこのみこと》、尾張連《をはりのむらじ》の祖《おや》、建伊那陀宿祢《たけいなだのすくね》が女《むすめ》[5]、志理都紀斗売《しりつきとめ》に娶《あ》ひて、生《う》める子ぞ。故《かれ》高木之入日売の子、額田大中日子命《ぬかたのおほなかつひこのみこと》、次に大山守命《おほやまもりのみこと》、次に伊奢之真若命《いざのまわかのみこと》、次に妹大原郎女《いもおほはらのいらつめ》、次に高目郎女《こむくのいらつめ》[6]。五柱《いつはしら》。中日売命の御子、木荒田郎女《きのあらたのいらつめ》、次に大雀命《おほさざきのみこと》[7]、次に根鳥命《ねとりのみこと》。三柱《みはしら》。弟日売命《う》の御子、阿倍郎女《あへのいらつめ》、次に阿貝知能三腹郎女《あはぢのみはらのいらつめ》[8]、次に木《きの》菟野郎女《うののいらつめ》、次に三野郎女《みののいらつめ》。五柱。また丸迩之比布礼能意冨美《わにのひふれのおほみ》が女、名は宮主矢河枝比売《みやぬしやかはえひめ》に娶ひて、生みませる御子、宇遅能和紀郎子《うぢのわきいらつこ》、次に妹《いもや》八田若郎女《たのわかいらつめ》、次に女鳥王《めどりのみこ》。三柱。また其の矢河枝比売が弟《いろど》、

1 第十五代応神天皇。
2 奈良県橿原市大軽町。
3 「它」は「陀」に同じ。景行天皇の皇子。
4 応神紀には仲姫を皇后にするとある。
5 『先代旧事本紀』には建稲種命とある。
6 「こむく」は応神紀に澇来田皇女とあるによる。『和名抄』に河内国石川郡紺口（大阪府南河内郡河南町）がある。
7 仁徳天皇。
8 応神紀には淡路御原皇女。「貝」は音ハイで字音仮名「ハ」に用いてある。

袁那弁郎女《をなべのいらつめ》に娶ひて生みませる御子、宇遅之若郎女《うぢのわかいらつめ》。一柱《ひとはしら》。また咋《くひ》俣長日子王《またながひこのみこ》が女、息長真若中比売《おきながまわかなかつひめ》に娶ひて生みませる御子、若沼《わかぬ》毛二俣王《けふたまたのみこ》[9]。一柱。また桜井《さくらゐ》の田部《たべ》の連《むらじ》が祖《おや》、嶋垂根《しまたりね》が女、糸井比売《いとゐひめ》に娶ひて、生みませる御子、速総別命《はやぶさわけのみこと》。一柱。また日向《ひむか》の泉長比《いづみのながひ》売《め》に娶ひて、生みませる御子、大羽江王《おほはえのみこ》、次に小羽江王《をはえのみこ》、次に幡日《はたひ》之若郎女《のわかいらつめ》。三柱。また迦具漏比売《かぐろひめ》[10]に娶ひて、生みませる御子、川原《かはら》田郎女《だのいらつめ》、次に玉郎女《たまのいらつめ》、次に忍坂大中比売《おしさかのおほなかつひめ》、次に登冨志郎女《とほしのいらつめ》、次に迦多遅王《かたぢのみこ》。五柱。また葛城《かづらき》の野伊呂売《のいろめ》に娶ひて、生みませる御子、伊奢能麻和迦王《いざのまわかのみこ》。一柱。此《こ》の天皇《すめらみこと》の御子等、并《あは》せて廿 六《はたちあまりむはしら》の王《みこ》[11]。男王 十 一《ひこみことをはしらあまりひとはしら》、女王 十 五《ひめみことをはしらあまりいつはしら》。此の中《なか》に大 雀 命《おほさざきのみこと》は、天《あめ》の下治《したし》らしめしき。

〔三皇子の分掌《ぶんしやう》〕

是《ここ》に天 皇《すめらみこと》、大山 守命《おほやまもりのみこと》[1]と大 雀命《おほさざきのみこと》[2]とを問《と》ひて詔《の》りたまはく、「汝《いまし》

9　『上宮記逸文』によると、第二十六代継体天皇はこの王の子孫とある。

10　迦具漏比売は倭建命の系譜（二四七頁）によれば、命の曽孫にあたる。

11　実数二十七王、男王十二女王十五。原資料にイザノマワカは二か所にあったそのままを載せ、判断を留保しているのであろう。

1　前の系譜に高木入日売の御子の二男としてあった。

2　前の系譜に中日売命の御子としてあった。

等《たち》は、兄《え》の子と弟《おと》の子と、孰《いづ》れか愛《は》しき」ととひたまふ。天皇の是《こ》の問《と》ひを発《おこ》したまへる所以《ゆゑ》は、宇遅能和紀郎子《うぢのわきいらつこ》[3]に天《あめ》の下治《したし》らしめむ心有ればなり。尓《しか》して大山守命白《まを》さく、「兄の子愛《は》し」とまをす。次に大雀命は、天皇の問ひ賜《たま》へる大御情《おほみこころ》を知《し》りて、白《まを》さく、「兄の子は、既《すで》に人《ひと》と成《な》り、是《こ》れ悒《なげ》く[4]こと無し。弟の子は、いまだ人と成らねば、是《こ》れ愛《は》し」とまをす。尓《しか》して天皇詔《の》りたまはく、「佐耶岐《さざき》、あぎの[5]言《こと》、我《わ》が思へるが如《ごと》し」とのりたまふ。詔《の》り別《わ》けたまはくは、「大山守命は、山海《やまうみ》の政《まつりごと》を為《せ》[6]よ。大雀命は、食国《をすくに》[7]の政《まつりごと》を執《と》りて、白《まを》し賜《たま》へ。宇遅能和紀郎子《うぢのわきいらつこ》は、天津日継《あまつひつぎ》知《し》らせ[8]」とのりわけたまふ。故《かれ》大雀命は、天皇の命《みこと》に違《たが》ひたまふこと勿《な》し。

〔葛野《かづの》の歌《うた》〕

一時《あるとき》に、天皇《すめらみこと》、近淡海国《ちかつあふみのくに》に越《こ》え幸《い》でましし時に、宇遅野《うぢの》[1]の上《うへ》に御《み》立《た》ちし、葛野《かづの》[2]を望《みさ》け、歌ひ曰《の》りたまはく、

3 前の系譜に宮主矢河枝比売の生むところとあった。
4 不安に思い嘆くこと。
5 吾君の意で二人称。親愛感の表現。
6 政治を行う。
7 治める国。諸国の神が氏族を通して天照大御神の子孫である天皇に献った穀物を召し上がることが原意。
8 天照大御神の霊魂の継承者となりなさい。皇位につきなさい。

1 京都府宇治市の台地。
2 京都市南区・長岡京市辺。宇治から巨椋池の彼方に見える葛野の沿岸部。

千葉《ちば》の[3]　葛野《かづの》を見《み》れば
百千足《ももちだ》る　家庭《やには》も見《み》ゆ[4]
国《くに》の秀《ほ》[5]も見ゆ

（歌謡番号四一）

〔矢河枝比売《やかはえひめ》〕

故木幡村《かれこはたのむら》[1]に到り坐《ま》す時に、麗美《うるは》しき嬢子《をとめ》、其《そ》の道衢《ちまた》に遇《あ》へり。尓《しか》して天皇《すめらみこと》、其の嬢子を問ひて曰《の》りたまはく、「汝《な》は誰《た》が子《こ》ぞ」とのりたまふ。答へて白《まを》さく、「丸迩之比布礼能意冨美《わにのひふれのおほみ》[2]が女《むすめ》、名《な》は宮主《みやぬし》矢河枝比売《やかはえひめ》」とまをす。天皇其の嬢子に詔《の》りたまはく、「吾明日還《あれくるつひかへ》り幸《い》でまさむ時、汝《な》が家に入り坐《ま》さむ」とのりたまふ。故矢河枝比売、委曲《つぶさ》に其の父《ちち》に語る。是《ここ》に父答へて曰《いは》く、「是《これ》は天皇に坐《いま》すなり。恐《かしこ》し、我《あ》が子仕《つか》へ奉《まつ》れ」と云《い》ひて、其の家を厳餝《かざ》り、候《さもら》ひ待てば、明日《くるつひ》入り坐《ま》しき。故大御饗《おほみあへ》を献《たてまつ》る時に、其の女矢河枝比売命《むすめやかはえひめのみこと》に大御酒盞《おほみさかづき》を取《と》らしめて献《たてまつ》る。是《ここ》に天皇、其の大御酒盞を取らしめし

3　枕詞。葛の葉が茂る意。
4　数多くの家並みが見える。渡来人の村里であろう。
5　家々は単なる村でなく、国中でもっとも秀れて豊かな地域である状況。ここもまた天皇の統治下だと謳う。

1　京都府宇治市木幡。
2　奈良県天理市和爾町辺りに本拠地を置く丸迩氏は宇治にも拠点をもつ（一五八頁参照）。
3　相手に呼びかける間投助詞。
4　多くの土地を伝い行く意という。
5　「さらふ」は去るの連続形。去るは移動する意。横這いする。

まにまに、御歌に曰《の》りたまはく、

この蟹《かに》や[3] 何処《いづく》の蟹《かに》
百伝《ももづた》ふ[4] 角鹿《つぬが》の蟹《かに》
横《よこ》さらふ[5] 何処《いづく》に到《いた》る
伊知遅島《いちぢしま》 美島《みしま》[6]に着《と》き
鳰鳥《みほどり》の[7] 潜《かづ》き息《いき》づき[8]
しなだゆふ[9] 佐佐那美道《ささなみち》を
すくすくと[10] 我《わ》が行《い》ませばや[11]
木幡《こはた》の道《みち》に 遇《あ》はしし嬢子《をとめ》
後方《うしろで》は 小楯《をだて》ろかも[12]
歯並《はな》みは 椎菱《しひひし》なす[13]
櫟井《いちひゐ》の[14] 丸迩坂《わにさ》の土《に》を
初土《はつに》[15]は 膚赤《はだあか》らけみ
底土《しはに》は 丹黒《にぐろ》き故《ゆゑ》
三《み》つ栗《ぐり》の[16] その中《なか》つ土《に》を
頭突《かぶつ》く[17] 真火《まひ》には当《あ》てず

6　いずれも所在不明。湖西の大津市和邇付近説がある。ここも丸迩氏の拠点。

7　ニホドリに同じ。カイツブリ。枕詞。→一五五頁。

8　鳰鳥のように水に潜り水から出て息をついて。ここまでの四句が蟹の行為。

9　「しな」は段差がある意。「たゆふ」は難渋する意という。枕詞。

10　ずんずんと。

11　「いませ」は天皇の自敬表現。ささなみへの道を行くのは天皇。主語が変換する。

12　うしろ姿は小さい楯のようにすらりとしている。「ろ」は接尾語。

13　椎や菱の実を剝いたように白い。歯並びの美ではない。

14　櫟の木の下の井のある。後に地名となる。そこに丸邇坂がある。

15　表層の土。

眉画《まよが》き　濃《こ》に[18]書《か》き垂《た》れ
遇《あ》はし女《をみな》
かもがと[19]　我《わ》が見《み》し児《こ》ら
かくもがと　我《あ》が見《み》し児《こ》に
うたたけだに[20]　向《む》かひ居《を》るかも[21]
い副《そ》ひ居《を》るかも[22]

此《か》く御合《みあ》ひして、生みませる御子、宇遅能和紀郎子《うぢのわきいらつこ》なり。

（歌謡番号四二）

〔髪長比売《かみながひめ》〕

天皇《すめらみこと》、日向国《ひむかのくに》の諸県《もろあがた》[1]君《のきみ》が女《むすめ》、名は髪長比売《かみながひめ》、其《そ》の顔容《かたち》麗美《うるは》しと聞《き》こし看《め》し、使はさむとして、喚《め》し上《あ》げたまふ時に、其の太子《ひつぎのみこ》大雀命《おほさざきのみこと》、其の嬢子《をとめ》の難波津《なにはつ》に泊《と》まるを見て、其の姿容《かたち》の端正《うるは》しきに感《め》[2]でたまひ、建内宿祢大臣《たけうちのすくねのおほおみ》に誂《あとら》へ告《の》りたまはく、「是《こ》の日向《ひむか》より喚《め》し上《あ》げたまへる髪長比売は、天皇の大御所《おほみもと》に請《こ》ひ白《まを》して、吾《あれ》に賜《たま》

16 枕詞。栗はいがの中に三箇並ぶ。中を最良とする発想。
17 火熱が頭を突いてくる。
18 本文「許迩」の「許」は乙類。「濃（こ）」は甲類との説があるが疑問。「濃」に仮定しておく。
19 （女性は）このようであってほしいと。現にその子に逢った。
20 「うたた」は程度の強さ、「けだに」は正（まさ）しくの意。まったく現実に正しく。
21 顔と顔が向かい合っているよ。
22 「い」は接頭語。寄り添っていることよ。
1 宮崎県南部に、東・西・北の諸県郡がある。宮崎市の一部・小林市・えびの市・都城市と鹿児島県の曽於市などにまたがる地域。
2 「感」の省文。

はしめよ」とのりたまふ。尓《しか》して建内宿祢大臣、太命《おほみこと》を請へば、天皇髪長比売を以《も》ち其の御子《みこ》に賜《たま》ふ。賜へる状《さま》は、天皇、豊明《とよのあかり》聞こし看《め》す[3]日に、髪長比売に大御酒《おほみき》の柏《かしは》[4]を握《と》らしめ、其の太子《ひつぎのみこ》に賜ふ。

尓して御歌《みうた》に曰《の》りたまはく、

いざ子《こ》ども[5]　野蒜《のびる》摘みに
蒜《ひる》摘みに　我《わ》が行《ゆ》く道《みち》の
香《か》ぐはし　花橘《はなたちばな》[6]は
上枝《ほつえ》は　鳥居《とりゐ》枯《が》らし[7]
下枝《しづえ》は　人取《ひとと》り枯《が》らし
三《み》つ栗《ぐり》の　中《なか》つ枝《え》の[8]
ほつもり[9]　赤《あか》ら嬢子《をとめ》[10]を
いざささば[11]　宜《よ》らしな

（歌謡番号四三）

また、御歌に曰《の》りたまはく、

水渟《みづたま》る[12]　依網《よさみ》の池《いけ》[13]の
堰《い》杙《ぐひ》打《う》ちが[14]　指《さ》しける知《し》らに[15]
蓴《ぬなは》繰《く》り　延《は》へけく[16]知《し》らに

3　新嘗祭の後などに天皇が群臣に賜る大宴会の日。
4　天皇が召し上がる酒を入れた柏の葉。
5　さあ皆の者。「子ども」は目下の者にいう。
6　野生の橘か。
7　鳥が止まって枯らす。
8　誰も手を触れていない意を込めている。
9　「ほ」は「ほほ（頬）」の約。「つも」るは豊か。頬がぽっちゃりした意であろう。蕾の比喩。
10　紅をさしたような乙女。
11　「さす」は『類聚名義抄』に「撝サシマネク・サス」とある。指で招きよせたならばの意。
12　池に懸かる枕詞。
13　大阪府住吉区庭井の辺。
14　堰は土を築いて水の流れ出すのを防ぐせき。杙はその木材。打ちはその杙を打つ人。

我《わ》が心《こころ》しぞ　いやをこにして
今《いま》ぞ悔《くや》しき　（歌謡番号四四）

かく歌ひて賜ひき。故其の嬢子《をとめ》を賜《たま》はりて後《のち》に、太子《ひつぎのみこ》の歌ひ曰《の》りたまはく、

道《みち》の後《しり》[17]　古波陀《こはだ》嬢子《をとめ》[18]を
雷《かみ》のごと　聞《き》こえしかども[19]
相枕《あひまくら》纏《ま》く　（歌謡番号四五）

また、歌ひて曰《の》りたまはく、

道《みち》の後《しり》　古波陀《こはだ》嬢子《をとめ》は
争《あらそ》はず[20]　寝《ね》しくをしぞも[21]
麗《うるは》しみ[22]思《おも》ふ　（歌謡番号四六）

〔国主《くにす》の歌《うた》〕

また、吉野《えしの》の国主等《くにすども》[1]も、大雀命《おほさざきのみこと》の佩《は》かせる御刀《みたち》を瞻《み》て[2]、歌ひて

15 「さす」は（杙を刺し込むように）手を指し延ばしていたのも知らないで。
16 蓴菜（ジュンサイ）取りの人が（蓴菜を手繰るように）手を延ばしていたこと。
17 地方の国の中で都から道の遠いところ。
18 「こはだ」は地名か。
19 評判が高かったけれども。
20 あらがいもしないで。
21 共寝をしたことを。
22 睦まじくなごやかだと。
1 九四頁参照。
2 仰ぎ見て。
3 品陀和気（応神）天皇の皇子。「ほむた」は本文「本牟多」。

曰《いは》く、

品陀《ほむた》の 日《ひ》の御子《みこ》3
大雀《おほさざき》 大雀《おほさざき》
佩《は》かせる大刀《たち》
本劒《もとつるぎ》 末《すゑ》ふゆ4
冬木《ふゆき》の すからが下木《したき》5の
さやさや6
（歌謡番号四七）

また、吉野《えしの》の白檮《かし》の上《うへ》7に横臼《よくす》8を作りて、其《そ》の横臼に大御酒《おほみき》を醸《か》み、其の大御酒を献《たてまつ》る時に、口鼓《くちつづみ》を撃《う》ち9、伎《わざ》を為《し》て10、歌《うた》ひて曰《いは》く、

白檮《かし》の生《ふ》に 横臼《よくす》を作り
横臼《よくす》に 醸《か》みし大御酒《おほみき》
うまらに11 聞《き》こしもちをせ12
まろが父《ち》13
（歌謡番号四八）

此《こ》の歌は、国主《くにす》等《ども》大贄《おほにへ》14献る時々《ときとき》、恒《つね》に今《いま》に至《いた》るまで詠《うた》ふ歌ぞ。

4 剣は本の部分を紐で吊るして固定した形状そのものをいうが、末端は「ふゆ」（振れる）の状態で剣尖が多数に見える。
5 「すから」は落葉高木の幹。「本劒」に対応。下木は高木の下の灌木。「末」に対応する。
6 灌木が風に揺れる様子。「ふゆ」に対応する。
7 樫の林の辺り、奈良県吉野郡吉野町樫尾がある。
8 横長の臼。
9 口で鼓のような音を出す。
10 舞い踊りをして。
11 「うまら」は「うまし」の語幹に接尾語「ら」がついたもの。
12 「聞こしもち」は賞味なさって。「をせ」はお召し上がりくださいの意。
13 わが親父さん。
14 大は美称。「にへ」は天

〔百済《くだら》の朝貢《てうこう》〕

此《こ》の御世《みよ》に、海部《あまべ》・山部《やまべ》・山守部《やまもりべ》・伊勢部《いせべ》[1]を定《さだ》め賜《たま》ふ。また剱池《つるぎのいけ》[2]を作る。また新羅人《しらきひと》参渡《まゐわた》り来《き》つ。是《ここ》を以《も》ち建内宿祢命《たけうちのすくねのみこと》、引き率《ゐ》て、渡《わたり》の堤池《つつみのいけ》と為《し》て[3]、百済池《くだらのいけ》[4]を作る。また百済《くだら》の国主照古王《こにきしせうこわう》[5]、牡馬壱疋《をまひとつ》・牝馬壱疋《めまひとつ》を以《も》ち、阿知吉師《あちきし》[6]に付《つ》けて貢上《たてまつ》る。此の阿知吉師は阿直史《あちのふひと》等が祖《おや》。また横刀《たち》と大鏡《おほかがみ》を貢上る。また百済国《くだらのくに》に科《おほ》せ賜《たま》はく、「もし賢《さか》し人有《ひとあ》らば貢上れ」とおほせたまふ。故命《かれみこと》を受《う》けて貢上れる人、名は和迩吉師《わにきし》。論語《ろにご》十巻《とまき》、千字文《せにじもに》[7]一巻《ひとまき》、并《あは》せて十一巻《とをあまりひとまき》を、是《こ》の人に付《さづ》け貢進《たてまつ》る。此の和迩吉師は文首《ふみのおびと》等が祖。また手人韓鍛《てひとからかぬち》[8]名は卓素《たくそ》、また呉服《くれはとり》西素《さいそ》[9]二人《ふたり》を貢上る。また秦造《はだのみやつこ》[10]が祖、漢直《あやのあたひ》[11]が祖と酒《さけ》を醸《か》むことを知れる人、名は仁番《にほ》、またの名は須須許理等《すすこりら》、参渡《まゐわた》り来つ。故是《こ》の須須許理《すすこり》、大御酒《おほみき》を醸《か》みて献《たてまつ》る。是《ここ》に天皇、是の献れる大御酒にうらげて、御歌《みうた》[12]に曰《の》りたまはく、

須須許理《すすこり》が　醸《か》みし御酒《みき》に
我酔《われゑ》ひにけり

皇に献る土地の産物。大山守命の主要な管轄権地が、天皇の代行大雀命により取り上げられたことを意味する。

1　以上、大山守命に命じた内容。

2　奈良県橿原市石川町剣池。

3　百済を渡の屯家（みやけ）としたと同様に渡来人の技術による堤の池の意。

4　新羅人を率いて作った池なのに百済池とは不審。

5　百済第十三代の近肖古王（在位、三四六—三七五）。

6　「きし」は尊称。後に姓（かばね）となる。

7　三国時代魏の鍾繇の『千字文』との説がある。

8　手人は技術者。朝鮮半島渡来の鍛冶師。

9　三国時代呉の機織技術者。中国技術が朝鮮半島経由で入ってきたことをいう。

事無酒《ことなぐし》　咲酒《ゑぐし》13に
我酔《われゑ》ひにけり
（歌謡番号四九）

かく歌ひ幸行《い》でましし時に、御杖《みつゑ》を以《も》ち、大坂《おほさか》14の道中《みちなか》の大石《おほいは》を打ちたまへば、其の石走《いははし》り避《さ》りつ。故諺《ことわざ》に曰《いは》く、「堅石《かたしは》も酔人《ゑひびと》を避《さ》く」といふ。

〔大山守命《おほやまもりのみこと》と宇遅能和紀郎子《うぢのわきいらつこ》〕

故《かれ》天皇《すめらみこと》崩《かむあが》りまし後《のち》に、大雀命《おほさざきのみこと》は、天皇《すめらみこと》の命《みこと》に従《したが》ひて、天《あめ》の下《した》を宇遅能和紀郎子《うぢのわきいらつこ》に譲《ゆづ》りたまふ。是《ここ》に大山守命《おほやまもりのみこと》1は、天皇の命に違《たが》ひ、なほ天の下を獲《え》むと欲《おも》ひ、其《そ》の弟皇子《おとみこ》2を殺さむとする情《こころ》有り。窃《ひそ》かに兵《いくさ》を設《ま》けて攻《せ》めむとす。尓《しか》して大雀命、其の兄《え》の兵《いくさ》を備ふることを聞《き》かし、使者《つかひ》を遣《つか》はし、宇遅能和紀郎子に告《つ》げしめたまふ。故聞き驚《おどろ》きて、兵《いくさ》を河《かは》の辺《へ》に伏《ふ》せ、また其の山の上《うへ》に、絁垣《きぬがき》3を張り、帷幕《あげはり》4を立て、詐《いつは》りて、舎人《とねり》を王《みこ》に為《し》、露《あらは》に呉床《あぐら》5に坐《い》ませ、

10　秦の始皇帝の子孫と称する朝鮮半島渡来氏族。
11　後漢の霊帝を祖とすると称する朝鮮半島渡来の氏族。
12　「うら（心）上げて」の約、心が浮かれ立って。
13　平安無事をもたらす酒、自然と笑みをもよおす酒。
14　二上山の北側を越える道。穴虫越え。

1　大雀命の同腹の兄。
2　宇遅能和紀郎子。「皇子」と「皇」の字を書く用例は、『古事記』中他にない。
3　絹の布を張り廻らす。
4　布の幕を四枚合わせにして仮の宮殿仕立てにした建物。
5　「胡床」とも。中国式の大きな椅子。天皇の高御座を象徴する。

百官《もものつかさ》、恭敬《ゐやま》ひ往来《かよ》ふ状《さま》、既《すで》に王子《みこ》の坐《いま》す所《ところ》の如《ごと》くして、更《さら》に其の兄王《えみこ》の河を渡らむ時の為《ため》に具《そな》へ餝《かざ》る。船の檝者《かぢとり》、佐那葛《さなかづら》[6]の根を舂《つ》き、其の汁《しる》の滑《なめ》[7]りを取りて、其の船の中の簀椅《すばし》[8]に塗《ぬ》り、蹈《ふ》み仆《たふ》るべく設《ま》けて、其の王子《みこ》は、布《ぬの》の衣《きぬ》・褌《はかま》[9]を服《け》し、既《すで》に賤《いや》しき人《ひと》の形《かたち》に為《な》り、檝《かぢ》を執《と》りて船に立《た》たす。是《ここ》に其の兄王《えみこ》、兵士《いくさびと》を隠《かく》し伏《ふ》せ、衣《きぬ》の中に鎧《よろひ》を服《き》て、河の辺《へ》に到《いた》り、船に乗らむとする時に、其の厳餝《かざ》れる処《ところ》を望《みさ》け[10]て、弟王《おとみこ》其の呉床《あぐら》に坐《いま》すと以為《おも》ひ、都《かつ》て檝《かぢ》を執りて船に立たせることを知らず。其の執檝者《かぢとり》を問ひて曰《いは》く、「茲《こ》の山に忿怒《いか》れる大猪《おほゐ》有りと伝《つて》に聞けり。吾《われ》其の猪《ゐ》を取らむと欲《おも》ふ。もし其の猪を獲《え》むや」といふ。尓《しか》して執檝者《かぢとり》答へて曰《の》りたまはく、「能《あた》はじ」とのりたまふ。また問《と》ひて曰《いは》く、「何《なに》の由《ゆゑ》ぞ」ととふ。答へて曰《の》りたまはく、「時々《よりより》、往々《ところどころ》[11]に、取らむと為《す》れども得ず。是《ここ》を以《も》ち能《あた》はじと白《まを》すなり」とのりたまふ。河中《かはなか》に渡り到れる時に、其の船を傾《かたぶ》けしめ、水の中に堕《お》とし入る。尓して浮き出《い》で、水のまにまに[12]流れ下る。流れ、歌ひて曰《いは》く、

ちはやぶる[13]　宇治《うぢ》の渡《わたり》[14]に

6　サネカズラとも、フノリカズラともいう。
7　粘汁を水に溶解させて用いる。
8　舟底に渡して敷く簀の子。
9　布製の上着と下衣。民の着物。
10　立派に飾った所。山の上の様子。それを遠く見やる。
11　「より」は度数をいう。いく度も。『類聚名義抄』「往々トコロドコロ」。あちらこちら。
12　川の流れるままに。
13　宇治にかかる枕詞。勢いが激しい意。宇治川は流れが速いことで知られる。
14　宇治の渡り場。『宇治橋断碑』の碑文によれば、大化二年（六四六）に僧道登が橋を架けた。

棹取《さをと》りに　速《はや》けむ人《ひと》し15
我《わ》が左右《もこ》に来《こ》む16　（歌謡番号五〇）

是《ここ》に河の辺《へ》に伏《ふ》し隠れたる兵《いくさ》、彼廂此廂《そなたこなた》、一時共《もろとも》に興《おこ》り、矢刺《やさ》して流す。故訶和羅前《かれかわらのさき》17に到《いた》りて沈み入る。故鈎《かぎ》18を以《も》ち、其《そ》の沈める処《ところ》を探《さぐ》れば、其の衣《きぬ》の中《うち》の甲《よろひ》に繋《か》かりて、訶和羅《かわら》と鳴る。故其地《そこ》に号《なづ》けて訶和羅前《かわらのさき》と謂《い》ふなり。尓《しか》して其の骨《かばね》を掛《か》き出《い》だす時に、弟王《おとみこ》、歌ひ曰《の》りたまはく、

ちはや人《ひと》19　宇治《うぢ》の渡《わたり》に
渡《わた》りぜ20に　立《た》てる　梓弓檀《あづさゆみまゆみ》21
い伐《き》らむと22　心《こころ》は思《も》へど
い取《と》らむと　心《こころ》は思《も》へど
本方《もとへ》23は　君《きみ》を思《おも》ひ出《で》
末方《すゑへ》24は　妹《いも》を思《おも》ひ出《で》25
いらなけく26　そこに思《おも》ひ出《で》
愛《かな》しけく　ここに思《おも》ひ出《で》
い伐《き》らずそ来《く》る27　梓弓檀《あづさゆみまゆみ》
（歌謡番号五一）

15　棹をす速く操れる名人。「し」は強意の助詞。
16　『日本書紀』には「左右」に「モトコ（ヒト）」の古訓がある。佐佑に同じく助ける人の意で「モコ」はその約とみる。助けに来てくれ。この場合、甲乙不明。通説「仲間」では意味をなさない。
17　京都府京田辺市河原といわれるが未詳。
18　先端が曲がった物をいう。
19　枕詞。
20　流れの浅いところが瀬で、宇治川の速い瀬に木の立つことは考えにくい。仁徳紀歌謡の「渡リデ」のほうが本来だろう。渡り場の岸辺にの意とみる。
21　「梓弓」は檀を引き出す語。梓も檀も弓を作る素材。
22　弓の縁語「射（い）」から接頭語「い」を引き出す。伐ろうと。

故其の大山守命の骨《かばね》は、那良山《ならやま》28に葬《はぶ》る。是《こ》の大山守命は、土形君《ひぢかたのきみ》、幣岐君《へきのきみ》、榛原君等《はりはらのきみら》が祖《おや》。

是に大雀命《おほさざきのみこと》と宇遅能和紀郎子《うぢのわきいらつこ》と二柱《ふたはしら》、おのもおのも天《あめ》の下《した》を譲《ゆづ》りたまふ間《あひだ》に、海人《あま》大贄《おほにへ》29を貢《たてまつ》りつ。尓して兄《え》は辞《いな》び、弟《おと》に貢《たてまつ》らしめ、弟は辞び兄に貢らしめ、相譲《あひゆづ》りたまふ間《あひだ》に既《すで》に多《あまた》の日を経《へ》ぬ。かく相譲りたまふこと一二時《ひとたびふたたび》に非《あら》ず。故《かれ》海人《あま》既に往還《ゆきかへり》30に疲れて泣く。故、諺《ことわざ》に曰《いは》く、「海人《あま》や、己《おの》が物に因《よ》りて泣く」31といふ。然《しか》れども宇遅能和紀郎子は早く崩《かむあが》りましぬ。故大雀命、天の下治《し》らしめしき。

〔天之日矛《あめのひほこ》〕

また昔《むかし》新羅《しらき》の国主《こにきし》の子《こ》有《あ》り。名は天之日矛《あめのひほこ》1と謂《い》ふ。是《こ》の人参《まゐ》渡り来《き》つ。参渡り来つる所以《ゆゑ》は、新羅国《しらきのくに》に一つの沼《ぬま》有り。名を阿具奴摩《あぐぬま》2と謂ふ。此《こ》の沼の辺《へ》に、一《ひとり》の賤《いや》しき女昼寝《をみなひるい》す。是《ここ》に日の耀虹《ひかりにじ》の如《ごと》く、

23　檀の根本の方。
24　檀の梢の方。
25　前行の君は二人の父の応神天皇。妹は大山守命の同母妹大原郎女・高目郎女か。（二五八頁参照）。
26　「いらなし」のク語法。心がいらいらして辛いこと。
27　いままで伐らないできた。
28　奈良市法蓮町鏡目谷円墳。
29　一六六頁参照。本来ならば大山守命に貢納されるべきものであろう。
30　まったく。
31　海人は自分の物がもとで泣く。仁徳紀には「有二海人一耶」とあり、「海人でもないのに」の意に取れば諺らしくなる。
1　すでに垂仁記にこの人物の玄孫多遅摩毛理の説話があった。
2　「あぐ」は古代朝鮮語。

其《そ》の陰上《ほと》を指しき。また一《ひとり》の賤しき夫《をとこ》有り。其の状《さま》を異《あや》しと思ひ、恒《つね》に其の女人《をみな》の行《わざ》を伺《うかか》ふ。故是《かれ》の女人、其の昼寝《ひるい》の時より妊身《はら》み、恒に赤玉《あかだま》を生む。3 尓《しか》して其の伺へる賤しき夫、其の玉を乞《こ》ひ取り、恒に裹《つつ》みて腰に着《つ》けてあり。此の人、田《た》を山の谷《たに》の間《あひだ》に営《つく》る。故耕人《たひとら》等の飲食《くらひもの》を一つの牛に負《お》ほせて、山の谷の中に入り、其の国主《こにきし》の子《こ》天之日矛に遇逢《あ》ひき。4 尓《しか》して其の人を問ひて曰《いは》く、「何《なに》ぞ汝《なれ》飲食を牛に負ほせて山の谷に入る。汝《なれ》かならず是の牛を殺して食《は》まむ」5 といふ。其の人を捕《と》らへ、獄囚《ひとや》6 に入れむとす。其の人答へて曰《いは》く、「吾《われ》、牛を殺さむとには非《あら》ず。ただ田人《たひと》の食《くらひもの》を送るのみ」といふ。然《しか》れどもなほ赦《ゆる》さず。尓して其の腰の玉を解《と》き、其の国主《こにきし》の子に幣《まひな》ふ。故其の賤しき夫《をとこ》を赦《ゆる》し、其の玉を将《も》ち来《き》、床《とこ》の辺《べ》に置《お》く。すなはち美麗《うるは》しき嬢子《をとめ》に化《な》りぬ。仍《よ》りて婚《あ》ひ、嫡妻《むかひめ》と為《す》。尓して其の嬢子、常《つね》に種々《くさぐさ》の珍《よ》き味《あぢは》7 ひを設《まう》け、恒《つね》に其の夫《を》に食《あ》へす。故其の国主の子心奢《おご》り、妻《め》を詈《の》る。其の女人《をみな》言《い》はく、「おほよそ吾《あれ》は、汝《いまし》の妻《め》に為《な》るべき女《をみな》に非ず。吾《あ》が祖《おや》の国に行かむ」といふ。窃《ひそ》かに小船《をふね》に乗り、逃遁《に》げ度《わた》り来《き》、難波《なには》に留《とど》まりぬ。此は難波の比売碁《ひめご》曽社《そのやしろ》8 に坐《いま》す阿加流比《あかるひ》

3 『三国史記』高句麗本紀に、金蛙王は優渤水で河伯の娘柳花に会い、連れ帰り幽閉すると、日に照らされて孕み、一卵を生んだという卵生説話がある。

4 たまたま出会った。

5 『古事記伝』は、他人の牛を盗んで来て殺そうとしたものと思われたとみている。

6 罪人として閉じ込められる牢獄。

7 美味なもの。

8 大阪市東成区東小橋に比売許曽神社がある。『延喜式』神名帳には赤留比売命神社が別にあり、大阪市平野区平野東の杭全神社の摂社。

売神《めのかみ》と謂《い》ふぞ。

是《ここ》に天之日矛《あめのひほこ》、其の妻の遁《に》げしことを聞き、追《お》ひ渡《わた》り来《き》、難波に到《いた》らむとする間に、其の渡《わたり》の神塞《さ》へて入れず。故更《さら》に還《かへ》り、多遅摩《たぢまの》国《くに》[9]に泊《は》てつ。其の国に留《とど》まりて、多遅摩《たぢま》の俣尾《またを》が女《むすめ》、名は前津見《さきつみ》に娶《あ》ひて生《う》める子、多遅摩母呂須玖《たぢまもろすく》。此の子《こ》多遅摩斐泥《たぢまひね》。此の子多遅摩比那良岐《たぢまひならき》。此の子多遅麻毛理《たぢまもり》[10]、次に多遅摩比多訶《たぢまひたか》、次に清日子《きよひこ》。三柱《みはしら》。此の清日子、当摩之咩斐《たぎまのめひ》に娶ひて生める子、酢鹿之諸男《すかのもろを》、次に妹菅竈由良度美《いもすがかまゆらどみ》。故上《かみ》に云《い》へる多遅摩比多訶、其の姪《めひ》由良度美に娶《あ》ひて生める子、葛城之高額比売命《かづらきのたかぬかひめのみこと》[11]。此は息長帯比売命《おきながたらしひめのみこと》[12]の御祖《みおや》。

故《かれ》其の天之日矛の持ち渡り来《き》つる物は、玉津宝《たまつたから》と云ひて、珠二貫《たまふたつら》[13]、また浪振《なみふ》る比礼《ひれ》・浪切《なみき》る比礼・風振《かぜふ》る比礼・風切る比礼[14]、また奥津鏡《おきつかがみ》・辺津鏡《へつかがみ》[15]、并《あは》せて八種《やくさ》なり。此は伊豆志《いづし》の八前《やまへ》の大神[16]なり。

9　兵庫県北部。
10　垂仁天皇記に既出（一三〇頁）。
11　開化天皇記に既出（一一二頁）。
12　神功皇后。
13　玉を緒に通したもの二連。
14　「ひれ」はひらひらする布。いずれも浪や風を立て、また鎮める呪具。神宝。
15　奥は沖、辺は海辺。鏡の呪力によって、海上の安全を祈願する。
16　兵庫県豊岡市出石町宮内出石神社八座。

〔秋山之《あきやまの》下氷《したひ》壮夫《をとこ》と春山之《はるやまの》霞壮夫《かすみをとこ》〕

故兹《かれこ》の神[1]の女《むすめ》、名は伊豆志袁登売神《いづしをとめのかみ》[2]坐《いま》す。故八十神《やそかみ》、是《こ》の伊豆志袁登売を得《え》むと欲《おも》へども、みなえ婚《ま》かず。是に《ここ》二神《ふたはしらのかみ》有り。兄の号《な》は秋山之下氷壮夫《あきやまのしたひをとこ》[3]、弟《おと》の名は春山之霞壮夫《はるやまのかすみをとこ》。故其《そ》の兄、其の弟に謂《い》はく、「吾《われ》、伊豆志袁登売を乞《こ》へども、え婚《ま》かず。汝《なれ》此の嬢子《をとめ》を得むや」といふ。答へて曰《いは》く、「易《やす》く得む」といふ。尓《しか》して其の兄の曰《いは》く、「もし汝《なれ》、此の嬢子《をとめ》を得《う》ること有らば、上下《かみしも》の衣服《きもの》を避《さ》り[4]、身《み》の高《たけ》を量《はか》りて甕《みか》の酒《さけ》を醸《か》み[5]、また山河《やまかは》の物《もの》を悉《ことごと》く備《そな》へ設《まう》け、うれづく[6]を為《せ》む」と尓云《しかい》ふ。尓して其の弟、兄の言へる如《ごと》、つぶさに其の母に白《まを》す。其の母、ふぢ葛《かづら》[7]を取りて、一宿《ひとよ》の間《あひだ》に、衣《きぬ》・褌《はかま》と襪《したくつ》[8]・沓《くつ》を織《お》り縫《ぬ》ひ、また弓矢を作り、其の衣・褌等《ら》を服《き》しめ、其の弓矢を取らしめ、其の嬢子の家に遣《つか》はせば、其の衣服《ころも》と弓矢悉《ことごと》く藤《ふぢ》の花《はな》に成りき[9]。是《ここ》に其の春山之霞壮夫、其の弓矢を以《も》ち嬢子の厠《かはや》に繋《か》く。尓して伊豆志袁登売、其の花を異《あや》[10]しと思ひ、将《も》ち来《く》る時に、其の嬢子の後《しりへ》に立《た》ち、其の屋《や》に入り、婚《ま》きつ。故一人《ひとり》の子《こ》

1 天之日矛を神として表現している。
2 「いづし」は地名（前項参照）。
3 「したひ」は赤く色づくこと。『万葉集』に「秋山の下へる妹」（二一七）の例がみえる。秋の自然を名とした男。春山之霞壮夫と対立する。
4 上下の衣服を脱ぐ。
5 身長に合わせた高さの甕酒を醸造し。
6 賭けの物という。「うれ」はうら（心）「づく」は憑く。神意がどちらに依りつくか、衣服・酒・山河の珍味で賭けたのであろう。
7 藤の蔓。
8 くつを履くとき足を包むたびのようなもの。
9 呪術ではなく幻術。

を生む。

爾《しか》して其の兄《え》に白《まを》して曰《いは》く、「吾《あ》は伊豆志袁登売を得つ」といふ。是《ここ》に其の兄、弟の婚《ま》きつることを慷慨《うれた》み、[11] 其のうれづくの物を償《つくの》はず。[12] 爾して其の母に愁《うれ》へ白す時に、御祖《みおや》答へて曰《いは》く、「我《わ》が御世《みよ》の事《こと》、能《よ》くこそ神習《かむなら》はめ。[13] またうつしき青人草習《あをひとくさなら》へや、其の物を償《つくの》はぬ」[14] といふ。其の兄の子を恨《うら》み、其の伊豆志《いづし》河《かは》の河嶋《かはしま》の一節竹《ひとよだけ》[15] を取りて、八目《やつめ》の荒籠《あらこ》[16] を作り、其の河の石《いし》を取り、塩《しほ》に合《あ》へて、[17] 其の竹の葉に裹《つつ》み、詛《とご》はしむらく、[18]「此《こ》の竹の葉の青《あを》むが如く、此の竹の葉の萎《しな》ゆるが如くして、青み萎《しな》えよ。また此の塩の盈《み》ち乾《ふ》るが如くして、盈《み》つるは乾《ひ》よ。また此の石《いし》の沈《しづ》むが如くして、沈み臥《ふ》せ」と言ふ。かく詛《とご》はしめ、烟《かまど》の上に置く。是《ここ》を以ち其の兄八年《やとせ》の間に干《ひ》萎《しな》え病《や》み枯《か》れぬ。故其の兄患《うれ》へ泣《な》き、其の御祖《みおや》に請《こ》へば、其の詛戸《とごひと》を返さしめき。[19] 是に其の身本《もと》の如くして安平《やすら》ぎぬ。此は神《かみ》うれづくの言《こと》の本《もと》ぞ。

10　不思議なこと。
11　うら（心）いたし（痛し）の約。いまいましくて。
12　賠償しなかった。
13　我々神の間のことは、よく神としてのしきたりに従うべきだ。
14　（兄は）現世の人間たちの習慣に染まってしまったからか、賭け物を払わないのは。
15　竹の節と節の間一つ分。
16　編み目の粗い籠。呪術用の小さな籠であろう。
17　まぜ合わせて。
18　まじないの言葉（呪文）を言わせる。
19　まじないの言葉を解いてやった。

〔系 譜〕

また此《こ》の品陀天皇《ほむだのすめらみこと》[1]の御子《みこ》、若野毛二俣王《わかのけふたまたのみこ》、其《そ》の母の弟《おと》[2]、百師《ももし》木《き》伊《い》呂《ろ》弁《べ》、またの名は弟日《おとひ》売《め》真《ま》若比《わかひ》売命《めのみこと》に娶《あ》ひて生める子、大郎子《おほいらつこ》、またの名は意《お》富《ほ》々《ほ》杼王《どのみこ》[3]、次に忍坂《おしさかの》之大中津《おほなかつ》比《ひ》売命《めのみこと》、次に田《た》井《ゐ》之《の》中比《なかつひ》売《め》、次に田《た》宮之《みやの》中比売《なかつひめ》、次に藤原之《ふぢはらの》琴節郎女《ことふしのいらつめ》、次に取売王《とりめのみこ》、次に沙《さ》祢王《ねのみこ》。七《ななはしら》の王《みこ》。故意富々杼王は、三国君《みくにのきみ》、波《は》多君《たのきみ》、息長坂君《おきながのさかのきみ》、酒人君《さかひとのきみ》、山《やま》道君《ぢのきみ》、筑紫《つくし》の米《め》多君《たのきみ》、布《ふ》勢君《せのきみ》等《ら》が祖なり。[4] また根鳥王《ねとりのみこ》[5]、庶妹三腹郎女《ままいもみはらのいらつめ》に娶《あ》ひて生める子、中日子王《なかつひこのみこ》、次に伊《い》和《わ》島王《じまのみこ》。二柱《ふたはしら》。また堅石王《かたしはのみこ》[6]の子は、久《く》奴王《ぬのみこ》なり。

おほよそ此の品陀天皇《ほむだのすめらみこと》、御《み》年壱佰参拾歳《としもちあまりみそち》。甲午《きのえうま》の年九月《ながつき》の九日《ここのか》崩《かむあが》りましぬ。御陵《みさざき》は、川内《かふち》の恵《ゑ》賀《が》の裳《も》伏《ふし》の崗《をか》に在《あ》り。[7]

1 天皇の皇子の系譜が天皇記の末尾に配されるは異例。冒頭（一五八頁）の系譜記事に続いていた原資料を分断したものとみられる。
2 息長真若中比売の妹。
3 『上宮記』逸文によれば、この王の子孫が第二十六代継体天皇となる。
4 これら氏族のうち、三国君、波多君、息長坂君、酒人君、山道君は、天武紀の真人賜姓十三氏のうちの五氏を占める。
5 応神天皇皇子。
6 前出（一五九頁）の迦多遅王と同一人か。
7 大阪府羽曳野市誉田。誉田山古墳とも。前方後円墳。

古事記　下つ巻

大雀皇帝《おほさざきのすめらみこと》に起《お》こし豊御食炊屋比売命《とよみけかしきやひめのみこと》に尽《を》ふ。
凡《おほよ》そ十九天皇《とをあまりここのはしらのすめらみこと》。

〔仁徳天皇《にんとくてんわう》〕

〔后妃《こうひ》と皇子女〕

大雀命《おほさざきのみこと》[1]、難波《なには》の高津宮《たかつのみや》[2]に坐《いま》して、天《あめ》の下治《したし》らしめしき。此《こ》の天皇《すめらみこと》、葛城之曽都毗古《かづらきのそつびこ》[3]が女《むすめ》、石之日売命《いはのひめのみこと》大后《おほきさき》に娶《あ》ひて、生《あ》れませる御子《みこ》、大江之伊耶本和気命《おほえのいざほわけのみこと》[4]、次《つぎ》に墨江之中王《すみのえのなかつみこ》、次に蝮之水歯別命《たぢひのみづはわけのみこと》[5]、次に男浅津間若子宿祢命《をあさづまわくごのすくねのみこと》[6]。四柱《よはしら》。また上《かみ》に云《い》へる日向《ひむか》の諸県君《もろあがたのきみ》牛諸《うしもろ》が女《むすめ》、髪長比売《かみながひめ》に娶《あ》ひて、生みませる御子、波多毗能大郎子《はたびのおほいらつこ》[7]、またの名は大日下王《おほくさかのみこ》、次に波多毗能若郎女《はたびのわかいらつめ》、またの名は長目比売命《ながめひめのみこと》、またの名若日下部命《わかくさかべのみこと》。二柱《ふたはしら》。また庶妹《ままいもや》八田若郎女《たのわかいらつめ》[8]に娶ひ、

1　第十六代仁徳天皇。
2　大阪市中央区法円坂辺りといわれる。
3　建内宿祢の子（一〇九頁）。
4　後の履中天皇。
5　後の反正天皇。
6　後の允恭天皇。
7　安康天皇記には大日下王の名で登場するが殺される。
8　応神天皇と矢河枝比売の間の子で、仁徳天皇とは母親を異にする妹。

また庶妹宇遅能若郎女《うぢのわかいらつめ》[9]に娶ひたまふ。此の二柱は、御子《みこ》無し。おほよそ此の大雀天皇《おほさざきのすめらみこと》の御子等并せて六《むはしら》の王《みこ》。男王五柱《ひこみこいつはしら》、女王一柱《ひめみこひとはしら》。故《かれ》伊耶本和気命は、天の下治らしめしき。次に蝮之水歯別命も天の下治らしめしき。次に男浅津間若子宿祢命も天の下治らしめしき。

〔聖帝《ひじりのみかど》の御世《みよ》〕

此《こ》の天皇《すめらみこと》の御世《みよ》に、大后石之比売命《おほきさきいはのひめのみこと》の御名代《みなしろ》[1]と為《し》て、葛城部《かづらきべ》[2]を定め、また太子《ひつぎのみこ》伊耶本和気命《いざほわけのみこと》の御名代と為《し》て、壬生部《みぶべ》[3]を定め、また水歯別命《みづはわけのみこと》の御名代と為《し》て、蝮部《たぢひべ》を定め、また大日下王《おほくさかのみこ》の御名代と為《し》て、大日下部《おほくさかべ》を定め、若日下部王《わかくさかべのみこ》の御名代と為《し》て、若日下部を定む。

また秦人《はだひと》[4]を役《えだ》ち、茨田堤《うまらたのつつみ》[5]と茨田三宅《うまらたのみやけ》を作り、また丸迩池《わにのいけ》[6]・依網池《よさみのいけ》[7]を作り、また難波《なには》の堀江《ほりえ》[8]を掘《ほ》りて、海に通《かよ》はし、また小椅江《をばしのえ》[9]を掘り、また墨江《すみのえ》[10]の津を定む。

9 応神天皇と矢河枝比売の妹の袁那弁郎女との間の子。
1 天皇・皇后・皇子・皇女の名を後世に伝えるために設置された部。
2 皇后の出身地にちなんで設置された部。
3 壬は任の省文。担う意。養育を負担する部。
4 応神天皇記に秦造の祖先の渡来記事（一六七頁）がある。
5 大阪府寝屋川市辺り。舶来の技術が用いられた。
6 奈良市池田町辺り。大阪府富田林市という説もある。
7 大阪市住吉区・東住吉区・松原市辺りにあった池。
8 大和川から河内潟に注がれた水を堀江（天満川）を作って大阪湾に排水した。
9 大阪市天王寺区小橋町辺。
10 大阪市住吉区。住吉神社

是《ここ》に天皇、髙《たか》き山《やま》に登り、四方《よも》の国を見《み》、詔《の》りたまはく、「国《くに》の中《うち》に烟発《けぶりた》たず、[11] 国みな貧窮《まづ》し。故《かれ》今より三年《みとせ》に至《いた》るまで、悉《ことごと》く人《おほみ》民《たから》の課役《えつき》を除《ゆる》せ[12]」とのりたまふ。是《ここ》を以《も》ち大殿《おほとのや》破れ壊《こほ》ち、悉く雨《あめ》漏《も》れども、かつて脩理《つくろ》ひたまふこと勿《な》し。椷《はこ》[13]を以《も》ち其《そ》の漏《も》る雨を受け、漏らぬ処《ところ》に遷《うつ》り避《さ》ります。後《のち》に国の中を見たまへば、国に烟満てり。故《かれ》人民冨めりと為《おも》ほし、今《いま》課役を科《おほ》せたまふ。是を以ち、百姓《おほみたから》栄《さか》え役使《えたち》に苦《くる》しびず。故其《そ》の御世《みよ》を称《たた》へ、聖 帝《ひじりのみかど》の世[14]と謂《い》ふなり。

〔皇后の嫉妬《しっと》と吉備《きび》の黒日売《くろひめ》〕

其《そ》の太后《おほきさき》石之《いはの》日《ひ》売命《めのみこと》、いたく多《さは》に嫉妬《うはなりねたみ》したまふ。故天 皇《かれすめらみこと》の使《つか》はせる妾《みめ》は、宮の中《うち》にえ臨《のぞ》まず、[1] 言立《ことた》てば、[2] 足もあがかに[3]嫉《ねた》みたまふ。尓《しか》して天皇、吉備《きび》の海部直《あまべのあたひ》[4]が女《むすめ》、名は黒日売《くろひめ》其の容姿端正《かたちうるは》しと聞こし看《め》し、喚《め》し上《あ》げて使ひたまふ。然《しか》れども其の太后の嫉《ねた》みを畏《かしこ》み、本《もと》つ国に逃《に》げ下《くだ》る。天皇、髙《たか》き台《うてな》に坐《いま》し、其の黒日売の船出《い》で

の西南細井川河口辺りという。

11　烟は煙に同じ。炊煙が立たない。

12　「みつき」（物納租税）・「えだち」（徭役労働）を表す語が課役であるが、ここは仰せ使うくらいの意。除の字、『伊呂波字類抄』にユルスとある。

13　木の箱。

14　「ひじり」は日を知る人の意で暦を掌握する王。転じて、有徳の天子・聖人を称える語。中国古代の聖天子になぞらえている。

1　天皇からお召しがかかってもまみえることができない。

2　他の女性をお召しになったと噂が立つと。

3　足をばたばたさせて。アガクの状態性名詞。

4　吉備の海人部の伴造。

て海に浮かべるを望《のぞ》み瞻《み》て歌ひ曰《の》りたまはく、

沖方《おきへ》には　小《を》舟連《ぶねつら》らく[5]
くろざやの[6]　まさづこ[7]我妹《わぎも》
国《くに》へ下《くだ》らす

（歌謡番号五二）

故《かれ》太后《おほきさき》是《こ》の御歌《みうた》を聞き、いたく忿《いか》りたまひ、人を大浦《おほうら》に遣《つか》はし、追《お》ひ下《お》ろして、[8]歩《かち》より追《お》ひ去《や》りたまふ。

是《ここ》に天皇、其の黒日売に恋ひたまひ、大后《おほきさき》を欺《あざむ》き、曰《の》りたまはく、「淡道嶋《あはぢしま》を見むと欲《おも》ふ」とのりたまひて、幸行《い》でます時に、淡道嶋に坐《いま》し、遥《はる》かに望《みさ》けて、歌ひ曰《の》りたまはく、

おしてるや[9]　難波《なには》の埼《さき》よ[10]
出《い》で立《た》ちて　我《わ》が国見《くにみ》れば
淡島《あはしま》[11]　おのごろ島《しま》[12]
檳榔《あぢまさ》の[13]　島《しま》も見《み》ゆ
佐気都島《さけつしま》[14]　見《み》ゆ

（歌謡番号五三）

其の嶋より伝《つた》ひて、吉備国《きびのくに》に幸行《い》でましき。尓《しか》して黒日売、其の国の山方《やまがた》の地《ところ》[15]に大坐《おほま》しまさしめて、大御飯《おほみけ》を献《たてまつ》る。是に大御羹《おほみあつもの》[16]を

5　小舟が連なっている。「つららく」は四段動詞か。
6　黒い鞘の中に収まっている。
7　「まさ」は真鉏（まさひ＝立派な刀）の「まさ」を呼び起こしたもの。刀身のようにきわだって美しく輝く子、とイメージを繋ぐ。
8　舟から追いおろして。
9　枕詞。『万葉集』に「押照」「押光」があり、大阪湾に日の照り輝くさまをいう。
10　埼から出て淡路島に立っての国見。
11　神話の島々の生成（二七頁）で生まれた島。
12　同じ神話中の自ら凝ってできた島の名（二四頁）。
13　漢語の檳榔でなく蒲葵のこと。沖縄あたりでいうクバの木。古くは本土にも自生した。
14　諸説あるが、放（さけ）

煮《に》むと為《し》て、其地《そこ》の菘菜《あをな》17を採《つ》む時に、天皇其の孃子《をとめ》の菘《あをな》を採む処に到《いた》り坐《いま》し、歌ひ曰《の》りたまはく、

山方《やまがた》に　蒔《ま》けるあをなも
吉備人《きびひと》18と　共《とも》にし採《つ》めば
楽《たの》しくもあるか　（歌謡番号五四）

天皇上《のぼ》り幸《い》でます時に、黒日売、御歌を献りて曰《いは》く、

倭方《やまとへ》に　西風《にし》吹《ふ》き上《あ》げて
雲離《くもばな》れ　退《そ》き居《を》りとも19
我忘《われわす》れめや　（歌謡番号五五）

また歌ひて曰《いは》く、

倭方《やまとへ》に　往《ゆ》くは誰《た》が夫《つま》
隠《こも》りづ20の　下《した》よ延《は》へつつ21
往《ゆ》くは誰《た》が夫《つま》　（歌謡番号五六）

つ島、つまり離れ島説を採る。
15 山の手の料地。
16 「羹」は魚鳥獣の肉の入った熱い吸い物であるが、ここは蔬菜を対象としている。
17 「菘」を『新撰字鏡』その他はタカナと訓むが、次の歌謡によってアヲナと訓む。
18 黒日売。
19 あなたが離れていようとも。『丹後国風土記』に類歌がある。「やまとへに風吹き上げて雲ばなれそき居りともよ吾を忘らすな」（神女の歌）
20 「づ」を通説では「処」とするが、「した」への懸かり方の論拠不十分。宣長説の「水」を採る。
21 地面の下を流れる水のようにひそかに帰って行くのは。

〔皇后石之比売命《いはのひめのみこと》〕

此《こ》れより後時《のち》に、太后《おほきさき》　豊楽《とよのあかり》[1]したまはむと為《し》て、御綱柏《みつながしは》[2]を採《と》りに、木国《きのくに》に幸行《い》でまし間《あひだ》に、天皇《すめらみこと》、八《や》田若郎女《たのわかいらつめ》を婚《ま》きたまふ。是《ここ》に太后、御綱柏を御《み》船《ふね》に積《つ》み盈《み》て還《かへ》り幸《い》でます時に、水取司《もひとりのつかさ》[3]に駈《は》せ使《つか》はゆる、吉備国《きびのくに》の児《こ》嶋《しま》の郡《こほり》の仕丁《よほろ》[4]、是《こ》れ己《おの》が国に退《まか》るに、難《なに》波《は》の大渡《おほわたり》に、後《おく》れたる倉人女《くらひとめ》[5]の船に遇《あ》ふ。語《かた》りて云《い》はく、「天皇《おほきみ》は、比日《このごろ》八《や》田若郎女《たのわかいらつめ》を婚《ま》きたまひて昼夜戯遊《ひるよるたはぶ》れます。もし太后は此《こ》の事を聞こし看《め》さねかも、[6]静《しづ》かに遊び幸行《い》でます」といふ。尓《しか》して其の倉人女、此の語る言《こと》を聞き、御船に追ひ近づき、白《まを》す状具《さまつぶさ》に仕丁《よほろ》の言《こと》の如《ごと》し。是《ここ》に太后いたく恨《うら》み怒《いか》り、其の御船に載《の》せたる御綱柏は、悉《ことごと》く海に投げ棄《う》てたまふ。故其地《かれそこ》に号《なづ》けて御津前《みつのさき》[7]と謂《い》ふ。宮に入り坐《ま》さずして、其の御船を引き避《よ》き、堀江《ほりえ》に溯《さかのぼ》り、河《かは》のままに、[8]山代《やましろ》に上《のぼ》り幸《い》でましき。此の時に歌ひ曰《の》りたまはく、

つぎねふや[9]　山代河《やましろがは》を
川上《かはのぼ》り　我《わ》が上《のぼ》れば

1　一六四頁参照。
2　新嘗祭の供奉料、酒を盛る。常緑小高木のカクレミノが通説であるが、オオタニワタリ説もある。
3　「もひ」は水を入れる器。ここは宮廷の飲料水を司る役所。
4　官に徴発して公用の労役に使う男子。
5　皇后（後の後宮）の蔵人として仕える女官。
6　ご存じになっていらっしゃらないからか。
7　大阪市中央区心斎橋筋の岬。
8　淀川へ出て山代川（木津川）を溯る。
9　枕詞。次々に嶺を経て行く意とする説などあるが、花いかだ説に従う。
10　ツツジ科の常緑低木または小高木。シャシャンボ。花は枝に痩せた壺状の白く小さ

河《かは》の辺《へ》に　生《お》ひ立《だ》てる
烏草樹《さしぶ》[10]を　烏草樹《さしぶ》の樹《き》
其《し》が下《した》に　生《お》ひ立《だ》てる
葉広《はびろ》　ゆつ真椿《まつばき》[11]
其《し》が花《はな》の　照《て》りいまし[12]
其《し》が葉《は》の　広《ひろ》りいますは
大君《おほきみ》[13]ろかも　（歌謡番号五七）

山代《やましろ》より廻《めぐ》り、那良《なら》の山《やま》の口《くち》[14]に到《いた》り坐《ま》して、歌ひ曰《の》りたまはく、

つぎねふや　山代河《やましろがは》を
宮上《みやのぼ》り[15]　我《わ》が上《のぼ》れば
あをによし[16]　奈良《なら》を過《す》ぎ
小楯《をだて》[17]　倭《やまと》[18]を過《す》ぎ
我《わ》が　見《み》が欲《ほ》し国《くに》[19]は
葛城《かづらき》　高宮《たかみや》[20]
我家《わぎへ》のあたり　（歌謡番号五八）

かく歌ひて還《かへ》りたまひ、暫《しま》し筒木《つつき》の韓人《からひと》[21]、名は奴理能美《ぬりのみ》が家に入り

い花をつける。
11 「ゆつ」「ま」は美称。椿は照葉の高木。さしぶの下に椿の位置するのは実写性に欠ける。貧しい花と際立って美しい椿とのイメージの転換の表現であろう。
12 「いまし」の主語は大君。その花が照り輝くように天皇が輝いていらっしゃる。
13 「ろ」は名詞の下につく接尾語。
14 淀川から上り、木津川を上って奈良山の山口に来た。大和へ越える山の口。
15 高津の天皇の宮殿を通り越して上る。
16 枕詞。「あをに」は青い粘土。岩緑青の古名。顔料とした。「よし」は詠嘆。
17 枕詞。楯を立て並べたような山の形容。
18 大和盆地の東南部の大和神社（天理市新泉町星山）の

坐《いま》す。
天皇、其《そ》の太后《おほきさき》山代《やましろ》より上《のぼ》り幸《い》でましぬと聞《き》こし看《め》して、舎人《とねり》
名は鳥山《とりやま》と謂《い》ふ人を使《つか》はし、御歌《みうた》を送り、曰《の》りたまはく、

山代《やましろ》に　い及《し》け鳥山《とりやま》22
い及《し》けい及《し》け　我《あ》が愛《は》し妻《づま》に
い及《し》き遇《あ》はむかも23　（歌謡番号五九）

また続《つ》ぎて丸迩臣口子《わにのおみくちこ》を遣《つか》はして歌ひ曰《の》りたまはく、

御諸《みもろ》24の　其《そ》の高城《たかき》なる
大猪《おほゐ》子《こ》が原《はら》25
大猪《おほゐ》子《こ》が　腹《はら》にある26
肝向《きもむ》かふ27　心《こころ》をだにか28
相思《あひおも》はずあらむ　（歌謡番号六〇）

また歌ひ曰《の》りたまはく、

つぎねふ　山代女《やましろめ》の
木《こ》鍬《くは》持ち　打《う》ちし大根《おほね》29
根白《ねじろ》の　白腕《しろただむき》

辺りに発祥した地名。
19　私が見たいと思う国は。
20　御所市森脇あたり。高宮は地名とする説があるが、葛城山高地の葛城氏本拠の邸宅を指すものであろう。
21　京都府京田辺市田辺辺りに居住した百済からの渡来人。
22　「い」は接頭語。「しけ」は及ぶ・追いつく意の「しく」の命令形。
23　追いついて会ってほしい。「む」は話し手の願望表現。
24　神の降臨する樹・岩などのある場所。皇后縁故の地の葛城（御所市三室）とみる。
25　原の通称。子は愛称。猪の狩り場。
26　原から同音の腹を呼び起こしている。腹中に在るところの。
27　枕詞。『類聚名義抄』に肝・胆をキモと訓む。胆は肝の右にあり、心臓も肝に向き

纏《ま》かずけばこそ[30]　知《し》らずとも言《い》はめ　（歌謡番号六一）

故是《かれこ》の口子臣《くちこのおみ》、此の御歌を白《まを》す時に、いたく雨《あめ》ふる。尓《しか》して其の雨を避《よ》きず、前《まへ》つ殿戸《とのと》に参伏《まゐふ》せば、後《しり》つ戸に違《たが》ひ出《い》でたまひ、後つ殿戸に参伏せば、前つ戸に違ひ出でたまふ。尓して匍匐《は》ひ進《すす》み赴《おもぶ》[31]き、庭中《にはなか》に跪《ひざまづ》ける時に、水潦《にはたづみ》[32]腰に至る。其の臣《おみ》、紅《くれなゐ》の紐《ひも》着《つ》けたる青《あを》摺《ずり》の衣《きぬ》[33]を服《き》る。故水潦紅の紐に払《ふ》れ、青《あを》みな紅の色に変《な》りぬ。尓して口子臣《くちこのおみ》が妹口比売《いもくちひめ》、大后《おほきさき》に仕《つか》へ奉《まつ》れり。故是の口比売歌ひ曰《いは》く、

山代《やましろ》の　筒木《つつき》の宮《みや》[34]に
物申《ものまを》す[35]　我《あ》が兄《せ》の君《きみ》は
涙《なみた》ぐましも　（歌謡番号六二）

尓して大后、其の所由《ゆゑ》を問ひたまふ時に、答へ白さく、「僕《やつこ》が兄《せ》口子臣《くちこのおみ》なり」とまをす。

尓して口子臣、また其の妹《いも》口比売と奴理能美《ぬりのみ》、三人《みたり》議《はか》りて、天皇に奏《まを》さしめて云《い》はく、「太后の幸行《い》でませる所由《ゆゑ》は、奴理能美が養《か》へる虫《むし》、一度《ひとたび》は匐《は》ふ虫に為《な》り、一度は殻《かひご》[36]に為り、一度は飛《と》ぶ鳥《とり》[37]に為り、三色《みくさ》に変《か》はる奇《あや》しき虫[38]有り。此の虫を看行《みそこな》はさむとして、入り

合い、これら内臓の中に心はあると信じられていた。
28 せめて心の中だけでも。
29 掘り出した大根。
30 （白い腕を）枕として共寝をしなかったのならば。
31 匍匐は、這うようにして進む。
32 雨のため庭にできるちょっとした出水。雨水の溜りを庭のものとして受け止めるように『万葉集』ごろからなっていたらしい。
33 山藍で摺り染めにした衣。「摺」の字には本来スルの意味はなく、揚を誤ったもの。
34 奴理能美の家を皇后の宮としている。
35 兄の口子臣が皇后に会って天皇の意を伝え申し上げようとする。
36 繭（まゆ）。殻は卵のからの意であるが繭にも使う。
37 『新訳華厳経音義私記』

坐《ま》せるのみ。更《さら》に異《け》しき心《こころ》無し」といふ。かく奏《まを》す時に、天皇詔《の》りたまはく、「然《しか》あらば吾《あれ》も奇異《あや》しと思ふ。故《かれ》見に行かむと欲《おも》ふ」とのりたまふ。大宮より上《のぼ》り幸行《い》でまし、奴理能美が家《いへ》に入《い》り坐《いま》す時に、其の奴理能美、己《おの》が養へる三種《みくさ》の虫を、大后に献《たてまつ》る。尓して天皇、其の大后の坐《いま》せる殿戸に御立《みた》ちしたまひ、歌ひ曰《の》りたまはく、

つぎねふ　山代女《やましろめ》の
木鍬《こくはも》持ち　打《う》ちし大根《おほね》
さわさわに[39]　汝《な》が言《い》へせこそ[40]
うち渡《わた》す[41]　やがは枝《え》[42]なす
来《き》入《い》り参来《まゐく》れ
（歌謡番号六三）

此の天皇と大后と歌ひたまへる六《む》つの歌は、志都歌《しつうた》の歌返《うたひかへし》[43]なり。

〔八田若郎女《やたのわかいらつめ》〕

天皇《すめらみこと》、八田若郎女《やたのわかいらつめ》[1]に恋《こ》ひたまひ、御歌《みうた》を賜《たま》ひ遣《つか》はす。其《そ》の歌に

に「穀変為飛虫也」とある。蛾。蛾を鳥に見立てたもの。

38　不思議な虫。蚕。這う形の幼虫、繭（蛹）、カイコ蛾と変態する。古代中国では養蚕は皇后の資格であり仕事。それが日本に入り現代に至る。

39　鍬を打ち込む音、葉の揺れる音などの擬声語に、皇后が騒ぎ立てる意をかけている。

40　あなたが言い騒ぐものだからこそ。「せ」は敬意の助動詞だから「いはせ」とあるべきもの。

41　見渡すと。

42　「やがはえ」は「八桑枝」の転。桑の木がたくさんの枝を立てているように。

43　「しつ」に、閑・沈を当てる説があるが共に「しづ」で非。『類聚名義抄』の「瑟乃己等」の瑟はシツと音読された。瑟のコトの調べの歌二種の後の方が歌返か。

曰《の》りたまはく、

八田《やた》の　一本菅《ひともとすげ》[2]は
子持《こも》たず[3]　立《た》ちか荒《あ》れなむ[4]
あたら菅原《すがはら》[5]
言《こと》をこそ　菅原《すげはら》と言《い》はめ
あたら清《すが》し女《め》[6]

（歌謡番号六四）

尓《しか》して八田若郎女、答へて歌ひ曰《いは》く、

八田《やた》の　一本菅《ひともとすげ》は
独《ひと》り居《を》りとも
大君《おほきみ》し　よしと聞《き》こさば[7]
独《ひと》り居《を》りとも

（歌謡番号六五）

故《かれ》八田若郎女の御名代《みなしろ》と為《し》て、八田部《やたべ》[8]を定《さだ》む。

1　応神天皇皇女（一五八頁）で仁徳天皇の異母妹。八田は奈良県大和郡山市矢田町。
2　八田若郎女の比喩。
3　根本から生える若芽。子を持たないと郎女にかけていう。
4　立ち枯れてしまうのだろうか。
5　惜しい菅原よ。
6　清らかな女だ。
7　それでよいと仰せられるならば。
8　仁徳天皇記の部の設定は后妃・皇子女のところで集中して記されているが、ここだけ一か所とび離れている。郎女の名は御名代設立後の伝承物語が遺っていたからであろう。

〔速総別王《はやぶさわけのみこ》と女鳥王《めどりのみこ》〕

また天皇《すめらみこと》、其《そ》の弟《おと》速総別王《はやぶさわけのみこ》1を以《も》ち媒《なかひと》と為《し》て、庶妹女鳥王《ままいもめどりのみこ》を乞《こ》ひたまひき。尓《しか》して女鳥王、速総別王に語《かた》りて曰《いは》く、「大后《おほきさき》の強《こは》き2に因《よ》り、八《や》田若郎女《たのわかいらつめ》を治《をさ》め賜《たま》はず。3故仕《かれつか》へ奉《まつ》らじと思ふ。吾《あ》は汝《いまし》命《みこと》の妻《め》に為《な》らむ」といふ。相婚《あひま》きつ。是《ここ》を以《も》ち速総別王復奏《かへりごとまを》さず。

尓して天皇、女鳥王の坐《いま》す所に直《ただ》に幸《い》でまして、其の殿戸《とのと》の閾《しきみ》4の上《うへ》に坐《いま》す。是《ここ》に女鳥王機《はた》に坐《いま》して、服《みそ》を織《お》る。尓して天皇、歌ひ曰りたまはく、

女鳥《めどり》の　我《わ》が大君《おほきみ》5の　織《お》ろす機《はた》6
誰《た》が料《たね》7ろかも　（歌謡番号六六）

女鳥王、答へて歌ひ曰《いは》く、

高行《たかゆ》くや8　速総別《はやぶさわけ》の
御襲《みおすひ》がね9　（歌謡番号六七）

故天皇、其の情《こころ》を知り、宮に還《かへ》り入りましき。

1 応神天皇皇子（一五九頁）。仁徳天皇の異母弟。
2 強情である。気持ちが和らがない。
3 身分に見合う待遇がおできにならない。宮中にお召しになれない。
4 出入り口を仕切る物。戸口の横木。
5 我が女鳥王が。「わが」は自分の。速総別の妻となっていることをまだ知らない。
6 「織らす」の転。「す」は尊敬の助動詞。「はた」は織物。
7 「たね」は素材、布。「ろ」は接尾語。
8 枕詞。はやぶさ（隼）にかかる。
9 お上衣の布。「ね」は「たね」に同じく材料の意。
10 雲雀のように高く飛行する、と前二句を受けながら枕詞としても機能する。

此《こ》の時、其の夫《を》速総別王到来《きた》れり。時に、其の妻《め》女鳥王歌ひ曰《いは》く、

雲雀《ひばり》は　天《あめ》に翔《かけ》る
高行《たかゆ》くや10　速総別《はやぶさわけ》
雀《さざき》　取《と》らさね11　（歌謡番号六八）

天皇此の歌を聞《き》きたまひ、軍《いくさ》を興《おこ》し、殺《ころ》さむと欲《おも》ほす。尓して速総別王・女鳥王、共《とも》に逃《に》げ退《そ》きて、倉椅山《くらはしやま》12に騰《のぼ》る。是に速総別王歌ひ曰《いは》く、

梯立《はした》ての13　倉椅山《くらはしやま》を　嶮《さが》しみと14
岩《いは》かきかねて15　我《わ》が手《て》取《と》らすも16　（歌謡番号六九）

また歌ひ曰《いは》く、

梯立《はした》ての　倉椅山《くらはしやま》は　嶮《さが》しけど17
妹《いも》と登《のぼ》れば　嶮《さが》しくもあらず　（歌謡番号七〇）

故其地《そこ》より逃《に》げ亡《う》せ、宇陀《うだ》の蘇迩《そに》18に到《いた》りし時に、御軍《みいくさ》追《お》ひ到りて、殺《ころ》す。

其の将軍《いくさのきみ》山部大楯連《やまべのおほたてのむらじ》、其の女鳥王の、御手《みて》に纏《ま》ける玉釧《たまくしろ》19を取りて、己《おの》が妻《め》に与《あた》ふ。此の時の後《のち》、豊楽《とよのあかり》したまはむと為《す》る時に、氏々《うぢうぢ》

11 『日本書紀』では「鷦鷯（ミソサザイ）」。雀に似て小さい。別種であるが同種同訓とみられた。「取る」は捕える。殺す意。「さ」は尊敬の助動詞「す」の未然形。「ね」はその未然形をうけて願望の助詞。
12 奈良県桜井市倉橋の山。
13 枕詞。倉には梯子を立てて登るので「倉」にかかる。
14 「を……み」の形。たかくけわしいので。
15 岩に手をかけられないで。『肥前国風土記』『万葉集』に類歌がある。
16 自分の手を握ることよ。
17 「嶮しけ」は形容詞「さがし」の已然形。「ど」は逆接の助詞。けわしいけれど。
18 奈良県宇陀郡曽爾村。
19 立派な腕飾り。タマを緒に通した腕輪ではない。劒の異体字釼と同じ字形であるが、

の女等《をみなら》みな朝《みかど》参《まゐ》りす。[20] 尓《しか》して大楯連が妻《め》、其の王《みこ》の玉釼を以《も》ち、己が手に纏《ま》きて参赴《まゐおもぶ》けり。是《ここ》に大后《おほきさき》石之日売命《いはのひめのみこと》、自《みづか》ら大御酒《おほみき》の柏《かしは》[21]を取らし、諸《もろもろ》の氏々の女等《ら》に賜《たま》ふ。尓して太后《おほきさき》、其の玉釼を見《み》知《し》りたまひ、御酒《みき》の柏を賜はず、引《ひ》き退《そ》けたまふ。[22] 其の夫《を》大楯連を召《め》し出《い》でて、詔《の》りたまはく、「其の王等《みこたち》[23]、礼无《ゐやな》きに因りて退《そ》け賜ひき。是《こ》は異《け》しき事無きのみ。夫《を》の奴《やつこ》[24]や、己《おの》が君《きみ》の御手《みて》に纏《ま》かせる玉釼を、膚《はだ》も熅《あたた》けきに剥《は》ぎ持《も》ち来《き》、己が妻《め》に与《あた》へつ」とのりたまひ、死刑《ころすつみ》を給《たま》ひき。

〔雁《かり》の卵《たまご》〕

また一時《あるとき》、天皇豊楽《すめらみことよのあかり》したまはむと為《し》て、日女嶋《ひめしま》[1]に幸行《い》でましし時に、其《そ》の嶋に鴈卵《かりこ》を生む。尓《しか》して建内宿祢命《たけうちのすくねのみこと》を召《め》し、歌を以《も》ち、鴈《かり》の卵《こ》を生める状《さま》を問ひたまふ。其の歌に曰《の》りたまはく、

たまきはる[2]　内《うち》のあそ[3]

くしろは丑の異体刃に金偏がついたもの。

20　漢語の朝参は官人等の出勤。ここの「みかどまゐり」は、宮廷に参内する意。

21　天皇から賜る酒の盛られた柏の葉の杯。

22　退席させる。

23　速総別王と女鳥王。

24　この亭主野郎め、という説が妥当。

1　大阪市上町台地内側に河内潟があったとき、潟内にあった島の一つ。

2　枕詞。「うち」に懸かる。たま（玉）を刻む意。「たま」は原石の中から石の命を刻み出したもの。それが霊（たま）にも通じて用いられた。

3　宮廷内の最高位者に対する愛称か。

汝《な》こそは　世《よ》の長人《ながひと》[4]
そらみつ[5]　倭《やまと》の国《くに》に
鴈《かり》卵《こ》産むと　聞《き》くや
（歌謡番号七一）

是《ここ》に建内宿祢、歌を以ち語《かた》り[6]て白《まを》さく、

高光《たかひか》る　日《ひ》の御子《みこ》
諾《うべ》しこそ　問《と》ひたまへ[7]
ま[8]こそに　問《と》ひたまへ
我《あれ》こそは　世《よ》の長人《ながひと》
そらみつ　倭《やまと》の国《くに》に
鴈《かり》卵《こ》産むと　いまだ聞《き》かず
（歌謡番号七二）

かく白《まを》して、御琴《みこと》を給《たま》はり、歌ひ曰《いは》く[9]、

汝《な》が御子《みこ》や　つびに[10]知らむと
鴈《かり》は卵《こ》産むらし
（歌謡番号七三）

此は本岐歌《ほきうた》[11]の片歌《かたうた》なり。

4　世の中の長寿者。
5　枕詞。「倭」にかかるのは、神武紀の饒速日命の降臨神話にある言葉。物部首氏の伝承が始原であろう。
6　七一番歌は歌ではあるが次の七二番歌の前詞に代えている。そのため「歌を以ち語り」という。
7　ようこその意を強調する「こそ」をお尋ねくださいましたと已然形で受ける。
8　「ま」はまことに。まことにようこそ。
9　琴を弾いた時、神託に転換する。
10　「つび」は粒。粒々の御子つまり御子孫が一代一代栄えて統治なさると。卵に子を懸けている。
11　寿ぎ祝う歌。片歌は一四四頁参照。

〔枯野《からの》という船〕

此《こ》の御世《みよ》に、兎寸河《うさきがは》1の西に、一《ひと》つの高《たか》き樹《き》有り。其《そ》の樹の影《かげ》、旦《あさ》日《ひ》に当《あ》たれば、淡道嶋《あはぢしま》に逮《およ》び、夕日《ゆふひ》に当たれば、高安山《たかやすやま》2を越《こ》ゆ。故《かれ》是《こ》の樹を切りて、作れる船は、いたく捷《はや》く行く船なり。時に其の船に号《なづ》け枯野《からの》と謂《い》ふ。故《かれ》是の船を以《も》ち、旦夕《あしたゆふへ》に淡道嶋の寒泉《しみづ》3を酌《く》み、大御水《おほみもひ》を献《たてまつ》る。茲《こ》の船破壊《やぶ》れて、塩《しほ》に焼《や》き4、其の焼け遺《のこ》れる木を取り、琴《こと》に作る。其の音七里《おとななさと》に響《とよ》む。尓《しか》して歌ひ曰《の》りたまはく、

枯野《からの》を 塩《しほ》に焼《や》き
其《し》が余《あま》り 琴《こと》に作《つく》り
掻《か》き弾《ひ》くや 由良《ゆら》の門《と》5の
門中《となか》の 海石《いくり》6に
振《ふ》れ立《た》つ 浸漬《なづ》の木《き》7の さやさや8

（歌謡番号七四）

此は志都歌《しつうた》の歌返《うたひかへし》なり。

此の天皇《すめらみこと》、御《み》年捌拾《としやそち》 参歳《あまりみつ》。丁卯《ひのとのう》の年八月《はつき》十五日《のとをあまりいつか》 崩《かむあが》りましぬ。御《み》陵《さざき》は毛受《もず》の耳原《みみはら》に在《あ》り9。

1 大阪府泉南市兎田（うさいだ）。『河内志』に兎才田村と記す。川は樫井川にあたる。
2 大阪府八尾市の北東の高安山。これを南西にとると淡路島の洲本市辺りになる。
3 冷たい水。『漢書』などによる語。
4 製塩のための燃料とした。
5 洲本市由良町の本島側と向かい合う細長い成ヶ島に囲まれた由良港の出入り口。
6 「い」は接頭語。「くり」は石。暗礁。
7 海水に漬かった木、海藻のように。さやさや揺らめく。
8 琴の音のさやかさ、のダブルイメージ。
9 大阪府堺市堺区大仙町。前方後円墳、全長四八六メートル。

〔履中天皇《りちゆうてんわう》〕

〔后妃《こうひ》と皇子女〕

子《みこ》、伊耶本和気王《いざほわけのみこ》[1]、伊波礼《いはれ》の若桜宮《わかざくらのみや》[2]に坐《いま》し、天《あめ》の下《した》治《し》らしめしき。此《こ》の天皇《すめらみこと》、葛城之曽都比古《かづらきのそつひこ》が子、葦田宿祢《あしだのすくね》[3]が女《むすめ》、名は黒比売《くろひめ》の命《みこと》に娶《あ》ひて、生みませる御子《みこ》、市辺之忍歯王《いちのへのおしはのみこ》[4]、次に御馬王《みまのみこ》、次に妹《いも》青海郎女《あをみのいらつめ》、またの名は飯豊郎女《いひどよのいらつめ》。三柱《みはしら》。

〔墨江中王《すみのえのなかつみこ》の反逆〕

本《もと》、難波宮《なにはのみや》に坐《いま》しし時に[1]、大嘗《おほにへ》[2]に坐《いま》して、豊明《とよのあかり》為《し》たまふ時に、

1　第十七代履中天皇。
2　奈良県桜井市池之内か。
3　葦田は奈良県北葛城郡王寺町に相当する。
4　市辺は奈良県天理市辺りの地名。忍歯は大きな歯。この王の悲劇が後出する。

1　履中紀に仁徳天皇は八十七年正月崩、伊耶本和気王は翌年二月即位とある。父天皇の宮においでになった。
2　即位の年の大嘗祭。

大御酒《おほみき》にうらげて[3]、大御寝《おほみね》ましき。尓《しか》して其《そ》の弟墨江中王《いろどすみのえのなかつみこ》[4]、天皇《すめらみこと》を取らむと欲《おも》ひて[5]、火を大殿《おほとの》に著《つ》く。是《ここ》に倭《やまと》の漢直《あやのあたひ》の祖、阿知直《あちのあたひ》、盗《ぬす》み出《い》でて、御馬《みま》に乗せまつり、倭《やまと》に幸《い》でまさしむ。故多遅比野《かれたぢひの》[6]に到《いた》りて、寤《さ》め詔《の》りたまはく、「此間《ここ》は何処《いづく》ぞ」とのりたまふ。尓して阿知直白《まを》さく、「墨江中王、火を大殿に着《つ》けつ。故率《ゐ》まつり、倭に逃《に》ぐるぞ」とまをす。尓して天皇歌ひ曰《の》りたまはく、

丹比野《たぢひの》に　寝《ね》むと知《し》りせば
防薦《たつごも》[7]も　持《も》ちて来《こ》ましもの[8]
寝《ね》むと知《し》りせば　（歌謡番号七五）

波迩賦坂《はにふざか》[9]に到り、難波宮を望見《みさ》けたまへば、其《そ》の火なほ炳《あか》し[10]。尓して天皇また歌ひ曰《の》りたまはく、

波迩布坂《はにふざか》　我《わ》が立《た》ち見《み》れば
かぎろひの[11]　燃《も》ゆる家群《いへむら》
妻《つま》が家《いへ》のあたり　（歌謡番号七六）

故大坂《おほさか》の山の口[12]に到《いた》り幸《い》でましし時に、一《ひとり》の女人《をみな》[13]に遇《あ》へり。其《そ》の女人の白《まを》さく、「兵《つはもの》を持てる人等《ども》、多《さは》に茲《こ》の山を塞《さ》ふ。当岐麻道《たぎまち》[14]よ

3　心が浮きたって。
4　天皇の同母弟。
5　殺すこと。履中紀には天皇が妃としようとした黒媛を弟王が奸す説話があり事件の発端となる。
6　大阪府羽曳野市。
7　コモ（薦）を立てめぐらして風を防ぐ屏風。
8　持って来ればよかった。
9　羽曳野市野々上・埴生野辺りか。竹内街道に沿う。
10　かがやく。あきらか。
11　揺れ光る火。枕詞。
12　羽曳野市飛鳥。二上山北側の穴虫峠を越える道。
13　履中紀には少女とある。
14　羽曳野市飛鳥辺りから二上山南側を越えて大和の当麻（たぎま）へ出る道。竹内街道に当たる。

り廻《めぐ》り、越《こ》え幸《い》でますべし」とまをす。尓して天皇歌ひ曰《の》りたまはく、

大坂《おほさか》に　遇《あ》ふや嬢子《をとめ》を15
道問《みちと》へば　直《ただ》には告《の》らず
当岐麻路《たぎまち》を告《の》る
（歌謡番号七七）

故上《のぼ》り幸《い》でまして、石上神宮《いそのかみのかむみや》16に坐《いま》す。

〔水歯別命《みずはわけのみこと》と隼人《はやひと》の曽婆訶里《そばかり》〕

是《ここ》に其《そ》のいろ弟《ど》水歯別命《みづはわけのみこと》1、参赴《まゐおもぶ》きて謁《まを》さしむ。尓《しか》して天皇《すめらみこと》詔《の》らしめたまはく、「吾《あれ》、汝《な》が命《みこと》の、もし墨江中王《すみのえのなかつみこ》と同《おや》2じ心ならむかと疑へり。故相言《かれあひい》はじ」とのりたまふ。答へ白《まを》さく、「僕《やつかれ》は穢耶《きたな》き心無し。また墨江中王と同《おや》じくあらず」とまをす。また詔らしめたまはく、3「然《しか》あらば、今還《かへ》り下《くだ》りて、墨江中王を殺して、上《のぼ》り来《こ》。彼《そ》の時に、吾《あれ》かならず相言はむ」とのりたまふ。

15　古くは「…に問ふ」でなく、「…を問ふ」であった。

16　天理市布留町の石上（いそのかみ）神宮。

1　同母弟、後の反正天皇。

2　「おなじ」とも訓みうる。天智十年の書紀歌謡「橘は己が枝々生（な）れれども玉に貫（ぬ）く時於野児（おやじ）緒に貫く」などがある。

3　前文にあった謁見の申し入れでも、天皇の詔でも必ず謁者が介在する。だから「謁さしめ」「詔らしめ」る。

故難波《なには》に還《かへ》り下《くだ》り、墨江中王に近く習《つか》ふる隼人《はやひと》[4]、名は曽婆加里《そばかり》を欺《あざむ》きて云《の》りたまはく、「もし汝《なれ》、吾《あ》が言《こと》に従《したが》はば、吾天皇《あれすめらみこと》と為《な》り、汝《な》を大臣《おほおみ》[5]に作《な》し、天《あめ》の下《した》を治《し》らさむ。那何《いか》に」とのりたまふ。曽婆訶里答へ白さく、「命《みこと》のまにまに」とまをす。尓して多《あまた》の禄《もの》[6]を其の隼人に給ひて曰《の》りたまはく、「然《しか》あらば汝《な》が王《きみ》を殺《ころ》せ」とのりたまふ。是《ここ》に曽婆訶里、己《おの》が王《きみ》の厠《かはや》に入《い》るを窃伺《うかか》ひ、矛《ほこ》を以《も》ち刺《さ》して殺《し》せつ。故曽婆訶里を率《ゐ》て、倭《やまと》に上《のぼ》り幸《い》でます時に、大坂《おほさか》の山の口に到《いた》り、以為《おも》ほさく、「曽婆訶里、吾《あ》が為《ため》に大き功《いさを》有れども、既《すで》に己が君を殺《し》せつ。是《こ》れ義《ことわり》にあらず[7]。然あれども其の功を賽《むく》いずは、信《まこと》無し[8]と謂《い》ふべし。既に其の信《まこと》を行《おこな》はば、還りて其の情《こころ》に惶《おそ》りむ。故其の功を報ゆとも、其の正身《ただみ》[9]を滅《ほろぼ》してむ」とおもほす。是を以ち曽婆訶里に語《かた》りたまはく、「今日《けふ》は此間《ここ》に留《とど》まりて、まづ大臣《おほおみ》の位《くらゐ》を給《たま》ひ、明日《あす》上《のぼ》り幸《い》でまさむ」とかたりたまふ。其の山の口に留まり、仮宮《かりみや》を造《つく》り、忽《たちま》ちに豊楽《とよのあかりし》為つ[10]。其の隼人に大臣の位を賜《たま》ひ、百官《もものつかさ》に拝《をろが》ましめたまふ。隼人歓喜《よろこ》び、志《こころざしと》遂げつと以為《おも》ふ。尓して其の隼人に詔りたまはく、「今日《けふ》大臣《おほおみ》と同じ盞《おやさかづき》の酒《さけ》を飲《の》まむ」と

4 隼人の始祖は火照命（八〇頁）。彼らは上巻の神話を根拠に朝廷に仕えている。
5 官職名としての大臣ではなく、最高位の臣の意。
6 褒美として賜る物。
7 誠実に欠けることだ。
8 誠意がない。聖徳太子の憲法十七条の第九条に「信は是れ義の本なり」とある。
9 その人本人。その生命。
10 曽婆訶里に見せかけの即位儀礼を演じて信じさせ、その上約束の大臣の位を与える。
11 顔をかくすほどに大きな飯や汁物を盛る金属製の食器。
12 大阪府羽曳野市飛鳥。もう一つ大和にアスカ（明日香村）があるから。

のりたまふ。共に飲む時に、面《おも》を隠《かく》す大鋺《おほまり》[11]に其の進《たてまつ》る酒を盛《も》りき。是に王子《みこ》まず飲みたまひ、隼人後《のち》に飲む。故其の隼人飲む時に、大鋺、面《おも》を覆《おほ》ふ。尓して席《むしろ》の下に置ける劔《たち》を取り出だし、其の隼人が頸《くび》を斬りたまふ。明日《あくるひ》、上り幸でます。故其地《そこ》を号《なづ》けて近飛鳥《ちかつあすか》[12]と謂ふ。倭《やまと》に上り到り詔《の》りたまはく、「今日《けふ》は此間《ここ》に留《とど》まり、祓禊《みそき》[13]を為《し》て、明日《あす》参出《まゐい》で、神宮《かむみや》[14]を拝《をろが》まむ」とのりたまふ。故其地を号けて遠飛鳥《とほつあすか》[15]と謂ふ。故石上神宮《いそのかみのかむみや》に参出でて、天皇に奏《まを》さしめたまはく、「政《まつりごと》既《すで》に平《たひら》けく訖《を》へつれば参上《まゐのぼ》[16]り侍《はべ》り」とまをさしめたまふ。尓して召し入れて相語《あひかた》らひたまひき。

天皇《すめらみこと》、是《ここ》に阿知直《あちのあたひ》を以ち、始めて蔵《くら》の官《つかさ》[17]に任《ま》け、また粮地《たどころ》[18]を給ふ。また此《こ》の御世《みよ》に、若桜部臣《わかさくらべのおみ》[19]等《ら》に、若桜部の名を賜ひ、また比《ひ》売陀君《めだのきみ》[20]等《ら》に、姓《かばね》を賜ひて比売陀之《の》君と謂ふ。また伊波礼部《いはれべ》[21]を定《さだ》む。

天皇、御年《みとし》陸拾肆歳《むそちあまりよつ》。壬申《みづのえさる》の年正月《むつき》[22]三日《みか》崩《かむあが》りましぬ。御陵《みささぎ》は毛受《もず》に在《あ》[23]り。

13 神宮に参るために身を清めること。
14 石上神宮。履中天皇の御座所。
15 奈良県高市郡明日香村。
16 天皇の統治のための任務。その執行としての墨江中王を伐つこと。
17 朝廷の財宝資材を収める倉庫を司る役。
18 粮は糧に同じ。田地。
19 天皇の食膳を担当した膳（かしわて）氏らに賜った名称。宮の名ともなった。一九三頁参照。伝承は履中紀にある。
20 開化・垂仁二代に名をみる菟上王の子孫。
21 皇后の所在地名。部の設定理由未詳。
22 西暦四三二年にあたる。
23 大阪府堺市西区石津ヶ丘。前方後円墳。百舌鳥耳原南陵。

〔反正天皇《はんぜいてんわう》〕

弟《いろど》、水歯別命《みづはわけのみこと》1、多治比《たぢひ》の柴垣宮《しばかきのみや》2に坐《いま》して、天《あめ》の下治《したし》らしめしき。此《こ》の天皇《すめらみこと》、御身《みみ》の長九尺二寸半《たけここのさかあまりふたきいつきだ》3。御歯《みは》の長さ一寸《ひとき》、広さ二《ふた》分《きだ》。上下《かみしも》等《ひと》しく斉《ととの》ひて、既《すで》に珠《たま》に貫《ぬ》けるが如《ごと》し。天皇、丸迩《わに》の許碁《こご》登臣《とのおみ》が女《むすめ》、都怒郎女《つののいらつめ》に娶《あ》ひて、生みませる御子《みこ》、甲斐郎女《かひのいらつめ》、次に都《つ》夫良郎女《ぶらのいらつめ》。二柱《ふたはしら》。また同《おや》じ臣《おみ》が女《むすめ》、弟比売《おとひめ》に娶ひて、生みませる御《み》子《こ》、財王《たからのみこ》、次に多訶弁郎女《たかべのいらつめ》、并《あは》せて四《よはしら》の王《みこ》なり。天皇、御年《みとし》陸拾《むそ》歳《ち》。丁丑《ひのとのうし》の年七月《ふみつき》4に崩《かむあが》りましぬ。御陵《みささぎ》は毛受野《もずの》に在《あ》り5。

〔允恭天皇《ゐんぎようてんわう》〕

1 第十八代反正天皇。
2 大阪府松原市柴垣の辺り。羽曳野市郡戸説もある。
3 周尺の一尺は一九・九センチメートル。身長は約一八五センチ。寸は尺の十分の一、分は寸の十分の一。
4 西暦四三七年。
5 堺市堺区田出井町。前方後円墳。百舌鳥耳原北陵。

〔后妃《こうひ》と皇子女〕

弟《いろど》、男《を》浅津《あさつ》間《ま》若子宿祢王《わくごのすくねのみこ》[1]、遠飛鳥宮《とほつあすかのみや》に坐《いま》して、天《あめ》の下治《したし》らしめしき。此《こ》の天皇《すめらみこと》、意富本杼王《おほほどのみこ》が妹《いも》、忍坂之大中津比売命《おしさかのおほなかつひめのみこと》に娶《あ》ひて、生《あ》れませる御子《みこ》、木梨之軽王《きなしのかるのみこ》、次に長田大郎女《ながたのおほいらつめ》、次に境之墨《さかひのくろ》[2]日子王《ひこのみこ》、次に穴穂命《あなほのみこと》[3]、次に軽大郎女《かるのおほいらつめ》、またの名は衣通郎女《そとほりのいらつめ》[4]。御名《みな》を衣通王《そとほりのみこ》と負《お》ふ所以《ゆゑ》は、其《そ》の身《み》の光衣《そ》より通り出づればなり。次に八瓜《やつり》[5]之《の》白日《しろひ》子王《このみこ》、次に大長谷命《おほはつせのみこと》[6]、次に橘大郎女《たちばなのおほいらつめ》、次に酒見郎女《さかみのいらつめ》。九柱《ここのはしら》。おほよそ天皇の御子等《たち》、九柱。男王《ひこみこ》五《いつはしら》、女王《ひめみこ》四《よはしら》。此《こ》の九《ここのはしら》の王《みこ》の中に、穴穂命は、天の下治らしめしき。次に大長谷命も、天の下治らしめしき。

1　第十九代允恭天皇。
2　『広雅』に「墨、黒也」とあり、黒に通ずる。
3　安康天皇となる。
4　允恭紀には皇后忍坂大中姫の妹の弟姫を時の人が衣通郎女と名づけたとある。
5　瓜はもともとまこものことであるが、瓜を誤って瓜と書くようになった。
6　雄略天皇となる。

〔氏姓《うぢかばね》の選正〕

天皇《すめらみこと》初《はじ》め天津《あまつ》日《ひ》継《つぎ》知《し》らしめさむと為《せ》し時に、天皇辞《いな》び[1]て、詔《の》りたまはく、「我《あれ》は一つの長き病《やまひ》有り。日継を知らすこと得《え》じ」との

1　辞退する。
2　忍坂之大中津比売。
3　程度の強さをいう。
4　『宋書』倭国伝の倭王済を允恭天皇に当てると、時の新羅王は訥祇麻立干（在位、

りたまふ。然《しか》あれども大后《おほきさき》[2]を始《はじ》めて、諸《もろもろ》の卿等《まへつきみたち》堅《かた》く奏《まを》[3]すに因《よ》りて、天《あめ》の下治《したし》らしめしき。此《こ》の時、新良《しらき》の国主《こにきし》[4]、御調《みつき》八十一艘《やそあまりひとふね》を貢進《たてまつ》る。尓《しか》して御調《みつき》の大使《おほきつかひ》、名は金波鎮漢紀武《こむはちにかにきむ》[5]と云《い》ふ。此《こ》の人深く薬方《くすりのみち》を知れり。故帝皇《すめらみこと》の御病《みやまひ》を治《をさ》め差《いや》[6]しまつる。

是《ここ》に天皇、天の下の氏々名々《うぢうぢなな》[7]の人等《ども》の、氏姓《うぢかばね》の忤《たが》ひ過《あやま》[8]てるを愁《うれ》へまして、味白《あまか》檮《し》の言八《ことや》十《そ》禍津《まがつ》日前《ひのさき》[9]に、玖訶瓮《くかへ》を居《す》ゑて[10]、天の下の八《や》十《そ》友緒《とものを》[11]の氏姓を定《さだ》め賜《たま》ふ。また木《き》梨之《なしの》軽太子《かるのひつぎのみこ》の御名《みな》代《しろ》と為《し》て、軽部《かるべ》を定め、大后の御名代と為《し》て、刑部《おさかべ》を定め、大后の弟《いろど》田《た》井中比《ゐのなかつひ》売《め》の御名代と為《し》て、河部《かはべ》を定めたまふ。

天皇、御年《みとし》漆拾捌《ななそちあまりやつ》歳。甲午《きのえうま》の年[12]正月《むつき》十五日《とをかあまりいつか》崩《かむあが》りましぬ。御陵《みささぎ》は河内《かふち》の恵賀《ゑが》の長枝《ながえ》に在り。[13]

〔木梨之軽太子《きなしのかるのひつぎのみこ》と衣通王《そとほりのみこ》〕

天皇《すめらみこと》崩《かむあが》りましし後《のち》、木梨之軽太子《きなしのかるのひつぎのみこ》を、日《ひ》継《つぎ》知《し》らしめすに定め、[1]

四一七―四五〇。
5 金は姓、波鎮漢（中国史書には波珍干）は官位、紀武は名か。
6 「治」は治療する。差は癒やす。なおす。
7 臣下の何氏何某の意。
8 臣下の何氏がどの骨（血）族かによって与えられた階層の秩序にもとる状況があった。
9 飛鳥の甘檮の丘の突端で、嘘言に禍を下す神を招き寄せる。三六頁参照。
10 允恭紀の盟神探湯（神に誓って嘘をつかないと言い熱湯の甕に手を入れる。偽ると火傷を負う）にあたる。
11 天皇に仕える職業集団の長。
12 西暦四五四年にあたる。
13 大阪府藤井寺市国府市ノ山。前方後円墳。

いまだ位に即《つ》きたまはぬ間《あひだ》に、其《そ》のいろ妹《も》[2]軽大郎女《かるのおほいらつめ》に奸《たは》けて[3]、歌ひ曰《いは》く、

あしひきの[4]　山田《やまだ》をつくり
山高《やまだか》み　下樋《したび》をわしせ[5]
下娉《したど》ひに　我《わ》が娉《と》ふ妹《いも》を[6]
下泣《したな》きに　我《わ》が泣《な》く妻《つま》を[7]
昨夜《こぞ》[8]こそは　安《やす》く肌触《はだふ》れ[9]
（歌謡番号七八）

此《こ》は志良宜歌《しらげうた》[10]なり。
また歌ひ曰《いは》く、

笹葉《ささは》に　うつや霰《あられ》[11]の
たしだしに[12]　率寝《ゐね》てむ後《のち》は
人《ひと》は離《か》ゆとも[13]
うるはしと[14]　さ寝《ね》しさ寝《ね》てば
刈薦《かりこも》[15]の　乱《みだ》れば乱《みだ》れ
さ寝《ね》しさ寝《ね》てば
（歌謡番号七九）

此《こ》は夷振《ひなぶり》[16]の上歌《あげうた》なり。

1　天皇位の継承者に決めて。
2　母親が同じ妹。
3　不倫な関係をする。みだらの意。奸は姦に同じ。
4　「山」にかかる枕詞。語義未詳。
5　地面の下に作った水道管。人目にたたないのを序とする。「わしせ」は走らせる。
6　こっそりと求婚に通う。
7　心中泣いて私を恋う妻。
8　夜明け前に帰宅した男の感懐だから昨夜のこと。
9　心安らかに肌を触れ合ったことよ。
10　歌曲名。『神楽歌』によれば拍子に合わせて歌詞の末尾を上げて歌う唱謡法であろう。
11　この二句比喩による序。
12　霰の打つ音「タシ」を確かに、と引き出してくる。
13　官人たちや民たちの心が皇太子から離反しても。

是《ここ》を以《も》ち百官《もものつかさ》と、天《あめ》の下《した》の人等《ども》、軽太子を背《そむ》きて、穴穂御子《あなほのみこ》[17]に帰《よ》りぬ。尓《しか》して軽太子畏《かしこ》みて、大前小前宿祢大臣《おほまへをまへのすくねのおほおみ》[18]が家に逃《に》げ入りて、兵器《つはもの》を備《そな》へ作《つく》る。尓《そ》の時に作れる矢は、其《そ》の箭《や》の向《さき》[19]を銅《あかがね》にせり。故《かれ》其の矢を号《なづ》けて軽箭《かるや》と謂《い》ふ。云々《しかしか》。穴穂王子《あなほのみこ》も兵器《つはもの》を作る。此の王子《みこ》の作れる矢は、今時《いまどき》の矢ぞ[20]。是を穴穂箭《あなほや》と謂《い》ふ。是に穴穂御子軍《いくさ》を興《おこ》して、大前小前宿祢が家を囲《かく》みたまふ。尓して其の門《かど》に到《いた》りましし時に大氷《おほひ》雨零《さめふ》る。

故歌ひ曰《の》りたまはく、

大前小前宿祢《おほまへをまへすくね》が　金門蔭《かなとかげ》[21]
かく寄《よ》り来《こ》ね[22]
雨立《あめた》ち止《や》めむ[23]　（歌謡番号八〇）

尓して其の大前小前宿祢、手を挙《あ》げ、膝《ひざ》を打《う》ち、儛《ま》ひかなで[24]、歌ひ参来《まゐく》。其の歌に曰《いは》く、

宮人《みやひと》の　足結《あゆひ》の小鈴《こすず》[25]
落《お》ちにきと　宮人響《みやひととよ》む[26]
里人《さとびと》もゆめ[27]　（歌謡番号八一）

此の歌は宮人振《みやひとぶり》[28]なり。

14 恋人のいとしさに。
15 「みだれ」にかかる枕詞。乱れ薦に天下が乱れるイメージを引き出す。
16 歌曲名（七〇頁）。
17 安康天皇。
18 物部氏。『先代旧事本紀』では大前と小前と二人。宿祢は敬称。
19 底本「同」。いま「向」とみて「さき」と訓む。鏃（やじり）。
20 鉄鏃を付けた矢。銅鏃は五世紀中葉に姿を消し、鉄鏃は六世紀以降も作られ、威力に差がある。
21 金具を打った立派な門。蔭はその門に覆われる蔭の所。
22 自分が門の下まで寄ってきたように、大前小前よ、家から出てここに寄ってきなさい。
23 雨を止めさせよう。ここで一緒に雨宿りしよう。

此《か》く歌ひ参帰《まゐよ》り、白《まを》さく、「我《わ》が天皇《おほきみ》の御子《みこ》29、いろ兄《え》の王《みこ》30に兵《いくさ》をな及《し》きたまひそ。もし兵を及《し》きたまはば、かならず人咲《ひとわら》はむ。僕《やつかれ》捕《と》らへて貢進《たてまつ》らむ」とまをす。尓して軍《いくさ》を解《と》き退《そ》き坐《ま》しき。

故大前小前宿祢、其の軽太子を捕らへ、率参出《ゐまゐ》でて貢進《たてまつ》る。其の太子《ひつぎのみこ》、捕らへらえて歌ひ曰《いは》く、

天飛《あまだ》む31　軽《かる》の嬢子《をとめ》
いた泣《な》かば　人知《ひとし》りぬべし
波佐《はさ》の山《やま》32の　鳩《はと》33の
下泣《したな》きに泣《な》く　（歌謡番号八二）

また歌ひ曰《いは》く、

天飛《あまだ》む　軽嬢子《かるをとめ》
したたにも34　寄《よ》り寝《ね》て通《とほ》れ35
軽嬢子《かるをとめ》ども　（歌謡番号八三）

故其の軽太子は、伊余《いよ》の湯《ゆ》36に流《なが》しき。また流《なが》さむとせし時に、歌ひ曰《いは》く、

天飛《あまと》ぶ　鳥《とり》も使《つかひ》そ

24 舞い踊って。
25 袴を結ぶ紐につけた小鈴。
26 宮廷側の人が立ち騒ぐ。
27 わが里の人も同じく騒ぐな。「ゆめ」は慎みなさいと強く命じる。
28 歌曲名。初句による。
29 天皇であるところの皇子よ。後に即位して天皇となるのでこのようにいう。
30 軽太子をいう。
31 枕詞。「軽」にかかる。天飛（あまと）ぶの音転。
32 奈良県高市郡高取町観覚寺または船倉の辺りか。
33 山鳩の鳴く低いくぐもり声のように。
34 しっかりと。
35 寄って寝て行きなさい。
36 愛媛県松山市の道後温泉。

鶴《たづ》が音《ね》の　聞《き》こえむ時《とき》は
我《わ》が名《な》問《と》はさね[37]　（歌謡番号八四）

此の三《み》つの歌は、天田《あまた》振《ぶり》[38]なり。

また歌ひ曰《いは》く、

大君《おほきみ》[39]を　島《しま》に放《はぶ》らば
船余《ふなあま》り[40]　い帰《がへ》りこむぞ
我《わ》が畳《たたみ》ゆめ[41]
言《こと》をこそ　畳《たたみ》と言《い》はめ
我《わ》が妻《つま》はゆめ[42]　（歌謡番号八五）

此の歌は、夷振《ひなぶり》の片下《かたおろし》[43]なり。

其の衣通王《そとほりのみこ》[44]、歌を献《たてまつ》る。其の歌に曰《いは》く、

夏草《なつくさ》[45]の　あひねの浜《はま》[46]の
蠣貝《かきかひ》[47]に　足踏《あしふ》ますな
明《あ》かして通《とほ》れ　（歌謡番号八六）

故後《のち》にまた恋《こ》ひ慕《しの》ふに堪《た》へずして、追《お》ひ往《ゆ》き[48]し時に、歌ひ曰《いは》く、

君《きみ》が行《ゆ》き　日《け》長《なが》くなりぬ[49]

37　「問はさね」の「さ」は尊敬の助動詞。「ね」は願望を表す終助詞。鶴に私の名を告げて私の消息を聞いてください。
38　歌曲名。三首の初句による名称。
39　太子自身。自称敬語。
40　船が勢い余って着岸部を一旦越えること。すぐに戻すので「帰る」にかかる。
41　畳は座る敷物。「ゆめ」は忌み慎んで触れるなの意。
42　妻よ、旅に出た自分の無事を慎んで斎ってくれ。
43　夷振は歌曲名（七〇・二〇二頁）。片下は未詳。
44　軽大郎女の別名。
45　枕詞。夏草が暑気で萎えることによる。
46　所在不明。
47　近来欠貝説があるが留保する。
48　軽大郎女（衣通王）が太

山《やま》たづの[50]　迎《むか》へを行《ゆ》[51]かむ
待《ま》つには待《ま》たじ　此《ここ》に山たづと云《い》ふは、是《こ》れ今の造木《みやつこぎ》ぞ。
（歌謡番号八七）

故追ひ到《いた》りし時に、待《ま》ち懐《おも》ひて、歌ひ曰《いは》く、

こもりくの[52]　泊瀬《はつせ》の山《やま》[53]の
大峰《おほを》[54]には　幡張《はたは》り立《だ》て
さ小峰《を》[55]には　幡張《はたは》り立《だ》て
大小《おほを》[56]よし　仲定《なかさだ》める[57]
思《おも》ひ妻《づま》あはれ
槻弓《つくゆみ》の[58]　臥《こや》る臥《こや》りも[59]
梓弓《あづさゆみ》[60]　立《た》てり立《た》てりも
後《のち》も取《と》り見《み》る[61]　思《おも》ひ妻《づま》あはれ
（歌謡番号八八）

また歌ひ曰《いは》く、

こもりくの　泊瀬《はつせ》の川《かは》の
上《かみ》つ瀬《せ》に　斎杙《いくひ》[62]を打《う》ち
下《しも》つ瀬《せ》に　真杙《まくひ》を打《う》ち

子を追って伊予の国へ行く。
49 日数が久しく経った。
50 枕詞。下の細注に造木とある。「みやつこぎ」はニワトコで落葉低木。葉が対生しているから「むかへ」にかかるという。『万葉集』に類歌がある。
51 「を」は間投助詞。
52 山に囲まれて籠ったところ。「泊瀬」にかかる枕詞。
53 奈良県桜井市初瀬。
54 高い峰。丘。
55 低い峰。
56 大峰よ、小峰よ。「し」は強意の助詞。
57 大峰と小峰のように自分たちも夫婦の仲と決めている。
58 枕詞。槻で作った弓。
59 弓を横たえる意から臥している時もの意の比喩とする。
60 枕詞。弓を立てる意から起きている時もと転ずる。
61 後々もずっと世話をする。

斎《い》杙《くひ》には　鏡《かがみ》を掛《か》け
真《ま》杙《くひ》には　真《ま》玉《たま》を掛《か》け[63]
真《ま》玉《たま》なす[64]　我《あ》が思《も》ふ妹《いも》
鏡《かがみ》なす[65]　我《あ》が思《も》ふ妻《つま》
有《あ》りと　言《い》はばこそよ[66]
家《いへ》にも行《ゆ》かめ　国《くに》をも偲《しの》はめ[67]

此《か》く歌ひ、共《とも》に自《みづか》ら死にき。故此《かれこ》の二《ふた》つの歌は読歌《よみうた》[68]なり。（歌謡番号八九）

〔安康天皇《あんかうてんわう》〕

〔大日下王《おほくさかのみこ》の事件〕

御子《みこ》、穴穂御子《あなほのみこ》[1]、石上《いそのかみ》の穴穂宮《あなほのみや》[2]に坐《いま》して天《あめ》の下《した》治《し》らしめしき。
天皇《すめらみこと》、いろ弟《ど》大長谷王子《おほはつせのみこ》[3]の為《ため》に、坂本臣《さかもとのおみ》等が祖根臣《おやねのおみ》を、大日下《おほくさかの》

62 川辺に忌み清めた杙を立て、鏡・玉を掛けて行う禊の神事。
63 初句からここまでが序。
64 玉のように（大事な）。
65 鏡のように（清らかで美しい）。
66 家にいるというのならば。
67 故郷をも思慕しよう（しかし今は一緒にいる）。
68 歌曲名。朗読調の歌いかたであろうという。

1 第二十代安康天皇。
2 奈良県天理市田町辺り。
3 雄略天皇。

王《みこ》[4]の許《もと》に遣《つか》はし、詔《の》らしめたまはく、「汝命《いましみこと》の妹《いも》若日下王《わかくさかのみこ》を、大長谷王子に婚《ま》かしめむと欲《おも》ふ。故《かれ》貢《たてまつ》るべし」とのりたまふ。尔《しか》して大日下王四《よ》たび拝《をろが》みて白《まを》さく、「もし此《か》くの如《ごと》き大命《おほみこと》も有らむかと疑《おも》[5]へり。故、外《と》に出《い》ださずて置きつ。是《こ》れ恐《かしこ》[6]し。大命のままに奉《たて》進《まつ》らむ」とまをす。然あれども言以《ことも》ち白《まを》す事《こと》、其《そ》れ礼无《ゐやな》しと思ひ、其の妹《いも》の礼物《ゐやしろ》[7]として、押木《おしき》の玉縵《たまかづら》[8]を持《も》たしめて、貢献《たてまつ》る。根臣、其の礼物の玉縵を盗《ぬす》み取《と》り、大日下王を讒《よこ》し曰《まを》さく、「大日下王は勅《おほ》命《みこと》を受けずして曰《いは》く、『己《おの》が妹《いも》や、等《ひと》し族《うがら》の下席《したむしろ》にならむ[9]』といひて、横刀《たち》の手上《たかみ》を取りて、[10]怒《いか》りつ」とまをす。故天皇いたく怨《うら》みたまひ、大日下王を殺して、其の王《みこ》の嫡妻《むかひめ》長田大郎女《ながたのおほいらつめ》[11]を取り持ち来《き》、皇后《おほきさき》と為《し》たまふ。

〔目弱王《まよわのみこ》の変〕

此《こ》れより以後《のち》に、天皇《すめらみこと》神牀《かむとこ》[1]に坐《いま》して、昼寝《ひるね》したまふ。尔《しか》して其《そ》

4　仁徳天皇の皇子。
5　「擬」の省文。心の中で慮り、あらかじめ備え待つ意。
6　おそれおおい。
7　礼儀を物で表す。贈り物。
8　大きな樹枝形の玉（勾玉など）で装飾した冠。安康紀には別伝として立縵といい、また磐木縵というとある。
9　同じ血族の下等になろうものか、なりはしない。天皇への反逆を示唆する。
10　太刀の柄を握って。
11　安康天皇の妹に同名があるが同母妹だから結婚は不可。雄略紀に履中天皇皇女に中蒂姫があり、別名長田大娘皇女とあるのでこれであろう。

1　一一四頁注2参照。

の后《きさき》に語《かた》り曰《の》りたまはく、「汝《なれ》思ふところ有りや」とのりたまふ。答《こた》へて曰《まを》さく、「天皇《すめらみこと》の敦《あつ》き沢《めぐみ》を被《かがふ》り、何か思ふところ有らむ」とまをす。是《ここ》に其《そ》の大后《おほきさき》の先《さき》の子目弱王《まよわのみこ》[2]、是《こ》れ年七歳《としななとせ》。是《こ》の王《みこ》、其の時に当《あ》たりて、其の殿《との》の下《した》に遊べり。尓して天皇、其の少《わか》き王の殿の下に遊《あそ》べることを知らさずて、大后に詔《の》りたまひて言《い》はく、「吾《あれ》恒《つね》に思ふところ有《あ》り。何《なに》かは、汝《な》が子《こ》目弱王、人と成りたらむ時に、吾《あれ》其の父王《ちちみこ》を殺《ころ》ししことを知りなば、還《かへ》りて邪《きたな》き心[3]有らむと為《す》るか」とのりたまふ。是《ここ》に其の殿の下に遊べる目弱王、此《こ》の言《こと》を聞き取る。窃《ひそ》かに天皇の御寝《みね》ませるを伺《うかか》ひ、其の傍《かたは》らの大刀《たち》を取るすなはち、其の天皇の頸《みくび》を打《う》ち斬《き》りまつり、都夫良意富美《つぶらおほみ》[4]が家に逃《に》げ入《い》りき。天皇、御年《みとし》伍拾陸歳《いそぢあまりむつ》。御陵《みささぎ》は菅原《すがはら》の伏見《ふしみ》の岡《をか》に在り。[5]

尓して大長谷王《おほはつせのみこ》、当時《そのかみ》童男《をぐな》[6]なり。此の事を聞きたまひて、慷愾《うれた》み[7]忿怒《いか》り、其の兄《え》黒日子王《くろひこのみこ》の許に到《いた》り曰《の》りたまはく、「人《ひと》、天皇《おほきみ》を取[8]りまつれり。いかにか為《せ》む」とのたまふ。然《しか》れども其の黒日子王、驚かずて、怠緩《おこた》る心[9]有り。是に大長谷王、其の兄《え》を詈《の》り言《の》りたまはく、「一つには天皇《おほきみ》と為《い》ひ、一つには兄弟《えおと》と為《い》ふを、何ぞ恃《たの》む心も

2 皇后の先夫大日下王の子。
3 よこしまな心。反逆の心。
4 葛城氏。「おほみ」は大臣にあたる尊称。
5 奈良市宝来町古城の菅原伏見西陵に当てる。山形墳。
6 景行紀に「童男此云烏具奈」とあるによって訓む。少年。
7 「うれたむ」は心痛む意。憤慨する。
8 弑する。殺害する。
9 気持ちが緩んでいる。

無く、其の兄《え》を殺《ころ》しまつれることを聞き、驚《おどろ》かずて、怠《おこた》るや」とのたまふ、すなはち其の衿《ころものくび》を握《と》り控《ひ》き出《い》で、刀《たち》を抜き打ち殺したまふ。また其の兄《え》白日《しろひ》子王《このみこ》に到《いた》りて、状《あるかたち》を告《つ》ぐること、前《さき》の如《ごと》し。緩《おこた》ることも、黒日子王の如し。その衿を握《と》りて、引《ひ》き率来《ゐき》、小《を》治田《はりだ》[10]に到り、穴を掘《ほ》りて、立てながらに埋《うづ》めば、腰《こし》を埋む時に至り、両《ふた》つの目、走《はし》り抜《ぬ》けて死《し》にき。

また軍《いくさ》を興《おこ》し、都夫良意美《つぶらおみ》[11]が家を囲《かく》みたまふ。尓して軍《いくさ》を興《おこ》し待《ま》ち戦《たたか》ふ。射《い》出《い》づる矢《や》葦《あし》の如く来《き》散《ち》る。是に大長谷王、矛《ほこ》を以《も》ち杖《つゑ》と為《し》、其の内《うち》を臨《のぞ》み詔《の》[12]りたまはく、「我が相言《あひい》へる孃子《をとめ》[13]は、もし此の家《いへ》に有りや」とのりたまふ。尓して都夫良意美、此の詔命《おほみこと》を聞き、自《みづか》ら参出《まゐい》で、佩《は》ける兵《つはもの》を解《と》きて、八《や》度《たび》拝《をろが》み、白《まを》しつらくは、「先《さき》の日に問ひ賜《たま》へる女子《むすめ》訶良《から》比売《ひめ》は、侍《はべ》らむ[14]。また五処《いつところ》の屯宅《みやけ》[15]を副《そ》へて献《たてまつ》らむ。いはゆる五村《いつむら》の屯宅は、今の葛城《かづらき》の五村《いつむら》の苑人《そのひと》なり。然れども其の正身《ただみ》[16]参向《まゐむ》かはぬ所以《ゆゑ》は、往古《いにしへ》より今時《いま》に至るまで、臣《おみ》・連《むらじ》[17]の、王《みこ》の宮に隠《かく》ることは聞けど、いまだ王子《みこ》の臣《やつこ》の家に隠《かく》りませることを聞かず。是《ここ》を以《も》ち思ふに、賤《いや》しき奴《やつこ》意富美《おほみ》は、力を竭《つ》くし戦《たたか》ふとも、

10　奈良県高市郡明日香村。
11　「つぶらおみ」は「おほみ」に同じ。「おみ」は「おほみ」の約。
12　矛を杖とするのは、王者として「つぶらおほみ」の邸の内部を見渡していることを示す。
13　すでに妻問いした娘。
14　お仕えいたします。
15　下の細注に相当する。屯倉・屯宅は本来天皇の直轄地。この時点はつぶらおほみの私有地。
16　本人自身。つぶらおほみ。
17　臣・連は氏族の姓。ここは臣下の総称。
18　底本および諸本「随」。ただし一本「陋」とあるに従う現行テキストが多い。「随」は「陋」に誤り易い。「陋」は自然発生的には「随」に誤

更《さら》に勝つべきこと無けむ。然れども己《おのれ》を恃《たの》み、随《ともひと》18の家に入り坐《ま》せる王子《みこ》は、死ぬとも棄《う》てまつらじ」と、此《か》く白して、また其の兵《つはもの》を取りて、還《かへ》り入りて戦ふ。

尓して力窮《ちからきは》まり、矢尽《やつ》く。其の王子に白《まを》さく、「僕《やつかれ》は手《て》を悉《ことごと》に傷《お》ひつ。19 矢も尽《つ》きぬ。今はえ戦はじ。如何《いか》に」とまをす。其の王子20答へ詔りたまはく、「然《しか》らば更《さら》に為《す》べきこと無し。今は吾《あれ》を殺《ころ》せ」とのりたまふ。故刀《たち》を以《も》ち其の王子を刺《さ》し殺《ころ》しまつり、己《おの》が頸《くび》を切りて死にき。

〔市辺之忍歯王《いちのへのおしはのみこ》〕

玆《これ》より以後《のち》、淡海《あふみ》の佐々紀《ささき》1山君《のやまのきみ》が祖《おや》、名は韓帒《からふくろ》白《まを》さく、「淡海の久多綿《くたわた》の蚊屋野《かや の》2は、多《さは》に猪鹿《しし》在《あ》り。其《そ》の立てる足は、荻原《よもぎはら》3の如《ごと》く、指挙《ささ》4げたる角《つの》は、枯松《からまつ》の如し」とまをす。此《こ》の時市辺之忍歯王《いちのへのおしはのみこ》5を相《あひ》率《ゐ》6て、淡海に幸行《い》でまして、其の野に到《いた》りましかば、おのもおの

り難い。したがって有力写本が「随」であることは、原型が「随」であったと見るべきもの。「随」は「シタガフ」の意で従者とみて「トモヒト」と訓んでおく。

19 「て」は傷。体中負傷した。傷だらけ。

20 目弱王。雄略紀では坂合黒彦皇子も大臣の家に逃れ入った。

1 滋賀県蒲生郡安土町辺か。

2 同愛知郡愛荘町上蚊野辺。

3 荻は蒿・艾に等しく、『類聚名義抄』に蒿をヨモギと訓む。ヨモギは低木ほどもあり、鹿の脚の比喩に適切。蓬のヨモギは別な植物。

4 「さしあぐ」の約。頭の上に高くいただいた角。

5 履中天皇の皇子。

6 いっしょに伴って。

も異《こと》に仮宮《かりみや》を作《つく》りて、宿《やど》ります。

尓《しか》して明《あ》くる旦《あした》、いまだ日も出《い》でぬ時に、忍歯王、平《たひ》らけき心[7]を以《も》ち、御馬《みま》に乗りながら、大長谷王《おほはつせのみこ》の仮宮の傍《かたは》らに到り立ちて、其の大長谷王子《おほはつせのみこ》の御伴人《みともひと》に詔《の》りたまはく、「いまだ寤《さ》めず坐《いま》す。早《はや》く白《まを》すべし。夜《よ》は既に曙《あ》けぬ。獦庭《かりには》[8]に幸《い》でますべし」とのりたまひ、馬を進め出で行きぬ。尓して其の大長谷王の御所《みもと》に侍《はべ》る人等《ども》白さく、「うたて物云《ものい》ふ[9]王子《みこ》ぞ。故慎《かれつつし》みたまふべし。また御身《みみ》を堅《かた》めたまふべし[10]」とまをす。衣《みそ》の中に甲《よろひ》を服《け》し、弓矢を取り佩《お》ばし、馬に乗り出で行き、儵忽《たちま》ちの間《あひだ》に馬より往《ゆ》[11]き双《なら》び[12]、矢を抜《ぬ》き、其の忍歯王を射落《いお》としつ。また其の身《み》を切り、馬椢《うまふね》[13]に入れ、土《つち》と等しく埋《うづ》みたまふ[14]。

是《ここ》に市辺王《いちのへのみこ》の王子《みこ》等《たち》、意祁王《おけのみこ》、袁祁王《をけのみこ》[15]、二柱《ふたはしら》。此《こ》の乱《みだれ》を聞《き》きて、逃《に》げ去《さ》りましき。故《かれ》山代《やましろ》の苅羽《かりは》井《ゐ》[16]に到り、御粮《みかりて》食《を》す時に、面鯨《おもてきざ》める老人《おきな》来て其の粮《かりて》を奪《うば》ひつ。尓して其の二柱《ふたはしら》の王《みこ》言《の》りたまはく、「粮は惜しまず。然《しか》あれども汝《な》は誰人《たれ》ぞ」とのりたまふ。答へて曰《まを》さく、「我《われ》は山代《やましろ》の猪甘《ゐかひ》[17]なり」とまをす。故玖須婆《くすば》の河[18]を逃《に》げ渡《わた》り、

7　平常心。いつもとかわらない気持ちで。
8　狩猟場。「獦」は「猟」に同じ。
9　度を超えた物言いをする。
10　しっかり武装なさいませ。
11　馬に乗ったまま。
12　進んで馬を並べて。
13　馬の餌を入れる桶。
14　地面と同じ高さに埋めた。孝徳紀にみられる墓制によると、皇子は方九尋高五尋とあり、臣下の大仁・小仁位以下の者の墓は封土を築かないとある。したがって卑しめる処遇にあたる。
15　後の仁賢天皇と顕宗天皇。「意」はア行で「袁」はワ行。大小長幼を表す。
16　京都府木津川市山城町綺田あるいは城陽市水主ともいう。
17　豚を飼う部民。
18　淀川。大阪府枚方市樟葉。

針間国《はりまのくに》[19]に至り、其の国の国人《くにひと》名は志自牟《しじむ》[20]が家に入り、身を隠《かく》し、馬《うま》甘牛甘《かひうしかひ》に役《つか》はえたまひき。[21]

〔雄略《ゆうりやく》天皇《てんわう》〕

〔后妃《こうひ》と皇子女〕

大長谷若建命《おほはつせわかたけのみこと》[1]、長谷《はつせ》の朝倉宮《あさくらみや》[2]に坐《いま》して、天《あめ》の下治《したし》らしめしき。天皇《すめらみこと》、大日下王《おほくさかのみこ》の妹若日下部王《いもわかくさかべのみこ》に娶《あ》ひたまふ。子無《こな》し。また都夫《つぶ》良意富美《らおほみ》が女《むすめ》、韓比売《からひめ》に娶《あ》ひて、生《あ》れませる御子《みこ》、白髪命《しらかのみこと》[3]、次に妹《いも》若帯比売命《わかたらしひめのみこと》。二柱。故白髪太子《かれしらかのひつぎのみこ》の御名代《みなしろ》と為《し》て、白髪部《しらかべ》を定《さだ》め、また長谷部《はつせべ》の舎人《とねり》を定め[4]、また河瀬《かはせ》の舎人《とねり》[5]を定む。此《こ》の時に呉人《くれひと》[6]参《まゐ》渡り来《き》つ。其《そ》の呉人を呉原《くれはら》[7]に安置《お》く。故其地《かれそこ》を号《なづ》けて呉原と謂《い》ふ。

19 播磨の国。兵庫県南部。
20 地名による名。兵庫県三木市志染（しじみ）町。
21 馬や牛を飼う卑賤の者として使われた。この物語は二三四頁に続く。
1 第二十一代雄略天皇。
2 奈良県桜井市黒崎辺り。
3 清寧天皇。
4 白髪部より早く、雄略天皇の養育部として在った長谷部から舎人を出すことを定めたのであろう。
5 滋賀県彦根市川瀬馬場町がある。鵜飼の管掌のための舎人か。
6 三国時代の一つが呉。しかしここは中国系の人くらいの意。
7 奈良県高市郡明日香村栗原。

〔若日下部王《わかくさかべのみこ》〕

初め太后《おほきさき》、日下《くさか》[1]に坐《いま》しし時に、日下の直越《ただこえ》の道[2]より、河内《かふち》に幸行《い》でましき。尓《しか》して山の上に登《のぼ》り、国《くに》の内《うち》を望《みさ》けたまひしかば、堅魚《かつを》を上《あ》げ舎屋《や》を作れる家《いへ》[3]有り。天皇《すめらみこと》其《そ》の家を問はしめ云《の》りたまはく、「其の堅魚を上げ作れる舎《や》は、誰《た》が家《いへ》ぞ」とのりたまふ。答へて白《まを》さく、「志幾《しき》の大県主《おほあがたぬし》[4]が家ぞ」とまをす。尓して天皇詔《の》りたまはく、「奴《やつこ》や、己《おの》が家を、天 皇《すめらみこと》の御舎《みあらか》に似《に》せて造《つく》れり」とのりたまふ。人を遣《つか》はし、其の家を焼《や》かしめたまふ時に、其の大県主、懼《お》ぢ畏《かしこ》み、稽首《の》み[5]白さく、「奴《やつこ》に有れば、奴ながら[6]覚《さと》らずて、過《あやま》ち作れるは、いたく畏《かしこ》し。故《かれ》のみの御幣《みまひ》の物《もの》[7]を献《たてまつ》らむ」とまをす。布を白き犬に繋《か》け、鈴を着けて、己《おの》が族《うがら》、名は腰佩《こしはき》と謂《い》ふ人に、犬の縄《なは》を取らしめて献上《たてまつ》る。故其の火を着くることを止めしめたまふ。其の若日下部王の許《もと》に幸行《い》でまし、其の犬を賜《たま》ひ入《い》れ、詔《の》らしめたまはく、「是《こ》の物は、今日《けふ》道に得《え》つる奇《あや》しき物ぞ。故《かれ》つまどひの物[8]」

1　東大阪市日下町。生駒山の西麓。
2　大和からまっすぐ生駒山を越える道。諸説あるが暗（くらがり）峠越えを認める。
3　堅魚木（堅魚形の横木）を棟に並べた大きな立派な家。
4　大阪府八尾市に志紀町がある。県主は行政区画の長。
5　頭を地につけて礼をする。
6　自分は下賤の身であるがゆえに。
7　敬礼の意を表すための贈り物。
8　求婚のしるしの贈り物。
9　天皇は若日下部王の家には入らないで結納の品として臣下の者を通してお贈りになった。

と云《い》ひて、賜ひ入れき。[9] 是《ここ》に若日下部王、天皇に奏《まを》さしめたまはく、「日を背《せ》に[10]幸行《い》でましし事、いたく恐《かしこ》し。故己直《おのれただ》に参上《まゐのぼ》りて仕へ奉《まつ》らむ」とまをさしむ。是を以《も》ち宮に還《かへ》り上《のぼ》り坐《ま》す時に、其の山の坂の上に行き立たして、歌ひ曰《の》りたまはく、

日下部《くさかべ》の　此方《こち》の山《やま》[11]と
畳薦《たたみこも》[12]　平群《へぐり》の山《やま》[13]の
此方此方《こちごち》の[14]　山《やま》の峡《かひ》[15]に
立《た》ち栄《ざか》ゆる　葉広熊白檮《はびろくまかし》
本《もと》には　いくみ竹生《だけお》[16]ひ
末《すゑ》には　たしみ竹生《だけお》[17]ひ
いくみ竹《だけ》　いくみは寝《ね》ず[18]
たしみ竹《だけ》　たしには率寝《ゐね》ず[19]
後《のち》もくみ寝《ね》む　その思《おも》ひ妻《づま》　あはれ

（歌謡番号九〇）

此の歌を持たしめて、返し使はしき。[20]

10　日が昇る東の大和から西の河内へ太陽を背にしての来臨は、婚姻の時間帯（夕方）でなく求婚のためのみのわざわざの行幸。
11　生駒山山頂手前の日下山。
12　「平群」にかかる枕詞（一四三頁）。
13　矢田丘陵（一四三頁）。
14　日下部のこちらの山の生駒山と矢田丘陵の。
15　二つの山の間の平群谷。平群谷北端の生駒市小瀬町は暗峠に通じる道。
16　「い」は接頭語。「くみ」は根本が絡み合うさま。
17　枝葉が密に茂ったさま。
18　交じわり合っては寝ない。
19　密接してしかとは共寝しないが。
20　若日下部王が天皇の許に遣わした使者に、口頭で若日下部王へ返し遣わした。

〔引田《ひけた》部赤猪《べのあかゐ》子《こ》〕

また一時《あるとき》天皇《すめらみこと》遊行《い》でまし、美和河《みわかは》[1]に到《いた》ります時に、河の辺《へ》に衣《きぬ》を洗ふ童女《をとめ》有り。其《そ》の容姿《かたち》いたく麗《うるは》し。天皇其の童女を問《と》ひたまはく、「汝《な》は誰《た》が子《こ》ぞ」ととひたまふ。答へて白《まを》さく、「己《おの》が名は引田《ひけた》部《べ》[2]赤猪《のあかゐ》子《こ》と謂《い》ふ」とまをす。尓《しか》して詔《の》らしめたまひしくは、「汝《なれ》、夫《を》に嫁《あ》はずあれ。今喚《め》[3]してむ」とのりたまひて、宮に還《かへ》り坐《ま》しつ。故《かれ》其の赤猪子、天皇の命《みこと》を仰《あふ》ぎ待ち、既《すで》に八十歳《やそとせ》を経《へ》ぬ。是《ここ》に赤猪子以為《おも》へらく、「命《みこと》を望《あふ》ぎつる間《あひだ》、已《すで》に多《あまた》の年を経《へ》ぬ。姿体《かたち》痩《や》せ萎《しな》え[4]、更《さら》に恃《たの》む所《ところ》無し。然《しか》あれども待ちつる情《こころ》を顕《あらは》しまつらずは、悒《いぶせ》きに忍《しの》びじ」[5]とおもひて、百取《ももとり》の机代《つくえしろ》[6]の物を持たしめ、参出《まゐい》で貢《たて》献《まつ》る。然れども天皇、既に[7]先《さき》の命《みこと》おほせる事を忘らし、其の赤猪子を問ひて曰《の》りたまはく、「汝《な》は誰が老女《おみな》ぞ。何の由《ゆゑ》にか参来《き》つる」[8]とのりたまふ。尓して赤猪子答へて白《まを》さく、「其の年其の月に、天《おほ》皇《きみ》の命《みこと》を被《かがふ》り、大命《おほみこと》を仰《あふ》ぎ待ち、今日《けふ》に至《いた》るまで八十歳を経ぬ。今は容姿《かたち》既に耆《お》い、更に恃む所無し。然れども、己《おの》が志《こころざし》を顕し白さ

1 初瀬川が平野部に下って三輪山に接して流れる辺り。
2 引田は地名。大三輪朝臣の支族。桜井市白河字宮山に曳田神社がある。赤猪子は大神神社の巫女。
3 やがて。近いうちに。
4 すがたがやせしぼんで。
5 憂いに耐えられない。
6 数々の進物。
7 まったく。すっかり。
8 某年某月に、とぼかして書く。
9 いとおしく悲しい。
10 速く。あっという間に。
11 神の居所。大神神社。
12 「いつ」は神聖を表す。その白檮の下（に居る乙女）。
13 神聖にして触れられない。

むとして、参出でつらくのみ」とまをす。是に天皇、いたく驚き、「吾《あ》は既に先の事を忘れぬ。然れども汝《なれ》志を守り命《みこと》を待《ま》ち、徒《いたづ》らに盛《さか》りの年を過ぐししこと、是《こ》れいたく愛《めぐ》く悲《かな》し9」と、心の裏《うち》に婚《ま》かむと欲《おも》ほせども、其の亟《はや》く10老い、婚《ま》くをえ成《な》さぬことを悼《いた》みたまひて、御歌《みうた》を賜ふ。其の歌に曰《の》りたまはく、

御諸《みもろ》の11　厳白檮《いつかし》がもと12
白檮《かし》がもと　ゆゆしきかも13
白檮原嬢子《かしはらをとめ》14　（歌謡番号九一）

また歌ひ曰《の》りたまはく、

引田《ひけた》の　若栗栖原《わかくるすばら》15
若《わか》くへに16　率寝《ゐね》てましもの17
老《お》いにけるかも18　（歌謡番号九二）

爾して赤猪子が泣く涙《なみた》、悉《ことごと》く其の服《き》たる丹揩《にずり》の袖《そで》19を湿《ぬ》らしつ。其の大御歌《おほみうた》に答へて歌ひ曰《いは》く、

御諸《みもろ》に　築《つ》くや玉垣《たまかき》20
斎《つ》きあまし21　誰《た》にかも依《よ》らむ22

14 白檮原で神に仕える乙女。天皇の命のほかは嫁がない巫女。
15 若い栗の木の林。
16 そのように若かった時に。
17 共寝をすればよかったものを。「まし」は反実仮想。
18 物語に即して言えば、天皇も同じだけ年を重ねているはずなのに赤猪子だけが年老いたことになっている。
19 辰砂や鉛丹を含む赤土をすりつけて染めた衣服の袖。
20 神域に築く垣根。「や」は間投助詞。「たま」は美称。
21 あまりに長く神に仕え奉ったために。「斎（つ）き」は、前句「たまかき」の「き」の母音イとイツキのイが連母音となって一音脱落したもの。「築（つ）き」とかけている。
22 陛下のほかに頼る人がおりましょうか、の意。

神《かみ》の宮人《みやひと》23

また歌ひ曰《いは》く、

日下江《くさかえ》24の　入《い》り江《え》の蓮《はちす》

花蓮《はなばちす》25　身《み》の盛《さか》り人《びと》26

羨《とも》しきろかも27

（歌謡番号九三）

（歌謡番号九四）

尓して多《あまた》の禄《もの》を其の老女《おみな》に給《たま》ひて、返《かへ》し遣《や》りたまひき。故此《こ》の四《よ》つの歌は志都歌《しつうた》28なり。

〔吉野《えしの》川《がは》の浜〕

天皇《すめらみこと》吉野宮《えしののみや》1に幸行《い》でましし時、吉野川《えしののかは》の浜《ほとり》に、童女《をとめ》有り。其《そ》の形姿美麗《かたちうるは》し。故是《かれこ》の童女を婚《ま》きて、宮に還《かへ》り坐《ま》しき。後《のち》に更《さら》にまた吉野《えしの》に幸行でます時に、其の童女の遇ひし所に留め、其処《そこ》に大御《おほみ》呉床《あぐら》2を立てて、其の御呉床に坐《いま》し、御琴《みこと》を弾《ひ》かし、其の嬢子《をとめ》を儛《ま》はせしめたまふ。尓《しか》して其の嬢子の好《よ》く儛へるに因《よ》りて、御歌《みうた》を作り

23　神の宮に仕える巫女。

24　日下の入り江。美和河が流れの果てに大和川となり、東大阪市日下町辺りの江を作る。以下は、待ちに待った女の老残の心情。

25　以上比喩。

26　若い盛りの人。

27　「ともし」は心が惹かれる。羨しいの意。

28　歌曲名（一八六頁）。

1　吉野離宮。奈良県吉野郡東吉野村小（お）の丹生川上神社（中社）辺り。

2　「おほみ」は敬称。「あぐら」は足座（アクラ）で椅子。坐った足が交叉する形となるのであろう。もとは中国北方胡の椅子で折りたたみ式。それが南方の呉からの舶来とみられたものか。（一六九頁）。

たまふ。其の歌に曰《の》りたまはく、

呉床座《あぐらゐ》の　神《かみ》の御手《みて》もち3
弾《ひ》く琴《こと》に　儛《まひ》する女《をみな》
常世《とこよ》にもがも4

（歌謡番号九五）

〔阿岐豆野《あきづの》の御狩《みかり》〕

阿岐豆野《あきづの》1に幸《い》でまして、御獦《みか》りしたまふ時に、天皇《すめらみこと》、御呉床《みあぐら》に坐《いま》しき。尓《しか》して、蝈《あむ》2御腕《みただむき》を咋《く》ひつ。蜻蛉《あきづき》来て、其《そ》の蝈《あむ》を咋《く》ひて、飛ぶ。是《ここ》に御歌《みうた》を作りたまふ。其の歌に曰《の》りたまはく、

み吉野《えしの》の　袁牟漏《をむろ》が岳《たけ》3に
猪鹿《しし》伏《ふ》4すと　誰《たれ》そ　大前《おほまへ》5に申《まを》す
やすみしし　我《わ》が大君《おほきみ》の
猪鹿《しし》待《ま》つと　呉床《あぐら》にいまし

3　天皇の手が神仙者の手となって。吉野を神仙世界の地トコヨと見立てている。
4　この神仙世界にこのままいたいものだ、の意。

1　吉野郡東吉野村の丹生川上神社辺りか。「獦」は「猟」の意。
2　『伊呂波字類抄』に「蝈 アフ」、『和名抄』に「虻 阿夫 嚙レ人飛虫也」とある。アブ。
3　「をむろ」は東吉野村小（を）の山か。丹生川上神社北側の山か。
4　猪（イノシシ）、鹿（カノシシ）など狩りの獣。
5　天皇の御前に。

白栲《しろたへ》の　袖著具《そできそな》ふ[6]
手腓《たこむら》[7]に　蝄掻《あむか》き着《つ》き
その蝄《あむ》を　蜻蛉早咋《あきづはやぐ》ひ
かくのごと　名《な》に負《お》はむと[8]
そらみつ　倭《やまと》の国《くに》を
蜻蛉島《あきづしま》とふ[9]

故《かれ》其の時より、其の野を号《なづ》けて阿岐豆野《あきづの》と謂《い》ふ。[10]

（歌謡番号九六）

〔葛城山《かづらきやま》の大猪《おほゐのしし》〕

また、一時《あるとき》、天皇《すめらみこと》葛城《かづらき》の山[1]の上《うへ》に登り幸《い》でましき。尓《しか》して大《おほ》き猪《ゐ》出づ。天皇鳴鏑《なりかぶら》[2]を以《も》ち其《そ》の猪を射たまふ時に、其《そ》の猪怒《いか》りて、うたき依《よ》り来《く》[3]。故《かれ》天皇、其のうたきを畏《かし》こみ、榛《はりのき》の上に登り坐《いま》せり。尓して歌ひ曰《の》りたまはく、

やすみしし　我《わ》が大君《おほきみ》の

6 袖のない肩衣に対し、袖のある衣をきっちり着ている。
7 腕の筋肉のふくらみ。
8 （蜻蛉の）名をつけようと。
9 「とふ」は「と言ふ」の約。
10 歌で地名起源を語る。

1 金剛山地。葛城山、金剛山を含む一帯。
2 鏑矢。矢先に木または角製の蕪形をつけ数箇の穴をあけ、射ると音響をたてて飛ぶ。鏑矢で猪は殺せないので追い出しに用いたのであろう。
3 四段連用形。「あたき」という交替形があり、敵対する、歯をむき出して向かってくる。唸るという説は採らない。

遊《あそ》ばしし 4 猪《しし》の
病《や》み猪《しし》の 5 うたき畏《かしこ》み 6
我《わ》が 7 逃《に》げ登《のぼ》りし あり丘《を》の 8
榛《はり》の木《き》の枝《えだ》

（歌謡番号九七）

4 矢を射られた。
5 痛がった猪の。
6 歯向かって来るのが恐ろしくて。
7 自分が。人称が転換する。
8 目の前にある丘の。

〔葛城山《かづらきやま》と一言主大神《ひとことぬしのおほかみ》〕

また、一時、天皇《すめらみこと》葛城山に登り幸でます時に、百官《もものつかさ》の人等《ら》、悉《ことごと》く紅《あか》き紐《ひも》着《つ》けたる青摺《あをずり》の衣《きぬ》を給《たま》はり服《き》たり。彼《そ》の時に其の向かへる山の尾《を》1より、山の上に登る人有り。既に天皇の鹵簿《みゆきのつら》2に等しく、また其の束装《よそひ》の状《さま》と人衆《ひとども》、相似《あひに》て傾《かたぶ》かず。3 爾して天皇望《みさ》けたまひ、問《と》はしめ曰《の》りたまはく、「茲《こ》の倭国《やまとのくに》に、吾《あれ》を除《お》き、また王《きみ》無し。今誰人《たれ》ぞ此《か》くて行く」とのたまふ。答へ曰《まを》せる状《さま》も、天皇の命《みこと》の如《ごと》し。是《ここ》に天皇いたく忿《いか》りて、矢《や》刺《さ》したまひ、百官《もものつかさ》の人等《ら》、悉《ことごと》く矢刺しす。爾して其の人等《ども》も皆矢《みなや》刺《さ》しせり。故天皇また問ひ曰《の》りたまは

1 尾は稜線部。
2 天子行幸の時の乗物の順序。
3 同等である。

く、「其の名《の》を告れ。尓しておのもおのも名《の》を告りて、矢を弾《はな》たむ」とのりたまふ。是に答へ曰《の》りたまはく、「吾《あれ》まづ問はえつ。故《かれ》吾まづ名《な》告《の》りを為《せ》む。吾《あ》は悪事《まがこと》というともよく一言《ひとこと》、善事《よごと》というともよく一言、言《い》ひ離《はな》つ神、葛城之《かづらきの》一言主之《ひとことぬしの》大神《おほかみ》ぞ」[4]とのりたまふ。天皇是《ここ》に惶畏《かしこ》みて白《まを》したまはく、「恐《かしこ》し、我《わ》が大神《おほかみ》、うつしおみに有れ[5]ば、覚《さと》らず」と白《まを》して、大御刀《おほみたち》と弓矢《ゆみや》を始《はじ》めて、百官《もものつかさ》の人等《ら》の服《き》る衣服《きもの》を脱《ぬ》ぎて、拝《をろが》み献《たてまつ》る。尓して其の一言主大神、手《て》打《う》ち其の奉物《まつりもの》を受く。故天皇の還《かへ》り幸《い》でます時に、其の大神、山の末《すゑ》を満《み》て[6]、長谷《はつせ》の山の口[7]に送り奉《まつ》りき。故是の一言主之大神は、彼《そ》の時に顕《あらは》れしぞ。

〔春日《かすが》の袁杼比売《をどひめ》―〕

また天皇《すめらみこと》、丸迩之佐都紀臣《わにのさつきのおみ》が女《むすめ》、袁杼比売《をどひめ》を婚《ま》きに、春日《かすが》[1]に幸《い》行でまし時に、媛女《をとめ》[2]、道に逢《あ》ふ。幸行《いでまし》を見て、岡《をか》の辺《へ》に逃げ隠《かく》

4 凶事も一言、善事も一言で決して託宣する神。葛城の一言主の神である。奈良県御所市森脇字角田に葛木坐一言主神社がある。

5 現世の人の姿でいらっしゃるので。神は通常人の世に姿を現すことはない。「うつし」は現実。「おみ」は人。

6 （大神の行列が）山の端までいっぱいにして。

7 初瀬の山の入り口まで。桜井市初瀬に朝倉宮はある。

1 丸迩氏の居住地の一つで奈良市の中央部。

2 『古事記伝』は「此媛女は誰ともなし」と言い、「袁杼比売を云には非ず」と言っているが、春日の袁杼比売と見なければ説話が充足しない。

りつ。[3] 故御歌《かれみうた》を作りたまふ。其《そ》の歌に曰《の》りたまはく、

嬢子《をとめ》の　い隠《かく》る岡《をか》を
金鉏《かなすき》も　五百箇《いほち》もがも[4]
鉏《す》き撥《は》ぬるもの[5]

故其の岡に号《なづ》けて、金鉏岡《かなすきのをか》[6]と謂《い》ふ。

（歌謡番号九八）

〔三重《みへ》の采女《うねめ》〕

また天皇《すめらみこと》、長谷《はつせ》の百枝槻《ももえつき》[1]の下《した》に坐《いま》して、豊楽《とよのあかり》し為たまひし時に、伊勢国《いせのくに》の三重《みへ》の婇《うねめ》[2]、大御盞《おほみさかづき》を指挙《ささ》げて献《たてまつ》る。尓《しか》して其《そ》の百枝槻の葉落ち、大御盞に浮く。其の婇、落葉の盞《さかづき》に浮けるを知らず、なほ大《おほ》御酒《みき》を献る。天皇、其の盞に浮ける葉を看行《みそこな》はし[3]、其の婇を打《う》ち伏《ふ》せ、刀《たち》を以《も》ち其の頸《くび》に刺《さ》し充《あ》て、斬《き》らむとしたまふ時に、其の婇、天皇に白《まを》して曰《まを》さく、「吾《やつこ》が身《み》をな殺したまひそ。白すべき事有り」とまをす。歌ひ曰《いは》く、

3　求婚された女が逃げ隠れる「隠（な）び妻」型といわれる説話の一つ。
4　刃先が鉄製の鋤。土を掘り起こす鉏を五百個も欲しい。
5　岡の土を撥ねのけて見つけ出したい。
6　所在不明。
1　多数の枝の茂ったケヤキ。
2　婇は采女の合字。三重は地名で四日市市采女町がある。地方豪族の子女を召し出して宮廷で奉仕させる。
3　「みしおこなはす」の約という。御覧になって。

纏向《まきむく》の　日代宮《ひしろのみや》は[4]
朝日《あさひ》の　日照《ひで》る宮《みや》
夕日《ゆふひ》の　日翔《ひがけ》る宮《みや》[5]
竹《たけ》の根《ね》の　根足《ねだ》る宮《みや》[6]
木《こ》の根《ね》の　根蔓《ねば》ふ宮《みや》
八百土《やほに》よし[7]　い杵築《きづき》の宮《みや》[8]
真木《まき》さく[9]　檜《ひ》の御門《みかど》
新嘗屋《にひなへや》[10]に　生《お》ひ立《だ》てる
百足《ももだ》る[11]　槻《つき》が枝《え》は
上《ほ》つ枝《え》は　天《あめ》を覆《お》へり
中《なか》つ枝《え》は　東《あづま》を覆《お》へり[12]
下枝《しづえ》は　鄙《ひな》[13]を覆《お》へり
上《ほ》つ枝《え》の　枝《え》の末葉《うらば》は
中《なか》つ枝《え》に　落《お》ち触《ふ》らばへ[14]
中《なか》つ枝《え》の　枝《え》の末葉《うらば》は
下《しも》つ枝《え》に　落《お》ち触《ふ》らばへ

4　一三一頁参照。景行天皇の宮廷を寿ぐ過去に遡って歌い起こし雄略天皇寿歌に繋ぐ。
5　朝に東に昇った日輪が、夕は西方に飛びつつ輝く宮。
6　充満している宮。
7　多量の土。「よし」は間投助詞。杵築の枕詞。
8　「い」は接頭語。杵で土を固め築いた宮殿。
9　「檜」にかかる枕詞。
10　新穀で祭りをする建家。
11　枝葉が十分に茂っている。
12　東国を覆っている。
13　畿外。鄙は都に対して地方をいうが、東の他の地域を含む。
14　四段動詞「ふる」に「はふ」をつけて再活用させたものか。触れている。
15　この句が主語で、「(浮脂のように) 落ちなづさひ」が述語。「あり衣の」から「瑞玉盞に」までの四句は挿入句

下枝《しづえ》の　枝《え》の末葉《うらば》[15]は
あり衣《きぬ》[16]の　三重《みへ》の子《こ》が
捧《ささ》がせる　瑞玉盞《みづたまうき》[17]に
浮《う》きし脂《あぶら》　落《お》ちなづさひ[18]
水《みな》こをろこをろに[19]
是《こ》しも　あやに畏《かしこ》し
高光《たかひか》る　日《ひ》の御子《みこ》
事《こと》の　語《かた》り言《ごと》も　こをば[20]
（歌謡番号九九）

故此《かれこ》の歌を献りしかば、其の罪を赦《ゆる》したまふ。尓《しか》して大后《おほきさき》[21]の歌ひたまふ、其の歌に曰《の》りたまはく、

倭《やまと》の　この高市《たけち》[22]に
小高《こだか》る[23]　市《いち》の高処《つかさ》[24]
新嘗屋《にひなへや》[25]に　生《お》ひ立《だ》てる
葉広《はびろ》　ゆつ真椿《まつばき》
其《そ》が葉《は》の　広《ひろ》りいまし
其《そ》の花《はな》の　照《て》りいます

で三重の采女の機転。本来、天地創成→景行天皇→雄略天皇を重ねて讃仰する寿歌。
16 「あり」は蚕の蛾。絹の衣の意。重ね着することから「三重」にかかる枕詞。
17 「うき」は「さかづき（杯）」に同じ。瑞玉は美称。
18 「なづさふ」は水に漂っている状態。上巻の「国稚く、浮ける脂の如くして」のイメージを喚起する（二三頁）。
19 上巻の「塩こをろこをろに」を喚起する（二四頁）。
20 五七頁参照。
21 皇后。若日下部王。
22 高みにある市による地名。奈良県桜井市三輪の海石榴市（つばいち）。
23 少し高くなっている。
24 人が集まる交易の場が市。市に設置した高台が「つかさ」。官司の場となり、市は植樹された。その市の椿のよ

高光《たかひか》る　日《ひ》の御子《みこ》に
豊御酒《とよみき》　献《たてまつ》らせ[26]
事《こと》の　語《かた》り言《ごと》も　こをば
（歌謡番号一〇〇）

天皇歌ひ曰《の》りたまはく、

ももしきの[27]　大宮人《おほみやひと》は
鶉鳥《うづらとり》[28]　領巾《ひれ》[29]取り懸《か》けて
鶺鴒《まなばしら》[30]　尾《を》行《ゆ》き合《あ》へ[31]
庭雀《にはすずめ》[32]　うずすまり居《ゐ》て[33]
今日《けふ》もかも　酒《さか》みづくらし[34]
高光《たかひか》る　日《ひ》の宮人《みやひと》
事《こと》の　語《かた》り言《ごと》も　こをば
（歌謡番号一〇一）

此の三《み》つの歌は、天語歌《あまがたりうた》[35]なり。故豊楽《とよのあかり》に、其の三重の婇を誉《ほ》めて、多《あまた》の禄《もの》を給《たま》ふ。

うにと下に懸かる。
25 新嘗の祭殿が市に在るとする説は非。
26 お召し上がりになるようお勧めなさい。大后が采女に対して言う。
27 百石木つまり多くの石や木で築いた意から、大宮に懸かる枕詞。
28 枕詞。鶉は頭部から背面にかけて白い線と斑があるので、領巾をかけているさまにいう。
29 一種のスカーフ。
30 枕詞。鶺鴒（セキレイ）。
31 官人たちが領巾をひらひらと、尾を振るように行き交い。
32 枕詞。尾が短く、ふくらんでいる比喩。
33 うずくまり集まっていて。
34 酒浸りらしい。酒宴の意。
35 歌曲名。第九九番歌中の「天」に由来する天皇讃歌。

〔春日《かすが》の袁杼比売《おどひめ》 2〕

是《こ》の豊楽《とよのあかり》の日、また春日《かすが》の袁杼比売《をどひめ》、大御酒《おほみき》を献《たてまつ》る時に、天皇《すめらみこと》歌ひ曰《の》りたまはく、

水灌《みなそそ》く[1] 臣《おみ》の嬢子《をとめ》
ほだり取《と》[2]らすも
ほだり取《と》り 堅《かた》く取《と》らせ
確堅《したがた》く[3] 弥堅《やがた》く取《と》らせ
ほだり取らす子[4]
（歌謡番号一〇二）

此《こ》は宇岐歌《うきうた》[5]なり。

尓《しか》して袁杼比売《をどひめ》、歌を献る。其《そ》の歌に曰《いは》く、

やすみしし 我《わ》が大君《おほきみ》の
朝門《あさと》[6]には い倚《よ》り立《だ》たし
夕門《ゆふと》には い倚《よ》り立たす
脇《わき》つ柵《き》[7]が 下《した》の
板《いた》にもが[8] 吾兄《あせ》を[9]
（歌謡番号一〇三）

1 枕詞。水がそそぎ散る意。「おみ」（大水）にかかる。
2 沖縄県石垣島で、柄杓をフダリというのは、ホダリの転。水・酒を汲む器。ここは銚子。
3 しっかりと。
4 子は春日の袁杼比売。
5 歌曲名。『筑後国風土記逸文』「俗語云二酒盞一為二宇枳一」によれば、酒杯歌の意。
6 朝入る門。次の夕戸は夕方出る門。「と」は時間説が有力であるが、「とき」の「と」とは仮名が違う。
7 脇の小門（柵）。脇息説が多いが、脇息に「立つ」とは言わない。
8 門の下の内外を区画する横板。「もが」は願望の助詞。
9 〝あなた〟と呼びかける語。

此は志都歌《しつうた》[10]なり。

天皇、御年《みとし》壱佰《ももちあまり》弐拾《はたちあまり》肆歳《よつ》。己巳《つちのとのみ》の年[11]八《は》月《つき》九日《ここのか》崩《かむあが》りましぬ。御陵《みささき》は河内《かふち》の多治比《たぢひ》の高鸇《たかわし》に在《あ》り[12]。

〔清寧天皇《せいねいてんわう》〕

〔飯豊王《いひどよのみこ》〕

御子《みこ》、白髪大倭根子命《しらかのおほやまとねこのみこと》[1]、伊波礼《いはれ》の甕栗宮《みかくりのみや》[2]に坐《いま》して、天《あめ》の下治《したし》らしめしき。此《こ》の天皇《すめらみこと》、皇后《おほきさき》無く、また御子《みこ》無し。故《かれ》御名代《みなしろ》に、白髪部《しらかべ》を定《さだ》む。故《かれ》天皇崩《かむあが》りましし後《のち》、天の下治らすべき王無し。是《ここ》に日継《ひつぎ》知らす王を問ふ。市辺忍歯別王《いちのへのおしはわけのみこ》[3]の妹《いろも》、忍海郎女《おしぬみのいらつめ》[4]、またの名は飯豊王《いひどよのみこ》[5]、葛城《かづらき》の忍海《おしぬみ》の高木角刺宮《たかきのつのさしのみや》[6]に坐《いま》す。

10　歌曲名（一八六頁）。
11　西暦四八九年にあたる。
12　大阪府羽曳野市島泉。円墳。ただし十九世紀後半に、隣接の方墳の間に盛り土し、前方後円墳の形とした。

1　第二十二代清寧天皇。
2　所在未詳。奈良県旧十市郡（桜井市・橿原市の一部など）内と推測される。
3　市辺之忍歯王に同じ（一九三・二一〇頁）。
4　青海郎女に同じ（一九三頁）。
5　みみずくの宛字。角鴟とも書く。角材を宮殿高く揚げていた特徴に基づくあだ名。
6　奈良県葛城市忍海。

〔逃亡王子の名乗り〕

尓《しか》して[1]山部連小楯《やまべのむらじをたて》[2]を、針間国《はりまのくに》の宰《みこともち》[3]に任《ま》けし時に、其《そ》の国の人民《おほみたから》名は志自牟《しじむ》が新室《にひむろ》に到《いた》り楽《うたまひ》す。是《ここ》に盛《さか》りに楽《うたまひ》し、酒酣《たけなは》にして、次第《つぎて》を以《も》ち[4]みな儛《ま》ふ。故《かれ》火を焼《た》く小子二口《わらはふたり》、竈《かま》の傍《かたは》らに居《を》り。其の少子等《わらはども》に儛はしむ。尓して其の一《ひとり》の少子曰《いは》く、「汝兄《なね》まづ儛ひたまへ」といふ。其の兄《え》も、「汝弟《なおと》まづ儛へ」と曰《い》ふ。かく相譲《あひゆづ》る時に、其の会《つど》へる人等《ども》、其の相譲れる状《さま》を咲《わら》ひき。尓して遂《つひ》に兄《え》儛ひ訖《を》はり、次に弟《おと》儛はむとする時に、詠為《うたよみし》て曰《いは》く、

物部《もののへ》の　我《わ》が夫子《せこ》[5]が　取《と》り佩《は》ける　大刀《たち》の手上《たがみ》に　丹画《にか》き着《つ》け[6]
其《そ》の緒《を》は　赤幡《あかはた》を載《かざ》り[7]　赤幡《あかはた》を立《た》てて見《み》れば　い隠《かく》る　山《やま》の三《み》
尾《を》の　竹《たけ》をかき苅《か》り　末押《すゑお》し縻《ち》らすなす[8]　八絃《やつを》の琴《こと》を調《しら》ぶる如《ごと》
く[9]　天《あめ》の下治《したし》らし賜《たま》へる　伊耶本和気《いざほわけの》　天皇《すめらみこと》[10]の御子《みこ》　市辺之押《いちのへのおし》
歯王《はのみこ》の　奴《やつこ》　末《すゑ》[11]

といふ。尓して小楯連《をたてのむらじ》聞き驚《おどろ》きて、床《とこ》より堕《お》ち転《まろ》びて、其の室《むろ》の

1　以下は、二一一頁の忍歯王の殺された物語の続き。
2　清寧紀に、山部連の先祖伊予の来目部小楯とある。
3　天皇の命を受けて任国を治める長官。顕宗紀は国司と記す。
4　順序にしたがって。『古事記伝』は貴賤老少の順とする。
5　物部氏の将軍たち。
6　朱が塗ってある。
7　下げ緒は赤い布をつけ。漢高祖の故事が背景にあろう。
8　篁の先端を散らかすように。
9　絃の多い琴を弾くように。すぐれて立派な政治の比喩。
10　履中天皇。
11　今は身を落としている子孫である我らは。

人どもを追《お》ひ出《い》だし、其の二柱《ふたはしら》の王子《みこ》を、左右《ひだりみぎ》の膝《ひざ》の上《うへ》に坐《いま》せまつり、泣き悲《かな》しびて、人民《おほみたから》を集め、仮宮《かりみや》を作り、其の仮宮に坐《いま》せ置きまつりて、駅使《はゆまづかひ》[12]を貢上《たてまつ》る。是《ここ》に其の姨飯豊王《をばいひどよのみこ》、聞き歓《よろこ》びたまひて、宮に上《のぼ》らしめたまふ。[13]

〔歌垣《うたがき》と帝位の互譲《ごじやう》〕

故天《かれあめ》の下治《したし》らしめさむとせし間《あひだ》[1]に、平群臣《へぐりのおみ》が祖《おや》、名は志毗臣《しびのおみ》[2]、歌垣《うたがき》[3]に立《た》ち、其《そ》の袁祁命《をけのみこと》の婚《ま》かむとする美人《をとめ》の手を取りつ。其の嬢子《をとめ》は、菟田首《うだのおびと》等[4]が女《むすめ》、名は大魚《おふを》なり。尓《しか》して袁祁命も歌垣に立ちたまふ。是《ここ》に志毗臣歌ひ曰《いは》く、

大宮《おほみや》の[5]　をとつ端手《はたで》[6]　隅傾《すみかたぶ》けり　（歌謡番号一〇四）

此《か》く歌ひて、其の歌の末《すゑ》を乞《こ》ふ時に、袁祁命歌ひ曰《の》りたまはく、

大匠《おほたくみ》　拙劣《をぢな》みこそ[7]　隅傾《すみかたぶ》けれ　（歌謡番号一〇五）

尓して志毗臣、また歌ひ曰《いは》く、

12 「はゆま」は「はやうま」の約。馬を駆っての使者。
13 『古事記』ではこの間皇位に空白があることになる。

1 袁祁命即位以前をいう。
2 武烈紀に「真鳥大臣男鮪」とあり、鮪は「シビ」と訓注がある。
3 男女が集まり歌をかけ合い求婚する場。
4 奈良県宇陀市菟田野区がある。その辺の氏族。「等」は歌の伝承に物部連氏と複層性のあるゆえと考えられる。
5 袁祁命の宮殿。
6 「をと」は「をち」（彼・遠）の交替形。あちらの端。
7 「で」は方向を表す。大工の棟梁が下手だから。

大君《おほきみ》の　心《こころ》をゆらみ[8]
臣《おみ》の子《こ》の[9]　八重《やへ》の柴垣《しばかき》[10]
入《い》り立《た》たずあり

（歌謡番号一〇六）

是に王子《みこ》、また歌ひ曰《の》りたまはく、

潮瀬《しほせ》の　波折《なを》りを見《み》れば[11]
遊《あそ》び来《く》る[12]　鮪《しび》が鰭手《はたで》に[13]
妻立《つまた》てり見《み》ゆ

（歌謡番号一〇七）

尓して志毗臣、いよいよ怒《いか》り、歌ひ曰《いは》く、

大君《おほきみ》の　王《みこ》の柴垣《しばかき》[14]
八節締《やふじま》り　締《しま》り廻《もと》ほし[15]
切《き》れむ柴垣《しばかき》　焼《や》けむ柴垣《しばかき》[16]

（歌謡番号一〇八）

尓して王子、また歌ひ曰《の》りたまはく、

大魚《おふを》よし[17]　鮪突《しびつ》く海人《あま》よ[18]
其《し》が離《あ》れば　うら恋《ごほ》しけむ[19]
鮪突《しびつ》く鮪《しび》[20]

（歌謡番号一〇九）

此《か》く歌ひて、闘《たたか》ひ明《あ》かし[21]、おのもおのも退《しりぞ》きぬ。

8　心にしまりがないので。
9　志毗。「子」は自称表現。
10　幾重にも柴を結った垣。
11　海流の早い瀬に、波が幾重にも折り重っているところを見ると。
12　泳いで来る。
13　「しび」（鮪＝マグロ）の「はた」（鰭と端＝傍をかけている）に。
14　「大君の」の「の」は下の「王」と同格を示す。柴は山野の低木。それを刈り取ってきて垣としたもの。
15　いくつもの小間で結んで結いめぐらしてあるが。
16　一見立派であってもすぐに破れてしまう柴垣よ、ちょっと火がつけば焼けてしまう柴垣よ。
17　枕詞。大きい魚よ。鮪に懸かる。この鮪は女性大魚。
18　大魚を銛で突いて手に入れた海人＝志毗よ。

明《あ》くる旦《あした》の時《とき》、意祁命《おけのみこと》、袁祁命《をけのみこと》二柱《ふたはしら》議《はか》り云《の》りたまはく、「おほよそ朝庭《みかど》の人等《ら》は、旦《あした》には朝庭《みかど》に参赴《まゐおもむ》き、昼《ひる》は志毘《しび》が門《かど》に集《つど》ふ。また今は志毘かならず寝《い》ねてあらむ。また其の門《かど》に人無けむ。故《かれ》今に非《あら》ずは、謀《はか》るべきこと難《かた》けむ」とのりたまふ。すなはち軍《いくさ》を興《おこ》し、志毘臣が家を囲み、殺《ころ》したまふ。

是《ここ》に二柱の王子等《たち》、おのもおのも天の下を相譲《あひゆづ》りたまひき。意富《おほ》祁命《けのみこと》[22]、其の弟《いろど》袁祁命に譲り曰《の》りたまはく、「針間《はりま》の志自牟《しじむ》が家《いへ》に住《す》みし時に、汝命《いましみこと》名を顕《あら》はさずあれば、[23]更《さら》に天《あめ》の下《した》に臨《のぞ》む[24]君に非《あら》ずあらまし。是《こ》れ既《すで》に汝命の功《いさを》ぞ。故吾《あれ》、兄《え》にはあれども、なほ汝命まづ天の下を治《し》らしめせ」とのりたまひて、堅《かた》く譲りたまふ。故え辞《いな》びたまはずて、袁祁命、まづ天の下治らしめしき。

19　彼女（大魚）が離れてしまったら、さぞ恋しいだろう。
20　大魚を手に入れた志毘よ。彼女はお前から離れることになる、と次の事件の暗示。
21　歌を闘わせて夜を明かして。
22　意祁命に同じ。
23　あなたが名を明らかにしなかったならば。
24　天下を統治する。

〔顕宗天皇《けんそうてんわう》〕

伊弉本別王《いざほわけのみこ》[1]の御子《みこ》、市辺忍歯王《いちのへのおしはのみこ》の御子《みこ》、袁祁王《をけのみこ》の石巣別命《いはすわけのみこと》[2]、近《ちか》飛鳥宮《つあすかのみや》[3]に坐《いま》して、天《あめ》の下《した》治《し》らしたまふこと捌歳《やとせ》なり。天皇《すめらみこと》、石木《いはきの》王《みこ》の女《むすめ》、難波王《なにはのみこ》[4]に娶《あ》ひたまふ。子无《な》し。

1　履中天皇。「伊弉本別天皇」とあるべきところ。
2　二十三代顕宗天皇。石巣別の名はここにだけ現れる。諡号の「顕宗（けんそう）」は、『日本書紀』諸本の付訓による読み方。
3　大阪府羽曳野市飛鳥。顕宗紀には近飛鳥八釣宮とある。
4　顕宗紀によれば難波小野王とあり、允恭天皇の曾孫磐木王の孫、丘稚子王の女とある。ただし允恭天皇系譜にこの人物はない。

〔置目老媼《おきめのおみな》〕

此《こ》の天皇《すめらみこと》、其《そ》の父王市辺王《ちちみこいちのへのみこ》の御骨《みかばね》を求《もと》めたまふ時に、淡海国《あふみのくに》に在《あ》る賤《いや》しき老媼《おみな》参《まゐ》出《い》で白《まを》さく、「王子《みこ》の御骨を埋《うづ》みし所は、専《もは》ら吾《あれ》よく知れり。また其の御歯《みは》を以《も》ち知るべし」とまをす。御歯は三枝《さきくさ》の如《ごと》き押歯《おしは》に坐《いま》す[1]。尓《しか》して民を起《お》こし、土を掘《ほ》り、其の御骨を求《もと》む。其の御骨を獲《え》て、其の蚊屋野《かやの》の東《ひむかし》の山に、御陵《みはか》[2]を作り葬《はぶ》りまつり、韓帒《からふくろ》[3]が子等《ら》を以ち、其の御陵を守らしめたまふ。然《しか》ある後《のち》に、其の御骨

1　根は一つで歯冠が三つに分かれた大きな歯であった。
2　天皇相当の待遇をしている。
3　佐々木山君の祖（二一〇頁）。

を持ち上《のぼ》りたまひき。　故還《かれかへ》り上《のぼ》り坐《ま》して、其の老媼《おみな》を召し、其の見るを失はず、貞《ただ》しく其の地《ところ》を知れるを誉《ほ》めて、名を賜《たま》ひ置目老媼《おきめのおみな》[4]と号《なづ》く。仍《よ》りて宮の内《うち》に召し入れ、敦《あつ》く広く慈《めぐ》みたまふ。故其の老媼の住める屋《や》は、宮の辺《へ》に近く作り、日毎《ごと》にかならず召す。故鐸《ぬて》[5]を大《おほ》殿《との》の戸に懸《か》け、其の老媼を召さむと欲《おも》ほす時、かならず其の鐸《ぬて》を引き鳴《な》したまふ。尓《しか》して御歌《みうた》を作りたまふ。其の歌に曰《の》りたまはく、

浅茅原《あさぢはら》[6]　小谷《をだに》[7]を過《す》ぎて
百伝《ももづた》ふ[8]　鐸揺《ぬてゆら》くも[9]
置目来《おきめく》らしも[10]

（歌謡番号一一〇）

是《ここ》に置目老媼白《まを》さく、「僕《やつこ》いたく耆老《お》いぬ。本《もと》つ国《くに》に退《まか》らむと欲《おも》ふ」とまをす。故白《かれまを》せるまにまに退《まか》る時に、天皇見送《みおく》り、歌ひ曰《の》りたまはく、

置目《おきめ》もや[11]　淡海《あふみ》の置目《おきめ》
明日《あす》よりは　み山隠《やまがく》りて
見《み》えずかもあらむ[12]

（歌謡番号一一一）

4　見覚えの老女。
5　「ぬりて」の約。大形の鈴。鐸は釣鐘形で中の舌で鳴る。
6　一面に生えた背丈の低いチガヤの原。
7　「をだに」は谷の美称。
8　多くの場所を経過する。
9　前三句が「ぬて」にかかる。鐸がゆらゆらと音をたてて伝わる。
10　「らし」は事実を推量する助動詞。置目が来ている、と感じている。「も」は詠嘆。
11　「も」「や」は間投助詞。
12「かも」は疑問の係助詞。明日は見えなくなってしまう必然を疑い詠嘆して深い叙情を表している。

〔猪飼《ゐかひ》の老人《おきな》〕

初《はじ》め、天皇《すめらみこと》、難《わざはひ》に逢《あ》ひ、逃げましし時に、其《そ》の御粮《みかりて》を奪《うば》ひし猪《ゐ》甘《かひ》の老人《おきな》を求《もと》めたまふ。是《ここ》に求め得《え》、喚《め》し上《あ》げて、飛鳥河《あすかがは》の河原《かはら》に斬《き》り、皆《みな》其の族《うがら》の膝《ひざ》の筋《すぢ》を断《た》ちたまふ。是を以《も》ち今に至るまで、其の子孫《うみのこ》、倭《やまと》に上《のぼ》る日、かならず自《おの》づから跛《あしなへ》ぐなり[1]。故《かれ》能《よ》く其の老《おきな》の在《あ》りし所を見しめき[2]。故其処《そこ》を志米須《しめす》[3]と謂《い》ふ。

1 足が不自由で跛行する。一種の儀礼であろう。
2 本文「見志米岐」。『古事記』は使役の助動詞には「令」を用いるからここは異なる。よく見えるように標識を立てた。
3 所在未詳。標須（しめす）を仮に当てておく。

〔雄略《ゆうりやく》 天皇陵《てんわうりよう》 破壊《はくわい》〕

天皇《すめらみこと》、其《そ》の父王《ちちみこ》を殺したまひし大長谷天皇《おほはつせのすめらみこと》を深《ふか》く怨《うら》みたまひ、其の霊《みたま》[1]に報《むく》いむ[2]と欲《おも》ほす。故《かれ》其の大長谷天皇の御陵《みささぎ》を毀《こほ》たむと欲ほして、人を遣《つか》はす時に、其のいろ兄《え》意祁命《おけのみこと》奏言《まを》さく、「是《こ》の御陵《みささぎ》を破壊《こほ》たむには、他《あた》し人を遣《つか》はすべくあらず。もはら僕《やつかれ》自《みづか》ら行き、

1 崩後なので霊という。『続日本紀』神護景雲元年八月十六日詔に「御世御世ノ先ノ皇ガ御霊」とあるが、このような霊の字の用いかたは『古事記』ではここだけ。
2 報復したい。復讐したい。

天皇の御心《みこころ》の如《ごと》く破壊《こほ》ちて参出《まゐ》でむ」とまをす。尓《しか》して天皇詔《の》りたまはく、「然《しか》あらば命《みこと》のまにまに[3]幸行《い》でますべし」とのりたまふ。

是《こ》こを以《も》ち意祁命《おけのみこと》、自ら下《くだ》り幸《い》でまして、其の御陵の傍《かたは》らを少し堀《ほ》り、還《かへ》り上《のぼ》り、復奏《かへりごとまを》言さく、「既《すで》に堀り壊《こほ》ちつ」とまをす。尓して天皇、其の早く還り上りませることを異《あや》しびまして、詔《の》りたまはく、「如何《いか》に破壊《こほ》ちたまひつる」とのりたまふ。答《こた》へて白《まを》さく、「其の陵《みささぎ》の傍《かたは》らの土を少し堀りつ」とまをしたまふ。天皇詔りたまはく、「父王《ちちみこ》の仇《あた》を報《むく》いむと欲《おも》はば、かならず悉《ことごと》く其の陵を破壊《こほ》たむを、何《なに》ぞ少し堀りたまひつる」とのりたまふ。答へ曰《まを》さく、「然為《しかし》つる所以《ゆゑ》は、父王の怨《うら》みを、其の霊《みたま》に報いむと欲ほすは、是《こ》れ誠《まこと》に理《ことわり》なり。然れども其の大長谷天皇《おほはつせのおほきみ》は、父の怨《うら》みには為《あ》れども、還《かへ》りては[4]我《わ》が従父《をぢ》[5]に為《あ》り、また天《あめ》の下治《したし》らしめしし天皇ぞ。是に今単《ひとへ》[6]に父の仇《あた》といふ志《こころざし》を取り、天の下治らしめしし天皇の陵《みささぎ》を悉く破壊たば、後《のち》の人かならず誹謗《そし》らむ。ただ、父王の仇は、報いずはあるべくあらず。故其の陵の辺《へ》を少し堀りつ。既《すで》に是《こ》の恥《は》づかしめを[7]以《も》ち、後《のち》の世に示《しめ》すに足りなむ」と、かく奏《まを》したまひしかば、天皇、答へ

3　お言葉のままに。仰せのとおりに。

4　翻っては。

5　雄略天皇と市辺之忍歯王とは、仁徳天皇の孫で従兄弟であり、仁賢・顕宗の両天皇からは雄略天皇は従祖父にあたるが、日本ではこれを表現する語がないため、従父の語を宛て「をぢ」と訓んだものとみられる。今、これに従う。

6　いちずに。

7　この（雄略天皇に対する）恥辱で。

8　律令でも覆奏（報告）を受けて、天皇が裁可する形式としての文言に「可」がある。（公式令）

詔りたまはく、「是《こ》も大《おほ》きなる理《ことわり》、命《みこと》の如し。可《よ》し」[8]とのりたまふ。故天皇崩《かむあが》ります。意富祁命《おほけのみこと》、天津《あまつ》日《ひ》続知《つぎし》らしめしき。天皇、御《み》年《とし》参拾捌《みそちあまりやつ》歳、天の下治らしめすこと八歳《やとせ》[9]。御陵は片崗《かたをか》の石坏《いはつき》の崗の上《うへ》に在り。[10]

〔仁賢天皇《にんけんてんわう》〕

袁祁王《をけのみこ》の兄《いろえ》、意富祁王《おほけのみこ》[1]、石上《いそのかみ》の広高宮《ひろたかのみや》[2]に坐《いま》して、天《あめ》の下治《したし》らしめしき。天皇《すめらみこと》、大長谷若建天皇《おほはつせのわかたけのすめらみこと》の御子《みこ》、春日大郎女《かすがのおほいらつめ》[3]に娶《あ》ひて、生《あ》れませる御子、高木郎女《たかきのいらつめ》、次に財郎女《たからのいらつめ》、次に久須毗郎女《くすびのいらつめ》、次に手白髪郎女《たしらかのいらつめ》[4]、次に小長谷若雀命《をはつせのわかさざきのみこと》[5]、次に真若王《まわかのみこ》。また丸迩日爪臣《わにのひつめのおみ》が女《むすめ》、糠若子郎女《ぬかのわくごのいらつめ》に娶ひて、生みませる御子、春日小田郎女《かすがのをだのいらつめ》[6]。此《こ》の天皇の御子、并《あは》せて七柱《ななはしら》。此の中に、小長谷若雀命は天の下治らしめしき。[7]

9　この記事は二三三頁に重複し、先には大字で「捌」とあるがここは漢数字。注であったものか。顕宗紀によると、在位期間は二年四ヵ月。

10　傍丘磐坏丘南陵。奈良県香芝市北今市的場。前方後円墳。

1　第二十四代仁賢天皇。

2　奈良県天理市田部町辺りか。同嘉幡町説は不可。

3　仁賢紀には、更の名高橋皇女とある。

4　継体天皇皇后になる。

5　後の武烈天皇。雄略・仁徳二天皇の襲名か。

6　卜部系本「小」を「少」、『古事記伝』は「山」とする。

7　以下に宝算（年齢）・山陵の記事を欠く。仁賢紀によれば、埴生坂本陵（大阪府藤井寺市青山）とある。

〔武烈天皇《ぶれつてんわう》〕

小長谷若雀命《をはつせのわかさざきのみこと》[1]、長谷《はつせ》の列木宮《なみきのみや》[2]に坐《いま》して、天《あめ》の下治《したし》らしめすこと捌《や》歳《とせ》なり。此《こ》の天皇《すめらみこと》、太子《ひつぎのみこ》无《な》し。故《かれ》御《み》子《こ》代《しろ》[3]と為《し》て、小《を》長谷部《はつせべ》を定む。御陵《みさざき》は片岡《かたをか》の石坏《いはつき》[4]の岡に在り。天皇既に崩《かむあが》りまして、日《ひ》続《つぎ》知らしめすべき王《みこ》無し。故品太天皇《ほむだのすめらみこと》[5]五世《いつつぎ》の孫《うみのこ》[6]、袁《を》本《ほ》杼命《どのみこと》を、近淡海《ちかつあふみ》の国《くに》より上《のぼ》り坐《いま》さしめて、手《た》白髪命《しらかのみこと》に合はせまつり、天の下を授《さづ》け奉《まつ》りき。

〔継体天皇《けいていてんわう》〕

品太王《ほむだのみこ》の五世《いつつぎ》の孫《うみのこ》、袁《を》本《ほ》杼命《どのみこと》[1]、伊《い》波《は》礼《れ》の玉穂宮《たまほのみや》[2]に坐《いま》して、天《あめ》の

1　第二十五代武烈天皇。
2　奈良県桜井市出雲という。
3　子代（一二三頁）参照。
4　奈良県香芝市今泉ダイゴ。顕宗天皇陵の北にある。山形墳。はたして古墳？
5　応神天皇。
6　袁本杼命まで間の五世の系譜を記さない。『釈日本紀』に引く「上宮記逸文」によれば、応神天皇―若野毛二俣王―大郎子―乎非王―汙斯王―乎富等大公王（袁本杼王）とある。

1　第二十六代継体天皇。諡号の「継体（けいてい）」は、『日本書紀』諸本の付訓による読み方。
2　桜井市池之内辺り。

下治《したし》らしめしき。天皇《すめらみこと》、三尾君等《みをのきみら》が祖《おや》、名は若比売《わかひめ》に取《あ》[3]ひて、生みませる御子《みこ》、大郎子《おほいらつこ》、次に出雲郎女《いづものいらつめ》。二柱《ふたはしら》。また尾張連《をはりのむらじ》等が祖《おや》、凡連《おほしのむらじ》が妹《いも》、目子郎女《めのこのいらつめ》に娶《あ》ひて、生《あ》れませる御子、広国押建金日《ひろくにおしたけかなひの》命《みこと》[4]、次に建小広国押楯命《たけをひろくにおしたてのみこと》[5]。二柱。また意富祁天皇《おほけのすめらみこと》の御子、手白《たしら》髪命《かのみこと》是大后《これおほきさき》なりに娶ひて、生《あ》れませる御子、天国押波流岐広庭《あめくにおしはるきひろにはの》命《みこと》[6]。一柱《ひとはしら》。また息長手王《おきながのてのみこ》の女《むすめ》、麻組郎女《をくみのいらつめ》に娶ひて、生みませる御子、佐々宜郎女《ささげのいらつめ》。一柱。また坂田大俣王《さかたのおほまたのみこ》の女、黒比売《くろひめ》に娶ひて、生みませる御子、神前郎女《かむさきのいらつめ》[7]。次に田郎女《たのいらつめ》、次に田郎女《たのいらつめ》、次に白坂活日《しらさかのいくひ》子郎女《このいらつめ》、次に野郎女《ののいらつめ》、またの名は長目比売《ながめひめ》二柱。また三尾君加多夫《みをのきみかたぶ》が妹《いも》、倭比売《やまとひめ》に娶ひて、生みませる御子、太郎女《おほいらつめ》、次に丸高王《まろこのみこ》、次に耳王《みみのみこ》、次に赤比売郎女《あかひめのいらつめ》。四柱。また阿倍之波延比売《あへのはえひめ》に娶ひて、生みませる御子、若屋郎女《わかやのいらつめ》、次に都夫良郎女《つぶらのいらつめ》、次に阿豆王《あづのみこ》。三柱。此《こ》の天皇の御子たち、并《あは》せて十九《とをあまりここのはしら》の王《みこ》。男七《ひこみこななはしら》、女十二《ひめみことをあまりふたはしら》。此の中《なか》に、天国押波流岐広庭命は、天《あめ》の下治《したし》らしめしき。[8]次に広国押建金日命天の下治らしめしき。次に建小広国押楯命天の下治らしめしき。次に佐々宜王《ささげのみこ》は、伊勢神宮《いせのかむみや》を拝《いつ》きまつりき。此の御世《みよ》に、

3 「娶」の省文。
4 安閑天皇。
5 宣化天皇。
6 欽明天皇。
7 底本と諸写本、以下に誤写と脱文がある。『古事記伝』は継体紀元年の記事により「次茨田郎女次馬来田郎女三柱又娶茨田連小望之女関比売生御子茨田大郎女」を補って、男王七、女王十二の十九王に合わせている。
8 前の記事と前後して欽明天皇を先に掲げるのは奇異。大后の子だからと『古事記伝』は言うが、継体天皇即位時にすでに生まれていた安閑・宣化の二天皇は六世孫ゆえ、本来即位の資格がない。後に認定されたものであろう。
9 福岡県南部あたりの豪族。岩戸山古墳（八女市吉田の人形原）がその墓とされている。

竺紫君石井《つくしのきみいはゐ》[9]、天皇の命《みこと》に従《したが》はずして礼无《ゐやな》きこと[10]多し。故《かれ》物部荒甲之《もののべのあらかひの》大連《おほむらじ》、大伴之金村連《おほとものかなむらのむらじ》二人《ふたり》を遣《つか》はして、石井《いはゐ》を殺《ころ》したまふ。

天皇、御年《みとし》肆拾参歳《よそちあまりみつ》[11]。丁未《ひのとのひつじ》[12]の年四月《うづき》九日《ここのか》崩《かむあが》りましぬ。御陵《みささぎ》は三島《みしま》の藍陵《あゐのみささぎ》[13]なり。

〔安閑天皇《あんかんてんわう》〕

御子《みこ》、広国押建金日王《ひろくにおしたけかなひのみこ》[1]、勾《まがり》の金箸宮《かなはしのみや》[2]に坐《いま》し、天《あめ》の下治《したし》らしめしき。此《こ》の天皇《すめらみこと》、御子無し。乙卯《きのとのう》[3]の年三月《やよひ》十三日《とをかあまりみか》崩《かむあが》りましぬ。御陵《みささぎ》は河内《かふち》の古市《ふるいち》の高屋村《たかやのむら》に在り。[4]

10 「ゐや」は「うや」の交替形。うやまうことをしない。

11 御年は崩年。継体紀では八十二歳とする。

12 西暦五二七年。

13 大阪府茨木市太田の茶臼山古墳に比定されてきたが、高槻市郡家本町・新町・今城町に属する今城塚古墳が最有力。前方後円墳。

1 第二十七代安閑天皇。

2 奈良県橿原市曲川町。

3 西暦五三五年。

4 大阪府羽曳野市古市城山。

〔宣化天皇《せんくわてんわう》〕

弟《いろど》、建小広国押楯命《たけをひろくにおしたてのみこと》[1]、檜坰《ひのくま》の廬入野宮《いほりののみや》[2]に坐《いま》し、天の下治《し》らしめしき。天皇《すめらみこと》、意祁天皇《おけのすめらみこと》の御子《みこ》、橘之中比売命《たちばなのなかつひめのみこと》に娶《あ》ひて、生みませる御子、石比売命《いしひめのみこと》、次に小石比売命《をいしひめのみこと》、次に倉之若江王《くらのわかえのみこ》、また、河内《かふち》之若子比売《のわくごひめ》に娶ひて、生みませる御子、火穂王《ほのほのみこ》、次に恵波王《ゑはのみこ》。此《こ》の天皇の御子たち并《あは》せて五柱《いつはしら》の王《みこ》。男　三《ひこみこみはしら》、女　二《ひめみこふたはしら》。故《かれ》火穂王は、志《し》比陀君《ひだのきみ》が祖《おや》。恵波王は、韋那君《ゐなのきみ》、多治比君《たぢひのきみ》が祖なり。[3]

〔欽明天皇《きんめいてんわう》〕

弟《おと》、天国押波流岐広庭天皇《あめくにおしはるきひろにはのすめらみこと》[1]、師木嶋大宮《しきしまのおほみや》[2]に坐《いま》し、天《あめ》の下治《したし》らしめしき。天皇、檜坰天皇《ひのくまのすめらみこと》[3]の御子《みこ》、石比売命《いしひめのみこと》に娶《あ》ひて、生《あ》れませる

1　第二十八代宣化天皇。この天皇には崩年・御寿命・陵墓いずれの記事もない。宣化紀では四年（五三九）二月十日、七十三歳崩御、身狭桃花鳥坂上陵（橿原市鳥屋町見三才）とする。

2　奈良県高市郡明日香村檜前。

3　この二氏は天武天皇十三年賜姓の真人。

1　第二十九代欽明天皇。この天皇にも崩年・御寿命・陵墓記事がない。欽明紀では三十二年四月崩御、年若干、檜隈坂合陵（奈良県高市郡明日香村梅山）とする。

2　奈良県桜井市金屋。

3　宣化天皇。

御子、八《や》田王《たのみこ》、次に沼名倉太玉敷命《ぬなくらふとたましきのみこと》[4]、次に笠縫王《かさぬひのみこ》。三柱《みはしら》。また、其《そ》の弟《いろどを》小石比売命《いしひめのみこと》[5]に娶ひて、生みませる御子、上王《かみのみこ》。一柱。また、春日之日爪臣《かすがのひつめのおみ》が女《むすめ》、糠子郎女《ぬかこのいらつめ》に娶ひて、生みませる御子、春日山田《かすがのやまだの》郎女《いらつめ》、次に麻呂古王《まろこのみこ》、次に宗賀之倉王《そがのくらのみこ》。三柱。また、宗賀之稲目宿《そがのいなめのすく》祢大臣《ねのおほおみ》が女《むすめ》、岐多斯比売《きたしひめ》に娶ひて、生《あ》れませる御子、橘之豊日《たちばなのとよひの》命《みこと》[6]、次に妹《いろも》石坰王《いはくまのみこ》、次に足取王《あとりのみこ》、次に豊御気炊屋比売命《とよみけかしきやひめのみこと》[7]、次にまた麻呂古王《まろこのみこ》、次に大宅王《おほやけのみこ》、次に伊美賀古王《いみがこのみこ》、次に山代王《やましろのみこ》、次に妹大伴王《いろもおほとものみこ》、次に桜井《さくらゐ》之《の》玄王《ゆみはりのみこ》[8]、次に麻怒王《まののみこ》、次に橘本之《たちばなのもとの》若子《わくごの》王《みこ》、次に泥杼王《ねどのみこ》。十三柱《とをあまりみはしら》。また、岐多志毘売命《きたしびめのみこと》の姨《をば》、小兄比売《をえひめ》[9]に娶ひて、生《あ》れませる御子、馬木王《うまきのみこ》、次に葛城王《かづらきのみこ》、次に間人穴太部《はしひとのあなほべ》王《みこ》[10]、次に三枝部穴太部王《さきくさべのあなほべのみこ》、またの名は須売伊呂杼《すめいろど》、次に長谷部若《はつせべのわか》雀命《さざきのみこと》[11]。五柱《いつはしら》。おほよそ此の天皇の御子《みこ》等并せて廿五《はたちあまりいつはしら》の王《みこ》。

此の中に、沼名倉太玉敷命は、天の下治らしめしき。次に橘之豊日命、天の下治らしめしき。次に豊御気炊屋比売命、天の下治らしめしき。次に長谷部之若雀命《はつせべのわかさざきのみこと》、天の下治らしめしき。并せて四の王《よはしらのみこ》天の下治らしめしき。

4　敏達天皇。
5　『日本書紀』などに伝なし。
6　用明天皇。
7　推古天皇。
8　「玄」は「弦」の省文。弓張にもあてる。
9　欽明紀には同母弟小姉君とあり、『上宮聖徳法王帝説』には弟乎阿尼命。帝説所引の「天寿国曼荼羅繡帳銘」には「弟名乎阿尼乃弥已等」とあるにより兄を「あね」と訓みたいが『古事記』の「兄」はアニと認める。
10　用明天皇の皇后となり、聖徳太子を生む。
11　崇峻天皇。

〔敏達天皇《びんだつてんわう》〕

御子《みこ》、沼名倉太玉敷命《ぬなくらふとたましきのみこと》1、他田宮《をさだのみや》2に坐《いま》して、天《あめ》の下《した》治《し》らしめすこと、十四歳《とをあまりよとせ》なり。此《こ》の天皇《すめらみこと》、庶妹《ままいもと》豊御食炊屋比売命《とよみけかしきやひめのみこと》に取《あ》ひて、生みませる御子、静貝王《しづかひのみこ》3、またの名は貝蛸王《かひたこのみこ》、次に竹田王《たけだのみこ》、またの名は小貝王《をかひのみこ》、次に小治田王《をはりだのみこ》、次に葛城王《かづらきのみこ》、次に宇毛理王《うもりのみこ》、次に小張王《をはりのみこ》、次に多米王《ためのみこ》、次に桜井玄王《さくらゐのゆみはりのみこ》。八柱《やはしら》。また、伊勢《いせ》の大鹿首《おほかのおびと》4が女《むすめ》、小《を》熊子郎女《くまこのいらつめ》に娶《あ》ひて、生みませる御子、布斗比売命《ふとひめのみこと》、次に宝王《たからのみこ》、またの名は糠代比売王《ぬかでひめのみこ》。二柱。また、息長手王《おきながのてのみこ》が女《むすめ》、比呂比売命《ひろひめのみこと》5に娶ひて、生みませる御子、忍坂日子人太子《おしさかのひこひとのひつぎのみこ》6、またの名は麻呂古王《まろこのみこ》、次に坂騰王《さかのぼりのみこ》、次に宇遅王《うぢのみこ》。また、春日中若子《かすがのなかつわくご》が女《むすめ》、老女子郎女《おみなこのいらつめ》に娶ひて、生みませる御子、難波王《なにはのみこ》、次に桒田王《くはたのみこ》、次に春日王《かすがのみこ》、次に大《おほ》俣王《またのみこ》7。四柱《よはしら》。此《こ》の天皇の御子等《たち》并《あは》せて十七《とをあまりななはしら》の王《みこ》の中に、日子《ひこ》

1 第三十代敏達天皇。諡号の「敏達（びんだつ）」は、『日本書紀』諸本の付訓による読み方。
2 桜井市戒重という。
3 敏達紀五年一月では東宮聖徳に嫁したとある。
4 首の名が記載されていないが、敏達紀四年には伊勢大鹿首小熊女菟名子夫人とある。
5 敏達紀四年正月、広姫を立てて皇后とするとあるが、この年十一月に薨じている。
6 舒明天皇の父にあたる。
7 敏達天皇四年に大派皇子とある。

人太子《ひとのひつぎのみこ》、庶妹田村王《ままいもたむらのみこ》、またの名は糠代比売命《ぬかでひめのみこと》に娶ひて、生《あ》れませる御子、岡本宮《をかもとのみや》[8]に坐《いま》して、天の下治《し》らしめしし天皇[9]、次に中津王《なかつみこ》、次に多良王《たらのみこ》。三柱。また、漢王《あやのみこ》の妹《いも》、大俣王《おほまたのみこ》に娶ひて、生みませる御子、知奴王《ちぬのみこ》、次に妹栗田王《くはたのみこ》。二柱。また庶妹玄王《ままいもゆみはりのみこ》に娶ひて、生みませる御子、山代王《やましろのみこ》、次に笠縫王《かさぬひのみこ》。二柱。并《あは》せて七《なな》の王《はしら》。甲辰《きのえたつ》の[10]年四月六日《うづきむゆか》崩《かむあが》りましぬ。御陵《みささぎ》は川内《かふち》の科長《しなが》に在り。[11]

〔用明天皇《ようめいてんわう》〕

弟《おと》、橘豊日王《たちばなのとよひのみこ》[1]、池辺宮《いけのへのみや》[2]に坐《いま》して、天《あめ》の下治《したし》らしめすこと参歳《みとせ》。此《こ》の天皇《すめらみこと》、稲目大臣《いなめのおほおみ》が女《むすめ》、意富芸多志比売《おほぎたしひめ》に娶《あ》ひて、生みませる御子《みこ》、多米王《ためのみこ》。一柱《ひとはしら》。また庶妹間人穴太部王《ままいもはしひとのあなほべのみこ》に娶ひて、生みませる御子、上宮《かみつみや》の厩戸豊聡耳命《うまやとのとよとみみのみこと》[3]、次に久米王《くめのみこ》、次に植栗王《ゑくりのみこ》、次に茨田王《うまらたのみこ》。四柱《よはしら》。また当麻之倉首比呂《たぎまのくらのおびとひろ》が女《むすめ》、飯之子《いひのこ》に娶ひて、生みませ

8　奈良県高市郡明日香村の雷丘・奥山・岡寺辺りなど三説があり定説に至らない。

9　舒明天皇。推古天皇までの『古事記』を超える記事。『古事記』編纂が天武天皇の遺志に基づくものであり、父帝を記して正統の連続性を示している。

10　西暦五八四年。

11　大阪府南河内郡太子町太子奥城。前方後円墳。

1　第三十一代用明天皇。

2　奈良県桜井市阿部八丁辺り。

3　聖徳太子。

る御子、当麻王《たぎまのみこ》、次に妹《いも》須加志呂古郎女《すかしろこのいらつめ》。[4]

此の天皇、丁未《ひのとのひつじ》の年四月十五日《うづきのとをかあまりいつか》[5]崩《かむあが》りましぬ。御陵《みささぎ》は石寸《いはれ》[6]の掖上《わきかみ》に在り。[7]後《のち》に科長《しなが》の中の陵《みささぎ》[8]に遷《うつ》しまつる。

〔崇峻天皇《すうじゆんてんわう》〕

弟《おと》、長谷部若雀天皇《はつせべのわかさざきのすめらみこと》[1]、倉椅《くらはし》の柴垣宮《しばかきのみや》[2]に坐《いま》して、天の下治《し》らしめすこと肆歳《よとせ》。壬子《みづのえね》の年十一月十三日《しもつきのとをかあまりみか》[3]崩《かむあが》りましぬ。御陵《みささぎ》は倉椅《くらはし》の崗《をか》の上《うへ》に在り。[4]

〔推古天皇《すいこてんわう》〕

4 『上宮聖徳法王帝説』に須加氏古女王、用明紀に酢香手姫皇女とあるのをみれば、志呂の原資料は「代」と認定されたものとみられる。

5 西暦五八七年。

6 寸は「村」の省文。

7 桜井市池之内辺り。

8 大阪府南河内郡太子町春日。方墳。

1 第三十二代崇峻天皇。諡号の「崇峻（すうじゅん）」は、『日本書紀』諸本の付訓による読み方。

2 桜井市倉橋。

3 西暦五九二年。

4 桜井市倉橋金福寺跡。円墳。古墳ではない。

妹《いも》、豊御食炊屋比売命《とよみけかしきやひめのみこと》[1]、小治田宮《をはりだのみや》[2]に坐《いま》して、天《あめ》の下治《したし》らしめすこと卅七歳《みそとせあまりななとせ》。戊子《つちのえね》の年三月十五日《やよひのとをかあまりいつか》[3]癸丑《みづのとのうし》の日崩《かむあが》りましぬ。御陵《みささぎ》は大野《おほの》の崗《をか》の上《うへ》に在り。[4]後《のち》に科長《しなが》の大陵《おほみささぎ》[5]に遷《うつ》しまつる。

1　第三十三代推古天皇。最初の女帝。
2　奈良県高市郡明日香村雷の辺り。
3　西暦六二八年。
4　奈良県宇陀市室生区といい、また橿原市和田町という。
5　南河内郡太子町山田高塚。方墳。

古事記　下つ巻

現代語訳 古事記

古事記　上巻

序文をつけてある。

序文

過去の回顧

（陛下の）臣である安萬侶《やすまろ》が申し上げます。そもそも宇宙のはじめの混沌《こんとん》が、やっと一つに固まってきたところで、まだ気も形のくまどりも現れず、だから何かに名づけようもなく、何かの作用もないから、誰もその形というものを知りようもない。そのような状態であったけれど、混沌が初めて二つに分かれて天と地になり、その天に三人の神が天神の始めとなり、陰と陽も初めて分かれてその地に男女二神が万物の祖先とおなりになった。二神が出現したことにより、二神はあの世とこの世を入り出ることがあって（男神伊耶那岐命《いざなきのみこと》が）目を洗うときに、日の神と月の神が出現なさり、海水に浮かび沈みして禊《みそぎ》をしたときに天つ神と国つ神が出現なさった。このように世界のはじめは遥か遠いことで明らかでないが、古伝の大もとの教えと、先代の聖天子のお蔭《かげ》で、二神の国生み島生みや、神生みから天子の御世に至るまでをよく知ることが可能となった。正《まさ》しく知るところは、（日神天照大御神《あまてらすおおみかみ》の天の石屋《いわや》隠れの時）鏡を榊《さかき》に懸け、（誓約《うけい》の時）口中の珠《たま》を吹き棄てて得られた御子《みこ》（正勝吾勝々速日《まさかつあかつかちはやひ》天忍穂耳命《あめのおしほみみのみこと》）に始まって、百王が代々継承することになり、（いっぽう誓約《うけい》の時須佐之男命《すさのおのみこと》）剣を嚙《か》み、（出雲《いずも》の国に降《くだ》って）八俣大蛇《やまたのおろち》を切り、地に多くの神々が殖《ふ》え広がったということである。高天原《たかあまのはら》の安《やす》の河原《かわら》に八十万神《やそよろずのかみ》を集め、葦原中国《あしはらのなかつくに》を平定することを議《はか》り、伊耶佐《いざさ》の小浜で交渉して国土を平定なさった。こうして（皇孫）番仁岐命《ほのににぎのみこと》が初めて高千穂峰《たかちほのみね》に天降って、（やがて）神倭《かんやまと》（神武《じんむ》）天皇が久しく（各地を）経過して大和《やまと》にお着きになった。その途中、熊に姿を変えたものが川から現れ出ると、（皇軍はみな病み伏せってしまうが）天から降された（助けの）剣を高倉《たかくら》に得た。尻尾《しっぽ》の生えた人が天皇の行く道を遮ると、（天より派遣された）大きな烏《からす》が吉野《よしの》へと道案内した。（忍坂《おさか》では）舞を舞い列《つら》なり、歌声を聞くことを合図に、賊徒・仇敵《きゅうてき》を払い伏せた。（御真木入彦印恵命《みまきいりひこいにえのみこと》＝崇神《すじん》天皇は）夢に神託を知り、天つ神・国つ神を敬い祀《まつ》った。そのため民たちは賢明な天子と称《たた》え申した。（大雀命《おおさざきのみこと》＝仁《にん》徳《とく》天皇は）民の竈《かまど》に立つ煙を見て、民たちの貧窮をお済《すく》いになった。今もって聖帝と伝えている。

（若帯日子《わかたらしひこ》＝成務《せいむ》天皇は）国々の境界を定め国造《くにのみやつこ》・県主《あがたぬし》など諸国に首長制を置く国家を開き、近江宮《おうみのみや》で統治なさり、（男浅津間若子宿祢王《おあさつまのわくごのすくねのみこ》＝允恭《いんぎょう》天皇は）臣下たちの氏姓《うじかばね》を正し選び、大和の飛鳥《あすか》の宮で統治なさった。（歴代の天皇については）その治政に、歩くのと疾走するのと、というように緩急それぞれあって、華やかと素朴とこれまたそれぞれ相違はあるが、（いずれの天皇も）古の聖賢の道を考えて、教えの道がすでに廃《すた》れてしまうというときにはしっかり正され、今を照らして、常に守るべき教えが絶えようとすると補い正すことをなさらなかったことはなかった。

古事記の企画

飛鳥清原大宮《あすかのきよみはらのおおみや》で太八州《おおやしま》を統治なさった（天武《てんむ》）天皇の御世《みよ》に至る。（その過程を述べると）吉野《よしの》に引きこもった大海《おおあま》の皇太弟は、天に昇る前の水中の竜の徳をお持ちであり、頻《しき》りに鳴る雷のように、天子となるべき時に応《こた》えられようとなさった。夢の中で歌の神託を聞き、夜の川に行き占い、天皇の位を継承なさる立場にあることをお知りになった。しかし天命の時がまだ到来しないので、吉野山に、蟬《せみ》が殻を脱ぐようにお召し物を脱いで法衣に着替え、皇位を望まない立場を示しておられたが、天運と人々の心がともに備わると、東国に虎の勢いでお行きになった。天皇のみ輿《こし》はすばやく前進し、山を越え川を渡り、天皇の率いる軍は雷鳴轟《とどろ》くように進撃し、将軍（高市皇子《たけちのみこ》）率いる軍は稲光《いなびかり》のように先行した。天皇が矛《ほこ》を杖として突くと威勢があがり、勇猛な兵士らが煙のように起こり、天子の赤旗の進むところ、武器はきらきらと輝いて、悪者ども（近江朝廷軍）はくだけ易い瓦《かわら》のようにやすやすと摧《くだ》け散った。それからまだ余り日数も経《た》たないうちに、妖気《ようき》は自然に清らかとなった。そこで天皇は牛の引き綱を解き、馬を休息させ、心安らかに都に帰り、軍旗を巻き、矛をしまい納めて、歌い舞いして都に滞在なさった。木星は酉《とり》の年の位置、二年に宿り月は二月に当たり、天皇は清原大宮《きよみはらのおおみや》において、高御座《たかみくら》に昇って即位なさった。天皇の聖賢の道は黄帝《こうてい》に勝《まさ》り、聖賢の徳は文王《ぶんのう》を超えている。天皇は天子のしるしとしての神器《じんぎ》を保ち、天下四方を統一し、天照大御神《あまてらすおおみかみ》の霊魂を継承して、国の遠い隅々まで束ねられた。それには陰陽の原理を計り収め、五行の順序を整え合わせ、現実には神の教えを定めて人民に勧め、勝《すぐ》れた教化を国中にお広めになった。その上にまた、天皇の英智の海は限りなく広く、深く古代を尋ねきわめ、心の澄明な鏡は光り輝いて、くっきりと過去の時代を見通された。

ここにおいて天武天皇は仰せになった。

自分が聞くところによると、多くの氏族が持っている帝紀（天皇の正史）と本辞（諸氏族の家伝）はまったく真実と違い、多くの虚偽が加えられているという。今この時に、その誤りを改めないと、何年も経たないうちに、その真実は失われてしまうであろう。この正しい帝紀と本辞こそ国家組織の骨格となるものであり、天皇徳化の基礎となるものである。そこで帝紀を選び記し、本辞を調《しら》べ究《きわ》めて、偽《いつわ》りを削り真実を定めて、後世に伝えたいと思う。

と仰せになった。その時一人の舎人《とねり》がいた。氏は稗田《ひえだ》、名は阿礼《あれ》。年は二十八歳であった。生まれながらに聡明《そうめい》で、目にした文章は暗誦《あんしょう》でき、耳に聞こえた言葉は記憶することができた。そこで阿礼に仰せられて、帝皇《ていこう》の日継《ひつぎ》（天皇代々の継承）と先代《さきつよ》（諸家代々）の旧辞《ふるごと》（古伝）とを誦《よ》み習《なら》わさせられたのであった。しかしながら年月もめぐり移り、天皇の御代も変わって、まだその事業の成就をみるに至らなかった。

古事記の成立

伏して思うに、今上陛下《きんじょうへいか》（元明《げんめい》天皇）は、天命を受けて聖徳は天下にあまねく及んでおり、天・地・人の道を通して王者として民それぞれにふさわしい所を得しめておられる。皇居にいらっしゃりながらその徳は馬の蹄《ひづめ》の至る果てまで覆《おお》い、船の舳先《へさき》が及ぶかぎりまで照らしておられる。（この立派なご政道に天が感応して）日の出の光が残月の光と重なり合って浮かぶ〝重暉《じゆうき》〟、雲の散りかたが煙かと見紛うがこれは〝慶雲《けいうん》〟というめでたいしるし。さし延ばす二本の枝が一本となる〝木連理《ぼくれんり》〟と、二つの茎が一つに繋《つな》がり穂を一つに結ぶ〝嘉《か》禾《か》〟のめでたい祥瑞《しるし》などなど、史官は筆を休めることができないほどで、（また外国からの）使者は次々と烽《のろし》を上げ、いくつもの言葉の通訳を重ねて来朝して献上する貢ぎ物で、大蔵が空《から》になる月は一つもない。皇帝陛下の名声は夏の禹王《うおう》よりも高く、徳は殷《いん》の湯王《とうおう》に勝ると言うべきである。

これほどの陛下であるから、旧辞の誤り乱れたままであることを惜しまれ、先紀の誤り違ったままであることを正しくしようとして、和銅《わどう》四年九月十八日、臣安萬侶《やすまろ》に仰《おお》せられたことは、

稗田阿礼《ひえだのあれ》が誦《よ》んだところの飛鳥浄御原天皇《あすかきよみはらのすめらみこと》（天武天皇）の勅語の旧辞を選び記して献上せよ。

と仰せられたので、謹んで仰せの趣旨に従って、細部にまで目配りを行き届かせて正しいものを採録した。しかしながら上古の時代は、言葉と意味ともに素直な国語であり、それを漢字に敷き移し、漢語で綴《つづ》ること、つまり漢字での日本語表記は容易でない。すべて訓字で表記すると言葉の意味が十分に通じない。またすべて字音仮名で書き連ねると長々しすぎて意味が十分に通じない。

このような次第で、今、あるときには一句の中に音字と訓字を交え用い、あるときには一つの事柄の内に、すべて訓字をもって記した。文中の言葉とか文意の読みとりにくい場合には注をつけて明らかにし、文意と文脈の理解し易い場合には注をつけない。また人の氏の

「日下」には「玖沙訶《くさか》」と謂《い》い、人の名の「帯」を「多羅斯《たらし》」と謂うような例は、原資料のありのままにして改めていない。だいたい記してある内容は、天地開闢《かいびゃく》に始めて小治田《おわりだ》の御世（推古《すいこ》天皇）に終わる。それは天御中主神《あめのみなかぬしのかみ》から日子《ひこ》波限建《なぎさたけ》鵜草葺不合命《うがやふきあえずのみこと》までを上巻とし、神倭伊波礼毗古天皇《かんやまといわれびこのすめらみこと》（神武《じんむ》）から品陀《ほんだ》の御世（応神《おうじん》天皇）までを中巻とし、大雀　皇帝《おおさざきのすめらみこと》（仁徳天皇）から小治田大宮《おわりだのおおみや》（推古天皇）までを下巻とする。合わせて三巻に記し、謹んで献上《たてまつ》る。臣安萬侶、誠に恐れかしこまり、頓首《の》み頓首《の》み（額を地につけ拝礼し）申し上げます。

和銅五年正月廿八日

正五位上勲五等太朝臣安萬侶

天地の創成

特別な天つ神と神世七代

天と地が初めてひらけた時に、天上世界に出現した神の名は、天之《あめの》御中主神《みなかぬしのかみ》。次に高御産《たかみむ》巣《す》日神《ひのかみ》。次に神産《かむむ》巣《す》日神《ひのかみ》。この三柱《みはしら》の神は、それぞれ一神としての単独神でおいでになって、その姿を顕《あき》らかになさることがなかった。

次に地上世界は幼く、水に浮かぶ動物性脂肪のようで、水母《くらげ》のようにぷかぷかと漂っていた時に、水辺の葦《あし》が初めて芽ぐむように萌《も》え上がった物があって、そこから出現なさった神の名は、宇摩志阿斯訶備比古遅神《うましあしかびひこじのかみ》。次に天が定まったという天之常立神《あめのとこたちのかみ》。この二柱《ふたはしら》の神もともに単独神で、その身の形を隠しておられた。以上の五神は特別な天《あま》つ神《かみ》である。

次に出現なさった神の名は大地が定まったという国之常立神《くにのとこたちのかみ》。次に国土の上に広がる豊雲《とよくも》野神《ののかみ》。この二神も単独神でおいでになって、身の形を隠しておられる。

次に出現なさった神の名は大地の象徴泥土の宇比地迩神《うひじにのかみ》。次にその対になる砂土の女神須《す》比智迩神《いちにのかみ》。次に土地造成のために打ち込まれる杭《くい》の男神角杙神《つのくいのかみ》。次に女神活杙神《いくぐいのかみ》。二柱。その土地に建てられた家屋の門口の神が、次の意富斗能地神《おおとのじのかみ》と女神の大斗乃弁神《おおとのべのかみ》。次に〝君は綺麗《きれい》だね〟と女神の美貌《びぼう》を讃美した言葉を男神の名とした於母陀流神《おもだるのかみ》。次に男神の讃美を受けて、〝恐れ多くてもったいない〟と応《こた》える言葉が阿夜訶志古泥神《あやかしこねのかみ》。次にこの男に相当し女に誘いかけるのが伊耶那岐神《いざなきのかみ》。次にこの誘いにそのまま応《こた》え返して、求婚を受け入れ一対となるのが、女神伊耶那美神《いざなみのかみ》。

以上、国之常立神から伊耶那美神までを合わせて神世《かみよ》七代《ななよ》という。上記の国之常立・豊雲野の単独神はそれぞれで一代という。次に男女一対ずつの十神はそれぞれを一組で一代という。

伊耶那岐神《いざなきのかみ》と伊耶那美神《いざなみのかみ》

おのごろ島

そこで天《あめ》の神々の仰せによって、伊耶那岐命《いざなきのみこと》・伊耶那美命《いざなみのみこと》の二神に、「この漂っている状態の国土を繕《つくろ》い、しっかり固定しなさい」と仰せになり、天《あめ》の沼《ぬ》（玉）矛《ほこ》をお与えになって委任なさった。そこで二神は、天に懸かる浮き橋の上にお立ちになって、その玉矛を下界へさし下して攪《か》き回されると、海水は攪《かき》くたびにコオロコオロと音を立てて、矛を引き上げるときにその先からしたたり落ちた塩が累なり積もって島ができた。これが淤能碁呂島《おのごろしま》である。

二神はその島に天降りなされて、高天原《たかあまのはら》の象徴の御《み》柱はここととお決めになると、そこにパッと柱が立ち、立派な宮殿をパッとお建てになった。

二神の結婚

そこで伊耶那岐命《いざなきのみこと》は、妻の伊耶那美命《いざなみのみこと》に、「おまえの体はどのようにできているのか」と問うと、「私の身は成長し終えてもなお合わないままのところが一か所あります」と申した。

すると伊耶那岐命がおっしゃるのには、「我が身は成長し終わって、余ったところが一か所ある。そこで我が身の成り余ったところを、おまえの身の成り合わなかったところに刺し塞《ふさ》いで国を生みつくりたいと思う。どうだろうか」。伊耶那美命が「それがよろしゅうございましょう」と申した。そこで伊耶那岐命は、「それならば、私とおまえとで、この天の御柱をぐるっと廻《まわ》って出合ったところで結婚をしよう」とおっしゃった。

このように約束を交わし、「おまえは右から廻り逢《あ》え、私は左から廻り出合おうぞ」ときちんと約束を完了して廻って出合った時、先に伊耶那美命が「ああ、いとおしい若者よ」と言い、後から伊耶那岐命が「ああ、愛すべき乙女《おとめ》よ」と言った。二人とも言い終わってしまってから伊耶那岐命が妻に告げておっしゃるには、「女人が先に言葉を揚げるのは不吉だ」。それでも寝所で結婚をして生んだ子は水蛭子《ひるこ》。この子は葦《あし》の船に入れて放流した。次に淡島《あわしま》を生んだ。これも子の数に入れない。

そこで二神は相談して、「今、自分たちが生んだ子は不吉な子だ。やはり天つ神の御許《みもと》に参って申し上げよう」と言い、一緒に参上して天つ神の仰せをお願いした。そこで天つ神の仰せによって卜占《うらない》をして、(その結果により、天つ神は)「女が先に誘いの言葉をかけたことによる不吉である。返り降《くだ》ってもう一度言い直しなさい」と仰せになった。

国生み

このようなことで二神は返り降って、もう一度天《あめ》の御柱《みはしら》を前のときのように行き廻《めぐ》ったのである。今度は伊耶那岐命《いざなきのみこと》が、先に「ああ、愛すべき乙女《おとめ》よ」と言い、後から伊耶那美命《いざなみのみこと》が「ああ、いとおしい若者よ」と言った。このように言い終わって結婚なさって、生んだ子が淡道之穂狭別島《あわじのほのさわけのしま》、次に伊予之二名島《いよのふたなのしま》をお生みになった。この島は体は一つで顔が四つあり、顔ごとに名がある。伊予国《いよのくに》を愛媛《えひめ》といい、讃岐国《さぬきのくに》を飯依比古《いいよりひこ》といい、粟国《あわのくに》を大宜都比売《おおげつひめ》といい、土佐国《とさのくに》を建依別《たけよりわけ》という。次に隠伎《おき》の三子《みつご》の島《しま》をお生みになった。別名は天忍許呂別《あめのおしころわけ》。次に筑紫島《つくしのしま》をお生みになった。この島も体一つに顔四つがある。顔ごとに名がある。筑紫国《つくしのくに》を白日別《しらひわけ》といい、豊国《とよのくに》を豊日別《とよひわけ》といい、肥国《ひのくに》を建日向日豊久士比泥別《たけひむかひとよくじひねわけ》といい、熊襲国《くまそのくに》を建日別《たけひわけ》という。次に伊岐島《いきのしま》をお生みになった。別名を天比登都柱《あめひとつばしら》という。次に津島《つしま》をお生みになった。別名を天之狭手依比売《あめのさでよりひめ》という。次に佐度島《さどのしま》をお生みになった。次に本州にあたる大倭豊《おおやまととよ》秋津島《あきづしま》をお生みになった。別名を天御虚空豊秋津根別《あめのみそらとよあきづねわけ》という。そしてこの八つの島を先ずお生みになったことに因《ちな》んで大八島国《おおやしまくに》という。

このような国生みのことがあってからお帰りになる時に、吉備《きび》の児島《こじま》をお生みになった。別名を建日方別《たけひかたわけ》という。次に瀬戸内海の小豆島《あずきしま》をお生みになった。別名を大野手比売《おおのでひめ》という。次に大島《おおしま》をお生みになった。別名を大多麻流別《おおたまるわけ》という。次に女島《おみなしま》をお生みになった。別名を天一根《あめひとつね》という。次に知訶島《ちかのしま》をお生みになった。別名を天《あめ》の忍男《おしお》という。つぎに両児《ふたご》の島《しま》をお生みになった。別名を天両屋《あめのふたや》という。吉備の児島から天両屋の島まで合わせて六つの島である。

神生みと伊耶那美神の神避《かんさ》り

二神はすべて国生みを終わって、さらに神をお生みになった。そこでお生みになった神は、以下の神々を生む大事業の偉大さの象徴としての、名は大事忍男神《おおことおしおのかみ》。次に土石の神格化の石《いわ》土毘古神《つちびこのかみ》をお生みになった。次に石や砂の神石巣比売神《いわすひめのかみ》をお生みになり、次に住居の出入り口の神大戸日別《おおとひわけ》をお生みになり、次に天井を葺《ふ》く意の天之吹男神《あめのふきおのかみ》をお生みになり、次に家屋の神大屋毘古神《おおやびこのかみ》をお生みになった。次に風の神風木津別之忍男神《かざもつわけのおしおのかみ》をお生みになり、次に海の神名は大綿津見神《おおわたつみのかみ》をお生みになり、次に水の出入り口の神速秋津日子神《はやあきつひこのかみ》、ついで女神速秋津《はやあきつ》比売神《ひめのかみ》をお生みになった。大事忍男神から秋津比売神まで合わせて十神である。

この速秋津日子・速秋津比売の神の二柱の神が河と海とを分担して生んだ水の状態を表す神の名は沫那芸神《あわなぎのかみ》、次に沫那美神《あわなみのかみ》、次に頬那芸神《つらなぎのかみ》、次に頬那美神《つらなみのかみ》、次に水の分配を表す天之《あめの》水分神《みくまりのかみ》、次に国之水分神《くにのみくまりのかみ》、水汲《みずく》みに関わる天之久比奢母智神《あめのくひざもちのかみ》、次に国之久比奢母智神《くにのくひざもちのかみ》。沫那芸神から国之久比奢母智神まで合わせて八神。

伊耶那岐・伊耶那美の二神は、次に風の神、名は志那都比古神《しなつひこのかみ》をお生みになり、次に木の神、名は久々能智神《くくのちのかみ》をお生みになり、次に山の神、名は大山津見神《おおやまつみのかみ》をお生みになり、次に野の神、名は鹿屋野比売神《かやのひめのかみ》をお生みになった。別名を野椎神《のづちのかみ》という。志那都比古神から野椎神まで合わせて四神。

　この大山津見神・野椎神の二柱の神が、山と野とを分担して生んだ山野の情況を表す神の名は、天之狭土神《あめのさづちのかみ》、次に国之狭土神《くにのさづちのかみ》。次に天之狭霧神《あめのさぎりのかみ》、次に国之狭霧神《くにのさぎりのかみ》、次に天之闇戸神《あめのくらとのかみ》、次に国之闇戸神《くにのくらとのかみ》、次に大戸或子神《おおとまどいこのかみ》、次に大戸或女神《おおとまどいめのかみ》。天之狭土神から大戸或女神まで合わせて八神である。

　伊耶那岐・伊耶那美の二神が、次にお生みになった神の名は鳥之石楠船神《とりのいわくすふねのかみ》、別名は天鳥《あめのとり》船《ふね》という。次に大宜都比売神《おおげつひめのかみ》をお生みになり、次に火之夜芸速男神《ひのやぎはやおのかみ》をお生みになった。この神の別名は火之炫毗古神《ひのかがびこのかみ》といい、もう一つの別名は火之迦具土神《ひのかぐつちのかみ》という。この子をお生みになったことにより、伊耶那美命は女陰《ほと》を焼かれて病み臥《ふ》せってしまわれた。それでも嘔吐《おうと》したものから出現した神の名は金山毗古神《かなやまびこのかみ》。次に金山毗売神《かなやまびめのかみ》。次に尿《にょう》に出現した神の名は波迩夜須毗古神《はにやすびこのかみ》。次に波迩夜須毗売神《はにやすびめのかみ》。次に大便から出現した神の名は弥都波能売神《みつはのめのかみ》。次に和久《わく》産巣日神《むすひのかみ》。この神の子は食物神である豊宇気毗売神《とようけびめのかみ》という。こうしたわけで、伊耶那美神は火の神を生んだことが原因で、遂にあの世へお行きになった。天鳥船から豊宇気毗売神までは合わせて八神である。

　すべて伊耶那岐・伊耶那美の二神が一緒にお生みになった島は十四島、また神は三十五神である。これらの神は伊耶那美の神があの世にお行きにならない前にお生みになったもので、ただ意能碁呂島《おのごろしま》はお生みになったのではなく、また蛭子《ひるこ》と淡島《あわしま》は生んだ子の数に入れない。

火の神を斬《き》る

こうしたことがあって、伊耶那岐命《いざなきのみこと》は、「いとしい我が妻よ、おまえを子の一匹などと引き替えにできようか」とおっしゃるのであった。伊耶那岐命が、横たわる妻の御枕の方へ腹《はら》這《ば》い、御足の方へと腹這って声をあげてお泣きになった時に、御涙に出現した神は、香山《かぐやま》の畝尾《うねお》の木本《このもと》に鎮座していらっしゃる、名は泣沢女神《なきさわめのかみ》である。そして、その、あの世へお行きになった伊耶那美神《いざなみのかみ》は、出雲国《いずものくに》と伯伎国《ほうきのくに》との境の比婆《ひば》の山《やま》に葬りもうしあげた。すると伊耶那岐命は、腰にお佩《は》きの十拳《とつか》の剣《つるぎ》を抜いて、その子火神迦具土神《かぐつちのかみ》の首をお斬《き》りになった。するとその御刀の刃先に着いた血が群がった岩石に飛び散って付着して出現した神の名は石柝《いわさくの》神《かみ》。次に根柝神《ねさくのかみ》。次に石箇之男神《いわつつのおのかみ》。三神。次に御刀の刃の根本に着いた血も岩石群に飛び散って付着して出現した神の名は甕速日神《みかはやひのかみ》。次に樋速日神《ひはやひのかみ》。次に建御雷之男神《たけみかずちのおのかみ》。別名は建布都《たけふつの》神《かみ》、もう一つの名は豊布都神《とよふつのかみ》、三神。次に御刀の柄《つか》に集まった血は、指の俣《また》から漏れ出して出現した神の名は闇淤加美神《くらおかみのかみ》。次に闇御津羽神《くらみつはのかみ》。

以上石柝神から闇御津羽神まで、合わせて八神は御刀によって出現した神である。

殺された迦具土神の名は、正鹿《まさか》山津《やまつ》見神《みのかみ》。次に胸に出現した神の名は淤《お》縢《ど》山津《やまつ》見神《みのかみ》。次に腹に出現した神の名は奥山津《おくやまつ》見神《みのかみ》。次に陰部に出現した神の名は闇山津《くらやまつ》見《み》神《かみ》。次に左の手に出現した神の名は志芸《しぎ》山津《やまつ》見神《みのかみ》。次に右の手に出現した神の名は羽山津《はやまつ》見《み》神《かみ》。次に左の足に出現した神の名は原山津《はらやまつ》見神《みのかみ》。次に右の足に出現した神の名は戸《と》山津《やまつ》見神《みのかみ》。正鹿山津見神から戸山津見神まで、合わせて八神。そのお斬りになった刀《たち》の名は、天之《あめの》尾《お》羽《は》張《はり》といい、別名を伊都之《いつの》尾《お》羽《は》張《はり》という。

黄泉《よみ》の国

このことがあって伊耶那岐命《いざなきのみこと》は、妻である伊耶那美命《いざなみのみこと》に会いたいとお思いになって、あの世の黄泉《よみ》の国《くに》に、後を追ってお行きになった。そこで伊耶那美命が御殿の閉ざした戸口からお出迎えになった時に、伊耶那岐命は妻に語って、「いとおしい我が妻の命《みこと》よ、自分とおまえとで作った国は、まだ作り終わっていない。だから帰ってきてほしい」とおっしゃった。伊耶那美命はそれに答えて、「とても残念なこと。もう少し早くお出《い》でくださったらよかったのに。私は黄泉の国のかまどで炊いた食事を食べてしまいました。ですがいとしい夫のあなた様が、この国までお入りになって来られましたことは恐縮に存じます。仰《おお》せのとおり帰りとうございます。しばらく黄泉《よみ》の神と交渉してみましょう。その間私を決して覗《のぞ》き見《み》してはなりません」とこう申して、その御殿の中に帰っていったが、その待つ間のたいそう長いのに耐えかねてしまわれた。伊耶那岐命は、長い髪を左右に耳の上あたりにわがねた左側の髻《みずら》に挿していらっしゃる櫛《くし》の端の太い歯一本を引っ欠いて、炬火《たいまつ》のような一本火を燭《とも》して、殿内に入って覗き見をなさった途端、そこには伊耶那美命の肉体のいたるところに蛆虫《うじむし》がたかり集まり、うごめく音がごろごろと鳴るありさまで、頭部には大雷《おおいかずち》がおり、胸には火《ほの》雷《いかずち》がおり、腹には黒雷がおり、陰部には柝《さく》雷がおり、左の手には若《わか》雷がおり、右の手には土《つち》雷がおり、左の足には鳴《なる》雷がおり、右の足には伏《ふす》雷がおり、合わせて八種もの雷神がわき出していた。

　このありさまを見てしまった伊耶那岐命が恐ろしさに逃げ帰ろうとなさった時に、妻の伊耶那美命は、「私に恥《はじ》をかかせましたね」と言うと、黄泉の国の醜女ヨモツシコメを遣《つか》わして追いかけさせた。そこで伊耶那岐命は頭に着けていた黒い髪飾りをはずして投げ棄てるやいなや、山葡萄《やまぶどう》の芽が生え花が咲き実が成った。シコメがこれを拾い取って喰《く》っている間に逃げてお行きになった。喰い終わるとなお追いかけてくる。そこでまた右側の髻《みずら》に挿していらっしゃる櫛《くし》を引っ掻《か》いて投げ棄てるやいなや竹の子が地面に芽を出し生えた。シコメがこれを抜き取り喰っている間に、逃げてお行きになった。その後伊耶那美命は、あの八種の雷神に、多数の黄泉の国の軍隊を一緒にして追わせた。そこで伊耶那岐命は身に帯びておられた十拳《とつか》の剣《つるぎ》を抜いて、後手《うしろで》に振りながら逃げて来るのを、黄泉軍はなお追ってきた。ようやくこの世との境の黄泉比良坂《よもつひらさか》の坂の口まで辿《たど》り着いた時、その坂のふもとに生えていた桃《もも》の実三箇を取って迎え撃つと、桃の呪術《じゅじゅつ》的魔除けの力を受けて、黄泉軍はすべて引き返していった。そこで伊耶那岐命は、桃の実に、「おまえ桃の実よ、私を助けたと同じように、この世葦原中国《あしはらのなかつくに》に生きるあらゆる人々が苦しみの流れに流されて悩みごとに呆然《ぼうぜん》となる時に助けてやってくれ」とお告げになって、大きな霊の力という意味のオオカムヅミの命《みこと》の名を賜った。いちばん後から妻の伊耶那美命自身が追いかけて来た。そこで伊耶那岐命は千人力でなければ引けない大岩を引っぱって来てその黄泉比良坂を塞《ふさ》いで、その岩を真ん中にして二神が向かい合って立ち、伊耶那岐命が離婚の呪言《じゅごん》を言い渡した時、伊耶那美命は、「いとおしい我が夫の命《みこと》よ、あなたがこんなことをなさいますならば、あなたの国の人間を、一日に千人、首を絞め殺《し》しましょう」と申した。すると伊耶那岐命は、「いとしい妻の命よ、おまえがそうするなら、自分は一日に千五百の産屋《うぶや》を建てよう」と仰せになった。こういうことがあって、この世では人は一日に必ず千人も死に、一日に必ず千五百人も生まれるのである。そういうわけでその伊耶那美命を名付けて黄泉大神《よもつおおかみ》という。また妻の伊耶那美命が夫に追い付いたということによって、道敷大神《ちしきのおおかみ》と名付けたともいう。またその黄泉《よみ》の坂に塞がった岩は道反之大神《ちがえしのおおかみ》と名付け、また塞いでいらっしゃる黄泉戸大神《よみとのおおかみ》ともいう。ここにいうところの黄泉比良坂は、今の出雲国《いずものくに》のイフヤ坂だという。

禊《みそぎ》

黄泉《よみ》の国《くに》から逃げ戻って、伊耶那岐大神《いざなきのおおかみ》は、「自分は目にするのもいやな汚《けが》らわしい穢《けが》れた国に行っていたことよ。この身についた穢れを取り除くために自分は身の祓《はら》えをしよう」とおっしゃって、筑紫《つくし》の日向《ひむか》の橘《たちばな》の小門《おど》のアハキ原にお行きになって禊《みそぎ》をなさった。身の回りの物として、投げ棄《す》てた御杖《みつえ》に出現した神の名は、衝立船戸神《つきたつふなとのかみ》。次に投げ棄てた御帯に出現した神の名は、道之長乳歯神《みちのながちはのかみ》。次に投げ棄てた御嚢《みふくろ》に出現した神の名は、時量師神《ときはかしのかみ》。次に投げ棄てた御衣に出現した神の名は、厄介《やっかい》もののワヅライノ大人神《うしのかみ》。次に投げた御褌《みはかま》に出現した神の名は、道俣神《ちまたのかみ》。次に投げ棄てた御冠《みかんむり》に出現した神の名は、飽咋之大人神《あきぐいのうしのかみ》。次に投げ棄てた左の御手に着けた腕輪に出現した神の名は、奥疎神《おきざかるのかみ》。次に奥津那芸佐毗古神《おきつなぎさびこのかみ》。次に奥《おき》津甲斐弁羅神《つかいべらのかみ》。次に投げ棄てた右の御手の腕輪に出現した神の名は辺疎神《へざかるのかみ》。次に辺《へ》津那芸佐《つなぎさ》毗古神《びこのかみ》。次に辺津甲斐弁羅神《へつかいべらのかみ》。

右に述べてきた、船戸神から辺津甲斐弁羅神までの十二神は、伊耶那岐命が、身に着けた物をお脱ぎになったことによって出現した神である。

身に着けていた物をお棄てになったところで、「上《かみ》の方の瀬は流れが速い。下《しも》の方の瀬は流れが遅《おそ》い」とおっしゃって、初めて中ごろの瀬に入り、水に身を沈めておすすぎになった時に出現した神の名は、八十禍津日神《やそまがつひのかみ》。次に大禍津日神《おおまがつひのかみ》。この二神は、あの穢れだらけの国にお行きになった時の身の汚れによって出現した神である。次にその禍《わざわい》を直そうとして出現した神の名は、神直毘神《かんなおびのかみ》。次に大直毘神《おおなおびのかみ》。次に伊豆能売《いずのめ》。合わせて三神である。次に水の底でお滌《すす》ぎになった時に出現した神の名は、底津綿津見神《そこつわたつみのかみ》。次に底筒之男命《そこつつのおのみこと》。水の中ほどの深さでお滌ぎになった時に出現した神の名は、中津綿津見神《なかつわたつみのかみ》。次に中筒之男命《なかつつのおのみこと》。水面でお滌ぎになった時に出現した神の名は、上津綿津見神《うわつわたつみのかみ》。次に上筒之男命《うわつつのおのみこと》。この三神の綿津見神は、阿《あず》曇連《みのむらじ》氏らが祖先神としてお祀《まつ》りする神である。その阿曇連氏らは、その綿津見神の子の宇《う》都志《つし》日金柝命《ひかなさくのみこと》の子孫である。またその底筒之男命・中筒之男命・上筒之男命の三神は、住吉《すみよし》大社《たいしゃ》の三座の大神である。

この禊《みそぎ》の最後に、左の御目《みめ》をお洗いになった時に出現なさった神の名は、天照大御神《あまてらすおおみかみ》。次に右の御目をお洗いになった時に出現された神の名は、月読命《つくよみのみこと》。次に御鼻《みはな》をお洗いになった時に出現された神の名は、建速須佐之男命《たけはやすさのおのみこと》。

右に述べてきた八十禍津日神《やそまがつひのかみ》から速須佐之男命まで、十神は、伊耶那岐命が御身をお滌《すす》ぎになったことによって出現なさった神である。

三貴子の分治

この時に伊耶那岐命《いざなきのみこと》はたいそうお喜びになって、「自分は子をつぎつぎと生まれさせて、生まれしめることの終わりに、三神の貴い子を得ることができた」と仰せになった。そして御頸《くび》のネックレスを取りはずしながら玉の触れ合う音を響かせて、天照大御神にお与えになって、「あなたは天上界を統治しなさい」とご一任になった。その神器としてのネックレスの玉の名は、置かれる場所に因んで御倉板挙神《みくらたなのかみ》という。次に月読命に、「あなたは夜の世界を治めなさい」とご委任になった。次に建速須佐之男命に、「あなたは海原《うなはら》を治めなさい」とご委任になった。そこでそれぞれ伊耶那岐命が委任なさった仰せに従ってお治めになる中に、速須佐之男命だけは、任命された国を治めないで、あごひげが伸びてみぞおちに垂れ下がるまでの長い間泣きわめいた。その泣くありさまは、青々とした山は涙のための水分として取られ、枯れ山となるほど泣いて枯らし、河・海の水は涙のための水として取られ、泣いて干上がってしまったほどだ。そのため悪神たちの放つ声は五月の蠅《はえ》のように国のすべてに満ち満ち、物という物がみんな妖気《ようき》を発した。そこで伊耶那岐大御神は、「どんなわけがあって、おまえは委任した国を治めないで泣きわめいているのか」とおっしゃった。それに答えて、須佐之男命は、「私はここを去って亡き母の国の根之堅州国《ねのかたすくに》に行きたいと思い、それで泣いています」と申した。これに伊耶那岐大神はたいそう怒って、「それなら、おまえはもうこの国に住むな」とおっしゃって、速須佐之男命を追放なさった。その伊耶那岐大神は、近江《おうみ》の多賀《たが》大社に鎮座していらっしゃる。

天照大御神《あまてらすおおみかみ》と須佐之男命《すさのおのみこと》

誓約《うけい》

追放されることになった速須佐之男命《はやすさのおのみこと》は、「こういうことになったからには、天照大御神《あまてらすおおみかみ》にことの次第を申してから根之堅州国《ねのかたすくに》に参《まい》ろう」とおっしゃって、高天原《たかあまのはら》に参り上《のぼ》られた時に、山や川はすべて揺れ動き、国土は皆震《ふる》えた。天照大御神はこれを聞き驚いて、「我が弟が高天原に上って来るわけは、必ず善意あってのことではないでしょう。我が高天原を奪い取ろうと思っているからに違いない」と仰せられて、御髪《みぐし》を解き、男性の髪型の髻《みずら》に結い替えられて、左右のその髻《みずら》にも、髪飾りにも、左右の御手にもそれぞれ大きな勾玉《まがたま》を多数紐《ひも》に貫いた幾連もの数珠状の玉を巻き着けられて、鎧《よろい》の背中には千本入りの矢入れを負い、胸には五百本入りの矢入れを着け、また左の腕には威勢のいい音をたてる竹の鞆《とも》をお着けになって、弓は腹が見えるほど振り立て、堅い地面に股《もも》がくい込むように踏み入れ、その地面を泡雪のように蹴散《けち》らして、威勢雄々しく踏み勇み、須佐之男命を待ちうけて、「なんのわけあって上って来たのか」とお問いになった。すると須佐之男命は、「私は邪心はありません。ただ、伊耶那岐大御神のお言葉があって、私がわめき泣くわけをお問いになりましたので、『私は亡き母の国に行きたくて声をあげて泣いているのです』と申しました。伊耶那岐大御神は『おまえはこの国に住むな』と仰せになって、私を追放なさいました。そこで大御神の下《もと》を去って行くことの次第を申したいと思って参上しただけです。邪心など無いのです」と答え申した。これに、天照大御神は、「それならば、おまえの心が潔白であることはどうしたら分かるであろうか」と仰せになった。それに答えて速須佐之男命は、「それぞれにウケイという誓いをたてて、子を生《な》しましょう」と申した。

こうしたことがあって、それぞれ天の安の河を間に挟んで誓い言《ごと》をした時に、天照大御神がまず建速須佐之男命の腰に帯びる十《と》拳《つか》の剣を求め取って、三つ折りに折って、その折った剣を玉の音もさやかに響かせ、天真名《あめのまな》井《い》の中に振り滌いで、それを口中に含み、嚙んではまた嚙みして勢いよく吐き出した息の霧に出現した神の御名は、多紀理毗売命《たきりびめのみこと》。別の御名は奥《おき》津島比売命《つしまひめのみこと》という。次に市寸島比売命《いちきしまひめのみこと》。別の御名は狭依毗売命《さよりびめのみこと》という。次に多岐都比売命《たきつひめのみこと》。三神。続いて速須佐之男命が、天照大御神の左側の御髻に巻いておいでの、大きな勾玉を多数貫き通した数珠状の玉を求め取って、玉の音もさやかに響かせ、天真名井の中に振り滌いで、口中に含み、嚙みに嚙んで勢いよく吐き出した息の霧に出現なさった神の御名は、正勝《まさかつ》吾勝勝速日天之忍穂耳命《あかつかちはやひあめのおしほみみのみこと》。また右側の御髻に巻いておいでの数珠状の玉を求め取って、嚙みに嚙んで勢いよく吐き出した息の霧に出現した神の御名は、天之菩卑命《あめのほひのみこと》。また髪飾りにお巻きになっている玉を求め取り、嚙みに嚙んで勢いよく吐き出した息の霧に出現なさった神の御名は、天津日子根命《あまつひこねのみこと》。また左の御手にお巻きの玉を求め取って、嚙みに嚙んで勢いよく吐き出した息の霧に出現なさった神の御名は、活津《いくつ》日《ひ》子《こ》根命《ねのみこと》。また右の御手にお巻きの玉を求め取って、嚙みに嚙んで勢いよく吐き出した霧に出現なさった神の御名は、熊野《くまの》久《く》須《す》毘命《びのみこと》。合わせて五神。

　ウケイが終わって、天照大御神が速須佐之男命にお告げになったことは、「この、後から生まれた五神の男子は、素《もと》が自分の物から成った。だから、おのずから我が子です。先に生まれた三神の女子は、素があなたの物から成った。だから、あなたの子です」と、このように子の区別を決めて仰せになった。

　こうして、先に生まれた神、多紀理毘売命は胸形《むなかた》神社（宗像大社《むなかたたいしゃ》）の奥津《おきつ》宮《みや》に鎮座していらっしゃる。次に市寸島比売命は胸形神社の中津《なかつ》宮《みや》に鎮座していらっしゃる。次に田《た》寸《き》津《つ》比《ひ》売命《めのみこと》は胸形神社の辺津《へつ》宮《みや》に鎮座していらっしゃる。この三神は胸形君《むなかたのきみ》らがお祭りする三座の大神である。そして女神たちの後から現れた五神の子たちの中の、天菩比命《あめのほひのみこと》の子建比《たけひ》良鳥《らとりの》命《みこと》、これは出雲《いずも》の国造《くにのみやつこ》・无耶志《むざし》の国造・上菟上《かみつうなかみ》の国造・下菟上《しもつうなかみ》の国造・伊自牟《いじむ》の国造・津島《つしま》の県直《あがたのあたえ》・遠《とおつ》江《おうみ》の国造らの祖先である。次に天津《あまつ》日《ひ》子《こ》根命《ねのみこと》は、凡川内《おおしこうち》の国造・額田部《ぬかたべ》の湯坐連《ゆえのむらじ》・木の国造・倭《やまと》の田中直《たなかのあたえ》・山《やま》代《しろ》の国造・馬来田《うまくた》の国造・道尻岐閇《みちのしりきへ》の国造・周芳《すわ》の国造・倭の淹知造《あむちのみやつこ》・高市県主《たけちのあがたぬし》・蒲生稲寸《かまふのいなき》・三枝部造《さきくさべのみやつこ》らの祖先である。

そこで速須《はやす》佐《さ》之《の》男命《おのみこと》が天照大御神《あまてらすおおみかみ》に申していうことには、「私の心が潔白であったので私は女神を成し得たのです。このことから言えば、このウケイは当然私の勝ちです」と言って、勝ちにまかせて、天照大御神の作る田の畔《あぜ》を断《た》ち切り、田に引く水路の溝《みぞ》を埋め、また天照大御神が新穀を召し上がる大嘗祭《だいじょうさい》の御殿に、糞《くそ》を撒《ま》き散らした。須佐之男命がそれほどにひどいことをしても、天照大御神は咎《とが》めだてをせずに、「あの糞のようなものは、我が弟の命が酒に酔って吐き散らし、こんなことをしたのでしょう。また田の畔を断ち切り、溝を埋めるのは、稲種を撒《ま》く土地を惜《お》しんで、我が弟の命は、こんなことをしたのでしょう」と、罪がなかったことにする詔《の》り直しということをなさったのに、それでも須佐之男命の荒々しいしわざは止むことがなく、ますますひどくなっていった。天照大御神が聖なる服織《はたおり》屋においでになって、祭りの神衣を織らせていらっしゃった時、その服屋《はたや》の棟《むね》に穴をあけ、天の斑馬《ぶちうま》を尻《しり》の方から皮を剝《は》いで落とし入れた時に、服織女《はたおりめ》がそれを見て驚き、機織具《はたおりぐ》の梭《ひ》に陰部を突いて死んでしまった。このことを天照大御神は見て恐れ、天《あめ》の石屋《いわや》の戸を開き籠《こも》ってしまわれた。このために天上世界高天原《たかあまのはら》はまったく暗黒となり、地上世界の葦原中国《あしはらのなかつくに》も真っ暗闇《くらやみ》となった。こうして夜ばかりが続いた。すると万物の神々の騒がしい声は、五月頃の蠅《はえ》のように満ち拡がり、万物のわざわいが一斉に起こった。そこで高天原の八《や》百万《およろず》の神が、高天原の安《やす》の河原に集まり集まって、高御産日神《たかみむすひのかみ》の子の思金神《おもいかねのかみ》に思案させて、天の長鳴鳥《ながなきどり》を集めて鳴かせ、天の安の河の川上の堅い石を金床《かなどこ》用に取り、天の金山《かなやま》の鉄を取って、鍛冶《かじ》の天津麻《あまつま》羅《ら》を探し求めて、伊斯許理度売命《いしこりどめのみこと》に命じて鏡を作らせ、玉祖命《たまのおやのみこと》に命じて大きな勾玉《まがたま》を多数貫《つらぬ》いた一連の数珠を作らせて、天児屋命《あめのこやねのみこと》と布刀玉命《ふとたまのみこと》を召《め》して、天の香山《かぐやま》の男鹿《おじか》の肩胛骨《けんこうこつ》をまるごと抜きとって、天の香山の樺桜《かばざくら》の木の皮でその骨を灼《や》いて占《うらな》いをさせ、天の香山の枝葉の茂った榊《さかき》を根こそぎ掘り取って、上の枝には大きな勾玉の連珠を着け、中ほどの枝には八《や》尺《あた》の鏡をかけ、下の枝には楮《こうぞ》の布と麻の布の祭具を垂らし下げ、これらさまざまの物は、布刀玉命が立派な捧げ物として奉《たてまつ》り、天児屋命が立派な祝詞《のりと》を寿《ことほ》ぎ申して、天手力男神《あめのたぢからおのかみ》が石屋戸の傍らに隠れ立って、天宇受売命《あめのうずめのみこと》が天の香山の日影蔓《ひかげかずら》を襷《たすき》にして、真拆《まさき》という蔓草を髪飾りとして、天の香山の小竹《ささ》の葉を採り物に束《たば》ね、天の石屋の戸の前に桶《おけ》をふせて踏み鳴らし、神が乗り移った状態で、乳房をあらわに取り出し、下衣の紐《ひも》を陰部まで垂《た》らしたのである。すると高天原が震動せんばかりに、八百万の神々がどっと笑った。

この様子を天照大御神は不思議にお思いになり、天の石屋の戸を細めに開けて、石屋の内から声をおかけになった。「自分がここに籠《こも》ってしまったので、天上世界はおのずと闇《やみ》となり、地上世界の葦原中国もみな暗闇であろうと思うのに、どうして天宇受売は舞い遊びし、八百万の神々も笑っているのか」と。そこで天宇受売は、「あなた様にも益《ま》して貴い神がおいでになっていらっしゃるので、喜び笑い舞い遊んでおります」と申した。宇受売がこう答えている間に、天児屋命と布刀玉命が、あの鏡を差し出して、天照大御神にお見せすると、鏡にその貴い神のお顔が写っていたので、天照大御神はますます不思議にお思いになって、そろそろと戸口から出ておいでになったその時、戸の傍らに隠れ立つ手力男神《たぢからおのかみ》が、その御手を握《と》って引き出し申しあげた。布刀玉命は標縄《しめなわ》を天照大御神の後《うし》ろの方に引き渡して、「これでもう石屋の内にお戻りにはなれません」と申した。こうして天照大御神がお出ましになった時に、高天原と葦原中国とに日の光が射《さ》して、おのずと照り明るくなった。そこで八百万の神々は皆で協議して、速須佐之男命に多くの財物を科料として出させ、また鬚《ひげ》と手足の爪とを切り、罪を祓《はら》わせて、天上界から放逐《ほうちく》した。

蚕《かいこ》と穀物《こくもつ》の種

また天上界を追われた須佐之男命《すさのおのみこと》は下界へ下って、大気都比売神《おおげつひめのかみ》に食べ物をお求めになった。そこで大気都比売は、鼻・口と尻《しり》よりいろいろな美味のものを取り出して、幾種類もに調理して差し上げた時に、速須佐之男命はそのふるまいを密《ひそ》かに覗《のぞ》き見して、穢《けが》して進上すると思って、大宜津比売神《おおげつひめのかみ》を殺してしまわれた。すると殺された神の身体から物が生《しょう》じた。頭には蚕《かいこ》が生《しょう》じ、二つの目には稲の種《たね》が生じ、二つの耳には粟《あわ》が生じ、鼻には小豆《あずき》が生じ、陰部《ほと》には麦《むぎ》が生じ、尻には大豆が生じた。そこで神産巣日御祖命《かんむすひのみおやのみこと》がこれらをお取らせになって種となさった。

八俣《やまた》の大蛇《おろち》

このように天上界を追い払われて、須佐之男命《すさのおのみこと》は、出雲国《いずものくに》の肥河《ひのかわ》の上流の鳥髪《とりかみ》というところにお降《くだ》りになった。この時に、箸《はし》がその河から流れ下ってきた。それで須佐之男命は、その河の上流に人が住んでいるとお思いになって、尋ね求めて上っておいでになったところ、老翁と老女の二人がいて、少女をその間に置いて泣いている。そこで、「おまえたちは誰《だれ》か」とお尋ねになった。それでその老翁が答えて、「私は国つ神で、大山津見神《おおやまつみのかみ》の子です。私の名は足名椎《あなづち》といい、妻の名は手名椎《てなづち》といい、娘の名は櫛名田比売《くしなだひめ》といいます」と申した。須佐之男命はまた、「おまえの泣き叫ぶわけは何か」とお尋ねになった。老翁が答え、「私の娘はもとは八人おりました。それがこの高志《こし》の八俣《やまた》の大蛇《おろち》が毎年やって来て食《く》ってしまうのです。今、その大蛇がやって来る時期です。それで泣いています」と申した。さらにお問いになる、「その形はどんなか」と。答えて、「その目は赤カガチのようで、一つの胴体に八つの頭と八つの尾があります。またその体には日影蔓《ひかげかずら》と檜《ひのき》・杉が生え、その長さは谷を八つ、峯《みね》を八つ渡るほどで、その腹を見れば、どこもかしこもいつも血が垂れ爛《ただ》れています」と申した。ここに赤カガチというのは、今の酸漿《ほおずき》のことである。そこで速須佐之男命はその老翁に、「このおまえの娘は自分にくれないか」とおっしゃった。答えて、「恐れ多いことです。しかしまた御名前を存じません」と申した。それに答えて、「自分は天照大御神の弟である。わけあって、今、天上からお降りになった」とおっしゃった。これを聞いた足名椎と手名椎の神は、「さようなお方でいらっしゃるとは恐れ多いことです。娘は差し上げましょう」と申した。すると速須佐之男命は、その少女を瞬時に櫛《くし》に変じて、御髪《おぐし》にお刺しになり、その足名椎・手名椎の神に、「おまえたちは、幾度も繰り返し醸《かも》した濃い酒を造り、また垣《かき》を作り廻《めぐ》らし、その垣に八つの入り口を作り、入り口ごとに八つの仮設の棚《たな》を結びつけ、その棚毎《ごと》に酒桶《さかおけ》を置いて、桶毎にその繰り返し醸した強い酒を盛って待つように」とおっしゃった。そこでおっしゃるとおりにして、このように準備して待っていると、その八俣の大蛇《おろち》が、まことに言葉どおりにやって来た。大蛇は桶の一つ一つに頭を突っこんで酒を飲む。飲んで酔い動けなくなり長々と寝込んでしまった。そこで速須佐之男命は、腰にお着けの十《と》拳《つか》の剣《つるぎ》を抜き、その大蛇をずたずたにお切りになったところ、肥河は血の川となって流れた。そして八つの尾の中ほどの尾をお切りになった時に、御刀の刃がこぼれた。それを不思議に思い、御刀の先で刺し裂《さ》いてご覧になると、つむ羽《は》の大刀《たち》があった。そこでこの大刀を取って、尋常ではないものとお思いになって、天照大御神に申し上げ献上なさった。これは草薙《くさなぎ》の大刀《たち》である。

　こういう次第で、その須佐之男命は宮殿を造るべき所を、出雲国にお求めになった。そして須賀《すが》という所にお行きになって、「この所に来て、我が心はすがすがしい」とおっしゃって、その地に宮殿を造ってお住みになった。それでその地を今、須賀という。この大神が、初め須賀宮《すがのみや》をお造りになった時、その地から雲が立ち騰《のぼ》った。そこで御歌をお作りになった。その歌にいう、

(一)（雲が盛んに湧き上がり 八雲立つ） 出雲の地に　幾重にも垣《かき》を築《つ》き
妻を籠《こも》らせに　垣を重ね作る
その八重もの垣よ

垣をめぐらした宮殿ができると、彼《か》の足名椎神《あなづちのかみ》を召しておっしゃるには、「おまえは我が宮の執事に任命する」と告げた。また命名して、稲田宮主須賀之八耳神《いなだのみやぬしすがのやつみみのかみ》とお名付けになった。

系譜

こうして妻の櫛名田比売《くしなだひめ》と寝所での夫婦のちぎりを結び、生んだ神の名は、八島士奴美神《やしまじぬみのかみ》という。また大山津見神《おおやまつみのかみ》の娘で、名は神大市比売《かむおおいちひめ》と結婚して生んだ子は、大年神《おおとしのかみ》。次に宇迦《うか》之御魂神《のみたまのかみ》。二神。兄の八島士奴美神が大山津見神の娘で、名は木花知流比売《このはなちるひめ》と結婚して生んだ子は、布波能母遅久奴須奴神《ふはのもじくぬすぬのかみ》。この神が淤迦美神《おかみのかみ》の娘で、名は日河比売《ひかわひめ》と結婚して生んだ

子は、深淵之水夜礼花神《ふかふちのみずやれはなのかみ》。この神が天之都度閇知泥神《あめのつどへちねのかみ》と結婚して生んだ子は、淤美豆奴神《おみづぬのかみ》。この神が布怒豆怒神《ふのずののかみ》の娘で、名は布帝耳神《ふてみみのかみ》と結婚して生んだ子は天之冬衣神《あめのふゆきぬのかみ》。この神が刺国《さしくに》大神《おおのかみ》の娘で、刺国若比売《さしくにわかひめ》と結婚して生んだ子は、大国主神《おおくにぬしのかみ》。別名を大穴牟遅神《おおあなむじのかみ》といい、別名を葦原色許男神《あしはらしこおのかみ》といい、別名を八千矛神《やちほこのかみ》といい、別名を宇都志国玉神《うつしくにたまのかみ》といい、合わせて五つの名がある。

大国主神

兎《うさぎ》とワニ

ところで、この大国主神《おおくにぬしのかみ》の兄弟は八十神《やそがみ》もの大勢おいでになった。しかしそのすべての神々が国は大国主神に譲って身を引いた。身を引いたわけはといえば、その大勢の神々のめいめいが、稲羽《いなば》（因幡《いなば》）の八上比売《やかみひめ》と結婚したい気持ちを持っていて、皆で一緒に稲羽に行った時に、大穴牟遅神《おおあなむじのかみ》（大国主神となる前の名）に袋《ふくろ》を背負わせ、従者として連れて行った。こうして気多《けた》の岬《さき》に着いた時に、毛を毟《むし》り取られた裸《はだか》の兎《うさぎ》が臥《ふ》せっていた。そこで大勢の神々がその兎に、「おまえがすべきことは、この海水を浴び、風の吹くのに当たって、高い山の尾根で臥《ふ》せっていなさい」と言った。そこでその兎は、大勢の神の教えのとおりに山の尾根に臥せっていた。すると海水が乾くにつれて、その皮膚が全身風に吹き裂かれた。その痛み苦しみに泣き伏していたところへ、一番遅れてやって来た大穴牟遅神が、その兎を見て、「どうしてそんな姿でおまえは泣き伏しているのか」とお聞きになった。兎が答えて、「私は淤岐《おき》の島《しま》に住んでいて、ここに渡りたいと思っていましたが、渡るすべがありませんでした。そこで海のワニ（ワニ鮫《さめ》）を欺《あざむ》いて、『自分とおまえと一族の多寡《たか》を競べてみようではないか。そこでおまえはおまえの一族のある限りの全員を連れて来て、この島から気多《けた》の岬《みさき》まで、全員ずらりと並び伏してくれ。そうしたら自分がおまえたちの背の上を踏み渡り走りながら数え渡ろう。そこで我が一族の数とどちらが多いかを知ることができよう』と言いました。こう言うと、ワニが欺かれて並び伏したその時に、自分は彼らの上を踏んで数え渡って来《き》、今地面に下《お》りようかという時に、自分は、『おまえは私に欺かれたのだ』と言い終えるやいなや、最後に伏していたワニが自分を捕まえて、自分の着物をすっかり剝《は》ぎ取ったのです。このようなわけで泣き悲しんでいたところ、先に行った大勢の神たちのお言葉で、『海水を浴びて、風に当たって寝て居《お》れ』と教えてくださいました。それで、教えのようにしたところ、我が身はすっかり傷だらけになりました」と申した。そこで大穴牟遅神はその兎に教えて、「今、すぐにここの河口に行き、真水でお前の体を洗って、その河口の蒲《がま》の花を摘《つ》み敷《し》き散らして、その上でごろごろころがれば、おまえの体はもとの膚《はだ》のように、必ず治る」とおっしゃった。そこで教えのようにすると、兎の体は元通りに治った。これが稲羽の素兎《しろうさぎ》である。今では兎神《うさぎがみ》といっている。その兎が大穴牟遅神に、「あの大勢の神は、きっと八上比《やかみひ》売《め》を得ることはできません。袋を背負っておいででも、あなた様が獲得《かくとく》なさいます」と申した。

そのとおり、八上比売は大勢の神たちの求婚に答えて、「私はあなた方の求婚のお言葉は受けません。大穴牟遅神と結婚します」と言った。

蚶貝比売《きさかいひめ》と蛤貝比売《うむかいひめ》

こうしたことがあって大勢の神たちは怒り、大穴牟遅神《おおあなむじのかみ》を殺そうと相談して、伯岐国《ほうきのくに》（伯《ほう》耆国《きのくに》）の手間《てま》の山の麓《ふもと》に大穴牟遅神を連れて行って、「赤い猪《いのしし》がこの山にいる。そこで我らが一緒に追い下《お》ろすから、おまえは下で待ち受けて捕まえろ。もし待ち受け捕《と》れないようでは、きっとおまえを殺す」と言って、猪に似た大きな石を火で焼いて、転《ころ》がし落とした。そして大勢の神たちが追い下ろし、大穴牟遅神が待ち捕らえた時に、その石に焼き着かれて死んだ。このことでその御母の命《みこと》は声をあげて泣き悲しんで、天上界に参上し、神産巣日之命《かんむすひのみこと》にお願い申し上げた時に、蚶貝比売《きさかいひめ》と蛤貝比売《うむかいひめ》を遣わして復活をおさせになった。蚶貝比売が身を削った貝殻の粉を集め、それを蛤貝比売が自身の貝殻に待って受け入れ、貝汁で煉《ね》り合わせ、母乳のようにして塗ったところ、大穴牟遅神は蘇生《そせい》して、立派な男になり、出てお行きになった。

根《ね》の堅州国《かたすくに》

すると大勢の神たちはこの様子を見て、また大穴牟遅神《おおあなむじのかみ》を欺いて、山に連れて入り、大きな樹を切り倒し、その木にヒメ矢という楔《くさび》を打ち込み、そこにできた隙間《すきま》に入らせるとすぐにヒメ矢を打ちはずして、大穴牟遅神をたたきつぶして殺した。この時もまた母親の神が、大声で泣きながら探し出したところ、見つけてすぐにその木を裂いて、中から取り出し生き返らせ、その子に告げて、「お前がここにいると、しまいには大勢の神たちに殺されてしまうでしょう」と言って紀伊国《きいのくに》の大屋毘古神《おおやびこのかみ》の御許《みもと》に、人目《ひとめ》を避《さ》けて行かせた。ところが大勢の神たちは探し求め追いついて来て、弓に矢をつがえ、大穴牟遅神を引き渡すように要求した時、大屋毘古神は、大穴牟遅神を、木の俣《また》をくぐり抜けさせて逃がしてやろうとして、「須佐能男命《すさのおのみこと》のいらっしゃる根《ね》の堅州国《かたすくに》に参り向かいなさい。きっとその大神が取り計らってくれましょう」と言った。そこでおっしゃるとおりに須佐之男命の御許《みもと》に参上したところ、その娘の須勢理毘売《すせりびめ》が出て見て、目と目を合わせただけで結婚を言い交わした。姫は家に還《かえ》り入り、父に申して、「たいそう立派な神が来ています」と言った。そこでその大神が出て見て、須勢理毘売に告げるには「これは葦原色許男命《あしはらしこおのみこと》（大国主命《おおくにぬしのみこと》の一名）という神だ」とおっしゃって、呼び入れて蛇《へび》の室《むろ》に寝させた。そこで妻の須勢理毗売命が、蛇の領巾《ひれ》をその夫に与えて、「室の蛇が嚙《か》みつこうとしたら、この領巾を三度振って打ち払いなさい」と言った。そこで教えのようにしたところ、蛇は自然と静まった。それで大穴牟遅神は安らかに寝て出ておいでになった。また次の日の夜は、蜈蚣《むかで》と蜂《はち》の室《むろ》にお入れになった。妻の須勢理毗売はまた蜈蚣と蜂の領巾を与え、前のように教えた。そのため大穴牟遅神は無事に出ておいでになった。次に須佐之男命は、鏑矢《かぶらや》を大きな野の中に射《い》込んで、その矢を大穴牟遅神に取ってこさせられた。そこで大穴牟遅神がその野にお入りになった時に、火をかけてその野を焼き廻らした。それでこの野のどこから逃げ出せるか分からないでいた間に、鼠《ねずみ》が来て、「内はほらほら、外はすぶすぶ（内側はぽっかりあいていて、外側はきゅっとすぼまっている）」と言った。そこで、その場所を踏《ふ》んだところ、外側は窄《すぼ》まっているのに内部は洞窟《どうくつ》状の穴に落ち、そこに隠れ入っている間に、火はその上を焼け通り過ぎていった。こうしていると、その鼠があの鏑矢をくわえ持って出てきて、大穴牟遅神に献上した。その矢の羽は、その鼠の子どもたちが全て食べてしまっていた。

夫が焼け死んでしまったと思った妻の須勢理毗売は、葬儀の道具などを持って、大声で泣きながら野に来た。その父の大神は大穴牟遅神がすでに死んだと思い、大野に出てお立ちになった。そこへ大穴牟遅があの矢を持参して奉ったので、須佐之男大神は大穴牟遅神を家に連れていって、柱のたくさんある大きな室に呼び入れて、頭の虱《しらみ》を取らせた。大穴牟遅神が須佐之男大神の頭を見ると、蜈蚣がたくさんいた。すると妻の須勢理毘売が、椋《むく》の木の実と赤土を採ってきて夫に与えた。大穴牟遅神は椋の実の黄茶褐色の皮を齧《かじ》り砕《くだ》き、一緒に赤土を口に含んで唾《つば》として吐き出すと、大神は蜈蚣を齧り砕いて吐き出しているものとお思いになって、心に可愛《かわい》い奴《やつ》とお思いになって寝ておしまいになった。すると大穴牟遅神は、その須佐之男大神の髪の毛をつかんで、建物の棟《むね》から軒へ幾本も下《お》ろしてある椽《たるき》ごとに結《ゆ》わえ付け、五百人力でやっと引ける大岩を、室の戸口に持って来て塞《ふさ》ぎ、妻の須勢理毘売を背負った。さらに大神の生大刀《いくたち》と生弓矢《いくゆみや》、また天《あめ》の沼琴《ぬごと》を持って逃げ出られた時に、天の沼琴が樹に触れて、大地が揺れ動かんばかりに鳴り響いた。そのため寝ていらっしゃった大神が、聞いて目をさまされて、その室を引き倒してしまわれた。しかし、椽に結い付けた髪をお解きになっている間に、大穴牟遅神はすでに遠くへお逃げになった。このように須佐之男大神は、葦原中国《あしはらのなかつくに》との境の黄泉比良坂《よもつひらさか》まで追いかけて行き、遥か遠く坂の上を見上げて、大穴牟遅神に呼びかけて、「そのおまえが持っている生大刀と生弓矢で、おまえの異母兄弟の大勢の神どもを、坂の尾根に追い伏せ、また河の瀬に追い払って、お前が大国主神《おおくにぬしのかみ》となり、また宇《う》都志国主神《つしくにぬしのかみ》となって、その我が娘須勢理毘売を正妻として、宇迦《うか》の山《やま》の麓《ふもと》に、地中の岩盤に宮殿の柱を太く立て、棟《むね》には千《ち》木《ぎ》を空高く立てて住むがよい。こいつめ」とおっしゃった。

そして大穴牟遅神は、その大刀・弓で、あの大勢の神たちを追い退《しりぞ》けた時に、坂の尾根一つ一つに追い伏せ、河の瀬ごとに追い払って、初めて国をお作りになった。

あの稲羽《いなば》(因幡《いなば》)の八上比売《やかみひめ》については、先の約束どおりに大穴牟遅神と結婚なさった。その八上比売を連れて来たけれど、正妻の須勢理毗売を恐れて、自分の生んだ子を、木の俣《また》にさし挟んで置いて稲羽国《いなばのくに》へ帰ってしまった。それでその子に名づけて木俣神《きまたのかみ》という。別名は御井神《みいのかみ》という。

八千矛神《やちほこのかみ》の歌物語

この八千矛神《やちほこのかみ》(大国主命《おおくにぬしのみこと》の一名)が、越国《こしのくに》の沼河比売《ぬなかわひめ》と結婚をしようと、お出かけになった時に、その沼河比売の家に行って、歌っておっしゃる、

(三) 八千矛《やちほこ》の　神《かみ》の命《みこと》は
あまたの島・国に　妻たるべき女がいないと
遠い遠い　越国に
賢《かしこ》い女がいると聞かれ
美しい女がいると聞かれ
求婚に　女の戸口にお立ちになり
求婚に　幾たびもお通いになり

大刀《たち》の下《さ》げ緒《お》も　解くこともできず
羽織《はおり》も　まだ脱ぎかねて
乙女《おとめ》が　寝ておいでの板の戸を
がたがたと押し　自分が立っていると
ぎしぎし引っ張り　自分が立っていると
青い山で　鵺《ぬえ》が鳴いた
（野の鳥の）雉《きじ》の声が響いた
（飼い鳥の）鶏《にわとり》はかけこうと夜明けを告げた
いまいましくも　鳴く鳥どもめ
こんな鳥は　打《ぶ》っ叩《たた》いて喉《のど》を絞《し》めてしまえ
お仕えする駈使丁《くしてい》の伝える故事は、この通りでございます。

すると、この歌にこたえて沼河日売《ぬなかわひめ》が、戸は開けずに、寝屋の内から歌う、

㈢　八千矛《やちほこ》の　神《かみ》の命《みこと》よ
（なよなよした草のような）女ですから
わたしの心は　入り江の洲にいる鳥

今のわたしは　一対《いっつい》の相手のいない鳥
やがて　寄り添うあなたの鳥になりましょうから
あの鳥たちの命は　どうぞお助けになって
　お仕えする駈使丁の伝える故事は、この通りでございます。

青い山に　日が沈んだならば
(ぬばたまの)　夜《よる》にあなた様はお出でくださいませ
あたかも朝日のように　にこやかに来て
(楮《こうぞ》の綱《つな》のような)　白いわたしの腕
(泡雪《あわゆき》のような)　若やいでいるわたしの胸を
やさしく愛撫《あいぶ》し　また愛撫し抱擁《ほうよう》し
あなたの手と　わたしの手を絡《から》み合わせ
股《もも》ものびのびと　お休みなさいましょうものを
いまはむやみに　恋いなさいますな
八千矛の　神の命よ
　お仕えする駈使丁の伝える故事は、この通りでございます。

こうして、その夜は結婚なされずに、次の日の夜に結婚なさった。

また、この神の正妻の須勢理毘売命《すせりびめのみこと》は、たいそう嫉妬《しっと》深くいらっしゃった。それでその夫の神は困惑して、出雲国《いずものくに》から大和国《やまとのくに》にお上りになろうとして、旅支度《たびじたく》しお立ちになった時に、片方の御手《みて》は御馬《みうま》の鞍《くら》に掛け、片方の御足《みあし》はその御鐙《みあぶみ》に踏み入れて、歌っておっしゃる、

(四)（ぬばたま色の）黒いお衣装を
ぴったりと　お召しになり
沖《おき》の水鳥がするように　胸もとを見た時
羽繕《はづくろ》いをぱたぱたするように点検しても　これは似合わない
浜辺の波が返るように　背後に脱ぎ棄て
（翡翠《かわせみ》色の）青いお衣装を
ぴったりと　お召しになり
沖の水鳥がするように　胸もとを見た時
あれこれ点検しても　これは似合わない
浜辺の波が返るように　背後に脱ぎ捨て
山の畑に蒔《ま》いた　藍蓼《あいたで》を舂《つ》き
その染《そ》め汁で　染めた衣を

ぴったりと　お召しになり
沖の水鳥がするように　胸もとを見た時
あれこれ点検すると　これぞ似つかわしい
愛《いと》しい　我が妻よ
（群鳥《むらとり》のように）私が伴人《ともびと》と一緒に旅立ったなら
（引き去る鳥のように）私がここを去ったならば
泣きはしないと　おまえは言ってみても
山の　一本すすき　そのように
首うなだれて　おまえが泣くさまは
朝の雨が　嘆きの霧《きり》となって立つだろうよ
（なよやかな）我が妻よ

お仕えする駈使丁の伝える故事は、この通りでございます。

これを受けてその后《きさき》は、夫に捧《ささ》げる杯《さかずき》を手に取り、夫の傍らに立ち寄り捧げて、歌ってい
う、

㈤　八千矛の　神よ

わたしの国の偉大な主
あなたは　男でいらっしゃるから
ぐるりと巡《めぐ》る　島の岬《みさき》・岬
まわり巡る磯頭《いそがしら》のどこにでも
（なよやかな）妻を置いておられましょう
でもわたしは　女
あなたのほかに　男はいない
あなたのほかに　夫はいない
綾《あや》の帷帳《とばり》の　ふんわりと揺れる下で
麻の寝被《ふすま》の　柔らかい下で
楮《こうぞ》の寝被《ふすま》の　ざわざわと鳴る下で
（泡雪《あわゆき》のような）若やいでいる私の胸を
（楮《こうぞ》の綱のような）白いわたしの腕を
やさしく愛撫し　また愛撫抱擁し
あなたの手とわたしの手を絡《から》み合わせ
股《もも》ものびのびと　お休みなさいませ
この美酒を　お召し上がりなさいませ

と、このように歌った。そして酒杯を交わし合い、もう大和には行かないと約束し、互いの首に腕を回し合って、今に至るまで鎮座なさっていらっしゃる。この物語を神語《かみがたり》という。

系譜

ところで、この大国主神《おおくにぬしのかみ》が、胸形《むなかた》（宗像《むなかた》）の奥津宮《おきつみや》にいらっしゃる神、多紀理毘売命《たきりびめのみこと》と結婚してお生みになった子は、阿遅鉏高日子根神《あじすきたかひこねのかみ》、次に妹の高比売命《たかひめのみこと》。別名下光比売命《したてるひめのみこと》。この阿遅鉏高日子神は、今、迦毛《かもの》大御神と言っている。

大国主神が、また、神屋楯比売命《かんやたてひめのみこと》と結婚してお生みになった子は、事代主神《ことしろぬしのかみ》。また八《や》島牟《しまむ》遅能神《じのかみ》の娘鳥取神《とりとりのかみ》と結婚してお生みになった子は、鳥鳴海神《とりなるみのかみ》。この神が日名照額田毘道男伊《ひなてりぬかたびちおい》許知迩神《こちにのかみ》と結婚して生んだ子は、国忍富神《くにおしとみのかみ》。この神が葦那陀迦神《あしなだかのかみ》、別名八河江比売《やかわえひめ》と結婚して生んだ子は、速甕之多気佐波夜遅奴美神《はやみかのたけさはやじぬみのかみ》。この神が天之甕主神《あめのみかぬしのかみ》の娘前玉比売《さきたまひめ》と結婚して生んだ子は、甕主日子神《みかぬしひこのかみ》。この神が淤加美神《おかみのかみ》の娘比那良志毘売《ひならしびめ》と結婚して生んだ子は、多比理《たひり》岐志麻流美神《きしまるみのかみ》。この神が比々羅木之其花麻豆美神《ひいらぎのそのはなまずみのかみ》の娘活玉前玉比売神《いくたまさきたまひめのかみ》と結婚して生んだ子は、美呂波神《みろなみのかみ》。この神が敷山主神《しきやまぬしのかみ》の娘青沼馬沼押比売《あおぬまぬおしひめ》と結婚して生んだ子は、布忍富鳥鳴海神《ぬのおしとみとりなるみのかみ》。この神が若尽女神《わかつくしめのかみ》と結婚して生んだ子は、天日腹大科度美神《あめのひばらおおしなどみのかみ》。この神が天狭霧神《あめのさぎりのかみ》の娘遠津待《とおつまち》根神《ねのかみ》と結婚して生んだ子は、遠津山岬多良斯神《とおつやまさきたらしのかみ》。
　右に述べてきた、八島士奴美神《やしまじぬみのかみ》から遠津山崎帯神《とおつやまさきたらしのかみ》までは、十七世の神という。

少名毗古那神《すくなびこなのかみ》との国作り

　その大国主神《おおくにぬしのかみ》が、出雲《いずも》の美保岬《みほのみさき》にいらっしゃった時に、波頭を伝わって、蔓草《つるくさ》の天《あめ》のガガイモの実を船にして乗って、小鳥のミソサザイの羽毛を丸ごと剝《は》ぎ取って着物にして、近寄って来る神があった。そこでその名を聞いたけれども答えない。さらにお付きの神たちにお尋ねになっても誰も「知りません」と申す。そこに蟇《ひきがえる》が申すに、「この者は案山子《かかし》のクエビコがきっと知っておりましょう」と言った。クエビコを呼んでお問いになった時に、クエビコは答えて、「これは神産巣日神《かんむすひのかみ》の御子《みこ》の少名毗古那神《すくなびこなのかみ》です」と申した。よって大国主神が御母の神産巣日命に申しに、天上界に送り上げたところ、答えて、「これはまさしく我が子です。子たちの中でこの子（少名毗古那）は、私の手の指の俣《また》から漏《も》れ落ちた子です。だから、あなた葦原色許男命《あしはらしこおのみこと》（大国主神の一名）と兄弟となって、あなたの国を作り堅めなさい」と仰せられた。そこでそれから、大穴牟遅《おおあなむじ》（大国主神の一名）と少名毗古那の二神は一緒にこの国を作り堅めた。こうしたことがあって後、その少名毗古那神は、常世国《とこよのくに》に渡った。

その少名毗古那神の名を明らかにし申した、クエビコというのは、今の山田の案山子《かかし》のソホドのことである。この神は歩くことができないのに、あまねく天下のことを知っている神である。

こういうことになって、大国主神は心配して、「自分一人で、どのようにして十分にこの国を作り得ようか。どのような神が自分と組んで、この国をうまく作れるだろうか」とおっしゃった。この時に海面を照らして、近寄って来る神がいた。その神の言うには「私を十分に祭るならば、私もあなたと一緒によく国を作り成しましょう。もしそうしないならば、国作りは成功しないでしょう」と。そこで大国主神は、「お祭りするには、どうしたらよろしいか」とおっしゃった。その神が答えて、「私を倭《やまと》の青々と垣をなすその東側の山の上に祭りなさい」と言った。これが御諸山《みもろやま》の上に鎮座なさっている神である。

大年神《おおとしのかみ》の系譜

先に須佐之男命《すさのおのみこと》の子孫の系譜に名の挙がった、その大年神《おおとしのかみ》が、神活須毘神《かむいくすびのかみ》の娘、伊怒比売《いのひめ》と結婚して生んだ子は、大国御魂神《おおくにみたまのかみ》。次に韓神《からのかみ》。次に曽富理神《そほりのかみ》。次に白日神《しらひのかみ》。次に聖神《ひじりのかみ》。五神。また、香用比売《かぐよひめ》と結婚して生んだ子は、大香山戸臣神《おおかぐやまとみのかみ》。次に年御神《としのみかみ》。二神。また天知迦《あめちか》流美豆比売《るみずひめ》と結婚して生んだ子は、奥津日子神《おきつひこのかみ》。次に奥津比売命《おきつひめのみこと》、別名は大戸比売神《おおへひめのかみ》。これは多くの人が拝む竈《かまど》の神である。次に大山咋神《おおやまくいのかみ》。別名は山末之大主神《やますえのおおぬしのかみ》。この神は近江国《おうみのくに》の比《ひ》叡山《えいざん》に鎮座していらっしゃる。また葛野《かずの》の松尾《まつのお》に鎮座され、鏑矢《かぶらや》を使う神である。次に庭津《にわつ》日神《ひのかみ》。次に阿須波神《あすはのかみ》。次に波比岐神《はひきのかみ》。次に香山戸臣神《かぐやまとみのかみ》。次に羽山戸神《はやまとのかみ》。次に庭高津日神《にわたかつひのかみ》。次に大土神《おおつちのかみ》。別名は土之御祖神《つちのみおやのかみ》の九神。

以上の大年神の子、大国御魂神から大土神まで、合わせて十六神。

羽山戸神が、大気都比売神《おおけつひめのかみ》と結婚して生んだ子は、若山咋神《わかやまくいのかみ》。次に若年神《わかとしのかみ》。次に妹の若沙《わかさ》那売神《なめのかみ》。次に弥豆麻岐神《みずまきのかみ》。次に夏高津日神《なつたかつひのかみ》。別名は夏之売神《なつのめのかみ》。次に秋毘売神《あきびめのかみ》。次に久々年神《くくとしのかみ》。次に久々紀若室葛根神《くくきわかむろつなねのかみ》。

以上の羽山の子から若室葛根神まで合わせて八神。

天照大御神《あまてらすおおみかみ》と大国主神《おおくにぬしのかみ》

天菩比神《あめのほひのかみ》と天若日子《あめわかひこ》

天上世界では天照大御神の仰せ言《ごと》があって、「豊葦原《とよあしはら》の千《ち》秋《あき》の長《なが》五百《いお》秋《あき》の水穂国《みずほのくに》は、我が御子正勝吾勝々速日天忍穂耳命《まさかつあかつかちはやひあめのおしほみみのみこと》の統治する国である」と、ご委任なさって、天忍穂耳命を葦《あし》原中国《はらのなかつくに》に天上世界からお降《くだ》しになった。そこで天忍穂耳命は、天《あめ》の浮橋《うきはし》にお立ちになって、「豊葦原の千秋の長五百秋の水穂国は、たいそうざわめいている」と仰せられて、また天に返り上って、天照大御神に事情を申し上げた。そこで高御産巣日神《たかみむすひのかみ》と天照大御神の仰せによって、天《あめ》の安河《やすのかわ》の河原に、すべての神を集めて、思金神《おもいかねのかみ》に思い計らせて、「この葦原中国は、我が御子の統治する国であると、委任し賜った国である。ところがこの国には強暴にして荒れすさぶ神どもがたくさんいると思われる。これには、どの神を派遣して平定したものか」と仰せ言《ごと》なさった。このことについて、思金神とすべての神が相談して、「天菩比神《あめのほひのかみ》を遣《つか》わすのがよいでしょう」と申した。そこで、天菩比神を遣わしたところ、大国主神《おおくにぬしのかみ》にへつらい、三年経っても報告を申し上げることがなかった。

このような次第で、高御産巣日神と天照大御神は、また多くの神々に、「葦原中国に遣わした天菩比神は、長い期間報告もしてこない。また、どの神を使者に立てたらよいだろうか」とお問いになった。そこで思金神が答えて、「天津国玉神《あまつくにたまのかみ》の子の天若日子《あめわかひこ》を派遣いたしましょう」と申した。天の使節としての天《あめ》の麻迦古弓《まかこゆみ》と天《あめ》の波々矢《ははや》を天若日子にお与えになって派遣した。こうして天若日子はその国に降《くだ》り着くとすぐに大国主神の娘の下照比売《したてるひめ》と結婚し、またその国を自分のものにしようと企て、八年になるまで報告しなかった。

ここにいたって、天照大御神と高御産巣日神は、また、多くの神々に諮問《しもん》なさった。「天若日子は長い間報告してこない。さらにどの神を派遣して、天若日子がいつまでもその国に留まっているわけを問い糾《ただ》させたものか」。そこで諸神と思金神の答申は、「雉子《きじ》の、名は鳴《なき》女《め》を遣わすのがよろしゅうございましょう」というのであった。鳴女を派遣する時に、天照大御神と高御産巣日神は、「おまえが行って天若日子を訊問《じんもん》すべきことは、『おまえを葦原中国に派遣したわけは、その国の荒々しい神どもを服従させ平定せよとのためである。何故に八年に至るに、その報告をしないのか』と問え」と仰せになった。

そこで雉の鳴女は天から降って来て、天若日子の家の門にあるユツ桂《かつら》の木（木犀《もくせい》）の上にとまって、一語も違《たが》わず天つ神の仰せの通りに言った。すると天《あめ》の佐具売《さぐめ》という女が、この鳥の言葉を聞いて、天若日子に語って、「この鳥は鳴き声がたいそう禍禍《まがまが》しい。どうぞ射殺してしまいなさい」と進言した途端、天若日子は、天つ神に賜った天《あめ》の波士弓《はじゆみ》と天《あめ》の加久《かく》矢《や》を手にとって、その雉を射殺した。するとその矢は雉の胸を突き通して、逆さまに天に射上がって、天《あめ》の安河《やすのかわ》の河原にいらっしゃる天照大御神と高木神《たかきのかみ》の御所まで飛んで行った。この高木神というのは、高御産巣日神の別名である。この高木神がその矢を手に取ってご覧になると、矢の羽に血がついていた。これを見て高木神は、「この矢は天若日子に授けた矢である」と仰せになり、諸神に見せて、「もし天若日子が、命令を誤つことなく、悪神を射た矢が天まで飛来したのならば、天若日子には命中することなかれ。もし謀反《むほん》の心があってのことならば、天若日子はこの矢による禍《わざわ》いあれ」と仰せになって、その矢を手に持ち、矢の来た穴から衝《つ》き返しお下《くだ》しになったところ、天若日子が、朝の寝床に寝ていた鳩尾《みぞおち》に命中して死んだ。これは〝返り矢〟の起源である。また、あの雉も天に帰らない。だから今でも諺《ことわざ》に「雉《きぎし》の頓使《ひたつか》い」という起源がここにある。

このことで、天若日子の妻の下照比売《したてるひめ》の泣き叫ぶ声が風と共鳴して天に届いた。これを天にいる天若日子の父親の天津国玉神《あまつくにたまのかみ》と天若日子の妻子が聞き、降って来て叫び泣き悲しんだ。そしてその場所に殯屋《もがりや》を作り、河雁《かわかり》を食物を供える役、鷺《さぎ》を箒《ほうき》で掃き清める役、翡翠《かわせみ》を調理人、雀を碓《うす》を舂《つ》く女、雉を泣き女の役と決め、このように儀礼の次第を定めて、八日八夜にわたって歌い儛《ま》いして殯斂《もがり》を行った。

この期間に、阿遅志貴高日子根神《あじしきたかひこねのかみ》がやって来て、天若日子の喪を弔った時に、天から降って来た天若日子の父と天若日子の妻などが皆泣いて、「我が子は死なずに生きていた」「我が夫は死なずに生きていらっしゃる」と言って、手足に取りすがって大声で泣きいとおしがった。これが間違いであったわけは、この二人の神の容姿が非常によく似ていたからである。それで間違えてしまった。ところで、阿遅志貴高日子根神はひどく怒って、「自分は親しい友だちである。だからこそ弔問に来た。それなのにどうして自分を穢《けが》らわしい死人に見間違えるのか」と言って、腰に下げておられる十掬《とつか》の剣《つるぎ》を抜いて、その殯屋《もがりや》を切り倒し、足で蹴《け》飛《と》ばしてしまった。これが美濃国《みののくに》の藍見河《あいみがわ》の上流にある喪山《もやま》である。その手に持って切った大刀《たち》の名は大量《おおはかり》という。別名は神度剣《かんどのつるぎ》という。このように阿遅志貴高日子根神が怒って飛び去った時に、その同母妹の高比売命《たかひめのみこと》は、兄神の御名を明らかにしようと思った。そして歌って言うには、

（六）天にいる　若い機織女《はたおりめ》が
項《うなじ》にかけておいでの　玉の一連《いちれん》
一連になる　足玉よ
三つの谷を　二つにお渡りになる
阿遅志貴高彦根神《あじしきたかひこねのかみ》よ

この歌は夷振《ひなぶり》である。

建御雷神《たけみかづちのかみ》と国譲《くにゆず》り

天若日子《あめわかひこ》の派遣もうまくいかなかったので、天照大御神《あまてらすおおみかみ》は、「この上さらにどの神を遣わせばよいだろうか」と仰せになった。そこで思金神《おもいかねのかみ》と諸神たちは、「天《あめ》の安河《やすのかわ》の上流の天の石屋《いわや》にお住まいの、名は伊都之尾羽張神《いつのおはばりのかみ》、これを派遣するのがよいでしょう。もしこの神でない場合は、その神の子の建御雷之男神《たけみかづちのおのかみ》を遣わすのがよろしいでしょう。また、その天尾羽張神《あめのおはばりのかみ》は、天の安河の水を堰《せき》で水位を上げて、道を遮断していますので、他の神は通行いたしかねます。そのため特に天迦久神《あめのかくのかみ》を派遣して問い尋ねるのがよいでしょう」と申した。そこで天迦久神を遣わして、天尾羽張神にお問いになった時に、答えて、「恐れ多いことです。そこお受けいたします。しかし葦原中国《あしはらのなかつくに》への道には、私の子、建御雷神《たけみかづちのかみ》を遣わしてください」と申して、直ちに建御雷神を進上申し上げた。そこで天照大御神は天鳥船《あめのとりふねのかみ》神を建御雷神に付けて、葦原中国へ派遣した。

こうして、この二神は、出雲国《いずものくに》の伊耶佐《いざさ》の海浜に降り着いて、建御雷神は十掬《とつか》の剣を抜き、波頭に逆さまに刺し立て、その剣の刃先にあぐらをかいて座り、葦原中国の大国主神《おおくにぬしのかみ》に問い尋ねて、「天照大御神と高木神の仰せ言で、そなたに問うべく私を使者としてお遣わしになった。そなたが占有している葦原中国は、もともと我が子孫の統治すべき国であるとご委任になった。これにつき、そなたの気持ちを聞きたい」と言った。これに答えて大国主神は、「私は申しますまい。我が子の八重言代主神《やえことしろぬしのかみ》がご返事申すでありましょう。しかし鳥と魚の猟をしに、美保《みほ》の岬《みさき》に行って、まだ帰ってきておりません」と申した。そこで建御雷神は、鳥船神を遣わして、八重言代主神を呼び寄せ、お問いになった時に、事代主神は父の大神に語って、「恐れ多いことです。この国は天つ神の御子孫に献上致しましょう」と言った。そして乗ってきたその船を踏み傾けて、天の逆手《さかて》という拍手をすると、船は瞬間に青い柴垣《しばがき》に変わってしまい、その中に隠れてしまった。

このことがあって、建御雷神は大国主神に、「今、そなたの子の事代主神は、このように申した。ほかに申すべき子がいるか」と聞いた。すると大国主神はさらに、「もう一人、我が子に建御名方神《たけみなかたのかみ》がおります。このほかにはおりません」と申した。こう申している間に、その建御名方神が千人力で引くほどの岩を手先で持ち上げたままやって来て、「誰なのか、我が国に来てひそひそと物を言っているのは。さあ力競《くら》べをしようではないか。ならば自分がまずあなたの手を握《と》ろう」と言う。そこで建御雷神は御手を握らせるやいなや手を氷柱に変え、また剣の刃に変えた。建御名方神はこれに恐れをなして後ずさりした。今度は建御雷神が建御名方神の手を握ろうと手前に引き寄せて握ると、あたかも若い葦を取るようにつかみつぶして投げ飛ばしたので、建御名方神は逃げ去った。そこで追って行って、信濃国《しなののくに》の諏《す》訪《わ》の湖《みずうみ》に攻め込んで、殺そうとした時、建御名方神が、「恐ろしいお方、どうか私を殺さないでください。私はこの土地以外の他の場所には行きません。また我が父大国主神のお言葉に背くことはしません。八重事代主神の言葉に背きません。この葦原中国は、天つ神の御子孫の仰せの通りに献上いたします」と申した。

　建御雷神は、再度また出雲国に戻って来て、その大国主神に、「そなたの子どもの事代主神と建御名方神の二神は、天つ神の御子の仰せに従って違背しないと申し終わった。そこでそなたの心はどうか」と問い聞いた。大国主神はそれに答えて、「私の子ども二神の申したとおりに、私は違背いたしません。この葦原中国は、仰せのとおりに献上いたします。ただ、私の住処《すみか》については、天つ神の御子孫が天つ日継《ひつぎ》を承《う》け、統治なさる立派な宮殿そのままに、大地の岩盤に柱を太く立て、天空に千木《ちぎ》を高々とあげてお作りくださるならば、私は道の曲がりの数多くの果てに、隠れておりましょう。また私の眷属《けんぞく》である多くの神どもは、八重事代主神が後尾を守り、先頭に立ってお仕え申すならば、背く神はございますまい」と、このように申して、出雲国の多芸志《たぎし》の小浜に、大国主神のための宮殿天《あめ》の御舎《みあらか》を造って、水戸《みなと》の神の孫の櫛八玉神《くしやたまのかみ》を料理人とし、天の御馳走《ごちそう》を奉る時に祝言を申して、櫛八玉神は鵜《う》に姿を変えて、海底に潜り、海底の埴土《はにつち》をくわえて来て、その土で天《あめ》の平瓮《ひらか》という容器《うつわ》を多数作り、海藻の茎を刈り取って火を切り出す臼《うす》に作り、別の海藻の茎を火切り杵《きね》に作って、火を切り出して言う言葉は、

この私が切り出した火は、高天原《たかあまのはら》の神産巣《かむむす》日御祖命《ひのみおやのみこと》の立派な宮殿のように、大国主神の宮殿も天上界の新宮殿でするように、煤《すす》が長々と垂れ下がるまで楸《ひさぎ》を焼き、祓《はらえ》をし、大地の下は宮殿の柱の占有する岩盤まで焼《た》き込めて、宮殿は楮《こうぞ》の縄の千尋《ちひろ》の縄を打ち延ばして結び固めてあり、延縄漁《はえなわりょう》で釣《つり》をする海人《あま》が釣り上げた口の大きく、尾鰭《おひれ》が翼のような鱸《すずき》をざわざわと引き寄せ上げて、打つ竹がしなうほどに鱸を仕止めて、天の魚料理を奉ります。

と祝福して言った。

こうして大国主神は、この宮殿に鎮座し祭を受け容れたので、建御雷神は天に返り、天つ神のもとに参上して、葦原中国を平定するに至るありさまをご報告申し上げた。

天忍穂耳命《あめのおしほみみのみこと》と迩々芸命《ににぎのみこと》

天降《あまくだ》り

そこで、天照大御神《あまてらすおおみかみ》と高木神《たかきのかみ》の仰せによって、太子正勝吾勝勝速日天忍穂耳命《まさかつあかつかちはやひあめのおしほみみのみこと》に、「今、葦原中国《あしはらのなかつくに》を完全に平定し終わったと報告があった。したがって委任したとおりに、葦原中国にお降《くだ》りになって統治しなさい」と仰せられた。仰せを受けた太子の正勝吾勝勝速日天忍穂耳命が答えて、「自分が天降《あまくだ》ろうとして装束《しょうぞく》を整えている間に子が生まれ出ました。名は天迩岐志国迩岐志天津日高日子番能迩々芸命《あめにきしくににきしあまつひこひこほのににぎのみこと》、この子を降すのがよろしゅうございましょう」と申した。この御子は、天忍穂耳命が高木神の娘の万幡豊秋津師比売命《よろずはたとよあきつしひめのみこと》と結婚なさってお生まれになった子であり、兄に天火明命《あめのほあかりのみこと》がおり、次が日子番能迩々芸命、二神である。そこで、天忍穂耳命が申されたとおりに、日子番能迩々芸命にお命じになって、「この豊葦原《とよあしはら》の水穂国《みずほのくに》は、お前が統治すべき国である、とご委任があって授けられた。だから仰せに従って天降りなさい」と仰せになった。

お言葉に従って、日子番能迩々芸命が天降りなさろうとする時に、天の道の八つ辻《つじ》の分岐点《ぶんきてん》にいて、上《うえ》は高天原《たかあまのはら》を照らし、下《した》は葦原中国を照らす神があった。そこで天照大御神と高木神の仰せがあって、天宇受売神《あめのうずめのかみ》に、「おまえはなよやかな女神ではあるが、面と向かい合って、相手の神の眼力に睨《にら》み勝つ神である。だからおまえがただ一人で行き、相手に問うべきは、『我が子孫が天降ろうとする道にこのようにいるのは誰《だれ》か』と問え」と仰せになった。天宇受売神が相手の神に、そのようにお問いになった時に、相手が答えて、「自分は国つ神で、名は猿田毗古神《さるたびこのかみ》であります。ここに出ているわけは、天つ神の御子孫が天降りなさると聞きました。それならば先導をお仕えしたくて、お迎えに参っております」と申した。

いよいよ天降るに至って、天児屋命《あめのこやねのみこと》・布刀玉命《ふとだまのみこと》・天宇受売命《あめのうずめのみこと》・伊斯許理度売命《いしこりどめのみこと》・玉祖《たまのおやの》命《みこと》の合わせて五種の職能の首長を分け加えて天降しなさった。

ここには、先の天《あめ》の石屋《いわや》から天照大御神を招き寄せた大きな勾玉《まがたま》と鏡、および草薙剣《くさなぎのたち》、また常世思金神《とこよのおもいかねのかみ》・手力男神《たぢからおのかみ》・天石門別神《あめのいわとわけのかみ》を添えて賜って、天照大御神は、「この鏡は唯一我が霊魂《みたま》として、我を祭ると同様に祝い祭りなさい」と仰せになり、次に「思金神は今仰せたことを取りしきり、祭事を執行しなさい」と仰せられた。迩々芸命と思金神のこの二神は、伊《い》勢《せ》の皇太神宮《こうたいじんぐう》を拝みお祭りした。次に登《と》由《ゆ》宇《う》気神《けのかみ》は、伊勢の外宮《げくう》として、度相《わたらい》に鎮座の神である。次に天石戸別神《あめのいわとわけのかみ》は、別名を櫛石窓神《くしいわまとのかみ》といい、もう一つの別名を豊石窓神《とよいわまとのかみ》という。この神は宮廷の御門の神である。次に手力男神は佐《さ》那《な》々《な》県《がた》の佐《さ》奈《な》神社に鎮座していらっしゃる。

ところで、この天児屋命は、中臣連《なかとみのむらじ》らの祖先である。布刀玉命は、忌部首《いんべのおびと》らの祖先である。天宇受売命は、猿女君《さるめのきみ》らの祖先である。伊斯許理度売命は、鏡作連《かがみつくりのむらじ》らの祖先である。玉祖命は、玉祖《たまのおやの》連《むらじ》らの祖先である。

そこで、天津日子番能迩々芸命に仰せになって、迩々芸命は高天原の玉座を離れ、天の八重にたなびく雲を押し分け、荘厳な御幸《みゆき》の道を開き進んで、天の浮橋《うきはし》に浮島《うきしま》があったので、そこに高々とお立ちになって、そこから筑紫《つくし》の日向《ひむか》の高千穂《たかちほ》の聖なる峰《みね》にお降りになった。

この天降りにあたって、天忍日命《あめのおしひのみこと》と天津久米命《あまつくめのみこと》の二人が、天上界の堅固な靫《ゆき》を背負い、柄《つか》頭《がしら》が槌《つち》状の大刀《たち》を身に帯び、天のはじ弓を手に持ち、天の真鹿児矢《まかごや》を脇挟《わきばさ》んで、御幸の先頭に立って、お仕え申し上げたのである。ところで、この天忍日命、これは大伴連《おおとものむらじ》らの祖先である。天津久米命、これは久米直《くめのあたい》らの祖先である。

天との境界の地の山頂に天降った迩々芸命は、「ここは韓《から》の国に向き合い、探し求めて笠《かさ》紗《さ》の岬に通り来て、朝日のまっすぐに射《さ》す国、夕日の照り輝く国である。この場所こそもっとも吉《よ》い土地である」と仰せになって、大地の岩盤に宮殿の柱を太く立て、天空高く宮殿の千木を上げてお住まいになった。

猿女君《さるめのきみ》

天降《あまくだ》られた迩々《にに》芸命《ぎのみこと》は、天宇受売命《あめのうずめのみこと》に、「この度の天降りの先導をつとめて仕え申した猿《さる》田《た》毘《び》古大神《このおおかみ》については、その全てを明らかにし申したおまえがお送りしなさい。またその神の御名はおまえが受け継いでお祭りしなさい」と仰せられた。こうした次第で、猿女君《さるめのきみ》は、その猿田毘古之男神《さるたびこのおのかみ》の名前を継いで、女を猿女君と呼ぶこととなった縁起《えんぎ》である。その猿田毘古神であるが、阿耶訶《あざか》においでになった時に、漁をして比良夫貝《ひらぶがい》に自分の手を噛《か》み挟《はさ》まれて、海水に沈み溺《おぼ》れた。そして、海底に沈んでいた間の名前を、底に着く御魂《みたま》といい、海水がつぶつぶに泡と立つ時の名前を、粒立つ御魂といい、その泡が海面にはじけた時の名前を、泡咲く御魂という。

仰せを受けた天宇受売命は、猿田毘古神を送ってから戻ってきて、海の魚の大・小すべてを追い集めて、問い尋ねて、「おまえたちは、天つ神のご子孫にお仕え申し上げるか」と言った時に、多くの魚がみな、「お仕え致します」と申した中に、海鼠《なまこ》だけは申さない。そこで天宇受売命は海鼠に、「この口なのだな、返事をしない口は」と言って、紐《ひも》のついた小刀で海鼠の口を裂いた。だから、今でも海鼠の口は裂けているのである。こういうわけで、天皇の御世に至ってもずっと、志摩《しま》の海産物の特急便を献る時に、猿女君らにご下賜《かし》になるのである。

木花之佐久夜毘売《このはなのさくやびめ》

そして、天津日高日子番能迩々芸命《あまつひこひこほのににぎのみこと》は、笠紗《かささ》の岬《みさき》で容姿端麗な美人《おとめ》に出遭った。そこで、「誰の娘か」とお聞きになった。答えて、「大山津見神《おおやまつみのかみ》の娘で、名は神阿多都比売《かむあたつひめ》、別名木花《このはな》之佐久夜毗売《のさくやびめ》といいます」と申した。また、「おまえには兄弟がいるか」とお聞きになると、答えて、「私の姉石長比売《いわながひめ》がおります」と申した。そこで迩々芸命は、「我はおまえと結婚したいと思う。どうか」と仰せられた。佐久夜毗売は答えて、「私めは申し上げかねます。私めの父、大山津見神が申し上げることでございましょう」と申した。そこでその父の大山津見神に求婚の使者を立てた時に、大山津見神はたいそう喜んで、その姉の石長比売を副《そ》え、たくさんの結納《ゆいのう》の品々を持たせて献上した。ところが、その姉はひどく醜《みにく》かったので、迩々芸命はひと目見て恐ろしいと思って送り返し、ただその妹の木花之佐久夜毗売を手許《てもと》に置いて、一夜の契《ちぎ》りを結ばれた。その大山津見神は、迩々芸命が石長比売をお返しになったために、たいそう恥じて物申す使者をたて、「我が娘を二人一緒に差し上げましたわけは、石長比売をお召しになったならば、お生まれになった天つ神のご子孫のご寿命は、雪降り風吹くとも、久しく岩のごとく不動堅固にいらっしゃることでしょう。また木花之佐久夜比売をお召しになれば、天つ神のご子孫は、桜の花の咲き栄えるよう栄えておいでになりましょうと、予《あらかじ》め誓約《うけい》を立てて差し上げました。しかしながら石長比売をお返しになり、独り木花之佐久夜毗売をお留めになりました。このために天つ神のご子孫の御寿命は、桜の花の盛りの間だけお有りでございましょう」と申した。このことがあったために、今に及ぶまでも天皇たちの御寿命は長くないのである。

それから時が経《た》って、木花之佐久夜毗売が迩々芸命の許に参上して、「私は身籠《みごも》っております。今にも出産の時になっております。この天つ神の御子は、私《ひそ》かに産み申しあげるわけにはまいりません。それゆえ申し上げます」と申した。すると迩々芸命は、「佐久夜毗売よ、一夜で身籠ったというのか。これは我が子ではあるまい。必ず国つ神の子であろう」と仰せになった。木花之佐久夜毗売は、これに答えて、「私が身籠った子がもし国つ神の子であるならば、産む時に不幸が起こりましょう。もし天つ神の御子ならば安らかでありましょう」と申した。佐久夜毗売は、出入り口のない大きな建物を作り、その屋内に入り、土で塗り塞《ふさ》いで、今まさに出産という時に、火をその建物につけて火中でお産みになった。そしてその火が盛んに燃える時に生んだ子の名は、火照命《ほでりのみこと》、これは隼人《はやひと》の阿多君《あたのきみ》の祖先である。次に生んだ子の名は、火須勢理命《ほすせりのみこと》、次にお生まれになった子の御名は、火遠理命《ほおりのみこと》、別名は天津日高日子《あまつひこひこ》穂々手見命《ほほでみのみこと》、三神。

日子穂々出見命《ひこほほでみのみこと》（火遠理命《ほおりのみこと》）

海佐知《うみさち》と山佐知《やまさち》

その火照命《ほでりのみこと》は海佐知毗古《うみさちびこ》（海の幸《さち》〈獲物《えもの》〉を得る男）として、海の鰭《ひれ》の大きい魚、鰭の小さい魚もろもろを獲《と》り、火遠理命《ほおりのみこと》は山佐知毗古《やまさちびこ》（山の幸を得る男）として、山の毛のあらい大きな動物、毛の柔らかい小さな動物もろもろをお獲りになっていた。そんなある時、火遠理命がその兄の火照命に、「お互いの猟具を取り替えて使ってみようと思う」と言い、三度提案してみたが、兄は受け入れなかった。それでも遂にやっと交換することができた。そこで火遠理命は海の道具をもって魚をお釣りになったところ、まったく一尾の魚もかからないうえにその釣鉤《つりばり》を海中になくしてしまわれた。このときに兄の火照命が、その釣鉤を求めて、「山の獲物も海の獲物も自分の道具でこそだ。すぐにお互いの道具をもとどおりにしよう」と言った時に、弟の火遠理命は答えて、「兄さんの釣鉤は、魚を釣ったところ一尾の魚もかからずに、ついに海中になくしてしまいました」とおっしゃった。しかしながら、兄はむやみに返せと責めたてた。そこで、弟は身に付けていらっしゃる十拳《とつか》の剣《つるぎ》を壊し、五百本もの釣鉤を作って弁償をなさったけれども、受け取らない。そこでまた千本の釣鉤を作って弁償したのに受け取らず、「やはりあの元の釣鉤を返せ」と言う。

ここにおよんで、その弟は泣き憂《うれ》い、海辺にいらっしゃった時に、塩椎神《しおつちのかみ》が来た。問い尋ねて、「何のわけあって虚空津日高《そらつひこ》は泣き憂えなさるのか」と言う。答えて、「自分は兄と釣鉤を取り替えて、その釣鉤を海中になくしてしまった。兄はその釣鉤を返せというので、たくさんの釣鉤を弁償したけれども売け取らずに『やはり元の釣鉤を返せ』と言う。そのために泣き憂えている」とおっしゃった。すると塩椎神は、「私が、あなた様のために善いように計らいましょう」と言った。塩椎神は目の詰んだ籠《かご》の小船を作り、その船に火遠理命を乗せて、教えて、「私がその船を押し流しますから、しばらくお行きなさい。あなた様のための善い道がありましょう。その道をおいでになると、魚の鱗《うろこ》のようにびっしりと並び建つ宮殿、それが綿津《わたつ》見神《みのかみ》の宮でございます。その神のご門にお着きになりましたら、近くの井のほとりに、枝葉の茂った木犀《かつら》の木がありましょう。そうしましたら、その木の上においでになると、その海の神の娘がお姿を見つけ、よいように計らうことでしょう」と言った。

よって教えに従ってしばらく行ったところ、一つ一つ塩椎神の言葉のとおりであった。そこで木犀の木に登ってそこにいらっしゃった。すると海の神の娘豊玉毗《とよたまび》売《め》の侍女が玉のように立派な器《うつわ》を持って水を汲《く》もうとしたところ、井に人影が写った。仰ぎ見ると端整《たんせい》な男がいる。たいそう不思議なことと思った。そこで火遠理命は、その侍女を見て、「水が欲しい」とお求めになった。侍女は水を汲み、その立派な器に入れて差し上げた。ところが水はお飲みにならないで、ネックレスをほどいた玉を口に含み、その器に唾《つばき》とともに吐き入れられた。するとその玉は器にくっついて、侍女は玉を離すことができない。それで玉の着いたまま器を豊玉毗売に差し上げた。豊玉毗売はその玉を見て、侍女に尋ねて、「もしかして誰か門の外にいるのか」と言った。答えて、「人がおります。我が君の井のほとりの木犀の木の上においでです。とても立派な男です。我が君にも勝るたいそう尊貴なお人です。そして、その人が水をお求めになりましたので、水を差し上げたところ水はお飲みにならずに、この玉を吐き入れました。この玉が離せません。それで入れたまま持って来て差し上げました」と言った。そこで豊玉毗売は不思議なこと、と思い、外に出て見た。火遠理命の姿を見るなり感じ入り、目を交わし合って、その父に申すに、「私どもの宮の門前に立派な人がいます」と言った。そこで海の神自身出て見て、「この人は天津《あまつ》日高《ひこ》の御子《みこ》の虚空《そら》津日高《つひこ》でいらっしゃる」と言った。宮の内にお連れして、海驢《あしか》の皮の畳を幾枚も敷き、また太絹の畳を幾枚もその上に重ね敷き、その上にお座りいただいて、たくさんの品々の物を台上に置き並べ、御馳《ご》走《そう》した。その娘豊玉毗売を妻合《めあ》わせ申しあげた。そして三年に及ぶまで火遠理命はその国にお住みになったのである。

しかし火遠理命は、自分がこの国に来るに至った事の初めを思い出しになられて、大きな溜息《ためいき》をおつきになった。すると豊玉毗売がこの溜息を耳にして、その父に申して、「夫は三年この国にお住みですが、これまでずっと溜息などおつきになることも無かったのに、昨夜大きな溜息をなさいました。きっと何かわけがあってのことでしょう」と言った。そこでその父の大神が聟《むこ》に尋ねて、「明けがた、娘の語るのを聞くと、『三年おいでになるけれど、いつもは溜息をおつきになることもなかったのに、昨夜大きな溜息をなさった』と申します。もし何かわけがおありでしょうか。また、この国にお出でになったのはどうしてですか」と言った。そこで火遠理命は海の大神に、自分がなくした釣鉤《つりばり》を返せと兄が責めたてるありさまを仔細《しさい》にお話しになった。これを聞いて、海の神は、海の魚の大小全てを召し集め、問い尋ねて、「もしこの釣鉤を取った魚があるか」と言った。すると多くの魚が、「このごろ鯛《たい》が喉《のど》に小骨の刺さる病気で、物が食べられないと心配して言っています。きっと鯛が取ったに違いありません」と申した。そこで、鯛の喉を探ってみると釣鉤があった。取り出してきれいに洗い、火遠理命に献上する時に、海の大神が教えて、「この釣鉤を兄さんにお与えになる時に、仰せになる言葉は、『この釣鉤は、ぼんやり釣鉤・よろめき釣鉤・貧乏釣鉤・うつけ釣鉤』と言って、後ろ手にお与えなさい。そしてその兄さんが高い所の田を作るなら、あなた様は低い所の田をお作りなさい。兄さんが低い田を作るなら、あなた様は高い田をお作りなさい。そうなされば、私は水を支配しています。すると三年の間にきっとその兄さんは貧乏になるでしょう。もしあなた様がそのようになさることを恨んで、戦《いくさ》を挑《いど》んできたら、潮が満ち溢《あふ》れる玉を出して溺《おぼ》れさせ、もし憐《あわ》れみを乞《こ》うならば、潮干《しおひ》の玉を出して生かし、このように悩まし苦しめておやりなさい」と言い、潮の満ちる玉と潮の干る玉、合わせて二つを授け申しあげた。全てのワニ（鮫《さめ》）を召し集め、問い尋ねて、「今、天津《あまつ》日高《ひこ》の御子の虚空津日高《そらつひこ》が上の国においでになろうとしている。誰がどれほどの日数で送り申しあげて、帰り、報告ができるか」と言った。そこでそれぞれが自身の身長に合わせて日数を限って申すなかに、一尋《ひとひろ》ワニが、「私は一日でお送りしてすぐに帰って参ります」と申した。そこでその一尋ワニに、「それならばおまえが送り申せ。もし海の中を渡る時に、怖《こわ》い思いをおさせしてはならぬぞ」と告げた。火遠理命を、そのワニの頸《くび》に乗せ、送り出し申しあげた。一尋ワニは果たして約束どおりに、一日のうちにお送り申しあげた。そのワニが帰ろうとする時に、火遠理命はお腰の紐《ひも》のついた小刀をほどいて、ワニの頸に着けてお帰しになった。このことがあって、その一尋ワニを、今では佐比持神《さひもちのかみ》といっている。

こうして火遠理命は、一つも欠けることなく海の神の教えた言葉のとおりに、兄の火照《ほでりの》命《みこと》にその釣鉤をお与えになった。するとそれから後、兄はだんだん貧しくなり、そのうえ荒々しい心を起こし攻めてきた。兄が攻めようとする時、潮満つ玉を出して溺《おぼ》れさせ、兄が憐れみを乞えば、潮干る玉を出して助けてやる。このように悩まし苦しめなさった時に、兄の火照命は、額《ひたい》を土にこすりつけて、「私めは今から後は、あなたを昼も夜も守る者となってお仕えします」と申した。それで、今に至るまで火照命の子孫の隼人《はやと》は、火照命が溺れたときのあれこれの恰好《かっこう》の演技を、絶えることなく仕《つか》っているのである。

鵜《う》葺《が》草《や》葺不合命《ふきあえずのみこと》の誕生

ところで、海の神の娘の豊玉《とよたま》毘売命《びめのみこと》が、自身で火遠理命《ほおりのみこと》の許《もと》に参上して、「私はすでに身《み》籠《ご》っております。今まさに出産の時になりました。このことでいつも思うのは、天つ神の御子孫は海の中でお生まれになってはなりません。それで参上いたしました」と申した。そこで海辺の渚《なぎさ》に、鵜《う》の羽を屋根・壁を葺《ふ》く草《かや》の代わりとして、産屋《うぶや》を造った。しかし、その産屋がまだ葺き終わらないのに、お腹の切迫に耐えられなくなった。そこで産屋にお入りになり、いざ、まさに出産という時に、皇孫火遠理命に申して、「およそ他国の人は子を産む時に臨むと、その本国の姿で産みます。それで、私も本来の姿になって産みます。どうか私をご覧にならないでください」と申した。ところが、その言葉を不思議に思われて、豊玉毗売が今まさにお産みになるのを、ひそかに覗《のぞ》き見《み》なさると、大きなワニ（鮫《さめ》）になって、くねくねと這《は》っていた。火遠理命は見て驚き恐ろしくなって、逃げ出された。こうして、豊玉毗売命は、火遠理命が覗き見なさったことを知り、心に恥ずかしいと思った。その御子を生んだままに置いて、「私はいつまでも海の道を通って往き来しようと思っておりました。けれども、あなた様が私の姿を覗き見なさったことが、たいそう恥ずかしゅうございます」と申した。そして海の道の境界を塞《ふさ》いで、海の国へ帰り入ってしまった。そこでそのお産まれの御子に名をつけて、天津《あまつ》日高《ひこ》日子《ひこ》波限《なぎさ》建鵜《たけう》葺草《がや》葺不合命《ふきあえずのみこと》という。

しかしながら後には、火遠理命が覗き見なさった御心を恨みつつも、恋しい心に耐えられず、その御子を養育申しあげる縁を頼りに、その妹の玉依毗売《たまよりびめ》に添えて、歌を献上した。その歌にいう、

(七)　琥珀《こはく》の玉は　貫く紐《ひも》までも光《て》りますが
真珠のような　あなたさまのお姿こそ
なんと高貴でありましょう

これにその夫の命《みこと》が答えて仰せられる。

(八)(沖《おき》の鳥の)鴨《かも》が舞い降りる島に
自分が伴い寝た　妻のことは忘れはしない
命のある限り

この日子穂々手見命《ひこほほでみのみこと》(火遠理命《ほおりのみこと》)は、高千穂宮《たかちほのみや》に五百八十年間おいでになった。御陵《ごりよう》は、高千穂の山の西にある。

鵜葺草葺不合命《うがやふきあえずのみこと》の系譜

この天津日高日子波限建鵜葺草葺不合命《あまつひこひこなぎさたけうがやふきあえずのみこと》が、その叔母《おば》の玉依毗売命《たまよりびめのみこと》と結婚してお生まれになった御子の名は、五瀬命《いつせのみこと》。次に稲氷命《いなひのみこと》。次に御毛沼命《みけぬのみこと》。次に若御毛沼命《わかみけぬのみこと》、別名は豊御毛沼《とよみけぬ》命《みこと》、もう一つの別名は神倭伊波礼毗古命《かんやまといわれびこのみこと》、四神。この御毛沼命は、波頭《なみがしら》を踏んで常世国《とこよのくに》にお渡りになり、稲氷命は、亡き母の国ということで、海にお入りになった。

古事記　中巻

神武天皇《じんむてんのう》

東征

神倭伊波礼毗古命《かんやまといわれびこのみこと》と、母を同じくする兄の五瀬命《いつせのみこと》と二人は、高千穂宮《たかちほのみや》においでになって、兄に相談して、「どこの土地を拠りどころとなさるならば、天下の政治を無事に執り得ましようぞ。もっと東の方に行きたいと思います」と仰せになった。そして、日向《ひむか》から出発なさって、筑紫《つくし》の地にお行きになった。途中、豊国《とよのくに》の宇沙《うさ》にお着きになった時に、その国の人で、名は宇沙都比古《うさつひこ》・宇沙都比売《うさつひめ》の二人が、足一騰宮《あしひとつあがりのみや》を作って、ご馳走《ちそう》を差し上げた。宇沙の地から移って、筑紫の岡田宮《おかだのみや》に、一年おいでになった。さらに筑紫国《つくしのくに》からお上《のぼ》りになって、安芸国《あきのくに》の多祁理宮《たけりのみや》に七年おいでになった。さらに安芸国から移り上ってお行きになって、吉《き》備《び》の高島宮《たかしまのみや》に八年おいでになった。

そしてその吉備国《きびのくに》から上っていらっしゃる時に、亀《かめ》の甲羅《こうら》に乗って、釣りをしながら鳥が飛び翔《かけ》るような恰好《かっこう》でやって来る人に、速吸《はやすい》の海峡で出遇《であ》った。そこでその人を呼び寄せて、「おまえは誰《だれ》か」とお問いになった。答えて、「自分は国つ神です」と申した。また、「おまえは航路に通じているか」とお問いになる。答えて、「詳しく知っています」と申す。さらにお問いになる、「お伴《とも》をしてお仕えしないか」。答えて、「お仕え申し上げましょう」と申した。そこで船棹《ふなざお》を差し出し渡し、その人を船に引き入れた。その人に名をお与えになって、槁根津日子《さおねつひこ》と名付けた。これは倭《やまと》の国 造《くにのみやつこ》らの祖先である。

五瀬命《いつせのみこと》

このようにその国から上《のぼ》っておいでになる時に、難波《なにわ》の渡《わた》りを通過して、（青雲《あおくも》の）白肩《しらかた》の入り江に停泊なさった。この時に大和《やまと》の登美能那賀須泥毗古《とみのながすねびこ》が、軍勢を起こして、迎え待って戦《いくさ》をしかけてきた。そこで御船に入れてある楯《たて》を取り出して、船から下り立たれた。そのゆえにそこの地を名付けて楯津《たてつ》という。今では日下《くさか》の蓼津《たでつ》という。日下で登美毗古《とみびこ》（登美能那賀須泥毗古）と戦われた時に、五瀬命《いつせのみこと》が御手に登美毗古の射た矢で深い傷を負われた。そこで仰せられるには、「我は、日の神の子孫として、日に向かって戦うことは不吉であった。だから賤《いや》しい奴《やつ》から深傷《ふかで》を被《こうむ》ったのだ。もはや今は向きを変え遠回りして、日を背中にして敵を撃とう」と誓って、南の方向を巡《めぐ》ってお行きになる時に、（和泉国《いずみのくに》の）血沼海《ちぬのうみ》に行って、深傷《ふかで》の御手の血をお洗いになった。それでここの海を血沼海ということになった。そこからさらに廻航《かいこう》なさって、紀伊国《きいのくに》の男《お》の港に着いて、五瀬命は、「賤しい奴のために手傷を負って死ぬのか」と仰せになって、怒り嘆いてお亡くなりになった。それでその港に名付けて、男水門《おのみなと》という。御陵《ごりょう》は紀伊国の竈山《かまやま》にある。

熊野《くまの》より大和《やまと》へ

神倭伊波礼毗古命《かんやまといわれびこのみこと》は、男水門《おのみなと》からお廻りになって、熊野村《くまののむら》に着いた時に、大きな熊が草木の中から現れ入り消え失《う》せた。すると神倭伊波礼毗古命は、突然に毒気に当てられて病み、また兵士たちも皆正気を失って仆《たお》れた。この時に熊野の高倉下《たかくらじ》これは人の名である が、一振《ひとふ》りの大刀《たち》を持ち、天つ神のご子孫である伊波礼毗古命が臥《ふ》せっていらっしゃるところにやってきて献上すると、天つ神のご子孫は悪気から醒《さ》め起きて、「長い間眠りこんでしまったなあ」と仰せになった。そしてその大刀をお受け取りになると、その熊野の山の悪しき霊威を振るう神は、大刀の威力によっておのずとすべて切り倒された。同様に病んで気を失っている兵士たちも、全員醒めて起き上がった。

そこで天つ神のご子孫（伊波礼毗古命）が、高倉下に、その大刀をどうして手に入れたかをお聞きになったところ、高倉下は答えて、「私が見た夢では、天照大御神《あまてらすおおみかみ》・高木神《たかきのかみ》の二神のご命令によって、建御雷神《たけみかづちのかみ》をお召しになって、『葦原中国《あしはらのなかつくに》はひどく騒がしいようである。我が子孫たちは悩んでおいでのようだ。その葦原中国は全ておまえが平定した国である。だから、おまえ、建御雷神よ、もう一度天降《あまくだ》りなさい』と仰せになった。すると建御雷神が答えて、『私めが天降らなくても、全てその国を平定した大刀《たち》があります。この大刀を降しましょう。この大刀の名は佐士布都神《さじふつのかみ》という。別名は甕布都神《みかふつのかみ》という。もう一つの名は布都御魂《ふつのみたま》。この大刀は石上神宮《いそのかみじんぐう》に鎮座している。この大刀を降すには、高倉下の倉の棟板《むないた》を破り開けた穴から落とし入れましょう』と申し上げた。そして建御雷神は私に、『朝の目覚めの吉《よ》い瑞《しるし》として、おまえが持参して天つ神のご子孫に献上しなさい』とおっしゃった。そこで夢の教えのとおりに、明けがたに自分の倉を見たところ、まことに大刀がありました。それゆえこの大刀を献上する次第です」と申し上げた。

　そしてまた、高木大神のお言葉による教え諭《さと》しを申せば、「天つ神のご子孫よ、ここより奥の方にお入りになってはいけない。荒々しい神が多数いる。今すぐ天上界から八咫烏《やあたからす》を行かせよう。そうすればその八咫烏が道案内をする。八咫烏が飛び立つ後についてお行きなさい」とのことでございます、と申した。そこでその教え諭しのとおりに、八咫烏の後からお出《い》でになったところ、吉野河《よしのがわ》の河口にお着きになった。その時、筌《うえ》を作って魚を取っている人がいた。天つ神のご子孫が、「おまえは誰《だれ》か」とお問いになった。答えて、「私は国つ神で、名は贄持之子《にえもつのこ》と申します」と申した。これは阿陀《あだ》の鵜養《うかい》の先祖である。その地からお出になると、尾の生えた人が、井戸の中から出て来た。その井は光っている。そこで、「おまえは誰か」とお問いになると、答えて、「私は国つ神で、名は井氷鹿《いひか》と申します」と申した。これは吉野《よしのの》首《おびと》らの先祖である。吉野の山にお入りになると、また尾の生えている人に出合った。この人は岩を押し分けて出て来た。そこで、「おまえは誰か」とお問いになる。答えて、「私は国つ神で、今、名は岩押分之子《いわおしわくのこ》と申します。今、天つ神のご子孫がお出でになると聞きました。それでお迎えに参りました」と申した。これは吉野の国巣《くにす》の先祖である。神倭伊波礼毗古命は吉野から山地を踏み貫き越えて、宇陀《うだ》にお行きになった。よってそこを宇陀《うだ》の穿《うかち》というのである。

久米歌《くめうた》

こうして到着した宇陀《うだ》には、兄宇迦斯《えうかし》・弟宇迦斯《おとうかし》の二人がいた。そこで、まず八咫烏《やあたからす》を遣《や》って、二人にお問いになって、「今、天つ神のご子孫がおいでになっていらっしゃる。おまえたちはお仕え申し上げるか」と言った。すると、兄宇迦斯は鏑矢《かぶらや》で、使者である八咫烏を射て追い返した。その時からその鏑矢《かぶらや》の落ちた所を訶夫羅前《かぶらさき》という。兄宇迦斯は、「迎え撃《う》とうではないか」と言って、地域の部族の軍を集めた。しかし兵士を十分に集められなかったので、「お仕えいたします」と偽《いつわ》って、大きな建物を作り、その建物の中に、踏めば圧殺するしかけの押機《おし》を作って待っている時に、弟宇迦斯が先にお迎えに参上し、拝礼して、

「私の兄の兄宇迦斯は、天つ神のご子孫の使者を射て追い返し、迎え撃とうと軍勢を集めようとしたけれどもよく集まらないので、大きな建物を作り、その中に押機《おし》を張って、待ち殺そうと用意しております。そのため、お迎えに参上して告白いたします」と申した。そこで、大伴連《おおとものむらじ》らの祖先の道臣命《みちのおみのみこと》と久米直《くめのあたい》らの祖先の大久米命《おおくめのみこと》の二人が、兄宇迦斯を呼び、罵《のの》しって、「きさまが作ってお仕え申し上げようとする大殿の中には、おのれが先に入って、どのようにお仕えするかの仔細《しさい》を明らかに示し申せ」と言って、大刀《たち》の柄《つか》を握《つか》み、矛《ほこ》を突き出し矢をつがえて追い入れた途端、兄宇迦斯は自分が作った押機《おし》に打たれて死んだ。そこで押機から死体を引っ張り出して、斬り刻んでばらばらにまき散らした。それでその地を宇陀《うだ》の血原《ちはら》というのである。それから、弟宇迦斯が献上したご馳走は、すべて兵士たちに下さった。この宴《うたげ》の時、歌っていう、

(九) 宇陀《うだ》の　山の狩場《かりば》に　鴫罠《しぎわな》を張る
そして私が待っていると　鴫はかからず
(いすくはし) なんと鯨《くじら》が罠網《わなあみ》にかかった
古妻《ふるづま》が　お惣菜《そうざい》が欲しいというなら
ソバグリの　実の少ししかないところを
ほんの少しけずり取ってやれ

新妻《にいづま》が　お惣菜をと求めたら
イチイガシの　実のたくさんあるところを
たくさんけずり取ってやれ

エー、シヤゴシヤ。これはざまあみろの意である。
アー、シヤゴシヤ。これは嘲《あざけ》り笑う意である。

その弟宇迦斯であるが、これは宇陀の水取《もいとり》らの祖先である　宇陀からお出ましになって、忍坂《おしさか》の大室《おおむろ》にお着きになった時に、尾が生《は》えている土雲《つちぐも》の多数の凶悪な者どもがその室の中におり、待ち構えて吼《ほ》え叫《さけ》んでいた。そこで、天つ神のご子孫の仰せによって、ご馳走を多数の凶悪な者どもに賜った。この時、多数の凶悪な者それぞれ一人宛てに、多数の給士夫を用意し、給士夫の一人一人に大刀《たち》を身に着けさせ、教えて、「歌声を耳にしたなら一挙に斬れ」と仰せになった。そしてその土雲の凶悪な者を撃つぞ、ということを明かす歌にいう、

(一〇)忍坂《おさか》の　大きな室屋《むろや》の中に
人が大勢　集まり入っている
人が大勢　入っていても
(雄々《おお》しい)我が久米の兵士が

頭椎《くぶつち》の大刀《たち》　石椎《いしつち》の大刀を手に
撃ち殺してしまうぞ
（雄々しい）我が久米の兵士が
頭椎の大刀　石椎の大刀を手に
今だ　撃つべきときは

このように歌うと、兵士たちが大刀を抜いて、一挙に土雲を打ち滅《ほろ》ぼした。
その後に、登美毗古《とみびこ》を撃とうとした時に、歌っていう、

（一二）（雄々しい）我が久米の兵士たちの
粟《あわ》の畑に　強い香の韮《にら》が一本
その根と　その芽を一括《ひとくく》りにしてしまう
そのように撃ち取ってしまおう

また、歌っていう、

（一三）（雄々しい）我が久米の兵士らが

垣根《かきね》に　植えた山椒《さんしょう》
口がひりひり　我らはあの痛みを忘れない
今度こそは撃ち殺してやるぞ

また歌っていう、

(一三)(神風の吹く)伊勢国《いせのくに》の海の
大きな石に　這《は》い回っている
細螺《しただみ》のように　我らも這いずり回って
撃ち殺してやるぞ

また磯城《しき》の地の兄師木《えしき》と弟師木《おとしき》を撃った時に、伊波礼毗古命の軍の兵士たちに少し疲れがみえた。そこで歌っていう、

(一四)(楯《たて》を並べて弓を射る)伊那佐山《いなさのやま》の
木々の間より　通り抜けつつ見張りつつ
戦っていると　我らはもう腹ぺこだ

（島の鳥の鵜《う》を）吉野川で飼う鵜飼《うかい》の友よ
すぐに助けに来てくれ

このように進軍していると、迩芸速日命《にぎはやひのみこと》が参上してきて、天つ神のご子孫に、「天つ神の御子が天降《あまくだ》られたと聞きました。そこで自分も後を追って降《くだ》って来ました」と申し、天上界の所属であったしるしの玉を献上してお仕え申し上げることとなった。この迩芸速日命が登美毗古の妹の登美夜毗売《とみやびめ》と結婚して生んだ子は宇麻志麻遅命《うましまじのみこと》、これは物部連《もののべのむらじ》・穂積臣《ほずみのおみ》・婇臣《うねめのおみ》の祖先である。

こうしてこのように、荒々しい神どもを平定し、服従しない人どもを追い払って、畝傍《うねび》の橿原宮《かしはらのみや》においでになって天下を統治なさった。

伊須気余理比売《いすけよりひめ》の立后《りつこう》

（天つ神のご子孫である神倭伊波礼毗古命《かんやまといわれびこのみこと》＝神武《じんむ》天皇は）始め日向《ひむか》にいらっしゃった時に、阿多《あた》の小椅君《おはしのきみ》の妹の、名は阿比良比売《あひらひめ》と結婚してお生みになった子は、多芸志美美命《たぎしみみのみこと》、次に岐須美美命《きすみみのみこと》。二人おいでになった。しかしまた、皇后となさる乙女をお求めになった時に、大久米命《おおくめのみこと》が、「この地に一人の乙女がおります。乙女は神の御子だというのです。神の御子だというわけは、三島《みしま》の湟咋《みぞくい》の娘の、名は勢夜陀多良比売《せやだたらひめ》は、その容貌《ようぼう》が美しかったのです。それを三輪《みわ》の大物主神《おおものぬしのかみ》が見惚《みほ》れて、その乙女が大便をする時に、朱塗りの矢に姿を変えて、大便をする溝の上流から流れ下って、その乙女の陰部を突いたのです。するとその乙女はびっくりして、立ち上がり、走り、慌《あわ》てふためきました。それでもその矢を持って来て、床の傍に置くと、その矢はにわかに立派な若い男に変身しました。男がその乙女と結婚して生んだ子の名は富登多多良伊須須岐比売命《ほとたたらいすすきひめのみこと》で、別名は比売多多良伊須気余理比売《ひめたたらいすけよりひめ》といいます。これは富登《ほと》という言葉が名の表に出ることを嫌って、後に改めた名である。このような次第で、この乙女は神の御子だと申すのです」と申した。

あるとき、七人の乙女が高佐士野《たかさじの》を歩いており、伊須気余理比売がその中にいた。そして大久米命がその伊須気余理比売を見て、歌で天皇に申し上げた。

(一五) 大和《やまと》の国の　高佐士野を
　七人連れ立って歩く　乙女たち
　その中の誰《だれ》を妻となさいましょう

この時、伊須気余理比売は、その乙女たちの先頭に立っていた。天皇はその乙女たちを見て、御心のうちに、伊須気余理比売が一番前に立っているとお気付きになって、歌で答えて

仰せになる、

（一六）どの娘《こ》とも決めがたいが　一番先頭に立つ　年長の乙女を妻としよう

そこで、大久米命が、天皇のお言葉を、その伊須気余理比売に仰せになった時に、伊須気余理比売は、その大久米命の、目尻《めじり》に刺青《いれずみ》し裂けたような鋭い目を見て、不思議に思って、歌っていう、

（一七）雨燕《あまつばめ》・鶺鴒《せきれい》・千鳥《ちどり》・鵐《しとど》でもないのに　どうしてそんなに裂けた鋭い目をしているの

大久米命がそれに答えて歌っていう、

（一八）お嬢さんに　じかにお目にかかりたくて　私の裂けた鋭い目は

そこでその娘は、「お仕え申し上げます」と申した。その伊須気余理比売命の家は、狭井《さい》河《がわ》の辺《ほとり》にあった。天皇は伊須気余理比売の家にお行きになって、一晩お泊まりになった。その河を佐韋河《さいがわ》というわけは、その河の辺に山百合《やまゆり》がたくさん生えている。それでその山百合の名をとって、佐

葦河と名付けた。山百合のもとの名は佐韋《さい》という。

後になって、その伊須気余理比売が、宮廷に参内した時に、天皇がお歌いになって仰せられるには、

(一九) 葦原《あしはら》の　むさくるしい小屋に
菅《すげ》の畳《たたみ》を　清らかに敷いて
我と二人共寝したことだ

そうしてお生まれになった御子の名は、日子八井命《ひこやいのみこと》、次に神八井耳命《かんやいみみのみこと》、次に神沼河耳命《かんぬなかわみみのみこと》、三人。

当芸志美々命《たぎしみみのみこと》の変

この(神武《じんむ》)天皇が崩御なさって後に、その三人の御子たちの腹ちがいの兄に当たる当芸志美々命が、父天皇の皇后であった伊須気余理比売《いすけよりひめ》と結婚した時に、その三人の弟を殺そうと企《くわだ》てを巡らしているので、母君の伊須気余理比売は悩み苦しんで、歌で三人の御子たちにそのことを知らせた。歌っておっしゃる、

（二〇）狭井河《さいがわ》から　雲が立ち渡ってきて
こちらの畝傍山《うねびやま》の　木の葉がざわめいている
風が吹くぞ

また歌っておっしゃる、

（二一）畝傍山は　昼は雲が揺れ動いている
これは夕がたには　風が吹く前兆として
木の葉がざわざわいっている

母后《きさき》のこの歌を御子たちは聞き、その意味する危機を知って驚き、当芸志美々《たぎしみみ》を殺そうとした時に、神沼河耳命《かんぬなかわみみのみこと》が、その兄の神八井耳命《かんやいみみのみこと》に、「ねえお兄さま、武器を取り、踏み入って、当芸志美々をお殺しなさいよ」と申された。それをうけて、兄の命《みこと》は武器を手に取ると踏み込んで殺そうとしたが、その時、手足がぶるぶる震《ふる》えてしまって、殺すことができない。すると弟の神沼河耳命が、その兄の持っていた武器を受け取り、踏み入って、当芸志美々命をお殺しになった。それゆえまた、その御名をたたえて、建沼河耳命《たけぬなかわみみのみこと》という。

このことで、神八井耳命は、弟の建沼河耳命に皇位を譲《ゆず》って、「私は敵を殺すことができませんのに、あなたは完璧《かんぺき》に敵を殺すことができたのです。それゆえ、自分は兄ではあっても天皇となるべきではありません。したがって、あなたが天皇となり、天下を統治なさいませ。私はあなたを助け、守護人《まもりびと》となってお仕えいたします」と申した。

そして長兄の日子八井命《ひこやいのみこと》は、茨田連《うばらたのむらじ》・手島連《てしまのむらじ》の祖先である。神八井耳命は、意富臣《おおのおみ》・小子部連《ちいさこべのむらじ》・坂合部連《さかいべのむらじ》・火君《ひのきみ》・大分君《おおきたのきみ》・阿蘇君《あそのきみ》・筑紫《つくし》の三家《みやけ》の連《むらじ》・雀部臣《さざきべのおみ》・雀部造《さざきべのみやつこ》・小長谷造《おはつせのみやつこ》・都祁直《つけのあたい》・伊余《いよ》の国造《くにのみやつこ》・科野《しなの》の国造《くにのみやつこ》・道奥《みちのおく》の石城《いわき》の国造・常陸《ひたち》の仲《なか》の国造・長狭の国造・伊勢の船木直《ふなきのあたい》・尾張《おわり》の丹波臣《にわのおみ》・島田臣《しまだのおみ》らの祖先である。神沼河耳命は、天下を統治なさった。

すべて数えてこの神倭伊波礼毗古天皇《かんやまといわれびこのすめらみこと》の御寿命は百三十七歳。御陵《ごりよう》は畝傍山の北側の白檮尾《かしのお》のほとりにある。

綏靖天皇《すいぜいてんのう》

神沼河耳命《かんぬなかわみみのみこと》は、葛城《かつらぎ》の高岡宮《たかおかのみや》においでになって、天下を統治なさった。この天皇が師木県主《しきのあがたぬし》の祖先の河俣毗売《かわまたびめ》と結婚して、お生まれになった御子《みこ》は、師木津日子玉手見命《しきつひこたまてみのみこと》、一人。天皇の御寿命は四十五歳。御陵《ごりよう》は衝田岡《つきたのおか》にある。

安寧天皇《あんねいてんのう》

師木津日子玉手見命《しきつひこたまてみのみこと》は、片塩《かたしお》の浮穴宮《うきあなのみや》においでになって、天下を統治なさった。この天皇が、河俣毗売《かわまたびめ》の兄の県主波延《あがたぬしはえ》の娘の阿久斗比売《あくとひめ》と結婚して、お生まれになった御子《みこ》は、常根《とこね》津日子伊呂泥命《つひこいろねのみこと》、次に大倭日子鉏友命《おおやまとひこすきとものみこと》、次に師木津日子命《しきつひこのみこと》。この天皇の御子たち、合わせて三人の中《うち》、大倭日子鉏友命は、天下を統治なさった。次に師木津日子命の子は、二人の王《みこ》がいらっしゃった。一人の子の子孫は、伊賀の須知稲置《いがのすちのいなき》・那婆理稲置《なばりのいなき》・三野稲置《みののいなき》の祖先である。もう一人の子の和知都美命《わちつみのみこと》は、淡路《あわじ》の御井宮《みいのみや》にいらっしゃった。そしてこの王《みこ》には、二人の娘がおられた。姉の名は蠅伊呂泥《はえいろね》で別名は意富夜麻登久邇阿礼比売命《おおやまとくにあれひめのみこと》。妹の名は蠅伊呂杼《はえいろど》である。天皇の御寿命は四十九歳。御陵《ごりょう》は畝傍山《うねびやま》の南のくぼみにある。

懿徳天皇《いとく》

大倭日子鉏友命《おおやまとひこすきとものみこと》は、軽《かる》の境岡宮《さかいおかのみや》においでになって、天下を統治なさった。この天皇が、師《し》木《き》の県主《あがたぬし》の祖先の賦登麻和訶比売命《ふとまわかひめのみこと》、別名は飯日比売命《いいひひめのみこと》と結婚して、お生まれになった御子は、御真津日子訶恵志泥命《みまつひこかえしねのみこと》、次に多芸志日古命《たぎしひこのみこと》、二人。そして御真津日子訶恵志泥命は、天下を統治なさった。次に当芸志比古命は、血沼別《ちぬのわけ》・多遅麻《たじま》の竹別《たけのわけ》・葦井稲置《あしいのいなき》の祖先である。

天皇の御寿命は四十五歳。御陵《ごりよう》は畝傍山《うねびやま》の真名子谷《まなこだに》のほとりにある。

孝昭《こうしよう》天皇

御真津日子訶恵志泥命《みまつひこかえしねのみこと》は、葛城《かつらぎ》の掖上宮《わきがみのみや》においでになって、天下を統治なさった。この天皇が、尾張連《おわりのむらじ》の祖先の奥津余曽《おきつよそ》の妹の余曽多本毘売命《よそたほびめのみこと》と結婚して、お生まれになった御子は、天押帯日子命《あめおしたらしひこのみこと》、次に大倭帯日子国押人命《おおやまとたらしひこくにおしひとのみこと》、二人。そして弟の帯日子国忍人命《たらしひこくにおしひとのみこと》は、天下を統治なさった。兄の天押帯日子命は、春日臣《かすがのおみ》・大宅臣《おおやけのおみ》・粟田臣《あわたのおみ》・小野臣《おののおみ》・柿本臣《かきのもとのおみ》・壱比韋臣《いちひいのおみ》・大坂臣《おおさかのおみ》・阿那《あなの》臣《おみ》・多紀臣《たきのおみ》・羽栗臣《はくりのおみ》・知多臣《ちたのおみ》・牟耶臣《むざのおみ》・都怒山臣《つのやまのおみ》・伊勢《いせ》の飯高君《いいたかのきみ》・壱師君《いちしのきみ》・近江《おうみ》の国造《くにのみやつこ》の祖先である。

天皇の御寿命は九十三歳。御陵《ごりよう》は、掖上《わきがみ》の博多山《はかたやま》のほとりにある。

孝安《こうあん》天皇

大倭帯日子国押人命《おおやまとたらしひこくにおしひとのみこと》は、葛城《かつらぎ》の室《むろ》の秋津島宮《あきづしまのみや》においでになって、天下を統治なさった。この天皇が、姪《めい》の忍鹿比売命《おしかひめのみこと》と結婚して、お生まれになった御子は、大吉備《おおきび》の諸進命《もろすみのみこと》、次に大倭根子日子賦斗迩命《おおやまとねこひこふとにのみこと》、二人。そして大倭根子日子賦斗迩命は、天下を統治なさった。

天皇の御寿命は百二十三歳。御陵《ごりよう》は、玉手岡《たまてのおか》のほとりにある。

孝霊《こうれい》天皇

大倭根子《おおやまとねこ》日子《ひこ》賦斗迩命《ふとにのみこと》は、黒田廬戸宮《くろだのいほとのみや》においでになって、天下を統治なさった。この天皇が、十市県主《とおちのあがたぬし》の祖先の大目《おおめ》の娘の、名は細比売命《ほそひめのみこと》と結婚して、お生まれになった御子は、大《おお》倭根子《やまとねこ》日子《ひこ》国玖琉命《くにくるのみこと》、一人。また春日の千々速真若比売《ちぢはやまわかひめ》と結婚して、お生みになった御子は、千々速比売命《ちぢはやひめのみこと》、一人。また意富夜麻登玖迩阿礼比売命《おおやまとくにあれひめのみこと》と結婚して、お生みになった御子は、夜麻登登母々曽毗売命《やまとともももそびめのみこと》、次に日子刺肩別命《ひこさしかたわけのみこと》、次に比古伊佐勢理毗古命《ひこいさせりびこのみこと》、別名は大吉備津日子《おおきびつひこ》命《みこと》、次に倭飛羽矢若屋比売《やまとびはやわかやひめ》、四人。またその阿礼比売命の妹の蠅伊呂杼《はえいろど》と結婚してお生みになった御子は、日子寤間命《ひこさめまのみこと》、次に若日子建吉備津日子命《わかひこたけきびつひこのみこと》、二人。この天皇の御子たちは、合わせて八人である。男王は五人、女王は三人。そして大倭根子日子国玖琉命は、天下を統治なさった。大吉備津日子命と若建《わかたけ》吉備津日子命とは、二人一緒になって、播磨国《はりまのくに》の氷河《ひかわ》に張り出た丘の崎に、祭事の甕《かめ》を据え神を祭って、播磨を吉備国《きびのくに》への道の入り口として、吉備国を平定した。そこで、この大吉備津日子命は、吉備の上道臣《かみつみちのおみ》の祖先である。次に若日子建吉備津日子命は、吉備の下道臣《しもつみちのおみ》・笠臣《かさのおみ》の祖先である。次に日子寤間命は、播磨《はりま》の牛鹿臣《うしかのおみ》の祖先である。次に日子刺肩別命は、高志《こし》の利波臣《となみのおみ》・豊国《とよくに》の国前臣《くにさきのおみ》・五百原君《いおはらのきみ》・角鹿《つぬか》の海直《あまのあたい》の祖先である。

天皇の御寿命は百六歳である。御陵は、片岡《かたおか》の馬坂《うまさか》のほとりにある。

孝元天皇《こうげん》

大倭根子日子国玖琉命《おおやまとねこひこくにくるのみこと》は、軽《かる》の堺原宮《さかいはらのみや》においでになって、天下を統治なさった。この天皇が、穂積臣《ほづみのおみ》らの祖先の内色許男命《うつしこおのみこと》の妹の内色許売命《うつしこめのみこと》と結婚して、お生みになった御子は、大毘古命《おおびこのみこと》、次に少名日子建猪心命《すくなひこたけいごころのみこと》、次に若倭根子日子大毘々命《わかやまとねこひこおおびびのみこと》、三人。また内色許男命の娘の伊迦賀色許売命《いかがしこめのみこと》と結婚して、お生まれになった御子は、比古布都押信命《ひこふつおしのまことのみこと》。また河内《かわち》の青玉《あおたま》の娘の、名は波迩夜須毘売《はにやすびめ》と結婚して、お生みになった御子は、建波迩夜須毘古命《たけはにやすびこのみこと》、一人。

この天皇の御子たちは、合わせて五人である。そして、若倭根子日子大毘々命は、天下を統治なさった。その兄の大毘古命の子の建沼河別命《たけぬなかわわけのみこと》は、阿倍臣《あへのおみ》らの祖先である。次に比古伊那許士別命《ひこいなこじわけのみこと》、これは膳臣《かしわでのおみ》の祖先である。比古布都押信命《ひこふつおしのまことのみこと》は、尾張連《おわりのむらじ》らの祖先の意富那毘《おおなび》の妹の、葛城《かつらぎ》の高千那毘売《たかちなびめ》と結婚して生んだ子は、味師内宿祢《うましうちのすくね》、これは山代《やましろ》の内臣《うちのおみ》の祖先である。また紀伊《きい》の国造《くにのみやつこ》の祖先の宇豆比古《うずひこ》の妹の山下影日売《やましたかげひめ》と結婚して生んだ子は、建内宿祢《たけうちのすくね》。この建内宿祢の子は、合わせて九人。男七人、女二人。波多《はた》の八代宿祢《やしろのすくね》は、波多臣《はたのおみ》・林臣《はやしのおみ》・波美臣《はみのおみ》・星川臣《ほしかわのおみ》・淡海臣《おうみのおみ》・長谷部君《はっせべのきみ》の祖先である。次に、許勢《こせ》の小柄宿祢《おからのすくね》は、許勢臣《こせのおみ》・雀部臣《さざきべのおみ》・軽部臣《かるべのおみ》の祖先である。次に、蘇賀《そが》の石河宿祢《いしかわのすくね》は、蘇我臣《そがのおみ》・川辺臣《かわべのおみ》・田中臣《たなかのおみ》・高向臣《たかむくのおみ》・小治田臣《おわりだのおみ》・桜井臣《さくらいのおみ》・岸田臣《きしだのおみ》らの祖先である。次に、平群《へぐり》の都久宿祢《つくのすくね》は、平群臣《へぐりのおみ》・佐和良臣《さわらのおみ》・馬御樴連《うまのみくいのむらじ》らの祖先である。次に、紀伊《きい》の角宿祢《つののすくね》は、紀伊臣《きいのおみ》・都奴臣《つぬのおみ》・坂本臣《さかもとのおみ》らの祖先である。次に、久米《くめ》の摩伊刀比売《まいとひめ》、次に、怒能伊呂比売《ののいろひめ》、次に、葛城の長江曽都毗古《ながえのそつびこ》は、玉手臣《たまてのおみ》・的臣《いくはのおみ》・生江臣《いくえのおみ》・阿芸那臣《あぎなのおみ》らの祖先である。また、若子宿祢《わくごのすくね》は、江野財臣《えののたからのおみ》の祖先である。

この天皇の御寿命は五十七歳である。御陵は、剣の池の中の岡のほとりにある。

開化《かいか》天皇

若倭根子日子大毗々命《わかやまとねこひこおおびびのみこと》は、春日《かすが》の伊耶河宮《いざかわのみや》においでになって、天下を統治なさった。この天皇が、旦波《たんば》の大県主《おおあがたぬし》の、名は由碁理《ゆごり》の娘の竹野比売《たかのひめ》と結婚して、お生みになった御子は、比古由牟須美命《ひこゆむすみのみこと》、一人。また、継母の伊迦賀色許売命《いかがしこめのみこと》と結婚して、お生まれになった御子は、御真木入日子印恵命《みまきいりひこいにえのみこと》、次に御真津比売命《みまつひめのみこと》、二人。また、丸迩臣《わにのおみ》の祖先の日子国意祁都命《ひこくにおけつのみこと》の妹の意祁都比売命《おけつひめのみこと》と結婚して、お生みになった御子は、日子坐王《ひこいますのみこ》、一人。また葛城《かつらぎ》の垂見宿祢《たるみのすくね》の娘の、鸇比売《わしひめ》と結婚して、お生みになった御子は、建豊波豆羅和気王《たけとよはづらわけのみこ》、一人。この天皇の御子たちは合わせて五人。男王は四人、女王は一人。そして御真木入日子印恵命は、天下を統治なさった。

その兄の比古由牟須美王《ひこゆむすみのみこ》の子は、大筒木垂根王《おおつつきたりねのみこ》、次に讃岐《さぬき》垂根王、二人。この二人の王の娘は五人おられた。次に日子坐王《ひこいますのみこ》が、山代《やましろ》の荏名津比売《えなつひめ》、別名苅幡戸弁《かりはたとべ》と結婚して、生んだ子は、大俣王《おおまたのみこ》、次に小俣王《おまたのみこ》、次に志夫美宿祢王《しぶみのすくねのみこ》、三人。また春日建国勝戸売《かすがのたけくにかつとめ》の娘の、名は沙《さ》本《ほ》の大闇見《おおくらみ》刀売《とめ》と結婚して、生んだ子は、沙本毘古王《さほびこのみこ》、次に袁耶本王《おざほのみこ》、次に沙本毘売命《さほびめのみこと》、別名佐波遅比売《さはじひめ》。この沙本毘売命は伊久米《いくめ》天皇の皇后となった。次に室毘古王《むろびこのみこ》。四人。また近江《おうみ》の御上《みかみ》の神職がお祭りする天之御影神《あめのみかげのかみ》の娘、息長《おきなが》の水依比売《みずよりひめ》と結婚して、生んだ子は、丹波《たんば》の比古《ひこ》多々須美知能宇斯王《たたすみちのうしのみこ》、次に、水之穂真若王《みずのほのまわかのみこ》、次に、神大根王《かんおおねのみこ》、別名八爪入日子王《やつめいりひこのみこ》。次に、水《みず》穂五百依比売《ほのいほよりひめ》、次に御井津比売《みいつひめ》。五人。また母の妹の袁祁都比売命《おけつひめのみこと》と結婚して、生んだ子は、山代《やましろ》の大筒木《おおつつき》の真若王《まわかのみこ》、次に、比古意須王《ひこおすのみこ》、次に伊理泥王《いりねのみこ》、三人。すべて、日子坐王の子は、合わせて十一人。長兄の大俣王の子は、曙立王《あけたつのみこ》、次に、菟上王《うなかみのみこ》、二人。この曙立王は、伊勢《いせ》の品遅部君《ほんじべのきみ》・伊勢の佐那造《さなのみやつこ》の祖先である。菟上王は、比売陀君《ひめだのきみ》の祖先である。次に、小俣王は、当麻《たぎま》の勾君《まがりのきみ》の祖先である。次に、志夫美宿祢王《しぶみのすくねのみこ》は、佐々君《ささのきみ》の祖先である。次に、沙本毘古王は、日下部《くさかべの》連《むらじ》・甲斐《かい》の国造《くにのみやつこ》の祖先である。次に、袁耶本王は、葛野別《かずののわけ》・近江《おうみ》の蚊野別《かののわけ》の祖先である。次に、室毘古王は、若狭《わかさ》の耳別《みみのわけ》の祖先である。

その美知能宇志王《みちのうしのみこ》が、丹波《たんば》の河上の摩須郎女《ますのいらつめ》と結婚して、生んだ子は、比婆須比売命《ひばすひめのみこと》、次に、真砥野比売命《まとのひめのみこと》。次に、弟比売命《おとひめのみこと》、次に、朝庭別王《みかどわけのみこ》、四人。この朝庭別王は、三川《みかわ》の穂別《ほのわけ》の祖先である。この美知能宇斯王の弟の水穂の真若王は、近江《おうみ》の安直《やすのあたい》の祖先である。次に、神大根王は、美濃国《みののくに》の本巣《もとす》の国造・長幡部連《ながはたべのむらじ》の祖先である。

次に、山代の大筒木真若王が、同母弟の伊理泥王《いりねのみこ》の娘の、丹波の阿治佐波毘売《あじさはびめ》と結婚して、生んだ子は、迦迩米雷王《かにめいかずちのみこ》。この王《みこ》が、丹波の遠津臣《とおつおみ》の娘の、名は高材比売《たかくいひめ》と結婚して、生んだ子は、息長宿祢王《おきながのすくねのみこ》。この王が、葛城《かつらぎ》の高額比売《たかぬかひめ》と結婚して、生んだ子は、息長帯比売《おきながたらしひめの》命《みこと》、次に虚空津比売命《そらつひめのみこと》、次に息長日子王、三人。この王は、吉備《きび》の品遅君《ほんじのきみ》・針間《はりま》の阿宗君《あそのきみ》の祖先である。また、息長宿祢王が河俣《かわまた》の稲依毗売《いなよりびめ》と結婚して、生んだ子は、大多牟坂王《おおたむさかのみこ》。これは多遅摩《たじま》の国造の祖先である。上述した建豊波豆羅和気王《たけとよはずらわけのみこ》は、道守臣《ちもりのおみ》・忍海部造《おしぬみべのみやつこ》・御名部造《みなべのみやつこ》・稲羽《いなば》の忍海部《おしぬみべ》・丹波《たんば》の竹野別《たかののわけ》・依網《よさみ》の阿毗古《あびこ》らの祖先である。

天皇の御寿命は六十三歳。御陵は、伊耶河《いざかわ》の坂のほとりにある。

崇神《すじん》天皇

后妃《こうひ》と皇子女

御真木入日子印恵命《みまきいりひこいにえのみこと》は、磯城《しき》の水垣宮《みずかきのみや》においでになって、天下を統治なさった。この天皇が、紀伊《きい》の国造《くにのみやつこ》の、名は荒河刀弁《あらかわとべ》の娘の、遠津年魚目々微比売《とおつあゆめまくわしひめ》と結婚して、お生みになった御子は、豊木入日子命《とよきいりひこのみこと》、次に、豊鉏入日売命《とよすきいりひめのみこと》、二人。また、尾張連《おわりのむらじ》の祖先の意富阿麻比売《おおあまひめ》と結婚して、お生みになった御子は、大入杵命《おおいりきのみこと》、次に、八坂之入日子命《やさかのいりひこのみこと》、次に、沼名木之入《ぬなきのいり》日売命《ひめのみこと》、次に、十市之入日売命《とおちのいりひめのみこと》、四人。また、大毗古命《おおびこのみこと》の娘の、御真津比売命《みまつひめのみこと》と結婚して、お生まれになった御子は、伊玖米入日子伊沙知命《いくめいりひこいさちのみこと》、次に、伊耶能真若命《いざのまわかのみこと》、次に、国片比売《くにかたひめの》命《みこと》、次に、千々都久和比売命《ちぢつくわひめのみこと》、次に、伊賀比売命《いがひめのみこと》、次に、倭日子命《やまとひこのみこと》、六人。この天皇の御子たちは、合わせて十二人。男王は七人、女王は五人である。そして、伊久米伊理毗子伊佐知命《いくめいりびこいさちのみこと》は、天下を統治なさった。次に、豊木入日子命は、上毛野《かみつけの》・下毛野君《しもつけののきみ》らの祖先である。妹の豊鉏比売《とよすきひめ》命《みこと》は、伊勢大神《いせのおおかみ》の宮に仕えお祭りした。次に、大入杵命は、能登臣《のとのおみ》の祖先である。次に、倭日子命は、この王が亡くなった時に、初めて墓に殉死《じゅんし》の人を並べ立てた。

美和《みわ》の大物主神《おおものぬしのかみ》

この（崇神《すじん》）天皇の御世に、疫病《えきびょう》が盛《さか》んにはやって、国民が絶えてしまいそうになった。そこで、天皇はご心配になって、神の託宣を得るための床にお寝《やす》みになった夜に、大物主大《おおものぬしのおお》神《かみ》が、御夢にはっきりと現れて、「この疫病は、私の心がひき起こしたものです。だから、意富多々泥古《おおたたねこ》によって、私を祭ってくださるならば、祟《たた》りは消え、国も安らかになりましょう」とおっしゃった。そこで早馬《はやうま》の使者を四方に分けて出して、意富多々泥古という人を探し求めたところ、河内国《かわちのくに》の美努村《みののむら》でその人を見つけることができて、その人を天皇に進上した。こうして、天皇は、その人に「おまえは誰《だれ》の子か」とお問いになった。するとその人は答えて、「私めは大物主大神が、陶津耳命《すえつみみのみこと》の娘の活玉依毗売《いくたまよりびめ》と結婚して生んだ子の、名は櫛《くし》御方命《みかたのみこと》の、またその子の飯肩巣見命《いいかたすみのみこと》の、さらにまたその子の建甕遺命《たけみかつのみこと》の子が、私め意富多々泥古でございます」と申した。これを聞いて、天皇はたいそうお喜びになって、「これで、天下は平安になり、人民は繁栄するであろう」と仰せられ、意富多々泥古命を神主《かんぬし》として、御諸山《みもろのやま》に、大三輪大神《おおみわのおおかみ》である大物主神をお祭りになった。

また伊迦賀色許男命《いかがしこおのみこと》にお命じになり、多数の祭の甕《かめ》を作り、祭るべき天の神・地の神の社《やしろ》を定め申しあげた。また宇陀《うだ》の墨坂神《すみさかのかみ》には、赤色の楯《たて》と矛《ほこ》を供えて祭り、また大坂神《おおさかのかみ》には、黒色の楯と矛を供えて祭り、また坂の稜線部の神および河の瀬の神に至るまで、すべて落とし忘れることなく、供え物を献上した。これによって、疫病がまったく止んで、国家は平安になった。

　この意富多々泥古という人が、神の子孫であると知ったわけは、以下のようなことによる。先に述べた活玉依毗売は、その容姿が端麗であった。そこに一人の若い男がいた。その容貌《ようぼう》と整った身なりは、当時比肩するものが無いほどだった。その男が、夜中に忽然《こつぜん》とやって来た。そこで、活玉依毗売とその男とは互いにいつくしみ合い、共寝して、一緒の時を過ごす間に、まだ何ほども経《た》たないうちに、その乙女は妊娠した。そこで両親は、娘の妊娠を不思議がって、娘に問いただして、「おまえは自然に妊娠した。夫がないのにどうして妊娠したのか」と言うと、娘は答えて、「立派な若い男で、その氏も名も知りません。毎夕やって来て、一緒に過ごすうちに、おのずと妊娠したのです」と言った。そこで、娘の両親は、その男が誰かを知りたいと思って、娘に教えて、「赤土を寝床の前に散らし、糸巻に紡《つむ》いだ麻糸《あさいと》を針孔《はりあな》に通し、男の着物の裾《すそ》に刺せ」と言った。娘が教えどおりにして、朝になってみると、針に著《つ》けた麻糸は、戸の鉤穴《かぎあな》から引き抜き通り抜け出て、残った麻糸は、糸巻にただ三巻《みまき》だけであった。このように、鉤穴から出ていったありさまを知って、糸に従って後をつけて行くと、三輪山に到って、神の社の中で止まっていた。そこで、娘の腹の中の子は、この社の大物主神の子と知れたというわけである。その麻糸が三巻分だけ遺《のこ》ったということによって、その地を名付けて三輪《みわ》というのである。この意富多々泥古命《おおたたねこのみこと》は、神君《みわのきみ》・鴨君《かものきみ》の祖先である。

将軍の派遣

また、この（崇神《すじん》天皇の）御世に、大毘古命《おおびこのみこと》を越《こし》の道に派遣し、その子の建沼河別命《たけぬなかわわけのみこと》を東方十二道に派遣して、その方面の服従しない人々を平定させ、また、日子坐王《ひこいますのみこ》を、丹波国《たんばのくに》に派遣して、玖賀耳御笠《くがみみのみかさ》 これは人の名である を殺させなさった。その大毘古命が、越国《こしのくに》に下って行く時に、腰に裳《も》を着けた少女が、山城《やましろ》の幣羅坂《へらさか》に立って、歌っていった、

（二二）御真木入彦《みまきいりひこ》よ
御真木入彦よ

自分の命を　ひそかに殺そうと
背後の戸から　すれ違おうとし
前の戸から　すれ違おうとし
ひそかに狙《ねら》っているのも　知らないで
御真木入彦よ

この歌を聞いた大毗古命は、不思議なことと思い、馬を引き返し、その少女に、「おまえが言った言葉は、どういう意味か」と尋ねた。すると、少女は答えて、「私は何も申しません。ただ歌をうたっただけです」と言うと、どこへ行くとも見えないで、急に姿が消え失《う》せた。そこで大毗古命は、もう一度都に戻り、参上して、このことを天皇に申し上げると、天皇が答えて、「これは、山城国《やましろのくに》に住む、我が異母兄建波迩安王《たけはにやすのみこ》が、謀叛心《むほんしん》を起こしたことを表すしるしに相違ない。伯父上《おじうえ》よ、軍を動かして、討ちに行ってください」と仰せになった。丸迩臣《わにのおみ》の祖先の、日子国夫玖命《ひこくにぶくのみこと》を副将軍として派遣した時に、丸迩《わに》坂に、祭祀《さいし》の甕《かめ》を据えて神を祭り、出かけて行った。

大毗古命とその軍が、山城の和訶羅河《わからがわ》に到着した時に、その建波迩安王が、軍隊を出して待ち塞《ふさ》ぎ、両軍は河を中に挟《はさ》んで向かい合い、互いに挑《いど》み合った。それで、その地に名付けて、伊杼美《いどみ》といった。今は伊豆美《いずみ》という。そこで、日子国夫玖命が誘《さそ》いかけて、「そちらの陣の人よ、先に忌矢《いわいや》を射るがよい」と言った。これを受けて、建波迩安王その人が弓を射たけれど、日子国夫玖命に命中できない。次に国夫玖命が放った矢は、建波迩安王を射殺した。そのため建波迩安王の軍はことごとく破れて逃げ、散り散りとなった。それでもなお、その逃げる敵兵を追い迫《せ》め、久須婆《くすば》の渡場《わたりば》まで行った時に、敵兵はみな攻められ苦しめられて、脱糞《だっぷん》してしまい、褌《はかま》にかかるありさま。それからその地に名付けて、屎褌《くそはかま》という。今は久須婆《くすば》という。また、その逃げる敵兵の先回りをして斬ると、川に入って逃げて、鵜《う》のように河に浮かんだ。それで、その河に名付けて鵜河《うかわ》という。さらに敵兵を追って斬り殺した。それで、その地には名付けて、波布理曽能《はふりその》という。このようにことごとく平定し終わって、参上して天皇に報告申し上げた。

そして大毘古命は、初めに命じられたとおりに、越国《こしのくに》に下って行った。ところで東海道方面から派遣した建沼河別《たけぬなかわわけ》は、その父の大毘古と、会津《あいづ》で行き合い一緒になった。そこで、その地を会津という。このようにして、めいめいが派遣された国を平定する任務を遂《と》げて、天皇に報告申し上げた。

初国知《はつくにし》らしし天皇

こうして、天下は太平になり、人民は富み繁栄した。ここに至って、初めて、男は狩猟の獲物、女には手織りの布などを税として差し出させることとなった。そこで、この天皇の御世をほめたたえて、初めて国を統治なさった御真木《みまき》の天皇と申し上げた。またこの御世に、依網池《よきみのいけ》を作り、また軽《かる》の酒折池《さかおりのいけ》を作った。

天皇の御寿命は百六十八歳。戊寅《つちのえとら》の年の十二月に崩御なさった。御陵は、山辺道《やまのへのみち》の勾岡《まがりのおか》のほとりにある。

垂仁《すいにん》天皇

后妃《こうひ》と皇子女

伊久米伊理毘古伊佐知命《いくめいりびこいさちのみこと》は、師木《しき》の玉垣宮《たまがきのみや》においでになって、天下を統治なさった。この天皇が、沙本毘古命《さほびこのみこと》の妹の左波遅比売命《さはじひめのみこと》と結婚して、お生みになった御子は、品牟都和気《ほむつわけの》命《みこと》、一人。また、丹波《たんば》の比古多々須美知宇斯王《ひこたたすみちのうしのみこ》の娘の、氷羽州比売命《ひばすひめのみこと》と結婚して、お生まれになった御子は、印色之入日子命《いにしきのいりひこのみこと》、次に、大帯日子淤斯呂和気命《おおたらしひこおしろわけのみこと》、次に、大中津日子命《おおなかつひこのみこと》、次に倭比売命《やまとひめのみこと》、次に若木入日子命《わかきいりひこのみこと》、五人。また、その氷羽州比売命の妹の沼羽田之入毘売命《ぬばたのいりびめのみこと》と結婚して、お生みになった御子は、沼帯別命《ぬたらしわけのみこと》、次に伊賀帯日子命《いがたらしひこのみこと》、二人。また、その沼羽田《ぬばた》之入日売命《のいりひめのみこと》の妹の、阿耶美伊理毘売命《あざみのいりびめのみこと》と結婚して、お生みになった御子は、伊許婆夜和気《いこばやわけの》命《みこと》、次に阿耶美都比売命《あざみつひめのみこと》、二人。また大箇木垂根王《おおつつきたりねのみこ》の娘、迦具夜比売命《かぐやひめのみこと》と結婚して、お生みになった御子は、袁那弁王《おなべのみこ》、一人。また、山城《やましろ》の大国之淵《おおくにのふち》の娘の、苅羽田刀弁《かりはたとべ》と結婚して、お生みになった御子は、落別王《おちわけのみこ》、次に五十《い》日《か》帯日子王《たらしひこのみこ》、次に伊登志別王《いとしわけのみこ》。また大国之淵の娘の、弟苅羽田刀弁《おとかりはたとべ》と結婚して、お生みになった御子は、石衝別王《いわつくわけのみこ》、次に石衝毗売命《いわつくびめのみこと》、別名は布多遅能伊理毗売命《ふたじのいりびめのみこと》、二人。この天皇の御子たちは、合わせて十六人の王。男王は十三人、女王は三人。

その中で、大帯日子淤斯呂和気命は、天下を統治なさった。ご身長は一丈二寸、御脛《みはぎ》の長さは四尺一寸である。次に、印色入日子命は、血沼池《ちぬのいけ》を作り、また狭山池《さやまのいけ》を作り、また日下《くさか》の高津池《たかつのいけ》を作った。また鳥取《ととり》の河上宮《かわかみのみや》においでになって、大刀《たち》一千振《ふり》を作らせた。この大刀を石上神宮《いそのかみ》に奉納申し上げた。そして河上宮においでになって、河上部《べ》を定めた。次に、大中津日子命は、山辺別《やまのべのわけ》・三枝別《さきくさのわけ》・稲木別《いなきのわけ》・阿太別《あだのわけ》・尾張国《おわりのくに》の三野別《みののわけ》・吉備《きび》の石无別《いわなしのわけ》・許呂母別《ころものわけ》・高巣鹿別《たかすかのわけ》・飛鳥君《あすかのきみ》・牟礼別《むれのわけ》らの祖先である。次に、倭比売命は、伊勢《いせ》の大神宮をお祭りになった。次に、伊許婆夜和気王《いこばやわけのみこ》は、沙本《さほ》の穴太部別《あなほべのわけ》の祖先である。次に、阿耶美津比売命は、稲瀬毗古王《いなせびこのみこ》と結婚した。次に、落別王は、小目《おめ》の山君《やまのきみ》・三川《みかわ》の衣君《ころものきみ》の祖先である。次に、五十日帯日子王は、春日《かすが》の山君《やまのきみ》・高志《こし》の池君《いけのきみ》・春日部君《かすかべのきみ》の祖先である。次に、伊登志和気王《いとしわけのみこ》は、子がなかったので、子代《こしろ》として、伊登志部を定めた。次に石衝別王は、羽咋君《はくいのきみ》・三尾君《みおのきみ》の祖先である。次に布多遅能入毗売命《ふたじのいりびめのみこと》は、倭建命《やまとたけのみこと》の后《きさき》とおなりになった。

沙本毗古《さほびこ》の反逆

この（垂仁《すいにん》）天皇が、沙本毗売《さほびめ》を皇后となさった時に、沙本毗売命《さほびめのみこと》の兄の沙本毗古王《さほびこのみこ》が、その同母の妹に尋ねて、「夫と兄とどちらを愛《いと》しく思っているか」と言った。妹は答えて、「兄さんが愛《いと》しい」と言った。すると、沙本毗古王は、たくらみごとを謀《はか》って、「そなたがまことに私を愛しいと思うならば、私とそなたと二人で、天下を治めようではないか」と言って、幾たびも鍛《きた》えた紐小刀《ひもかたな》を作り、その妹に与えて、「この小刀で、天皇が眠っておいでのところを刺し殺し申せ」と言った。しかし、天皇はその謀叛《むほん》のことなどご存じないので、その皇后の御膝《ひざ》を枕《まくら》として、おやすみになっていらっしゃった。その時、皇后は、その紐小刀で、天皇の御首を刺そうとし、三《み》たび振り上げてはみたものの、刺すことがおできにならず、悲しみの心に耐《た》えられないで、泣く涙が、天皇のお顔の上に落ちこぼれた。天皇は驚き目ざめて立ち上がられ、皇后にお問いになって、「我は不思議な夢を見た。沙本《さほ》の方から激しい雨が降って来ると、急に我が顔面を濡《ぬ》らした。また錦色《にしきいろ》の小蛇《こへび》が、我が首に巻きついた。このような夢は、いったい何の前兆なのであろう」と仰せになった。もはや皇后は、申し開きのできることではないと思い、天皇に申し上げるには、「私の兄の沙本毗古王が、私に『夫と兄とどちらが愛《いと》しいか』と尋ねました。この面と向かっての問いに勝てませんでした。そこで私が答えて、『兄が愛《いと》しいかも』と言いました。すると私に誘いかけて、『自分とそなたと一緒に天下を治めようではないか。ならば、天皇を殺し申せ』と言って、幾たびも鍛え上げた紐小刀を作り、私に与えました。このような次第で、御首を刺し申そうと、三度振り上げましたが、悲しみの心が俄《にわ》かに起こって、御首をお刺しできなくて、涙が落ちて、お顔を濡らしました。御夢はきっとこのことの表れでございましょう」と申し上げた。

そこで、天皇は、「我はいますこしのところで欺かれるところだったなぁ」と仰せになると、軍を起こして沙本毗古王をお撃ちになろうとした時に、その王は稲城《いなき》を作って迎え戦った。この時、皇后の沙本毗売命は、その兄を思う気持ちに耐えられないで、宮廷の裏門から逃げ出して、兄の稲城に入った。

この時に、すでに皇后は身ごもっていた。天皇は、皇后が身ごもっていることと、また皇后をご寵愛《ちょうあい》になり大事になさることが三年に及んでいる思いに耐えられなかった。そこで、軍勢に稲城を包囲させたまま、早急《さっきゅう》にはお攻めにならなかった。このように対峙《たいじ》したまま戦いが停滞している間に、皇后は妊娠中の御子《みこ》を、お産みになってしまった。そこで皇后は、その御子を差し出し、稲城の外に置き、天皇に申し上げさせた。「もしこの御子を、天皇の御子とお思いなさるならば、引き取ってお育てくださいませ」と申した。天皇は、「皇后の兄を恨んでいるけれど、皇后へのなお愛《いと》しい思いにはとても堪《た》えられない」と仰せられた。やはり皇后を取り戻したい心がおありであった。そこで軍人の中から力持ちで敏捷《びんしょう》な者を択《えら》び集めて、「その御子を受け取る時に、その母后《ははきさき》も一緒に奪い取れ、髪であれ手であれ、どこでも握《つか》めるにまかせて、摑《つか》み取って稲城の外に引っぱり出せ」と仰せになった。ところで、皇后は、前もって天皇の心の裡《うち》を知っており、自分の髪を全部剃《そ》り、その剃った髪を頭に載せ戻し、また玉《たま》を連ねた腕輪の紐《ひも》を腐蝕《ふしょく》させたのを、手に三連に巻きつけ、また酒でお着物を腐蝕させておいて、あたかも完璧《かんぺき》な衣装であるかのようにお召しになった。このように予《あらかじ》め準備したうえで、その御子を抱いて稲城の外に差し出した。すると力持ちの兵士たちは、その御子を抱き取ると、一緒に母君を摑《つか》まえた。ところが、その御髪を握ると、御髪はぽろりと落ち、その御手を摑むと、玉の糸も切れ、そのお着物を摑むと、お着物はすぐに破れた。こうして、その御子は受け取ることができたが、母君は得られなかった。そこで、その兵士たちが引き返してきて、天皇に、「御髪はぽろりと落ち、お着物はたやすく破れ、御手に巻く玉の糸も、すぐに切れてしまいました。そのため、御子を取ることはできましたが、母君を取ることができませんでした」と申した。それを聞いた天皇は、後悔なさり、兵士をお恨みになり、玉を作った人たちをお憎みになって、玉作りたちの土地をすべて取り上げておしまいになった。それで、諺《ことわざ》に「土地を持てない玉作《たまつくり》」というのである。

また、天皇はその皇后に、「すべて子どもの名は、必ず母親が命名するもの。どのように、この子の御名をつけたらよいものか」と仰せになった。それに答えて皇后は、「今、火が稲城を焼く時に、炎の中で生まれました。そこで、その御名は、本牟智和気御子《ほむちわけのみこ》と名付けましょう」と申し上げた。また、天皇は、「どのようにして養育いたすべきか」と仰せになる。皇后は答えて、「乳母《うば》を決め、大湯坐《おおゆえ》・若湯坐《わかゆえ》を定め、養育申し上げたらよろしゅうございましょう」と申し上げた。そこで、その皇后の申し上げたとおりに、養育申し上げた。天皇は、また皇后に問い、「おまえが結び堅めた下紐《したひも》は誰《だれ》が解《ほど》くのだろう」と仰せになる。答えて、「丹波《たんば》の比古多々須美智宇斯王《ひこたたすみちうしのみこ》の娘の、名は兄比売《えひめ》と弟比売《おとひめ》、この二人の女王《ひめみこ》は、心正しく行《おこな》いの清い民でございます。どうぞお召し入れなさいませ」と申し上げた。それから、天皇はついにその沙本比古王をお殺しになった。その妹の皇后も兄と死を共にした。

本牟智和気御子《ほむちわけのみこ》

こうして、養育係たちが、その本牟智和気御子を伴って遊ぶありさまはというと、尾張国《おわりのくに》の相津《あいづ》産の二俣杉《ふたまたすぎ》から二俣小舟を刳《く》り抜き作って、都まで持って上《のぼ》り、大和の市師池《いちしのいけ》や軽池《かるのいけ》に浮かべて、その御子を連れて遊んだ。ところが、この御子は、鬚《ひげ》が長く伸びて鳩尾《みぞおち》に届くまでの年になっても、ものを言うことができなかった。しかし、今、空高く飛び行く白鳥の声を聞いて、初めて片言でものを言った。このことから、天皇は、山辺大鶙《やまべのおおたか》これは人の名を派遣して、その鳥を捕らえさせた。そこで、この人は、その白鳥を追い求め、紀伊国《きいのくに》から播《はり》磨国《まのくに》に行き、また追って因幡国《いなばのくに》に越えて行き、丹波国《たんばのくに》・但馬国《たじまのくに》に行き、東の方に追い回り、近江国《おうみのくに》に追って行った。そこから美濃国《みののくに》に越えわたり、尾張国を通過して信濃国《しなののくに》に越えて行き、ついに越国《こしのくに》まで追って行き、和那美《わなみ》の港で罠網《わなあみ》を張り、その鳥を捕獲して、都に持って上り献上した。そこで、その港に名付けて、和那美の港というのである。また、天皇は、御子がその鳥を見たならば、ものを言うのではないかとお思いになったが、期待なさったように、御子がものを言うことはなかった。

このことに、天皇はお憂《うれ》いになって、おやすみになっていらっしゃる時に、夢に神のお告げがあり、「私の宮を、天皇の宮殿のように整備してくださるならば、御子は必ずものを言うでしょう」と言った。神のこのような教えのあった時、天皇は、太占《ふとまに》で占いをなさり、どの神の心に拠るものかと求めたところ、その祟《たた》りは出雲大神《いずものおおかみ》の御心であった。そこで、その御子を、出雲大神の宮を参拝させるためにおやりになろうとする時に、だれを副えさせたならばよかろうかと占った。そして曙立王《あけたつのみこ》が吉《よ》いと占いに出た。そこで、曙立王に命じて誓約《うけい》を申させ、「この大神を拝むことで、誠に吉い効果が得られるというならば、この鷺巣《さぎす》の池の樹に住む鷺よ、誓約どおりに落ちよ」と、このように仰せになった時に、誓約の対象となったその鷺は地に落ちて死んだ。次いで、「誓約どおり生きよ」と仰せられた。すると復活したのである。また、甘樫丘《あまかしのおか》の岬《さき》の葉の広い大きな白檮《かし》の木を誓約《うけい》どおり枯らし、また誓約どおりに蘇生させた。それにより、名をその曙立王に賜って、〝倭《やまと》は師木《しき》の登美《とみ》の豊朝倉《とよあさくら》の曙立王〟という。この曙立王と菟上王《うなかみのみこ》の二人の王《みこ》を、その御子に副えて派遣なさった時の占いに、奈良山口から行くと歩行の不自由な人・目の見えない人に出会うだろう。大坂口から出ても足の不自由な人・目の見えない人に遇《あ》うだろう。ただ紀伊国へ出て行く口、これが縁起の吉い出口と出た占いの卦《け》によって、この道から出て行った時に、お着きになる土地ごとに、御子の名を持った品遅部《ほむじべ》を、天皇は後にお定めになった。

こうして、出雲に着き、大神を参拝し終わって、都へ帰り上る時に、斐伊河《ひいのかわ》の中に、黒い皮つきの丸太橋を作り、仮宮《かりみや》をお造りして、御子においでいただいた。そして、出雲の国造《くにのみやつこ》の祖先である名は岐比佐都美《きひさつみ》が、青葉の山の飾り物を作り、斐伊河の下流に立てて、御食事を御子に差し上げようとした時に、その御子がお言葉を発せられ、「この河下《かわしも》に青葉の山のようなものは、山のようであるが山ではない。もしかしたら出雲の石硐《いわくま》の曽宮《そのみや》に鎮座なさる、葦原色許男大神《あしはらのしこおのおおかみ》を祭り申し上げる神職の祭場なのか」とお問いになった。御子のお供として派遣された曙立王と菟上王は、御子の言葉を聞いて喜び、見て喜んで、御子を檳榔《あじまさ》の長穂宮《ながほのみや》においでいただいて、この知らせの早馬の使者を天皇のもとに差し上げた。

その間、その御子は、一夜《ひとよ》、肥長比売《ひながひめ》と結婚した。ところが、御子がその乙女をひそかに覗《のぞ》き見すると、蛇《へび》であった。御子は、その姿を見るや恐れをなして逃げた。そのことに、肥長比売は傷ついて、海原《うなばら》を照らして船で追って来る。御子は、それを見ていっそう恐れて、山のくぼんで低くなった所から御船を引っぱり越えて、都へと上って行った。都に戻った曙立王は、天皇に報告して、「出雲大神を拝んだことによって、御子は物をおっしゃられました。それで、「戻って参りました」と申し上げた。天皇はお喜びになり、菟上王を引き返させて、出雲大神の宮をお造らせになった。また天皇は、その御子のために、鳥取部《ととりべ》・鳥甘《とりかい》・品遅部・大湯坐《おおゆえ》・若湯坐《わかゆえ》をお定めになった。

丹波《たんば》の四女王

（垂仁天皇は）また、その皇后が申し上げたとおりに、美智能宇斯王《みちのうしのみこ》の娘たちの、比婆須《ひばす》比売命《ひめのみこと》、次に弟比売命《おとひめのみこと》、次に歌凝比売命《うたこりひめのみこと》、次に円野比売命《まとのひめのみこと》の四人をお召し上げになった。しかし、比婆須比売命・弟比売命の二人を留めて、あとの妹王《いもうとみこ》二人は、容姿がとても醜いというので、故郷の家もとに送り返された。このことで、円野比売は恥じて、「同じ姉妹の中で、容貌《ようぼう》が悪いからと返されたことが近隣の耳に入りましょう。これがひどく恥ずかしい」と言って、山城国《やましろのくに》の相楽《さがらか》まで来た時に、木の枝に首を吊《つ》って死のうとした。このことにより、その地に名付けて、懸木《さがりき》といった。今は相楽《さがらか》という。また乙訓《おとくに》に着いた時に、ついに、とてもけわしい淵《ふち》に落ちて死んだ。そこで、その地に名付けて、堕国《おちくに》といった。今は、弟国《おとくに》という。

多遅摩毛理《たじまもり》

また（垂仁）天皇は、三宅連《みやけのむらじ》たちの祖先で、名は多遅摩毛理《たじまもり》という人を、常世国《とこよのくに》に派遣して、季節を問わず芳しく実る〝ときじくのかくの木《こ》の実《み》〟をお求めになった。そして多遅摩毛理は、ついにその国に行くことができ、その木の実を手に入れて、冠《かんむり》の形に実のついたもの八連、串刺形《くしざしがた》に実を貫いたもの八本を持ち帰る間に、天皇はすでに崩御なさっておいでであった。そこから、多遅摩毛理は、冠状《かげ》の物四連と串状の物四本を分けて皇后に献上し、冠状四連・串状四本を天皇の御陵《ごりょう》の入り口に供え置いて、その木の実を手に取り拝礼し、叫び泣いて、「常世国《とこよのくに》の、時じくの香《かく》の木《こ》の実を持ち帰り参上し、御前に仕え居《お》ります」と申し上げた。多遅摩毛理はそのまま叫び泣き果てて死んだ。その時じくの香《かく》の実というのは、今の橘《たちばな》のことである。

この天皇の御寿命は百五十三歳。御陵は、菅原《すがわら》の御立野《みたちの》の中にある。また、その皇后比婆須比売命《ひばすひめのみこと》の薨去《こうきょ》の時に、石棺作《いしきつくり》を定め、また土師部《はにしべ》を定めた。この皇后は、狭木《さき》の寺間《てらま》の御陵に葬り申し上げた。

景行《けいこう》天皇

后妃《こうひ》と皇子女

大帯日子《おおたらしひこ》淤《お》斯《し》呂《ろ》和《わ》気天皇《けのすめらみこと》（景行《けいこう》天皇）は、纒向《まきむく》の日代宮《ひしろのみや》においでになって、天下を統治なさった。この天皇が、吉備臣《きびのおみ》たちの祖先の若建吉備津日子《わかたけきびつひこ》の娘の、名は針間《はりま》の伊那毗大《いなびのおお》郎女《いらつめ》と結婚して、お生みになった御子は、櫛角別王《くしつのわけのみこ》、次に大碓命《おおうすのみこと》、次に小碓命《おうすのみこと》で別名は倭男《やまとお》具那命《ぐなのみこと》、次に倭根子命《やまとねこのみこと》、次に神櫛王《かむくしのみこ》、五人。また、八尺入日子命《やさかのいりひこのみこと》の娘の八坂入日売命《やさかのいりひめのみこと》と結婚して、お生まれになった御子は、若帯日子命《わかたらしひこのみこと》、次に五百木入日子命《いおきのいりひこのみこと》、次に押別命《おしわけのみこと》、次に五百《いほ》木入日売命《きのいりひめのみこと》。また、ある妾の子は豊戸別王《とよとわけのみこ》、次に沼代郎女《ぬしろのいらつめ》。また、ある妾の子は沼名木郎女《ぬなきのいらつめ》、次に香余理比売命《かぐよりひめのみこと》、次に若木入日子王《わかきのいりひこのみこ》、次に吉備《きび》の兄日子王《えひこのみこ》、次に高木比売命《たかきひめのみこと》、次に弟比売《おとひめ》命《みこと》。また日向《ひむか》の美波迦斯毗売《みはかしびめ》と結婚して、お生みになった御子は、豊国別王《とよくにわけのみこ》。また、伊那毗大郎女の妹の、伊那毗若郎女《わかいらつめ》と結婚して、お生みになった御子は、真若王《まわかのみこ》、次に日子人大兄《ひこひとのおおえの》王《みこ》。また、倭建命《やまとたけのみこと》の曽孫《ひまご》の、名は須売伊呂大中日子王《すめいろおおなかつひこのみこ》の娘の、訶具漏比売《かぐろひめ》と結婚して、お生みになった御子は、大枝王《おおえのみこ》。すべてこの大帯日子天皇の御子たちについて、記録されているのは二十一人の王、書き記されなかったのが五十九人の王、合わせて八十人の王の中にあって、若帯日子命と倭建命、また五百木入日子命の三人の王は、太子《ひつぎのみこ》の名を持たれ、そのほかの七十七人の王は、すべて諸国の国造《くにのみやつこ》、また別《わけ》、および稲置《いなき》・県主《あがたぬし》に分けて任命なさった。太子の若帯日子命は、天下を統治なさった。小碓命は、東西の荒々しい神と服従しない人々を平定した。次に櫛角別王《くしつのわけのみこ》は、茨田《うまらた》の下連《しものむらじ》らの祖先である。次に大碓命は、守君《もりのきみ》・大田君《おおたのきみ》・島田君《しまだのきみ》の祖先である。次に神櫛王は、紀伊国《きいのくに》の酒部阿比古《さかべのあびこ》・宇陀《うだ》の酒部の祖先である。次に豊国別王は、日向《ひむか》の国 造《くにのみやつこ》の祖先である。

また、天皇は、美濃の国造の祖先の大根王《おおねのみこ》の娘の、名は兄比売《えひめ》・弟比売《おとひめ》の二人の乙女《おとめ》が、その顔だちも姿も整って美しいとお聞きになり、お召しになろうと決めて、皇子の大碓命を派遣して、お召し上げになった。ところが、その派遣された大碓命は、天皇のために召し上げないで、自分自身でその二人の乙女と結婚し、その上で、別の女性を探し、偽って、天皇のお求めの乙女たちであると名告《なの》らせて、天皇に差し出した。しかし天皇は、それが別の女性であるとお知りになったけれど、長い間、大碓命への恨みを自ら抑制なさり、その女たちとの婚姻もなさらず、お悩みになった。そしてその大碓命が兄比売と結婚して生んだ子は、押黒兄日子王《おしくろのえひこのみこ》。これは美濃《みの》の宇泥須和気《うねすわけ》の祖先である。また、弟比売《おとひめ》と結婚して生んだ子は、押黒弟日子王《おしくろのおとひこのみこ》。これは牟宜都君《むげつのきみ》らの祖先である。

この天皇の御世に田部《たべ》を定め、また東国の安房《あわ》の港を定め、また膳 大伴部《かしわでのおおともべ》を定め、また大和の屯家《みやけ》を定め、また坂手池《さかてのいけ》を作った。その池の堤に竹を植えた。

倭建命《やまとたけのみこと》の西征《せいせい》

（景行）天皇は、小碓命《おうすのみこと》に、「どうして、おまえの兄の大碓《おおうす》は、朝夕のお食事に出て来ないのか。たっぷりとおまえがねぎ（ていねいに）教え諭《さと》してやりなさい」と仰せになった。このように仰せられてから、五日経《た》っても、大碓はやはりご膳《ぜん》に陪席《ばいせき》しない。そこで天皇は、小碓命に、「どうしておまえの兄はいつまでも出て参らないのか、もしやまだ教えてないのか」とお問いになった。小碓命は答えて、「もう〝ねぎ〟ました」と申した。天皇はまた、「どのようにていねいに〝ねぎ〟諭したのか」と仰せられる。答えて、「明けがた兄が厠《かわや》に入った時に、待ちかまえ捕《つか》まえ握《にぎ》りひしいで、手足をもぎ取る〝ねぎ〟をして、薦《こも》にくるんで投げ棄《す》てました」と申した。

このことがあって、天皇は、その御子《みこ》の性情の烈しく荒々しいことを恐れて、「西の方に熊曽建《くまそたける》が二人いる。これが服従しない無礼な奴《やつ》らである。だからおまえが行ってそ奴らを殺せ」と仰せになって、小碓命をお遣《つか》わしになった。この当時、小碓命はまだ少年で、御髪を額で結っていらっしゃった。そこで、小碓命は、叔母の倭比売命《やまとひめのみこと》の衣装を頂戴《ちょうだい》して、剣を懐中に入《ゆ》れてお行きになった。やがて熊曽建《くまそたける》の家のある所に着いて、ご覧になると、その家の周辺を軍隊が三重に集まり、熊曽建は室《むろ》を作ってそこにいた。その新築の室の落成祝いの宴をしようと言い騒ぎ、ご馳走の準備が行われていた。そこで、小碓命はその近くを出歩いて、その宴会の日をお待ちになった。そして、その宴の当日になると、少年の髪型に結《ゆ》っていらっしゃった髪を櫛《くし》で梳《す》き下ろし、叔母の御衣装を身にお着けになると、まったく乙女そのものの姿となって、女たちの中に紛れ込み、熊曽建の室の中に入り込んでおられた。すると、熊曽建の兄弟の二人とも、その乙女を一目《ひとめ》で可愛いと思い、自分たちの間に座らせて、盛んに宴に興じていた。そして、その宴もたけなわという時になると、小碓命は懐中の剣を取り出し、熊曽建の衣の襟《えり》を摑《つか》み、剣を建《たける》の胸から刺《さ》し通した時、その弟建《おとたける》はそれを見るや恐れをなし、逃げ出した。小碓命はその室《むろ》の階下まで追いかけ、弟建の背《せ》を捉《と》らえて、剣を尻《しり》から刺し通した。ここに、その熊曽建が申すには、「どうかその刀《たち》を動かさないでください。自分には申したいことがあります」と言った。そこで、ちょっとだけ許し、押し伏せていた。この状況で熊曽建が申すには、「あなたはいったいどなたですか」と言った。そこで、小碓命は、「我《われ》は纏向《まきむく》の日代宮《ひしろのみや》にいらっしゃって大八島国《おおやしまくに》を統治なさる、大帯日子淤斯呂和気天皇《おおたらしひこおしろわけのすめら》の皇子《みこと》、名は倭男具那王《やまとおぐなのみこ》である。おまえら熊曽建の二人が、天皇に服従せず、無礼であるとお聞きになって、天皇は、おまえらを殺せと仰せになって、我をお遣《つか》わしになったのだ」とおっしゃった。すると、その熊曽建は、「まさしくそうでありましょう。西の方面では、私ども二人のほかに、勇《いさ》ましく強い人はいません。ところが大和国《やまとのくに》に、私ども二人にも勝《まさ》って勇ましい男がいらっしゃったとは。そこで自分は、御名前を献上いたしたく存じます。今から後は、〝倭建御子《やまとたけのみこ》〟と称《たた》え、名付けましょう」と申した。この称号を申し終わったところで、小碓命は、熟して蔕《へた》の落ちた瓜《うり》を切るように、熊曽建を振り裂いてお殺しになった。こうしたことがあり、その時から御名前を称《たた》え申し、倭建命《やまとたけのみこと》というのである。そして都へ帰り上られる時に、山の神・河の神と穴戸の神を皆平定して上京なさった。

出雲建征討《いずもたけるせいとう》

上京の途中、倭建命《やまとたけのみこと》は、出雲国《いずものくに》に入って滞在していらっしゃった。そこの出雲建《いずもたける》を殺そうと思われて、到着するとすぐ、出雲建と交友関係を結ばれた。そこで、ひそかに赤檮《いちいがし》の木で偽刀《にせかたな》を作り、それをご自身の大刀《たち》として身に着け、出雲建と一緒に斐伊川《ひいがわ》で水浴をした。そして、倭建命は先に川から上がり、出雲建が解いて置いてあった大刀を取り身に帯びて、「大刀を交換しよう」とおっしゃった。それで、後から出雲建は川より上がって、倭建命の偽刀を身に着けた。すると倭建命は挑発して、「さあ大刀合わせをしよう」とおっしゃった。めいめいが身に着けた大刀を抜く時に、出雲建はそれが偽刀だから抜くことができない。倭建命の方は、出雲建のほんものの大刀を抜いて、出雲建をうち殺した。そして、御歌を歌っておっしゃるには、

(三三)（やつめさす）出雲建が　腰に着けた大刀は

蔓《つる》ばかり幾重《いくえ》にも巻く飾《かざ》り鞘《さや》　刀身無くて　ああおかしい

このように、うち払い平定して、都に上って、天皇に報告を申し上げた。

倭建命の東征

それから、天皇は、また重ねて倭建命に、「東方の十二か国の、荒れて従わない神と、服従しない人どもを従わせ平定せよ」と仰せになって、吉備臣《きびのおみ》らの祖先の、名は御鉏友耳建日子《みすきともみみたけひこ》を付き添いとして派遣する時に、柊《ひいらぎ》の木で作った長矛《ながほこ》を、天子の使者である印《しるし》としてお授けになった。このように、命令を受けて下《くだ》っていらっしゃる時に、伊勢《いせ》の天照大御神《あまてらすおおみかみ》の宮に参上し、神宮をお拝みになった。神宮の斎王《さいおう》である叔母《おば》の倭比売命《やまとひめのみこと》に、倭建命は、「天皇がもはや私に死ねと思っていらっしゃるわけは何なのでしょうか。西方の荒々しい人どもを撃ちに私を派遣して、都に帰り参上してから、どれほどの時も置かずに、軍隊も下さらず、今度は、東方の十二か国の荒々しい人どもを平定にお遣わしになる。このことから考えてみても、私をまったく死ねと思っておいでになるのです」と申し、思いわずらい泣きながら退出してお行きになる時に、倭比売命は、草薙《くさなぎ》の剣《つるぎ》を授け、また御袋《みふくろ》を授けて、「もし危急のことがあったならば、この袋の口を解《ほど》きなさい」とおっしゃった。

こういうことがあって、倭建命は尾張国《おわりのくに》に至り、尾張の国造《くにのみやつこ》の祖先の、美夜受比売《みやずひめ》の家にお入りになった。その美夜受比売と結婚しようとお思いになったけれど、また都へ帰る時に結婚しようと思われ、約束をなさって、東国にお行きになり、ことごとく山河の荒々しい神と服従しない人どもを、言葉で手懐《てなず》け平定なさった。その次第は、相模国《さがみのくに》にお行きになった時には、その国造が、偽《いつわ》って、「この野の中に大きい沼があります。この沼の中に住む神は、ひどく強暴な神です」と申した。そこで、その神をご覧になろうと、その野にお入りになられた。するとその国造が火をその野に放った。そこで倭建命は騙《だま》されたと知って、その叔母の倭比売命が下さった袋の口を解《ほど》き開いてご覧になると、その中に火打ち石があった。ここで、まず草薙の剣で草を刈り払い、その火打ち石で火を打ち出し、向かい火を着けて燃え来る火を焼き退《しりぞ》け、野の中から脱出して戻って、ことごとくその国造らを切り殺し、火を付けて焼いておしまいになった。それで、今もそこを焼遺《やきつ》という。

そこからさらに東へ入ってお行きになり、走水《はしりみず》の海を渡る時に、その海峡の神が、波を荒立て、船を旋回させるので、船を進め渡ることができない。すると、倭建命の后《きさき》で、名は弟橘比売命《おとたちばなひめのみこと》が、「私が御子の代わりとなって、海の中に入ります。御子は命ぜられた任務を成し遂げ、天皇にご報告なさいませ」と申した。后が海に入ろうとする時に、菅《すげ》の畳を八重、皮の畳を八重、絹《きぬ》の畳を八重、それらを波の上に敷《し》いて、その上に下《お》りておいでになった。すると、その荒立つ波が自然に凪《な》いで、御船は進むことができた。その時、その后が歌って

いう、

(二四) (さねさし) 相模国《さがみのくに》の小野に
燃えて迫る火の 火の中に立って
わたしの名をお呼びくださったあなたよ

それから、七日経《た》って、その后のお櫛《くし》が海辺に流れ着いた。その櫛を取り上げ、御陵《ごりよう》を作って収め置いた。

そこからさらに東へと入ってお行きになり、ことごとく荒々しい蝦夷《えみし》どもを手懐《てなず》け、また山河の荒々しい神どもを平定して、都へ帰り上《のぼ》っていらっしゃる時に、足柄山《あしがらやま》の坂本に至り、お食事を召し上がっている所に、その坂の神が、白い鹿《しか》に姿を変えて来て立った。そこで喰《く》い残しの蒜《ひる》の一部分で、もっと近くに引き寄せて、投げ打ちなさると、鹿の目に命中し、打ち殺した。それから、その坂の頂に登り立ち、三度嘆息なさり、「我《わ》が妻よ」とおっしゃった。それから、その国を名付けて阿豆麻《あずま》というのである。

そして、その国から甲斐国《かいのくに》に越え出て、酒折宮《さかおりのみや》に滞在なさった時に、歌っておっしゃる、

(二五) 新治《にいばり》、筑波《つくば》と通り過ぎて

幾夜寝たことだろう

すると、お傍《そば》で灯《とも》し火《び》を焚《た》く老人が、御歌に続けて歌っていう、

(二六) 日数《ひかず》重ねて　夜は九夜《ここのよ》
日は十日でございます

そこで、その老人を賞《ほ》めて、東《あずま》の国造の地位を与えた。

その甲斐から信濃国《しなののくに》に越え、信濃の坂の神を懐《なつ》けて、尾張国に戻って来て、先日約束しておいた美夜受比売《みやずひめ》のもとにお入りになった。倭建命を迎え、美夜受比売が、ご馳走《ちそう》を差し上げた時に、美夜受比売がお杯《さかずき》を捧《ささ》げて献上した。ところが美夜受比売の着物の羽織の裾《すそ》に月経の血が着いていた。倭建命はその月経を見て、お歌いになっておっしゃる、

(二七) (ひさかたの) 天《あめ》の香具山《かぐやま》の空を
鋭く尖《とが》った新月の鎌《かま》のような姿で　渡る白鳥
その長くのびた首のように弱くか細い　たおやかな腕《うで》を
かき抱《いだ》きたいと　我はするけれど

共寝をしたいと　我は思うけれど
あなたが着ておいでの　羽織の裾に
月が出てしまっているとは

そこで、美夜受比売が、御歌に答えていう、

(三八)(天高く輝く)日の神のご子孫
(国土の隅々まで統治なさる)我が大君よ
(新たな)年が来て過ぎて行くと
(新たな)月は来て去って行く
まこともっとも当然　あなたを待ちきれないで
わたしの着ている　羽織の裾に
月が出たのでありましょうよ

こうしたことがあって、結婚なさって、倭建命は、その身に帯びていらっしゃる草薙の剣を、美夜受比売のもとに置いて、伊吹山《いぶきやま》の神を殺しにお行きになった。

思国歌《くにしのびうた》

このときに、「この山の神は素手《すで》でも直《す》ぐに殺してくれよう」とおっしゃって、その山を登って行く時に、山の曲がり角《かど》で、突然白い猪《いのしし》に出遇《であ》った。その大きいこと、牛のようであった。そこで倭建命は声高《こわだか》に、「この白い猪に姿を変えているのは、山の神の使いだ。今殺さずとも戻る時に殺してやろう」とおっしゃって山をお登りになっていらっしゃった。すると、山の神が大粒の雹《ひょう》を降らし、倭建命を打ち惑わしたのである。この白い猪に姿を変えたのは、山の神の使いではなく、当の神の正体なのであった。倭建命がとりたてて声に出して言ったために、山の神に惑わされたのである。うちのめされて、山から戻り下《くだ》られて、玉倉部《たまくらべ》の清水に至り着いて、休《きゅう》憩《けい》していらっしゃる時に、御心地《ここち》も少しずつお覚《さ》めになり、正気を戻された。そこでその清水に名付けて居寤《いさめ》の清水というのである。

その玉倉部からお発《た》ちになり、当芸野《たぎの》のあたりにお着きになった時に、「我が心はいつもずっと自由自在に空から鳥のように飛んで行くことができた。ところが、今我が足は心の欲するとおり歩けず、たぎたぎしく（ぎくぎくと）なってしまった」とおっしゃった。そこでその地に名付けて当芸《たぎ》という。そこからほんのちょっとお行きになっただけで、たいそうお疲れになったので、御《み》杖《つえ》をつき、のろのろとお歩きになった。そこで、その地に名付けて杖《つえ》衝坂《つきさか》という。尾《お》津崎《つのさき》の一本松の下にお着きになったところ、以前ここでお食事をした時に、

そこにお忘れになった御剣が、無くならずにそのままあった。そこでお歌いになっておっしゃった、

(二九) 尾張国《おわりのくに》に　まっすぐに向かい合っている
尾津崎《おつのさき》の　一本松　おまえよ
一本松　おまえが人であったならば
大刀を帯びさせようものを　着物を着せようものを
一本松　おまえよ

そこからお行きになり、三重《みえ》の村にお着きになった時に、また、「我が足は、まめ・たこ・むくみで三重のまがり餅《もち》のようになって、ひどく疲れてしまった」とおっしゃった。それで、その地を名付けて三重という。

そこからお行きになって、能煩野《のぼの》にお着きになった時に、故郷を思って歌っておっしゃる、

(三〇) 倭《やまと》は　国のもっとも秀《ひい》でたところ
重なり合っている山々の　青い垣
山々に囲まれた　倭は　すばらしい

また歌っておっしゃる、

（三一）命《いのち》の　無事であった人は
（薦《こも》を編んで幾重にも重ねたような）平群《へぐり》の山の
大きな白橿《かし》の葉を
かんざしとして挿しなさい　おまえたち

この歌は思国歌《くにしのびうた》である。
また歌っておっしゃる、

（三二）いとおしい　我が家《や》の方から
雲が立ち渡ってくるよ

これは片歌《かたうた》である。
この時に御病気がたいそう急変した。それでも、お歌いになっておっしゃる、

（三三）乙女《おとめ》の　床《とこ》のかたわらに
我が置き残した　大刀《たち》
その大刀よ

と歌い終わり、崩御《ほうぎょ》なさった。そこで早馬《はやうま》の使者を、都の天皇にお届け申し上げた。

白鳥《しらとり》の陵《みささぎ》

倭建命《やまとたけのみこと》の訃報《ふほう》を受けて、大和《やまと》においでになる后《きさき》たちと御子《みこ》たちはみな能煩野《のぼの》に下って来て、御陵《ごりょう》を作り、御陵の脇《わき》の田を這《は》い廻《まわ》って、哀しみの声を上げて泣いた。歌っていう、

（三四）かたわらの　田の稲《いね》の茎《くき》に
その稲《いね》の茎に　這いからまっている
山芋《やまいも》の蔓《つる》よ

そのとき、倭建命の霊魂が、大きな白い千鳥《ちどり》になり、天に飛翔《ひしょう》して、浜に向かって飛んでお行きになった。これを見て、その后と御子たちは、そこの篠竹《しのだけ》の刈《か》り株《くい》に、足が切り裂か

れても、その痛みを忘れて、声をあげて泣きながら追った。この時に歌っていう、

（三五）浅い篠原を行くと　篠竹に腰がとられる
　鳥のように空を飛んでは行かれず　足でとぼとぼと行くもどかしさよ

次には、そこの海水に漬《つか》って、よたよた行く時に、后と御子たちが歌っていう、

（三六）海に入って行くと　海水に腰をとられる
　広い河に　生えている水草のように
　海では　波にゆらゆらもたつくばかり

また白い千鳥が飛んでそこの磯《いそ》に止まっておいでの時に、后と御子たちが歌っていう、

（三七）浜の千鳥よ　浜からはもう追って行けないので
　磯伝《いそづた》いに追いかけることよ

この四首の歌は、どれも命《みこと》のご葬儀に歌った。そして、今でもこれらの歌は天皇の大葬の

儀に歌われている。それから、千鳥はその国から飛翔してお行きになって、河内国《かわちのくに》の志紀《しき》にお止まりになった。そこで、その地に御陵を作って、鎮座申し上げた。その御陵に名付けて白鳥《しらとり》の御陵という。しかしまたその地から天高く飛翔してお行きになった。

すべてにわたり、この倭建命が、諸国平定に巡幸なさった時に、久米直《くめのあたい》の祖先の、名は七《なな》拳脛《つかはぎ》が、長い間ずっといつも調理人として従事し、お仕え申し上げた。

倭建命の系譜

この倭建命《やまとたけのみこと》が、伊玖米《いくめ》天皇の皇女の、布多遅能伊理毗売命《ふたじのいりびめのみこと》と結婚して、お生まれになった御子《みこ》は、帯中津日子命《たらしなかつひこのみこと》、一人。また走水《はしりみず》の海に入水した弟橘比売命《おとたちばなひめのみこと》と結婚してお生みになった御子は、若建王《わかたけのみこ》、一人。また近江《おうみ》の安《やす》の国造《くにのみやつこ》の祖先の意富多牟和気《おおたむわけ》の娘の、布多遅比《ふたじひ》売《め》と結婚してお生みになった御子は、稲依別王《いなよりわけのみこ》、一人。また吉備臣建日子《きびのおみたけひこ》の妹の、大吉備建《おおきびたけ》比売《ひめ》と結婚してお生みになった御子は、建貝児王《たけかいこのみこ》、一人。また山代《やましろ》の玖々麻毛理比売《くくまもりひめ》と結婚してお生みになった御子は、足鏡別王《あしかがみわけのみこ》、一人。またある妻の子は、息長田別王《おきながたわけのみこ》。すべてこの倭建命の御子たちは、合わせて六人である。そして帯中津日子命は、天下を統治なさった。

次に稲依別王は、犬上君《いぬかみのきみ》・建部君《たけべのきみ》らの祖先である。次に建貝児王は、讃岐《さぬき》の綾君《あやのきみ》・伊勢別《いせのわけ》・登袁別《とおのわけ》・麻《ま》佐首《きのおびと》・宮首別《みやじのわけ》らの祖先である。足鏡別王は、鎌倉別《かまくらのわけ》・小津《おつ》の石代別《いわしろのわけ》・漁田別《いざりたのわけ》の祖先である。次に息長田別王の子は、杙俣長日子王《くいまたながひこのみこ》。この王の子は、飯野《いいの》の真黒比売命《まぐろひめのみこと》、次に息長真若中比売《おきながまわかなかつひめ》、次に弟比売《おとひめ》、三人。すでに、先に述べた若建王《わかたけのみこ》が、飯野の真黒比売と結婚して生んだ子は、須売《すめ》伊呂大中比子王《いろおおなかつひこのみこ》。この王が、近江の柴野入杵《しばのいりき》の娘の、柴野比売《しばのひめ》と結婚して生んだ子は、迦具《かぐ》漏比売命《ろひめのみこと》。そして大帯日子天皇《おおたらしひこのすめらみこと》が、この迦具漏比売命と結婚してお生みになった御子は、大江王《おおえのみこ》、一人。この王が、異母妹の銀王《しろかねのみこ》と結婚して生んだ子は、大名方王《おおながたのみこ》、次に大中比売命《おおなかつひめのみこと》、二人。そして、この大中比売命は、香坂王《かごさかのみこ》・忍熊王《おしくまのみこ》の母君である。

この大帯日子天皇の御寿命は百三十七歳。御陵《ごりょう》は、山の辺の道のほとりにある。

成務天皇《せいむ》

若帯日子天皇《わかたらしひこのすめらみこと》は、近江国《おうみのくに》の志賀《しが》の高穴穂宮《たかあなほのみや》においでになって、天下を統治なさった。この天皇が、穂積臣《ほづみのおみ》らの祖先の、建忍山垂根《たけおしやまたりね》の娘の、名は弟財郎女《おとたからのいらつめ》と結婚してお生みになった御子は、和訶奴気王《わかぬけのみこ》、一人。そして建内宿祢《たけうちのすくね》を大臣《おおおみ》とし、大国・小国の国造《くにのみやつこ》をお定めになり、また国々の境界と大県《おおあがた》・小県《おあがた》の県主《あがたぬし》をお定めになった。

天皇の御寿命は九十五歳。乙卯《きのとう》の年の三月十五日に崩御なさった。御陵は、佐紀《さき》の多他那美《たたなみ》にある。

仲哀天皇《ちゆうあい》

后妃《こうひ》と皇子女

帯中日子天皇《たらしなかつひこのすめらみこと》は、穴門《あなと》の豊浦宮《とようらのみや》と筑紫《つくし》の香椎宮《かしいのみや》においでになって、天下を統治なさった。この天皇が、大江王《おおえのみこ》の娘の、大中津比売命《おおなかつひめのみこと》と結婚して、お生みになった御子は、香坂王《かごさかのみこ》と忍熊王《おしくまのみこ》、二人。また息長帯比売命《おきながたらしひめのみこと》 このお方が皇后である と結婚してお生まれになった御子は、品夜和気命《ほんやわけのみこと》、次に大鞆和気命《おおともわけのみこと》、別名は品陀和気命《ほんだわけのみこと》、二人。この太子の御名を、大鞆和気命と名付けられているわけは、初め、この世にお生まれになった時、弓を射る時にまく鞆《とも》のような肉がお腕《うで》にできていた。その聖なる表徴《しるし》により、その御名をお付け申した。このことで、母后の胎中にいながらにして、国を統治なさったということが解《わか》るのである。この御世に、淡路島の屯家《みやけ》を定めた。

天皇崩御《ほうぎょ》と神託《しんたく》

その皇后、息長帯日売命《おきながたらしひめのみこと》は、当時神懸《かみがか》りをなさった。おりから、天皇は筑紫《つくし》の香椎宮《かしいのみや》においでになり、熊曽国《くまそのくに》を討《う》とうとなさった時に、天皇は御琴《おこと》をお弾《ひ》きになって、建内宿祢大臣《たけうちのすくねのおおおみ》は祭場におり、神託をお求めになった。このとき、皇后に依《よ》り憑《つ》いた神が、語り教えさとし、「西の彼方《かなた》に国がある。金・銀を始めとし、目が光り輝くばかりの珍しい宝物がたくさんその国にはある。我《われ》は今、その国を天皇に帰属させ授けよう」とおっしゃった。ところが、天皇は、答えて、「高い場所に登って西の方を見ても、国土は見えず、ただ大海があるばかりです」と申した。天皇は偽《いつわ》りを言う神だとお思いになって、御琴を押しやり、お弾きにならず、黙《だま》っておしまいになった。すると、その神はひどく怒って、「もはやこの天下は、あなたの統治なさるべき国ではない。あなたは一筋の道にお行きなさい」とおっしゃった。そこで建内宿祢大臣が、「恐れ多いことです。我が天皇《おおきみ》。そのままその御琴をお弾きくださいますよう」と申した。それで、ゆっくりとその御琴を引き寄せて、生半可《なまはんか》に弾いていらっしゃる。それから間もなく、御琴の音が聞こえなくなった。そこで火をさし挙げて見ると、天皇はもう崩御なさっておいでになった。

このようなありさまに、驚き恐れて、天皇を殯宮《もがりのみや》に安置申し上げ、その儀礼を執り行い、さらに国事として祓《はら》いの捧《ささ》げ物を供えて、生きたままの獣の皮を剝《は》ぐ罪、獣の皮を逆《さか》さに剝ぐ罪、田の畦《あぜ》を破る罪、田に引く水の溝を埋める罪、神域に糞《ふん》を放《ひ》る罪、親子の姦淫《かんいん》の罪、馬・牛・鶏・犬との獣姦《じゅうかん》の罪などあらゆる罪を求めて、国家としての罪・穢《けが》れを祓《はら》ったうえで、また再度、建内宿祢が祭場に居《い》て、神託を求めた。ここにおいて、神の教えさとすありさまは、一つ一つ前の日のとおりで、神は、「おしなべてこの国は、皇后の胎内にいらっしゃる御子の統治なさる国である」とおっしゃった。そこで、建内宿祢が、「恐れ多くも我が大神、大神の依り憑いておられる皇后の胎内においでの御子は、どちらの子でしょうか」と申すと、大神が答えて、「男子である」とおっしゃる。そこで、宿祢は仔細《しさい》に大神に願い求めて、「今このように教え諭《さと》される大神は、どなたでいらっしゃるのか、その御名前を知りとうございます」と申すと、答えるに、「この託宣は天照大御神《あまてらすおおみかみ》の御心意である。また我は、住吉《すみよし》の底箇男《そこつつのお》・中箇男《なかつつのお》・上箇男《うわつつのお》の三大神である。この時にその住吉三神の御名は明らかになった。今まさに西方の国を求めようと天皇がお思いならば、天神・地神、また山神と、河・海の諸神ことごとくに供え物を奉りお祭りし、我が住吉の神の御霊《みたま》を、西征の船上に鎮座させて、真木《まき》の灰を瓢箪《ひょうたん》に入れ、また箸《はし》と木の葉の皿をたくさん作り、すべてを大海に散らし浮かべて渡海するがよい」とおっしゃった。

神功皇后《じんぐうこうごう》の新羅親征《しらぎしんせい》

そこで、大神の仔細《しさい》な教えのとおりに、軍勢を整え、船を並べ、海を渡ってお行きになる時に、海の魚が大小となく、すべて一緒に御船を背負って渡った。すると強い追い風が盛んに吹きおこり、御船は波に乗って走った。そして、その御船を押し進めた大波は、新羅国《しらぎのくに》に寄せ上り、もはや国土の半ばまで来た。これに、その国王は、恐れはばかり、「今から後《のち》は、天皇の仰せのままに、新羅は天皇のお馬の飼育係となり、毎年船を連ね、船の腹を乾《かわ》かさず、棹《さお》・楫《かじ》も乾く暇《いとま》もなく、天地のあるかぎり、絶えることなくお仕え申し上げます」と申した。こうした次第で、新羅国を御馬飼《みまかい》と定め、百済国《くだらのくに》を海彼《かいひ》の屯家《みやけ》と定めた。そして皇后は、御《み》杖《つえ》を新羅の国王の城門に衝《つ》き立て、住吉大神《すみよしのおおかみ》の荒御魂《あらみたま》を国を守る神として祭り鎮《しず》めて、海を渡り帰還なさった。

応神天皇《おうじんてんのう》の聖誕

海彼に関わる政務がまだ完了しないうちに、皇后は、ご出産の臨月《りんげつ》となった。そこで御腹《みはら》を抑え鎮めようとなさり、石を持ち、御裳《みも》の腰にお付けになってご出産を引きのばされて、新羅《しらぎ》から筑紫国《つくしのくに》に渡り帰られると、その御子はお生まれになった。それで、その御子がお生まれになった地を名付けて、宇美《うみ》という。またその御裳にお付けになった石は、筑紫国の伊《い》斗村《とのむら》にある。

また筑紫の松浦県《まつらのあがた》の玉島里《たましまのさと》においでになって、そこの河のあたりでお食事をとられた時は、四月上旬であった。そこで、その河の中へ突き出ている岩の上においでになり、御裳の糸を抜き取り、飯粒《めしつぶ》を餌《えさ》とし、その河の鮎《あゆ》をお釣りになった。その河の名は小河《おがわ》という。また突き出した岩の名は勝門比売《かちとひめ》という。これに因《ちな》んで、四月の上旬の時に、女たちが裳の糸を抜き、飯粒を餌とし、鮎を釣ることが今に至るまで絶えない。

香坂王《かごさかのみこ》と忍熊王《おしくまのみこ》の反逆

こうして、息長帯日売命《おきながたらしひめのみこと》は、筑紫《つくし》から大和《やまと》に帰り上られる時に、人の心に疑いを抱く理由《わけ》があり、棺《ひつぎ》を載せた喪船一艘《もぶねいっそう》を仕立て、御子である太子をその喪船にお乗せし、その前から、「御子はもう崩御なさった」と噂《うわさ》を立てさせられた。このようにして上京なさる時に、香坂王と忍熊王がこの噂を聞いて、待ち受けて皇后を手に入れようと思い、斗賀野《とがの》に出て行き、事の成否を祈る宇気比狩《うけいがり》をした。そこで、香坂王が櫟《くぬぎ》の木に登って座って見ていると、大きな猪《いのしし》が激しい勢いで走り出て、その櫟の木を掘り倒し、香坂王に噛《か》みつき喰《く》い殺した。

香坂王の弟の忍熊王は、兄の死が宇気比の凶であるにもかかわらず慎しみ恐れずに、軍を起こし、皇后を待ち迎え討つ時に、忍熊王は喪船《もぶね》に向かっていき、その空船《からぶね》を攻めようとした。そこで、皇后はその喪船から軍勢を下《おろ》し上陸して合戦した。この時忍熊王は、難波《なにわ》の吉師部《きしべ》の祖先の、伊佐比宿祢《いさひのすくね》を将軍とし、太子側は、丸迩臣《わにのおみ》の祖先の、難波根子建振熊命《なにわねこたけふるくまのみこと》を将軍となさった。太子軍が忍熊王軍を追い詰めて山城《やましろ》に至った時に、忍熊軍が押し返し、それぞれ引かずに合戦した。そこで、建振熊命は計略をめぐらして、相手側に、「息長帯日売命が崩御なさってしまった。こうなってはもう戦うこともない」と伝えさせた。そして弓の弦《つる》を切り、偽《いつわ》りの降服をした。すると、忍熊王の将軍はすっかり騙《だま》されて、自分たちも弓の弦をはずし、武器をしまった。その時、太子軍は頭髪の中に隠してあった予備の弦を取り出し、再び張り直し追撃した。忍熊軍は逢坂山《おうさかやま》まで逃げ退《しりぞ》き、そこで反撃に出てまた戦った。しかし太子軍が追い攻め破り、琵琶湖畔《びわこはん》の沙沙那美《さざなみ》に出て、ことごとく忍熊軍を斬った。そのとき、その忍熊王は、伊佐比宿祢とともに追い攻められ、船に乗り、湖上に浮かんで歌って言うには、

(三八) さあ我が将軍よ
　振熊《ふるくま》の奴の　痛手《いたで》はもうたくさん
　(あの鳰鳥《におどり》のように) 近江《おうみ》の海に
　すっぽり入ってしまおうよ

二人は湖に身を投げて一緒に死んだ。

気比大神《けひのおおかみ》

それから、建内宿祢命《たけうちのすくねのみこと》は、その太子をお連れし、禊《みそぎ》をしようとして、近江《おうみ》と若狭《わかさ》の国を

次々と巡った時に、越前《えちぜん》の敦賀《つるが》に仮宮《かりみや》を造って、そこに太子をお迎えした。するとその地に鎮座なさる伊奢沙和気大神命《いざさわけのおおかみのみこと》が、太子の夢に現れて、「私の名を御子の御名前と取り替えていただきたい」と言った。そこで、太子は祝いの言葉を述べ、「畏《かしこ》まりました。お言葉のとおりに換《か》え申しましょう」と申した。また、その神が、「明日の朝、浜においでください。名換えの贈り物を献上いたします」とおっしゃった。そこで翌朝浜にお出になった時に、鼻が傷ついた海豚《いるか》の大群が浜いっぱいになるほど浦に寄せていた。そこで御子が使者をやって、神に申させて、「お召し上がりになる魚《さかな》を我に賜ったのですね」とおっしゃった。そして、また神の御名を称《たた》えて御食大神《みけのおおかみ》と申し上げた。それで、今もって気比大神《けひのおおかみ》という。また、その海豚の鼻の血が臭《くさ》かった。それで、その浦に名付けて血浦《ちうら》という。今は都奴賀《つぬが》(現在の敦《つる》賀《が》)という。

酒楽《さかくら》の歌

(太子が)敦賀《つるが》から都へ帰り上っておいでになった時に、母君の息長帯日売命《おきながたらしひめのみこと》は、祝いの待ち酒を醸《かも》して太子に差し上げた。そして、その母君がお歌いになっておっしゃるには、

(三九)　この御酒《みき》は　わたしが醸《かも》した御酒ではありません

酒を司《つかさど》る長《おさ》で　常世《とこよ》にいらっしゃる
石の姿でお立ちの　少名《すくな》毗《び》古《こ》那神《なのかみ》が
自《みずか》ら祝福し　踊り狂って祝い醸し
自ら祝福し　酒槽《さかふね》廻《まわ》って祝い醸し
献上してきた　これがその御酒
どんどん召し上がれ　さあさあ

このようにお歌いになって、神の御酒を太子に差し上げた。
そこで、建内宿祢命《たけうちのすくねのみこと》が太子に代わって答え申し、歌っていった、

(四〇)　この御酒《みき》を　醸《かも》した人は
その太鼓を　臼《うす》の上に立てて
歌いながら　醸したからか
舞いながら　醸したからか
この御酒は　御酒は
なんともまあ　とても楽しいことよ　さあさあ

これは酒楽《さかくら》の歌である。

すべて数えて、帯中津日子天皇《たらしなかつひこのすめらみこと》（仲哀《ちゅうあい》天皇）の御寿命は五十二歳。壬戌《みずのえいぬ》の年の六月十一日に崩御なさった。御陵《ごりょう》は、河内の恵賀《えが》の長江《ながえ》にある。皇后は御年百歳で崩御なさった。佐紀《さき》の楯列《たたなみ》の御陵に葬り申し上げた。

応神《おうじん》天皇

后妃《こうひ》と皇子女

品陀和気命《ほんだわけのみこと》は、軽島《かるしま》の明宮《あきらのみや》においでになって、天下を統治なさった。この天皇は、品陀真《ほんだま》若王《わかのみこ》の娘である、三人の女王《ひめみこ》と結婚なさった。一人の名は、高木之入日売命《たかきのいりひめのみこと》、次に中日売《なかつひめの》命《みこと》、次に弟日売命《おとひめのみこと》。この女王《ひめみこ》たちの父の品陀真若王《ほんだまわかのみこ》は、五百木之入日子命《いおきのいりひこのみこと》が、尾張連《おわりのむらじ》の祖先の建伊那陀宿《たけいなだのすく》祢《ね》の娘の、志理都紀斗売《しりつきとめ》と結婚して、生んだ子である。

その、高木之入日売の子は、額田大中日子命《ぬかたのおおなかつひこのみこと》、次に大山守命《おおやまもりのみこと》、次に伊奢之真若命《いざのまわかのみこと》、次に妹の大原郎女《おおはらのいらつめ》、次に高目郎女《こむくのいらつめ》、五人。中日売命の御子は、木之荒田郎女《きのあらたのいらつめ》、次に大雀命《おおさざきのみこと》、次に根鳥命《ねとりのみこと》、三人。弟日売命の御子は、阿倍郎女《あへのいらつめ》、次に阿貝知能三腹郎女《あわじのみはらのいらつめ》、次に木之菟野郎女《きのうののいらつめ》、次に三野郎女《みののいらつめ》、五人。また丸迩之比布礼意富美《わにのひふれのおおみ》の娘の、名は宮主矢河枝比売《みやぬしやかわえひめ》と結婚してお生みになった御子は、宇遅能和紀郎子《うじのわきいらつこ》、次に妹の八田若郎女《やたのわかいらつめ》、次に女鳥王《めどりのみこ》、三人。またその矢河枝比売の妹の、袁那弁郎女《おなべのいらつめ》と結婚してお生みになった御子は、宇遅之若郎女《うじのわかいらつめ》、一人。また咋俣長日子王《くいまたながひこのみこ》の娘の、息長真若中比売《おきながまわかなかひめ》と結婚してお生みになった御子は、若沼毛二俣王《わかぬけのふたまたのみこ》、一人。また桜井《さくらい》の田部連《たべのむらじ》の祖先の、島垂根《しまたりね》の娘の、糸井比売《いといひめ》と結婚してお生みになった御子は、速総別命《はやぶさわけのみこと》、一人。また日向《ひむか》の泉之長比売《いずみのながひめ》と結婚してお生みになった御子は、大羽江王《おおはえのみこ》、次に小羽江王《おはえのみこ》、次に幡日之若郎女《はたひのわかいらつめ》、三人。また迦具漏比売《かぐろひめ》と結婚してお生みになった御子は、川《か》原田郎女《わらだのいらつめ》、次に玉郎女《たまのいらつめ》、次に忍坂大中比売《おしさかのおおなかつひめ》、次に登富志郎女《とおしのいらつめ》、次に迦多遅王《かたじのみこ》、五人。また、葛城《かつらぎ》の野伊呂売《ののいろめ》と結婚してお生みになった御子は、伊奢能麻和迦王《いざのまわかのみこ》、一人。この天皇の御子たちは、合わせて二十六人の王。男王は十一人。女王は十五人。この中で、大雀命は、天下を統治なさった。

三皇子の分掌《ぶんしょう》

これより前に、（応神）天皇は、大山守命《おおやまもりのみこと》と大雀命《おおさざきのみこと》とにお問いになって、「おまえたちは、年長の子と年少の子と、どちらがいとおしいと思うか」と仰せられた。天皇がこのようなお尋ねをなさったわけは、宇遅能和紀郎子《うじのわきいらつこ》に天下を統治させたいという心があったからである。それに答えて、大山守命は、「年長の子がいとおしく思われます」と申した。次に大雀命は、天皇がこのようにお問いになる御心の裡《うち》を察して、「年長の子は、もう成人であり、案ずることもありません。幼い子は、まだ成人に至っていないので、この子の方がいとおしく思われます」と申した。二人の答えを俟《ま》って、天皇は、「雀《さざき》よ、おまえの言うことこそ、我が思いと一つである」と仰せられた。そこで、それぞれに詔《みことのり》を下さって、「大山守命は、山と海の政務を執れ、大雀命は天下の政務を執って、天皇に奏上せよ。宇遅能和紀郎子は、皇位を継承せよ」と仰せられた。そして、大雀命は、天皇の仰せに背《そむ》くことはなかった。

葛野《かずの》の歌

ある時、（応神）天皇が、近江国《おうみのくに》へ巡行なさった時、途中、宇治野《うじの》の上にお立ちになって、葛野《かずの》を遠くご覧になり、歌って仰せになった、

（四一）（あまたの葉の生い茂る）葛野を見ると
あまたの富み豊かな　家どころも見える
そこに国の理想の姿も見える

矢《や》河枝《かわえ》比売《ひめ》

宇治《うじ》から木幡《こはた》の村に入っておられた時に、美しい乙女が来るのに、そこの辻《つじ》で出遇《であ》った。そこで、天皇は、その乙女にお問いになって、「おまえは誰の子か」と仰せになった。乙女が答えて、「私は丸迩《わに》の比布礼能意富美《ひふれのおおみ》の娘で、名を宮主矢河枝比売《みやぬしやかわえひめ》と申します」と申した。天皇は、その乙女に、「我は明日帰ってくる時に、おまえの家に立ち寄ろう」と仰せになった。そこで矢河枝比売は、そのことをありのままに父親に語った。すると父が答えて、「これは、天皇《おおきみ》でいらっしゃる。畏《おそ》れ多いことだ。我が子よ、お仕え申し上げなさい」と言って、その家を立派に飾って待機していたところ、翌日天皇は矢河枝比売の家にお入りになった。そして、天皇にご馳走《ちそう》を差し上げる時に、比布礼能意富美は娘の矢河枝比売命にお杯《さかずき》を持たせて献った。すると天皇は、そのお杯を持たせたまま、お歌いになって仰せられる、

（四二）　この蟹《かに》よ　どこの蟹か
あまたの土地を経てきた　角鹿《つぬが》の蟹
横這《よこば》いして　どこに行く
伊知遅島《いちじしま》・美島《みしま》に着いて
（鳰鳥《におどり》のように）水に潜《もぐ》っては出て息をつき

(凸凹道《でこぼこみち》に難渋する) 佐佐那美道《ささなみじ》
一方我《われ》はずんずんと　歩《あゆ》めばぱったり
木幡《こはた》の道で　出遇《であ》った乙女
後ろ姿は　すっくと立つ小楯《おだて》のよう
歯並びは　椎《しい》か菱《ひし》の実のよう
櫟井《いちいい》の村の　丸迩《わに》坂の土を
上の土は色が赤いので
底の土は色が黒いので
(三《み》箇《っ》並びの栗ではないが) その真中《まなか》の土を
(頭を突くほどの) 熱い火には当てずに作った眉墨《まゆずみ》で
画眉《かきまゆ》は　濃く画《か》き下《お》ろし
出遇った乙女
こんな子が素敵と　我の思う子
こんな子ならばと　我の見た子に
正《まさ》しく　顔と顔が向かい合っていることだ
寄り添っていることよ

このように結婚なさって、お生みになった御子が、宇遅和紀《うじのわき》郎子《いらつこ》である。

髪長比売《かみながひめ》

天皇は、日向国《ひむかのくに》の諸県君《もろあがたのきみ》の娘、名は髪長比売が、その容貌《ようぼう》が美しいとお聞きになり、寵愛《ちょうあい》なさりたいと、お召し上げになった時に、太子の大雀命《おおさざきのみこと》は、その乙女が難波《なにわ》の港の館《やかた》に泊《とま》っているのを見て、その容姿の端正で美しいのに感動なさり、建内宿祢大臣《たけうちのすくねのおおおみ》に頼み込んで、「この日向からお召し上げになった髪長比売について、陛下の御もとにお願い申し上げて、私に下さるようにしてくれ」とおっしゃった。そこで、建内宿祢大臣が、天皇のご返事を願い出たところ、天皇は髪長比売をその御子《みこ》にお与えになった。お与えになったときの様子はといえば、天皇が新嘗《にいなめ》の宴会で御酒《みき》をお召し上がりになる日に、髪長比売に、柏《かしわ》の葉に盛った、天皇の召し上がる御酒《みき》を持たせて、太子にお与えになった。そして、天皇がお歌いになって仰せられる、

（四三）　さあ皆の者よ　野蒜《のびる》を摘《つ》みに行こう
　　蒜を摘みに　我が行く道のほとりの
　　香《かお》りのよい　花橘《はなたちばな》は

上の枝は　鳥が止まって枯らし
下の枝は　人が摘んで枯らし
(三《み》つ栗ではないが)　中ほどの枝の
(ぽっちゃり蕾《つぼみ》)　蕾に紅《べに》をさしたような乙女を
誘い招き寄せても　良いぞ

またお歌いになって仰せられた、

(四四)(水を湛《たた》える)　依網池《よさみのいけ》の
堤防の杙《くい》打ち男が　すでに杙を打っていたとは知らずに
蓴菜《じゅんさい》取りが　すでに手を延ばしていたとは知らずに
我は気付かぬ　大間抜け者よ　今や残念無念

こう歌ってお約束のとおり髪長比売を太子にお与えになった。そして、その乙女を頂いてから後に、太子が歌っておっしゃった、

(四五)　国の果ての地の　古波陀《こはだ》の乙女よ

雷鳴《かみなり》のように　美人との評判がとどろき聞こえていたが
ついに枕を交わして寝たぞ

また、歌っておっしゃった、

（四六）国の果ての地の　古波陀の乙女は
拒《こば》みもせずに　身をゆだねてくれた
とても親密な気分だ

国主《くにす》の歌

またのとき、吉野《よしの》の国主《くにす》らが、大雀命《おおさざきのみこと》が身に着けていらっしゃるお刀を見上げて、歌っていうには、

（四七）誉田《ほんだ》の天皇《おおきみ》の　太子の
大雀《おおさざき》　大雀さま
お腰にお吊《つ》りの大刀《たち》は

手本《てもと》は一本の剣　切っ尖《さき》は振れて多数の刃先
一本の冬木の　幹の下の灌木《かんぼく》のように
ざわざわたくさん揺れる

また、吉野の樫《かし》の林の辺りで、樫の木で横広の臼《うす》を彫《ほ》って作り、その横臼に、天皇に献る御酒《みき》を醸《かも》し、その大御酒を献上する時に、口鼓《くちつづみ》を打ち、舞い踊りして、歌っていう、

(四八)　樫の林で　横臼を作り
横臼に　醸した献上酒
おいしく　召し上がりませ
我が親父どの

この歌は、国主らが山川の産物を献上する時に、久しく今に及んで声を長く引き調子をつけて歌う歌である。

百済《くだら》の朝貢

この（応神）天皇の御世に、海部《あまべ》・山部《やまべ》・山守部《やまもりべ》・伊勢部《いせべ》をお定めになった。また剣池《つるぎのいけ》を作った。また、新羅《しらぎ》の人が渡来した。この機会に、建内宿祢命《たけうちのすくねのみこと》が、渡来人たちを引き連れ、渡来の堤防技術の池として、百済池《くだらのいけ》を作った。また、百済の国王の照古王《しょうこおう》が、牡馬《ぼば》一頭・牝馬《ひんば》一頭を阿知吉師《あちきし》に添えて献上した。この阿知吉師は、阿直史《あちのふひと》らの祖先である。また、大刀《たち》と大鏡とを献上した。また、天皇は百済国《くだらのくに》に、「もし賢人がいるならば献上せよ」と仰せられた。そして百済国王がこの仰せを受けて献上した人は、名は和迩吉師《わにきし》である。論語《ろんご》十巻と千字文《せんじもん》一巻、併せて十一巻を、この人に副《そ》えて献上した。この和迩吉師は文首《ふみのおびと》らの祖先である。また技術者としての朝鮮鍛冶《かじ》の名は卓素《たくそ》、また呉《くれ》の機織《はたお》り女《め》の西素《さいそ》の二人を献上した。また、秦造《はだのみやつこ》の祖先に当たる人・漢直《あやのあたい》の祖先に当たる人と、酒の醸造法を知る人、名は仁番《にほ》、別名須須許理《すすこり》らが渡来した。そして、この須須許理は、天皇が召し上がる御酒《みき》を醸《かも》して献上した。そこで、天皇は、この献上酒を召し上がり、気持ちが浮かれ立って、御歌を歌って仰せになる、

（四九）須須許理が　醸した酒に　我《われ》はこんなにも酔ってしまった
　平安の酒　笑いの酒に　こんなにも酔ってしまうとは

こうお歌いになり、お出ましになった時に、御杖《つえ》で、大坂の途中の大きな石をお打ちにな

ると、その石は逃げて杖を避《よ》けた。それで、諺《ことわざ》に、「堅い石も酔っぱらいを避《よ》ける」というのである。

大山守命《おおやまもりのみこと》と宇遅能和紀郎子《うじのわきいらつこ》

やがて、(応神)天皇が崩御なさった後、大雀命《おおさざきのみこと》は天皇の仰せのとおりに、天下統治を宇遅能和紀郎子にお譲りになった。ところが、大山守命《おおやまもりのみこと》は、天皇の仰せに背《そむ》いて、なお天下を手に入れたいと思い、弟の和紀郎子皇子を殺そうとする気があって、密《ひそ》かに軍勢を用意して攻撃しようとしていた。そのとき、大雀命はその兄王が軍備をしているとお聞きになり、使者を出し、弟の宇遅能和紀郎子にそのことを告げさせた。それを、弟王は聞き驚いて、伏兵を宇治川の岸辺に置き、また、そこの山の上に、絹の布を張り廻《めぐ》らし、幔幕《まんまく》を上げ立て仮宮とし、兄王の大山守命を騙《だま》すために、舎人《とねり》を弟王に見せかけ、はっきり見えるように椅子《いす》に座らせ、多くの官人が敬礼して出入りする様子が、まったく弟王の御座所そっくりに仕立て、さらにその兄王が川を渡る時に、偽の御座所がよく見えるように立派に飾った。船の楫取《かじと》りは、さね葛《かずら》の根を舂《つ》いたその汁の滑《ぬめ》りを、その船の中に敷き渡す簀《す》の子に塗り、踏めば滑って倒れるように仕掛けて、弟王は、布《ぬの》の上衣と褌《ふんどし》を身に着け、まったく賤《いや》しい楫取りの姿になり、自《みずか》ら楫をとり船に立っていらっしゃる。このとき、兄王が兵士を隠《かく》し伏せ、衣の中に鎧《よろい》を着て、川辺に来て、川を渡るために船に乗ろうとした時に、その立派に飾られた山の上の御座所を見やって、弟王はそこの椅子に座っておいでになると思い、まさか楫を取ってこの船に立っていらっしゃるとはゆめ知らず、その楫取りに尋ねて、「この山には荒々しい大《おお》猪《いのしし》がいると人伝《ひとづ》てに聞いた。自分はその猪を射殺そうと思う。もしかしてその猪を手に入れられようか」と言う。楫取りが答えて、「叶《かな》いますまい」とおっしゃる。また尋ねて言う、「どうしてか」。答えておっしゃる、「ときどき、あちこちの場所で獲《と》ろうとしても獲れませんでした。それで不可能と申したのです」。川の中ほどまで船が進んだ時に、弟王は、その船を傾《かたむ》けさせ、兄王を滑らせ、川の中に落とし入れた。やがて浮き出たが、川の流れのままに流れ下った。兄王は流されながら、歌っていう、

（五〇）（激しく流れる）宇治川の渡し場に
楫取りの　素早《すばや》い人よ
私のところに来てくれ

すると、川のほとりに隠れていた弟王の軍勢が、あちら側・こちら側と、一斉《いっせい》に立ち上がり、矢をつがえてねらい、兄王を流れさせた。そして訶和羅埼《かわらのさき》まで流れ着いて沈んだ。そこで鉤《かぎ》付きの棒《ぼう》を使って、兄王の沈んだ場所を探《さぐ》ったところ、その衣の中に着た鎧に引っ掛か

って、〃かわら〃と音がした。そこで、その地に名付けて訶和羅埼《かわらのさき》という。そしてその死骸《しがい》を鉤に掛けて上げた時に、弟王が歌っておっしゃる、

(五一)(激しく速い)宇治川の渡し場に
渡し場の岸辺に立っている(梓弓《あずさゆみ》)檀《まゆみ》の木
切ってしまおうと心では思うけれど
取ってしまおうと心では思うけれど
根本を見ては君のことを思い出し
梢《こずえ》を見ては妹のことを思い出し
辛《つら》いことにそこで思い出し
愛《いと》しいことにここで思い出し
切らないで来た(梓弓)檀の木よ

そして、その大山守命の死骸は、那良山《ならやま》に葬った。この大山守命は、土形君《ひじかたのきみ》・幣岐君《へきのきみ》・榛原君《はりはらのきみ》らの祖先である。

このことがあって、兄の大雀命と弟の宇遅能和紀郎子との二人が、互いに天下を譲り合っている間に、海人《あま》が海産物を献って来た。しかし、兄は受け取らず、弟に献上させ、弟は受

け取らず、兄に献上させ、互いにお譲りになる間に、すでに多くの日が過ぎた。このように兄弟が譲り合いをなさることが、一度や二度ではなかった。そのために、海人はこの往復にすっかり疲れて泣いた。それで諺《ことわざ》に、「海人でないのに、自分の物のために泣く」という。しかし、宇遅能和紀郎子は間もなく崩御なさった。そこで、大雀命が天下を統治なさった。

天之日矛《あめのひほこ》

また、昔新羅《しらぎ》の国王の子がいた。名は天之日矛という。この人が海を渡って来た。天皇の国に渡来したわけについて言えば、新羅国《しらぎのくに》に或《あ》る沼があり、名を阿具沼《あぐぬま》という。この沼のほとりで、或る身分の低い女が昼寝をした。すると、日光が虹《にじ》のように、その女の陰部を射《さ》した。また、或る身分の低い男がいた。男はその有りさまを見て不思議なことと思い、ずっとその女の行動をひそかにうかがっていた。ところで、この女は、その昼寝をした時から妊娠して、赤い玉を産んだ。そして、ひそかに覗き見をしていたこの男は、女に頼んでその赤い玉を手に入れ、いつもずっと物に包んで腰に付けていた。この男は、田を山の谷間に作っていた。そこで、その田で働く人たちの飲食物を一頭の牛に背負わせて、山の谷間に入ったところで、新羅の国王の子の天之日矛に出遇《であ》った。そして、天之日矛はその人を訊問《じんもん》して、「どういうわけでおまえは飲食物を牛に負わせて山の谷に入るのか。おまえはこの牛を殺して食うに違いない」と言う。そして、その男を捕らえ、牢《ろう》に入れようとした。その男は答えて、「私は、牛を殺そうというのではありません。ただ農夫のための食物を送り届けるだけです」と言った。しかし、天之日矛はなお放免しない。そこで、その男は腰に付けている玉を解《ほど》いて、その国王の子に贈り物とした。そうしたところ、その身分の低い男を放免し、その玉を持ち帰り、床の辺に置いた。玉は美しい乙女になった。そこで天之日矛は結婚して正妻とした。そしてその乙女は、いつもさまざまの美味の食事を用意して、ずっとその夫に食べさせた。ところが、その国王の子である夫は慢心して、妻を罵《ののし》った。その妻女は、「だいたい私は、あなたの妻になるような女ではありません。私の祖先の国に行きます」と言った。そして、人目をしのんで小船に乗り、逃げ渡って来て、難波《なにわ》に滞在した。これは難波の比売碁《ひめご》曾《そ》神社に鎮座なさる阿加流比売《あかるひめ》という神である。そして、天之日矛は、自分の妻が逃げたことを聞き、追いかけ渡来して、まさに難波に着こうとする手前で、難波の渡りの神が遮《さえぎ》って入れなかった。そこで来た道を戻り、但馬国《たじまのくに》に停泊した。そのままその国にとどまって、但馬《たじま》の俣《また》尾《お》の娘の、名は前津見《さきつみ》と結婚して生んだ子は、多遅摩母呂須玖《たじまもろすく》。これの子が多遅摩斐泥《たじまひね》。これの子が多遅摩比那良岐《たじまひならき》。これの子が多遅摩毛理《たじまもり》、次に多遅摩比多訶《たじまひたか》、次に清日子《きよひこ》、三人。この清日子が、当摩《たぎま》の咩斐《めひ》と結婚して生んだ子は、酢鹿諸男《すかのもろお》、次に妹の菅竈由良度美《すがかまゆらどみ》。それから、上に述べた多遅摩比多訶が、その姪《めい》の由良度美と結婚して生んだ子が、葛城《かつらぎ》の高額比《たかぬかひ》売命《めのみこと》。これは息長帯比売命《おきながたらしひめのみこと》（神功皇后）の母君である。

そして、その天之日矛が新羅国から渡来した時に持参した物は、玉津宝《たまつたから》といって、緒《お》に貫《つらぬ》いた玉二連、また浪振《なみふ》る領巾《ひれ》・浪切る領巾・風振る領巾・風切る領巾、また奥津鏡《おきつかがみ》・辺津鏡《へつかがみ》、合わせて八種である。　これは伊豆志《いずし》の社《やしろ》の八座の大神である。

秋山之《あきやまの》下氷《したひ》壮夫《おとこ》と春山之《はるやまの》霞壮夫《かすみおとこ》

さて、この天之《あめの》日矛神《ひほこのかみ》の娘に、名は伊豆志《いずし》袁登《おと》売神《めのかみ》がいらっしゃる。そして、多くの神が、この伊豆志袁登売を欲しいと思うけれど、誰も結婚できない。このときに、二人の神がいた。兄の名を秋山之《あきやまの》下氷《したひ》壮夫《おとこ》、弟の名は春山之《はるやまの》霞壮夫《かすみおとこ》。そして、その兄がその弟に、「自分は、伊豆志袁登売に求婚したけれども、結婚できなかった。おまえはこの乙女を手に入れられるか」と言った。弟は答えて、「たやすいこと」と言う。そこで、その兄は、「もしおまえがこの乙女を妻にできたならば、自分は、上の衣《きぬ》も下の裳《も》も脱ぎ、身の丈《たけ》を測って、同じほど大きな甕《かめ》に酒を醸《かも》し、また山河の産物をすべて揃《そろ》えてご馳走《ちそう》する、などなどで賭《か》けをしよう」とそう言った。すると弟は、兄の言ったとおりにその母に申した。それで、その母は、藤《ふじ》の蔓《つる》を取って来て、一夜のうちに、上衣・袴《はかま》、沓下《くつした》・沓《くつ》を織り縫い、また藤蔓で弓矢を作り、息子にその衣装などを着させ、その弓矢を持たせ、その乙女の家に遣《や》ったところ、その衣装と弓矢がことごとく藤の花に変じてしまった。そこで春山之霞壮夫は、藤の花咲く弓矢を、乙女の入る厠《かわや》に懸けておいた。すると、伊豆志袁登売は、その花を見て不思議に思い、持って来る時に、春山之霞壮士はその乙女の後《うしろ》についてその家に入り、結婚した。そして一人の子を生んだ。

このことを、その兄に申して、「私は伊豆志袁登売を手に入れました」と言った。ここで、その兄は、弟が伊豆志袁登売と結婚したことを憎らしく思い、先の賭け物を払おうとしなかった。そこで、弟が母に嘆き訴えた時に、母君が答えて、「私たち神の間のできごとは、よくよく神世界のしきたりに従うべきです。兄はまた人間界の世俗に染まってしまったからか、賭け物を払わないのは」と言った。母君はその兄のほうの子を恨み、そこの出石川《いずしがわ》の中洲の一節竹《ひとよだけ》を取ってきて、目の粗い籠《かご》を作り、出石川の石を拾い、塩と混ぜ合わせて、その竹の葉に包み、呪《のろ》いの言葉をとなえさせて、「この竹の葉が青いように、この竹の葉が萎《な》えるように、青葉は枯れ萎《しお》れよ。またこの潮が満ち干《ひ》するように、満ち潮は干《ひ》よ。またこの石が水に沈むように、沈み臥《ふ》せ」と言った。このように呪いをかけ、竈《かまど》の上に置いた。このために、その兄は、八年の間体が生気を失い、痩《や》せ細り、病いの床《とこ》につき、死ぬほどであった。そこで、その兄は泣き憂え、その母君に許しを乞《こ》い求めたので、母君は呪いを解かせ、無かったことにしてやった。こうして、やっと兄の体は元のとおりになり、平安が戻った。これは「神うれづく」という言葉の縁起である。

系譜

　また、この品陀天皇《ほんだのすめらみこと》（応神天皇）の御子の、若野毛二俣王《わかのけふたまたのみこ》が、その母の妹の、百師木伊呂弁《ももしきいろべ》、別名弟日売真若比売命《おとひめまわかひめのみこと》と結婚して生んだ子は、大郎子《おおいらつこ》、別名は意富富杼王《おおほどのみこ》、次に忍坂之大中津比売命《おしさかのおおなかつひめのみこと》、次に田井之中比売《たいのなかつひめ》、次に田宮之中比売《たみやのなかつひめ》、次に藤原之琴節郎女《ふじわらのことふしのいらつめ》、次に取売王《とりめのみこ》、次に沙祢王《さねのみこ》、七人の王。そして意富富杼王は、三国君《みくにのきみ》・波多君《はたのきみ》・息長《おきなが》の坂君《さかのきみ》・酒人君《さかひとのきみ》・山道君《やまじのきみ》・筑紫《つくし》の米多君《めたのきみ》・布勢君《ふせのきみ》らの祖先である。また根取王《ねとりのみこ》が、異母妹の三原郎女《みはらのいらつめ》と結婚して生んだ子は、中日子王《なかつひこのみこ》、次に伊和島王《いわじまのみこ》、二人。また、堅石王《かたしわのみこ》の子は、久奴王《くぬのみこ》である。

　すべて数えて、この品陀天皇の御寿命は百三十歳である。甲午《きのえうま》の年の九月九日に崩御なさった。御陵は、河内《かわち》の恵賀《えが》の裳伏岡《もふしのおか》にある。

古事記　下巻　大雀天皇《おおさざきのすめらみこと》から始め、豊御《とよみ》食炊屋《けかしきや》比《ひ》売命《めのみこと》に終わる。すべて数えて十九天皇。

仁徳天皇《にんとくてんのう》

后妃《こうひ》と皇子女

大雀命《おおさざきのみこと》は、難波《なにわ》の高津宮《たかつのみや》においでになり、天下を統治なさった。この天皇が葛城之曽都《かつらぎのそつ》毗古《びこ》の娘の、石之《いわの》日《ひ》売命《めのみこと》 皇后と結婚して、お生まれになった御子は、大江之《おおえの》伊耶本和気命《いざほわけのみこと》、次に墨江之《すみのえの》中津《なかつ》王《みこ》、次に蝮之水歯別命《たじひのみずはわけのみこと》、次に男《お》浅津《あさつ》間《ま》若子宿祢命《わくごのすくねのみこと》、四人。また上に述べた日向《ひむか》の諸県君牛諸《もろあがたのきみうしもろ》の娘の、髪長比売《かみながひめ》と結婚してお生まれになった御子は、波多毗能大郎子《はたびのおおいらつこ》、別名大日下王《おおくさかのみこ》、次に波多毗能若郎女《はたびのわかいらつめ》、別名は長目《ながめ》比《ひ》売命《めのみこと》、もう一つの名は若日下部命《わかくさかべのみこと》、二人。また異母妹の八田若郎女《やたのわかいらつめ》と結婚し、また異母妹の宇遅能若郎女《うじのわかいらつめ》と結婚なさった。この二人に御子はいない。すべて数えてこの大雀天皇の御子たちは合わせて六人の王である。男王は五人、女王は一人。このうち、伊耶本和気命は、天下を統治なさった。次に蝮之水歯別命も天下を統治なさった。次に男浅津間若子宿祢命も天下を統治なさった。

聖帝の御世

この（仁徳）天皇の御代に、皇后石之日売命《いわのひめのみこと》の御名代《みなしろ》として、葛城部《かつらぎべ》を定め、また、皇太子伊耶本和気命《いざほわけのみこと》の御名代として壬生部《みぶべ》を定め、また水歯別命《みずはわけのみこと》の御名代として、蝮部《たじひべ》を定め、また大日下王《おおくさかのみこ》の御名代として、大日下部《おおくさかべ》を定め、若日下部王《わかくさかべのみこ》の御名代として、若日下部を定めた。また、渡来した秦《はだ》氏の人を使い、茨田堤《うまらたのつつみ》と茨田屯倉《うまらたのみやけ》を作り、また丸迩池《わにのいけ》・依網池《よさみのいけ》を作り、また難波《なにわ》の堀江《ほりえ》を掘って、溢《あふ》れる水を海に流し、また小橋江《おばしのえ》を掘り、また住吉《すみよし》の津《つ》を定めた。

あるとき、天皇は、高い山に登り、国の四方をご覧になり、「国の中に炊煙《すいえん》が立っていないのは、国の民がみな貧しいからである。よって、今から三年間、民の労役と租税をすべて免除せよ」と仰せられた。このゆえに、宮殿は破《やぶ》れ壊《こわ》れ、どこも雨漏《あまも》りして、それでも、まったく修繕なされず、箱を置いて漏《も》る雨を受け、漏らない所に移り、雨を避《よ》けていらっしゃった。三年の後に国見《くにみ》をなさると、国中どこも炊煙が立ち騰《のぼ》っていた。そこで、民は豊かになりつつあるとお思いになり、もうよかろうと、労役と租税をお命じになった。こういうわけで、民たちは幸せになり、公《おおやけ》の労務に苦しむこともなくなった。それで、この天皇の御代を称《たた》えほめ、聖帝の御世《みよ》というのである。

皇后の嫉妬《しっと》と吉備《きび》の黒日売《くろひめ》

その皇后石之日売命《いわのひめのみこと》は、嫉妬《しっと》なさることがとても多かった。それで、天皇がお召しになろうとする妃《きさき》たちは、宮中に入ることもできないで、妃の誰かの噂《うわさ》が立ったりすると、皇后は足をばたつかせて嫉妬をしたのである。それでも、天皇は、吉備《きび》の海部直《あまべのあたい》の娘の、名は黒日《くろひ》売《め》が、その容貌《ようぼう》が整って美しいとお聞きになり、召し上げてお使いになった。しかし黒日売は、その皇后の嫉妬深いことを恐れ、国元の吉備へ逃げ帰ってしまった。天皇は高殿《たかどの》の上にお出ましになり、その黒日売の乗る船が出航して、海に浮かんでいるのを遠望して、歌い仰せになる、

(五三) 沖のかたには　小舟が連なっている
(黒鞘《くろざや》を出た) 刀身のように美しい我が妻が
故郷へ帰ってしまう

すると、皇后はこの御歌を聞き、たいそうお怒りになり、難波《なにわ》の大浦に人を遣《や》り、黒日売を船から追い下《おろ》して、足で歩かせ追放なさった。

そこで、天皇は、その黒日売を恋慕なさり、皇后を騙《だま》して、「淡路島《あわじしま》を見てみたい」と仰

せになって、お行きになった時に、淡路島にお着きになって、遥《はる》かに遠くをご覧になり、歌い仰せになった、

（五三）（海いちめんが輝く）難波の埼《さき》から
船出して　我が治める国を見渡すと
淡島《あわしま》　淤能碁呂島《おのごろしま》
蒲葵《くば》の生える　島も見える
遠く離れた島も見える

そこで天皇は、淡路島から島伝いに、吉備の国にお行きになった。そして、黒日売は、天皇をその国の山の手にご案内申し上げて、お食事を差し上げた。このとき天皇に召し上がって頂く熱い吸物《すいもの》を煮ようと、その土地の高菜《たかな》を摘んでいると、天皇はその乙女（黒日売）が高菜を摘んでいる所においでになり、歌って仰せになった、

（五四）山の手の畑に　蒔《ま》いた高菜も
吉備《きび》の乙女と　一緒に摘むと
実に楽しい

天皇が都に帰って行かれる時に、黒日売がお歌を献上していう、

(五五) 大和《やまと》の方へ　西風が吹き上げると
雲も東の方へ離れ　遠退《とおの》いていく、そのように陛下から離れていようとも
わたしは陛下のことを忘れることはありません

また歌っていう、

(五六) 大和の方へ　行くのは誰《だれ》の夫か　我が陛下
隠れ水の　地下を流れ行くようにして
人知れず行くのは誰の夫か　我が陛下です

皇后石之比売命《いわのひめのみこと》

この時より後、皇后が新嘗祭《にいなめさい》の酒宴のためにと、御綱柏《みつながしわ》を採りに、紀伊国《きいのくに》にお行きになっている間に、天皇は八田若郎女《やたのわかいらつめ》と結婚なさった。ちょうど、皇后は御綱柏を御船いっぱいに

載せてお帰りになる時で、水取りの役所に使われていた、吉備国《きびのくに》の児島郡の仕丁《してい》（人夫）が、任期を終えて故郷に船で帰る途中、難波《なにわ》の大渡《おおわたり》で、後れて来た皇后付きの女官蔵人女《くらひとめ》の船にぱったり遇《あ》った。そこで仕丁が蔵人女に語って、「天皇は、ちかごろ八田若郎女と結婚なさって、夜昼となく戯《たわむ》れていらっしゃる。もしや皇后はこのことをご存じないからか、気楽にお出かけになっていらっしゃる」と言った。そして、その蔵人女は、この仕丁の語る言葉を聞くと、皇后の御船に急ぎ近づいて、申し上げる様子は、こと細《こま》かに仕丁の話したとおりであった。このことで、皇后はたいそう恨みお怒りになり、その御船に載せてあった御綱柏を、みな海に投げ棄ててしまわれた。このことから、その場所に名付けて御津埼《みつのさき》という。皇后はそのまま宮廷にお入りにならずに、その御船に綱を掛け、人力で曳《ひ》かせ、宮殿を避け、難波《なにわ》堀江《ほりえ》を遡《さかのぼ》り、淀川《よどがわ》の流れに出てそのまま、山城《やましろ》に上っておいでになった。この時に歌っておっしゃった、

（五七）（花筏《はないかだ》が生《は》える山）山城川《やましろがわ》を
　　川を遡上《そじょう》し　わたしが上《のぼ》って行くと
　　川の岸辺に　生えて立つ　烏草樹《さしぶ》よ
　　烏草樹の木
　　その下に生《お》い立つ

葉の広い　清らかな椿《つばき》
その花のように　輝いていらっしゃり
その葉のように　寛《ゆた》かに大きくいらっしゃるのは
陛下《おおきみ》でいらっしゃることよ

その山城川を曲がり、木津川《きづがわ》を奈良山《ならやま》の山の口までお行きになり、歌っておっしゃった、

(五八)（花筏が生える山）山城川を
皇居をさしおいて上り　わたしが遡って行くと
（青土《あおに》の）奈良山を過ぎ
（小楯《おだて》のような山の）大和《やまと》を過ぎ
わたしが　見たい国は
葛城《かつらぎ》の　高宮《たかみや》の
わたしの家のあたり

このように歌って、道を戻られ、しばらく綴喜《つづき》の韓人《からひと》の、名は奴理能美《ぬりのみ》という人の家にお入りになった。

天皇は、その皇后が山城川を上っていらっしゃったとお聞きになって、舎人《とねり》の、名は鳥山《とりやま》という人を派遣し、鳥山に、御歌を送って仰せになった、

（五九）山城で　追いつけ鳥山よ
追いつけ追いつけ　我が愛《いと》しい妻に
追いついて会ってくれ

また続いて、丸迩臣口子《わにのおみくちこ》を派遣して、歌って仰せになった、

（六〇）御諸山《みもろのやま》の　その高みにある狩り場の
大猪子《おおいこ》が原　獲物の大猪《おおいのしし》の腹にある肝《きも》
（肝が向かいあうその中にある）心だけでも
思い合わずにいられないものか

また、歌って仰せになった、

（六一）（花筏が生える山）山城の女が

木の鍬《くわ》を持って　畑打《はたう》ち起こした大根
その根の白さの　白い腕《うで》を
交《か》わさずに来たというのなら　知らないと言ってもいいけれど

このように、この口子臣《くちこのおみ》が、天皇の御歌を皇后に申し上げる時に、大雨が降った。しかし口子臣はその雨を避《よ》けず、御殿の正面口に参り伏すと、皇后は裏戸口に行き違いにお出になり、口子臣が御殿の裏戸口に参り伏すと、皇后は正面口に、行き違いにお出になる。こうして、また正面口に腹這《はらば》い進んで行き、前庭に跪《ひざまず》いた時、水潦《にわたずみ》（庭の雨水の溜《たま》り水）が腰まで浸《ひた》した。その口子臣は、紅《あか》い紐《ひも》のついた藍《あい》の摺《す》り染めの衣を着ていた。水潦に紅い紐が触れたので、青い衣服は皆紅色に変わった。ちょうどそのとき、口子臣の妹の口比売《くちひめ》が皇后にお仕えしていた。そこで、この口比売が歌っていう、

（六三）山城の　筒木宮《つつきのみや》で
ものを申し上げる　わたしの兄上を見ると
涙がこぼれてしまいそう

この歌に、皇后がそのわけをお尋ねになった時に、答えて、「あれなるは、私めの兄、口

子臣でございます」と申した。

このことがあって、口子臣は、また妹の口比売と奴理能美《ぬりのみ》と三人で相談して、天皇の許《もと》に使いを出し、申し上げさせて、「皇后がこちらにおいでになられたわけは、奴理能美が飼っている虫で、一度は這《は》う虫になり、一度は繭《まゆ》になり、一度は飛ぶ鳥になり、三様に姿を変える不思議な虫があります。皇后はこの虫をご覧なさろうとして、奴理能美の家においでになっておられるだけでございます。まったく他意はございません」と言った。このように奏《もう》し上げた時に、天皇は、「そうか、我も不思議と思う。だから見に行きたいぞ」と仰せになった。

天皇が高津の大宮から淀川を上ってお行きになり、奴理能美の家にお入りになっておいでの時に、その奴理能美は、自分の飼っている三通りに変態する虫を、皇后に献上した。そして、天皇は、その皇后がいらっしゃる御殿の戸口にお立ちになり、お歌いになって仰せられた、

（六三）（花筏の生える山）山城の女が
木の鍬を持って　畑打ち起こした大根
その葉が擦《す》れ合うようにざわざわと　あなたが　言立《ことだ》てるから
見渡すと　桑の木がたくさんの枝を立てているように

　大勢でやって来たのだ

この、天皇と皇后とがお歌いになった六首の歌は、志都歌《しつうた》の歌返《うたいかえし》である。

八田若郎女《やたのわかいらつめ》

天皇は、八田若郎女を恋しく思われ、御歌を使者に持たせて賜った。その歌に仰せになる、

（六四）八田の　一本菅《ひともとすげ》は
　子もなく　立ち枯れてしまうのか
　もったいない菅原《すがはら》の一本菅よ
　言葉では　菅原と言うが
　もったいない清々《すがすが》しい女よ

それに、八田若郎女が、答えて歌っていう、

（六五）八田の　一本菅は　独りのままで結構です

陛下が　それでよいと思《おぼ》しめすのなら
独りのままで　ようございます

そして、八田若郎女の御名代《みなしろ》として、八田部《やたべ》を定めた。

速総別王《はやぶさわけのみこ》と女鳥王《めどりのみこ》

また、天皇は、その弟の速総別王《はやぶさわけのみこ》を仲人《なこうど》として、異母妹の女鳥王《めどりのみこ》に求婚なさった。すると女鳥王が、速総別王に語って、「皇后の嫉妬《しっと》深さのために、天皇は八田若郎女《やたのわかいらつめ》を宮中にお入れになれない。だから私もお仕え申し上げまいと思います。むしろ私は、あなたさまの妻になりとうございます」と言った。そして二人は結婚した。それで、速総別王は、天皇への報告を申し上げなかった。そこで天皇は、直《じか》に女鳥王のいらっしゃるところにお行きになって、その御殿の戸の敷居の上においでになった。そのとき女鳥王は、織機に腰をかけておいでで、衣《ころも》を織っていた。そこで、天皇が歌って仰せられる、

（六六）女鳥《めどり》の　親愛な女王《ひめみこ》が　織っておいでの織物は
誰の着物の布であろうか

女鳥王が、答えて歌っていう、

(六七)(空高く飛ぶ)速総別王の　お上衣《うわぎ》の布

このことで、天皇は、女鳥王の心のうちを知り、宮中に戻り入られた。この時、その夫の速総別王がやって来た。時に、その妻の女鳥王が歌っていう、

(六八)雲雀《ひばり》は　天高く飛び翔《かけ》る
　隼《はやぶさ》はもっと高く飛ぶ　その名にふさわしい速総別王よ
　鷦鷯《さざき》を取っておしまいなさい

天皇は、この歌のことをお聞きになると、軍を動かし、二人を殺そうとなさった。そこで、速総別王と女鳥王は、一緒に逃げ去って、倉椅山《くらはしやま》に登った。この時、速総別王が歌っていう、

(六九)(梯子《はしご》を立てたように)倉椅山が　嶮《けわ》しいので
　妻は岩に取りつきかねて　私の手をお握《と》りになることよ

また歌っていう、

（七〇）（梯子を立てたように）倉椅山は　嶮しいけれど
妻と一緒に登れば　嶮しいとも思わない

そして、二人が倉椅山を越え逃《のが》れ、宇陀《うだ》の蘇迩《そに》に着いた時に、天皇の軍が追いついて二人を殺した。

その将軍の山部大楯連《やまべのおおたてのむらじ》は、その女鳥王が御手《みて》につけていた立派な腕飾りを奪って、自分の妻に与えた。この後に、新嘗《にいなめ》の宴会を催そうという時に、諸氏の女たちもみな参内した。このとき、大楯連の妻は、女鳥王の腕飾りを自《みずか》らの手につけて参内した。この折、皇后の石《いわ》之《の》日《ひ》売命《めのみこと》は、親《した》しく、天皇から賜る御酒《みき》を盛った柏《かしわ》の葉の杯をお持ちになって、諸氏の女たちにお与えになった。そして、皇后はかねてその腕飾りをご存じで、大楯の妻には御酒の柏の杯をお与えにならず、退場させておしまいになった。その夫の大楯連を呼び出して、「あの王《みこ》たちは、天皇への無礼があったから滅ぼしなさった。これは当然のこと。この亭主野郎め、自分が仕える主君の御手につけている腕飾りを、まだ肌に温かさが残っているのに剝《は》ぎ取ってきて、己《おのれ》の妻に与えたとは」とおっしゃって、死罪に決せられた。

雁《かり》の卵

またある時、天皇が宴会をなさろうとして、日女島《ひめしま》にお行きになった時に、その島で雁《かり》が卵を生んだ。そこで、建内宿祢命《たけうちのすくねのみこと》をお呼びになり、歌で雁が卵を生んだ様子をお尋ねになった。その歌に仰せられるには、

(七一) (石の内から玉を彫《ほ》り出す) 内の朝臣《あそん》よ
あなたこそ　世にも長寿の人
(空から見たと伝える) 大和の国で
雁が卵を生むことを　聞いたことがあるか

これに答えて、建内宿祢が、歌で語って申し上げる、

(七二) (天高く輝く) 日の神のご子孫よ
よくぞ　お尋ねくださいました
まことによくぞ　お尋ねくださいました

私こそ　この世の長寿者
（空から見たという）大和の国で
雁が卵を生むとは　聞いたこともありません

このように申し上げて、御琴を拝受し、弾き奏《かな》で、歌っていう、

（七三）あなたさまの御子が　子々孫々統治なさる祥瑞《しょうずい》として
雁が卵を生んだのです

これは寿歌《ほきうた》の片歌《かたうた》である。

枯野《からの》という船

この天皇の御代に、兎寸川《うさきがわ》の西に、一本の巨大な樹《き》があった。その樹の映す影は、朝日が当たると、淡路島《あわじしま》に届き、夕日に当たると、高安山《たかやす》を越《こ》えた。やがて、この樹を伐《き》って作った船は、非常に速く走る船であった。当時その船に名付けて枯野と言った。そして、この船で、朝夕淡路島の清水を汲《く》んできて、天皇のご料水として差し上げた。この船が破損したの

で、船材で塩を焼き、その焼け残りの木を使い、琴《こと》を作った。その琴の音《ね》は七里の遠くまで響いて聞こえた。そこで、天皇が歌って仰せになる、

（七四）廃船の枯野を　塩作りに焼き
その余り木を　琴に作り
搔《か》き弾《ひ》くと　由良《ゆら》の海峡の
水の中の　岩礁《がんしょう》に
生えてゆらゆら　海藻のように　琴の音はさやさや

これは、志都歌《しつうた》の歌返《うたいかえし》である。
この天皇の御寿命は八十三歳。丁卯《ひのとう》の年の八月十五日に崩御なさった。御陵《ごりょう》は、百舌鳥《もず》の耳原《みみはら》にある。

履中天皇《りちゅうてんのう》

后妃《こうひ》と皇子女

（仁徳天皇の）御子の、伊耶本和気王《いざほわけのみこ》は、磐余《いわれ》の若桜宮《わかざくらのみや》においでになり、天下を統治なさった。この天皇が、葛城之曽都比古《かつらぎのそつひこ》の子の、葦田宿祢《あしだのすくね》の娘の、名は黒比売命《くろひめのみこと》と結婚してお生みになった御子は、市辺之忍歯王《いちのへのおしはのみこ》、次に御馬王《みまのみこ》、次に妹の青海郎女《あおみのいらつめ》、別名は飯豊郎女《いいどよのいらつめ》、三人。

墨江中王《すみのえのなかつみこ》の反逆

初め、難波宮《なにわのみや》においでになった時に、大嘗祭《だいじょうさい》にお臨みになり、ついで饗宴《きょうえん》をなさった時に、お飲みの御酒《みき》にみ心が浮かれて、寝ておしまいになった。このとき、天皇の弟の墨江中王《すみのえのなかつみこ》は、天皇を殺そうして、火を御殿に放った。そこで、倭《やまと》の漢直《あやのあたい》の祖先の阿知直《あちのあたい》が、ひそかに天皇を助け出して、お馬に乗せて、大和に向けてお連《つ》れ申しあげた。そして、丹比野《たじひの》に着いたところでお目覚《ざ》めになり、「ここはどこか」と仰せになった。そこで、阿知直が、「墨江中王が、火を御殿につけました。それで、お連れ致して、大和に逃げるところでございます」と申し上げた。そこで、天皇が歌って仰せになった、

（七五）丹比野で　寝るとわかっていたならば
薦《こも》の屏風《びょうぶ》でも　持って来ればよかった
寝るとわかっていたのならば

波邇賦坂《はにうざか》に到着し、難波宮を遥《はる》かにご覧になると、宮殿の燃える火がなお光って見えた。ここでまた、天皇は歌って仰せになる、

（七六）波邇賦坂に　我が立って見渡すと
（ほのかに光る火の）燃えている宮殿群
妻の家のあたりも見える

それから、大坂の山の入り口までお行きになった時に、一人の女に出遇《であ》った。その女は、「武器を持った人たちが、多数この山を塞《ふさ》いでいます。回り道して当麻《たぎま》へ行く道を越えてお出でなさいませ」と言った。ここで、天皇が歌って仰せになる、

（七七）大坂で　出遇った乙女に
道を尋ねると　まっすぐにとは告げないで
当麻へ行く道を告げた

そこで、当麻路《たぎまじ》を上って、大和へ越えてお行きになり、石上《いそのかみ》の神宮にいらっしゃった。

水歯別命《みずはわけのみこと》と隼人《はやと》の曽婆訶里《そばかり》

このような時に、天皇の同母弟の水歯別命《みずはわけのみこと》が、天皇の許《もと》に参上して来て、謁見を願い出た。そこで、天皇は仰せ言を伝えさせて、「我は、おまえが、もしも墨江中王《すみのえのなかつみこ》と同じ心かと疑っている。だから会談することはない」と仰せになった。水歯別命は、答えて申させて、「私は謀叛心《むほんしん》など持っておりません。また墨江中王と同じではありません」と申した。天皇は、再び仰せ言を伝えさせて、「ならば、即刻難波《なにわ》へ戻り下って、墨江中王を殺して、それから上って来なさい。その時に、我はきっと話し合おうぞ」と仰せられた。

そこで、水歯別命は難波に帰り下り、墨江中王の側近である隼人《はやと》の、名は曽婆加里《そばかり》を騙《だま》して、「もしお前が、私の言うことに従えば、私が天皇となり、お前を大臣とし、天下を統治しよう。どうだ」とおっしゃった。曽婆加里は答えて、「仰せのままに」と申した。そこで、たくさんの物をその隼人にお与えになって、「それならばお前の王を殺せ」とおっしゃった。すると曽婆加里は、己《おのれ》が仕える王が厠《かわや》に入る時を狙《ねら》い、矛《ほこ》で突き刺して殺した。そこで、水歯別命は、曽婆加里を伴って大和に上ってお行きになろうという時、大坂の山の入り口までお行きになったところで、「曽婆加里は、我がためには大きい功績があったけれども、自分が仕える主君殺しをやってしまっている。これは義に反する。だからといってその功績に報いないとすれば信が立たない。約束どおり完全に信を立てることは現実にはできないことだから、その時の曽婆加理の心情を思うと恐ろしい。そこで、曽婆加理の功績には酬《むく》いることにして、その後で殺してしまおう」とお考えになった。こういうわけで、曽婆加理に、「今日はこの所に滞在して、まずお前に大臣の位を授ける儀を執り行い、明日都に上って行こう」とおっしゃった。そして、その山の口に滞在し、仮宮《かりみや》を造り、にわかに嘘《うそ》の大嘗祭《だいじょうさい》と祝宴を催した。その隼人に大臣の位を授け、多くの官人たちに曽婆加理に対して敬礼をおさせになった。隼人は喜んで、願望がかなったと思った。水歯別命は、その隼人に、「今日は大臣と共に一つ杯《さかずき》の酒を飲もう」とおっしゃった。一緒に飲もうという時に、顔面が隠れてしまう大きな杯に水歯別命に差し上げる御酒《みき》を入れた。そして、水歯別王子がまずお飲みになり、隼人がその後に飲んだ。そして、その隼人が飲む時に、大杯が隼人の顔面をいっぱいに覆《おお》った。この時、敷物の下に置いてある剣を取り出し、その隼人の首をお斬りになった。翌日には、そこから大和の石上宮《いそのかみのみや》に向けてお発《た》ちになった。それで、そこの地に名付けて近飛鳥《ちかつあすか》という。

大和に上っていらっしゃって、「今日はここに留《とど》まり、禊《みそぎ》をして穢《けがれ》をはらい清め、明日参上して神宮を拝もう」とおっしゃった。それで、そこに名付けて遠飛鳥《とおつあすか》という。そして、石《いそ》上《のかみ》の神宮に参上して、天皇に、「仰せの任務は完全に平定し終えましたので参上いたしております」と申し上げさせた。そこで、天皇は水歯別命を宮の中に呼び入れて、語り合われたのである。

天皇は、ここ石上宮において、阿知直《あちのあたい》を初めて蔵官《くらつかさ》に任命し、また田地をお与えになった。また、この天皇の御代に、若桜部臣《わかさくらべのおみ》らに若桜部という名を授け、また比売陀君《ひめだのきみ》らに姓《かばね》を下さって、比売陀君という。また磐余部《いわれべ》を定めた。

天皇の御寿命は六十四歳。壬申《みずのえさる》の年の正月三日に崩御なさった。御陵《ごりょう》は、百舌鳥《もず》にある。

反正天皇《はんぜいてんのう》

(履中《りちゅう》天皇の)弟、水歯別命《みずはわけのみこと》は、丹比《たじひ》の柴垣宮《しばかきのみや》においでになって、天下を統治なさった。この天皇は、御身の長《たけ》が九尺二寸半、御歯の長さが一寸、幅が二分、上の歯も下の歯も均一に揃《そろ》い、あたかも真珠を貫いたようであった。

天皇が、丸迩《わに》の許碁登臣《こごとのおみ》の娘の都怒郎女《つののいらつめ》と結婚してお生みになった御子《みこ》は、甲斐郎女《かいのいらつめ》、次に都夫良郎女《つぶらのいらつめ》、二人。また同じ丸迩臣《わにのおみ》の娘の、弟比売《おとひめ》と結婚してお生みになった御子は、財《たからの》王《みこ》、次に多訶弁郎女《たかべのいらつめ》、合わせて四人の王《みこ》である。天皇の御寿命は六十歳。丁丑《ひのとうし》の年の七月に崩御なさった。御陵《ごりょう》は、百舌鳥野《もずの》にある。

允恭《いんぎょう》天皇《てんのう》

后妃《こうひ》と皇子女

(反正《はんぜい》天皇の)弟、男浅津間若子宿祢王《おあさつまわくごのすくねのみこ》は、遠飛鳥宮《とおつあすかのみや》においでになって、天下を統治なさった。この天皇が、意富本杼王《おおほどのみこ》の妹の、忍坂之大中津比売命《おしさかのおおなかつひめのみこと》と結婚してお生まれになった御子は、木梨之軽王《きなしのかるのみこ》、次に長田大郎女《ながたのおおいらつめ》、次に境之墨日子王《さかいのくろひこのみこ》、次に穴穂命《あなほのみこと》、次に軽大郎女《かるのおおいらつめ》、別名は衣通郎女《そとおりのいらつめ》。御名を衣通王《そとおりのみこ》と名付けられているわけは、体から発する光が衣装《いしょう》を透って外に出るほど美しかったからである。次に八苽之白日子王《やつりのしろひこのみこ》、次に大長谷命《おおはつせのみこと》、次に橘大郎女《たちばなのおおいらつめ》、次に酒見郎女《さかみのいらつめ》。九人。すべて合わせて、天皇の御子たちは、九人。男王は五人、女王は四人。この九人の王の中にあって、穴穂命は天下を統治なさった。次に大長谷命も、天下を統治なさった。

氏姓《うじかばね》の選正

天皇が、初め皇位を継承なされようかという時に、天皇は辞退して、「我には長く患っている持病がある。皇位を承《う》け継ぐことはできない」と仰せになった。しかし皇后を始めとして、多くの高官たちの強い要請によって、ついに天下を統治なさった。天皇即位の報《しら》せが届いた時、新羅《しらぎ》の国王が、八十一艘《そう》の船に貢ぎ物を載せて、天皇に献って寄こした。その朝貢の大使が、名は金波《こんは》鎮漢紀武《ちんかんきむ》というのであるが、この人は薬の処方に深く通じていた。そして、この人が、天皇の御病気を治療申し上げた。

この御代に、天皇は、天下の何氏・何某の人々の氏姓《うじかばね》が本来にもとり誤っていることをお嘆きになって、甘樫《あまかし》の丘の言八十《ことやそ》禍津日《まがつひ》の埼《さき》に、神に誓って熱湯に手を入れる神事の甕《かめ》を据えて、天下の多数の官人たちの、氏姓の真偽を正しお定めになった。また、木梨之軽太子《きなしのかるのひつぎのみこ》の御名代《みなしろ》として、軽部《かるべ》を定め、皇后の御名代として、刑部《おさかべ》を定め、皇后の妹の田井中比売《たいのなかつひめ》の御名代として、河部《かわべ》をお定めになった。天皇の御寿命は七十八歳。甲午《きのえうま》の年の正月十五日に崩御なさった。御陵は、河内《かわち》の恵賀《えが》の長枝《ながえ》にある。

木梨之軽太子《きなしのかるのひつぎのみこ》と衣通王《そとおりのみこ》

（允恭）天皇が崩御《ほうぎょ》なさって後に、木梨之軽太子を、皇位継承者と定めて、まだ即位なさらない間に、太子は、同母妹の軽大郎女《かるのおおいらつめ》と不倫の愛を結び、歌っていう、

（七八）（足がひきつれる）山田《やまだ》を作り
山が高いので　通水管を地面下に走らせる

そのように人目を忍んで通いに　私が妻問いする妹を
忍び泣きして　泣く私の妻を
今夜こそは　心ゆくまで肌を触れ合っている

これは志良宜歌《しらげうた》である。
また歌っていう、

(七九)　笹《ささ》の葉に　霰《あられ》がたしだしと打つ
そのように確かに　共寝できた後ならば
人心が自分から離れ去っても　ええままよ
いとしいので　共寝さえできたら
(刈り薦《こも》のように)　人の心が乱れるなら乱れよ
共寝さえできたなら

これは夷振《ひなぶり》の上歌《あげうた》である。

こうしたことがあって、多くの官人たち、天下の民たちは、軽太子に背を向けて、弟の穴《あな》穂御子《ほのみこ》に心を寄せた。この世情に、軽太子は恐れをなして、大前小前宿祢大臣《おおまえおまえのすくねのおおおみ》の家に逃げ込んで、武器を作り不穏な情勢に備えた。その時に作った矢は、その矢の先を銅で作った。そこでその矢を名付けて軽箭《かるや》という。穴穂王子もまた武器を作った。この王子が作った矢は現在の矢である。これを穴穂箭《あなほや》という。ここで軍を起こしたのは穴穂御子で、大前小前宿祢の家を包囲なさった。そして、その家の門に着いた時に、大雨が降った。そこで歌っておっしゃる、

（八〇）大前小前宿祢の　金具《かなぐ》飾りの門の蔭《かげ》
　我のごとくに　寄って来い　大前小前宿祢よ
　ここで雨の止むのを一緒に待とう

このとき、その家の主の大前小前宿祢が、同意と恭順のしぐさで、手を振り上げ、膝《ひざ》を打ち、舞い踊り、歌いながら、穴穂御子の許《もと》に参上した。その歌にいう、

（八一）宮廷の人が　袴《はかま》を結ぶ紐《ひも》につけた小鈴が
　落ちたと　宮人たちがうろたえている
　我が里人よ　慎重に慎重に

この歌は宮人振《みやひとぶり》である。このように歌いつつ御子のお許に参り、「我が天皇《おおきみ》でいらっしゃる

御子よ。同母兄の御子に兵士をお向けなさいますな。もし兵をお向けになると、必ず世の人が笑うでしょう。私が拘束《こうそく》してお引き渡ししましょう」と申した。そこで、穴穂御子は、軍を解散して引き上げられた。

そこで、大前小前宿祢は、その軽太子を拘束し伴い参上して引き渡した。その軽太子が拘束されて、歌っていう、

(八二)(天高く飛ぶ雁《かり》)軽《かる》の乙女よ
あなたがひどく泣くと 人が気付くでしょう
波佐《はさ》の山の 鳩《はと》のように
く、くと忍び泣きに泣いている

また歌っていう、

(八三)(天高く飛ぶ雁)軽の乙女よ
しっかりと 寄って寝てからお行きなさい
軽の乙女らよ

そして、その軽太子を、伊予《いよ》の温泉に流刑に処した。また、その流そうとした時に、軽太子が歌っていう、

（八四）天高く飛ぶ　鳥も伝言の使者
鶴《つる》の声が　聞こえたならば
私の名を告げ、私の消息を聞いて欲しい

この三首の歌は、天田《あまた》振《ぶり》である。
また、歌っていう、

（八五）大君である私を　島に放逐《ほうちく》したなら
（船の着岸の反動で）必ず帰って来るぞ
それまで私の座席の畳は慎んでそのままに
言葉では畳というけれど
まことは私の妻　おまえが慎んで私の無事を斎《いわ》ってくれ

この歌は、夷振《ひなぶり》の片下《かたおろし》である。

その衣通王《そとおりのみこ》が、兄であり夫である軽太子に歌を献上した。その歌にいう、

(八六)(夏草が暑気で萎《な》える)あいねの浜の
蠣《かき》の貝殻に　足をお踏みにならないように
夜が明けてからお発《た》ちになって

それから、その後にまた、太子を恋い慕《した》う気持ちに堪えられずに、太子の後を追って行った時に、歌っていう、

(八七)あなたのお出かけから　長い日が経ちました
(造木《やまたづ》のように)お迎えに行きます
このまま待つのでは　待ちきれません

ここに山たづというのは、これは今の造木《みやつこぎ》のことである。

そして衣通大郎女が、軽太子のところに追って到着した時に、太子が待ちきれずに、歌っておっしゃる、

（八八）（山に囲まれ隠《こも》った処の）泊瀬山《はつせのやま》の
高い丘には　旗を張り立て
低い丘には　旗を張り立て
大丘と小丘よ　そのように自分たちも夫婦の仲と決めている
いとしい妻よ　ああ
（槻弓《つくゆみ》を横に伏せて置くように）臥《ふ》している時も
（梓弓《あずさゆみ》を立てて置くように）起きている時も
行く末もずっと見守ってゆく
いとしい妻よ　ああ

また、歌っておっしゃる、

（八九）（山に囲まれ隠った処の）泊瀬川《はつせがわ》の
上流には　斎《いわ》い清めた杙《くい》を打ち立て
下流には　同じ聖なる杙を打ち立て
清めの杙には　鏡を取り掛け
聖なる杙には　玉を取り掛ける

その立派な美しい玉のように　私が大事に思う妻よ
その澄んで明らかな鏡のように　私が大事に思う妻よ
おまえがそこにいると　いうのならば
おまえの家を訪れよう　故郷をも偲《しの》ぼうが
今おまえはここに来て私と一緒だ

このように歌って、二人は一緒に心中した。そして、この二首は読歌《よみうた》である。

安康天皇《あんこうてんのう》

大日下王《おおくさかのみこ》の事件

（允恭天皇《いんぎようてんのう》の）御子《みこ》、穴穂御子《あなほのみこ》は、石上《いそのかみ》の穴穂宮《あなほのみや》においでになって、天下を統治なさった。天皇は、同母弟の大長谷王子《おおはつせのみこ》のために、坂本臣《さかもとのおみ》らの祖先の、根臣《ねのおみ》を大日下王の家に派遣し、「あなたの妹の若日下王《わかくさかのみこ》を、大長谷王子と結婚させたいと思う。それゆえ献上して欲しい」と仰せになった。この仰せに大日下王は、四度拝礼して、「もしかしたらこのような御下命《ごかめい》もあろうかと思っておりました。そのため妹を外にも出さずにおりました。まことに畏《おそ》れ多く存じます。御下命どおりに参内《さんだい》致させます」と申した。しかし言葉だけで申し上げるのは失礼かと思い、その妹のための贈り物として、樹枝状の冠《かんむり》を根臣に持たせて献上した。ところが、根臣はその贈り物の玉の冠を盗み取り、天皇には、大日下王を讒言《ざんげん》して、「大日下王は、御下命を受け入れずに、『自分の妹を、同じ血族の末席に置くわけにはいかない』と大刀《たち》の柄《つか》を握って怒っておりました」と申し上げた。これを聞き、天皇はたいそう大日下王をお怨《うら》みになり、大日下王を殺して、王の正妻の長田大郎女《ながたのおおいらつめ》を奪い取ってきて、皇后となさった。

目弱王《まよわのみこ》の変

それから後、天皇は神の御心《みこころ》を知るための床《とこ》においでになって、昼寝をなさった。その際、その皇后に語って、「そなたは何か気がかりなことがあるか」と仰せになった。皇后は答えて、「陛下の厚いお恵みを頂き、何の気がかりがございましょうか」と申した。ところで、その皇后の先夫大日下王《おおくさかのみこ》との間の子の目弱王《まよわのみこ》が、いま年齢七歳であった。この王《みこ》がちょうどその時に、その御殿の床下《ゆかした》で遊んでいた。それなのに、天皇は、その幼少の王が御殿の床下に遊んでいるのをご存じなくて、皇后に仰せになって、「我には、ずっと久しく気がかりなことがある。何かといえば、そなたの子の目弱王が成人した時に、我がその父の王を殺したことを知ったならば、また、謀叛《むほん》の心を起こすのではないか」と仰せられた。すると、その御殿の床下で遊んでいた目弱王が、天皇のこの言葉をしっかりと聞いた。そこで、密《ひそ》かに天皇がお寝《やす》みになっているのを狙《ねら》い、床《とこ》の傍らの大刀《たち》を取るやいなや、天皇の首を打ち斬り、都夫良意富美《つぶらおおみ》の家に逃げ入った。天皇の御寿命は五十六歳。御陵は菅原《すがわら》の伏見岡《ふしみのおか》にある。

そこで、大長谷王子《おおはつせのみこ》はといえば、当時少年であった。この事件をお聞きになると、憤慨し大いに怒り、その兄の黒日子王《くろひこのみこ》の所に行き、「誰かが、天皇を殺し申し上げました。どうしましょう」とおっしゃった。それなのに、その黒日子王は驚きもせず、緊張感が見られない。すると、大長谷王は、兄の黒日子王を罵《ののし》り、「あるいは天皇であり、あるいは兄弟でもあることなのに、どうして頼み甲斐《がい》もなく、人が自分の兄である天皇を弑《ころ》し申し上げたと聞いて、驚きもせず、もたもたしているのか」とおっしゃると、黒日子王の襟首《えりくび》を握《つか》んで、引っ張り出し、大刀を抜き、打ち殺してしまわれた。

また、もう一人の兄の白日子王《しろひこのみこ》の所に行き、事情を前のときと同じように告げた。反応の緩慢《かんまん》もまた、黒日子王と同様であった。すると、その襟首を握んで、引きずってきて、小治《おわり》田《だ》に来ると、穴を掘って、立たせたまま穴に埋めたところ、腰まで土に埋まった時になって、二つの目玉が飛び出して死んだ。

それから、軍を起こし、都夫良意美《つぶらおみ》の家を包囲なさった。それを予測して、都夫良意美も軍勢を備え迎え戦った。大長谷王軍から発射する矢はまるで蘆花《ろか》のように飛び来て散った。

時は良しと、大長谷王は矛《ほこ》を杖《つえ》とし、都夫良意美の屋敷の内部を見遣《や》りつつ、「我《われ》が先に言い交わした乙女は、もしやこの家の中にいるのか」と仰せになった。すると都夫良意美は、このお言葉を聞き、自ら家を出て参り、身に帯びる武具を解いて、八回拝礼し、申したことは、「過日ご求婚くださった我が娘、訶良比売《からひめ》は、お手許《てもと》にお仕え致させます。また五か所の屯倉《みやけ》を付けて献上致します。ここにいう五村の屯倉は、現在の葛城《かつらぎ》郡の菜園従事の五村に当たる。しかし、その私自身がそちらに参上致しませぬわけは、昔から今に及ぶまで、臣下が王の宮殿に逃げ隠れることは聞いたことがありますが、王子《みこ》が臣下の家にお隠れになることはいまだかつて聞いたことはございません。このことから思いますのに、卑賤《ひせん》の私意富美《おおみ》は全力を挙げて戦っても、決して勝つことはできますまい。しかしながら、このような私を頼みとして、臣下の私の家にお入りになっている王子のことは、死んでもお捨て申し上げられません」と、このように申して、また、その武具を身に着け、家に戻り入って戦った。こうして戦い、力尽き矢尽きたのである。意富美が目弱王《まよわのみこ》に、「私めは全身傷だらけです。矢も尽きました。今はもはや戦うこともかないません。どういたしましょう」と申した。目弱王子は答えて、「こうなればもうどうしようもない。今ただちに私を殺してくれ」とおっしゃった。そこで、大刀でその王子を刺し殺し申し、自分の首も切って死んだ。

市辺之忍歯王《いちのへのおしはのみこ》

この時より後のこと、近江《おうみ》の佐々紀山君《ささきのやまのきみ》の祖先の、名は韓帒《からふくろ》が、「近江の久多綿《くたわた》の蚊屋野《かやの》には、多くの猪《いのしし》や鹿《しか》がおります。その立つ脚は、荻《よもぎ》の原と見紛うほど、頭上に戴《いただ》く角はあたかも枯松の姿でございます」と申した。大長谷王《おおはつせのみこ》は、この時、市辺之忍歯王《いちのへのおしはのみこ》を一緒に伴い、近江にお行きになり、その野にお着きになったところで、めいめい別々に仮宮《かりみや》を作って宿泊なさった。

そして翌朝、まだ日も出ない時に、忍歯王は、いつもの平常の気持ちで、御馬に乗ったまま、大長谷王の仮宮の脇《わき》まで来てお立ちになって、その大長谷王のお供の人に、「まだお目覚めでなくいらっしゃる。早く申し上げるがよい。夜はもう明けている。狩り場にお出《い》でなさるように」とおっしゃって、馬を進めて出て行った。このとき、その大長谷王のお側に仕える人たちが、「尋常でない物言いをする王子《みこ》でございます。用心なさいませ。また、しっかりと御身の護《まも》りをお固めください」と申した。大長谷王は、衣の中に鎧《よろい》をお召しになり、弓を手に、矢を身にお着けになり、馬に乗って出て行き、たちまちの間に追いつき、馬上で並び、矢を抜き、その忍歯王を射落とした。また、その体を切り刻み、馬の飼い葉桶《おけ》に入れ、塚を築かず、地面と同じ高さにお埋めになった。

この時、市辺王《いちのへのみこ》の王子《みこ》たち、意祁王《おけのみこ》・袁祁王《おけのみこ》二人は、この事変を聞いて逃亡した。それで山城《やましろ》の刈羽井《かりはい》に行き、持参の召し上がり物をお摂《と》りの時に、顔面に入れ墨をした老人が来て、その食べ物を奪った。そこで二人の王子は、「食べ物は惜しくはない。しかし、あなたは誰か」とおっしゃった。老人は答えて、「自分は山城の猪飼《いかい》だ」と言った。それから二人の王子は、淀川《よどがわ》の楠葉《くすば》の渡《わたり》を舟で逃げ渡り、播磨国《はりまのくに》にお着きになり、その国の在地の人で、名は志自牟《しじむ》という人の家にお入りになり、身分を隠《かく》し、馬飼《うまかい》・牛飼《うしかい》として使われていらっしゃった。

雄略《ゆうりゃく》天皇《てんのう》

后妃《こうひ》と皇子女

大長谷若建命《おほはつせわかたけのみこと》は、長谷《はつせ》の朝倉宮《あさくらのみや》においでになって、天下を統治なさった。天皇は、大日下王《おおくさかのみこ》の妹の、若日下部王《わかくさかべのみこ》と結婚なさった。御子はいない。また、都夫良意富美《つぶらおおみ》の娘の、韓比売《からひめ》と結婚なさって、お生みになった御子は、白髪命《しらかのみこと》、次に妹の若帯比売命《わかたらしひめのみこと》、二人。そして、白髪太子《しらかのひつぎのみこ》の御名代《みなしろ》として、白髪部《しらかべ》を定め、また長谷部《はつせべ》の舎人《とねり》を定め、また河《かわ》瀬《せ》の舎人を定めた。この天皇の御代に呉《くれ》の人が渡来した。その呉の人を呉原《くれはら》に住まわせた。そこでその土地を名付けて呉原というのである。

若日下部王《わかくさかべのみこ》

初め、皇后が日下《くさか》に住んでいらっしゃった時に、天皇は大和《やまと》から日下にまっすぐに越えて行く道を通り、河内《かわち》にお行きになった。その途中山の上に登って、河内の国中を遠望なさったところ、鰹木《かつおぎ》を屋根の棟に上げて造った家があった。天皇はその家について尋ねさせて、「あの鰹木を高々と載せて造っている建物は誰の家か」と仰せられた。お側《そば》の者が答えて、「志紀大県主《しきのおおあがたぬし》の家でございます」と申した。すると、天皇は、「そやつめ、己《おのれ》の家を天皇の御殿に似せて造っている」と仰せになった。そして人を遣《つか》わし、その家を焼かせてしまおうとなさった時に、その大県主は恐れおののき、頭を地面に押しつけたまま、「卑《いや》しい身でございますので、卑しいままに身の程も知らずに、過ちを犯して造ってしまいましたのは、誠に恐縮でございます。それゆえお許しを賜りたく、贈り物を献上致します」と申した。布を白い犬に掛け、鈴を着けて、自分の親族で名は腰佩《こしはき》という人物に、犬の縄を引かせて献上した。そこで、天皇は家に火をつけることを取り止めさせられた。天皇は、目的の若日下部王の許にお行きになり、家の外から使いを遣《や》って、その犬を下賜なさり、「この物は、今日道の途中で手に入れた珍しい物だ。そこで、これを求婚の礼物としよう」と仰せを伝えさせて、若日下部王の邸内に贈り入れられた。そこで、若日下部王も邸外の天皇の許に人を遣って、

「日に背を向けておいでくださいましたことは、まことに恐縮でございます。私がじかに陛下の御許に参上してお仕え申し上げます」と申し上げさせた。こうして、天皇は宮廷に帰り上られる時に、日下の山の坂の上に行き、お立ちになって、歌って仰せになられる、

（九〇）日下部《くさかべ》の　こちらの山と
（薦《こも》を編んで幾重にも重ねたような）平群《へぐり》の山の
あちら側の矢田丘陵とこちら側の日下の山との　山の谷あいに
枝葉をいっぱいに広げ立つ　大きな樫《かし》の木
根もと辺りには　竹の根が絡《から》み生《お》い
梢《こずえ》の辺りには　竹の枝葉が繁り合っている
（絡み合う竹の根のようには）抱擁《ほうよう》して共寝せず
（繁り合う竹の枝葉のように）たしかに共寝はしないけれど
後になったら抱き合い共寝しよう　その我が思う妻よ　ああ

天皇はこの歌を使いに持たせて、若日下部王の許に引き返させてお贈りになった。

引田部赤猪子《ひけたべのあかいこ》

またある時、天皇はお出かけになり、美和河《みわがわ》に行き当たった時に、河のほとりに衣を洗う乙女がいた。その容姿が非常に美しい。天皇はその乙女に、「おまえは誰《だれ》の子か」とお問いになった。答えて、「私の名は引田部赤猪子《ひけたべのあかいこ》と申します」と申した。そこで、天皇は、使いの者に、「おまえは結婚せずにおれ。ほどなく宮廷に召し入れようぞ」と仰せつけられて、宮にお帰りになった。ところで、その赤猪子は、天皇からのお召しの言葉を頼みに待ち、もはや八十年が過ぎた。ここに至って、赤猪子が思うには、「天皇の仰せを待ち望んでいる間に、はやくも多くの年が過ぎ去った。自分の姿形《すがたかたち》は瘦《や》せしぼみ、もう頼みとする美貌《びぼう》もない。しかし、待ち続けて今に至る私の気持ちを、天皇にあらいざらい打ち明けてお見せしなくては、心の憂《う》さにたえられない」と思って、たくさんの献上の贈り物を従者に持たせて、宮廷に参上し、天皇に献った。ところが、天皇は、以前に赤猪子に仰せになったことをまったくお忘れで、その赤猪子に尋ねて、「おまえはどこの婆さんか。どういうわけで参内して来たのか」と仰せになった。それに、赤猪子が答えて、「某年某月に、陛下の仰せを受け賜り、お召しのお言葉をいつかいつかと心頼みに待ち、今日に至るまで八十年が経《た》ちました。今はもう容貌《ようぼう》もまったく老い、この上お頼み申し上げることもございません。しかしながら、私めの一筋の心だけは打ち明け申し上げて置きたく、参内いたしたのでございます」と申した。これを聞いた天皇は、ひどく驚き、「我はまったく先の日のことを忘れていた。それなのにおまえが一心を守り通し、お召しを待ち、むなしく娘盛《ざか》りの年を過ごしてしまったことは、なんとも憐《あわ》れで悲しい」と、内心では結婚しようとお思いになったけれど、赤猪子がすっかり老い、結婚は成しえないことを哀れんで、御歌《みうた》を賜った。その歌に仰せられる、

（九一）神がおいでの社《やしろ》の　神木の樫《かし》の木の下
　　その樫の木の下の　神聖にして触れがたい
　　樫原《かしはら》の乙女は

また歌って仰せられる、

（九二）引田《ひけた》の　栗《くり》の木林の若い栗の木
　　若かった時に　共寝をしておけばよかったものを
　　こんなに老いてしまっているとは

この御歌に、赤猪子が泣く涙は溢《あふ》れ、着ている赤く摺《す》り染めた着物の袖《そで》をすっかり濡《ぬ》らした。その大御歌に、赤猪子は答え歌っていう、

(九三) 神がおいでの社《やしろ》に 築《つ》いてある立派な垣《かき》
その神にあまりに長くお仕え申し上げ　いまは誰《だれ》を頼みにしたものでしょう
神に仕える巫女《みこ》は

また歌っていう、

(九四) 日下江《くさかえ》という 入《い》り江《え》の蓮《はす》
花が大きく咲いた蓮のような　今が身の真《ま》っ盛《さか》りの若い人が
羨《うらや》ましゅうございます

そして、天皇は、その老女に多くの物をお与えになって、お返しになった。ここにあるこの四首の歌は志都歌《しつうた》である。

吉野《よしの》川《がわ》の浜

天皇が吉野の離宮にお行きになった時、吉野川のほとりに乙女がいた。その容姿が美しい。

そこで、この乙女と結婚して、離宮にお帰りになった。それから後、再び吉野にお出ましになった時に、その乙女を以前出会った所に留め、そこにお椅子《いす》を組み立てて、そのお椅子にお掛けになり、御琴《こと》をお弾《ひ》きになり、その乙女に舞をお舞わせになった。その時、その乙女が美しく舞ったので、御歌をお作りになった。その歌に仰せられる、

（九五）呉床《あぐら》に座る　神仙の御手であるかのように
　弾く琴の音《ね》に合わせて　舞う乙女
　この神仙世界に永遠《とわ》にいたいものだ

阿岐豆野《あきずの》の御狩《みか》り

それから、吉野の阿岐豆野にお行きになって、狩りをなさった時に、天皇は、お椅子《いす》にお座りになっておられた。すると、虻《あぶ》がお腕を咬《か》んだ。そこへ、蜻蛉《あきず》（トンボ）が飛来し、その虻を啣《くわ》えて、飛んだ。これにより、御歌をお作りになった。その歌に仰せられる、

（九六）吉野の　袁牟漏《おむろ》が岳《たけ》に
　猪《いのしし》や鹿《しか》が隠れていると

誰《だれ》が　天皇の御前に申し上げたのか
(国土の隅々まで統治なさる)　我《わ》が天皇が
猪や鹿の現れるのを待って　お椅子《いす》にお座りになられ
(白い布の)　袖《そで》まで装《よそお》っておいでなのに
二の腕のふくらみに　虻が食いつき
その虻を　蜻蛉《あきず》がさっと啣《くわ》え飛ぶ
このような蜻蛉の働きに　名で表そうと
(空から見たという)　大和の国を
蜻蛉島《あきずしま》という

そこで、この時から、その野に名付けて阿岐豆野《あきずの》というようになった。

葛城山《かつらぎやま》の大猪《おおいのしし》

またある時、天皇は葛城山の山の辺に登ってお行きになった。そこへ、大きな猪が現れ出た。そこで、天皇が、鏑矢《かぶらや》でその猪をお射になった時に、その猪は怒って歯向かって迫って来た。それで、天皇は、猪が歯をむき出して迫ってくるのを恐れて、榛《はん》の木《き》の上に逃げ登っ

ておいでになった。そこで、天皇が歌って仰せられる、

（九七）（国土の隅々まで統治なさる）我《わ》が天皇が
　お射になった　猪の
　手負いの猪が　歯をむき出して迫ってくるのが恐ろしいので
　我が　逃げ登った
　目の前の丘の　榛の木の枝よ

葛城山《かつらぎやま》と一言主《ひとことぬしのおおかみ》大神

またある時、天皇が葛城山に登ってお行きの時に、お供の多くの官人たちは、全員紅《あか》い紐《ひも》を付けた青摺《あおずり》の衣を賜って着ていた。同じその時、峡を隔てて向かい合う山の尾根を山の上に登る人がいた。それがまったく天皇の行幸《みゆき》の行列にそっくりで、その装束《しょうぞく》のありさまも人数も相似して区別ができない。そこで、天皇は向かいの尾根を望み見られ、尋ねさせて、「この大和の国に、我のほかに二人と王はいない。今このように行くのは誰《だれ》であるか」と仰せになった。すると、相手の答えて言うありさまも、天皇のお言葉と同じであった。そこで、天皇はたいそう怒って弓に矢を番《つが》え、官人たちもみな弓に矢を番えた。すると向こうの人た

ちもみな矢を番えた。さらに、天皇は尋ねて、「そなたの名を名乗れ。そしてそれぞれ名乗ってから、矢を放とう」と仰せになった。これに相手が答えて、「自分が先に尋ねられたので、自分がまず名乗りをしよう。自分は、凶事も一言《ひとこと》、善事も一言、事を決《き》めて託宣する神、葛城之一言主之大神《かずらきのひとことぬしのおおかみ》である」と言った。天皇が、これに恐れ畏《かしこ》まって申されるには、「恐れ多くも、親愛なる大神よ、人のお姿をしておいでなので、気付かなかったのです」と申して、天皇が身にお着けの御刀と弓矢を始めとして、多くの官人たちの着ている衣服を脱がせて、拝礼して献上した。これに応《こた》えて、その一言主大神は、手拍子を打ち、その献上物を嘉納《かのう》した。それから、天皇がお帰りになる時に、その大神は、山の端まで行列をいっぱいにして、長谷の山の入り口まで送り申し上げた。このように、この一言主之大神は、その時に姿を現したのである。

春日《かすが》の袁杼比売《おどひめ》——

また、天皇が丸迩之佐都紀臣《わにのさつきのおみ》の娘の、袁杼比売《おどひめ》と結婚をするために、春日《かすが》にお行きになった時に、その乙女が路上で、天皇の一行と出遇《であ》った。そして、乙女は、天皇のお出ましを見て、岡の辺に逃げ隠れた。そこで天皇は御歌をお作りになった。その歌に仰せられる、

（九八）乙女が　逃げ隠れている岡を
　刃先が鉄の鋤《すき》も　五百個も欲しい
　　その鋤で岡を撥《は》ね飛ばして乙女を見つけてやるのに

　それで、その岡に名付けて、金鉏岡《かなすきのおか》という。

三重《みえ》の采女《うねめ》

　また、天皇が、長谷《はつせ》の、たくさんの枝が延び拡がる欅《けやき》の木の下においでになって、新嘗《にいなめ》の宴会を催された時に、伊勢国《いせのくに》の三重《みえ》の采女《うねめ》が、天皇の御杯《さかずき》を両手で高く捧《ささ》げて献上した。この時、その欅の葉が落ちて御杯に浮いた。その采女は、落葉が杯に浮いているのを知らず、そのまま御酒を献上した。天皇は、その杯に浮いている落葉をご覧になり、その采女を打ち伏せ、刀を采女の首に押し当て、斬ろうとなさった時に、その采女が、天皇に申して、「私めの身をお殺しにならないでください。申し上げたいことがございます」と申した。そこで歌っていう、

（九九）纏向《まきむく》の　日代宮《ひしろのみや》は

朝日が　照り輝く宮
夕日が　西へ飛びつつ輝く宮
竹の根が　地の下に満ちている宮
木の根が　地の下に這《は》い廻っている宮
(大量の土を) 築き固めた宮
(立派な木《き》材が映える) 檜《ひのき》の御殿
新嘗祭《にいなめさい》を執り行う御殿に　生い立っている
繁茂する　欅《けやき》の枝は
上の枝は　天を覆っている
中の枝は　東国を覆っている
下の枝は　畿《き》外《がい》を覆っている
上の枝の　枝先の葉は
中の枝に　落ちて触れつつ
中の枝の　枝先の葉は
下の枝に　落ちて触れつつ
下の枝の　枝先の葉は
(絹の着物を襲《かさ》ね着の) 三重の采女が

双手《もろて》で高くお捧《ささ》げの　めでたい立派な杯《さかずき》に
浮かんだ脂《あぶら》のように　落ちて漂《ただよ》い
あたかも伊耶那岐《いざなき》・伊耶那美《いざなみ》の二神が　海水をこおろこおろと
　かき鳴らしてできたおのごろ島　その島のように浮かんでおります
これぞまことに　畏《おそ》れ多くも陛下のご威光の瑞兆《しるし》
〔天高く輝く〕日の神のご子孫の陛下
　語り伝えの故事は　この通りでございます。

このように、この歌を献ったところ、天皇はその罪をお許しになった。そこで、皇后がお歌いになった。その歌におっしゃるには、

〔一〇〇〕大和《やまと》の　この高みの市《いち》にある
もういちだん高い　市の高所《つかさ》
市の並木の椿のように
新嘗の御殿に　生い立っている
葉の広い　神聖な椿
その葉のように　広やかにゆったりとしていらっしゃり

その花のように　照り輝いていらっしゃる
（天高く輝く）日の神のご子孫に
美酒を　お勧めなさい
語り伝えの故事は　この通りでございます。

ついで、天皇が歌って仰せになる、

（一〇二）（数多《あまた》の石や木で築いた）大宮の官人は
鶉《うずら》のように　領巾《ひれ》を懸け下げて
鶺鴒《せきれい》のように　長い裾の尾を交叉《こうさ》させ
庭の雀のように　うずくまり集まっていて
今日もまあ　酒浸《さかびた》りらしい
（天に輝く）日の神の御子孫の　宮の官人たち
語り伝えの故事は　この通りでございます。

この三首の歌は、天語歌《あまがたりうた》である。そして、新嘗の宴会において、その三重の采女を褒《ほ》めて、たくさんの物を下さった。

春日《かすが》の袁杼比売《おどひめ》　2

この宴会の日に、また春日《かすが》の袁杼比売《おどひめ》が、天皇の召し上がる御酒《みき》を献った時に、天皇が歌って仰せになった、

（一〇二）（水が走りとぶ）臣《おみ》の乙女が
酒を杯につぐお銚子《ちょうし》をお持ちだよ
お銚子を持つなら　しっかりお持ちなさい
しっかりと　もっとしっかりとお持ちなさい
お銚子をお持ちの子よ

これは宇岐歌《うきうた》である。これに応《こた》えて、袁杼比売が歌を献上した。その歌にいう、

（一〇三）（国土の隅々まで統治なさる）わたしの陛下が
朝の御門に　依りかかってお立ちになり
夕べの御門に　依りかかってお立ちになる

脇の小門の　下敷きの
板になりたいものよ　板よあなた

これは志都歌《しつうた》である。
天皇の御寿命は百二十四歳。己巳《つちのとみ》の年の八月九日崩御なさった。御陵《ごりよう》は河内《かわち》の丹比《たじひ》の高鸇《たかわし》にある。

清寧天皇《せいねいてんのう》

飯豊王《いいどよのみこ》

（雄略天皇の）御子《みこ》の、白髪大倭根子命《しらかのおおやまとねこのみこと》は、磐余《いわれ》の甕栗宮《みかくりのみや》においでになって、天下を統治なさった。この天皇には皇后が無く、また御子もない。そこで、御名代《みなしろ》として、白髪部を定めた。そのため、天皇が崩御なさって後に、天下を統治なさるべき王《みこ》がいない。そこで、皇位を継承する資格を持つ王を尋ね求めた。市辺忍歯別王《いちのへのおしはわけのみこ》の妹の忍海郎女《おしぬみのいらつめ》、別名飯豊王《いいどよのみこ》は、葛城《かずらき》の忍海《おしぬみ》の高木角刺宮《たかきのつのさしのみや》にいらっしゃった。

逃亡王子の名乗り

それはさて措《お》き、山部連小楯《やまべのむらじおたて》を播磨国《はりまのくに》の長官に任命した時に、小楯がその国の人で名は志《し》自牟《じむ》の家の新築祝いの宴会に行った。そこでは、盛んに宴会が行われ、酒もたけなわというときに、次々に皆が舞った。そして、火焚《ひた》きの少年二人が、竈《かまど》の側にいた。その少年たちにも舞わせることにした。すると、その片方の少年が、「兄さん先にお舞いなさい」と言う。その兄の方も、「弟よ、お前が先に舞いなさい」と言う。このように二人が互いに譲り合う時に、そこの会場の人たちが、二人の譲り合いを見て声を立てて笑った。そこで兄が舞い、舞い終わり、次に弟が舞おうという時に、歌を歌うようにおっしゃる、

物部《もののべ》の軍勢の　我が将軍が　腰に帯びる　大刀《たち》の柄《つか》に　朱が塗ってあり　その下げ緒には　赤い布を飾り　天子の赤旗を立てて望み見ると　敵の隠れる　山の尾根の　篁《たかむら》を根本から引っ掻《か》いて刈《か》り　竹の先端をばらけさせるように散らし　八絃《はちげん》の琴《こと》を奏でるように　天下を統治なさった　伊耶本和気天皇《いざほわけのすめらみこと》の御子《みこ》　市辺之押歯王《いちのへのおしはのみこ》の　今は奴《やっこ》の身となっている子孫である　われらは

すると、小楯連《おたてのむらじ》はこれを聞き、驚いて床《とこ》から落ち転《ころ》がって、その家の中にいる人たちを追

い出し、その二人の王子を、左右の膝《ひざ》の上に座らせ申し上げ、その王子たちの不幸を泣き悲しんで、民たちを集め、仮宮《かりみや》を造り、その仮宮に二王子を住まわせ申し上げて、早馬の急使を都に送り上《のぼ》らせた。これにより、二王子の叔母《おば》の飯豊王《いいどよのみこ》は聞いて歓喜なさり、二王子を角《つの》刺宮《さしのみや》にお上らせになった。

歌垣《うたがき》と帝位の互譲

まだ二王子が、天下を統治なさる以前のころのこと、平群臣《へぐりのおみ》の祖先の、名は志毘臣《しびのおみ》が歌垣の場に立ち、弟の袁祁命《おけのみこと》が求婚しようとしていた乙女の手を先に取った。その乙女は、菟田《うだの》首《おびと》らの娘で、名は大魚《おおお》である。そして、袁祁命も歌垣の場にお立ちになった。そこで、志毘臣が歌っていう、

(一〇四) 王子の宮殿の　あちらの端は　隅が傾いているではないか

こう歌って、その歌の末句をどうぞと言った時に、袁祁命が歌っておっしゃる、

(一〇五) 大工の棟梁《とうりよう》が下手だから　軒端《のきば》が傾いてしまったのだろうよ

すると、志毗臣が、また歌っていう、

（一〇六）王子《みこ》の心がだらけているから　乙女はもはや私のもの
　私の家の八重《やえ》に廻《めぐ》らす柴垣《しばがき》に
　王子は一歩も立ち入れず

応《こた》えて、王子がまた歌っておっしゃる、

（一〇七）潮の流れの速い瀬で　波の重なり合うのを見ると
　泳いでくる　鮪《しび》の鰭《ひれ》の傍《かたわ》らに
　我が妻が立っているのが見える

すると、志毗臣は、ますます怒り、歌っていう、

（一〇八）王子の　その御殿の柴垣は
　いくつもの小間《こま》で　結び巡らしてあるが

結び目が切れてしまう柴垣　火で焼けてしまう柴垣だ

そこで、王子がまた歌っておっしゃる、

(一〇九)(大魚よ)鮪《しび》を銛《もり》で突く海人《あま》よ

大魚が離れ去ったなら　志毘《しび》は心底恋うだろう

鮪を突いた志毘よ

このように歌って、歌を掛け合いながら夜を明かし、それぞれ帰って行った。その明けた日の早朝、兄の意祁命《おけのみこと》(意富祁命《おおけのみこと》とも)と弟の袁祁命《おけのみこと》と、二人相談して、「すべての宮仕えの官人たちは、早朝には朝廷に参勤し、昼には志毘宅に集まる。ただ、今、志毘はきっと寝ている。またその家の門にも誰もいないだろう。だから、今をおいては、志毘を謀殺することは難しい」とおっしゃった。すぐに軍を起こし、志毘臣の家を包囲し、お殺しになった。

ここにおいて、二人の王子たちは、互いに天下を譲り合われた。兄の意富祁命《おおけのみこと》は、その弟の袁祁命に位を譲って、「播磨《はりま》の志自牟《しじむ》の家に住んでいた時に、あなたが名を明らかにしなかったならば、けっして天下を統治する君主とはならなかったでしょう。これはすべてあなたの功績です。だから、自分は兄ではあるけれど、やはりあなたがまず天下を統治なさい」とおっしゃって、強くお譲りになった。そのため、辞退しきれないで、袁祁命が、まず天下を統治なさった。

顕宗天皇《けんぞうてんのう》

伊弉本別王《いざほわけのみこ》（履中天皇）の御子《みこ》、市辺忍歯王《いちのへのおしはのみこ》の御子の袁祁王《おけのみこ》である石巣別命《いわすわけのみこと》は、近飛鳥宮《ちかつあすかのみや》においでになって、天下を統治なさること八年であった。天皇は、石木王《いわきのみこ》の娘の難波王《なにわのみこ》と結婚なさった。子はない。

置目老媼《おきめのおみな》

この天皇が、その父王《ちちみこ》の市辺王《いちのへのみこ》のお骨をお捜《さが》しになった時に、近江国《おうみのくに》に住む卑《いや》しい老女が参内して、「王子のお骨を埋めた場所は、ただ一人私がよく知っております。またご遺骸《いがい》の御歯でも知ることができます」と申した。市辺王の御歯は一つの根が三つに分れたような大きい歯でいらっしゃった。そこで、民を集め、土を掘り、そのお骨を捜した。そしてそのお骨を捜し得て、その蚊屋野《かやの》の東の山に、御陵《ごりょう》を造り葬り申し上げ、韓帒《からふくろ》の子らにその御陵守りをおさせになった。その後には、父王のお骨を河内《かわち》の近飛鳥宮《ちかつあすかのみや》に持ってお上《のぼ》りなさった。こうして、宮に帰り上られてから、その老女を宮にお召しになり、老女が見たことを忘れず、正確にその場所を覚えていたことを誉めて、名を下さり、置目老媼《おきめのおみな》と名付けた。これによって、皇居の内にお召し入れになり、手厚《あつ》く多くの恵みをお与えになった。そうして、その老女の住まいは、宮の辺近くに作り、毎日きまってお召しになる。それで釣鐘《つりがね》形の鈴を御殿の戸口に掛け、その老女をお呼びになりたい時は、きまってその鈴を引いてお鳴らしになった。そしてお歌をお作りになった。その歌に仰せられる、

（一〇）浅茅原《あさじはら》から　小谷をわたり
遠く伝わる　鈴が揺れて鳴るよ
置目《おきめ》がやって来るようだ

あるとき、置目老媼が、「私めはたいそう高齢でございます。故郷へ下がりたく存じます」と申した。それで申し出のとおりに下って行く時に、天皇は見送って、歌って仰せになった、

（一一）置目よ　近江《おうみ》の置目
明日からは　山の彼方《かなた》に隠れてしまい

見えなくなってしまうのかなあ

猪飼《いかい》の老人

その初め、天皇は父王の市辺王を殺されるという災難にあって、逃亡なさった時に、その召し上がり物を奪い取った猪飼の老人をお捜《さが》しになった。それを捜し出し、都に召し上げて、飛鳥川《あすかがわ》の河原で斬り殺し、ことごとくその一族の者の膝《ひざ》の筋を切る刑に処した。こういうわけで、今日に至るまで、猪飼の子孫が大和に上《のぼ》る日には、必ず自然と足がまっすぐに歩けなくなるのである。そして、猪飼の老人のいた場所がよく見えるように標識を立てた。それでその地を志米須《しめす》という。

雄略《ゆうりゃく》天皇陵破壊

天皇は、その父王をお殺しになった大長谷天皇《おおはつせのすめらみこと》（雄略天皇）を深くお恨みになり、大長谷天皇の霊魂に報復したいと思われた。そこで、その大長谷天皇の御陵《ごりょう》を破壊しようと思われて、人を派遣する時に、天皇の兄の意祁命《おけのみこと》が、「この御陵を破壊するには、他の者を差し向けてはなりません。もっぱら私一人で行き、天皇の御心のとおりに破壊して参りましょう」と申した。すると、天皇は、「それならばおっしゃるとおりに行っていらっしゃい」と仰せになった。こうして意祁命は、自《みずか》ら河内国《かわちのくに》の丹比《たじひ》に下《くだ》ってお行きになって、大長谷天皇の御陵の傍《かたわ》らを少し掘り、帰り上り、報告して、「すっかり掘り壊《こわ》しました」と申した。これに、天皇は、兄がすす早く帰京なさったことを不思議に思われて、「どのように破壊なさったのか」と仰せになる。兄は答えて、「その御陵の傍《かたわ》らの土を少し掘りました」と申す。天皇は、「父王の仇《あだ》に報《むく》いようと思うならば、必ずすべてその御陵を破壊しようものを、どうして少しばかり掘ったのですか」と仰せになる。答えて、「そうしたわけは、父王の恨みを晴らすのに、大長谷天皇の霊魂に報復しようとお思いになる、これは誠にもっともです。けれどもその大長谷天皇は、父の仇ではあるけれど、裏がえして言えば我らが従父《おじ》であり、また天下を統治なさった天皇です。これを、今単に、父の仇に報いるという志だけで、天下を統治なさった天皇の御陵を全面破壊してしまったならば、後世の人は必ず非難するでしょう。ただし、父王の仇は、晴らさずにいられない。そこで、天皇陵の脇を少々掘ったのです。もはや大長谷天皇へは、この恥辱で、後世の人に示すに足りましょう」と申した。このように申されたところ、天皇は、答えて、「それも大きな道理、お言葉のとおりです。よろしい」と仰せになった。それから天皇が崩御なさった。意富祁命《おおけのみこと》が天皇の位を継承なさった。

天皇の御寿命は三十八歳、天下を統治なさること八年。御陵は、片岡《かたおか》の石坏岡《いわつきのおか》のほとりにある。

仁賢天皇《にんけんてんのう》

袁祁王《おけのみこ》（顕宗天皇《けんぞう》）の兄の、意富祁王《おおけのみこ》は、石上の広高宮《いそのかみひろたかのみや》においでになって、天下を統治なさった。天皇は、大長谷若建天皇《おおはつせわかたけのすめらみこと》（雄略《ゆうりゃく》天皇）の御子《みこ》の、春日大郎女《かすがのおおいらつめ》と結婚なさり、お生まれになった御子は、高木郎女《たかきのいらつめ》、次に財郎女《たからのいらつめ》、次に久須毗郎女《くすびのいらつめ》、次に手白髪郎女《たしらかのいらつめ》、次に小長谷若雀命《おはつせのわかさざきのみこと》、次に真若王《まわかのみこ》。また丸迩日爪臣《わにのひつめのおみ》の娘の、糠若子郎女《ぬかのわくごのいらつめ》と結婚なさり、お生みになった御子は、春日小田郎女《かすがのおだのいらつめ》。この天皇の御子は、合わせて七人。この中で、小長谷若雀命は、天下を統治なさった。

武烈天皇《ぶれつてんのう》

小長谷若雀命《おはつせのわかさざきのみこと》は、長谷の列木宮《なみきのみや》においでになって、天下を統治なさること八年。この天皇は、太子《ひつぎのみこ》がいない。それで御子代《みこしろ》として、小長谷部《おはつせべ》を定めた。御陵《ごりょう》は片岡の石坏岡《いわつきのおか》にある。天皇がすでに崩御なさって、皇位を継承する王《みこ》がいなかった。そこで、品太天皇《ほんだのすめらみこと》（応《おう》神《じん》天皇）の五世の子孫、袁本杼命《おほどのみこと》を近江国《おうみのくに》から都にお上《のぼ》らせになって、手白髪命《たしらかのみこと》と結婚をおさせになり、天下を授け申し上げた。

継体天皇《けいたいてんのう》

品太王《ほんだのみこ》（応神天皇《おうじんてんのう》）の五世の子孫の袁本杼命《おほどのみこと》は、磐余《いわれ》の玉穂宮《たまほのみや》においでになって、天下を統治なさった。天皇が、三尾君《みおのきみ》らの祖先の、名は若比売《わかひめ》と結婚して、お生みになった御子は、大郎子《おおいらつこ》、次に出雲郎女《いずものいらつめ》、二人。また、尾張連《おわりのむらじ》らの祖先の凡連《おおしのむらじ》の妹の目子郎女《めのこのいらつめ》と結婚して、お生まれになった御子は、広国押建金日命《ひろくにおしたけかなひのみこと》、次に建小広国押楯命《たけおひろくにおしたてのみこと》、二人。また、意富祁天《おおけのすめら》皇《みこと》（仁賢天皇）の御子の、手白髪命《たしらかのみこと》 これが皇后である と結婚して、お生まれになった御子は、天国押波流岐広庭命《あめくにおしはるきひろにわのみこと》、一人。また、息長手王《おきながのてのみこ》の娘の、麻組郎女《おくみのいらつめ》と結婚して、お生みになった御子は、佐々宜郎女《ささげのいらつめ》、一人。また、坂田大俣王《さかたのおおまたのみこ》の娘の黒比売《くろひめ》と結婚して、お生みになった御子は、神前郎女《かんさきのいらつめ》。次に田郎女《たのいらつめ》、次に田郎女、次に白坂活日子郎女《しらさかのいくひこのいらつめ》、次に野郎女《ののいらつめ》、別名は長《なが》目比売《めひめ》。二人。また、三尾君の加多夫《かたぶ》の妹の、倭比売《やまとひめ》と結婚して、お生みになった御子は、大郎女《おおいらつめ》、次に丸高王《まろこのみこ》、次に耳王《みみのみこ》、次に赤比売郎女《あかひめのいらつめ》、四人。また、阿倍波延比売《あへのはえひめ》と結婚して、お生みになった御子は、若屋郎女《わかやのいらつめ》、次に都夫良郎女《つぶらのいらつめ》、次に阿豆王《あずのみこ》、三人。この天皇の御子たちは、合わせて十九人の王である。男が七人、女が十二人。この中で、天国押波流岐広庭命は、天下を統治なさった。次に広国押建金日命が天下を統治なさった。次に建小広国押楯命が天下を統治なさった。次に佐々宜王《ささげのみこ》は、伊勢神宮をお祭り申し上げた。

この天皇の御代に、筑紫君《つくしのきみ》の石井《いわい》が、天皇の命令に服従せず、無礼なことが多かった。そこで、物部荒甲大連《もののべのあらかいのおおむらじ》と大伴金村連《おおとものかなむらのむらじ》の二人を派遣して、石井をお殺しになった。

天皇の御寿命は四十三歳。丁未《ひのとひつじ》の年の四月九日に崩御なさった。御陵《ごりょう》は、三島《みしま》の藍陵《あいのみささぎ》である。

安閑天皇《あんかんてんのう》

（継体天皇の）御子《みこ》の、広国押建金日王《ひろくにおしたけかなひのみこ》は、勾《まがり》の金箸宮《かなはしのみや》においでになって、天下を統治なさった。この天皇は、御子がいらっしゃらない。乙卯《きのとう》の年の三月十三日に崩御なさった。御陵は河内《かわち》の古市《ふるいち》の高屋村《たかやのむら》にある。

宣化天皇《せんかてんのう》

（安閑天皇の）弟の、建小広国押楯命《たけおひろくにおしたてのみこと》は、檜坰《ひのくま》の廬入野宮《いおりののみや》においでになって、天下を統治なさった。天皇が意祁天皇《おけのすめらみこと》（仁賢天皇）の御子の橘中比売命《たちばなのなかつひめのみこと》と結婚して、お生みになった御子は、石比売命《いしひめのみこと》、次に小石比売命《おいしひめのみこと》、次に倉若江王《くらのわかえのみこ》。また、河内若子比売《かわちのわくごひめ》と結婚して、お生みになった御子は、火穂王《ほのおのみこ》、次に恵波王《えはのみこ》。この天皇の御子たちは、合わせて五人。男が三人、女が二人。その火穂王は、志比陀君《しいだのきみ》の祖先である。恵波王は、韋那君《いなのきみ》・多治比君《たじひのきみ》の祖先である。

欽明天皇《きんめいてんのう》

(宣化《せんか》天皇の)異母弟の、天国押波流岐広庭天皇《あめくにおしはるきひろにわのすめらみこと》は、師木島大宮《しきしまのおおみや》においでになって、天下を統治なさった。天皇が、檜坰天皇《ひのくまのすめらみこと》(宣化天皇)の御子の石比売命《いしひめのみこと》と結婚して、お生まれになった御子は、八田王《やたのみこ》、次に沼名倉太玉敷命《ぬなくらふとたましきのみこと》、次に笠縫王《かさぬいのみこ》、三人。また、その妹の小《お》石比売命《いしのひめのみこと》と結婚して、お生みになった御子は、上王《かみのみこ》、一人。また、春日日爪臣《かすがのひつめのおみ》の娘の、糠子《ぬかこの》郎女《いらつめ》と結婚して、お生みになった御子は、春日山田郎女《かすがのやまだのいらつめ》、次に麻呂子王《まろこのみこ》、次に宗賀倉王《そがのくらのみこ》、三人。また、宗賀之稲目宿祢大臣《そがのいなめのすくねのおおおみ》の娘の、岐多斯比売《きたしひめ》と結婚して、お生まれになった御子は、橘之豊日命《たちばなのとよひのみこと》、次に妹の石坰王《いわくまのみこ》、次に足取王《あとりのみこ》、次に豊御気炊屋比売命《とよみけかしきやひめのみこと》、次にまた、麻呂子王《まろこのみこ》、次に大宅王《おおやけのみこ》、次に伊美賀古王《いみがこのみこ》、次に山代王《やましろのみこ》、次に妹の大伴王《おおとものみこ》、次に桜井之玄王《さくらいのゆみはりのみこ》、次に麻怒《まのの》王《みこ》、次に橘本之若子王《たちばなもとのわくごのみこ》、次に泥杼王《ねどのみこ》、十三人。また、岐多志毘売命《きたしびめのみこと》の叔母《おば》の小兄比売《おあにひめ》と結婚して、お生まれになった御子は、馬木王《うまきのみこ》、次に葛城王《かずらきのみこ》、次に間人穴太部王《はしひとのあなほべのみこ》、次に三枝部穴太部王《さきくさべのあなほべのみこ》、別名は須売伊呂杼《すめいろど》、次に長谷部若雀命《はつせべのわかさざきのみこと》、五人。すべて、この天皇の御子たちは、合わせて二十五人の王《みこ》。この中で沼名倉太玉敷命《ぬなくらふとたましきのみこと》は、天下を統治なさった。次に橘豊日命《たちばなのとよひのみこと》も、天下を統治なさった。次に豊御気炊屋比売命《とよみけかしきやひめのみこと》も、天下を統治なさった。次に長谷部若雀命《はつせべのわかさざきのみこと》も、天下を統治なさった。合わせて四人の王が天下を統治なさった。

敏達天皇《びだつてんのう》

（欽明天皇の）御子の、沼名倉太玉敷命《ぬなくらふとたましきのみこと》が、他田宮《おさだのみや》においでになって、天下を統治なさること十四年であった。この天皇が、異母妹の豊御食炊屋比売命《とよみけかしきやひめのみこと》と結婚して、お生みになった御子は、静貝王《しずかいのみこ》、別名は貝鮹王《かいたこのみこ》、次に竹田王《たけだのみこ》、別名は小貝王《おかいのみこ》、次に小治田王《おわりだのみこ》、次に葛城王《かずらきのみこ》、次に宇毛理王《うもりのみこ》、次に小張王《おはりのみこ》、次に多米王《ためのみこ》、次に桜井玄王《さくらいのゆみはりのみこ》、八人。また、伊勢大鹿首《いせのおおかのおびと》の娘の小熊子郎女《おくまこのいらつめ》と結婚して、お生みになった御子は、布斗比売命《ふとひめのみこと》、次に宝王《たからのみこ》、別名は糠代比《ぬかでひ》売王《めのみこ》、二人。また息長手王《おきながてのみこ》の娘の、比呂比売命《ひろひめのみこと》と結婚して、お生みになった御子は、忍坂日《おしさかのひ》子人太子《こひとのひつぎのみこ》、別名は麻呂古王《まろこのみこ》、次に坂騰王《さかのぼりのみこ》、次に宇遅王《うじのみこ》。また、春日中若子《かすがのなかつわくご》の娘の、老女子《おみなこの》郎女《いらつめ》と結婚して、お生みになった御子は、難波王《なにわのみこ》、次に桑田王《くわたのみこ》、次に春日王《かすがのみこ》、次に大俣王《おおまたのみこ》、四人。この天皇の御子たちの、合わせて十七人の王の中で、日子人太子が、異母妹の田村《たむらの》王《みこ》、別名糠代比売《ぬかでひめ》と結婚して、お生まれになった御子は、岡本宮《おかもとのみや》においでになって、天下を統治なさった天皇、次に中津王《なかつみこ》、次に多良王《たらのみこ》、三人。また、漢王《あやのみこ》の妹の、大俣王《おおまたのみこ》と結婚してお生みになった御子は、知奴王《ちぬのみこ》、次に妹の桑田王《くわたのみこ》、二人。また、異母妹の玄王《ゆみはりのみこ》と結婚して、お生みになった御子は、山代王《やましろのみこ》、次に笠縫王《かさぬいのみこ》、二人。合わせて七人の王である。甲辰《きのえたつ》の年の四月六日に崩御なさった。御陵《ごりょう》は川内《かわち》の科長《しなが》にある。

用明天皇《ようめいてんのう》

（敏達《びだつ》天皇の）異母弟の、橘豊日王《たちばなのとよひのみこ》は、池辺宮《いけのへのみや》においでになって、天下を統治なさること三年であった。この天皇が稲目宿祢大臣《いなめのすくねのおおおみ》の娘の、意富芸多志比売《おおぎたしひめ》と結婚して、お生みになった御子は、多米王《ためのみこ》、一人。また、異母妹の間人穴太部王《はしひとのあなほべのみこ》と結婚して、お生みになった御子は、上宮《かみつみや》の厩戸豊聡耳命《うまやとのとよとみみのみこと》、次に久米王《くめのみこ》、次に植栗王《えくりのみこ》、次に茨田王《うまらたのみこ》、四人。また、当麻之倉首比呂《たぎまのくらのおびとひろ》の娘の、飯之子《いいのこ》と結婚して、お生みになった御子は、当麻王《たぎまのみこ》、次に妹の須賀志呂古郎女《すがしろこのいらつめ》、二人。

この天皇は、丁未《ひのとひつじ》の年の四月十五日に崩御なさった。御陵《ごりょう》は石寸《いわれ》の掖上《わきかみ》にあり、後に科長《しなが》の中の御陵に遷《うつ》し申し上げた。

崇峻天皇《すしゆんてんのう》

（用明天皇の）異母弟の、長谷部若雀天皇《はつせべのわかさざきのすめらみこと》は、倉椅《くらはし》の柴垣宮《しばかきのみや》においでになって、天下を統治なさること四年であった。壬子《みずのえね》の年の十一月十三日に崩御なさった。御陵は倉椅の岡《おか》のほとりにある。

推古天皇《すいこてんのう》

（崇峻天皇の）妹の、豊御食炊屋比売命《とよみけかしきやひめのみこと》は、小治田宮《おわりだのみや》においでになって、天下を統治なさること三十七年であった。戊子《つちのえね》の年の三月十五日癸丑《みずのとうし》の日に崩御なさった。御陵は大野の岡《おか》のほとりにあり、後に科長《しなが》の大陵《おおみささぎ》に遷し申し上げた。

文本

古事記

凡例

一、本文は、応安五年（一三七二）真福寺所有の賢瑜筆本（複製）を底本とし、卜部兼永自筆本・神道大系本『古事記』（小野田光雄）などを対校して校訂本文を作成した。

一、本文は、可能な範囲で底本の形態および字体を尊重して活かすことに努めた。

古事記上卷 序并

臣安萬侶言夫混元既凝氣象未效無名無為誰知其形然乾坤初分参神作造化之首陰陽斯開二霊為羣品之祖所以出入幽顕日月彰於洗目浮沉海水神祇呈於滌身故太素杳冥囙夲教而識孕土産嶋之時元始綿邈頼先聖而察生神立人之世寔知懸鏡吐珠而百王相續喫釼切蛇以万神蕃息與議安河而平天下論小濵而清国土是以番仁岐命初降于高千嶺神倭天皇經歴于秋津嶋化熊出爪天釼獲於高倉生尾遮徑大烏導於吉野列儛攘賊聞歌伏仇即覺夢而敬神祇所以稱賢后望烟而撫黎元於今傳聖帝定境開邦制于近淡海正姓撰氏勒于遠飛鳥雖歩驟各異文質不同莫不稽古以縄風猷於既頽照今以補典教於欲絶

曁飛鳥清原大宮御太八州

天皇御世潜龍體元洊雷應期聞夢歌而相纂業投夜水而知承基然天時未臻蟬蛻於南山人事共給虎歩於東國皇輿忽駕淩度山川六師雷震三軍電逝杖矛擧威猛士烟起絳旗耀兵凶徒瓦解未移浹辰氣殄自清乃放牛息馬愷悌帰於華夏卷旌戢戈儛詠停於都邑歳次大梁月踵俠鐘清原大宮昇即天位道軼軒后徳跨周王握乾符而摠六合得天統而包八荒乘二氣之正齊五行之序設神理以奨俗敷英風以弘国重加智海浩汗潭探上古心鏡煒煌明覩先代於是天皇詔之朕聞諸家之所賷帝紀及夲辞既違正實多加虚偽當今之時不改其失未經幾年其旨欲滅斯乃邦家之經緯王化之鴻基焉故惟撰録帝紀討覈舊辞削偽定

實欲流後葉時有舎人姓稗田名阿礼年是廿八為人聡明度目誦口拂耳勒心即勅語阿礼令誦習帝皇日継及先代舊辞然運移世異未行其事矣伏惟皇帝陛下得一光宅通三亭育御紫宸而徳被馬蹄之所極坐玄扈而化照船頭之所逮日浮重暉雲散非烟連柯并穂之瑞史不絶書列烽重譯之貢府無空月可謂名高文命徳冠天乙矣於焉惜舊辞之誤忤正先紀之謬錯以和銅四年九月十八日詔臣安萬侶撰録稗田阿礼所誦之勅語舊辞以獻上者謹随詔旨子細採摭然上古之時言意並朴敷文構句於字即難已因訓述者詞不逮心全以音連者事趣更長是以今或一句之中交用音訓或一事之内全以訓録即辞理叵見以注明意況易解更非注亦於姓日下謂玖沙訶於名帯字謂多羅斯如此之類随本不改大抵所記者自天地開闢始以訖于小治田御世故天御中主神以下日子波限建鵜草葺不合命以前為上巻神倭伊波礼毗古天皇以下品陁御世以前為中巻大雀皇帝以下小治田大宮以前為下巻并録三巻謹以獻上臣安萬侶誠惶誠恐頓〻首〻

和銅五年正月廿八日正五位上勲五等太朝臣安萬侶

天地初發之時於高天原成神名天之御中主神訓高下天云阿麻下效此次高御産巣日神次神産巣日神此三柱神者並獨神成坐而隠身也次國稚如浮脂而久羅下那州多陁用弊流之時流字以上十字以音如葦牙因萠騰之物成神名宇摩志阿斯訶備比古遅神此神名以音次天之常立神訓常立云登許多知此二柱神亦並獨神成坐而隠身也

上件五柱神者別天神

次成神名国之常立神訓常立亦如上次豊雲上野神此二柱神亦獨神成坐而隠身也次成神名

宇比地迩上 神次妹須比智迩去 神 此二神名以音 次角杙神次妹活杙神 二柱 次意冨斗能地神次妹大斗乃弁神 此二神名亦以音 次於母陀流神次妹阿夜上 訶志古泥神 此二神名皆以音 次伊耶那岐神次妹伊耶那美神 此二神名亦以音如上 上件自国之常立神以下伊耶那美神以前并稱神世七代 上二柱獨神各云一代次雙十神各合二神云一代也 於是天神諸命以詔伊耶那岐命伊耶那美命二柱神修理固成是多陀用弊流之國賜天沼矛而言依賜也故二柱神立 訓立云多々志 天浮橋而指下其沼矛以畫者塩許々袁々呂々迩 此七字以音 畫鳴 訓鳴云那志也 而引上時自其矛末垂落塩之累積成嶋是淤能碁呂嶋 自淤以下四字以音 於其嶋天降坐而見立天之御柱見立八尋殿於是問其妹伊耶那美命曰汝身者如何成荅白吾身者成々不成合處一處在尓伊耶那岐命詔我身者成々而成餘處一處在故以此吾身成餘處刺塞汝身不成合處而以為生成国土生奈何 訓生云宇牟下效此 伊耶那美命荅曰然善尓伊耶那岐命詔然者吾与汝行廻逢是天之御柱而為美斗能麻具波比 此七字以音 如此之期乃詔汝者自右廻逢我者自左廻逢約竟以廻時伊耶那美命先言阿那迩夜志愛上 袁登古袁 此十字以音下效此 後伊耶那岐命言阿那迩夜志愛上 袁登賣袁各言竟之後告其妹曰女人先言不良雖然久美度迩 此四字以音 興而生子水蛭子此子者入葦船而流去次生淡嶋是亦不入子之例於是二柱神議云今吾所生之子不良猶宜白天神之御所即共參上請天神之命尓天神之命以布斗麻迩尓上 此五字以音 卜相而詔之曰女先言而不良亦還降改言故尓返降更往廻其天之御柱如先於是伊耶那岐命先言阿那迩夜志愛袁登賣袁後妹伊耶那美命言阿那迩夜志愛袁登古袁如此言竟而御合生子淡道之穂之侠別嶋 訓別云和氣下效此 次生伊豫之二名嶋此嶋者身一而有面四毎面有名故伊豫國謂愛上 比賣 此三字以音下效此也 讃岐国

謂飯依比古粟國謂大宜都比賣 此四字以音 土左國謂建依別次生隱伎之三子嶋亦名天之忍許呂別 許呂二字以音 次生筑紫嶋此嶋亦身一而有面四毎面有名故筑紫國謂白日別豊國謂豊日別肥國謂建日向日豊久士比泥別 自久至泥以音 熊曾國謂建日別 曾字以音 次生伊岐嶋亦名謂天比登都柱 自比至都以音訓天如天 次生津嶋亦名謂天之狭手依比賣次生佐度嶋次生大倭豊秋津嶋亦名謂天御虚空豊秋津根別故因此八嶋先所生謂大八嶋國然後還坐之時生吉備兒嶋亦名謂建日方別次生小豆嶋亦名謂大野手上比賣次生大嶋亦名謂大多麻上流別 自多至流以音 次生女嶋亦名謂天一根 訓天如天 次生知訶嶋亦名謂天之忍男次生兩兒嶋亦名謂天兩屋 自吉備兒嶋至天兩屋嶋并六嶋 既生國竟更生神故生神名大事忍男神次生石土毗古神 訓石云伊波亦毗古二字以音下效此也 次生石巣比賣神次生大戸日別神次生天之吹上男神次生大屋毗古神次生風木津別之忍男神 訓風云加耶訓木以音 次生海神名大綿津見神次生水戸神名速秋津日子神次妹速秋津比賣神 自大事忍男神至秋津比賣神并十神 此速秋津日子速秋津比賣二神因河海持別而生神名沫那藝神 那藝二字以音下效此 次沫那美神 那美二字以音下效此 次頬那藝神次頬那美神次天之水分神 訓分云久麻理下效此 次國之水分神次天之久比奢母智神 自久以下五字以音下效此 次國之久比奢母智神 自沫那藝神至國之久比奢母智神并八神 次生風神名志那都比古神 此神名以音 次生木神名久ゝ能智神 此神名以音 次生山神名大山上津見神次生野神名鹿屋野比賣神亦名謂野推神 自志那都比古神至野推并四神 此大山津見神野椎神二神因山野持別而生神名天之狭土神 訓土云豆知下效此 次國之狭土神次天之狭霧神次國之狭霧神次天之闇戸神次國之闇戸神次大戸或子神 訓或云麻刀比下效此 次大戸或女神 自天之狭土神至大戸或女神并八神也 次生神名鳥之石楠船神亦名謂天鳥船次生大宜都比賣神 此神名以音 次生火之夜

蓺速男神（夜蓺二字以音也）亦名謂火之炫毗古神亦名謂火之迦具土神（迦具二字以音）因生此子美蕃登（此三字以音）見炙而病臥在多具理迩（此四字以音）生神名金山毗古神（訓金云加那下效此）次金山毗賣神次於屎成神名波迩夜須毗古神（此神名以音）次波迩夜須毗賣神（此神名亦以音）次於尿成神名弥都波能賣神次和久産巣日神此神之子謂豊宇氣毗賣神（自宇以下四字以音）故伊耶那美神者囙生火神遂神避坐也（自天鳥船至豊宇氣毗賣神并八神也）凡伊耶那岐伊耶那美二神共所生嶋壹拾肆嶋又神参拾伍神（是伊耶那美神未神避以前所生唯意能碁呂嶋者非所生亦蛭子与淡嶋不入子之例也）故尓伊耶那岐命詔之愛我那迩妹命乎（那尓二字以音下效此）謂易子之一木乎乃匍匐御枕方匍匐御足方而哭時於御涙所成神坐香山之畝尾木本名泣澤女神故其所神避之伊耶那美神者葬出雲國与伯伎國堺比婆之山也於是伊耶那岐命抜所御佩之十拳劔斬其子迦具土神之頸尓着其御刀前之血走就湯津石村所成神名石析神次根析神次石筒之男神（三神）次着御刀本血亦走就湯津石村所成神名甕速日神次樋速日神次建御雷之男神亦名建布都神（布都二字以音下效此）亦名豊布都神（三神）次集御刀之手上血自手俣漏出所成神名（訓漏云久伎）闇淤加美神（淤以下三字以音下效此）次闇御津羽神

上件自石析神以下闇御津羽神以前并八神者囙御刀所生之神者也

所敎迦具土神之於頭所成神名正鹿山（上）津見神次於胷所成神名淤縢山津見神（淤縢二字以音）次於腹所成神名奥山（上）津見神次於陰所成神名闇山津見神次於左手所成神名志蓺山津見神（志蓺二字以音）次於右手所成神名羽山津見神次於左足所成神名原山津見神次於右足所成神名戸山津見神（自正鹿山津見神至戸山津見神并八神）故所斬之刀名謂天之尾羽張亦名謂伊都之尾羽張（伊都二字以音）於是欲相見其妹伊耶那美命追往黄泉國尓自殿縢戸出向之時伊耶那岐

命語詔之愛我那迩妹命吾与汝所作之國未作竟故可還尒伊耶那美命荅白悔哉不速来吾者為黄泉戸喫然愛我那勢命那勢二字以音下效此入来坐之事恐故欲還且與黄泉神相論莫視我如此白而還入其殿内之間甚久難待故刺左之御美豆良三字以音下效此湯津ゝ間櫛之男柱一箇取闕而燭一火入見之時宇士多加礼許呂ゝ岐弖此十字以音於頭者大雷居於胸者火雷居於腹者黒雷居於陰者析雷居於左手者若雷居於右手者土雷居於左足者鳴雷居於右足者伏雷居并八雷神成居於是伊耶那岐命見畏而逃還之時其妹伊耶那美命言令見辱吾即遣豫母都志許賣此六字以音令追尒伊耶那岐命取黒御縵投棄乃生蒲子是摭食之間逃行猶追亦刺其右御美豆良之湯津ゝ間櫛引闕而投棄乃生笋是抜食之間逃行且後者於其八雷神副千五百之黄泉軍令追尒抜所御佩之十拳釼而於後手布伎都ゝ此四字以音逃来猶追到黄泉比良此二字以音坂之坂夲時取在其坂夲桃子三箇待撃者悉扳返也尒伊耶那岐命告桃子汝如助吾於葦原中国所有宇都志伎上此四字以音青人草之落苦瀬而患惚時可助告賜名号意冨加牟豆美命自意至美以音最後其妹伊耶那美命身自追来焉尒千引石引塞其黄泉比良坂其石置中各對立而度事戸之時伊耶那美命言愛我那勢命為如此者汝國之人草一日絞敍千頭尒伊耶那岐命詔愛我那迩妹命汝為然者吾一日立千五百産屋是以一日必千人死一日必千五百人生也故号其伊耶那美神命謂黄泉津大神亦云以其追斯伎斯此三字以音而号道敷大神亦所塞其黄泉坂之石者号道反之大神亦謂塞坐黄泉戸大神故其所謂黄泉比良坂者今謂出雲國之伊賦夜坂也是以伊耶那伎大神詔吾者到於伊那志許米上志許米岐此九字以音穢國而在祁理此二字以音故吾者為御身之禊而到坐竺紫日向之

橘小門之阿波岐（此三字以音）原而禊祓也故於投棄御杖所成神名衝立船戸神次於投棄御帯所成神名道之長乳齒神次於投棄御嚢所成神名時量師神次於投棄御衣所成神名和豆良比能宇斯能神（此神名以音）次於投棄御褌所成神名道俣神次於投棄御冠所成神名飽咋之宇斯能神（自宇以下三字以音）次於投棄流左御手之手纒所成神名奥疎神（訓奥云於伎下效此訓疎云奢加留下效此）次奥津那藝佐毘古神（自那以下五字以音下效此也）次奥津甲斐弁羅神（自甲以下四字以音下效此）次於投棄右御手之手纒所成神名邊疎神次邊津那藝佐毘古神次邊津甲斐弁羅神

右件自船戸神以下邊津甲斐弁羅神以前十二神者囙脱着身之物所生神也

於是詔之上瀬者瀬速下瀬者瀬弱而初於中瀬堕迦豆伎而滌時所成坐神名八十禍津日神（訓禍云摩賀下效此）次大禍津日神此二神者所到其穢繁國之時囙汙垢而所成神之者也次為直其禍而所成神名神直毘神（毘字以音下效此）次大直毘神次伊豆能賣（并三神也伊以下四字以音）次於水底滌時所成神名底津綿（上）津見神次底箇之男命於中滌時所成神名中津綿（上）津見神次中箇之男命於水上滌時所成神名上津綿（上）津見神（訓上云宇閇）次上箇之男命此三柱綿津見神者阿曇連等之祖神以伊都久神也（伊以下三字以音下效此）故阿曇連等者其綿津見神之子宇都志日金析命之子孫也（宇都志三字以音）其底箇之男命中箇之男命上箇之男命三柱神者墨江之三前大神也於是洗左御目時所成神名天照大御神次洗右御目時所成神名月讀命次洗御鼻時所成神名建速須佐之男命（須佐二字以音）

右件八十禍津日神以下速須佐之男命以前十柱神者囙滌御身所生者也

此時伊耶那伎命大歡喜詔吾者生〻子而於生終得三貴子即其御頸珠之玉緒母由良迩

此四字以音下效此 取由良迦志而賜天照大御神而詔之汝命者所知高天原矣事依而賜也故其御頸珠名謂御倉板擧之神 訓板擧云多那 次詔月讀命汝命者所知夜之食国矣事依也 訓食云袁須 次詔建速須佐之男命汝命者所知海原矣事依也故各随依賜之命所知看之中速須佐之男命不治所命之国而八拳須至于心前啼伊佐知伎也 自伊下四字以音下效此 其泣状者青山如枯山泣枯河海者悉泣乾是以悪神之音如狭蠅皆満萬物之妖悉發故伊耶那岐大御神詔速須佐之男命何由以汝不治所事依之國而哭伊佐知流尒咨白僕者欲罷妣國根之堅州國故哭尒伊耶那岐大御神大忿怒詔然者汝不可住此國乃神夜良比尒夜良比賜也 自夜以下七字以音 故其伊耶那岐大神者坐淡海之多賀也故於是速須佐之男命言然者請天照大御神将罷乃叅上天時山川悉動國土皆震尒天照大御神聞驚而詔我那勢命之上来由者必不善心欲奪我國耳即解御髪纒御美豆羅而乃於左右御美豆羅亦於御縵亦於左右御手各纒持八尺勾璁之五百津之美須麻流之珠而 自美至流四字以音下效此 曽毗良迩者負千入之靫 訓入云能理下效此自曽至迩以音也 比良迩者附五百入之靫亦所取佩伊都 此二字以音 之竹鞆而弓腹振立而堅庭者於向股蹈那豆美 三字以音 如沫雪蹶散而伊都 二字以音 之男建 訓建云多祁夫 蹈建而待問何故上来尒速須佐之男命咨白僕者無耶心唯大御神之命以問賜僕之哭伊佐知流之事故白都良久 三字以音 僕欲徃妣國以哭尒大御神詔汝者不可在此國而神夜良比夜良比賜故以為請将罷徃之状叅上耳無異心尒天照大御神詔然者汝心之清明何以知於是速須佐之男命咨白各宇氣比而生子 自宇以下三字以音下效此 故尒各中置天安河而宇氣布時天照大御神先乞度建速須佐之男命所佩十拳劔打折三段而奴那登母ゝ由良迩 此八字以音下效此 振滌天之真名井而佐賀美迩迦美

而自佐下六字以音下效此於吹棄氣吹之狭霧所成神御名多紀理毗賣命此神名以音亦御名謂奥津嶋比賣命次市寸嶋上比賣命亦御名謂狭依毗賣命次多岐都比賣命三柱此神名以音速須佐男命乞度天照大御神所纒左御美豆良八尺勾璁之五百津之美須麻流珠而奴那登母〻由良介振滌天之真名井而佐賀美迩迦美而於吹棄氣吹之狭霧所成神御名正勝吾勝〻速日天之忍穗耳命亦乞度所纒右御美豆良之珠而佐賀美迩迦美而於吹棄氣吹之狭霧所成神御名天之菩卑能命自菩下三字以音亦乞度所纒御縵之珠而佐賀美迩迦美而於吹棄氣吹之狭霧所成神御名天津日子根命又乞度所纒左御手之珠而佐賀美迩迦美而於吹棄氣吹之狭霧所成神御名活津日子根命亦乞度所纒右御手之珠而佐賀美迩迦美而於吹棄氣吹之狭霧所成神御名熊野久須毗命自久下三字以音并五柱於是天照大御神告速須佐之男命是後所生五柱男子者物實因我物所成故自吾子也先所生之三柱女子者物實因汝物所成故乃汝子也如此詔別也故其先所生之神多紀理毗賣命者坐胸形之奥津宮次市寸嶋比賣命者坐胸形之中津宮次田寸津比賣命者坐胸形之邊津宮此三柱神者胸形君等之以伊都久三前大神者也故此後所生五柱子之中天菩比命之子建比良鳥命此出雲國造无耶志國造上菟上國造下菟上國造伊自牟國造津嶋縣直遠江國造等之祖也次天津日子根命者凡川内國造額田部湯坐連木國造倭田中直山代國造馬来田國造道尻岐閇國造周芳國造倭淹知造高市縣主蒲生稲寸三枝部造等之祖也介速須佐之男命白于天照大御神我心清明故我所生之子得手弱女因此言者自我勝云而於勝佐備此二字以音離天照大御神之營田之阿此阿字以音埋其溝亦其於聞看大嘗之殿屎麻理此二字以音散故雖然為天照大御神者登賀米受而告如屎酔而吐散登許曽此三字以音我那勢之命為如此又離田之阿埋溝者地矣阿多良斯登許曽自阿以下七字以音我那勢之命為

如此登此一字以音詔雖直猶其悪態不止而轉天照大御神坐忌服屋而令織神御衣之時穿其服屋之頂逆剥天斑馬剥而所堕入時天服織女見驚而於梭衝陰上而死訓陰上云冨登故於是天照大御神見畏開天石屋戸而刺許母理此三字以音坐也尒高天原皆暗葦原中國悉闇囙此而常夜往於是万神之聲者狭蝿那須此二字以音満万妖悉發是以八百万神於天安之河原神集〻而訓集云都度比高御産巣日神之子思金神令思訓金云加尼也而集常世長鳴鳥令鳴而取天安河之河上之天堅石取天金山之鐵而求鍛人天津麻羅而麻羅二字以音科伊斯許理度賣命自伊下六字以音令作鏡科玉祖命令作八尺勾璁之五百津之御須麻流之珠而召天兒屋命布刀玉命布刀二字以音下效此而内拔天香山之真男鹿之肩拔而取天香山之天之波〻迦此三字以音木名而令占合麻迦那波而自麻下四字以音天香山之五百津真賢木矣根許士尒許士而自許下五字以音於上枝取着八尺勾璁之五百津之御須麻流之玉於中枝取繫八尺鏡訓八尺云八阿多於下枝取垂白丹寸手青丹寸手而訓垂云志殿此種〻物者布刀玉命布刀御幣登取持而天兒屋命布刀詔戸言禱白而天手力男神隠立戸掖而天宇受賣命手次繫天香山之天之日影而為縵天之真折而手草結天香山之小竹葉而訓小竹云佐〻於天之石屋戸伏汙氣此二字以音而蹈登杼呂許志此五字以音為神懸而掛出胷乳裳緒忍垂於番登也尒高天原動而八百万神共咲於是天照大御神以為恠細開天石屋戸而内告者囙吾隠坐而以為天原自闇亦葦原中國皆闇矣何由以天宇受賣者為樂亦八百万神諸咲尒天宇受賣白言益汝命而貴神坐故歓喜咲樂如此言之間天兒屋命布刀玉命指出其鏡示奉天照大御神之時天照大御神逾思奇而稍自戸出而臨坐之時其所隠立之手力男神取其御手引出即布刀玉命以尻久米此二字以音縄控度其御後方

白言従此以内不得還入故天照大御神出坐之時高天原及葦原中國自得照明於是八百万神共議而於速須佐之男命負千位置戸亦切鬚及手足爪令秡而神夜良比夜良比岐又食物乞大氣都比賣神尒大氣都比賣自鼻口及尻種〻味物取出而種〻作具而進時速須佐之男命立伺其態為穢汙而奉進乃殺其大宜津比賣神故所殺神於身生物者於頭生蚕於二目生稲種於二耳生粟於鼻生小豆於陰生麦於尻生大豆故是神産巣日御祖命令取茲成種故所避追而降出雲國之肥上　河上名鳥髪地此時箸従其河流下於是須佐之男命以為人有其河上而尋覔上往者老夫与老女二人在而童女置中而泣尒問賜之汝等者誰故其老夫荅言僕者國神大山上　津見神之子焉僕名謂足上　名椎妻名謂手上　名椎女名謂櫛名田比賣亦問汝哭由者何荅白言我之女者自夲在八稚女是高志之八俣遠呂智（此三字以音）　毎年来喫今其可来時故泣尒問其形如何荅白彼目如赤加賀智而身一有八頭八尾亦其身生蘿及檜椙其長度谿八谷峡八尾而見其腹者悉常血爛也（此謂赤加賀知者今酸醬者也）　尒速須佐之男命詔其老夫是汝之女者奉於吾哉荅白恐亦不覺御名尒荅詔吾者天照大御神之伊呂勢者也（自伊下三字以音）　故今自天降坐也尒足名椎手名椎神白然坐者恐立奉尒速須佐之男命乃於湯津爪櫛取成其童女而刺御美豆良告其足名椎手名椎神汝等釀八塩折之酒亦作廻垣於其垣作八門毎門結八佐受岐（此三字以音）　毎其佐受岐置酒船而毎船成其八塩折酒而待故随告而如此設儲待之時其八俣遠呂智信如言来乃毎船垂入己頭飲其酒於是飲酔留伏寢尒速須佐之男命拔其所御佩之十拳釼切散其虵者肥河變血而流故切其中尾時御刀之刃毀尒思恠以御刀之前刺割而見者在都牟羽之大刀故取此大刀思異物而

白上於天照大御神也是者草那藝之大刀也 那藝二字以音 故是以其速須佐之男命宮可造作之地求出雲國尒到坐須賀 此二字以音下效此 地而詔之吾来此地我御心須〻賀〻斯而其地作宮坐故其地者於今云須賀也茲大神初作須賀宮之時自其地雲立騰尒作御歌其歌曰夜久毛多都伊豆毛夜弊賀岐都麻碁微尒夜弊賀岐都久流曽能夜弊賀岐袁於是喚其足名鉄神告言汝者任我宮之首且負名号稲田宮主須賀之八耳神故其櫛名田比賣以久美度迩起而所生神名謂八嶋士奴美神 自士下三字以音下效此 又娶大山津見神之女名神大市比賣生子大年神次宇迦之御魂神 二柱宇迦二字以音 兄八嶋士奴美神娶大山津見神之女名木花知流 此二字以音 比賣生子布波能母遅久奴須奴神此神娶淤迦美神之女名日河比賣生子深渕之水夜礼花神 夜礼二字以音 此神娶天之都度閇知泥上神 自都下五字以音 生子淤美豆奴神 此神名以音 此神娶布怒豆怒神 此神名以音 之女名布帝耳上神 布帝二字以音 生子天之冬衣神此神娶刺國大上神之女名刺國若比賣生子大國主神亦名謂大穴牟遅神 牟遅二字以音 亦名謂葦原色許男神 色許二字以音 亦名謂八千矛神亦名謂宇都志國玉神 宇都志三字以音 并有五名故此大國主神之兄弟八十神坐然皆國者避於大國主神所以避者其八十神各有欲婚稲羽之八上比賣之心共行稲羽時於大穴牟遅神負帒為従者率往於是到氣多之前時裸菟伏也尒八十神謂其菟云汝将為者浴此海塩當風吹而伏高山尾上故其菟従八十神之教而伏尒其塩随乾其身皮悉風見吹折故痛苦泣伏者冣後之来大穴牟遅神見其菟言何由汝泣伏菟荅言僕在淤岐嶋雖欲度此地無度因故欺海和迩 此二字以音下效此 言吾与汝竸欲計族之多少故汝者随其族在悉率来自此嶋至于氣多前皆列伏度尒吾蹈其上走乍讀度於是知與吾族孰多如此言者見欺而列伏

之時吾蹈其上讀度来今将下地時吾云汝者我見欺言竟即伏冣端和迩捕我悉剥我衣服囙此泣患者先行八十神之命以誨告浴海塩當風伏故為如教者我身悉傷於是大穴牟遅神教告其菟今急徃此水門以水洗汝身即取其水門之蒲黄敷散而輾轉其上者汝身如夲膚必差故為如教其身如夲也此稲羽之素菟者也於今者謂菟神也故其菟白大穴牟遅神此八十神者必不得八上比賣雖負帒汝命獲之於是八上比賣荅八十神言吾者不聞汝等之言将嫁大穴牟遅神故尒八十神忿欲殺大穴牟遅神共議而至伯岐國之手間山夲云赤猪在此山故和礼 此二字以音 共追下者汝待取若不待取者必将殺汝云而以火焼似猪大石而轉落尒追下取時即於其石所焼着而死尒其御祖命哭患而参上于天請神産巣日之命時乃遣𧏛貝比賣与蛤貝比賣令作活尒𧏛貝比賣岐佐冝 此三字以音 集而蛤貝比賣待承而塗母乳汁者成麗壮夫 訓壮夫云袁等古 而出遊行於是八十神見且欺率入山而切伏大樹茹矢打立其木令入其中即打離其氷目矢而拷殺也尒亦其御祖哭乍求者得見即折其木而取出活告其子言汝者有此間者遂為八十神所滅乃違遣於木國之大屋毗古神之御所尒八十神覔追臻而矢刺乞時自木俣漏逃而云可参向須佐能男命所坐之根堅州國必其大神議也故随詔命而参到須佐之男命之御所者其女須勢理毗賣出見為目合而相婚還入白其父言甚麗神来尒其大神出見而告此者謂之葦原色許男命即喚入而令寝其虵室於是其妻須勢理毗賣命以虵比礼 二字以音 授其夫云其虵将咋以此比礼三挙打撥故如教者虵自静故平寝出之亦来日夜者入呉公与蜂室亦授呉公蜂之比礼教如先故平出之亦鳴鏑射入大野之中令採其矢故入其野時即以火廻焼其野於是不知所出之間鼠来云内者冨良〻〻

（此四字以音）外者須々夫々（此四字以音）如此言故蹈其處者落隠入之間火者焼過尒其鼠咋持其鳴鏑出来而奉也其矢羽者其鼠子等皆喫也於是其妻須世理毗賣者持喪具而哭来其父大神者思已死訖出立其野尒持其矢以奉之時率入家而喚入八田間大室而令取其頭之虱故尒見其頭者呉公多在於是其妻取牟久木實与赤土授其夫故咋破其木實含赤土唾出者其大神以為咋破呉公唾出而於心思愛而寢尒握其神之髪其室毎椽結着而五百引石取塞其室戸負其妻須世理毗賣即取持其大神之生大刀与生弓矢及其天沼琴而逃出之時其天沼琴拂樹而地動鳴故其所寢大神聞驚而引仆其室然解結椽髪之間遠逃故尒追至黄泉比良坂遥望呼謂大穴牟遅神曰其汝所持之生大刀生弓矢以而汝庶兄弟者追伏坂之御尾亦追撥河之瀬而意礼（二字以音）為大國主神亦為宇都志國主神而其我之女須世理毗賣為適妻而於宇迦能山（三字以音）之山本於底津石根宮柱布刀斯理（此四字以音）於高天原氷椽多迦斯理（此四字以音）而居是奴也故持其大刀弓追避其八十神之時毎坂御尾追伏毎河瀬追撥而始作國也故其八上比賣者如先期美刀阿多波志都（此七字以音）故其八上比賣者雖率来畏其適妻須世理毗賣而其所生子者刺狭木俣而返故名其子云木俣神亦名謂御井神也此八千矛神将婚高志國之沼河比賣幸行之時到其沼河比賣之家歌曰

夜知冨許能迦微能美許登波夜斯麻久尒都麻々岐迦泥弖登々冨々斯故志能久迩々佐加志賣袁阿理登岐加志弖久波志賣遠阿理登伎許志弖佐用婆比迩阿理多々斯用婆比迩阿理迦用婆勢多知賀遠母伊麻陁登加受弖淤須比遠母伊麻陁登加泥婆遠登賣能那須夜伊多斗遠淤曽夫良比和何多々勢礼婆比許豆良比和何多々勢礼婆阿遠夜麻迩奴

延波那伎奴佐怒都登理岐藝斯波登与牟介波都登理迦祁波那久宇礼多久母那久那留登理加許能登理母宇知夜米許世泥伊斯多布夜阿麻波勢豆加比許登能加多理其登母許遠婆介其沼河日賣未開戸自内歌曰夜知冨許能迦微能美許等奴延久佐能賣迩志阿礼婆和何許〻呂宇良須能登理叙伊麻許曽婆和杼理迩阿良米能知波那杼理介阿良牟遠伊能知波那志勢多麻比曽伊斯多布夜阿麻波世豆迦比許登能加多理碁登母許遠婆阿遠夜麻迩比賀迦久良婆奴婆多麻能用波伊傳那牟阿佐比能恵美佐加延岐弖多久豆怒能斯路岐多陁牟岐阿和由岐能和加夜流牟泥遠曽陁多岐多〻岐麻那賀理麻多麻傳多麻傳佐斯麻岐毛〻那賀介伊波那佐牟遠阿夜介那古斐岐許志夜知冨許能迦微能美許登許登能迦多理碁登母許遠婆故其夜者不合而明日夜為御合也又其神之適后須勢理毗賣命甚為嫉妬故其日子遅神和俻弖三字以音自出雲将上坐倭國而束装立時片御手者繋御馬之鞍片御足蹈入其御鐙而歌曰奴婆多麻能久路岐美祁斯遠麻都夫佐介登理与曽比迩岐都登理牟那美流登岐波多〻藝母許礼婆布佐波受弊都那美曽迩奴岐宇弖蘇迩杼理能阿遠岐美祁斯遠麻都夫佐迩登理与曽比迩岐都登理牟那美流登岐波多〻藝母許母布佐波受弊都那美曽迩奴棄宇弖夜麻賀多介麻岐斯阿多〻尼都岐曽米紀賀斯流迩斯米許呂母遠麻都夫佐迩登理与曽比迩岐都登理牟那美流登岐波多〻藝母許斯与呂志伊刀古夜能伊毛能美許等牟良登理能和賀牟礼伊那婆比氣登理能和賀比氣伊那婆那迦士登波那波伊布登母夜麻登能比登母登須〻岐宇那加夫斯那賀那加佐麻久阿佐阿米能疑理迩多〻牟叙和加久佐能都麻能美許登許登能加多理碁登母許遠婆

尒其后取大御酒坏立依指擧而歌曰
夜知冨許能加微能美許登夜阿賀淤冨久迩奴斯那許曽波遠迩伊麻世婆宇知微流斯麻能佐岐耶岐加岐微流伊蕪能佐岐淤知受和加久佐能都麻母多勢良米阿波母与賣迩斯阿礼婆那遠岐弖遠波那志那遠岐弖都麻波那斯阿夜加岐能布波夜賀斯多介牟斯夫須麻介古夜賀斯多介多久夫須麻佐夜具賀斯多介阿和由岐能和加夜流牟泥遠多久豆怒能斯路岐多陁牟岐曽陁多岐多ゝ岐麻那賀理麻多麻傳多麻傳佐斯麻岐毛ゝ那賀迩伊遠斯那世登与美岐多弖麻都良世如此歌即為宇伎由比(四字以音)而宇那賀氣理弖(六字以音)至今鎮坐也此謂之神語也故此大國主神娶坐胷形奥津宮神多紀理毗賣命生子阿遅(二字以音)鉏高日子根神次妹髙比賣命亦名下光比賣命此之阿遅鉏高日子神者今謂迦毛大御神者也大國主神亦娶神屋楯比賣命生子事代主神亦娶八嶋牟遅能神(自牟下三字以音)之女鳥取神生子鳥鳴海神(訓鳴云那畱)此神娶日名照額田毗道男伊許知迩神(田下毗又自伊下至迩皆以音)生子國忍冨神此神娶葦那陁迦神(自那下三字以音)亦名八河江比賣生子速甕之多氣佐波夜遅奴美神(自多下八字以音)此神娶天之甕主神之女前玉比賣生子甕主日子神此神娶淤加美神之女比那良志毗賣(此神名以音)生子多比理岐志麻流美神(此神名以音)此神娶比ゝ羅木之其花麻豆美神(木上三字花下三字以音)之女活玉前玉比賣神生子美呂浪神(美呂二字以音)此神娶敷山主神之女青沼馬沼押比賣生子布忍冨鳥鳴海神此神娶若盡女神生子天日腹大科度美神(度美二字以音)此神娶天俠霧神之女遠津待根神生子遠津山岬多良斯神

右件自八嶋士奴美神以下遠津山岬帯神以前稱十七世神

故大國主神坐出雲之御大之御前時自波穂乗天之羅摩船而内剥鵝皮剥為衣服有帰来神尒雖問其名不荅且雖問所従之諸神皆白不知尒多迩具久白言 自多下四字以音 此者久延毗古必知之即召久延毗古問時荅白此者神産巣日神之御子少名毗古那神 自毗下三字以音 故尒白上於神産巣日御祖命者荅告此者實我子也於子之中自我手俣久岐斯子也 自久下三字以音 故與汝葦原色許男命為兄弟而作堅其國故自尒大穴牟遅与少名毗古那二柱神相並作堅此國然後者其少名毗古那神者度于常世國也故顕白其少名毗古那神所謂久延毗古者於今者山田之曽冨騰者也此神者足雖不行盡知天下之事神也於是大國主神愁而告吾獨何能得作此國孰神與吾能相作此國耶是時有光海依来之神其神言能治我前者吾能共與相作成若不然者國難成尒大國主神曰然者治奉之状奈何荅言吾者伊都岐奉于倭之青垣東山上此者坐御諸山上神也故其大年神娶神活須毗神之女伊怒比賣生子大國御魂神次韓神次曽冨理神次白日神次聖神 五神 又娶香用比賣 此神名以音 生子大香山戸臣神次年御神 二柱 又娶天知迦流美豆比賣 訓天如天亦自知下六字以音 生子奥津日子神次奥津比賣命亦名大戸比賣神此者諸人以拝竈神者也次大山上咋神亦名山末之大主神此神者坐近淡海國之日枝山亦坐葛野之松尾用鳴鏑神者也次庭津日神次阿須波神 此神名以音 次波比岐神 此神名以音 次香山戸臣神次羽山戸神次庭高津日神次大土神亦名土之御祖神九神

上件大年神之子自大國御魂神以下大土神以前并十六神

羽山戸神娶大氣都比賣 下四字以音 神生子若山咋神次若年神次妹若沙那賣神 自沙下三字以音 次

弥豆麻岐神（自弥下四字以音）次夏高津日神亦名夏之賣神次秋毗賣神次久々年神（久々二字以音）次久々紀若室葛根神（久々紀三字以音）

上件羽山之子以下若室葛根以前并八神

天照大御神之命以豊葦原之千秋長五百秋之水穂國者我御子正勝吾勝々速日天忍穂耳命之所知國言因賜而天降也於是天忍穂耳命於天浮橋多々志（此三字以音）而詔之豊葦原之千秋長五百秋之水穂國者伊多久佐夜藝弖（此七字以音）有那理（此二字以音下效此）告而更還上請于天照大神尓高御産巣日神天照大御神之命以於天安河之河原神集八百万神集而思金神令思而詔此葦原中国者我御子之所知國言依所賜之國也故以為於此國道速振荒振國神等之多在是使何神而将言趣尓思金神及八百万神議白之天菩比神是可遣故遣天菩比神者乃媚附大國主神至于三年不復奏是以高御産巣日神天照大御神亦問諸神等所遣葦原中國之天菩比神久不復奏亦使何神之吉尓思金神答白可遣天津國玉神之子天若日子故尓以天之麻迦古弓（自麻下三字以音）天之波々（此二字以音）矢賜天若日子而遣於是天若日子降到其國即娶大國主神之女下照比賣亦慮獲其國至于八年不復奏故尓天照大御神高御産巣日神亦問諸神等天若日子久不復奏又遣曷神以問天若日子之淹留所由於是諸神及思金神答白可遣雉名鳴女時詔之汝行問天若日子状者汝所以使葦原中國者言趣和其國之荒振神等之者也何至于八年不復奏故尓鳴女自天降到居天若日子之門湯津楓上而言委曲如天神之詔命尓天佐具賣（此三字以音）聞此鳥言而語天若日子言此鳥者其鳴音甚悪故可射殺云進即天若日子持天神所賜天之波士弓天之加久矢射殺其雉尓

其矢自雉胷通而逆射上逮坐天安河之河原天照大御神高木神之御所是高木神者高御産巣日神之別名故高木神取其矢見者血着其矢羽於是高木神告之此矢者所賜天若日子之矢即示諸神等詔者或天若日子不誤命為射悪神之矢之至者不中天若日子或有耶心者天若日子於此矢麻賀礼 此三字以音 云而取其矢自其矢穴衝返下者中天若日子寝朝床之高胷坂以死 此還矢之夲也 尒其雉不還故於今諺曰雉之頓使夲是也故天若日子之妻下照比賣之哭聲与風響到天於是在天〻若日子之父天津國玉神及其妻子聞而降来哭悲乃於其處作喪屋而河鴈為岐佐理持 自岐下三字以音 鷺為掃持翠鳥為御食人雀為碓女雉為哭女如此行定而日八日夜八夜以遊也此時阿遅志貴高日子根神 自阿下四字以音 到而弔天若日子之喪時自天降到天若日子之父亦其妻皆哭云我子者不死有祁理 此二字以音下效此 我君者不死坐祁理云取懸手足而哭悲也其過所以者此二柱神之容姿甚能相似故是以過也於是阿遅志貴高日子根神大怒曰我者有愛友故弔来耳何吾比穢死人云而拔所御佩之十掬劔切伏其喪屋以足蹶離遣此者在美濃國藍見河之河上喪山之者也其持所切大刀名謂大量尒名謂神度劔 度字以音 故阿治志貴高日子根神者忿而飛去之時其伊呂妹高比賣命思顯其御名故歌曰阿米那流夜淤登多那婆多能宇那賀世流多麻能美須麻流美須麻流迩阿那陁麻波夜美多迩布多和多良須阿治志貴多迦比古泥能迦微曽也此歌者夷振也於是天照大御神詔之尒遣曷神者吉尒思金神及諸神白之坐天安河〻上之天石屋名伊都之尾羽張神是可遣 伊都二字以音 若尒非此神者其神之子建御雷之男神此應遣且其天尾羽張神者逆塞上天安河之水而塞道居故他神不得行故別遣天迦久神可問故尒使天迦久神問

天尾羽張神之時荅白恐之仕奉然於此道者僕子建御雷神可遣乃貢進亦天鳥船神副建御雷神而遣是以此二神降到出雲國伊耶佐之小濵而（伊耶佐三字以音）拔十掬釼逆刺立于浪穂趺坐其釼前問其大國主神言天照大御神高木神之命以問使之汝之宇志波祁流（此五字以音）葦原中國者我御子之所知國言依賜故汝心奈何亦荅白之僕者不得白我子八重言代主神是可白然為鳥遊取魚而往御大之前未還来故亦遣天鳥船神徴来八重事代主神而問賜之時語其父大神言恐之此國者立奉天神之御子即蹈傾其船而天逆手矣於青柴垣打成而隠也（訓柴云布斯）故亦問其大國主神今汝子事代主神如此白訖亦有可白子乎於是亦白之亦我子有建御名方神除此者無也如此白之間其建御名方神千引石擎手末而来言誰来我國而忍〻如此物言然欲為力競故我先欲取其御手故令取其御手者即取成立氷亦取成釼刃故亦懼而退居亦欲取其建御名方神之手乞歸而取者如取若葦搤批而投離者即逃去故追往而迫到科野國之州羽海将殺時建御名方神白恐莫殺我除此地者不行他處亦不違我父大國主神之命不違八重事代主神之言此葦原中國者随天神御子之命獻故更且還来問其大國主神汝子等事代主神建御名方神二神者随天神御子之命勿違白訖故汝心奈何亦荅白之僕子等二神随白僕之不違此葦原中國者随命既獻也唯僕住所者如天神御子之天津日継所知之登陁流（此三字以音下效此）天之御巣而於底津石根宮柱布斗斯理（此四字以音）於高天原氷木多迦斯理（多迦斯理四字以音）而治賜者僕者於百不足八十坰手隠而侍亦僕子等百八十神者即八重事代主神為神之御尾前而仕奉者違神者非也如此之白而於出雲國之多藝志之小濵造天之御舍（多藝志三字以音）而水戸神之孫櫛八玉神為膳夫獻天

御饗之時禱白而櫛八玉神化鵜入海底咋出底之波迩此二字以音作天八十毗良迦此三字以音而鎌海布之柄作燧臼以海蓴之柄作燧杵而欑出火云是我所燧火者於高天原者神産巣日御祖命之登陁流天之新巣之凝烟訓凝烟云州須之八拳垂麻弖焼擧麻弖二字以音地下者於底津石根焼凝而栲縄之千尋縄打莚為釣海人之口大之尾翼鱸訓鱸云須受岐佐和佐和迩此五字以音控依騰而打竹之登遠々登遠々迩此七字以音獻天之真魚咋也故建御雷神返叅上復奏言向和平葦原中國之状尓天照大御神高木神之命以詔太子正勝吾勝々速日天忍穂耳命今平訖葦原中國之白故随言依賜降坐而知者尓其太子正勝吾勝々速日天忍穂耳命荅白僕者将降装束之間子生出名天迩岐志國迩岐志自迩至志以音天津日高日子番能迩々藝命此子應降也此御子者御合高木神之女万幡豊秋津師比賣命生子天火明命次日子番能迩々藝命二柱也是以随白之科詔日子番能迩々藝命此豊葦原水穂國者汝将知國言依賜故随命以可天降尓日子番能迩々藝命将天降之時居天之八衢而上光高天原下光葦原中國之神於是有故尓天照大御神高木神之命以詔天宇受賣神汝者雖有手弱女人與伊牟迦布神自伊至布以音面勝神故専汝往将問者吾御子為天降之道誰如此而居故問賜之時荅白僕者國神名猿田毗古神也所以出居者聞天神御子天降坐故仕奉御前而叅向之侍尓天兒屋命布刀玉命天宇受賣命伊斯許理度賣命玉祖命并五伴緒矣支加而天降也於是副賜其遠岐斯此三字以音八尺勾璁鏡及草那藝釼亦常世思金神手力男神天石門別神而詔者此之鏡者専為我御魂而如拜吾前伊都岐奉次思金神者取持前事為政此二柱神者拜祭佐久々斯侶伊須受能宮自佐至能以音次登由宇氣神此者坐外宮之度相神者也次天石戸別神亦名

謂櫛石窓神亦名謂豊石窓神此神者御門之神也次手力男神者坐佐那〻縣也故其天兒屋命者 中臣連等之祖 布刀玉命者 忌部首等之祖 天宇受賣命者 猿女君等之祖 伊斯許理度賣命者 作鏡連等之祖 玉祖命者 玉祖連等之祖 故尒詔天津日子番能迩〻藝命而離天之石位押分天之八重多那 此二字以音 雲而伊都能知和岐知和岐弖 自伊以下十字以音 於天浮橋宇岐士摩理蘓理多〻斯弖 自宇以下十一字以音 天降坐于竺紫日向之高千穗之久士布流多氣 自久以下六字以音 故尒天忍日命天津久米命二人取負天之石靫取佩頭椎之大刀取持天之波士弓手挾天之真鹿矢立御前而仕奉故其天忍日命 此者大伴連等之祖 天津久米命 此者久米直等之祖也 於是詔之此地者向韓國真来通笠紗之御前而朝日之直刺國夕日之日照國也故此地甚吉地詔而於底津石根宮柱布斗斯理於高天原氷椽多迦斯理而坐也故尒詔天宇受賣命此立御前所仕奉猿田毗古大神者専所顕申之汝送奉亦其神御名者汝負仕奉是以猿女君等負其猨田毗古之男神名而女呼猨女君之事是也故其猨田毗古神坐阿耶訶 此三字以音地名 時為漁而於比良夫貝 自比至夫以音 其手見咋合而沈溺海塩故其沉居底之時名謂底度久御魂 度久二字以音 其海水之都夫多都時名謂都夫多都御魂 自都下四字以音 其阿和佐久時名謂阿和佐久御魂 自阿至久以音 於是送猨田毗古神而還到乃悉追聚鰭廣物鰭狭物以問言汝者天神御子仕奉耶之時諸魚皆仕奉白之中海鼠不白尒天宇受賣命謂海鼠云此口乎不荅之口而以紐小刀折其口故於今海鼠口折也是以御世嶋之速贄獻之時給猨女君等也於是天津日高日子番能迩〻藝能命於笠紗御前遇麗美人尒問誰女荅白之大山津見神之女名神阿多都比賣 此神名以音 亦名謂木花之佐久夜毗賣 此五字以音 又問有汝之兄弟乎荅白我姉石長比賣在也尒詔吾欲目合汝奈何荅白僕不得白僕

父大山津見神将白故乞遣其父大山津見神之時大歓喜而副其姉石長比賣令持百取机代之物奉出故尒其姉者囙甚凶醜見畏而返送唯畱其弟木花之佐久夜毗賣以一宿為婚尒大山津見神囙返石長比賣而大耻白送言我之女二並立奉由者使石長比賣者天神御子之命雖雪零風吹恒如石而常堅不動坐亦使木花之佐久夜比賣者如木花之榮々坐宇氣比弖（自宇下四字以音）貢進此令返石長比賣而獨畱木花之佐久夜毗賣故天神御子之御壽者木花之阿摩比能微（此五字以音）坐故是以至于今天皇命等之御命不長也故後木花之佐久夜毗賣參出白妾妊身今臨産時是天神之御子私不可産故請尒詔佐久夜毗賣一宿哉妊是非我子必國神之子尒荅白吾妊之子若國神之子者産時不幸若天神之御子者幸即作無戸八尋殿入其殿内以圡塗塞而方産時以火着其殿而産也故其火盛焼時所生之子名火照命（此者隼人阿多君之祖）次生子名火須勢理命（須勢理三字以音）次生子御名火遠理命亦名天津日高日子穂々手見命（三柱）故火照命者為海佐知毗古（此四字以音下效此也）而取鰭廣物鰭狭物火遠理命者為山佐知毗古而取毛麁物毛柔物尒火遠理命謂其兄火照命各相易佐知欲用三度雖乞不許然遂纔得相易尒火遠理命以海佐知鈎魚都不得一魚亦其鈎失海於是其兄火照命乞其鈎曰山佐知母己之佐知佐知海佐知母己之佐知佐知今各謂返佐知之時（佐知二字以音）其弟火袁理命荅曰汝鈎者鈎魚不得一魚遂失海然其兄強乞徴故其弟破御佩之十拳劔作五百鈎雖償不取亦作一千鈎雖償不受云猶欲得其正夲鈎於是其弟泣患居海邊之時塩椎神来問曰何虚空津日高之泣患所由荅言我与兄易鈎而失其鈎是乞其鈎故雖償多鈎不受云猶欲得其夲鈎故泣患之尒塩椎神云我為汝命作善議即造无間勝間之小船載其

舩以教曰我押流其舩者差暫往将有味御路乃乗其道往者如魚鱗所造之宮室其綿津見神之宮者也到其神御門者傍之井上有湯津香木故坐其木上者其海神之女見相議者也訓香木云加都良木 故随教少行俻如其言即登其香木以坐尓海神之女豊玉毗賣之従婢持玉器将酌水之時於井有光仰見者有麗壮夫訓壮夫云袁登古下效此 以為甚異奇尓火遠理命見其婢乞欲得水婢乃酌水入玉器貢進尓不飲水解御頸之璵含口唾入其玉器於是其璵着器婢不得離璵故任着以進豊玉毗賣命尓見其璵問婢曰若人有門外哉答曰有人坐我井上香木之上甚麗壮夫也益我王而甚貴故其人乞水故奉水者不飲水唾入此璵是不得離故任入将来而獻尓豊玉毗賣命思奇出見乃見感目合而白其父曰吾門有麗人尓海神自出見云此人者天津日高之御子虚空津日高矣即於内率入而美知皮之疊敷八重亦絁疊八重敷其上坐其上而具百取机代物為御饗即令婚其女豊玉毗賣故至三年住其國於是火袁理命思其初事而大一歎故豊玉毗賣命聞其歎以白其父言三年雖住恒無歎今夜為大一歎若有何由故其父大神問其聟夫曰今旦聞我女之語云三年雖坐恒無歎今夜為大歎若有由哉亦到此間之由奈何尓語其大神俻如其兄罸失鉤之状是以海神悉召集海之大小魚問曰若有取此鉤魚乎故諸魚白之頃者赤海鯽魚於喉鯁物不得食愁言故必是取於是探赤海鯽魚之喉者有鉤即取出而清洗奉火遠理命之時其綿津見大神誨曰之以此鉤給其兄時言状者此鉤者淤煩鉤須〻鉤貧鉤宇流鉤云而於後手賜淤煩及須〻亦宇流六字以音 然而其兄作高田者汝命營下田其兄作下田者汝命營高田為然者吾掌水故三年之間必其兄貧窮若悵怨其為然之事而攻戰者出塩盈珠而溺若其愁請者出塩乾珠而活如此令惚苦云授塩盈珠塩

乾珠并兩箇即悉召集和迩魚問曰今天津日高之御子虚空津日高為将出幸上國誰者幾日送奉而覆奏故各随己身之尋長限日而白之中一尋和迩白僕者一日送即還来故尓告其一尋和迩然者汝送奉若度海中時無令惶畏即載其和迩之頸送出故如期一日之内送奉也其和迩将返之時解所佩之紐小刀着其頸而返故其一尋和迩者於今謂佐比持神也是以備如海神之教言与其鈎故自尓以後稍兪貧更起荒心迫来将攻之時出塩盈珠而令溺其愁請者出塩乾珠而救如此令惚苦之時稽首白僕者自今以後為汝命之晝夜守護人而仕奉故至今其溺時之種ゝ之態不絶仕奉也於是海神之女豊玉毗賣命自參出白之妾已妊身今臨産時此念天神之御子不可生海原故參出到也尓即於其海邊波限以鵜羽為葺草造産殿於是其産殿未葺合不忍御腹之急故入坐産殿尓将方産之時白其日子言凡他國人者臨産時以本國之形産生故妾今以本身為産願勿見妾於是思奇其言竊伺其方産者化八尋和迩而匍匐委虵即見驚畏而遁退尓豊玉毗賣命知其伺見之事以為心耻乃生置其御子而白妾恒通海道欲往来然伺見吾形是甚作之即塞海坂而返入是以名其所産之御子謂天津日高日子波限建鵜草葺不合命 訓波限云那藝佐訓草云加夜 然後者雖恨其伺情不忍戀心因治養其御子之縁附其弟玉依毗賣而獻歌之其歌曰阿加陁麻波袁佐閇比迦礼杼斯良多麻能岐美何余曽比斯多布斗久阿理祁理尓其比古遅 三字以音 答歌曰意岐都登理加毛度久斯麻迩和賀韋泥斯伊毛波和湏礼士余能許登碁登迩故日子穂ゝ手見命者坐高千穂宮伍佰捌拾歳御陵者即在其高千穂山之西也是天津日高日子波限建鵜葺草葺不合命娶其姨玉依毗賣命生御子名五瀬命次稲氷命次御毛沼命次若御毛沼命亦名豊御

毛沼命亦名神倭伊波礼毗古命四柱故御毛沼命者跳浪穂渡坐于常世國稲氷命者為妣國而入坐海原也

古事記上巻

古事記中巻

神倭伊波礼毗古命 自伊下五字以音 與其伊呂兄五瀬命 上伊呂二字以音 二柱坐高千穂宮而議云坐何地者平聞看天下之政猶思東行即自日向發幸行筑紫故到豊國宇沙之時其土人名宇沙都比古宇沙都比賣 此十字以音 二人作足一騰宮而獻大御饗自其地遷移而於竺紫之岡田宮一年坐亦從其國上幸而於阿岐國之多祁理宮七年坐 自多下三字以音 亦從其國遷上幸而於吉備之高嶋宮八年坐故從其國上幸之時乗龜甲為釣乍打羽擧来人遇于速吸門尒喚帰問之汝者誰也荅曰僕者國神又問汝者知海道乎荅曰能知又問從而仕奉乎荅白仕奉故尒指度槁機引入其御船即賜名号槁根津日子 此者倭國造等之祖 故從其國上行之時經浪速之渡而泊青雲之白肩津此時登美能那賀須泥毗古 自登下九字以音 興軍待向以戦尒取所入御船之楯而下立故号其地謂楯津於今者云日下之蓼津也於是与登美毗古戦之時五瀬命於御手負登美毗古之痛矢串故尒詔吾者為日神之御子向日而戦不良故負賤奴之痛手自今者行廻而背負日以撃期而自南方廻幸之時到血沼海洗其御手之血故謂血沼海也從其地廻幸到紀國男之水門而詔負賤奴之手乎死為男建而崩故号其水門謂男水門也陵即在紀國之竈山也故神倭伊波礼毗古命從其地廻幸到熊野村之時大熊髪出入即失尒神倭伊波礼毗古命倏忽為遠延及御軍皆遠延而伏 遠延二字以音 此時熊野之高倉下 此者人名 賫一横刀到於天神御子之伏地而獻之時天神御子即寤起詔長寝乎故受取其横刀之時其熊野山之荒神自皆為切仆尒其惑伏御軍悉寤起之故天神御子問獲其横刀之所由高倉下荅

曰己夢云天照大神高木神二柱神之命以㕧建御雷神而詔葦原中國者伊多玖佐夜藝帝阿理那理 此十一字以音 我之御子等不平坐良志 此二字以音 其葦原中國者專汝所言向之國故汝建御雷神可降尒答白僕雖不降專有平其國之横刀可降是刀 此刀名云佐士布都神亦名云甕布都神亦名布都御魂此刀者坐石上神宮也 降此刀状者穿高倉下之倉頂自其墮入故阿佐米余玖 自阿下五字以音 汝取持獻天神御子故如夢教而旦見己倉者信有横刀故以是横刀而獻耳於是亦高木大神之命以覺白之天神御子自此於奥方莫使入幸荒神甚多今自天遣八咫烏故其八咫烏引道從其立後應幸行故隨其教覺從其八咫烏之後幸行者到吉野河之河尻時作筌有取魚人尒天神御子問汝者誰也答白僕者國神名謂贄持之子 此者阿陁之鵜養之祖 從其地幸行者生尾人自井出来其井有光尒問汝者誰也答白僕者國神名謂井氷鹿 此者吉野首等祖也 即入其山之亦遇生尾人此人押分巖而出来尒問汝者誰也答白僕者國神名謂石押分之子今聞天神御子幸行故參向耳 此者吉野國巢之祖 自其地蹈穿越幸宇陁故曰宇陁之穿也故尒於宇陁有兄宇迦斯 自宇以下三字以音下效此也 弟宇迦斯二人故先遣八咫烏問二人曰今天神御子幸行汝等仕奉乎於是兄宇迦斯以鳴鏑待射返其使故其鳴鏑所落之地謂訶夫羅前也将待擊云而聚軍然不得聚軍者欺陽仕奉而作大殿於其殿内作押機待時弟宇迦斯先參向拜白僕兄〻宇迦斯射返天神御子之使将為待攻而聚軍不得聚者作殿其内張押機将待取故參向顕白尒大伴連等之祖道臣命久米直等之祖大久米命二人㕧兄宇迦斯罵詈云伊賀 此二字以音 所作仕奉於大殿内者意礼 此二字以音 先入明白其将為仕奉之状而即握横刀之手上矛由氣 此二字以音 矢刺而追入之時乃己所作押見打而死尒即控出斬散故其地謂宇陁之血原也然而其弟宇迦斯之獻大饗者

悉賜其御軍此時歌曰宇陁能多加紀尓志藝和那波尚和賀麻都夜志藝波佐夜良受伊須久波斯久治良佐夜流古那美賀那許波佐婆多知曽婆能微能那祁久袁許紀志斐恵泥宇波那理賀那許婆佐婆伊知佐加紀微能意冨祁久袁許紀陁斐恵泥亞〻（引音）志夜胡志夜此者伊能碁布曽（此五字以音）阿〻（音引）志夜胡志夜此者嘲咲者也故其弟宇迦斯（此者宇陁水取等之祖也）自其地幸行到忍坂大室之時生尾土雲（訓云具毛）八十建在其室待伊那流（此三字以音）故尓天神御子之命以饗賜八十建於是宛八十建設八十膳夫毎人佩刀誨其膳夫等曰聞歌之者一時共斬故明将打其土雲之歌曰意佐賀能意冨牟盧夜尓比登佐波尓岐伊理袁理比登佐波尓伊理袁理登母美都美都斯久米能古賀久夫都〻伊〻斯都〻伊母知宇知弖斯夜麻牟美都美都斯久米能古良賀久夫都〻伊〻斯都〻伊母知伊麻宇多婆余良斯如此歌而拔刀一時打殺也然後将撃登美毗古之時歌曰美都美都斯久米能古良賀阿波布尓波賀美良比登母登曽泥賀母登曽泥米都那藝弖宇知弖志夜麻牟又歌曰美都美都斯久米能古良賀加岐母登尓宇恵志波士加美久知比〻久和礼波和須礼士宇知弖斯夜麻牟又歌曰加牟加是能伊勢能宇美能意斐志尓波比母登冨呂布志多陁美能伊波比母登冨理宇知弖志夜麻牟又撃兄師木弟師木之時御軍暫疲尓歌曰多〻那米弖伊那佐能夜麻能許能麻用母伊由岐麻毛良比多多加閇婆和礼波夜恵奴志麻都登理宇（上）加比賀登母伊麻須氣尓許泥故尓迩藝速日命參赴白於天神御子聞天神御子天降坐故追參降来即獻天津瑞以仕奉也故迩藝速日命娶登美毗古之妹登美夜毗賣生子宇麻志麻遲命（此者物部連穂積臣婇臣祖也）故如此言向平和荒夫琉神等（夫琉二字以音）退撥不伏之人等而坐畝火之白檮原宮治

天下也故坐日向時娶阿多之小椅君妹名阿比良比賣（自阿以下五字以音）生子多藝志美美命次岐須美美命二柱坐也然更求為太后之美人時大久米命白此間有媛女是謂神御子其所以謂神御子者三嶋湟咋之女名勢夜陁多良比賣其容姿麗美故美和之大物主神見感而其美人為大便之時化丹塗矢自其為大便之溝流下突其美人之富登（此二字以音下效此）介其美人驚而立走伊須須岐伎（此五字以音）乃将来其矢置於床邊忽成麗壮夫即娶其美人生子名謂富登多多良伊須須岐比賣命亦名謂比賣多多良伊須氣余理比賣（是者悪其富登云事後改名者也）故是以謂神御子也於是七媛女遊行於髙佐士野（佐士二字以音）伊須氣余理比賣在其中介大久米命見其伊須氣余理比賣而以歌白於天皇曰夜麻登能多加佐士怒袁那〻由久袁登賣杼母多礼袁志摩加牟介伊須氣余理比賣者立其媛女等之前乃天皇見其媛女等而御心知伊須氣余理比賣立於冣前以歌荅曰加都賀都母伊夜佐岐陁弖流延袁斯麻加牟介大久米命以天皇之命詔其伊須氣余理比賣之時見其大久米命黥利目而思奇歌曰阿米都〻知杼理麻斯登〻那杼佐祁流斗米介大久米命荅歌曰袁登賣介多陁介阿波牟登和加佐祁流斗米故其孃子白之仕奉也於是其伊須氣余理比賣命之家在狭井河之上天皇幸行其伊須氣余理比賣之許一宿御寢坐也（其河謂佐韋河由者於其河邊山由理草多在故取其山由理草之名号佐韋河也山由理草之夲名云佐韋也）後其伊須氣余理比賣參入宮内之時天皇御歌曰阿斯波良能志祁志岐袁夜迩須賀多〻美伊夜佐夜斯岐弖和賀布多理泥斯然而阿礼坐之御子名日子八井命次神八井耳命次神沼河耳命三柱故天皇崩後其庶兄當藝志美〻命娶其適后伊須氣余理比賣之時将敆其三弟而謀之間其御祖伊須氣余理比賣患苦而以歌令知其御子等歌曰佐韋賀波用久毛多知和多理宇泥

倭夜麻許能波佐夜藝奴加是布加牟登須又歌曰宇泥倭夜麻比流波久毛登韋由布佐礼婆加是布加牟登曾許能波佐夜牙流於是其御子聞知而驚乃為将殺當藝志美美之時神沼河耳命白其兄神八井耳命那泥 此二字以音 汝命持兵入而殺當藝志美ゝ故持兵入以将殺之時手足和那ゝ岐弖 此五字以音 不得殺故尒其弟神沼河耳命乞取其兄所持之兵入殺當藝志美ゝ故亦稱其御名謂建沼河耳命尒神八井耳命讓弟建沼河耳命曰吾者不能殺仇汝命既得殺仇故吾雖兄不宜為上是以汝命為上治天下僕者扶汝命為忌人而仕奉也故其日子八井命者 茨田連手嶋連之祖 神八井耳命者 意富臣小子部連坂合部連火君大分君阿蘇君筑紫三家連雀部臣雀部造小長谷造都祁直伊余國造科野國造道奥石城國造常道仲國造長狭國造伊勢船木直尾張丹羽臣嶋田臣等之祖也

神沼河耳命者治天下也凡此神倭伊波礼毗古天皇御年壹佰参拾柒歳御陵在畝火山之北方白檮尾上也神沼河耳命坐葛城高岡宮治天下也此天皇娶師木縣主之祖河俣毗賣生御子師木津日子玉手見命 一柱 天皇御年肆拾伍歳御陵在衝田崗也師木津日子玉手見命坐片塩浮穴宮治天下也此天皇娶河俣毗賣之兄縣主波延之女阿久斗比賣生御子常根津日子伊呂泥命 自伊下三字以音 次大倭日子鉏友命次師木津日子命此天皇之御子等并三柱之中大倭日子鉏友命者治天下次師木津日子命之子二王坐一子孫者 伊賀須知之稲置那婆理之稲置三野之稲置之祖 一子和知都美命者坐淡道之御井宮故此王有二女兄名蝿伊呂泥亦名意富夜麻登久迩阿礼比賣命弟名蝿伊呂杼也天皇御年肆拾玖歳御陵在畝火山之美冨登也大倭日子鉏友命坐軽之境崗宮治天下也此天皇娶師木縣主之祖賦登麻和訶比賣命亦名飯日比賣命生御子御真津日子訶恵志泥命 自訶下四字以音 次多藝志比古命 二柱 故御真

津日子訶恵志泥命者治天下也次當藝志比古命者　血沼之別多遲麻之竹別葦井之稻置之祖　天皇御年肆拾伍歲
御陵在畝火山之真名子谷上也御真津日子訶恵志泥命坐葛城掖上宮治天下也此天皇
娶尾張連之祖奥津余曾之妹名余曾多夲毗賣命生御子天押帶日子命次大倭帶日子國
押人命　二柱　故弟帶日子國忍人命者治天下也兄天押帶日子命者　春日臣大宅臣粟田臣小野臣柿本臣壹比韋臣大
坂臣阿那臣多紀臣羽栗臣知多臣牟耶臣都怒山臣伊勢飯高君壹師君近淡海國造之祖也　天皇御年玖拾參歲御陵在掖上博多山上也大倭帶日子
國押人命坐葛城室之秋津嶋宮治天下也此天皇娶姪忍鹿比賣命生御子大吉備諸進命
次大倭根子日子賦斗迩命　二柱自賦下三字以音　故大倭根子日子賦斗迩命者治天下也天皇御年
壹佰貳拾參歲御陵在玉手岡上也大倭根子日子賦斗迩命坐黒田廬戸宮治天下也此天
皇娶十市縣主之祖大目之女名細比賣命生御子大倭根子日子國玖琉命　一柱玖琉二字以音　又娶
春日之千〻速真若比賣生御子千〻速比賣命　一柱　又娶意冨夜麻登玖迩阿礼比賣命
生御子夜麻登登母〻曾毗賣命次日子刺肩別命次比古伊佐勢理毗古命亦名大吉備津
日子命次倭飛羽矢若屋比賣　四柱　又娶其阿礼比賣命之弟蠅伊呂杼生御子日子寤間
命次若日子建吉備津日子命　二柱　此天皇之御子等并八柱　男王五女王三　故大倭根子日子國
玖琉命者治天下也大吉備津日子命与若建吉備津日子命二柱相副而於針間氷河之前
居忌瓮而針間為道口以言向和吉備國也故此大吉備津日子命者　吉備上道臣之祖也　次若日子建
吉備津日子命者　吉備下道臣笠臣祖　次日子寤間命者　針間牛鹿臣之祖也　次日子刺肩別命者　高志之利波臣豊國之國前臣五百原君角鹿
海直之祖也　天皇御年壹佰陸歲御陵在片岡馬坂上也大倭根子日子國玖琉命坐輕之堺原宮
治天下也此天皇娶穗積臣等之祖内色許男命　色許二字以音下效此　妹内色許賣命生御子大毗古

命次少名日子建猪心命次若倭根子日子大毘〻命（三柱）又娶内色許男命之女伊迦賀色許賣命生御子比古布都押之信命（自比至都以音）又娶河内青玉之女名波迩夜須毘賣生御子建波迩夜須毘古命（一柱）此天皇之御子等并五柱故若倭根子日子大毘〻命者治天下也其兄大毘古命之子建沼河別命者（阿倍臣等之祖）次比古伊那許士別命（自比至士六字以音　此者膳臣之祖也）比古布都押之信命娶尾張連等之祖意富那毘之妹葛城之高千那毘賣（那毘二字以音）生子味師内宿祢（此者山代内臣之祖也）又娶木国造之祖宇豆比古之妹山下影日賣生子建内宿祢此建内宿祢之子并九（男七女二）波多八代宿祢者（波多臣林臣波美臣星川臣淡海臣長谷部君之祖也）次許勢小柄宿祢者（許勢臣雀部臣軽部臣之祖也）次蘇賀石河宿祢者（蘇我臣川邊臣田中臣高向臣小治田臣櫻井臣岸田臣等之祖也）次平群都久宿祢者（平群臣佐和良臣馬御樴連等祖也）次木角宿祢者（木臣都奴臣坂本臣之祖）次久米能摩伊刀比賣次怒能伊呂比賣次葛城長江曽都毘古者（玉手臣的臣生江臣阿藝那臣等之祖也）又若子宿祢（江野財臣之祖）此天皇御年伍拾柒歳御陵在劔池之中崗上也若倭根子日子大毘〻命坐春日之伊耶河宮治天下也此天皇娶旦波之大縣主名由碁理之女竹野比賣生御子比古由牟須美命（一柱此王名以音）又娶庶母伊迦賀色許賣命生御子御真木入日子印恵命（印恵二字以音）次御真津比賣命（二柱）又娶丸迩臣之祖日子國意祁都命之妹意祁都比賣命（意祁都三字以音）生御子日子坐王（一柱）又娶葛城之垂見宿祢之女鸇比賣生御子建豊波豆羅和氣王（一柱自波下五字以音）此天皇之御子等并五柱（男王四女王一）故御真木入日子印恵命者治天下也其兄比古由牟須美王之子大筒木垂根王次讃岐垂根王（二王讃岐二字以音）此二王之女五柱坐也次日子坐王娶山代之荏名津比賣亦名苅幡戸弁（此一字以音）生子大俣王次小俣王次志夫美宿祢王（三柱）又娶春日建国勝戸賣之女名沙本之大闇見戸賣生子沙本毘古王次袁耶本王

次沙夲毗賣命亦名佐波遲比賣（此沙夲毗賣命者為伊久米天皇之后自沙夲毗古以下三王名皆以音）次室毗古王（四柱）又娶近淡海之御上祝以伊都玖（此三字以音）天之御影神之女息長水依比賣生子丹波比古多〻須美知能宇斯王（此王字以音）次水之穂真若王次神大根王亦名八爪入日子王次水穂五百依比賣次御井津比賣（五柱）又娶其母弟袁祁都比賣命生子山代之大筒木真若王次比古意須王次伊理泥王（三柱此二王名以音）凡日子坐王之子并十一王故兄大俣王之子曙立王次菟上王（二柱）此曙立王者（伊勢之品遅部君伊勢之佐那造之祖）菟上王者（比賣陁君之祖）次小俣王者（當麻勾君之祖）次志夫美宿祢王者（佐〻君之祖也）次沙夲毗古王者（日下部連甲斐國造之祖）次袁耶夲王者（葛野之別近淡海蚊野之別祖也）次室毗古王者（若狭之耳別之祖）其美知能宇志王娶丹波之河上之摩須郎女生子比婆須比賣命次真砥野比賣命次弟比賣命次朝庭別王（四柱）此朝庭別王者（三川之穂別之祖）此美知能宇斯王之弟水穂真若王者（近淡海之安直之祖）次神大根王者（三野國之夲巣國造長幡部連之祖）次山代之大筒木真若王娶同母弟伊理泥王之女丹波能阿治佐波毗賣生子迦迩米雷王（迦迩米三字以音）此王娶丹波之遠津臣之女名高材比賣生子息長宿祢王此王娶葛城之高額比賣生子息長帯比賣命次虚空津比賣命次息長日子王（三柱此王者吉備品遅君針間阿宗君之祖）又息長宿祢王娶河俣稲依毗賣生子大多牟坂王（多牟二字以音此者多遅摩國造之祖也）上所謂建豊波豆羅和氣王者（道守臣忍海部造御名部造稲羽忍海部丹波之竹野別依網之阿毗古等之祖也）天皇御年陸拾参歳御陵在伊耶河之坂上也御真木入日子印恵命坐師木水垣宮治天下也此天皇娶木國造名荒河刀弁之女（刀弁二字以音）遠津年魚目〻微比賣生御子豊木入日子命次豊鉏入日賣命（二柱）又娶尾張連之祖意富阿麻比賣生御子大入杵命次八坂之入日子命次沼名木之入日賣命次十市之入日賣命（四柱）又娶大毗古命之女御真津比賣命生御子伊玖米入日子伊沙知命（伊久米伊沙知

六字以音　次伊耶能真若命　自伊至能以音　次國片比賣命次千〻都久和　此三字以音　比賣命次伊賀比賣命次倭日子命　六柱　此天皇之御子等并十二柱　男王七女王五也　故伊久米伊理毗古伊佐知命者治天下也次豊木入日子命者　上毛野下毛野君等之祖也　妹豊鉏比賣命　拜祭伊勢大神之宮也　次大入杵命者　能登臣之祖也　次倭日子命　此王之時始而於陵立人垣　此天皇之御世役病多起人民為盡尒天皇愁歎而坐神牀之夜大物主大神顕於御夢曰是者我之御心故以意冨多〻泥古而令祭我前者神氣不起国亦安平是以驛使班于四方求謂意冨多〻泥古人之時於河内之美努村見得其人貢進尒天皇問賜之汝者誰子也荅曰僕者大物主大神娶陶津耳命之女活玉依毗賣生子名櫛御方命之子飯肩巣見命之子建甕遺命之子僕意冨多〻泥古白於是天皇大歓以詔之天下平人民榮即以意冨多〻泥古命為神主而於御諸山拜祭意冨美和之大神前又仰伊迦賀色許男命作天之八十毗羅訶　此三字以音也　定奉天神地祇之社又於宇陁墨坂神祭赤色楯矛又於大坂神祭墨色楯矛又於坂之御尾神及河瀬神悉無遺忘以奉幣帛也因此而役氣悉息国家安平也此謂意冨多〻泥古人所以知神子者上所云活玉依毗賣其容姿端正於是有壮夫其形姿威儀於時無比夜半之時儵忽到来故相感共婚供住之間未經幾時其美人姙身尒父母恠其姙身之事問其女曰汝者自姙无夫何由姙身乎荅曰有麗美壮夫不知其姓名每夕到来供住之間自然懐妊是以其父母欲知其人誨其女曰以赤土散床前以閇蘊　此二字以音　紡麻貫針刺其衣襴故如教而旦時見者所着針麻者自戸之鉤穴控通而出唯遺麻者三勾耳尒即知自鉤穴出之状而従糸尋行者至美和山而留神社故知其神子故曰其麻之三勾遺而名其地謂美和也　此意冨多〻泥古命者神君鴨君之祖　又此之御世大毗古命者遣高志道其子建沼

河別命者遣東方十二道而令和平其麻都漏波奴（自摩下五字以音）人等又日子坐王者遣旦波国令殺玖賀耳之御笠（此人名者也玖賀二字以音也）故大毗古命罷往於高志國之時服腰裳少女立山代之幣羅坂而歌曰古波夜美麻紀伊理毗古波夜美麻紀伊理毗古波夜意能賀袁袁奴須美斯勢牟登斯理都斗用伊由岐多賀比麻幣都斗用伊由岐多賀比宇迦ゝ波久斯良尒登美麻紀伊理毗古波夜於是大毗古命思恠返馬問其少女曰汝所謂之言何言尒少女荅曰吾勿言唯為詠歌耳即不見其所如而忽失故大毗古命更還參上請於天皇時天皇荅詔之此者為在山代國我之庶兄建波迩安王起邪心之表耳（波迩二字以音）伯父興軍宜行即副丸迩臣之祖日子國夫玖命而遣時即於丸迩坂居忌瓮而罷往於是到山代之和訶羅河時其建波迩安王興軍待遮各中挾河而對立相挑故号其地謂伊杼美（今謂伊豆美也）尒日子國夫玖命乞云其廂人先忌矢可弾尒其建波尒安王雖射不得中於是國夫玖命弾矢者即射建波尒安王而死故其軍悉破而逃散尒追迫其逃軍到久須婆之度時皆被迫窘而屎出懸於褌故号其地謂屎褌（今者謂久須婆）又遮其逃軍以斬者如鵜浮於河故号其河謂鵜河也亦斬波布理其軍士故号其地謂波布理曽能（自波下五字以音）如此平訖參上覆奏故大毗古命者随先命而罷行高志國尒自東方所遣建沼河別与其父大毗古共往遇于相津故其地謂相津也是以各和平所遣之國政而覆奏尒天下太平人民富榮於是初令貢男弓端之調女手末之調故稱其御世謂所知初國之御真木天皇也又是之御世作依網池亦作軽之酒折池也天皇御歳壹佰陸拾捌歳（戊寅年十二月崩）御陵在山邊道勾之崗上也伊久米伊理毗古伊佐知命坐師木玉垣宮治天下也此天皇娶沙本毗古命之妹佐波遅比賣命生御子品牟都和氣命（一柱）又娶旦波比古多

〻須美知宇斯王之女氷羽州比賣命生御子印色之入日子命 印色二字以音 五柱 次大帯日子淤斯呂和氣命 自淤至氣五字以音 次大中津日子命次倭比賣命次若木入日子命 又娶其氷羽州比賣命之弟沼羽田之入毗賣命生御子沼帯別命次伊賀帯日子命 二柱 又娶其沼羽田之入日賣命之弟阿耶美能伊理毗賣命 此女王名以音 生御子伊許婆夜和氣命次阿耶美都比賣命 二柱此二王名以音 又娶大筒木垂根王之女迦具夜比賣命生御子袁那弁王 一柱 又娶山代大國之渕之女苅羽田刀弁 此二字以音 生御子落別王次五十日帯日子王次伊登志別王 伊登志三字以音 又娶其大國之渕之女弟苅羽田刀弁生御子石衝別王次石衝毗賣命亦名布多遅能伊理毗賣命 二柱 凡此天皇之御子等十六王 男王十三女王三 故大帯日子淤斯呂和氣命者治天下也 御身長一丈二寸御脛長四尺一寸也 次印色入日子命者作血沼池又作狹山池又作日下之高津池又坐鳥取之河上宮令作横刀壹仟口是奉納石上神宮即坐其宮定河上部也次大中津日子命者 山邊之別三枝之別稲木之別阿太之別尾張國之三野別吉備之石无別許呂母之別高巣鹿之別飛鳥君牟礼之別等祖也 次倭比賣命者 拜祭伊勢大神宮也 次伊許婆夜和氣王者 沙夲穴太部之別祖也 次阿耶美都比賣命者 嫁稲瀬毗古王 次落別王者 小目之山君三川之衣君之祖 次五十日帯日子王者 春日山君高志池君春日部君之祖 次伊登志和氣王者 因无子而為子代定伊登志部 次石衝別王者 羽咋君三尾君之祖 次布多遅能伊理毗賣命者 為倭建命之后 此天皇以沙夲毗賣為后之時沙夲毗賣命之兄沙夲毗古王問其伊呂妹曰孰愛夫与兄歟荅曰愛兄尓沙夲毗古王謀曰汝寔思愛我者将吾与汝治天下而即作八塩折之紐小刀授其妹曰以此小刀刺殺天皇之寝故天皇不知其之謀而枕其后之御膝為御寝坐也尓其后以紐小刀為刺其天皇之御頸三度擧而不忍哀情不能刺頸而泣涙落溢於御面乃天皇驚起問其后曰吾見異夢従沙夲方暴雨零来急沾吾面又錦色小蛇纒繞我頸

如此之夢是有何表也尒其后以為不應争即白天皇言妾兄沙夲毗古王問妾曰孰愛夫与兄是不勝面問故妾荅曰愛兄欤尒誂妾曰吾与汝共治天下故當殺天皇云而作八塩折之紐小刀授妾是以欲刺御頸雖三度擧哀情忽起不得刺頸而泣涙落沾於御面必有是表焉尒天皇詔之吾殆見欺乎乃興軍擊沙夲毗古王之時其王作稲城以待戦此時沙夲毗賣命不得忍其兄自後門逃出而納其之稲城此時其后妊身於是天皇不忍其后懐妊及愛重至于三年故廻其軍不急攻迫如此逗留之間其所妊之御子既産故出其御子置稲城外令白天皇若此御子矣天皇之御子所思看者可治賜於是天皇詔雖怨其兄猶不得忍愛其后故即有得后之心是以選聚軍士之中力士輕捷而宣者取其御子之時乃掠取其母王或髪或手當随取獲而掬以控出尒其后豫知其情悉剃其髪以髪覆其頭亦腐玉緒三重纒手且以酒腐御衣如全衣服如此設備而抱其御子刺出城外尒其力士等取其御子即握其御祖尒握其御髪者御髪自落握其御手者玉緒且絶握其御衣者御衣便破是以取獲其御子不得其御祖故其軍士等還来奏言御髪自落御衣易破亦所纒御手之玉緒便絶故不獲御祖取得御子尒天皇悔恨而悪作玉人等皆奪取其地故諺曰不得地玉作也亦天皇命詔其后言凡子名必母名何稱是子之御名尒荅白今當火焼稲城之時而火中所生故其御名宜稱夲牟智和氣御子又命詔何為日足奉荅白取御母定大湯坐若湯坐宜日足奉故随其后白以日足奉也又問其后曰汝所堅之美豆能小佩者誰解（美豆能三字以音也）荅白旦波比古多〻須美智宇斯王之女名兄比賣弟比賣茲二女王浄公民故宜使也然遂殺其沙夲比古王其伊呂妹亦従也故率遊其御子之状者在於尾張之相津二俣榲作二俣小舟而持上来以浮倭之市

師池輕池率遊其御子然是御子八拳鬚至于心前真事登波受此三字以音故今聞高往鵠之音始為阿藝登比自阿下四字以音尒遣山邊之大鶙此者人名令取其鳥故是人追尋其鵠自木國到針間國亦追越稲羽國即到旦波國多遅麻國追廻東方到近淡海國乃越三野國自尾張國傳以追科野國遂追到高志國而於和那美之水門張網取其鳥而持上獻故号其水門謂和那美之水門也亦見其鳥者於思物言而加思尒勿言事於是天皇患賜而御寢之時覺于御夢曰修理我宮如天皇之御舎者御子必真事登波牟自登下三字以音如此覺時布斗摩迩〻占相而求何神之心尒祟出雲大神之御心故其御子令拜其大神宮将遣之時令副誰人者吉尒曙立王食卜故科曙立王令宇氣比白宇氣比三字以音囙拜此大神誠有驗者住是鷺巣池之樹鷺乎宇氣比落如此詔之時宇氣比其鷺墮地死又詔之宇氣比活尒者宇氣比者更活又在甜白檮之前葉廣熊白檮令宇氣比枯亦宇氣比生尒名賜其曙立王謂倭者師木登美豊朝倉曙立王登美二字以音即曙立王菟上王二王副其御子遣時自那良戸遇跛盲自大坂戸亦遇跛盲唯木戸是掖月之吉戸卜而出行之時毎到坐地定品遅部也故到於出雲拜訖大神還上之時肥河之中作黒樔橋仕奉假宮而坐尒出雲國造之祖名岐比佐都美餝青葉山而立其河下将獻大御食之時其御子詔言是於河下如青葉山者見山非山若坐出雲之石硐之曾宮葦原色許男大神以伊都玖之祝大庭乎問賜也尒所遣御伴王等聞歡見喜而御子者坐檳榔之長穂宮而貢上驛使尒其御子一宿婚肥長比賣故竊伺其美人者虵也即見畏遁逃尒其肥長比賣患光海原自舩追来故益見畏以自山多和此二字以音引越御舩逃上行也於是覆奏言因拜大神大御子物詔故參上来故天皇歡喜即返菟上王令造神宮於是天皇因其御子定

鳥取部鳥甘部品遅部大湯坐若湯坐又随其后之白喚上美知能宇斯王之女䓁比婆須比賣命次弟比賣命次歌凝比賣命次圓野比賣命并四柱然留比婆須比賣命弟比賣命二柱而其弟王二柱者因甚凶醜返送夲主於是円野比賣慚言同兄弟之中以姿醜被還之事聞於隣里是甚慚而到山代國之相樂時取懸樹枝而欲死故号其地謂懸木今云相樂又到弟國之時遂堕峻渕而死故号其地謂堕國今云弟國也又天皇以三宅連䓁之祖名多遅摩毛理遣常世國令求登岐士玖能迦玖能木實 自登下八字以音 故多遅摩毛理遂到其國採其木實以縵八縵矛八矛将来之間天皇既崩尒多遅摩毛理分縵四縵矛四矛獻于大后以縵四縵矛四矛獻置天皇之御陵戸而擎其木實叫哭以白常世國之登岐士玖能迦玖能木實持叅上侍遂叫哭死也其登岐士玖能迦玖能木實者是今橘者也此天皇御年壹佰伍拾参歳御陵在菅原之御立野中也又其大后比婆須比賣命之時定石棺作又定土師部此后者葬狭木之寺間陵也

大帯日子淤斯呂和氣天皇坐纒向之日代宮治天下也此天皇娶吉備臣䓁之祖若建吉備津日子之女名針間之伊上那毗能大郎女生御子櫛角別王次大碓命次小碓命亦名倭男具那命 具那二字以音 次倭根子命次神櫛王 五柱 又娶八尺入日子命之女八坂之入日賣命生御子若帯日子命次五百木之入日子命次押別命次五百木之入日賣命又妾之子豊戸別王次沼代郎女又妾之子沼名木郎女次香余理比賣命次若木之入日子王次吉備之兄日子王次高木比賣命次弟比賣命又娶日向之美波迦斯毗賣生御子豊國別王又娶伊那毗能大郎女之弟伊那毗能若郎女 自伊下四字以音 生御子真若王次日子人之大兄王又娶倭建命

之曾孫名須賣伊呂大中日子王（自須至呂四字以音）之女訶具漏比賣生御子大枝王凡此大帶日子天皇之御子等所録廿一王不入記五十九王并八十王之中若帶日子命与倭建命亦五百木之入日子命此三王負太子之名自其餘七十七王者悉別賜國〻之國造亦和氣及稻置縣主也故若帶日子命者治天下也小碓命者平東西之荒神及不伏人等也次櫛角別王者（茨田下連等之祖）次大碓命（守君大田君嶋田君之祖）次神櫛王者（木國之酒部阿比古宇陁酒部之祖）次豊國別王者（日向國造之祖）於是天皇聞看定三野國造之祖大根王之女名兄比賣弟比賣二孃子其容姿麗美而遣其御子大碓命以喚上故其所遣大碓命勿岀上而即己自婚其二孃子更求他女人詐名其孃女而貢上於是天皇知其他女恒令經長恨亦勿婚而惚也故其大碓命娶兄比賣生子押黒之兄日子王（此者三野之宇泥須和氣之祖）亦娶弟比賣生子押黒弟日子王（此者牟宜都君等之祖）此之御世定田部又定東之淡水門又定膳之大伴部又定倭屯家又作坂手池即竹植其堤也天皇詔小碓命何汝兄於朝夕之大御食不參出来專汝泥疑教覺（泥疑二字以音下效此）如此詔以後至于五日猶不參出尓天皇問賜小碓命何汝兄久不參出若有未誨乎荅白既為泥疑也又詔如何泥疑也荅白朝署入廁之時待捕搤批而引闕其枝裹薦投棄於是天皇惶其御子之建荒之情而詔之西方有熊曾建二人是不伏无礼人等故取其人等而遣當此之時其御髮結頷也尓小碓命給其姨倭比賣命之御衣御裳以釼納于御懐而幸行故到于熊曾建之家見者於其家邊軍團三重作室以居於是言動為御室樂設備食物故遊行其傍待其樂日尓臨其樂日如童女之髮梳垂其結御髮服其姨之御衣御裳既成童女之姿交立女人之中入坐其室内尓熊曾建兄弟二人見咸其孃子坐於己中而盛樂故臨其酣時自懐出釼取熊曾之衣衿釼自其胷刺通之時

其弟建見畏逃出乃追至其室之椅夲取其背以釼自尻刺通尒其熊曾建白言莫動其刀僕有白言尒暫許押伏於是白言汝命者誰尒詔吾者坐纏向之日代宮所知大八嶋國大帶日子淤斯呂和氣天皇之御子名倭男具那王者也意礼熊曾建二人不伏無礼聞看而取殺意礼詔而遣尒其熊曾建白信然也於西方除吾二人無建强人然於大倭國益吾二人而建男者坐祁理是以吾獻御名自今以後應稱倭建御子是事白訖即如熟苽振折而殺也故自其時稱御名謂倭建命然而還上之時山神河神及穴戸神皆言向和而參上即入坐出雲國欲殺其出雲建而到即結友故竊以赤檮作詐刀為御佩共沐肥河尒倭建命自河先上取佩出雲建之解置横刀而詔為易刀故後出雲建自河上而佩倭建命之詐刀於是倭建命誂云伊奢合刀尒各拔其刀之時出雲建不得拔詐刀即倭建命拔其刀而打殺出雲建尒御歌曰夜都米佐須伊豆毛多祁流賀波祁流多知都豆良佐波麻岐佐味那志尒阿波礼故如此撥治參上覆奏尒天皇亦頻詔倭建命言向和平東方十二道之荒夫琉神及摩都樓波奴人等而副吉備臣等之祖名御鉏友耳建日子而遣之時給比〻羅木之八尋矛 比〻羅三字以音 故受命罷行之時參入伊勢大御神宮拜神朝庭即白其姨倭比賣命者天皇既所以思吾死乎何擊遣西方之悪人等而返參上来之間未經幾時不賜軍衆今更平遣東方十二道之悪人等因此思惟猶所思看吾既死焉患泣罷時倭比賣命賜草那藝釼 那藝二字以音 亦賜御嚢而詔若有急事解茲嚢口故到尾張國入坐尾張國造之祖美夜受比賣之家乃雖思将婚亦思還上之時将婚期定而幸于東國悉言向和平山河荒神及不伏人等故尒到相武國之時其國造詐白於此野中有大沼住是沼中之神甚道速振神也於是看行其神入坐其野尒其國造火着其野

故知見欺而解開其姨倭比賣命之所給嚢口而見者火打有其裏於是先以其御刀苅撥草以其火打而打出火着向火而焼退還出皆切滅其國造等即着火焼故於今謂焼遺也自其入幸渡走水海之時其渡神興浪廻船不得進渡尓其后名弟橘比賣命白之妾易御子而入海中御子者所遣之政遂應覆奏将入海時以菅疊八重皮疊八重絁疊八重敷于波上而下坐其上於是其暴浪自伏御船得進尓其后歌曰佐泥佐斯佐賀牟能袁怒迩毛由流肥能本那迦迩多知弖斗比斯岐美波母故七日之後其后御櫛依于海邊乃取其櫛作御陵而治置也自其入幸悉言向荒夫琉蝦夷等烝平和山河荒神等而還上幸時到足柄之坂本於食御粮處其坂神化白鹿而来立尓即以其咋遺之蒜片端待打者中其目乃打殺也故登立其坂三歎詔云阿豆麻波夜自阿下五字以音也故号其國謂阿豆麻也即自其國越出甲斐坐酒折宮之時歌曰迩比婆理都久波袁須疑弖伊久用加泥都流尓其御火焼之老人續御歌以歌曰迦賀那倍弖用迩波許ゝ能用比迩波登袁加袁是以譽其老人即給東國造也自其國越科野國乃言向科野之坂神而還来尾張國入坐先日所期美夜受比賣之許於是獻大御食之時其美夜受比賣捧大御酒盞以獻尓美夜受比賣其於意須比之襴意須比三字以音着月經故見其月經御歌曰比佐迦多能阿米能迦具夜麻斗迦麻迩佐和多流久毗比波煩曽多和夜賀比那袁麻迦牟登波阿礼波須礼杼佐泥牟登波阿礼波意母閇杼那賀祁勢流意須比能須蘇尓都紀多知迩祁理尓美夜受比賣荅御歌曰多迦比迦流比能美古夜須美斯志和賀意冨岐美阿良多麻能登斯賀岐布礼婆阿良多麻能都紀波岐閇由久宇倍那宇倍那宇倍那岐美麻知賀多尓和賀祁勢流意須比能須蘇尓都紀多ゝ那牟余故尓御合而以其御刀之草那

藝釼置其美夜受比賣之許而取伊服岐能山之神幸行於是詔茲山神者徒手直取而騰其山之時白猪逢于山邊其大如牛尒為言擧而詔是化白猪者其神之使者雖今不殺還時将殺而騰坐於是零大氷雨打或倭建命 此化白猪者非其神之使者當其神之正身囙言擧見惑也 故還下坐之到玉倉部之清泉以息坐之時御心稍寤故号其清泉謂居寤清泉也自其處發到當藝野上之時詔者吾心恒兪自虚翔行然今吾足不得歩成當藝當藝斯玖 自當下六字以音 故号其地謂當藝也自其地差少幸行因甚疲衝御杖稍歩故号其地謂杖衝坂也到坐尾津前一松之許先御食之時所忘其地御刀不失猶有尒御歌曰袁波理迩多陁迩牟加弊流袁都能佐岐那流比登都麻都阿勢袁比登都麻都比登迩阿理勢婆多知波氣麻斯袁岐奴岐勢麻斯袁比登都麻都阿勢袁自其地幸到三重村之時亦詔之吾足如三重勾而甚疲故号其地謂三重自其幸行而到能煩野之時思國以歌曰夜麻登波久尒能麻夲呂婆多〻那豆久阿袁加岐夜麻碁母礼流夜麻登志宇流波斯又歌曰伊能知能麻多祁牟比登波多〻美許母幣具理能夜麻能久麻加志賀波袁宇受尒佐勢曽能古此歌者思國歌也又歌曰波斯祁夜斯和岐幣能迦多用久毛韋多知久母此者片歌也此時御病甚急尒御歌曰袁登賣能登許能弁尒和賀淤岐斯都流岐能多知曽能多知波夜歌竟即崩尒貢上驛使於是坐倭后䒭及御子䒭諸下到而作御陵即匍匐廻其地之那豆岐田 自那下三字以音 而哭為歌曰那豆岐能多能伊那賀良迩伊那賀良尒波比母登冨呂布登許呂豆良於是化八尋白智鳥翔天而向濵飛行 智字以音 尒其后及御子䒭於其小竹之苅杙雖足跳破忘其痛以哭追此時歌曰阿佐士怒波良許斯那豆牟蘓良波由賀受阿斯用由久那又入其海塩而那豆美 此三字以音 行時歌曰宇美賀由氣婆許斯那豆牟意

冨迦波良能宇恵具佐宇美賀波伊佐用布又飛居其礒之時歌曰波麻都知登理波麻用波由迦受伊蘊豆多布是四歌者皆歌其御葬也故至今其歌者歌天皇之大御葬也故自其國飛翔行留河内國之志幾故於其地作御陵鎮坐也即号其御陵謂白鳥御陵也然亦自其地更翔天以飛行凡此倭建命平國廻行之時久米直之祖名七拳脛恒為膳夫以従仕奉也此倭建命娶伊玖米天皇之女布多遅能伊理毗賣命自布下八字以音生御子帯中津日子之命一柱又娶其入海弟橘比賣命生御子若建王一柱又娶近淡海之安國造之祖意冨多牟和氣之女布多遅比賣生御子稲依別王一柱又娶吉備臣建日子之妹大吉備建比賣生御子建貝兒王一柱又娶山代之玖〻麻毛理比賣生御子足鏡別王一柱又一妻之子息長田別王凡是倭建命之御子等并六柱故帯中津日子命者治天下也次稲依別王者犬上君建部君等之祖次建貝兒王者讃岐綾君伊勢之別登袁之別麻佐首宮首之別等之祖足鏡別王者鎌倉之別小津石代之別漁田之別祖也次息長田別王之子杙俣長日子王此王之子飯野真黒比賣命次息長真若中比賣次弟比賣三柱故上云若建王娶飯野真黒比賣生子須賣伊呂大中日子王自須至呂以音此王娶淡海之柴野入杵之女柴野比賣生子迦具漏比賣命故大帯日子天皇娶此迦具漏比賣命生子大江王一柱此王娶庶妹銀王生子大名方王次大中比賣命二柱故此之大中比賣命者香坂王忍熊王之御祖也此大帯日子天皇之御年壹佰参拾漆歳御陵在山邊之道上也若帯日子天皇坐近淡海之志賀高穴穂宮治天下也此天皇娶穂積臣等之祖建忍山垂根之女名弟財郎女生御子和訶奴氣王一柱故建内宿祢為大臣定賜大國小國之國造亦定賜國〻之堺及大縣小縣之縣主也天皇御年玖拾伍歳乙卯年三月十五日崩也御陵在沙紀之多他那美也帯中日子天皇坐穴門之

豊浦宮及筑紫訶志比宮治天下也此天皇娶大江王之女大中津比賣命生御子香坂王忍熊王 二柱 又娶息長帶比賣命是太后生御子品夜和氣命次大鞆和氣命亦名品陁和氣命 二柱 此太子之御名所以負大鞆和氣命者初所生時如鞆完生御腕故着其御名是以知坐腹中國也此之御世定淡道之屯家也其太后息長帶日賣命者當時歸神故天皇坐筑紫之訶志比宮将擊熊曾國之時天皇控御琴而建内宿祢大臣居於沙庭請神之命於是太后歸神言教覺詔者西方有國金銀為本目之炎耀種〻珍寶多在其國吾今歸賜其國尒天皇荅白登高地見西方者不見國土唯有大海謂為詐神而押退御琴不控默坐尒其神大忿詔凡玆天下者汝非應知國汝者向一道於是建内宿祢大臣白恐我天皇猶阿蘓婆勢其大御琴 自阿至勢以音 尒稍取依其御琴而那摩那摩迩 此五字以音 控坐故未幾久而不聞御琴之音即擧火見者既崩訖尒驚懼而坐殯宮更取國之大奴佐而 奴佐二字以音 種〻求生剥逆剥阿離溝埋屎戸上通下通婚馬婚牛婚鷄婚犬婚之罪類為國之大祓而亦建内宿祢居於沙庭請神之命於是教覺之狀具如先日凡此國者坐汝命御腹之御子所知國者也尒建内宿祢白恐我大神坐其神腹之御子何子歟荅詔男子也尒具請之今如此言教之大神者欲知其御名即荅詔是天照大神之御心者亦底箇男中箇男上箇男三柱大神者也 此時其三柱大神之御名者顯也 今寔思求其國者於天神地祇亦山神及河海之諸神悉奉幣帛我之御魂坐于船上而真木灰納瓠亦箸及比羅傳 此三字以音 多作皆皆散浮大海以可度故備如教覺整軍雙船度幸之時海原之魚不問大小悉負御船而渡尒順風大起御船從浪故其御船之波瀾押騰新羅之國既到半國於是其國王畏惶奏言自今以後随天皇命而為御馬甘毎年雙船不乾船腹不乾柂檝共与天地

無退仕奉故是以新羅國者定御馬甘百済國者定渡屯家尒以其御杖衝立新羅國主之門即以墨江大神之荒御魂為國守神而祭鎮還渡也故其政未竟之間其懐妊臨産即為鎮御腹取石以纒御裳之胥而渡筑紫國其御子者阿礼坐（阿礼二字以音）故号其御子生地謂宇美也亦所纒其御裳之石者在筑紫國之伊斗村也亦到坐筑紫末羅縣之玉嶋里而御食其河邊之時當四月之上旬尒坐其河中之礒拔取御裳之糸以飯粒為餌釣其河之年魚（其河名謂小河亦其礒名謂勝門比賣也）故四月上旬之時女人拔裳糸以粒為餌釣年魚至于今不絶也於是息長帯日賣命於倭還上之時因疑人心一具喪船御子載其喪船先令言漏之御子既崩如此上幸之時香坂王忍熊王聞而思将待取進出於斗賀野為宇氣比獦也尒香坂王騰坐歴木而是大怒猪出堀其歴木即咋食其香坂王其弟忍熊王不畏其態興軍待向之時赴喪船将攻空船尒自其喪船下軍相戰此時忍熊王以難波吉師部之祖伊佐比宿祢為将軍太子御方者以丸迩臣之祖難波根子建振熊命為将軍故追退到山代之時還立各不退相戰尒建振熊命權而令云息長帯日賣命者既崩故無可更戰即絶弓絃欺陽歸服於是其将軍既信詐弭弓蔵兵尒自頂髪中採出設弦更張追撃故逃退逢坂對立亦戰尒追迫敗出沙ゝ那美悉斬其軍於是其忍熊王与伊佐比宿祢共被追迫乗船浮海歌曰伊奢阿藝布流玖麻賀伊多弖淤波受波迩夲杼理能阿布美能宇美迩迦豆岐勢那和即入海共死也故建内宿祢命率其太子為将禊而經歴淡海及若狭國之時於高志前之角鹿造假宮而坐尒坐其地伊奢沙和氣大神之命見於夜夢云以吾名欲易御子之御名尒言禱白之恐随命易奉亦其神詔明日之旦應幸於濵獻易名之幣故其旦幸行于濵之時毀鼻入鹿魚既依一浦於是御子令白于神云於我

給御食之魚故名稱其御名號御食津大神故於今謂氣比大神也亦其入鹿魚之鼻血臰故号其浦謂血浦今謂都奴賀也於是還上坐時其御祖息長帶日賣命釀待酒以獻尒其御祖御歌曰許能美岐波和賀美岐那良受久志能加美登許余迩伊麻須伊波多ゝ須ゝ久那美迦微能加牟菩岐夲岐玖琉夲斯登余夲岐夲岐母登夲斯麻都理許斯美岐叙阿佐受袁勢佐ゝ如此歌而獻大御酒尒建内宿祢命為御子答歌曰許能美岐袁迦美祁牟比登波曽能都豆美宇須迩多弖ゝ宇多比都ゝ迦美祁礼迦母麻比都ゝ迦美祁礼加母許能美岐能美岐能阿夜迩宇多陁怒斯佐ゝ此者酒楽之歌也凡帯中津日子天皇之御年伍拾貳歳（壬戌年六月十一日崩也）御陵在河内恵賀之長江也（皇后御年一百歳崩葬于狭城楯列陵也）品陁和氣命坐軽嶋之明宮治天下也此天皇娶品它真若王（品它二字以音）之女三柱女王一名高木之入日賣命次中日賣命次弟日賣命（此女王等之父品它真若王者五百木之入日子命娶尾張連之祖建伊那陁宿祢之女志理都紀斗賣生子者ゝ也ゝ）故高木之入日賣之子額田大中日子命次大山守命次伊奢之真若命（伊奢二字以音）次妹大原郎女次髙目郎女（五柱）中日賣命之御子木之荒田郎女次大雀命次根鳥命（三柱）弟日賣命之御子阿倍郎女次阿貝知能（此四字以音）三腹郎女次木之菟野郎女次三野郎女（五柱）又娶丸迩之比布礼能意冨美之女（自比至美以音）名宮主矢河枝比賣生御子宇遅能和紀郎子次妹八田若郎女次女鳥王（三柱）又娶其矢河枝比賣之弟袁那弁郎女生御子宇遅之若郎女（一柱）又娶咋俣長日子王之女息長真若中比賣生御子若沼毛二俣王（一柱）又娶櫻井田部連之祖嶋垂根之女糸井比賣生御子速総別命（一柱）又娶日向之泉長比賣生御子大羽江王次小羽江王次幡日之若郎女（三柱）又娶迦具漏比賣生御子川原田郎女次玉郎女次忍坂大中比賣次登冨志郎女次迦多遅王（五柱）又

娶葛城之野伊呂賣（此三字以音）生御子伊奢能麻和迦王（一柱）此天皇之御子等并廿六王（男王十一女王十五）此中大雀命者治天下也於是天皇問大山守命与大雀命詔汝等者孰愛兄子与弟子（天皇所以發是問者宇遅能和紀郎子有令治天下之心也）尒大山守命白愛兄子次大雀命知天皇所問賜之大御情而白兄子者既成人是無悒弟子者未成人是愛尒天皇詔佐耶岐阿藝之言（自佐至藝五字以音）如我所思即詔別者大山守命為山海之政大雀命執食國之政以白賜宇遅能和紀郎子所知天津日継也故大雀命者勿違天皇之命也一時天皇越幸近淡海國之時御立宇遅野上望葛野歌曰知婆能加豆怒袁美礼婆毛〻知陁流夜迩波母美由久尒能冨母美由故到坐木幡村之時麗美嬢子遇其道衢尒天皇問其嬢子曰汝者誰子荅白丸迩之比布礼能意冨美之女名宮主矢河枝比賣天皇即詔其嬢子吾明日還幸之時入坐汝家故矢河枝比賣委曲語其父於是父荅曰是者天皇坐那理（此二字以音）恐之我子仕奉云而嚴餝其家候待者明日入坐故獻大御饗之時其女矢河枝比賣命令取大御酒盞而獻於是天皇任令取其大御酒盞而御歌曰許能迦迩夜伊豆久能迦迩毛〻豆多布都奴賀能迦迩余許佐良布伊豆久迩伊多流伊知遅志麻美志麻迩斗岐美本杼理能迦豆伎伊岐豆岐志那陁由布佐〻那美遅袁須久須久登和賀伊麻勢婆夜許波多能美知迩阿波志斯袁登賣宇斯呂傳波袁陁弖呂迦母波那美波志比比斯那須伊知比韋能和迩佐能迩袁波都迩波〻陁阿可良氣美志波迩波迩具漏岐由恵美都具理能曽能那迦都迩袁加夫都久麻肥迩波阿弖受麻用賀岐許迩加岐多礼阿波志斯袁美那迦母賀登和賀美斯古良迦久母賀登阿賀美斯古迩宇多〻氣陁迩牟迦比袁流迦母伊蘇比袁流迦母如此御合生御子宇遅能和紀（自宇下五字以音）郎子也天皇聞看

日向國諸縣君之女名髮長比賣其顏容麗美将使而喚上之時其太子大雀命見其孃子泊于難波津而感其姿容之端正即誂告建内宿祢大臣是自日向喚上之髮長比賣者請白天皇之大御所而令賜於吾亦建内宿祢大臣請太命者天皇即以髮長比賣賜于其御子所賜状者天皇聞看豊明之日於髮長比賣令握大御酒柏賜其太子亦御歌曰伊耶古杼母怒毗流都美迩比流都美迩和賀由久美知能迦具波斯波那多知婆那波本都延波登理韋賀良斯志豆延波比登ゝ理賀良斯美都具理能那迦都延能本都毛理阿加良袁登賣袁伊耶佐佐婆余良斯那又御歌曰美豆多麻流余佐美能伊氣能韋具比宇知賀佐斯祁流斯良迩奴那波久理波閇祁久斯良迩和賀許ゝ呂志叙伊夜袁許迩斯弖伊麻叙久夜斯岐如此歌而賜也故被賜其孃子之後太子歌曰美知能斯理古波陁袁登賣袁迦微能碁登岐許延斯迦杼母阿比麻久良麻久又歌曰美知能斯理古波陁袁登賣波阿良蘇波受泥斯久袁斯叙母宇流波志美意母布又吉野之國主等瞻大雀命之所佩御刀歌曰本牟多能比能美古意冨佐耶岐意冨佐耶岐波加勢流多知母登都流藝須恵布由布由紀能須加良賀志多紀能佐夜ゝゝ又於吉野之白檮上作横臼而於其横臼釀大御酒獻其大御酒之時擊口鼓為伎而歌曰加志能布迩余久須袁都久理余久須迩迦美斯意冨美岐宇麻良迩岐許志母知袁勢麻呂賀知此歌者國主等獻大贄之時ゝ恒至于今詠之歌者也此之御世定賜海部山部山守部伊勢部也亦作劔池亦新羅人參渡来是以建内宿祢命引率為渡之堤池而作百濟池亦百済國主照古王以牡馬壹疋牝馬壹疋付阿知吉師以貢上此阿知吉師者阿直史等之祖亦貢上横刀及大鏡又科賜百済國若有賢人者貢上故受命以貢上人名和迩吉師即論語十巻千字文一

巻并十一巻付是人即貢進［此和尒吉師者文首等祖］又貢上手人韓鍛名卓素亦呉服西素二人也又秦造之祖漢直之祖及知醸酒人名仁番亦名須〻許理等参渡来也故是須〻許理醸大御酒以獻於是天皇宇羅宜是所獻之大御酒而［宇羅宜三字以音］御歌曰須〻許理賀迦美斯美岐迩和礼恵比迩祁理許登那具志恵具志尒和礼恵比迩祁理如此之歌幸行時以御杖打大坂道中之大石者其石走避故諺曰堅石避酔人也故天皇崩之後大雀命者従天皇之命以天下譲宇遅能和紀郎子於是大山守命者違天皇之命猶欲獲天下有殺其弟皇子之情竊設兵将攻尒大雀命聞其兄備兵即遣使者令告宇遅能和紀郎子故聞驚以兵伏河邊亦其山之上張絁垣立帷幕詐以舎人為王露坐呉床百官恭敬往来之状既如王子之坐所而更為其兄王渡河之時具餝船檝者舂佐那［此二字以音］葛之根取其汁滑而塗其船中之簀椅設蹈應仆而其王子者服布衣褌既為賤人之形執檝立船於是其兄王隠伏兵士衣中服鎧到於河邊将乗船時望其嚴餝之處以為弟王坐其呉床都不知執檝而立船即問其執檝者曰傳聞茲山有忿怒之大猪吾欲取其猪若獲其猪乎尒執檝者答曰不能也亦問曰何由答曰時〻也往〻也雖為取而不得是以白不能也渡到河中之時令傾其船墮入水中尒今乃浮出随水流下即流歌曰知波夜夫流宇遅能和多理迩佐袁斗理迩波夜祁牟比登斯和賀毛古迩許牟於是伏隠河邊之兵彼廂此廂一時共興矢刺而流故到訶和羅之前而沉入［訶和羅三字以音］故以鉤探其沉處者繋其衣中甲而訶和羅鳴故号其地謂訶和羅前也尒掛出其骨之時弟王歌曰知波夜比登宇遅能和多理迩和多理是迩多弖流阿豆佐由美麻由美伊岐良牟登許〻呂波母閇杼伊斗良牟登許〻呂波母閇杼母登幣波岐美袁淤母比傳須恵幣波伊毛袁

淤母比傳伊良那祁久曾許尒淤母比傳加那志祁久許ゝ尒淤母比傳伊岐良受曾久流阿豆佐由美麻由美故其大山守命之骨者葬于那良山也是大山守命者 土形君幣岐君榛原君等之祖 於是大雀命與宇遲能和紀郎子二柱各譲天下之間海人貢大贄尒兄辞令貢於弟ゝ辞令貢於兄相譲之間既經多日如此相譲非一二時故海人既疲徃還而泣也故諺曰海人乎因己物而泣也然宇遲能和紀郎子者早崩故大雀命治天下也又昔有新羅國主之子名謂天之日矛是人叅渡来也所以叅渡来者新羅國有一沼名謂阿具奴摩 自阿下四字以音 此沼之邊一賤女晝寢於是日耀如虹指其陰上亦有一賤夫思異其状恒伺其女人之行故是女人自其晝寢時妊身生赤玉尒其所伺賤夫乞取其玉恒裹着腰此人營田於山谷之間故耕人等之飲食負一牛而入山谷之中遇逢其國主之子天之日矛尒問其人曰何汝飲食負牛入山谷汝必殺食是牛即捕其人将入獄囚其人荅曰吾非殺牛唯送田人之食耳然猶不赦尒解其腰之玉幣其國主之子故赦其賤夫将来其玉置於床邊即化美麗孃子仍婚為嫡妻尒其孃子常設種ゝ之珎味恒食其夫故其國主之子心奢詈妻其女人言凡吾者非應為汝妻之女将行吾祖之國即竊乗小船逃遁度来留于難波 此者坐難波之比賣碁曾社謂阿加流比賣神者也 於是天之日矛聞其妻遁乃追渡来将到難波之間其渡之神塞以不入故更還泊多遲摩國即留其國而娶多遲摩之俣尾之女名前津見生子多遲摩母呂須玖此之子多遲摩斐泥此之子多遲摩比那良岐此之子多遲麻毛理次多遲摩比多訶次清日子 三柱 此清日子娶當摩之咩斐生子酢鹿之諸男次妹菅竈上由良度美 此四字以音 故上云多遲摩比多訶娶其姪由良度美生子葛城之高額比賣命 此者息長帯比賣命之御祖 故其天之日矛持渡来物者玉津寶云而珠二貫又振浪比礼 比礼二字以音下效此

切浪比礼振風比礼切風比礼又奥津鏡邊津鏡并八種也　此者伊豆志之八前大神也　故茲神之女名伊豆志袁登賣神坐也故八十神雖欲得是伊豆志袁登賣皆不得婚於是有二神兄号秋山之下氷壯夫弟名春山之霞壯夫故其兄謂其弟吾雖乞伊豆志袁登賣不得婚汝得此孃子乎荅曰易得也尒其兄曰若汝有得此孃子者避上下衣服量身高而釀甕酒亦山河之物悉偹設為宇礼豆玖云尒　自宇至玖以音下效此　尒其弟如兄言具白其母即其母取布遲葛而　布遲二字以音　一宿之間織縫衣褌及襪沓亦作弓矢令服其衣褌等令取其弓矢遣其孃子之家者其衣服及弓矢悉成藤花於是其春山之霞壯夫以其弓矢繫孃子之廁尒伊豆志袁登賣思異其花将来之時立其孃子之後入其屋即婚故生一子也尒白其兄曰吾者得伊豆志袁登賣於是其兄慷愾弟之婚以不償其宇礼豆玖之物尒愁白其母之時御祖荅曰我御世之事能許曽　此二字以音　神習又宇都志岐青人草習乎不償其物恨其兄子乃取其伊豆志河之河嶋一節竹而作八目之荒籠取其河石合塩而裹其竹葉令詛言如此竹葉青如此竹葉萎而青萎又如此塩之盈乾而盈乾又如此石之沉而沉臥如此令詛置於烟上是以其兄八年之間干萎病枯故其兄患泣請其御祖者即令返其詛戸於是其身如夲以安平也　此者神宇礼豆玖之言夲者也　又此品陁天皇之御子若野毛二俣王取其母弟百師木伊呂弁亦名弟日賣真若比賣命生子大郎子亦名意冨〻杼王次忍坂之大中津比賣命次田井之中比賣次田宮之中比賣次藤原之琴節郎女次取上賣王次沙祢王　七王　故意冨〻杼王者　三國君波多君息長坂君酒人君山道君筑紫之米多君布勢君等之祖也　又根鳥王娶庶妹三腹郎女生子中日子王次伊和嶋王　二柱　又堅石王之子者久奴王也凡此品陁天皇御年壹佰參拾歲　甲午年九月九日崩　御陵在川内恵賀之裳伏崗也

古事記中巻

夲曰 弘安四年五月六日以兼方宿祢夲書寫校合畢

夲曰 古記之當巻世間不流布鴨院御文庫之外無之云々 爰申請幕府之夲寫加書窓之中好文之志神垂納文不裁日本紀䓁事粗以見于此巻深秘箱底莫出閫外于時文永第五之暦應鐘十七之日加校點録旨趣而已

通議陰士卜 在判

夲云此書難得之由人以稱之就中於中巻者諸家无之只在鴨院文庫云々 而不慮得之好文之至欤自愛之于時僕煩虐病宿執之余予自校之深納凾内耻莫外見更弘長三年五月廿七日 記之

正二位行權大納言兼右近衛大将藤原朝臣 在判

文永十年二月十日被召大殿御前御雜談之次此中巻事取被出夲自昕持之由申入之条頗無念之間年来不審之趣言上畢而同十二日以女房奉計傳菅二品 良頼卿 這下賜御夲 雙紙 家門之面目何事加旃哉神之冥助也君之高恩也宜為後昆晳古之計即加校合同十四日朝付二品返上畢

本云

弘安五年九月一日申下一條殿御本書寫畢可秘蔵ミミ

正議大夫卜　在判

祭主　在判

起大雀皇帝盡豊御食炊屋比賣命九十九天皇

大雀命坐難波之高津宮治天下也此天皇娶葛城之曽都毗古之女石之日賣命大后生御子大江之伊耶夲和氣命次墨江之中津王次蝮之水齒別命次男淺津間若子宿祢命四柱又娶上云日向之諸縣君牛諸之女髪長比賣生御子波多毗能大郎子自波下四字以音下效此亦名大日下王次波多毗能若郎女亦名長目比賣命亦名若日下部命二柱又娶庶妹八田若郎女又娶庶妹宇遲能若郎女此之二柱無御子也凡此大雀天皇之御子等并六王男王五柱女王一柱故伊耶夲和氣命者治天下次蝮之水齒別命亦治天下次男淺津間若子宿祢命亦治天下也此天皇之御世為大后石之日賣命之御名代定葛城部亦為太子伊耶夲和氣命之御名代定壬生部亦為水齒別命之御名代定蝮部亦為大日下王之御名代定大日下部為若日下部王之御名代定若日下部又役秦人作茨田堤及茨田三宅又作丸迩池依網池又堀難波之堀江而通海又堀小椅江又定墨江之津於是天皇登高山見四方之國詔之於國中烟不發國皆貧窮故自今至三年悉除人民之課役是以大殿破壊悉雖雨漏都勿脩理以椷受其漏雨遷避于不漏處後見國中於國滿烟故為人民冨今科課役是以百姓之榮不苦役使故稱其御世謂聖帝世也其太后石之日賣命甚多嫉妬故天皇所使之妾者不得臨宮中言立者足母阿賀迦迩嫉自母下五字以音尒天皇聞看吉備海部直之女名黒日賣其容姿端正喚上而使也然畏其太后之嫉逃下夲國天皇坐高臺望瞻其黒日賣之船出浮海以歌曰淤岐弊迩波袁夫泥都羅々玖久漏耶夜能摩佐豆古和藝毛玖迩幣玖陁良須故太后聞

是之御歌大忿遣人於大浦追下而自歩追去於是天皇戀其黒日賣欺大后曰欲見淡道嶋而幸行之時坐淡道嶋遥望歌曰淤志弖流夜那迩波能佐岐用伊傳多知弖和賀久迩美礼婆阿波志麻淤能碁呂志摩阿遅麻佐能志麻母美由佐氣都志麻美由乃自其嶋傳而幸行吉備國尒黒日賣令大坐其國之山方地而獻大御飯於是為煮大御羹採其地之菘菜時天皇到坐其孃子之採菘處歌曰夜麻賀多迩麻祁流阿表那母岐備比登ゝ等母迩斯都米婆多怒斯久母阿流迦天皇上幸之時黒日賣獻御歌曰夜麻登弊迩尒斯布岐阿宜弖玖毛婆那礼曾岐表理登母和礼和須礼米夜又歌曰夜麻登弊迩由玖波多賀都麻許母理豆能志多用波閇都ゝ由久波多賀都麻自此後時太后為将豊樂而於採御綱柏幸行木國之間天皇婚八田若郎女於是太后御綱柏積盈御船還幸之時所駈使於水取司吉備國兒嶋郡仕丁是退己國於難波之大渡遇所後倉人女之船乃語云天皇者比日婚八田若郎女而晝夜戯遊若太后不聞看此事乎静遊幸行尒其倉人女聞此語言即追近御船白之状具如仕丁之言於是太后大恨怒載其御船之御綱柏者悉投棄於海故号其地謂御津前也即不入坐宮而引避其御船泝於堀江随河而上幸山代此時歌曰都藝泥布夜ゝ麻志呂賀波表迦波能煩理和賀能煩礼婆迦波能倍迩淤斐陁弖流佐斯夫表佐斯夫能紀斯賀斯多迩淤斐陁弖流波毗呂由都麻都婆岐斯賀波那能弖理伊麻斯芝賀波能比呂理伊麻須波淤冨岐美呂迦母即自山代廻到坐那良山口歌曰都藝泥布夜ゝ麻斯呂賀波表美夜能煩理和賀能煩礼婆阿表迩余志那良表須疑表陁弖夜麻登表須疑和賀美賀夲斯久迩波迦豆良紀多迦美夜和藝弊能阿多理如此歌而還暫入坐筒木韓人名奴理能美之家也天皇聞看其太

后自山代上幸而使舎人名謂鳥山人送御歌曰夜麻斯呂迩伊斯祁登理夜麻伊斯祁伊斯祁阿賀波斯豆麻迩伊斯岐阿波牟加母又續遣丸迩臣口子而歌曰美母呂能曽能多迦紀那流意富韋古賀波良意富韋古賀波良迩阿流岐毛牟加布許ゝ呂袁陁迩迦阿比淤母波受阿良牟又歌曰都藝泥布夜麻志呂賣能許久波母知宇知斯淤冨泥ゝ土漏能斯漏多陁牟岐麻迦受祁婆許曽斯良受登母伊波米故是口子臣白此御歌之時大雨尒不避其雨叅伏前殿戸者違出後戸叅伏後殿戸者違出前戸尒匍匐進赴跪于庭中時水潦至腰其臣服着紅紐青摺衣故水潦拂紅紐青皆變紅色尒口子臣之妹口日賣仕奉大后故是口比賣歌曰夜麻志呂能都ゝ紀能美夜迩母能麻袁須阿賀勢能岐美波那美多具麻志母尒大后問其所由之時荅白僕之兄口子臣也於是口子臣亦其妹口比賣及奴理能美三人議而令奏天皇云大后幸行所以者奴理能美之所養虫一度為匐虫一度為殼一度為飛鳥有變三色之奇虫看行此虫而入坐耳更無異心如此奏時天皇詔然者吾思奇異故欲見行自大宮上幸行入坐奴理能美之家時其奴理能美己所養之三種虫獻於大后尒天皇御立其大后所坐殿戸歌曰都藝泥布夜麻斯呂賣能許久波母知宇知斯意冨泥佐和佐和迩那賀伊弊勢許曽宇知和多須夜賀波延那須岐伊理麻韋久礼此天皇与大后所歌之六歌者志都歌之歌返也天皇戀八田若郎女賜遣御歌其歌曰夜多能比登母登須宜波古母多受多知迦阿礼那牟阿多良須賀波良許登袁許曽須宜波良登伊波米阿多良須賀志賣尒八田若郎女荅歌曰夜多能比登母登須宜波比登理袁理登母意冨岐弥斯与斯登岐許佐婆比登理袁理登母故為八田若郎女之御名代定八田部也亦天皇以其弟速総別王為媒而乞庶妹女

鳥王尓女鳥王語速総別王曰因大后之强不治賜八田若郎女故思不仕奉吾為汝命之妻即相婚是以速総別王不復奏尓天皇直幸女鳥王之所坐而坐其殿戸之閾上於是女鳥王坐機而織服尓天皇歌曰賣杼理能和賀意冨岐美能於呂須波多他賀多泥呂迦母女鳥王荅歌曰多迦由久夜波夜夫佐和氣能美淤須比賀泥故天皇知其情還入於宮此時其夫速総別王到来之時其妻女鳥王歌曰比婆理波阿米迩迦氣流多迦由玖夜波夜夫佐和氣佐耶岐登良佐泥天皇聞此歌即興軍欲殺尓速総別王女鳥王共逃退而騰于倉椅山於是速総別王歌曰波斯多弖能久良波斯夜麻袁佐賀志美登伊波迦伎加泥弖和賀弖登良須母又歌曰波斯多弖能久良波斯夜麻波佐賀斯祁杼伊毛登能煩礼波佐賀斯玖母阿良受故自其地逃亡到宇陀之蘓迩時御軍追到而殺也其将軍山部大楯連取其女鳥王所纒御手之玉釼而与己妻此時之後将為豊樂之時氏〻之女等皆朝参尓大楯連之妻以其王之玉釼纒于己手而参赴於是大后石之日賣命自取大御酒柏賜諸氏〻之女等尓太后見知其玉釼不賜御酒柏乃引退㕣出其夫大楯連以詔之其王等因无礼而退賜是者無異事耳夫之奴乎所纒己君之御手玉釼於膚熅剥持来即与己妻乃給死刑也亦一時天皇為将豊樂而幸行日女嶋之時於其嶋鴈生卵尓㕣建内宿祢命以歌問鴈生卵之状其歌曰多麻岐波流宇知能阿曽那許曽波余能那賀比登蘓良美都夜麻登能久迩尓加理古牟登岐久夜於是建内宿祢以歌語白多迦比迦流比能美古宇倍志許曽斗比多麻閇麻許曽迩斗比多麻閇阿礼許曽波余能那賀比登蘓良美都夜麻登能久迩尓加理古牟登伊麻陁岐加受如此白而被給御琴歌曰那賀美古夜都毗尓斯良牟登加理波古牟良斯此者夲岐歌之片歌也

此之御世兎寸河之西有一高樹其樹之影當旦日者逮淡道嶋當夕日者越高安山故切是樹以作船甚捷行之船也時号其船謂枯野故以是船旦夕酌淡道嶋之寒泉獻大御水也玆船破壊以焼塩取其焼遺木作琴其音響七里尒歌曰加良怒袁志夵尒夜岐斯賀阿麻理許登尒都久理加岐比久夜由良能斗能斗那加能伊久理尒布礼多都那豆能紀能佐夜佐夜此者志都歌之歌返也此天皇之御年捌拾参歳（丁卯年八月十五日崩也）御陵在毛受之耳上原也

子伊耶夵和氣王坐伊波礼之若櫻宮治天下也此天皇娶葛城之曽都比古之子葦田宿祢之女名黒比賣命生御子市邊之忍齒王次御馬王次妹青海郎女亦名飯豊郎女（三柱）夵坐難波宮之時坐大嘗而為豊明之時於大御酒宇良冝而大御寝也尒其弟墨江中王欲取天皇以火着大殿於是倭漢直之祖阿知直盗出而乗御馬令幸於倭故到于多遅比野而寤詔此間者何處尒阿知直白墨江中王火着大殿故率逃於倭尒天皇歌曰多遅比怒迩泥牟登斯理勢婆多都碁母ゝ母知弖許麻志母能泥牟登斯理勢婆到於波迩賦坂望見難波宮其火猶炳尒天皇亦歌曰波迩布耶迦和賀多知美礼婆迦藝漏肥能毛由流伊弊牟良都麻賀伊弊能阿多理故到幸大坂山口之時遇一女人其女人白之持兵人等多塞玆山自當岐麻道廻應越幸尒天皇歌曰淤冨佐迦迩阿布夜袁登賣袁美知斗閇婆多陁迩波能良受當藝麻知袁能流故上幸坐石上神宮也於是其伊呂弟水齒別命參赴令謁尒天皇令詔吾疑汝命若与墨江中王同心乎故不相言荅白僕者無穢耶心亦不同墨江中王亦令詔然者今還下而敍墨江中王而上来彼時吾必相言故即還下難波欺所近習墨江中王之隼人名曽婆加里云若汝従吾言者吾為天皇汝作大臣治天下那何曽婆訶理荅白随命尒多禄給其隼

人曰然者殺汝王也於是曽婆訶理竊伺己王入廁以矛刺而殺也故率曽婆訶理上幸於倭之時到大坂山口以為曽婆訶理為吾雖有大功既殺己君是不義然不賽其功可謂無信既行其信還惶其情故雖報其功滅其正身是以語曽婆訶理今日畱此間而先給大臣位明日上幸畱其山口即造假宮忽為豊樂乃於其隼人賜大臣位百官令拜隼人歡喜以為遂志尒詔其隼人今日与大臣飲同盞酒共飲之時隱面大鋺盛其進酒於是王子先飲隼人後飲故其隼人飲時大鋺覆面尒取出置席下之劔斬其隼人之頸乃明日上幸故号其地謂近飛鳥也上到于倭詔之今日畱此間為祓禊而明日參出將拜神宮故号其地謂遠飛鳥也故參出石上神宮令奏天皇政既平訖參上侍之尒召入而相語也天皇於是以阿知直始任藏官亦給粮地亦此御世於若櫻部臣等賜若櫻部名又比賣陁君等賜姓謂比賣陁之君也亦定伊波礼部也天皇之御年陸拾肆歳 壬申年正月三日崩 御陵在毛受也

弟水齒別命坐多治比之柴垣宮治天下也此天皇御身之長九尺二寸半御齒長一寸廣二分上下等齊既如貫珠天皇娶丸迩之許碁登臣之女都怒郎女生御子甲斐郎女次都夫良郎女 二柱 又娶同臣之女弟比賣生御子財王次多訶弁郎女并四王也天皇御年陸拾歳 丁丑年七月崩 御陵在毛受野也

弟男淺津間若子宿祢王坐遠飛鳥宮治天下也此天皇娶意冨本杼王之妹忍坂之大中津比賣命生御子木梨之軽王次長田大郎女次境之墨日子王次穴穗命次軽大郎女亦名衣通郎女 御名所以負衣通王者其身之光自衣通出也 次八瓜之白日子王次大長谷命次橘大郎女次酒見郎女 九柱 九天皇之御子等九柱 男王五女王四 此九王之中穴穗命者治天下也次大長谷命治天下也天皇初

為将所知天津日継之時天皇辞而詔之我者有一長病不得所知日継然大后始而諸卿等囙堅奏而乃治天下此時新良国主貢進御調八十一艘尒御調之大使名云金波鎮漢紀武此人深知薬方故治差帝皇之御病於是天皇愁天下氏〻名〻人等之氏姓忤過而於味白檮之言八十禍津日前居玖訶瓮而 玖訶二字以音 定賜天下之八十友緒氏姓也又為木梨之軽太子御名代定軽部為大后御名代定刑部為大后之弟田井中比賣御名代定河部也天皇御年柒拾捌歳 甲午年正月十五日崩 御陵在河内之恵賀長枝也天皇崩之後定木梨之軽太子所知日継未即位之間奸其伊呂妹軽大郎女而歌曰阿志比紀能夜麻陁袁豆久理夜麻陁加美斯多俻袁和志勢志多杼比尒和賀登布伊毛袁斯多那岐尒和賀那久都麻袁許存許曽波夜須久波陁布礼此者志良宜歌也又歌曰佐〻波尒宇都夜阿良礼能多志陁志尒韋泥弖牟能知波比登波加由登母宇流波斯登佐泥斯佐泥弖婆加理許母能美陁礼婆美陁礼佐泥斯佐泥弖婆此者夷振之上歌也是以百官及天下人等背軽太子而歸穴穂御子尒軽太子畏而逃入大前小前宿祢大臣之家而俻作兵器 尒時所作矢者銅其箭之向故号其矢謂軽箭也云〻 穴穂王子亦作兵器 此王子所作之矢者即今時之矢者也是謂穴穂箭也 於是穴穂御子興軍圍大前小前宿祢之家尒到其門時零大氷雨故歌曰意冨麻弊袁麻弊須久泥賀加那斗加宜加久余理許泥阿米多知夜米牟尒其大前小前宿祢擧手打膝儛訶那傳 自訶下三字以音 歌參来其歌曰美夜比登能阿由比能古須受淤知尒岐登美夜比登〻余牟佐斗毗登母由米此歌者宮人振也如此歌參歸白之我天皇之御子於伊呂兄王无及兵若及兵者必人咲僕捕以貢進尒解兵退坐故大前小前宿祢捕其軽太子率參出以貢進其太子被捕歌曰阿麻陁牟加流乃袁登賣伊多那加婆比登斯理奴倍志波

佐能夜麻能波斗能斯多那岐尒那久又歌曰阿麻陁牟加流袁登賣志多多尒母余理泥弖登冨礼加流袁登賣杼母故其軽太子者流於伊余湯也亦将流之時歌曰阿麻登夫登理母都加比曽多豆賀泥能岐許延牟登岐波和賀那斗波佐泥此三歌者天田振也又歌曰意冨岐美袁斯麻尒波夫良婆布那阿麻理伊賀弊理許牟叙和賀多ゝ弥由米許登袁許曽多ゝ美登伊波米和賀都麻波由米此歌者夷振之片下也其衣通王獻歌其歌曰那都久佐能阿比泥能波麻能加岐加比尒阿斯布麻須那阿加斯弖杼冨礼故後亦不堪戀慕而追往時歌曰岐美賀由岐氣那賀久那理奴夜麻多豆能牟加閇袁由加牟麻都尒波麻多士此云山多豆者是今造木者也故追到之時待懐而歌曰許母理久能波都世能夜麻能意冨袁尒波ゝ多波理陁弖佐袁ゝ尒波ゝ多波理陁弖意冨袁余斯那加佐陁賣流淤母比豆麻阿波礼都久由美能許夜流許夜理母阿豆佐由美多弖理多弖理母能知母登理美流意母比豆麻阿波礼又歌曰許母理久能波都勢能賀波能加美都勢尒伊久比袁宇知斯毛都勢尒麻久比袁宇知伊久比尒波加賀美袁加氣麻久比尒波麻多麻袁加氣麻多麻那須阿賀母布伊毛加賀美那須阿賀母布都麻阿理登伊波婆許曽余伊弊尒母由加米久尒袁母斯怒波米如此歌即共自死故此二歌者讀歌也

御子穴穂御子坐石上之穴穂宮治天下也天皇為伊呂弟大長谷王子而坂夲臣芧之祖根臣遣大日下王之許令詔者汝命之妹若日下王欲婚大長谷王子故可貢尒大日下王四拜白之若疑有如此大命故不出外以置也是恐随大命奉進然言以白事其思无礼即為其妹之礼物令持押木之玉縵而貢獻根臣即盗取其礼物之玉縵讒大日下王曰大日下王者不

受勅命曰己妹乎為等族之下席而取横刀之手上而怒歟故天皇大怨殺大日下王而取持来其王之嫡妻長田大郎女為皇后自此以後天皇坐神牀而晝寢尒語其后曰汝有所思乎荅曰被天皇之敦澤何有所思於是其大后之先子目弱王是年七歳是王當于其時而遊其殿下尒天皇不知其少王遊殿下以詔大后言吾恒有所思何者汝之子目弱王成人之時知吾殺其父王者還為有邪心乎於是所遊其殿下目弱王聞取此言便竊伺天皇之御寢取其傍大刀乃打斬其天皇之頸逃入都夫良意富美之家也天皇御年伍拾陸歳御陵在菅原之伏見岡也尒大長谷王子當時童男即聞此事以慊愾怨怒乃到其兄黒日子王之許曰人取天皇為那何然其黒日子王不驚而有怠緩之心於是大長谷王詈其兄言一為天皇一為兄弟何無恃心聞殺其兄不驚而怠乎即握其衿控出拔刀打殺亦到其兄白日子王而告状如前緩亦如黒日子王即握其衿以引率来到小治田堀穴而随立埋者至埋腰時兩目走拔而死亦興軍圍都夫良意美之家尒興軍待戰射出之矢如葦来散於是大長谷王以矛為杖臨其内詔我所相言之孃子者若有此家乎尒都夫良意美聞此詔命自參出解所佩兵而八度拝白者先日所問賜之女子訶良比賣者侍亦副五處之屯宅以獻（所謂五村屯宅者今葛城之五村苑人也）然其正身所以不參向者自往古至今時聞臣連隱於王宮未聞王子隱於臣家是以思賤奴意富美者雖竭力戰更無可勝然恃己入坐于随家之王子者死而不棄如此白而亦取其兵還入以戰尒力窮矢盡白其王子僕者手悉傷矢亦盡今不得戰如何其王子荅詔然者更無可為今殺吾故以刀刺殺其王子乃切己頸以死也自茲以後淡海之佐ゝ紀山君之祖名韓帒白淡海之久多（此二字以音）綿之蚊屋野多在猪鹿其立足者如荻原指擧角者如枯松此時相率市邊

之忍齒王幸行淡海到其野者各異作假宮而宿尒明旦未日出之時忍齒王以平心隨乗御馬到立大長谷王假宮之傍而詔其大長谷王子之御伴人未寤坐早可白也夜既曙訖可幸獦庭乃進馬出行尒侍其大長谷王之御所人等白宇多弖物云王子（宇多弖三字以音也）故應慎亦宜堅御身即衣中服甲取佩弓矢乗馬出行儵忽之間自馬往雙拔矢射落其忍齒王乃亦切其身入於馬榕与土等埋於是市邊王之王子等意祁王袁祁王（二柱）聞此乱而逃去故到山代苅羽井食御粮之時面黥老人来奪其粮尒其二王言不惜粮然汝者誰人荅曰我者山代之猪甘也故逃渡玖須婆之河至針間國入其國ゝ人名志自牟之家隱身役於馬甘牛甘也

大長谷若建命坐長谷朝倉宮治天下也天皇娶大日下王之妹若日下部王（无子）又娶都夫良意冨美之女韓比賣生御子白髪命次妹若帶比賣命（二柱）故為白髪太子之御名代定白髪部又定長谷部舎人又定河瀬舎人也此時吴人參渡来其吴人安置於吴原故号其地謂吴原也初太后坐日下之時自日下之直越道幸行河内尒登山上望國内者有上堅魚作舎屋之家天皇令問其家云其上堅魚作舎者誰家荅白志幾之大縣主家尒天皇詔者奴乎己家似天皇之御舎而造即遣人令燒其家之時其大縣主懼畏稽首白奴有者隨奴不覺而過作甚畏故獻能美之御幣物（能美二字以音）布縶白犬着鈴而己族名謂腰佩人令取犬縄以獻上故令止其着火即幸行其若日下部王之許賜入其犬令詔是物者今日得道之奇物故都麻杼比（此四字以音）之物云而賜入也於是若日下部王令奏天皇背日幸行之事甚恐故己直參上而仕奉是以還上坐於宮之時行立其山之坂上歌曰久佐加弁能許知能夜麻登多ゝ美許母弊具理能夜麻能許知碁知能夜麻能賀比尒多知耶加由流波毗呂久麻加斯母登尒

波伊久美陁氣淤斐須恵弊尓波多斯美陁氣淤斐伊久美陁氣伊久美波泥受多斯美陁氣多斯尓波韋泥受能知母久美泥牟曽能淤母比豆麻阿波礼即令持此歌而返使也亦一時天皇遊行到於美和河之時河邊有洗衣童女其容姿甚麗天皇問其童女汝者誰子荅白己名謂引田部赤猪子尓令詔者汝不嫁夫今将喚而還坐於宮故其赤猪子仰待天皇之命既經八十歳於是赤猪子以為望命之間已經多年姿體痩萎更無所恃然非顯待情不忍於悒而令持百取之机代物叅出貢獻然天皇既忘先所命之事問其赤猪子曰汝者誰老女何由以叅来尓赤猪子荅白其年其月被天皇之命仰待大命至于今日經八十歳今容姿既耆更無所恃然顯白己志以叅出耳於是天皇大驚吾既忘先事然汝守志待命徒過盛年是甚愛悲心裏欲婚悼其亟老不得成婚而賜御歌其歌曰美母呂能伊都加斯賀母登加斯賀母登由〻斯伎加母加志波良袁登賣又歌曰比氣多能和加久流須婆良和加久閇尓韋泥弖麻斯母能淤伊尓祁流加母尓赤猪子之泣淚悉濕其所服之丹摺袖荅其大御歌而歌曰美母呂尓都久夜多麻加岐都岐阿麻斯多尓加母余良牟加微能美夜比登又歌曰久佐加延能伊理延能波知須波那婆知須微能佐加理毗登〻母志岐呂加母尓多禄給其老女以返遣也故此四歌者志都歌也天皇幸行吉野宮之時吉野川之濵有童女其形姿美麗故婚是童女而還坐於宮後更亦幸行吉野之時留其童女之所遇於其處立大御呉床而坐其御呉床弾御琴令為儛其嬢子尓因其嬢子之好儛作御歌其歌曰阿具良韋能加微能美弖母知比久許登尓麻比須流袁美那登許余尓母加母即幸阿岐豆野而御猟之時天皇坐御呉床尓蝈咋御腕即蜻蛉来咋其蝈而飛訓蜻蛉云阿岐豆也於是作御歌其歌曰美延斯怒能袁牟漏賀多氣

尒志斯布須登多礼曽意冨麻弊尒麻袁須夜須美斯志和賀淤冨岐美能斯志麻都登阿具良尒伊麻志斯漏多閇能蕪弖岐蕪那布多古牟良尒阿牟加岐都岐曽能阿牟袁阿岐豆波夜具比加久能碁登那尒於波牟登蕪良美都夜麻登能久尒袁阿岐豆志麻登布故自其時号其野謂阿岐豆野也又一時天皇登幸葛城之山上尒大猪出即天皇以鳴鏑射其猪之時其猪怒而宇多岐依来 宇多岐三字以音也 故天皇畏其宇多岐登坐榛上尒歌曰夜須美斯志和賀意冨岐美能阿蕪婆志斯志斯能夜美斯志能宇多岐加斯古美和賀尒宜能煩理斯阿理袁能波理能紀能延陁又一時天皇登幸葛城山之時百官人等悉給着紅紐之青摺衣服彼時有其自所向之山尾登山上人既等天皇之鹵簿亦其束装之状及人衆相似不傾尒天皇望令問曰於茲倭國除吾亦無王今誰人如此而行即答曰之状亦如天皇之命於是天皇大忿而矢刺百官人等悉矢刺尒其人等亦皆矢刺故天皇亦問曰然告其名尒各告名而弾矢於是答曰吾先見問故吾先為名告吾者雖悪事而一言雖善事而一言〻離之神葛城之一言主之大神者也天皇於是惶畏而白恐我大神有宇都志意美者 自宇下五字以音也 不覺白而大御刀及弓矢始而脱百官人等所服之衣服以拜獻尒其一言主大神手打受其奉物故天皇之還幸時其大神満山末於長谷山口送奉故是一言主之大神者彼時所顕也又天皇婚丸迩之佐都紀臣之女袁杼比賣幸行于春日之時媛女逢道即見幸行而逃隠岡邊故作御歌其御歌曰袁登賣能伊加久流袁加袁加那須岐母伊夲知母賀母須岐波奴流母能故号其岡謂金鉏岡也又天皇坐長谷之百枝槻下為豊樂之時伊勢國之三重婇指擧大御盞以獻尒其百枝槻葉落浮於大御盞其婇不知落葉浮於盞猶獻大御酒天皇看行其浮盞之葉打伏其婇

以刀刺充其頸将斬之時其婇白天皇曰莫敨吾身有應白事即歌曰麻岐牟久能比志呂乃美夜波阿佐比能比傳流美夜由布比能比賀氣流美夜多氣能泥能泥陁流美夜許能泥能泥婆布美夜〻夲尒余志伊岐豆岐能美夜麻紀佐久比能美加度尒比那閇夜尒淤斐陁弖流毛〻陁流都紀賀延波夲都延波阿米袁淤弊理那加都延波阿豆麻袁淤弊理志豆延波比那袁淤弊理夲都延能延能宇良婆波那加都延尒淤知布良婆閇那加都延能延能宇良婆波斯毛都延尒淤知布良婆閇斯豆延能延能宇良婆波阿理岐奴能美弊能古賀佐〻賀世流美豆多麻宇岐尒宇岐志阿夫良淤知那豆佐比美那許袁呂許袁呂尒許斯母阿夜尒加志古志多加比加流比能美古許登能加多理碁登母許袁婆故獻此歌者赦其罪也尒大后歌其歌曰夜麻登能許能多氣知尒古陁加流伊知能都加佐尒比那閇夜尒淤斐陁弖流波毗呂由都麻都婆岐曽賀波能比呂理伊麻志曽能波那能弖理伊麻須多加比加流比能美古尒登余美岐多弖麻都良勢許登能加多理碁登母許袁婆即天皇歌曰毛〻志紀能淤冨美夜比登波宇豆良登理比礼登理加氣弖麻那婆志良袁由岐阿閇尒波須受米宇受須麻理韋弖祁布母加母佐加美豆久良斯多加比加流比能美夜比登許登能加多理碁登母許袁婆此三歌者天語歌也故於此豊樂譽其三重婇而給多禄也是豊樂之日亦春日之袁杼比賣獻大御酒之時天皇歌曰美那曽〻久淤美能袁登賣夲陁理登良須母夲陁理斗理加多久斗良勢斯多賀多久夜賀多久斗良勢夲陁理斗良須古此者宇岐歌也尒袁杼比賣獻歌其歌曰夜須美斯志和賀淤冨岐美能阿佐斗尒波伊余理陁多志由布斗尒波伊余理陁多須和岐豆紀賀斯多能伊多尒母賀阿世袁此者志都歌也天皇御年壹佰貳拾肆歳

己巳年八月九日崩也　御陵在河内之多治比高鸇也

御子白髮大倭根子命坐伊波礼之甕栗宮治天下也此天皇無皇后亦無御子故御名代定白髮部故天皇崩後無可治天下之王也於是問日継所知之王市邊忍齒別王之妹忍海郎女亦名飯豊王坐葛城忍海之高木角刺宮也尓山部連小楯任針間國之宰時到其國之人民名志自牟之新室樂於是盛樂酒酣以次第皆儛故焼火小子二口居竃傍令儛其少子等尓其一少子曰汝兄先儛其兄亦曰汝弟先儛如此相讓之時其會人等咲其相讓之状尓遂兄儛訖次弟将儛時為詠曰物部之我夫子之取佩於大刀之手上丹畫着其緒者載赤幡立赤幡見者五十隠山三尾之竹矣訶岐此二字以音　苅末押縻魚簀如調八絃琴所治賜天下伊耶夲和氣天皇之御子市邊之押齒王之奴末尓即小楯連聞驚而自床堕轉而追出其室人等其二柱王子坐左右膝上泣悲而集人民作假宮坐置其假宮而貢上驛使於是其姨飯豊王聞歡而令上於宮故将治天下之間平羣臣之祖名志毗臣立于歌垣取其袁祁命将婚之美人手其孃子者菟田首等之女名大魚也尓袁祁命亦立歌垣於是志毗臣歌曰意冨美夜能袁登都波多傳須美加多夫祁理如此歌而乞其歌末之時袁祁命歌曰意冨多久美袁遅那美許曽須美加多夫祁礼尓志毗臣亦歌曰意冨岐美能許〻呂袁由良美淤美能古能夜弊能斯婆加岐伊理多〻受阿理於是王子亦歌曰斯夲勢能那袁理袁美礼婆阿蘇毗久流志毗賀波多傳尓都麻多弖理美由尓志毗臣愈怒歌曰意冨岐美能美古能志婆加岐夜布士麻理斯麻理母登夲斯岐礼牟志婆加岐夜氣牟志婆加岐尓王子亦歌曰意布袁余志斯毗都久阿麻余斯賀阿礼婆宇良胡夲斯祁牟志毗都久志毗如此歌而鬪明各退明旦之時意

祁命袁祁命二柱議云凡朝庭人等者旦參赴於朝庭晝集於志毗門亦今者志毗必寢亦其門無人故非今者難可謀即興軍圍志毗臣之家乃敓也於是二柱王子等各相讓天下意冨祁命讓其弟袁祁命曰住於針間志自牟家時汝命不顯名者更非臨天下之君是既為汝命之功故吾雖兄猶汝命先治天下而堅讓故不得辞而袁祁命先治天下也伊弉本別王御子市邊忍齒王御子袁祁王之石巣別命坐近飛鳥宮治天下捌歳也天皇娶石木王之女難波王无子也此天皇求其父王市邊王之御骨時在淡海國賤老媼參出白王子御骨所埋者専吾能知亦以其御齒可知（御齒者如三枝押齒坐也）尒起民堀土求其御骨即獲其御骨而於其蚊屋野之東山作御陵葬以韓帒之子等令守其御陵然後持上其御骨也故還上坐而召其老媼譽其不失見貞知其地以賜名号置目老媼仍召入宮内敦廣慈賜故其老媼所住屋者近作宮邊毎日必召故鐸懸大殿戸欲召其老媼之時必引鳴其鐸尒作御歌其歌曰阿佐遲波良袁陁尒袁須疑弖毛ゝ豆多布奴弖由良久母於岐米久良斯母於是置目老媼白僕甚耆老欲退本國故随白退時天皇見送歌曰意岐米母夜阿布美能淤岐米阿須用理波美夜麻賀久理弖美延受加母阿良牟初天皇逢難逃時求奪其御粮猪甘老人是得求喚上而斬於飛鳥河之河原皆断其族之膝筋是以至于今其子孫上於倭之日必自跛也故能見志米岐其老所在（志米岐三字以音）故其地謂志米須也天皇深怨殺其父王之大長谷天皇欲報其靈故欲毀其大長谷天皇之御陵而遣人之時其伊呂兄意祁命奏言破壊是御陵不可遣他人專僕自行如天皇之御心破壊以參出尒天皇詔然随命宜幸行是以意祁命自下幸而少堀其御陵之傍還上復奏言既堀壊也尒天皇異其早還上而詔如何破壊荅白少堀其陵之傍土天皇詔之

欲報父王之仇必悉破壊其陵何少堀乎荅曰所以為然者父王之怨欲報其霊是誠理也然其大長谷天皇者雖為父之怨還為我之従父亦治天下之天皇是今單取父仇之志悉破治天下之天皇陵者後人必誹謗唯父王之仇不可非報故少堀其陵邊既以是耻足示後世如此奏者天皇荅詔之是亦大理如命可也故天皇崩即意富祁命知天津日續也天皇御年参拾捌歳治天下八歳御陵在片崗之石坏崗上也

袁祁王兄意富祁王坐石上廣高宮治天下也

天皇娶大長谷若建天皇之御子春日大郎女生御子高木郎女次財郎女次久須毗郎女次手白髪郎女次小長谷若雀命次真若王又娶丸迩日爪臣之女糠若子郎女生御子春日小田郎女此天皇之御子并七柱此之中小長谷若雀命者治天下也小長谷若雀命坐長谷之列木宮治天下捌歳也此天皇无太子故為御子代定小長谷部也御陵在片崗之石坏崗也天皇既崩無可知日續之王故品太天皇五世之孫袁夲杼命自近淡海國令上坐而合於手白髪命授奉天下也

品太王五世孫袁夲杼命坐伊波礼之玉穂宮治天下也天皇取三尾君等祖名若比賣生御子大郎子次出雲郎女（二柱）又娶尾張連等之祖凡連之妹目子郎女生御子廣國押建金日命次建小廣國押楯命（二柱）又娶意富祁天皇之御子手白髪命（是大后也）生御子天國押波流岐廣庭命（波流岐三字以音）一柱又娶息長手王之女麻組郎女生御子佐ゝ宜郎女（一柱）又娶坂田大俣王之女黒比賣生御子神前郎女次田郎女次白坂活日子郎女次野郎女亦名長目比賣（二柱）又娶三尾君加多夫之妹倭比賣生御子太郎女次丸高王次耳（上）王次

赤比賣郎女 四柱 又娶阿倍之波延比賣生御子若屋郎女次都夫良郎女次阿豆王 三柱
此天皇之御子等并十九王 男七女十二 此之中天國押波流岐廣庭命者治天下次廣國押建金日命治天下次建小廣國押楯命治天下次佐〻宜王者拜伊勢神宮也此之御世竺紫君石井不從天皇之命而多无礼故遣物部荒甲之大連大伴之金村連二人而殺石井也天皇御年肆拾參歲 丁未年四月九日崩也 御陵者三嶋之藍陵也
御子廣國押建金日王坐勾之金箸宮治天下也此天皇無御子也 乙卯年三月十三日崩 御陵在河内之古市高屋村也
弟建小廣國押楯命坐檜坰之廬入野宮治天下也天皇娶意祁天皇之御子橘之中比賣命生御子石比賣命 訓石如石下效此 次小石比賣命次倉之若江王又娶川内之若子比賣生御子火穗王次惠波王此天皇之御子等并五王 男三女二 故火穗王者 志比陁君之祖 惠波王者 韋那君多治比君之祖也 弟
天國押波流岐廣庭天皇坐師木嶋大宮治天下也天皇娶檜坰天皇之御子石比賣命生御子八田王次沼名倉太玉敷命次笠縫王 三柱 又娶其弟小石比賣命生御子上王 一柱 又娶春日之日爪臣之女糠子郎女生御子春日山田郎女次麻呂古王次宗賀之倉王 三柱 又娶宗賀之稻目宿祢大臣之女岐多斯比賣生御子橘之豐日命次妹石坰王次足取王次豐御氣炊屋比賣命次亦麻呂古王次大宅王次伊美賀古王次山代王次妹大伴王次櫻井之玄王次麻怒王次橘夲之若子王次泥杼王 十三柱 又娶岐多志毗賣命之姨小兄比賣生御子馬木王次葛城王次間人穴太部王次三枝部穴太部王亦名須賣伊呂杼次長谷部若雀命 五柱 九此天皇之御子等并廿五王此之中沼名倉太玉敷命者治天下次橘之豐日命

治天下次豊御氣炊屋比賣命治天下次長谷部之若雀命治天下也并四王治天下也御子沼名倉太玉敷命坐他田宮治天下十四歲也此天皇取庶妹豊御食炊屋比賣命生御子静貝王亦名貝鮹王次竹田王亦名小貝王次小治田王次葛城王次宇毛理王次小張王次多米王次櫻井玄王 八柱 又娶伊勢大鹿首之女小熊子郎女生御子布斗比賣命次寶王亦名糠代比賣王 二柱 又娶息長手王之女比呂比賣命生御子忍坂日子人太子亦名麻呂古王次坂騰王次宇遅王又娶春日中若子之女老女子郎女生御子難波王次桒田王次春日王次大俣王 四柱

此天皇之御子等并十七王之中日子人太子娶庶妹田村王亦名糠代比賣命生御子坐崗夲宮治天下之天皇次中津王次多良王 三柱 又娶漢王之妹大俣王生御子知奴王次妹桒田王 二柱 又娶庶妹玄王生御子山代王次笠縫王 二柱 并七王 甲辰年四月六日崩 御陵在川内科長也

弟橘豊日王坐池邊宮治天下三歲此天皇娶稲目宿祢大臣之女意富藝多志比賣生御子多米王 一柱 又娶庶妹間人穴太部王生御子上宮之廐戸豊聰耳命次久米王次植栗王次茨田王 四柱 又娶當麻之倉首比呂之女飯之子生御子當麻王次妹須加志呂古郎女

此天皇 丁未年四月十五日崩 御陵在石寸掖上後遷科長中陵也

弟長谷部若雀天皇坐倉椅柴垣宮治天下四歲 壬子年十一月十三日崩也 御陵在倉椅崗上也

妹豊御食炊屋比賣命坐小治田宮治天下卅七歲 戊子年三月十五日癸丑崩 御陵在大野崗上後遷科長大陵也

古事記下巻

本云　文永三年二月仲旬書寫畢
神祇權大副大中臣定世之
同六年九月廿九日於燈下一見畢　判
建治四年仲春廿七日　彼岸中日
又一見畢宿執之至猶在神事為之如何　判
借請親忠朝臣一本吉田大納言　定房卿　被昕望之間
依家君御命書寫進畢又一本書寫之止之

解説

撰録と題名

『古事記』は、今から約一三〇〇年前の、元明《げんめい》天皇《てんのう》（在位七〇七―七一五）の和銅《わどう》五年に書かれたことがその序文によって知られる。序文は『古事記』成立時の上表文であったものを、上巻の首《はじめ》に置いて転用したことに起源するとみられる。『古事記』の成立事情を知る唯一の手懸かりがここにある。『古事記』が上・中・下三巻で構成されるものであることと、その内容がどのようなものであるかについては、『古事記』そのものから知りうるが、序文がこれらをもまた裏打ちする。

序文によれば、『古事記』撰録《せんろく》の企画は天武《てんむ》天皇《てんのう》（在位六七三―六八六）によってなされたものであり、元明天皇の御世（七一二）に功成ったものである。稗田阿礼《ひえだのあれ》の口誦《こうしょう》したものを太安《おおのやす》萬侶《まろ》が撰録したという。

天智《てんじ》天皇《てんのう》の崩御があって、吉野《よしの》からことを起こして、甥《おい》の大友皇子《おおとものみこ》との戦い（壬申《じんしん》の乱《らん》）

に勝った皇弟大海人皇子《おおあまのみこ》が即位して天武天皇となる。この時敗れた大友皇子（弘文天皇《こうぶんてんのう》）の近江大津宮《おうみおおつのみや》を支えて来た大氏族が崩壊し、天智天皇紀にすでに表れた「新しき律令《りつりよう》」に組み入れられた冠位・法度《はっと》の事を含むもろもろの推進の歯車の回り易い状況が作り出されたことは確かであろう。とは言え、その中の条項の一つ「氏上《うじのかみ》」を定める件は、天智が天武に命じ、天武の詔《みことのり》に引き継がれた時に、大氏の氏上のみでなく、大氏に組み込まれている眷族《けんぞく》・支族の氏上の申告を命じている。このことは旧来の氏族社会の氏姓《うじかばね》政治の分解支解を促し、律令による官僚制への布石とする半面、大氏・小氏が官僚として温存される結果を留保する重層性の構造を有する氏姓制律令国家とならざるをえない。この氏上の件について、『日本書紀』で天武天皇は十年九月と更に十一年十二月とにわたって具体性を高める詔を下す一方、中国の科挙の制を応用しつつも、十一年八月二十二日、

すべて、人びとの官人選考に当たる者は、十分にその対象者の族姓と心意気を調べてから選定せよ。もし心意気・行状が顕著であっても、その氏・姓が分明でない者は、選考の対象にはならない。

と氏姓の尊卑を大前提に置いている。この選考にあたっての「族姓」に関わる項が、後の養老令の選叙に存しないことについて、その必要性が消滅したから、との説があるが、これは誤りであろう。なぜなら族姓は前提であり、前提は細目条項でないからである。後の『新撰姓氏録《しんせんしょうじろく》』がなお修撰される必要を生じていたことは律令体制発足時から混乱の因子となった

「族姓」を正すことがいつまでも求め続けられたことを示す。『古事記』の撰録も深くこれに関わる。

天武天皇は、十年三月十七日に大極殿において、川嶋皇子《かわしまのみこ》以下十二人に、帝紀と上古の諸事を定め記させた。十二人の最末尾に名を記す中臣連大嶋《なかとみのむらじおおしま》と平群臣子首《へぐりのおみここうべ》の二人が、自ら筆を執って書き記した。ここにいう「帝紀と上古の諸事」の実態を知ることはできないが、『古事記』『日本書紀』の共通原資料と関わるものであろうことが推定される。

さきに『古事記』成立を記す唯一の手懸かりをその序文としたそこに、天武天皇の詔があり、

> 自分が聞くところによると、多くの氏族が持っている帝紀と本辞はまったく真実と違い、多くの虚偽が加えられているという。今この時に、その誤りを改めないと、なん年も経たないうちに、その真実は失われてしまうであろう。この正しい帝紀と本辞こそ国家組織の骨格となるものであり、天皇徳化の基礎となるものである。そこで帝紀を選び記し、本辞を調べ究《きわ》めて、偽りを削り真実を定めて、後世に伝えたいと思う。

と。相互の「帝紀」、序文の「本辞」と「上古の諸事」に対応するものがあるのではないか。これによると、「多くの氏族が持っている帝紀と本辞はまったく真実と違い、多くの虚偽が加えられている」と天武天皇の認識を示しているが、この認識に至る経過の中に、三年前の「帝紀及び上古の諸事を記定せしめ」られた前代の氏族制社会の現実への理解と把握があ

った。『日本書紀』によると、天皇が諸氏の族姓を改めて八色《やくさ》の姓《かばね》を制定したのは、十三年の十月一日のことであるが、その姓の第一が真人《まひと》で十三氏。第二が朝臣《あそん》で五十二氏。第三が宿祢《すくね》で五十氏。第四が忌寸《いみき》で十一氏。第五・六・七・八は集合して氏族名を掲げることはない。第一から第四まで合わせて百二十六氏。これらの氏族は天武当代まで存続してきたものであり、その氏姓の真偽・当色が厳重に問われた結果として見るべきものであろう。『古事記』は、『日本書紀』のこのような姓《かばね》別の氏族分類をするのではなく、神代から天皇の代にかけての氏祖と後裔《こうえい》の関係を表す氏姓を系譜的に表記する。そしてこれも、序文が言う「既に正実《まこと》に違《たが》い、多《さわ》に虚偽《いつわり》を加う」現実を改め正した結果だということになる。

序文のこれに前接する「帝紀と本辞」の「帝紀」とは「帝王の本紀」だと辞書はいう。『三国志』に注を書いた南朝宋《そう》の人裴松之《はいしょうし》の言うところは、「天子を本紀《ほんぎ》と称し、諸侯を世家《せいか》と曰《い》う。本はその本系を繫《つ》ぐ。故に本と曰う。紀は理なり。衆事を統《す》べ理《おさ》むるを年月に繫《か》く。これを名づけて紀と曰う。」とある。これが中国の正史の妥当な定義であろう。中国の歴史書の影響の下に成った我が国の第一の歴史書『日本書紀』が天皇の本系を続《つ》ぎ、衆事を統理し、編年を追って成っていること、正《まさ》しく「紀」というに相応《ふさわ》しい。『古事記』はどうか。本系を続ぐことにおいて歴史書の形態を備えるが、衆事を統理するのに年月に繫《つな》げる条件を大きく踏みはずすことで、あえて『古事記』は「紀」ではなく、「記」を編修したのである。『古事記』を歴史書としない編纂《へんさん》意識が働いていることをそこに見なければならない。

それならば『古事記』は何を書いたのか。

上巻の内容と意義

天皇の本系が天上世界である高天原（タカアマノハラ）の天照大御神《あまてらすおおみかみ》に由来することは、一見『日本書紀』の描くところと類同であるかに見えるかも知れないが、『古事記』の高天原は、『日本書紀』では無限界の天（アメ）であり、『古事記』では葦原中国《あしはらのなかつくに》（日本の国土）と対応平行する神々の住む天上世界が表現された。あたかも地上世界と同じ水平において。この高天原という神話世界が出現すると、まず造化の三神といわれる天之御中主神《あめのみなかぬしのかみ》・高御産《たかみむ》巣《す》日神《ひのかみ》・神産《かむむ》巣《す》日神《ひのかみ》があいついで出現する。ついで二神、さらに神世《かみよ》七代《ななよ》といわれる七神の末に伊耶那岐《いざなき》・伊耶那美《いざなみ》の男女神が現れて結婚をし、もろもろの神を生むが、女神は火の神を生む時に焼かれて、この世界を去り黄泉世界《よもつせかい》へ行く。男神が黄泉《よみ》の国に妻を訪れ、汚《けが》れて帰る。そして汚れを祓《はら》う禊《みそぎ》をする。左の目を洗った時に天照大御神、右の目を洗った時に月《つく》読命《よみのみこと》、鼻を洗った時に建速須佐之男命《たけはやすさのおのみこと》が出現する。この日月神の発想は中国典籍に依拠するものであり、須佐之男命を祖とする出雲《いずも》系諸神とその神話の根源が禊の男神＝伊耶那岐神に合一するところにこそ、『古事記』神話成立の本質はある。天照大御神はこの時に高天原世界の統治者となる。

高天原には多く（八百万《やおよろず》）の神々がおり、統治神としての天照大御神と建速須佐之男命との誓約（ウケイ）によって出現した正勝吾勝々速日天忍穂耳命《まさかつあかつかちはやひあめのおしほみみのみこと》を天照大御神は御子《みこ》の神と認定し、忍穂耳命を豊葦原千秋長五百秋水穂国《とよあしはらのちあきのながいほあきのみずほのくに》（葦原中国＝日本の国土）の統治者として天降《あまくだ》す神託を下す。天降りの待機中に、葦原中国の大国主命《おおくにぬしのみこと》の国譲りがあり、忍穂耳命に御子が生まれる。天迩岐志国迩岐志《あめにきしくにきし》天津日高日子番能迩々芸命《あまつひこひこほのににぎのみこと》という。父神に代わってこの御子神が天降ることになるが、ここに高天原の統治神の神統譜の形成を見ることができる。これが高天原八百万神の世界の根幹であり、八百万神はこの幹の枝葉を形成する。つまり日本神話といわれる『古事記』の上巻は、神々の物語ではなく、神々の世界の秩序を系統樹として物語るところに主題がある。

迩々芸命が高天原から予約の地の竺紫《つくし》の日向《ひむか》の高千穂《たかちほ》の久士布流多気《くじふるたけ》に天降ったことにより、天統《あまつひつぎ》（天照大御神の霊魂の継承。日継とも）はこの国土に移されたのである。迩々芸命は大山津見神《おおやまつみのかみ》の娘の木花之佐久夜毘売《このはなのさくやびめ》と結婚し火遠理命《ほおりのみこと》が生まれ、火遠理命は海神の娘豊玉《とよたま》毘売《びめ》と結婚し、天津日高日子波限建鵜葺草葺不合命《あまつひこひこなぎさたけうがやふきあえずのみこと》が生まれる。この鵜葺草葺不合命の御子の一人が神倭伊波礼毘古命《かんやまといわれびこのみこと》であり、『古事記』上巻はこの系譜を記して終わる。

天上世界（高天原）からもたらされた天統はこの国土に継承され、新たな系統樹を立てる。その始発として、神倭伊波礼毘古命が初代天皇（神武天皇《じんむてんのう》）となり、神統譜はここから皇統譜に移行して継続する。『古事記』は中巻となる。

中巻の内容と意義

神武《じんむ》天皇《てんのう》から始まる皇統譜は第三十三代推古《すいこ》天皇《てんのう》までを『古事記』は収める。すでに述べたように『古事記』の序文によれば、多くの氏族が「帝紀と本辞」を持ち伝えており、それがまったく真実と違い、多くの虚偽が加えられている、と述べられている。帝紀は天子の本紀をいい、初代天子の本系を繫《つな》ぐものであり、本辞は各天子の代のもろもろをどのように治め束ねたかを述べるものであるから、そこに諸氏族が関わってくるのは当然であり、諸氏族がその族姓の尊卑で決まるポジションの高きにつきたいと望むのも当然であろう。長い歴史の時間の中で、中心の権力である天皇に近接を求め、自氏の族譜の質を高めたいと願うのも自然というべきかも知れない。虚偽もまたそこに発生し、氏族が帝紀を保持し自氏を帝紀の一隅に潜《ひそ》ませるいじましさを多くの氏族が実践したのであろう。たとえば第三代安寧天皇《あんねいてんのう》の母后は『日本書紀』には五十《い》鈴依媛《すずよりひめ》と記すが、『古事記』は師木県主《しきのあがたぬし》の河俣毘売《かわまたびめ》であると記す。『日本書紀』の一書《あるふみ》には、春日県主《かすがのあがたぬし》大日《おおひ》諸《もろ》の娘の糸織媛《いとおりひめ》だといい、別の一書には磯城県《しきのあがた》主《ぬし》の娘川派媛《かわまたひめ》だという。この場合、第二代綏靖天皇《すいぜいてんのう》皇后が誰であるかの記事でもあり、皇后という高貴な身分というだけでなく、綏靖―安寧の父子をもって繫ぐ本紀の本系に三氏族が入り込む構図を見る。シキノ県主氏のカワマタヒメは『古事記』に一致する。『古事記』の編纂者は、『日本書紀』が編修に用いた資料を見ており、これを検討批判をしたとみられる。その上で五十鈴依媛とか糸織媛とする資料を排除したのである。

同じ意味で氏族は天皇の子孫の系列に繋がりたがる。たとえば、神武天皇の皇子日子《ひこ》八《や》井《いの》命《みこと》は茨田連《うまらたのむらじ》・手嶋連《てしまのむらじ》の祖先と記し、弟の神八井耳命《かんやいみみのみこと》は次のように記す。

神《かん》八《や》井《い》耳命《みみのみこと》は

意富臣《おおのおみ》・小子部連《ちいさこべのむらじ》・坂合部連《さかいべのむらじ》・火君《ひのきみ》・大分君《おおきたのきみ》・阿蘇君《あそのきみ》・筑紫《つくし》の三家連《みやけのむらじ》・雀部臣《さざきべのおみ》・雀《さざき》部造《べのみやつこ》・小長谷造《おはつせのみやつこ》・都祁直《つけのあたい》・伊余《いよ》の国造《くにのみやつこ》・科野《しなの》の国造《くにのみやつこ》・道奥《みちのく》の石城《いわき》の国造《くにのみやつこ》・常道《ひたち》の仲国造《なかのくにのみやつこ》・長狭国造《ながさのくにのみやつこ》・伊勢《いせ》の船《ふな》木直《きのあたい》・尾張《おわり》の丹《に》波臣《はのおみ》・嶋田臣《しまだのおみら》等が祖《おや》なり

『古事記』の氏祖表記は、本文同大字表記のケースもあるが、右のように氏族名をあたかも分注であるかのように、小書双行で記すケースが多い。神八井耳命の場合十九氏の子孫名を列挙しているが、この形式の表記は上巻に始まり、中巻・下巻を通して百八十氏におよぶ。『日本書紀』にも氏祖表記の文はあるが、小書双行形式の文体例はまったく見られず、これが『古事記』特有の表記法であることが知られる。この小書双行で名声のある氏族名を列挙する前例が中国にある。敦煌莫高窟《とんこうばっこうくつ》の壁中から発見された『新集天下姓望氏族譜一巻 并序』という文書で、『古事記』の場合も表記法が同じであるばかりでなく、まさしく氏族譜そのものを表記しているのであるから、『古事記』が氏族譜の性格を内蔵することをここからも知ることができる。中国の氏族譜についての知識が前提であることはいうまでもあるまい。

『古事記』の中巻は、第十五代応神天皇《おうじんてんのう》までを記す。品陀和気命《ほんだわけのみこと》（応神天皇）の母后は息長《おきなが》帯比売命《たらしひめのみこと》（神功皇后《じんぐうこうごう》）であり、神の教えにより、朝鮮半島の新羅《しらぎ》の国に、応神天皇を胎内に妊娠したまま出兵する。皇后の夫仲哀天皇《ちゅうあいてんのう》の崩御後のことであり、皇后は統治者たりえないために、胎内の天皇の親征という理解の仕方があったが、歴史の事実と理解しない立場も発生した。

　神功皇后という人物が注目に値するのは、母が葛城之高額比売《かずらきのたかぬかひめ》であることにある。ちなみに父は息長宿祢王《おきながすくねのみこ》で、第九代開化天皇《かいかてんのう》の皇子日子坐王《ひこいますのみこ》の血を引く。この高額比売は早く我が国に渡来した新羅国王の子の天之日矛《あめのひほこ》の六代の孫、多遅摩比多訶《たじまひたか》の娘であり、『古事記』は「これは息長帯比売命の母君である」と注もつけている。つまり帯比売は確かに新羅王統の血を引くという。しかし世系は遠く隔たり王族とも言えない。父方に縋《すが》ってみても、母方はあたかも神武天皇の妃《きさき》の阿多《あた》の阿比良比売《あひらひめ》の身分以上になりうるものかどうか。しかも母の胎内にいる皇子には、すでに皇継の有資格者として景行天皇《けいこうてんのう》の血を引く香坂王《かごさかのみこ》と忍熊王《おしくまのみこ》がいる。彼らを押し退けうる根拠は、「おしなべて此の国は、皇后の御腹《おなか》にいらっしゃる御子の統治なさる国である」と告げる神の託宣にある。この託宣の実践が『日本書紀』のいう「胎中天皇」としての渡海であり、新羅国王の服属にある。託宣を下す神は『日本書紀』と共通して住吉《すみよし》の三神を掲げるが、『古事記』は三神の前に、「天照大御神」の名を明確に挙げてその神意によることを述べる。天照大御神の託宣が告知されることにより胎内御子の日継の資格は与えられたが、母の方はどうか。便宜『日本書紀』の用語を借りて言えば、帯比売は「華冑《かちゅう》」（貴い家柄）に出自をもたねばならない。遠く新羅王家の血を引くと言っても、新羅の国（王）が日本と無関係・無縁ではそこに帯比売を繋ぐことができない。金・銀をはじめとして目も輝く珍宝をたくさん有《も》つ華冑こそ新羅王家であり、そこから系を抽《ひ》いてこそ、その女性は皇后の有資格者となることができる。それも仲哀天皇が崩じたのだから即刻求めればならない身分である。それゆえ『古事記』は「今寔《まこと》にその国を求めようと思うならば……」というのである。代々の天皇たちが、もろもろの豪族の服従（言向《ことむ》け）を求めてきたように、いま海彼の新羅（王）の服属を求めねばならなくなった。帯比売は親《みずか》ら出兵して遥かなる祖先の国の地に立った。新羅国王の華冑として胎内に天皇を懐《いだ》いて。

このような、神話にも劣らない物語が付随するこの記事はこうしてでき上がったものと考えられる。これが歴史的事実かどうかもはや問わない。でき上がったものがこのような伝承となって歴史化されたというのが真実であろうから。帯比売が帰国して、筑紫の国の宇美《うみ》で御子を出産。その御子が第十五代応神天皇である。

海外に関わる外交的記事は『古事記』にはない、というくらい少ないが、皇后出兵に時を合わせたように、新羅の人が応神天皇の御世に渡って来たといい、百済《くだら》の池を作ったともいう。さらに百済の国主照古王《しょうこおう》が馬を貢上し、天皇の命をうけ、百済は和迩吉師《わにきし》という人物を貢《たてまつ》り、『論語』『千字文』を貢進し、朝鮮鍛冶《かじ》・呉服織姫《くれはとりひめ》・酒の杜氏《とうじ》なども渡来したとあり、

『古事記』も国際化の波を天皇の治績として書いている。

ここまで至るには、南九州から大和《やまと》まで長い年月を経て到達した神武天皇。神祇《じんぎ》を祭ることが政事であることを示し、また四道将軍を派遣し、統治の拡大と天下太平・人民富栄をもたらし、初めて男の弓端《ゆはず》の調《みつき》・女の手末《たなすえ》の調の税制を設けた第十代の崇神天皇《すじんてんのう》。『日本書紀』によれば、崇神天皇の代に引き続き「人民富足天下太平」を保った第十一代垂仁天皇《すいにんてんのう》は、皇后の兄が反逆し、皇后をも失う。『宋史』に、どういう時を天下太平というかといえば、「文臣銭を受けず、武臣死を惜しまず」という時だ、とあるが、ここは身内の反乱であり、一見天下太平でも皇継は波瀾《はらん》含みである。次の景行天皇には御子が実に八十人いたという。三人を除く七十七人の王《みこ》たちは、すべて諸国に配分して統治させた。三人のうちの一人が小碓命《おうすのみこと》で、西の熊曽建《くまそたける》・出雲建《いずもたける》、東の蝦夷《えみし》および荒々しく抵抗する神と服従しない者どもを平定した。後の第二十一代雄略天皇《ゆうりやくてんのう》と推定される倭国王武《わこくおうぶ》が、中国南朝宋《そう》（劉宋《りゅうそう》）の順帝《じゅんてい》の昇明二年（四七八）に使者を派遣して上表した文（宋書倭国伝《そうじょわこくでん》）に、「昔から祖先自ら甲冑《かっちゅう》をつけ、山川を跋渉《ばっしょう》し、休む暇《いとま》もなく、東方では毛人を伐《う》つこと五十五国、西方では多くの夷狄《いてき》を従わせること六十六国、船で渡って海の北の地を平定すること九十五国」とある。雄略天皇を遡《さかのぼ》ってこの文に相応するといえば、『古事記』では第一に倭建命《やまとたけのみこと》に指を折らねばなるまい。

『日本書紀』では景行天皇の西征があるが、『古事記』は天皇の親征を記さない。「倭建」の訓《よ》みは平安時代以来の「ヤマトタケ」の訓読に従うべきであろう。この名は熊曽の弟建《おとたける》が奉った尊号である。『類聚名義抄《るいじゆうみようぎしよう》』に、「噭哮　二正　タケル　サケフ　ホユ」とあるように「タケル」は野蛮を表現する語であり尊号に用いられる言葉ではない。むしろ「タケル」は卑語の故に、朝廷の側からの無礼な熊曽建を卑しめる呼びかたなのである。近来、埼玉県の稲荷山《いなりやま》古墳出土の鉄剣の銘文中の「獲加多支鹵大王」を「ワカタケル（ノ）大王」と訓《よ》むのが定説のごとくになっているが疑わしい。「ワカタケノ大王」と訓むべきものと考えられるからである。いずれにしても倭建命の功績による統一国家への志向と天皇の多数の御子の全国的扶植を読みとることができよう。

　倭建命の異母兄の若帯日子命《わかたらしひこのみこと》が第十三代の成務天皇《せいむてんのう》。この天皇の記事の分量は、例えば『古事記』写本の真福寺本《しんぷくじぼん》でわずかに五行しかない。しかしこの天皇記には、父の景行天皇の事績を受け止め、建内宿祢《たけうちのすくね》を大臣《おおおみ》として、大国《おおくに》・小国《おくに》の国造《くにのみやつこ》（首長）を定め、国々の境界線、さらに大県《おおあがた》・小県《おあがた》の県主《あがたぬし》（首長）を定めたという国内制度の発足を記す重要な記事がある。

　第十四代仲哀天皇は倭建命の御子で、天皇は筑紫の訶志比宮《かしいのみや》に在って熊曽の国を討とうとした。さきの景行天皇の代に倭建命が平定した地である。国土の統一、天下の統治の至難がうかがわれる。この天皇の皇后が息長帯比売命（神功皇后）であることについてはすでに述べた。次の第十五代応神天皇がその御子であることも。

下巻の内容と意義

第十六代仁徳天皇《にんとくてんのう》（大雀命《おおさざきのみこと》）から始まる。天皇は応神天皇の御子で、皇継としては第一候補ではなかったが、皇位の譲り合いの結果第一候補宇遅能和紀郎子《うじのわきのいらつこ》の早逝で皇位に即《つ》く。国中に炊煙が立たないのを見て民の貧窮を知り、三年間の課役を免除したことにより聖帝と称《たた》えられる。『古事記』が人民（オホミタカラ）の生活のありようを描写し、天子は民の生きることを保証する存在であることを示す具体的な唯一の場面であり、かつては第十代崇神天皇の時、流行病が起こり人民が死に絶えそうになった記事があるくらいのものである。後に仁徳天皇と諡号《おくりな》された所以《ゆえん》である。

第十七代履仲天皇《りちゆうてんのう》（伊耶本和気王《いざほわけのみこ》）は即位に伴う大嘗祭《だいじようさい》の酒宴の夜、次弟の墨江中王《すみのえのなかつみこ》の反逆があり、中国系渡来人の倭《やまと》の漢直《あやのあたい》氏の祖先の阿知直《あちのあたい》に救われる。『日本書紀』では阿知使《あちのお》主《み》とあるが、もう二人の人物、平群木菟宿祢《へぐりのつくのすくね》・物部大前宿祢《もののべのおおまえのすくね》が加わっている。これは救助の伝承（本辞）が三氏に有ったものであり、『日本書紀』は氏族の申告に従い、『古事記』は真実と認めた伝承者を採って二氏を偽伝と判定削除したものであろう。このような偽を削り真を定めた記事がいくつもあり、これが『古事記』の編纂《へんさん》目的の一つであることを改めて付言しておきたい。

第十八代反正天皇《はんぜいてんのう》（水歯別命《みずはわけのみこと》）は三番目の弟で、長兄履仲天皇への忠誠を表す説話があり、そこに隼人《はやと》を偽《にせ》の大臣に任命する説話が登場する。

第十九代允恭《いんぎょう》天皇《てんのう》（男浅津間若子宿祢王《おあさつまわくごのすくねのみこ》）は四番目の末弟。この御世に新羅《しらぎ》国王が貢物《みつぎもの》を奉って来たとあるが、これは外交記事として記載したものではない。天皇には長く患う持病があり、この時の大使金波鎮漢紀武《こんはちんかんきむ》が薬方に深く通じており、天皇の病いが治癒したことの説話である。允恭天皇は、天下の多くの氏族・名のある人々の氏姓《うじかばね》が本来にもとり誤っていることを憂え、甘樫《あまかし》の丘で盟神探湯《くがたち》をさせて、天下の多数の官人たちの氏姓の真偽を糾《ただ》し定めた。

この天皇記には、もう一つ、天皇の崩御後に皇継に決まった天皇の御子である皇太子木梨《きなし》之軽太子《のかるのひつぎのみこ》が、同母の妹の軽大郎女《かるのおおいらつめ》との姦通《かんつう》事件のため廃される悲劇的物語が付け加えられている。木梨之軽太子と同母の兄弟たちの中から三男の穴穂命《あなほのみこと》が即位する。

第二十代安康天皇《あんこうてんのう》（穴穂命）は長兄の木梨之軽太子を武力で滅ぼすが、皇后の連れ子の少年目弱王《まよわのみこ》のために弑《しい》される。

第二十一代雄略天皇《ゆうりゃくてんのう》（大長谷命《おおはつせのみこと》）は同じ兄弟の末弟。兄の黒日子王《くろひこのみこ》・白日子王《しろひこのみこ》を弑して目弱王を亡《ほろ》ぼし、さらに皇位継承権の有力者とみられる履仲天皇の御子の市辺之忍歯王《いちのへのおしはのみこ》を狩場に同伴し、馬上から弓で射落とす。こうして天皇位についた雄略天皇が、すでに述べたように、倭王武に該当する。『日本書紀』（巻第十四）の雄略天皇紀をみると、朝鮮半島の百済《くだら》・新羅・高麗《こま》・任那《みまな》関連の記事、使者を中国の呉《ご》の国に派遣する記事など外国関係が多量に記されているのに、『古事記』の雄略天皇記には、呉人《くれひと》が渡来してその人を呉原《くれはら》に住まわせたのでその地を呉原という地名起源を一つ載せるだけにすぎない。『古事記』にあるのは、后妃・皇子女などの帝紀《ていき》的記事と、皇后若日下部王《わかくさかべのみこ》・吉野《よしの》の童女《おとめ》・春日《かすが》の袁杼比売《おどひめ》・三《み》重《え》の采女《うねめ》などの女性たちとの長大な歌物語を排列し、間に葛城山《かつらぎやま》の神との交流の物語を挟むばかり。これひとつ取ってみても『古事記』が歴史を書くことを目的にしていないことが知られる。

第二十二代清寧天皇《せいねいてんのう》（白髪大倭根子命《しらかのおおやまとねこのみこと》）は、雄略天皇の御子であるが、皇后もなく御子もなく、崩御後天下を治めるべき王《みこ》もないので、皇位継承の有資格者を尋ね求めた。さきに雄略天皇が狩場で射殺した市辺之忍歯王の子の二人の少年は身をやつして逃亡し、播磨《はりま》（兵庫県）の人の新築祝いの竈炊《かまた》きに使われていた。招かれた国司《くにのみこともち》が宴会の場にいた。兄弟二人にも舞を舞わせる。兄が先に終わり弟が舞う。その時に身分を明かす。これが機縁で二人は都に帰り、発端《ほったん》を作った弟が先に即位する。

第二十三代顕宗天皇《けんぞうてんのう》（袁祁石巣別命《おけのいわすわけのみこと》）。

第二十四代仁賢天皇《にんけんてんのう》（意祁王《おけのみこ》）。

第二十五代武烈天皇《ぶれつてんのう》（小長谷若雀命《はつせのわかさざきのみこと》）。この天皇には日継《ひつぎ》の太子がいなかった。仁徳天皇から十代、辛うじて継続したこの皇統はここで断絶する。

第二十六代継体天皇《けいたいてんのう》（袁本杼命《おほどのみこと》）は、第十五代応神天皇の五世の子孫であるという。『古事記』は天皇が日継に決まる経緯を記さないが、『日本書紀』は仔《し》細《さい》に亘《わた》る。時の最高位者大伴金村大連《おおとものかなむらのおおむらじ》は、「今、天皇が崩御して後継者がいない。天下の人々はどこに心のよりどころを繋《か》けようか。古《いにしえ》から今に至るまで禍《わざわ》いはこのことから起こってきた」と、天皇の求心力を民の側から述べている。曲折を経て即位に至ったことがわかる。今は失われた書物『上《じょう》宮記《ぐうき》』の逸文によれば、五世の間を補うことができる。氏族にとっては先祖の次々の名はきわめて重要であるが、天皇にとっては皇統の日継であることが問われるのであり、皇統の枝葉である中間は問われていない。継体天皇記は宮の名と崩年・御陵を挟んで皇子皇女の記事だけですべて埋められる。『日本書紀』によれば、この天皇の御世に、国内では筑紫君《つくしのきみ》磐井《いわい》(『古事記』では石井)の反乱があり、朝鮮半島関連の二十年に余る長大な記事があるのに、『古事記』には前者はあるが後者はまったくない。天皇の御子三人が帝位に即《つ》く。

第二十七代安閑天皇《あんかんてんのう》(広国押建金日命《ひろくにおしたけかなひのみこと》)。

第二十八代宣化天皇《せんかてんのう》(建小広国押楯命《たけおひろくにおしたてのみこと》)。この天皇の御子の火穂王《ほのおのみこ》は志比《しい》陀君《だのきみ》の祖《おや》、恵《え》波《はの》王《みこ》は韋《い》那君《なのきみ》・多治《たじ》比君《ひのきみ》の祖なりとあり、氏祖の注的表記はここで終わる。

第二十九代欽明天皇《きんめいてんのう》(天国押波流岐広庭命《あめくにおしはるきひろにわのみこと》)。この天皇の御世に仏教が渡来したことは現代でもよく知られている。『日本書紀』の同じ天皇紀はその仏教伝来を多量の朝鮮半島との関わりで記すのに反して、『古事記』は記さず、なんの評価もしない。

第三十代敏達天皇《びだつてんのう》(沼《ぬ》名《な》倉太玉敷命《くらふとたましきのみこと》)。

第三十一代用明天皇《ようめいてんのう》（橘 豊日王《たちばなのとよひのみこ》）。
第三十二代崇峻天皇《すしゅんてんのう》（長谷部若 雀 命《はつせべのわかさざきのみこと》）。
第三十三代推古《すいこ》天皇《てんのう》（豊《とよ》御《み》食《け》炊屋《かしきや》比売命《ひめのみこと》）。

この四代の間（五七二―六二八）、蘇我馬子《そがのうまこ》が仏塔を建て、物部守屋《もののべのもりや》が仏像を焼き、用明天皇は出家を思い、崇峻天皇が弑《しい》されたこと、厩戸豊聡耳命《うまやととよとみみのみこと》（聖徳太子《しょうとくたいし》）が太子になっても、初めて遣隋使《けんずいし》が派遣されても、いっさい『古事記』は書かないで完結する。書かれているのは天皇の御名・宮・治天下年・后妃皇子女・宝算（享年《きょうねん》）・御陵《ごりょう》などである。しかしここに『古事記』の本質が透けて見えることに注目すべきであろう。

古事記の本性

三十三代にわたる天皇記に、今述べた御名から御陵までの共通記事が大体のところあって、事績が付加される。皇后は原則として皇統の血筋の中から求められるが、皇后はじめ複数の妃《みめ》たちの生んだ御子《みこ》たちとその子孫たちの再生産拡大拡散したものが『新撰姓氏録《しんせんしょうじろく》』のいう「皇別《こうべつ》」の氏族である。天照大御神《あまてらすおおみかみ》から始まる日継《ひつぎ》の骨髄がその中心を貫き通る。それが皇統の代々の天皇であり、他の氏に代替しえない唯一の日継の観念とそれに伴う歴史の現実を形成した。皇別系のほかに、皇孫に従って降臨した神々の子孫（神別《しんべつ》系）と個別天降神の子孫（天孫《てんそん》系）の氏族によって形成されたいわゆる氏族社会は、氏姓《うじかばね》をもたない多くの人民《おおみたから》を包摂して氏族制国家を形成した。もう一つ、途中から渡来人とその子孫の諸蕃系氏族の加入があった。この氏族社会は当初から反逆や反乱があり、氏族連合は、『古事記』の書かないところで、大氏族の台頭と変遷の中に『古事記』の理念を揺さぶり、崇峻天皇は弑殺《しいさつ》さえされていた。天皇に権力のない時もあったが、それでも日継は絶えなかった。隋《ずい》・唐《とう》を学んだ氏族制国家は隋・唐のごとき強力な中央集権国家を望み、それを必要とした。改革でありそれが律令制であった。

推古天皇十二年の十七条の憲法（六〇四）は、聖徳太子の手に成る。この憲法は律令と直接関わらないが、第十二条に「国に二君《ふたりのきみ》なく民に両主《ふたりのあるじ》なし。率土《くにのうち》の兆民《おおみたから》は王を以《もっ》て主とす」と中央集権国家への志向を明確に示した。これまでの日本は不文法であったが、ここにはじめて成文法をみたといわれる。その前年初めて冠位十二階が制定されたことも律令制を遠くにみつめているのであろう。『古事記』にとって重要なことは、この推古天皇記で下巻を閉じていることである。『古事記』の「古事」とは推古以前のこと、と言われる所以《ゆえん》である。

十七条憲法から四十二年、孝徳天皇《こうとくてんのう》二年（六四六）大化の改新の詔の宣布に至り、天智天皇《てんじてんのう》十年（六七一）「新律令」として近江律令《おうみりつりょう》を施行する。つぎの天武天皇《てんむてんのう》九年（六八一）飛鳥浄御《あすかきよみ》原律令《はらりつりょう》を作り始める。ついで文武天皇大宝《もんむてんのうたいほう》元年（七〇一）に大宝律令を施行し、元正天皇養老《げんしょうてんのうようろう》二年（七一八）に養老律令を撰《えら》んだ。このような律令撰修の過程を見ると、律令制がいかにも定着しているかにみえる。『古事記』は飛鳥浄御原律令の天武天皇の詔に発し、大宝令と養老令の間で成立しており、推古天皇以前の氏族制時代のことを律令制時代に書いたことになる。しかし表を裏にするような単純なものでないことはこの解説の始めに触れた。我が国での律令制施行のためには氏族制社会の氏族の氏姓を正すことが前提にあったことを『古事記』は語っているのである。天皇が至高の尊貴であることを上巻の日本神話が保証するのは勿論《もちろん》、すべての天皇記の后妃・皇子女の一人一人の累積が証明し、本辞（旧辞）と言われる物語や歌謡群が追証する。したがって『古事記』には天皇の正統性が描かれ、それが天皇の世界を根拠づけるということにもなりうるが、それを皇別・神別などに組み込まれた氏族たちに追認と合意を要求するところに『古事記』の本性はある。したがって『古事記』は実用のために作られた。小書二行書きの氏祖表記は氏族の提訴や請求を再審査の上、書き入れと削除をしやすい形式になっている。この小さな字の犇《ひしめ》きには氏族の生存をかけた念《おも》いがこもっている。そして期限を切って奏上された。だから世間に流布することはないはずであったが、それが誰かによって世の中に持ち出された。今われわれの前にある『古事記』である。

研究史と偽書説

『古事記』の研究史は、『日本書紀』の研究史に比べて極端に短い、というより、『日本書紀』のそれが極めて長い、というべきであろう。『日本書紀』は成立の七二〇年の翌年から天皇の勅《ちょく》により、宮中で講筵《こうえん》が開かれ、以後平安時代にかけて繰り返し博士の講義が行われ、世に流布する機会を持ち続け、第一の正史としての権威があった。

一方『古事記』は、すでに述べてきたように、その特性が天皇の側から諸豪族の氏祖を明らかにし、天皇を幹とする系統樹に彼らを位置づけるところにあった。したがって諸氏族にそれを受け容れさせるところから『古事記』の受容史は始まったとみられるが、これが一箇の典籍として研究対象となるのは江戸時代、とりわけ本居宣長《もとおりのりなが》の『古事記伝』(一七九八)を俟《ま》たねばならなかった。テキストクリティークとしての研究はもう少し前から始まっており、彼の師の賀茂真淵《かものまぶち》もその一人であるが、真淵は『古事記』の序文は、太安萬侶《おおのやすまろ》とは別人の追記であろうとしている。師の説を否定した宣長説を、さらに否定する説が宣長没後に出るに及んで、『古事記』序文が疑われるのみでなく、本文そのものにも疑いがかけられ、ここに『古事記』偽書説と謂《い》われるものとなって、現代まで伏流し、序文だけを疑う立場、全文を疑う説が間欠的に噴出する。そのいくつかを紹介する。

一 『古事記』のような国史撰定は天皇の功績で御世の誉《ほま》れであるから隠しておく理由はない。

これについては、本解説にすでに述べてきたように、『古事記』は紀でなく国史としてでなく、特定の編纂目的と理由を記す上表文(序文)と、本文内容の合致と整合を分析的に取り出すことができる。この関係を後人が本文だけから序文へ抽出還元することはほとんど不可能と言っていい。したがって序文後人説あるいは偽作説は想像の域を出ない。

二　稗田阿礼《ひえだのあれ》は『日本書紀』にも『続日本紀《しょくにほんぎ》』にも記載がなく、実在の人物かも疑わしい。序文には「時に舎人《とねり》有り。姓は稗田、名は阿礼。年は是《こ》れ廿八」とある。「稗田」は姓《うじ》であり姓《かばね》ではない。稗田氏に所属していながら姓《かばね》の表記のないことは、あたかも清寧天皇《せいねいてんのう》崩御後の、二王子の物語中の、「其《そ》の国の人民《おおみたから》、名は志自牟《しじむ》」の類《たぐい》といってもよい。TPOによってはこのように名を特定される人物がいる。特別な能力をもつ民が舎人に登用され、特定の業務に携わったとみても支障はない。時の有名人のはずだとか、他の国史に名がないから非実在者などと言うのは短絡に過ぎる。

三　『日本書紀』巻二十八は壬申紀《じんしんき》とも言われ、大海人皇子《おおあまのみこ》（天武天皇）に従った調連《つきのむらじ》淡海《おうみ》・安斗宿祢智徳《あとのすくねちとこ》らの日記が史料とされた。『釈日本紀《しゃくにほんぎ》』に引く「日本紀私記」の逸《いつ》文《ぶん》には、この二人の肩に「従《じゅ》五上」「従五下」の小書傍書がある。それぞれこの姓《かばね》と位階の時に日記の提出を命ぜられたとすれば、和銅《わどう》六年正月以降でなければ、『古事記』序文は書くことができない。ゆえに和銅五年と記す『古事記』序文は疑わしい。というが、これは仮定の提起であり想定に過ぎない。二人の日記に位階の傍書が彼ら自身の手で書かれることは有りえないことであり、「日本紀私記」の講者または『釈日本紀』の著作に関わった卜部兼文《うらべかねふみ》・兼方《かねかた》が『続日本紀』から転記した可能性の方がはるかに高い。さらにこの説を『古事記』偽書論に転用するのは、古写本の処置法を知らないと言わざるをえない。

最後に上巻の大年神《おおとしのかみ》の系譜の、わけても曽富理神《そほりのかみ》についての興味深い説に触れておく。

四　曽富理神が祀《まつ》られるに至ったのは、平安京遷都の延暦《えんりゃく》十三年（七九四）以後のことで、『古事記』序文の和銅五年より八十三年以後であって、『古事記』成立は八十三年引き下げられると考えるほかない。

とする。すると『古事記』は平安時代初期の成立ということになる。曽富理神は大年神《おおとしのかみ》が伊《い》怒比売《のひめ》と結婚して、大国御魂神《おおくにみたまのかみ》・韓神《からのかみ》・曽富理神・白日神《しらひのかみ》・聖神《ひじりのかみ》を生む。韓神は朝鮮半島に関係ある名で、曽富理も王都を表す語で、今日韓国の首都もソウルという。平安京はもと秦《はだ》氏の居所であり、大内裏《だいだいり》は『日本書紀』推古天皇紀に登場する秦河勝《はだのかわかつ》の邸宅跡であり、韓神は秦氏の地主神として皇居内に祀られたといい、曽富理神も平安京の守護神として祀られたという。つまり平安京が無ければ曽富理神が祀られることはないという説である。よく考えられた説であるが、平安京以前に韓神や曽富理神が祀られることは果たして無かったのか。秦氏の祖先は応神天皇の時渡来したと『古事記』は言う。『新撰姓氏録《しんせんしょうじろく》』によれば、秦の始《し》皇帝の系統を引くとする中国系を自称する。彼らは移動する時、自分たちの神を持ってくる。秦王の祖先神が分祠され、朝鮮半島へ来ると朝鮮語に置き代えられ、日本では音訳された、と仮説を立てた場合、なお曽富理神は平安京遷都以後であると主張しえようか。

索引

全歌謡各句索引

主要語句索引

凡例

全歌謡各句索引

これは、訓読文中の全歌謡（百十一首）の各句索引である。

各句を、歴史的仮名遣いによる語頭の五十音順に並べた。

同一句が、同じ歌謡中に複数ある場合は、一例のみを掲げるにとどめた。

ここに掲げた数字は、所在を示す歌謡番号（各歌謡の末尾に記載）である。

主要語句索引

これは、訓読文中の主要な語句を摘出して、歴史的仮名遣いによる五十音順に並べ、該当ページを示したものである。

活用語は原則として終止形で掲げた。その際、自・他、異なる活用形、本動詞・補助動詞などで、終止形が同一の場合、区別をせずに一括して掲げた。また、同一語が、訓読文中の同じページ内に複数ある場合、便宜上一語のみとした。

読むのが困難と思われる語には、適宜、読みをカタカナで付記した。

訓読文中の歌謡については、「全歌謡各句索引」を利用されたい。

全歌謡各句索引

（数字は歌謡番号…訓読文中の各歌謡の末尾に記載）

【あ】

あがおほくにぬし　五
あかしてとほれ　八六
あがせのきみは　六三
あかだまは　七
あがはしづまに　五九
あがみしこに　四三
あがもふいも　八九
あがもふつま　八九
あからをとめを　四三
あきづしまとふ　九六
あきづはやぐひ　九六
あぐらにいまし　九六
あぐらゐの　九五
あさあめの　四
あさじのはら　三五
あさずをせ　三九
あさぢはら　一一〇
あさとには　一〇三
あさひの　三・九九
あしはらの　一九
あしひきの　七八
あしふますな　八六
あしよゆくな　三五
あすよりは　一一一
あせを　二九・一〇三
あそばしし　九七
あそびくる　一〇七
あたたでつき　四
あたらすがしめ　六四
あたらすがはら　六四
あぢしきたかひこね
　のかみそ　六
あぢまさの　五三
あづさゆみ　八
あづさゆみまゆみ　五一
あづまをおへり　九九
あなだまはや　六
あはししをとめ　四二
あはししをみな　四二
あはしま　五三
あはふには　一二
あはもよ　五
あはれ　九〇
あひおもはずあらむ　六〇
あひねのはまの　八六
あひまくらまく　四五
あふみのうみに　三八
あふみのおきめ　一一二
あふやをとめを　七七
あまだむ　八二・八三
あまとぶ　八四
あまはせづかひ　二・三
あむかきつき　九六
あめたちやめむ　八〇
あめつつ　一七
あめなるや　六
あめにかける　六八
あめのかぐやま　二七
あめをおへり　九九
あやかきの　五
あやに　三・四〇
あやにかしこし　九九
あゆひのこすず　八一
あらそはず　四六
あらたまの　二八
ありかよはせ　二
ありきぬの　九九
ありたたし　二
ありと　八九
ありときかして　二
ありときこして　二

ありをの　九七
あれこそは　七三
あれはおもへど　二七
あれはすれど　二七
あわゆきの　三・五
あをかき　三〇
あをきみけしを　四
あをによし　五八
あをやまに　二・三

【い】

いかくるをかを　九八
いがへりこむぞ　八五
いきづきのみや　九九
いきらずぞくる　五一
いきらむと　五一
いぐひうちが　四四
いくひには　八九
いくひをうち　八九
いくみだけ　九〇
いくみだけおひ　九〇
いくみはねず　九〇
いくよかねつる　二五
いくりに　七四
いざあぎ　三八
いざこども　四三
いざささば　四三
いさよふ　三六
いしきあはむかも　五九
いしけいしけ　五九
いしけとりやま　五九
いしたふや　二・三
いしつついもち　一〇
いすくはし　九
いせのうみの　一三
いそづたふ　二七
いそのさきおちず　五
いそひをるかも　四三
いたておはずは　三八
いたなかば　八二
いたにもが　一〇三
いちさかき　九
いちぢしま　四三
いちのつかさ　一〇〇
いちひゐの　四三
いつかしがもと　九一
いづくにいたる　四三
いづくのかに　四三
いづもたけるが　三三
いづもやへがき　一
いでたちて　五三
いとこやの　四
いとらむと　五一
いながらに　三四
いなさのやまの　一四
いのちの　三一
いのちは　三
いはかきかねて　六九
いはたたす　三九
いはなさむを　三
いはばこそよ　八九
いはひもとほり　一三
いへにもゆかめ　八九
いほちもがも　九八
いまうたばよらし　一〇
いまこそは　三
いますけにこね　一四
いまぞくやしき　四四
いまだきかず　七三
いまだとかずて　二
いまだとかねば　二
いもとのぼれば　七〇
いものみこと　四
いもはわすれじ　八
いもをおもひで　五一
いやさきだてる　一六
いやさやしきて　一九
いやをこにして　四四
いゆきたがひ　三
いゆきまもらひ　一四
いよりだたし　一〇三
いよりだたす　一〇三
いらなけく　五一
いりえのはちす　九四

いりたたずあり　一〇六
いりをりとも　一〇
いをしなせ　五

【う】

うかかはく　三
うかひがとも　一四
うきしあぶら　九九
うしろでは　四三
うずすまりゐて　一〇一
うずにさせ　三一
うすにたてて　四〇
うたきかしこみ　九七
うたたけだに　四三
うただのし　四〇
うだの　九
うたひつつ　四〇
うちしおほね　六二・六三
うちてしやまむ　一〇・一一・一二・一三
うちのあそ　七一
うぢのわたりに　五〇・五一
うちみる　五
うちやめこせね　二
うちわたす　六三
うつやあられの　七九
うづらとり　一〇一
うながせる　六
うなかぶし　四
うねびやま　二〇・二一
うはなりが　九
うべしこそ　七三
うべなうべなうべな　二八
うまらに　四八
うみがは　三六
うみがゆけば　三六
うらごほしけむ　一〇九
うらすのとりぞ　三
うるはし　三〇
うるはしと　七九
うるはしみおもふ　四六
うれたくも　二
うゑぐさ　三六
うゑしはじかみ　一三

【え】

えのうらばは　九九
えをしまかむ　一六

【お】

おいにけるかも　九三
おきつとり　四・八
おきへには　五三
おきめくらしも　一一〇
おきめもや　一一一
おさかの　一〇
おしてるや　五三
おすひのすそに　二七・二八
おすひをも　二
おそぶらひ　二
おちなづさひ　九九
おちにきと　八一
おちふらばへ　九九
おとたなばたの　六
おのがをを　三一
おのごろしま　五三
おひしに　一三
おひだてる　五七・九九・一〇〇
おふをよし　一〇九
おほかはらの　三六
おほきみし　六五
おほきみの　一〇六・一〇八
おほきみろかも　五七
おほきみを　八五
おほさかに　七七
おほさざき　四七
おほたくみ　一〇五
おほまへにまをす　九六
おほまへをまへすくねが　八〇

おほみやの 一〇四
おほみやひとは 一〇一
おほむろやに 一〇
おほゐこが 六〇
おほゐこがはら 六〇
おほをには 八
おほをよし 八
おみのこの 一〇六
おみのをとめ 一〇三
おもひづまあはれ 八
おろすはた 六六

【か】

かがなべて 二六
かがみなす 九九
かがみをかけ 九九
かきかひに 八六
かきひくや 七四
かきみる 五
かきもとに 三
かぎろひの 七六
かくのごと 九六
かぐはし 四三
かくもがと 四三
かくよりこね 八〇
かけはなく 二
かしがもと 九一
かしのふに 四八
かしはらをとめ 九一
かぜふかむとす 二〇
かぜふかむとそ 二一
かたくとらせ 一〇三
かたりごとも 二・三・四・九九・一〇〇・一〇一
かつがつも 一六
かづきいきづき 四三
かづきせなわ 三八
かづのをみれば 四一
かづらき 五八
かなしけく 五一
かなすきも 九八
かなとかげ 八〇
かはのへに 三七
かはのぼり 三七
かぶつく 四三
かみけむひとは 四〇
かみけれかも 四〇
かみしおほみき 四八
かみしみきに 四九
かみつせに 八九
かみのごと 四五
かみのみこと 三
かみのみことは 二
かみのみことや 五
かみのみてもち 九五
かみのみやひと 九三
かみらひともと 一一
かむかぜの 一三
かむほき 三九
かもがと 四三
かもどくしまに 八
からのを 七四
かりこむと 七一・七三
かりこもの 七九
かりはこむらし 七三
かるのをとめ 八二
かるをとめ 八三
かるをとめども 八三

【き】

きいりまゐくれ 六三
きいりをり 一〇
きぎしはとよむ 二
きくや 七一
きこえしかども 四五
きこえむときは 八四
きこしもちをせ 四八
きぬきせましを 二九
きびひとと 五四
きみがゆき 八七
きみがよそひし 七
きみまちがたに 二六
きみをおもひで 五一
きもむかふ 六〇

きりにたたむぞ　四
きれむしばかき　一〇八

【く】

くさかえの　九四
くさかべの　九〇
くしのかみ　三九
くちひひく　一二
くぢらさやる　九
くにのほもみゆ　四一
くにのまほろば　三〇
くにへくだらす　五三
くにをもしのはめ　八九
くはしめを　二
くぶつつい　一〇
くまかしがはを　三一
くめのこが　一〇
くめのこらが　一〇・一一・一二
くもたちわたり　二〇
くもばなれ　五五
くもゐたちくも　三二
くらはしやまは　七〇
くらはしやまを　六九
くろきみけしを　四
くろざやの　五三

【け】

けながくなりぬ　八七
けふもかも　一〇一

【こ】

こきしひゑね　九
こきだひゑね　九
こくはもち　六一・六三
ここにおもひで　五一
こころはもへど　五一
こころをだにか　六〇
こころをゆらみ　一〇六
こしなづむ　三五・三六
こしのくにに　二
こしも　九九
こしよろし　四
こぞこそは　七八
こだかる　一〇〇
こちごちの　九〇
こちのやまと　九〇
ことなぐし　四九
ことにつくり　七四
ことの　二・三・四・九九・一〇〇・一〇一
ことをこそ　六四・八五
こなみが　九
こにかきたれ　四三
このかにや　四三
このたけちに　一〇〇
このとりも　二
このねの　九九
このはさやぎぬ　二〇
このはさやげる　二一
このまよも　一四
このみきの　四〇
このみきは　三九
このみきを　四〇
こはたのみちに　四二
こはだをとめは　四六
こはだをとめを　四五
こもたず　六四
こもふさはず　四
こもりくの　八八・八九
こもりづの　五六
こやるこやりも　八八
これはふさはず　四
こをば　二・三・四・九九・一〇〇・一〇一

【さ】

さがしくもあらず　七〇
さがしけど　七〇
さがしみと　六九
さかしめを　二
さかみづくらし　一〇一
さがむのをのに　二四
さけつしまみゆ　五三

ささ 三九・四〇
ささがせる 九九
さざきとらさね 六八
さざなみぢを 四三
さざはに 七九
さしけるしらに 四四
さしぶのき 三七
さしぶを 三七
さとびともゆめ 八一
さねさし 二四
さねしさねてば 七九
さねむとは 二七
さのつとり 二
さみなしにあはれ 一三
さやぐがしたに 五
さやさや 四七・七四
さよばひに 二
さわさわに 六三
さわたるくび 二七
さゐがはよ 二〇
さをとりに 五〇
さををには 八八

【し】

しがあまり 七四
しがあれば 一〇九
しがしたに 三七
しがはなの 三七
しがはの 三七
しぎはさやらず 九
しぎわなはる 九
しけしきをやに 一九
ししの 九七
ししふすと 九六
ししまつと 九六
したがたく 一〇三
したたにも 八三
しただみの 一三
したどひに 七八
したなきに 七八
したなきになく 八二
したの 一〇三
したびをわしせ 七八
したよはへつつ 五六
しづえの 九九
しづえは 四三・九九
しなだゆふ 四三
しはには 四三
しびがはたでに 一〇七
しびつくあまよ 一〇九
しびつくしび 一〇九
しひひしなす 四三
しほせの 一〇七
しほにやき 七四
しまつとり 一四
しまにはぶらば 八五
しまのさきざき 五
しまもみゆ 五三
しまりもとほし 一〇八
しめころもを 四
しもつえに 九九
しもつせに 八九
しらずともいはめ 六一
しらたまの 七
しらにと 二三
しりつとよ 二三
しろきただむき 三・五
しろただむき 六一
しろたへの 九六

【す】

すがたたみ 一九
すからがしたきの 四七
すきはぬるもの 九八
すくすくと 四三
すくなみかみの 三九
すげはらといはめ 六四
すすこりが 四九
すみかたぶけり 一〇四
すみかたぶけれ 一〇五
すゐふゆ 四七
すゐへには 九〇
すゐへは 五一

【そ】
そがはの 一〇〇
そきをりとも 五五
そこにおもひで 五一
そだたき 三・五
そできそなふ 九六
そにどりの 四
そにぬきうて 四
そねがもと 一一
そねめつなぎて 一一
そのあむを 九六
そのおもひづま 九〇
そのこ 三一
そのたかきなる 六〇
そのたちはや 三三
そのつづみ 四〇
そのなかつにを 四三
そのはなの 一〇〇
そのやへがきを 一
そめきがしるに 四
そらはゆかず 三五
そらみつ 七一・七三・九六

【た】
たかきに 九
たかさじのを 一五
たがたねろかも 六六
たかひかる 二八・七三・九九・一〇〇・一〇一
たかみや 五八
たかゆくや 六七・六八
たぎまちをのる 七七
たくづのの 三・五
たくぶすま 五
たけのねの 九九
たこむらに 九六
たしだしに 七九
たしにはゐねず 九〇
たしみだけ 九〇
たしみだけおひ 九〇
たたかへば 一四
たたきまながり 三・五
たたなづく 三〇
たたなめて 一四
ただにあはむと 一八
ただにはのらず 七七
ただにむかへる 二九
たたみこも 三一・九〇
たたみといはめ 八五
たちかあれなむ 六四
たちがをも 二
たちざかゆる 九〇
たちそばの 九
たちはけましを 二九
たぢひのに 七五
たづがねの 八四
たつごもも 七五
たてまつらせ 五・一〇〇
たてりたてりも 八
たてる 五一
たにかもよらむ 九三
たのいながらに 三四
たのしくもあるか 五四
たふとくありけり 七
たまきはる 七一
たまでさしまき 三・五
たまのみすまる 六
たれそ 九六
たれをしまかむ 一五
たわやがひなを 二七

【ち】
ちどり 一七
ちばの 四一
ちはやひと 五一
ちはやぶる 五〇

【つ】
つきあまし 九三
つきがえは 九九
つきたたなむよ 二八
つきたちにけり 二七
つぎねふ 六二・六三

つぎねふや　五七・五八
つきはきへゆく　六
つくはをすぎて　二五
つくやたまかき　九二
つくゆみの　八
つつきのみやに　六二
つづらさはまき　三三
つぬがのかに　四三
つびにしらむと　七三
つまがいへのあたり　七六
つまごみに　一
つまたてりみゆ　一〇七
つまのみこと　四
つまはなし　五
つままきかねて　二
つまもたせらめ　五
つるきのたち　三三

【て】

てりいまし　五七
てりいます　一〇〇

【と】

とかまに　二七
とこのべに　三三
とこよにいます　三九
とこよにもがも　九五
ところづら　三四
としがきふれば　一八
となかの　七四
とひしきみはも　二四
とひたまへ　七三
とほとほし　二
ともしきろかも　九四
ともにしつめば　五四
とよほき　三九
とよみき　五・一〇〇
とりもつかひそ　八四
とりよそひ　四
とりゐがらし　四三

【な】

ながいへせこそ　六三
ながけせる　二七
なかさだめる　八
なかじとは　四
なかつえに　九九
なかつえの　四三・九九
なかつえは　九九
ながなかさまく　四
ながみこや　七三
なくなるとりか　二
なこそは　五・七一
なこはさば　九
なこひきこし　三
なしせたまひそ　三
なすやいたとを　二
なづきの　三四
なつくさの　八六
なづのきの　七四
などさけるとめ　一七
などりにあらむを　三
ななゆく　一五
なにおはむと　九六
なにはのさきよ　五三
なはいふとも　四
なみたぐましも　六二
ならをすぎ　五八
なをきて　五
なをりをみれば　一〇七

【に】

にぐろきゆゑ　四三
にこやがしたに　五
にしふきあげて　五五
にはすずめ　一〇一
にはつとり　二
にひなへやに　九九・一〇〇
にひばり　二五
にほどりの　三八

【ぬ】
ぬえくさの　三
ぬえはなきぬ　二
ぬすみしせむと　二二
ぬてゆらくも　一一〇
ぬなはくり　四四
ぬばたまの　三・四

【ね】
ねしくをしぞも　四六
ねじろの　六一
ねだるみや　九九
ねばふみや　九九
ねむとしりせば　七五

【の】
のちは　三
のちもくみねむ　九〇
のちもとりみる　八八
のびるつみに　四三

【は】
はかせるたち　四七
はけるたち　二三
はさのやまの　八二
はしけやし　三二
はしたての　六九・七〇
はだあからけみ　四三
はたたぎも　四
はたはりだて　八八
はつせのかはの　八九
はつせのやまの　八八
はつには　四三
はとの　八二
はなたちばなは　四三
はなばちす　九四
はなみは　四三
はにふざか　七六
はひもとほろふ　一三・一四
はびろ　五七・一〇〇
はびろくまかし　九〇
はへけくしらに　四四
はまつちとり　三七
はまよはゆかず　三七
はやけむひとし　五〇
はやぶさわけ　六八
はやぶさわけの　六七
はらにある　六〇
はりのきのえだ　九七

【ひ】
ひがかくらば　三
ひがけるみや　九九
ひくことに　六五
ひけたの　九三
ひけとりの　四
ひこづらひ　二
ひさかたの　二七
ひしろのみやは　九九
ひでるみや　九九
ひとさはに　一〇
ひとしりぬべし　八二
ひとつまつ　二九
ひととりがらし　四三
ひとにありせば　二九
ひとはかゆとも　七九
ひともとすげは　六四・六五
ひともとすすき　四
ひとりをりとも　六五
ひなをおへり　九九
ひにはとをかを　二六
ひのみかど　九九
ひのみこ　二八・四七・七二・九九
ひのみこに　一〇〇
ひのみやひと　一〇一
ひはぼそ　二七
ひばりは　六八
ひるつみに　四三
ひるはくもとゐ　二一
ひれとりかけて　一〇一

ひろりいまし 一〇〇
ひろりいますは 五七

【ふ】

ふたわたらす 六
ふなあまり 八五
ふはやがしたに 五
ふゆきの 四七
ふるくまが 三八
ふれたつ 七四

【へ】

へぐりのやまの 三一・九〇
へつなみ 四

【ほ】

ほきくるほし 三九
ほきもとほし 三九
ほだりとらすこ 一〇三
ほだりとらすも 一〇三
ほだりとり 一〇三
ほつえの 九九
ほつえは 四三・九九
ほつもり 四三
ほなかにたちて 二四
ほむたの 四七

【ま】

まかずけばこそ 六一
まかむとは 二七
まきさく 九九
まきし 四
まきむくの 九九
まくひには 八九
まくひをうち 八九
まけるあをなも 五四
まこそに 七三
まさづこわぎも 五三
ましとと 一七
またけむひとは 三一
またまで 三・五
またまなす 八九
またまをかけ 八九
まつにはまたじ 八七
まつぶさに 四
まつりこし 三九
まなばしら 一〇一
まひするをみな 九五
まひつつ 四〇
まひにはあてず 四三
まへつとよ 三三
まよがき 四三
まろがち 四八

【み】

みえしのの 九六
みえずかもあらむ 一一一
みおすひがね 六七
みがほしくには 五八
みきぞ 三九
みきの 四〇
みこのしばかき 一〇八
みしまにとき 四三
みすまるに 六
みたに 六
みだればみだれ 七九
みちとへば 七七
みちのしり 四五・四六
みつぐりの 四三・四三
みづたまうきに 九九
みづたまる 四四
みつみつし 一〇・一一・一三
みなこをろこをろに 九九
みなそそく 一〇三
みのおほけくを 九
みのさかりびと 九四
みのなけくを 九
みへのこが 九九
みほどりの 四三
みまきいりびこはや 三

みもろに　九三
みもろの　六〇・九一
みやのぼり　五八
みやひととよむ　八一
みやひとの　八一
みやまがくりて　一二

【む】

むかひをるかも　四三
むかへをゆかむ　八七
むしぶすま　五
むなみるとき　四
むらとりの　四

【め】

めどりの　六六
めにしあれば　三・五

【も】

もちてこましもの　七五
もとつるぎ　四七
もとには　九〇
もとへは　五一
ものまをす　六三
ももしきの　一〇一
ももだる　九九
ももちだる　四一
ももづたふ　四二・一一〇
ももながに　三・五
もゆるいへむら　七六
もゆるひの　二四

【や】

やがたくとらせ　一〇三
やがはえなす　六三
やくもたつ　一
やけむしばかき　一〇八
やしまくに　二
やすくはだふれ　七八
やすみしし　二八・九六・九七・一〇三
やたの　六四・六五
やちほこの　二・三・五
やつめさす　二三
やにはもみゆ　四一
やふじまり　一〇八
やへがきつくる　一
やへのしばかき　一〇六
やほによし　九九
やまがたに　四・五四
やまごもれる　三〇
やましろがはを　五七・五八
やましろに　五九
やましろの　六三
やましろめの　六二・六三
やまだかみ　七八
やまたづの　八七
やまだをつくり　七八
やまとし　三〇
やまとの　四・一五・一〇〇
やまとのくにに　七一・七三
やまとのくにを　九六
やまとは　三〇
やまとへに　五五・五六
やまとをすぎ　五八
やまのかひに　九〇
やみししの　九七

【ゆ】

ゆくはたがつま　五六
ゆつまつばき　五七・一〇〇
ゆふされば　一二
ゆふとには　一〇三
ゆふひの　九九
ゆゆしきかも　九一
ゆらのとの　七四

【よ】

よくすに　四八
よくすをつくり　四八
よこさらふ　四三

主要語句索引

（数字は頁数、活用語は終止形で掲げた。同一頁に同一語を複数含むことがある。）

【あ】

赤色の楯・矛　一一五
赤かがち　四六
あがかに　一七九
銅《アカガネ》　二〇三
県主《アガタヌシ》　一三・一四八
県主波延　一〇四
赤玉　一七三
赤幡　一二八
赤比売郎女　一三八
阿加流比売神　一七三
赤猪　五三
赤猪子　二一五・二一六
あぎ　一六〇
飽咋之うしの神《アキグヒノ―》　三五
蜻蛉《アキヅ》　二一八
秋津嶋　一八
阿岐豆野　二一八・二一九
あぎとふ　一三六
阿芸那臣　一一〇
阿岐国の多祁理宮　八九
秋毗売神　六五
秋山之下氷壮夫　一七四
阿久斗比売　一〇四
阿具奴摩　一七一
呉床《アグラ》　一六八・一六九
高田《アゲタ》　八四
曙立王　一二三・一二七
帷幕《アゲハリ》　一六八
阿耶訶　七七
朝署　一三四
朝床　六九
朝日の直刺す国　七七
阿耶美都比売命　一三〇・一三一
阿耶美能伊理毗売命　一三〇
あさめよし　九二
足　三・三三・一七九・二二〇
葦　二〇九
足鏡別王　一四七
葦牙《アシカビ》　二三
足柄　一三九
悪しき人　一三七
葦田宿祢　一九三
葦那陀迦神　六二
跛《アシナヘ》　一二七
跛ぐ　二三四
葦原色許男大神　一二八
葦原色許男神　四九
葦原色許男命　五三・六三
葦原中国　三四・四三・四四・六六・六七・六八・七一・七二・七三・七四・七五・九二
足一騰宮　八九
葦船　二六
葦井之稲置　一〇五
飛鳥河　二三四
飛鳥君　一三一
飛鳥清原大宮に大八州御しめしし天皇　一九
阿須波神　六五
阿蘇君　一〇三
楽《アソビ》　四
遊ぶ　六九
仇《アタ》　一八・一〇三・二三五
賊《アタ》　一八
阿多　九九
阿陀の鵜養　九三
阿太之別　一三一
阿知吉師　一六七
阿遅志貴高日子根神　六九
阿治志貴高日子根神　七〇
阿遅鉏高日子根神　六三
阿知直　一九四・一九七
阿直史《アチノフヒト》　一六七
檳榔之長穂宮《アヂマサノナガホノミヤ》　一二八
小豆　四五
小豆嶋　二七
阿豆王　二三八
阿豆麻　一三九
東の淡の水門　一三三
東の国造　一四〇
あづまはや　一三九
阿曇連　一三六
足取王　二四一
足名椎《アナヅチ》　四六・四七

足名鉄神 アナヅチノカミ　四八
穴戸の神　一三五
穴門の豊浦宮　一四九
あなにやし、えをとこを　三五・三六
あなにやし、えをとめを　三五・三六
阿那臣　一〇六
穴穂御子　二〇三・二〇六
穴穂命　一九九
穴穂箭　二〇三
粟　四五
淡嶋　二六・三〇
粟田臣　一〇六
淡道嶋　一八〇・一九二
淡道の穂の狭別嶋　二七
阿貝知能三腹郎女 アハヂノミハラノイラツメ　一五八
淡道の屯家　一四九
淡道の御井宮　一〇五
阿離 アハナチ　一五〇
粟国　二七
相津　一二九・一三六
阿比良比売　九九

逢坂　一五四
淡海　三八・一四七・一五五
淡海臣　二一〇
淡海国　一三三
饗 アヘ　九六
阿倍郎女　一五八
阿倍の臣　一〇九
阿倍之波延比売　一三八
海人 アマ　七三・一七一
味白檮の言八十禍津日前　二〇〇
甜白檮の前 アマカシノサキ　一二七
天語歌　二二五
天降す　六六・七五
天降る　六四・七五・七六・九八
多の禄 アマタノモノ　二一七・二二五
天田振　二〇四
天つ神　六四・六六・六八・七一
七五・一一五・一五一
神祇 アマツカミクニツカミ　一八
神と祇　一七

天つ神の御子　七二・七三
七六・七九・八〇・八六
九二・九三・九四・九六
九八
天津国玉神　六七・六九
天津久米命　七六・七七
乾符 アマツシルシ　一九
天津瑞 アマツシルシ　九八
天津日子根命　四〇・四一
天津日高の御子　八三・八五
天津日高日子波限建鵜草葺不合命　八七
天津日高日子波限建鵜葺草葺不合命　八八
天津日高日子番能迩々芸能命　七八
天津日高日子穂々出見命　八〇
天津日子番能迩々芸命　七六
天位 アマツヒツギ　一九
天統 アマツヒツギ　一九
天津日継　七三・一六〇・一九九
二三六
天津麻羅　四三

天照大御神　三六・三七・三九
四〇・四一・四二・四四
四七・六六・六七・六八
七〇・七一・七四・七五
九二・一五一
天の原　四四
あまひ　七九
海部　一六七
海部直　一七九
海人や、己が物に因りて泣く　一七一
蝈 アム　二一八
天押帯日子命　一〇六
天国押波流岐広庭天皇　二四〇
天国押波流岐広庭命　二三八
天知迦流美豆比売　六五
天地　一三・一五三
乾坤　一七
天地の開闢く　三
天迩岐志国迩岐志天津日高日子番能迩々芸命　七四
天の石位　七六
天石門別神　七六

天の石屋　四二・四三・四四・七〇
天の石靫　七六
天の浮橋　一四・六六・七六
天宇受売　四四
天宇受売神　七五
天宇受売命　四三・七六・七七・七八
天の忍許呂別　一七
天忍日命　七六・七七
天忍穂耳命　六六
天之忍男　一八
天の羅摩の船　六三
天迦久神　七一
天の加久矢　六八
天の香山　四三
天の堅石　四三
天の金山　四三
天之久比奢母智神　一九
天之闇戸神　一九
天児屋命　四三・四四・七五・七六
天の逆手　七三
天之狭霧神　一九
天狭霧神　六三
天佐具売　六八
天之狭土神　一九
天狭手依比売　一七
天の下　一八・六四・八九・九八・一〇三・一〇四・一〇五・一〇六・一〇七・一〇八・一〇九・一一〇・一一一・一一三・一一四・一一五・一二〇・一二一・一二三・一三一・一三三・一四七・一四八・一四九・一五〇・一五八・一五九・一六〇・一六八・一七一・一七七・一七八・一九三・一九六・一九八・一九九・二〇〇・二〇二・二〇六・二一二・二一七・二一八・二一九・二三一・二三二・二三五・二三六・二三七・二三八・二三九・二四〇・二四一・二四二・二四三・二四四・二四五
天の下太平らかなり　一一九
天手力男神　四三
天之都度閇知泥神　四九
天之常立神　一三
天鳥船　二九・三〇
天鳥船神　七一
天の新巣　七三
天の沼琴　五四
天の沼矛　一四
天の波士弓　六八・七六
天の服織女　四二
天のははか　四三
天の波々矢　六七
天の日影　四三
天日腹大科度美神　六三
天之日矛　一七一・一七二・一七三
天之吹男神　一八
天両屋　一八
天の斑馬　四三
天之冬衣神　四九
天火明命　七五
天菩比神　六七
天之菩卑能命　四〇
天菩比命　四一
天の真鹿児矢　七六
天の麻迦古弓　六七
天の真折　四三
天の真魚咋　七四
天の真名井　四〇
天の御饗　七三
天の御舎　七三
天之御影神　一一一
天之甕主神　六二
天之水分神　二九
天御虚空豊秋津根別　一七
天御中主神　一三
天之御中主神　一三
天の御柱　一四・一五・一六
天の安河　四〇・四三・七〇・七一
天の安の河原　四三
天の安河の河原　六六・六八
天の八十びらか　七三・一一五
天の八衢　七五
天の八重たな雲　七六
天之尾羽張　三三
天尾羽張神　七一
天一根　一八
天比登都柱　一七
天若日子　六七・六八・六九
阿夜訶志古泥神　一三
漢直　一六七
漢王　二四三

年魚 一五三
荒河刀弁 一一三
生らす《アラス》 三七・四三
荒振る 六七
荒ぶる蝦夷 一三九
悪ぶる神 三八・六八
荒ぶる神 九二・九三・九八
一三三・一三七・一三八
一三九
荒振る神 六八
悪ぶる態 四三
荒御魂 一五三
生る《アル》 四一
阿礼 二〇
阿礼比売命 一〇八
あれ坐す 一〇一・一五三
生れます 三五・三七・七五
八〇・八八・一〇四
一〇五・一〇六・一〇七
一〇九・一一一・一二〇
一三一・一四六・一四九
一五三・一七七・一九九
二一二・二三六・二三八
二四〇・二四一・二四三
産れます 一五三
阿和佐久御魂 七八
沫那芸神 二九
沫那美神 二九
藍見河 六九
青垣 六四
青雲の白肩津 九〇
青摺の衣 一六五・二三〇
菘《アヲナ》 一八一
菘菜 一八一
青にきて 四三
青沼馬沼押比売 六三
阿を離つ 四三
青葉の山 一二八
青柴垣《アヲフシガキ》 七二
青海郎女 一九三
青山 三七

【い】

い 九五
伊迦賀色許売命 一〇九・一一〇
伊迦賀色許男命 一一五
五十日帯日子王 一三一・一三三
伊賀帯日子命 一三〇
雷神 三三
伊賀の須知之稲置 一〇五
伊賀比売命 一一四
伊岐嶋 二七
生江臣 一二〇
活杙神 二三
将軍 一五四・一八九
軍士 一一九・一二四
軍衆 一三七
生大刀 五四・五五
活玉前玉比売神 六三
活玉依毗売 一一五
活津日子根命 四一
的臣《イクハノオミ》 一一〇
伊玖米入日子伊沙知命 一一四
伊久米伊理毗古伊佐知 一一四
命 一二四・一二〇
伊玖米天皇 一二一・一四六
生弓矢 五四・五五
池辺宮 二四三
生剥 一五〇
伊許婆夜和気王 一三一
伊許婆夜和気命 一三〇
伊耶河の坂の上 一一三
伊耶佐の小濱 七一
伊奢沙和気大神命 一五五
伊耶那岐 二〇
伊耶那伎大神 二八
伊耶那岐大神 三五
伊耶那岐大御神 二八
伊耶那岐神 二三
伊耶那岐命 二四・二五
二六・三〇・三一・三三
三三・三四
伊耶那伎命 三七
伊耶那美 三〇
伊耶那美神 二三・三〇・三一
伊耶那美命 二四・二五・二六
三二・三三・三四
伊耶能真若命 一一四
伊奢之真若命 一五八
伊奢能麻和迦王 一五九
伊佐比宿祢 一五四
伊耶本和気天皇 二二八
伊耶本和気王 一九三
伊弉本別王 二三三
伊耶本和気命 一七八
漁田別《イザリタノワケ》 一四七
石棺作 一三〇

伊斯許理度売命 四三・七五・七六
石比売命 二四〇
伊自牟の国造 四一
伊須気余理比売
九九・一〇〇・一〇一・一〇三
伊須気余理比売命 一〇一
いすき 九九
伊須受能宮 七六
伊勢の飯高君 一〇六
伊勢の大鹿首 二四三
伊勢の大神の宮
二一四・二二一
伊勢の大御神の宮 二三七
伊勢神宮 二三八
伊勢国 二三三
伊勢の佐那造 一二二
伊勢の船木直 一〇三
伊勢の品遅部君 一二二
伊勢別 一四七
伊勢部 一六七
礒 一四五・一五三
石上の穴穂宮 イソノカ
ミ── 二〇六
石上の神宮 九二
石上神宮 一二三・一九五・一九七
石上の広高宮 二三六
痛手 九一
病矢串 九一
市寸嶋比売命 四〇・四一
市師池 一二六
壱師君 一〇六
市辺之忍歯王 一九三・二一〇
市辺之押歯王 二二八
市辺忍歯王 二三三
市辺忍歯別王 二二七
市辺王 二一一・二三三
赤檮 イチヒノキ 一三六
壱比韋臣 一〇六
拝き祭り 一二四・一二五
拝きまつり 二三八
拝き祭る 一二一
いつき奉れ 六四・七六
伊豆志河 一七五
伊豆志の八前の大神 一七三
伊豆志袁登売 一七五
伊豆志袁登売神 一七四
五瀬命 八八・八九・九一
五つの行 ──メグリ 一九
五伴緒 七五
いつの竹鞆 三九
いつのちわく 七六
伊豆能売 三六
いつの男建 ──ヲタケビ 三九
伊都之尾羽張 三三
伊都之尾羽張神 七〇
虚偽 イツハリ 二〇
詐りの刀 イツハリノタチ 一二六
伊豆美 一一八
出雲 五八・六三・一二八
出雲建 一二六
出雲の石硐の曽宮 一二八
出雲郎女 二三八
出雲の大神 一二七
出雲国 三一・三四・四五・四七
七一・七三・一三六
出雲の国造 四一・一二八
幸行 イデマシ 二三一
行でます 九〇・一三七
幸でます 八九・九〇・九一
九三・九四・一三八
一三九・一四三・一五三
一五五・一八一・一八二
一八八・一九四・一九五
一九六・一九七・二一一
二一八・二一九・二二〇
二三一
幸行でます 五六・八九・九三
九四・九六・一〇一
一三四・一四一・一四三
一四三・一五五・一六八
一八〇・一八二・一八五
一八六・一九〇・二一〇
二一三・二一四・二一七
二二一・二二五
遊行でます 二一五
出幸でます 八五
伊登志部 一二三
伊登志別王 一二一
伊登志和気王 一二三
伊斗村 一五三
伊杼美 一一八
糸井比売 一五九
稲城 一二三・一二四・一二五
稲置 一三三
稲木之別 一二一
いなしこめしこめき穢
き国 三五

【う】

宇迦之御魂神　四八
宇迦能山　五五
鵜河　一一九
族《ウガラ》　五〇・二〇七
二一三・二三四
宇岐歌　二三六
うきじまり　七六
うきゆひ　六一
うけ　四三
うけひ獦　一五四
うけふ　四〇・七九・一二七
宇沙　八九
兎　五〇・五一
兎寸河《ウサキガハ》　一九二
兎神　五一
宇沙都比古　八九
宇沙都比売　八九
牛　一九・一四三・一七三
うじ　三三
牛甘《ウシカヒ》　二二二
牛婚《ウシタハケ》　一五〇
うしはく　七一
海塩　五〇・五一
七七・七八・一四五
碓女　六九
宇陀　九四・一二五
歌垣　二二九
うたき　二二九
歌凝比売命　一二九
宇陀の穿　九四
菟田首　二二九
宇陀の酒部　一二三
宇陀の蘇迩　一八九
宇陀の血原　九五
宇陀の水取　九六
詠《ウタヨミ》　二二八
氏　一八
氏々名々　二〇〇
氏姓　二〇〇
宇遅野　一六〇
宇遅王　二四三
宇遅能若郎女　一七八
宇遅能和紀郎子
一五六・一六〇・一六三
一六八・一七一
宇遅之若郎女　一五九
内はほらほら　五四
うつしおみ　二三一
うつしき青人草
三四・一七五
顕《ウツシクニ》　一七
宇都志国玉神　四九
宇都志国主神　五五
内色許売命　一〇九
内色許男命　一〇九
宇都志日金析命　三六
宇豆比古　一〇九
うながける　六一
菟上王　一一三・一二七・一二八
海坂　八七
海原　三七・八八・一二八
海原の魚　一五三
畝火の白檮原宮　九八
畝火山　一〇三・一〇五
畝火山の真名子谷　一〇六
婇《ウネメ》　二三三
婇臣　九八
畝尾　三一
上箇男　一五一
上箇之男命　三六
上津綿津見神　三六
嫉妬《ウハナリネタミ》
五八・一七九
宇比地迩神　二三
産屋　三四
産殿　八六
筌　九三
馬　一九・二二一
馬甘《ウマカヒ》　二二二
馬木王　二四一
馬来田の国造　四一
宇摩志阿斯訶備比古遅
神　三三
味師内宿祢《ウマシウチノスクネ》　一〇九
宇麻志麻遅命　九八
味し御路　八二
馬婚《ウマタハケ》　一五〇
馬御織連　一一〇
馬楯《ウマフネ》　二二一
茨田下連《ウマラタノシモノムラジ》　一一三
茨田堤　一七八
茨田王　二三四
茨田三宅　一七八
茨田連　一〇三
宇美　一五三
海さち　八一
海佐知毗古　八一
海つ道　八七・九〇

海の神　二八・八二・八三・八四・八五・八六
孫　ウミノコ　一〇五・二三七
子孫　ウミノコ　二三四
紡麻　ウミヲ　一一六
蛤貝比売　ウムカヒヒメ　五三
宇毛理王　二四三
卜　一二七
卜相ふ　一二六
占合ふ　四三
占相ふ　一二七
宇流釣　ウルチ　八四
慷愾む　ウレタム　二〇八
うれづく　一七四・一七五
魚　七八・八一・八四・一五三

【え】

兄宇迦斯　九四・九五
兄師木　九八
吉野　エシノ　一八・一六六・二一七
吉野首　九三
吉野川　二一七
吉野河　九三
吉野の国主　一六五
吉野の国巣　九四
吉野宮　二一七
枝　一三四
役使　エタチ　一七九
課役　エツキ　一七九
役の気　エノケ　一一五
江野財臣　一一〇
蒲子　エビカヅラノミ　一三三
兄比売　一二五・一三二・一三三
愛比売　エヒメ　二七
役病　エヤミ　一一四

【お】

尾→ヲ
淤加美神　オカミノカミ　六三
淤迦美神　四九
奥疎神　三五
奥津鏡　一七三
奥津甲斐弁羅神　三五
奥津嶋比売命　四〇
奥津那芸佐毗古神　三五
奥津日子神　六五
奥津比売命　六五
奥津余曽　一〇六
老人　オキナ　一四〇・二二一・二三四
老夫　オキナ　四五・四六
息長帯比売命　オキナガタラシヒメノミコト　一三・一四九・一七三
息長帯日売命　一四九・一五三・一五四・一五六
息長田別王　一四七
息長坂君　一七六
息長宿祢王　一二三
息長手王　二四三
息長真手王　二三八
息長水依比売　一二一
息長日子王　一二三
息長真若中比売　一四七・一五九
淤岐嶋　オキノシマ　一五〇
隠伎の三子の嶋　二七
置目老媼　オキメノオミナ　二三三
奥山津見神　三一
意祁都比売命　オケツヒメノミコト　一二一
意祁天皇　二四〇
意祁王　二二一・二三三
意祁命　二二一・二三四・二三五
刑部　二〇〇
押　オシ　九五
押機　オシ　九四
忍鹿比売命　一〇七
押木の玉縵　二〇七
忍熊王　一四七・一四九・一五四
押黒之兄日子王　一三三
押黒弟日子王　一三三
忍坂　九六
忍坂大中比売　一五九
忍坂之大中津比売命　一七六・一九九
忍坂日子人太子　二四三
忍海郎女　二三七
忍海部造　一一三
押歯　二三三
忍歯王　二二一
押別命　一三一
おすひの襴　一四〇
堕国　オチクニ　一三九
落別王　一三一
弟宇迦斯　九四・九五・九六
弟苅羽田刀弁　一三一
弟国　一三九

弟師木　九八
弟財郎女　一四八
弟橘比売命　一三八・一四六
弟比売　一二五・一三二・一三三・一四七・一九八
弟比売命　一二二・一二九・一三一
弟日売命　一五八
弟日売真若比売命　一七六
淤縢山津見神《オドヤマツミノカミ》　三一
おのごろ嶋　二四・三〇
大魚《オフヲ》　三三九
大県《オホアガタ》　一四八
大県主　二一三
大穴牟遅　六三
大穴牟遅神　四九・五〇・五一・五五
大饗《オホアヘ》　九五
意冨阿麻比売《オホアマヒメ》　一一三
大雷　三三
大郎子　一七六・二三八
太郎女　二三八
大入杵命　一一三・一一四
大碓命　一三一・一三二・一三三

大浦　一八〇
大江之伊耶本和気命　一七七
大江王　一四七・一四九
大枝王　一三三
大臣　一四八・一九六
大鏡　一六七
大香山戸臣神　六五
大神　四八・五三・五四・七一・八四・一二七・一二八・一五一・二二一
大神宮　二二七
意冨加牟豆美命《オホカムヅミノミコト》　二三四
大后《オホキサキ》　九九・一三〇・一七七・一七八・一八五・一八六・一八八・一九〇・二〇〇・二〇八・二三四・二三八
太后《オホキサキ》　一四九・一五〇・一七九・一八〇・一八二・一八四・一八五・一九〇・二二三
皇后《オホキサキ》　一五七・二〇七・二二七
適后《オホキサキ》　五八・一〇二

意冨芸多志比売《オホギタシヒメ》　二四三
大分君　一〇三
大使《オホキツカヒ》　二〇〇
大吉備建比売　一四六
大吉備津日子命　一〇八
大吉備諸進命　一〇七
天皇《オホキミ》　一五〇・一八二・二〇三・二〇八・二二五・二三五
大日下王　一七七・一七八・二〇六・二〇七・二二三
大日下部　一七八
大国　一四八
大国主神　四九・五五・六二・六三・六四・六七・七一・七二
大国之渕　一三一
大国御魂神　六五
大久米命　九五・九九・一〇〇
大宜都比売　二七
大宜都比売神　二九
大宜津比売神　四五
大気都比売神　四五・六五
意冨祁天皇《オホケノスメラミコト》　二三八

意冨祁王　二三六
意冨祁命　二三一・二三六
大事忍男神　二八
大坂　一六八・一九四・一九六
大坂戸　一二七
大坂臣　一〇六
大坂の神　一二五
大雀皇帝　三三
大雀天皇　一七八
大雀命　一五八・一五九・一六〇・一六三・一六五・一六八・一七一・一七七
凡川内の国造　四一
凡連　二三八
大嶋　二七
意冨多々泥古　一二四・一二五
意冨多々泥古命　一二六
大楯連　一八九・一九〇
大田君　一三三
大多麻流別　二七
大多牟坂王　一一三
意冨多牟和気　一四六
大帯日子淤斯呂和気天皇　一三一・一三五
大帯日子淤斯呂和気命

一三〇・一三一
大帯日子天皇 一三三・一四七
淤煩鈎《オボチ》 八四
大土神 六五
大箇木垂根王《オホツツキタリネノミコ》 一二一・一三一
大年神 四八・六五
大殿 六四・一七九・一九四
意冨斗能地神 三三
大斗乃弁神 三三
大戸日別神 六八
大戸或子神 六九
大戸或女神 六九
大伴之金村連 二三九
大伴王 二四一
大伴連 七七・九五
大鞆和気命 一四九
大名方王 一四七
大中津日子命 一三〇・一三一
大中比売命 一四七
大中津比売命 一四九
意冨那毗 一〇九
大直毗神 三六
大庭 一二八
大嘗《オホニヘ》 四三・一九三
大贄《オホニヘ》 一六六・一七一
大根王 一三三
太朝臣安萬侶《オホノアソミヤスマロ》 三
意冨臣 一〇三
大野手比売 二一七
大野の崗の上 二四五
大羽江王 一五九
大量 七〇
大長谷天皇 二三四・二三五
大長谷王子 二〇六・二〇七
大長谷王
二〇八・二〇九・二一一
大長谷命 一九九
大長谷若建天皇 二三六
大長谷若建命 二三三
大原郎女 一五八
大毗古命 一〇九・一一四
一一七・一一八・一一九
大氷雨 一四三・二〇三
大戸比売神 六五
意冨々杼王 一七六
意冨本杼王 一九九
大禍津日神 三六
大俣王 一二一・一二三・二四三
二四三
大前小前宿祢 二〇二・二〇三
大前小前宿祢大臣 二〇三
大鋺《オホマリ》 一九七
意冨美 二〇九
大御呉床 二一七
大御羹 一八〇
大御饗 八九・一六一
大御歌 二二六
大御神 三九
大御酒《オホミキ》
一五七・一六四・一六六
一六七・一九〇・一九四
二三三・二三六
大御食 一一八・一二三・一四〇
大御飯 一八〇
大御子 一一八
大御情 一六〇
大御琴 一五〇
大命 二〇七・二二五
太命 一六四
勅命《オホミコト》 二〇七
詔命《オホミコト》 二〇九
大御盞《オホミサカヅキ》 二三三
大御酒坏 六〇
大御酒盞 一四〇・一六一
人民《オホミタカラ》 一一四・一一五・一一九
一七九・二三八・二三九
公民《オホミタカラ》 一二五
百姓《オホミタカラ》 一七九
黎元 一八
大御刀 三一
大御寝 一九四
大御葬 一四六
大御所 一六三
大御水 一九二
意冨美和之大神 一一五
大室 九六
大目 一〇七
大物主大神 一一四・一一五
大物主神 九九
大宅臣 一〇六
大宅王 二四一
大八嶋国 二七・一三五
大屋毗古神 二八・五三
大山咋神 六五
大山津見神 二九・四六・四八
七八・七九
意冨夜麻登久迩阿礼比

売命　一〇五
意冨夜麻登玖迩阿礼比売命　一〇八
大倭帯日子国押人命　一〇六・一〇七
大倭豊秋津嶋　二七
大倭根子日子国玖琉命　一〇七・一〇八・一〇九
大倭根子日子賦斗迩命　一〇七
大倭国　一三五
大倭日子鉏友命　一〇四
一〇五
大山守命　一五八・一五九
一六〇・一六八・一七一
大湯坐《オホユヱ》　一三五・一三八
大綿津見神　二八
臣　二〇九
淤美豆奴神　四九
老女　四五・二一五・二一七
老嫗《オミナ》　二三二・二三三
老女子郎女　二四二
面　一九七
面勝つ神　七五
於母陀流神　三三
面黥める　二二一
母の乳汁　五三
思金神　四三・六六・六七・七〇・七六
祖神　三六
上通下通婚《オヤコタハケ》　一五〇
祖の国　一七三
おれ　五五・九五・一三五

【か】

鏡　四三・四四・七五・七六
鏡作連　七六
鉤　一七〇
鉤穴　一一六
柿本臣　一〇六
迦具土神《カグツチノカミ》　三一
迦具夜比売命　一三一
香山　三一
香山戸臣神　六五
香用比売　六五
香余理比売命　一三一
訶具漏比売　一三三
迦具漏比売　一五九
迦具漏比売命　一四七
綅八綅《カゲヤカゲ》　一三〇
香坂王《カゴサカノミコ》　一四七・一四九・一五四
笠紗の御前　七七・七八
笠縫王　二四一・二四三
笠臣　一〇八
風木津別之忍男神　二八
白檮《カシ》　一六六
白檮の尾の上　一〇三
柏　一六四・一九〇
膳夫《カシハテ》　七三・九六・一四六
膳の大伴部　一三三
膳臣　一〇九
白檮原宮　九八
頭　三一・三三・四五・四七・五四
春日《カスガ》　二三一
春日の伊耶河宮　一一〇
春日大郎女　二三六
春日臣　一〇六
春日の建国勝戸売　一一一
春日の千々速真若比売　一〇七
春日中若子　二四二
春日之日爪臣　二四一
春日王　二四三
春日山田郎女　二四一
春日の山君　一三三
春日小田郎女　二三六
春日の袁杼比売　二三六
春日部の君　一三三
風切る比礼　一七三
風の神　二九
風振る比礼　一七三
片歌　一四四・一九一
片崗の石坏の崗　二三七
堅石王《カタシハノミコ》　一七六
堅石も酔人を避く　一六八
片塩の浮穴宮　一〇四
姿体《カタチ》　二二五
姿容《カタチ》　一六五
容姿《カタチ》　二二五
顔容麗美し《カタチウルハシ》　一六三
形姿美麗し《カタチウルハシ》　二一七
容姿麗美し《カタチウルハシ》　九九・一三三
容姿端正し《カタチキラ》

ギラシ　一二五・一七五
迦多遅王　一五九
形姿威儀 カタチヨソホヒ　一一五
小刀 カタナ　一一三
片崗の石坏の崗　二三六
片岡の馬坂の上　一〇八
勝さび　四三
勝門比売　一五三
概者 カヂトリ　一六九
執概者 カヂトリ　一六九
堅磐　七九
葛野 カヅノ　六五・一六〇
葛野別　一一三
香木 カツラ　八三・八三
縵 カヅラ　四三
葛城 カヅラキ　一五九
葛城の五村　二〇九
葛城の忍海の高木角刺宮　二三七
葛城之曽都比古　一九三
葛城之曽都毗古　一七七
葛城之高千那毗売　一〇九
葛城の高額比売　一一三
葛城之高額比売命　一七三
葛城の高岡宮　一〇四
葛城垂見宿祢　一一一
葛城長江曽都毗古　一一〇
葛城之一言主之大神　二三一
葛城王　二四一・二四三
葛城の室の秋津嶋宮　一〇七
葛城の山　二一九
葛城の掖上宮　一〇六
葛城部　一七八
葛城山　二三〇
堅魚 カツヲ　二二三
金鉏岡 カナスキノヲカ　二二三
金山毗古神　二三〇
金山毗売神　二三〇
迦迩米雷王　一一三
川　一八
河海　三八
河・海の諸神　一五一
河上部　一三一
河鴈　六九
河嶋　一七五
河尻　九三
河瀬の舎人　二一三
皮畳　一三八
姓 カバネ　一八・一九七
骨 カバネ　一七〇・一七一
姓名　一一六
河の神　一三五
河の瀬　五五
河の瀬の神　一一五
河部　二〇〇
川辺臣　一一〇
河俣稲依毗売　一一三
河俣毗売　一〇四
厠　一三四・一七四・一九六
川原田郎女　一五九
甲斐 カヒ　一三九
殻 カヒゴ　一八五
貝蛸王　二四三
甲斐郎女　一九八
甲斐の国造　一一三
河内 カフチ　一二五・二二三・二三九
河内の青玉　一〇九
河内国　一四六
川内の科長　二四三
河内の多治比の高鶴　二三七
河内の古市の高屋村　二三九
河内之若子比売　二四〇
河内の恵賀の長江　一五七
河内の恵賀の長枝　二〇〇
川内の恵賀の裳伏の崗　一七六
訶夫羅前 カブラサキ　九四
復奏 カヘリゴト　二三五
覆奏 カヘリゴト　一二八
復奏す カヘリゴトマヲス　六七・六八・一八八
覆奏す カヘリゴトマヲス　八五・一一九・一三六・一三八
還矢　六九
鎌倉別　一四七
烟 カマド　一七五
竈の神　六五
蒲の黄 カマノハナ　五一
蒲生稲寸　四一
竈山　九一
神　一七四
髪　五四・一三四
神うれづく　一七五
上菟上の国造 カミツウナカミノクニノミヤツコ　四一
上毛野　一一四

上つ瀬　三六
上宮の厩戸豊聡耳命　二四三
髪長比売　一六三・一六四・一七七
神の気　一一四
神の子　一一五・一一六
神の使者　一四三
神の朝庭　――ミカド　一三七
上王　二四一
神の命　一五〇
神の社　一一六
神世七代　三三
崩ります　カムアガリマス　九一・一〇三・一一九
一三〇・一四四・一四八
一五〇・一五四・一五七
一六八・一七一・一七六
一九三・一九七・一九八
二〇〇・二二七・二三六
二三七・二三九・二四三
二四四・二四五
神阿多都比売　七八
神活須毗神　六五
神大市比売　四八

神大根王　一一一・一一三
神懸り　四三
神語　六一
神櫛王　一三一・一三三
神前郎女　二三八
神避る　三〇・三一
神集ふ　四三・六六
神牀　一二四・二〇七
神度剱　カムドノツルギ　七〇
神直毗神　三六
神習　一七五
神主　一一五
神沼河耳命　一〇一・一〇三
一〇三・一〇四
神御衣　四三
神宮　一一八・一九七
神産巣日神　三三・六三
神産巣日御祖命
四五・六三・七三
神産巣日之命　五三
神屋楯比売命　六三
神倭伊波礼毗古天皇
三三・一〇三
神倭伊波礼毗古命
八八・八九・九一

神倭天皇　一八
神やらふ　三八・三九・四四
神八井耳命　一〇一・一〇三・一〇三
亀　九〇
迦毛大御神　六三
鴨君　一一六
葺草　カヤ　八六
蚊屋野　二三三
鹿屋野比売神　二九
韓鍛　カラカヌチ　一六七
韓国　カラクニ　七七
烏　一八
枯野　一九二
韓神　六五
訶良比売　二〇九
韓比売　二二三
韓帒　カラフクロ　二二〇・二二三
枯松　二一〇
枯山　三七
鴈　カリ　一九〇
苅杙　一四五
粮　カリテ　二二一
獦庭　二二一
苅幡戸弁　一一一

苅羽田刀弁　一一三
苅羽井　二二一
仮宮　一二八・一五五・二三九
軽嶋の明宮　一五八
軽池　一三六
軽大郎女　一九九・二〇一
軽の堺原宮　一〇九
軽の境崗宮　一〇五
軽の酒折池　一一九
軽太子　二〇三・二〇三
軽部　二〇〇
軽部臣　二一〇
軽箭　二〇三
訶和羅前　一七〇

【き】

樹　一三九・一九三
雉　キギシ　六七・六八・六九
雉の頓使　――ヒタツカヒ　六九
螱貝比売　キサカヒヒメ　五三
后　キサキ　一一一・一一三
一二三・一二四・一二五
一二九・一三八・一三九
一四四・一四五・二〇八

地つ祇 クニツカミ　一五一
地つ祇の社　一一五
国の中　一七九
国の大ぬさ　一五〇
国の大祓　一五〇
国之久比奢母智神　二九
国之闇戸神　二九
国之狭霧神　二九
国之狭土神　二九
国之常立神　二三
国之水分神　二九
国造　一三・一三八・一四八
国夫玖命　一一八
国守る神　一五三
歴木 クヌギ　一五四
久奴王　一七六
粟田王　二四三・二四三
頸　三一・八六・一九七・二一〇
二三三
杙俣長日子王　一四七
咋俣長日子王　一五九
頭椎の大刀 クブツチノタチ　七六
下田 クボタ　八四
熊　一八・九一
熊曽　一三四
熊曽建　一三四・一三五
熊曽国　二七・一四九
熊野久須毗命　四一
熊野の高倉下　九二
熊野の村　九一
熊野の山　九二
くみど　二六・四八
久米直　七七・九五・一四六
久米能摩伊刀比売　一一〇
久米王　二四三
椋 クラ　五八
闇淤加美神　三一
くらげ　二三
蔵の官　一九七
倉之若江王　二四〇
倉椅の柴垣宮　二四四
倉椅の崗の上　二四四
倉椅山　一八九
倉人女　一八二
食物　一三四
飲食 クラヒモノ　一七二
闇御津羽神　三一
闇山津見神　三一
呉服 クレハトリ　一六七
呉原　二二二
呉人　二二二
黒雷　二三
墨色の楯・矛　一一五
黒田の廬戸宮　一〇七
黒日子王　二〇八・二〇九
黒日売　一七九・一八〇・一八一
黒比売　二三八
黒比売命　一九三
黒御縵　二三

【け】

穢汚す ケガス　四五
汚垢 ケガレ　二六
穢れ繁き国　二六
気多の前　五〇
軒后 ケニコウ　一九
毛の麁物 ケノアラモノ　八一
毛の柔物 ケノニコモノ　八一
気比大神　一五六
烟 ケブリ　一八・一九・一七九

【こ】

蚕 コ　四五
海鼠 コ　七八
心前　三七・一二六
高志　四六
腰　一七二・一八五・二〇九
高志の池君　一一三
高志国　五六・一一七・一一九
一二六
高志の利波臣　一〇八
高志道　一一七
高志の前　一五五
腰佩　二二三
児嶋の郡　一八二
子代　一一三
許勢臣　一一〇
許勢小柄宿祢　一一〇
琴　一九二
言挙げ　一四二
別天つ神　二三
事代主神　六二・七二
事戸　三四
言禱く コトホク　四三・一五五
平く コトムク　九二・一一九
一三七・一四六
言向く　九二・一三九・一四〇
言趣く コトムク　六七
和平す コトムケヤハス　一一七

平け和す コトムケヤハス 一三九
言向け和す 一〇八・一三五
言向け平和す ——ヤハス 九八・一三八
言向け和平す ——ヤハス 七四・一三七
言趣け和す 六八
言因さす コトヨサス 六六
言依さす 二四・六六・七一・七四・七五
事依さす 三七・三八
諺 六九・一二五・一六八・一七一
国王 コニキシ 一五三
国主 コニキシ 一五三・一六七・一七一・一七三
木花知流比売 四八
木花之佐久夜毗売 七六・七九・八〇
木幡村 一六一
髙目郎女 一五八
金波鎮漢紀武 二〇〇
海尊 コモ 七三
薦 コモ 一三四
御陵→ ミサザキ
死刑 コロスツミ 一九〇
許呂母之別 一三一
こをろこをろ 二四

【さ】

西素 一六七
酒楽歌 サカクラノウタ 一五七
賢后 サカシキキミ 一八
坂田大俣王 二三八
坂手池 一三三
坂の神 一三九
坂騰王 サカノボリノミコ 二四三
坂の御尾 五五
坂の御尾の神 一二五
逆剝ぎ 四三
逆剝 一五〇
酒人君 一七六
境之墨日子王 一九九
坂合部連 一〇三
酒船 四七
酒見郎女 一九九
相武国 一三八
坂本臣 一一〇・二〇六
相楽 サガラカ 一二九
懸木 サガリキ 一三九
酒折宮 一三九
鷺 六九・一三七
三枝 サキクサ 一三三
三枝之別 一三一
三枝部穴太部王 二四一
三枝部造 四一
鷺巣池 一三七
前玉比売 六二
先紀 サキツフミ 二一
前津見 一七三
先代の旧辞 サキツヨノフルキコトバ 二〇
沙紀の多他那美 一四八
狭城の楯列陵 一五七
狭木の寺間の陵 一三〇
析雷 三三
さくくしろ 七六
佐久夜毗売 八〇
桜井臣 一一〇
桜井の田部の連 一五九
桜井之玄王 二四一
桜井玄王 二四三
黥ける利目 サケルトメ 一〇〇
鶺 サザキ 六三
佐耶岐 一六〇
佐々紀山君 二一〇
雀部臣 サザキベノオミ 一〇三・一一〇
雀部造 一〇三
指挙ぐ ササグ 六〇
佐々冝郎女 二三八
佐々冝王 二三八
沙々那美 一五四
佐々君 一一三
小竹葉 四三
さずき 四七
刺国大神 四九
刺国若比売 四九
佐士布都神 九三
さち 八一
佐度嶋 一七
佐那葛 一六九
佐那々県 七六
沙庭 一五〇
讃岐垂根王 一二一
讃岐の綾君 一四七
讃岐国 一七
沙祢王 一七六

底津綿津見神　三六
底度久御魂　七八
衣通郎女 ソトホリノイラツメ　一九九
衣通王　一九九・二〇四
其廂 ソナタ　一一八
彼廂此廂 ソナタコナタ　一七〇
翠鳥 ソニドリ　六九
苑人　二〇九
曽婆加里　一九六
そびら　三九
曽冨理神　六五
虚空津日高 ソラツヒコ　八二・八三・八五
虚空津比売命　一一三
そりたたす　七六
【た】
多賀　三八
高天原　二三・三七・四三・四四
五五・七三・七五・七七
高木郎女　二三六
高木之入日売　一五八
高木之入日売命　一五八
高木大神　九三
高木神　六八・七一・七四・七五
九三
高木比売命　一三一
高栲比売 タカクヒヒメ　一一三
高倉　一八
高倉下 タカクラジ　九三
高佐士野　九九
高巣鹿之別　一三一
高千嶺 タカチホノミネ　一八
高千穂宮　八七・八九
高千穂の山　八八
高津池　一三一
竹野比売　一一〇
高比売命　六三・七〇
多訶弁郎女　一九八
筝 タカミナ　三三
高御産巣日神　三三・四三
六六・六七・六八
高向臣　一一〇
高贄坂　六九
高安山　一九二
財郎女　二三六
宝王　二四三
財王　一九八
高岡宮　一〇四
当芸　一四三
多芸志小濱　七三
多芸志比古命　一〇五
多芸志美美命　九九
当芸志美美　一〇二・一〇三
当芸志美々命　一〇三
たぎたぎし　一四三
多岐都比売命　四〇
田寸津比売命　四一
当芸野　一四三
多紀臣　一〇六
頂髪 タキフサ　一五四
当岐麻道　一九四
当麻之倉首比呂　二四三
当麻の勾君　一一三
当麻王　二四四
当摩之咩斐 タギマノメヒ　一七三
多紀理毘売命　四〇・四一・六三
手草　四三
卓素　一六七
栲縄 タクナハ　七三
たぐり　三〇
竹　一三三・一七五・二二八
建伊那陀宿祢　一五八
建内宿祢　一〇九・一四八
一五〇・一五一・一九一
建内宿祢大臣　一五〇・一六三・一六四
建内宿祢命　一五五・一五七
一六七・一九〇
建忍山垂根　一四八
建貝児王　一四七
竹田王　二四三
高市県主　四一
建豊波豆羅和気王
一一一・一一三
建沼河耳命　一〇三
建沼河別　一一九
建沼河別命　一〇九・一一七
建波迩安王　一一八
建波迩夜須毘古命　一〇九
建速須佐之男命　三六・三七・四〇
建日方別　二七
建日向日豊久士比泥別　二七
建比良鳥命　四一
建日別　二七

建布都神 三一
建部君 一四七
建御雷神 七一・七四・九二
建御雷之男神 三一・七一
建甕遺命《タケミカツノミコト》 一一五
建御名方神 七三・七三
建依別 二七
多祁里宮 八九
建小広国押楯命 二三八・二四〇
手白髪郎女 二三六
手白髪命 二三七・二三八
直越 二一三
正身 一四三・一九六・二〇九
祟り 一二七
刀《タチ》 九二・九六
九七・一三五・一三六
二〇九・二一〇
釼《タチ》 一九七
大刀 五三・六九・二〇八・二三八
一横刀《タチ》 九二
横刀《タチ》 九二・九三
九五・一三一・一三六
一六七・二〇七

手力男神 四四・七六
橘 一三〇
橘大郎女《タチバナノオホイラツメ》 一九九
橘豊日王 二四三
橘之豊日命 二四一
橘之中比売命 二四〇
橘本之若子王 二四一
立氷 七三
多遅比野 一九四
多治比君 二四〇
多治比の柴垣宮 一九八
蝮之水歯別命《タヂヒノミヅハワケノミコト》
一七七・一七八
蝮部 一七八
多遅麻国 一二六
多遅摩国 一七三
多遅摩の国造 一一三
多遅麻の竹別 一〇五
多遅摩の俣尾 一七三
多遅摩比多訶 一七三
多遅摩比那良岐 一七三
多遅摩斐泥 一七三
多遅麻毛理 一七三

多遅摩毛理 一三〇
多遅摩母呂須玖 一七三
龍 一九
楯津 九一
粮地《タドコロ》 一九七
田中臣 一一〇
手末 七三
手名椎《タナヅチ》 四六・四七
手俣《タナマタ》 三一・六三
多迩具久 六三
旦波《タニハ》 一二〇・一二五
丹波の阿治佐波毘売 一二二
旦波の大県主 一一〇
丹波の河上之摩須郎女
一二三
旦波国 一一七・一二六
丹波の竹野別 一二三
丹波の遠津臣 一二三
丹波の比古多々須美知
能宇斯王 一二一
種 四五
田の阿 四三
田郎女 二三八
赤海鯽魚《タヒ》 八四
田人 一七三

耕人《タヒト》 一七三
多比理岐志麻流美神 六三
田部 一二三
玉 一七三
珠 四〇・四一・四三・一七三
一九八
璵《タマ》 八二・八三
玉縵《タマカヅラ》 二〇七
手纒《タマキ》 三五
玉釼《タマクシロ》 一八九・一九〇
玉倉部の清泉 一四三
玉嶋里 一五三
玉津宝 一七三
玉手臣 一一〇
玉手の岡の上 一〇七
玉郎女 一五九
玉祖命 四三・七五・七六
玉祖連 七六
玉の緒 三七・一二四・一二五
玉器《タマモヒ》 八二
玉依毘売 八七
玉依毘売命 八八
田宮之中比売 一七六
田村王 二四三
味物《タメツモノ》 四五

多米王　二四三・二四三
多羅斯 タラシ　二一
帯中日子天皇　一四九
帯中津日子天皇　一五七
帯中津日子命　一四六・一四七
多良王　二四三
椽 タリキ　五四
手弱女　四三
手弱女人　七五
田井之中比売　一七六
田井中比売　二〇〇

【ち】

血　三一・四七
　六八・九一・一五六
鈎 チ　八一・八二・八四・八五
血浦　一五六
近飛鳥 チカツアスカ　一九七
近飛鳥宮　三三
近淡海 チカツアフミ
　一八・一四六・一四八
近淡海の蚊野別が祖　一一三
近淡海国　六五・一三六・一六〇
　二三七
近淡海の国造　一〇六
近淡海の御上の祝　一一一
近淡海の安直　一一三
知訶嶋　六八
道反之大神　三四
力競べ　七三
力士 チカラヒト　一二四
千位の置戸 チクラノオ
　キト　四四
道敷大神　三四
知多臣　一〇六
千々都久和比売命　一二四
父母　一一六
千々速比売命　一〇八
血沼池　一三一
血沼の海　九一
知奴王　二四三
血沼之別　一〇五
一千の釣 チノチ　八一
千入の靫 チノリノユキ　三九
道速振る　六七
道速振る神　一三八
千引の石　三四・七三
小子部連　一〇三
千尋縄　七三
道衢 チマタ　一六一
道俣神　三五
道守臣　一一三

【つ】

月　一七
衝立船戸神　三五
衝田の崗　一〇四
筑紫 ツクシ　八九・一五三
竺紫の岡田宮 ツクシ——　八九
筑紫の訶志比宮　一四九
竺紫君石井　二三九
竺紫国　一五三
筑紫国　二七・一五三
筑紫嶋　二七
竺紫の日向の高千穂の
　くじふるたけ　七六
竺紫の日向の橘の小門
　の阿波岐原　三五
筑紫の三家連　一〇三
筑紫の米多君　一七六
月読命　三六・三七
営田の阿　四三
都祁直　一〇三
津嶋　二七
津嶋の県直　四一
土雷　三三
土雲　九六
土之御祖神　六五
箇木の韓人 ツツキノカ
　ラヒト　一八三
角鹿 ツヌガ　一五五
都奴賀　一五六
角鹿海直　一〇八
都奴臣　一一〇
角　二一〇
角杙神　三三
都怒郎女　一九八
都怒山臣　一〇六
兵器 ツハモノ　二〇三
都夫多都御魂　七八
都夫良意冨美　二〇八・二一三
都夫良意美　二〇九
都夫良郎女　一九八・二三八
つまどひの物　二一三
罪　一五〇
都牟羽の大刀　四七
頬那芸神　二九
頬那美神　二九
釼 ツルギ　一三四・一三五

釼池 一六七
釼の池の中の嵓の上 二一〇
釼刃 一七三
釼を喫む 一八
杖衝坂《ツヱツキザカ》 一四三

【て】

手 三一・三三・七三・七七・一三四・二〇三・三二一
手足 六九
手足の爪 四四
手島連 一〇三
手名椎↓タナヅチ
天乙《テニイツ》 二一
手人 一六七
手間の山本 五三
天…↓アマ…／アメ…

【と】

斗賀野 一五四
ときじくのかくの木の実 一三〇
常磐《トキハ》 七九
時量師神《トキハカシノカミ》 三五
常根津日子伊呂泥命 一〇四
詛ふ《トゴフ》 一七五
詛戸《トゴヒト》 一七五
常世 四三
常世思金神 七五
常世国 六四・八八・一三〇
常夜往く 四三
地得ぬ玉作り 一三五
土左国 二七
年御神 六五
とだる天の御巣 七三
十拳の釼《トツカノツルギ》 三一・三三・四〇・四七・八一
十掬の釼《トツカ——》 六九・七一
外宮 七六
鳥取河上宮 一三一
鳥取部 一三八
戸無き八尋殿 八〇
舎人《トネリ》 二〇・一六八・一八四・二二三
外はすぶすぶ 五四
飛ぶ鳥 一八五
登冨志郎女 一五九
遠飛鳥 一八・一九七
遠飛鳥宮 一九九
遠江の国造 一四一
遠津年魚目々微比売 一二三
遠津待根神 六三
遠津山岬帯神 六三
遠津山岬多良斯神 六三
登美能那賀須泥毗古 九〇
登美毗古 九二・九七・九八
登美夜毗売 九八
利目 一〇〇
鞆《トモ》 一四九
戸山津見神 三三
登由宇気神 七六
豊葦原の千秋の長五百秋の水穂国 六六
豊葦原の水穂国 七五
豊石窓神 七六
豊宇気毗売神 三〇
豊木入日子命 一二三・一二四
豊国 八九
豊国別王 一三一・一三三
豊雲野神 三三
豊鉏入日売命 一二三
豊鉏比売命 一二四
豊玉毗売 八三
豊玉毗売命 八三・八六・八七
豊戸別王 一三一
豊明《トヨノアカリ》 一六四・一九三
豊楽《トヨノアカリ》 一八二・一八九・一九〇・一九六・二三三・二三五・二三六
豊国 二七
豊国の国前臣 一〇八
豊日別 二七
豊布都神 三一
豊御気炊屋比売命 二四一
豊御食炊屋比売命 二四三・二四五
豊御毛沼命 八八
豊浦宮《トヨラノミヤ》 一四九
鳥 六八
大梁《トリ》 一一九
鳥甘部《トリカヒベ》 一三八
鳥髪 四五
鶏婚《トリタハケ》 一五〇
鳥取神 六三
鳥鳴海神 六三
鳥の遊び 七一
鳥之石楠船神 二九

取売王　一七六
鳥山　一八四
十市の県主《トヲチノアガタヌシ》　一〇七
十市之入日売命　一一四
登袁別　一四七

【な】

魚《ナ》　八一・九三・一五六
長寝　九三
長狭国造　一〇三
長田大郎女　一九九・二〇七
中つ瀬　三六
中箇男　一五一
中箇之男命《ナカツツノヲノミコト》　三六
中日子王　一七六
中日売命　一五八
中津王　二四三
中津綿津見神　三六
中臣連　七六
長鳴鳥　四三
長幡部連　一一三
媒《ナカヒト》　一八八
長目比売　二三八
長目比売命　一七
波限《ナギサ》　八六
泣沢女神　三一
哭女《ナキメ》　六九
鳴女　六七・六八
なづき田　一四五
夏高津日神　六五
夏之売神　六五
なづみ行く　一四五
七拳脛　一四六
難波　一七三・一七三・一九六
難波津　一六三
難波根子建振熊命　一五四
難波の大渡　一八三
難波の吉師部　一五四
難波の高津宮　一七七
難波の堀江　一七八
難波王　二三三・二四三
難波宮　一九三・一九四
なね　一〇三
那婆理之稲置　一〇五
海鼠↓コ
波瀾《ナミ》　一五三
浪切る比礼　一七三
浪の穂　八八
浪速の渡　九〇
浪振る比礼　一七三
那良　一八三
那良戸　一二七
那良山　一七一
鳴鏑《ナリカブラ》　五三・五四
六五・九四・二一九
鳴雷　三三

【に】

迩芸速日命《ニギハヤヒノミコト》　九八
虹　一七一
錦色の小さき蚫　一三三
西の方　一三四・一三五・一五〇
丹塗矢　九九
庭高津日神　六五
水潦《ニハタヅミ》　一八五
庭津日神　六五
贄持之子《ニヘモツノコ》　九三
仁番《ニホ》　一六七

【ぬ】

額　一三四
糠子郎女　二四一
額田大中日子命　一五八
額田部の湯坐連　四一
糠代比売王　二四三
糠代比売命　二四三
糠若子郎女　二三六
沼代郎女　一三一
沼帯別命　一二〇
鐸《ヌテ》　二三三
沼河比売　五六・一五七
沼名木郎女　一三一
沼名木之入日売命　一一三
沼名倉太玉敷命
二四一・二四三
ぬなとももゆらに　四〇
布忍富鳥鳴海神　六三
布の衣・褌　一六九
沼羽田之入毗売命　一二〇
沼羽田之入日売命　一二〇
沼　一七一
奴理能美　一八三・一八五・一八六

【ね】

ねぐ　一三三
根析神《ネサクノカミ》　三一
鼠　五三・五四

鼻　四五・一五五・一五六
はに　七三
土　ハニ　八〇
赤土　ハニ　五四・一一六
土師部　ハニシベ　一三〇
波迩賦坂　一九四
波迩夜須毗古神　三〇
波迩夜須毗売　一〇九
波迩夜須毗売神　三〇
伯伎国　ハハキノクニ　三一
伯岐国　五一
掃持　ハハキモチ　六九
妣の国　ハハノクニ　三八・三九・八八
波比岐神　六五
匍匐ひ委虵ふ　ハヒモゴヨフ　八六
葉広熊白檮　ハビロクマカシ　一二七
祝　ハフリ　一二八
波布理曽能　一一九
蠅伊呂杼　一〇五・一〇八
蠅伊呂泥　一〇五
波美臣　一一〇
速秋津日子神　二八
速秋津比売神　二八
暴雨　ハヤサメ　一三三
林臣　一一〇
速須佐之男命　三七・三八・三九・四二・四三・四五・四六・四七
速吸門　九〇
速贄　ハヤニヘ　七八
隼人　ハヤヒト　一九六・一九七
隼人阿多君　八〇
速総別王　一八八・一八九
速総別命　一五九
羽山津美神　三三
羽山戸神　六五
速甕之多気佐波夜遅奴美神　六三
駅使　ハユマヅカヒ　一二五
一三八・一四四・一三九
腹　三一・三三・四六・一四九
祓ふ　四四
妊む　ハラム　八〇・一三四
娠む　ハラム　一一六
妊身む　ハラム　八〇・八六・一三四・一七三
姙身む　ハラム　一一六
懐妊む　ハラム　一一六・一三四・一五三
原山津見神　三三
針　一一六
榛　ハリノキ　二一九
榛原君　一七一
針間　一〇八・一三一
針間の阿宗君　一二二
針間の伊那毗能大郎女　一三一
針間の牛鹿臣　一〇八
針間国　一二六・二二二・二二八
針間の氷河之前　一〇八
春山之霞壮夫　一七四

【ひ】

日　一七
火　三〇・三三・五三・五四・七三・八〇・一二五・一二八・一九四・二二三・二二八
梭　ヒ　四三
檜　ヒ　四六
火打　一二八
稗田　ヒエダ　二〇
稗田阿礼　二一
日枝山　六五
蘿　ヒカゲ　四六
日河比売　四九
氷木たかしる　七三
氷椽たかしる　ヒギ――　五五・七七
燧杵　ヒキリギネ　七三
鬚　四四
引田部赤猪子　ヒケタベノアカヰコ　二二五
日子　八六
比古伊佐勢理毗古命　一〇八
比古伊那許士別命　一〇九
日子坐王　一二一・一二三・一二七
比古意須王　一二三
日子国意祁都命　一二一
日子国夫玖命　一一八
日子刺肩別命　一〇八
日子寤間命　一〇八
比古多多須美知宇斯王　一二〇
比古多々須美智宇斯王　一二五
ひこぢ　八七
日子遅神　五八

日子波限建鵜草葺不合尊　三
日子人之大兄王　一三三
日子人太子　二四三
比古布都押之信命　一〇九
日子番能迩々芸命　七五
日子穂々手見命　八七
男《ヒコミコ》　二三八・二四〇
男子《ヒコミコ》　一五一
男王《ヒコミコ》　一〇八・一一一・一二四・一三一・一五九・一七八・一九九
日子八井命　一〇一・一〇三
比古由牟須美王　一一一
比古由牟須美命　一一〇
膝　二〇三・二三九
瓠　一五一
膝の筋　二三四
聖神　六五
聖帝　一八
聖帝の世　一七九
日足す　一二五
治養す《ヒタス》　八七
常道の仲国造　一〇三
土形君《ヒヂカタノキミ》　一七一
日継《ヒツギ》　一九九・二〇〇・二三七
日続《ヒツギ》　二三七
太子《ヒツギノミコ》　七四・一一三・一四九・一五四・一五五・一六三・一六四・一六五・一七八・二〇三・二三七
人垣　一一四
人草　二三四
一言主大神　二三一
一木　二三一
一つ火　二三三
一つ松　一四三
一尋わに　八五
一道《ヒトミチ》　一五〇
獄囚《ヒトヤ》　一七三
一節竹《ヒトヨダケ》　一七五
独神　二三
肥長比売　一二八
日名照額田毗道男伊許知迩神　六三
夷振《ヒナブリ》　七〇
夷振の上歌　二〇一
夷振の片下　二〇四
比那良志毗売　六三
火之炫毗古神《ヒノカガビコノカミ》　二九
火之迦具土神　二九
肥河　四七・一三八・一三六
肥河上　四五
火の神　三〇
日の神の御子　九一
火君　一〇三
肥国　二七
檜坰の廬入野宮　二四〇
檜坰天皇　二四〇
日の耀　一七一
火之夜芸速男神　二九
比婆須比売命　一二三・一三九・一三〇
氷羽州比売命　一三〇
比婆の山　三一
樋速日神　三一
曽孫《ヒヒコ》　一三三
比々羅木之其花麻豆美神　六三
比々羅木の八尋矛　一三七
日向　八九・九九・一六三・一七七
東の方十二道　一一七・一三七
東の方の十二道　一三七
日向の泉長比売　一五九
日向国　一六三
日向の国造　一三三
日向之美波迦斯毗売　一三一
比売碁曽社　一七三
日女嶋　一九〇
比売多多良伊須気余理比売　九九
比売陀君　一一三・一九七
比売陀之君　一九七
女王　一〇八・一一一・一一四・一三一・一二五・一五八・一五九・一七八・一九九
茄矢《ヒメヤ》　五三
氷目矢《ヒメヤ》　五三
紐小刀《ヒモカタナ》　七六・八五・一一三・一二三
ひら　三九
ひらで　一五一
比良夫貝　七七
蒜《ヒル》　一三九
昼寝　一七三
蛭子《ヒルコ》　三〇
水蛭子《ヒルコ》　二六

ひれ　五三
比礼　一七三
広国押建金日王　二三九
広国押建金日命　二三八
比呂比売命　二四三

【ふ】

深渕之水夜礼花神　四九
帒 フクロ　五〇・五一
嚢 フクロ　一三七・一三八
伏雷　三三
布勢君　一七六
両児の嶋　二八
布多遅能伊理毗売命　一三一・一四六
布多遅伊理毗売命　一三三
布多遅比売　一四六
二霊 フタハシラノカミ　一七
二俣榲　一二六
二俣小舟　一二六
ふぢ葛 ――カヅラ　一七四
藤の花　一七四
藤原之琴節郎女　一七六
布都御魂　九二
布帝耳神 フテミミノカミ　四九
布刀玉命　四三・四四・七五・七六
ふと詔戸 ――ノリト　四三
布斗比売命　二四三
ふとまに　二六・一二七
賦登麻和訶比売命　一〇五
ふと御幣 ――ミテグラ　四三
船腹　一五三
文命 ブニメイ　二一
船　四七・七三・八三・一二八・一三八・一五一・一五三・一五四・一六九・一七九・一八三・一九二
布怒豆怒神　四九
布波能母遅久奴須奴神　四八
文首 フミノオビト　一六七
古市の髙屋村　二三九
旧辞 フルキコトバ　二〇・二一

【へ】

幣岐君 ヘキノキミ　一七一
平群臣 ヘグリノオミ　一一〇・二三九
平群都久宿祢　一一〇
辺疎神 ヘザカルノカミ　二五
へそ　一一六
辺津鏡　一七三
辺津甲斐弁羅神　二五
辺津那芸佐毗古神　二五
蛇 ヘミ　五三・一二八
蛇のひれ　五三
蛇の室　五三
幣羅坂　二一七

【ほ】

本岐歌の片歌　一九一
矛　二四・一二五・一三〇・一九六・二〇九
矛八矛　一三〇
矛ゆけ　九五
星川臣　二一〇
火須勢理命　八〇
熟荒 ホソヂ　一二五
細比売命　一〇七
穂積臣　九八・一〇九・一四八
火照命　八〇・八一
ほと　四四・九九
陰 ホト　三一・三三・四五
陰上 ホト　四二・一七三
冨登多多良伊須須岐比売命 ホトタタライススキヒメノミコト　九九
男柱 ホトリハ　三三
火中　一二五
火雷　三三
番仁岐命 ホノニニギノミコト　一八
火穂王　二四〇
酸醤 ホホヅキ　四六
品陀天皇 ホムダノスメラミコト　一七六
品太天皇　二三七
品它真若王 ホムダノマワカノミコ　一五八
品太王　二三七
品陀の御世　三
品陀和気命　一四九・一五八
品遅部　一二八
本牟智和気御子　一二五
品牟都和気命　一二〇
品夜和気命　一四九
堀江　一八二
火袁理命　八三

火遠理命　八〇・八一・八三
　八四

【ま】

禍《マガ》　三六
悪事《マガコト》　二三一
従婢《マカダチ》　八二
勾璁《マガタマ》　三九・四〇
鐵《マガネ》　四三
勾の金箸宮《マガリノカナハシノミヤ》　二三九
真来通る　七七
真木の灰　一五一
纒向の日代宮　一三一・一三五
真事　一二六・一二七
正勝吾勝々速日天之忍穂耳命　四〇
正勝吾勝々速日天忍穂耳命　六六・七四
正鹿山津見神　三一・三三
麻佐首　一四七
待酒　一五六
貧鈎《マヂチ》　八四
松尾　六五
末羅県　一五三
政　七六・一一九・一三八・一五三
　一九七
祭り鎮む　一五三
伏はず《マツロハズ》
　一三四・一三五
まつろはぬ人　一七・一二七
伏はぬ人　一三・一三八
真砥野比売命　一二二
円野比売命　一二九
間无し勝間の小船　八二
麻怒王　二四一
幣《マヒ》　一五五
卿《マヘツキミ》　二〇〇
庶妹《ママイモ》　一七・一七八
　一八八・二四三・二四三
庶兄《ママエ》　一〇三・一一八
庶母《ママハハ》　一一〇
大豆《マメ》　四五
守護人　八五
目弱王　二〇八
丸高王　二三八
麻呂古王　二四一・二四三
真若王　一三三・二三六
真男鹿《マヲシカ》　四三

身　四六・五〇・五一・八六
　一七四・一七五・一九九

【み】

御呉床　二八
御足　五八
御足方　三一
御合　五八・七五・一四一・一六三
御合ふ　二七
御鎧　五八
御饗　八三
御舎　一三七・二一三
御軍　九二・九五・九八・一八九
御寿　七九
御命　七九
御夢　一一四・一二七
御歌　四八・一〇一・一三六
　一四〇・一四一・一四三
　一四四・一五六・一六三
　一六四・一六七・一八〇
　一八一・一八四・一八五
　一八六・二一六・二一七
　二一八・二二三・二三三
御帯　二三五
御面　一三三
御母《ミオモ》　一二五
王化の鴻基《ミオモブケノオホキモトヰ》　二〇
御祖《ミオヤ》　五二・一〇二
　一二四・一二五・一四七
　一五六・一七三・一七五
御祖の命　五三
御冠　三五
御方　一五四
御縵　三九・四〇
御門　八三
朝庭　二三一
御門の神　七六
朝庭別王　一二三
甕主日子神　六二
御骨《ミカバネ》　二二三
三川の衣君　一三一
三川の穂別　一二三
甕速日神　三一
甕布都神　九二
御髪　三九・一三四・一三五
　一三四
御鴉り《ミカリ》　二一八
御粮《ミカリテ》　一三九・二一一・二三四

御酒 ミキ　一九〇
御櫛 ミクシ　一三九
三国君　一七六
御頸　八二・一一三・一二三
頸 ミクビ　一二三・二〇八
御頸珠　三七
御倉板挙神 ミクラタナノカミ　三七
御食 ミケ　一五六
御衣 ミケシ　三五・一二四・一二五
御食津大神　一五六
御毛沼命　八
御食人　六九
王子 ミコ　一六九・一九七・二〇〇・二二一・二三〇
皇子 ミコ　一六八
御子　六三・七五・八七・八八・九九・一〇一・一〇二・一〇四・一〇五・一〇六・一〇七・一〇八・一〇九・一一〇・一一一・一一三・一一四・一二〇・一二一・一二四・一二五・一二六・一二七・一二八・一三一・一三三・一三四・一三五・一三八・一四四・一四五・一四六・一四七・一四八・一四九・一五一・一五三・一五五・一五六・一五七・一五八・一五九・一六三・一六四・一七六・一七七・一七八・一九三・一九八・一九九・二〇三・二〇六・二一二・二二七・二二八・二三三・二三六・二三八・二三九・二四〇・二四一・二四二・二四三
御心　四七・一〇〇・一一四・一三七・一四三・一五一・二二五
御子代　二三七
御琴　一四九・一五〇・一九一・二一七
詔命 ミコト　五三
詔科す ミコトオホス　七五
詔　二一
勅語 ミコトノリ　二〇・二一
詔命 ミコトノリ　六八
命詔 ミコトノリ　一三五
命以ち　二四・二六・三九・五一・六六・七一・七四・七五・九二・九三・九六
宰 ミコトモチ　二一八
命を以ち　一〇〇
御陵　八七・一〇三・一〇四・一〇五・一〇六・一〇七・一〇八・一一〇・一一三・一一九・一三〇・一三九・一四四・一四六・一四七・一四八・一五七・一七六・一九二・一九七・一九八・二〇〇・二〇八・二一七・二三四・二三五・二三六・二三七・二三九・二四三・二四四・二四五
三島の藍陵　二一九
三嶋の湟咋 ──ミゾクヒ　九九
御鉏友耳建日子　一三七
みすまるの珠　三九
溝　四二・九九
衣 ミソ　一三四・二二一
服 ミソ　一八八
御衣 ミソ　一三四
溝埋 ミゾウミ　一五〇
禊 ミソキ　三五・一五五
祓禊 ミソキ　一九七
禊き祓ふ　三五
溝を埋む　四二
御腕 ミタダムキ　一四九・二一八
御立ち　一六〇・一八六
御刀 ミタチ　一六五
御魂　七六・一五一
霊 ミタマ　二三四・二三五
美知能宇志王　一二二
美知能宇斯王　一二九
道の奥の石城の国造　一〇三
道臣命　九五
みちの皮の畳　八三
道の口　一〇八
道尻岐閇の国造 ミチノシリキヘノクニノミヤツコ　四一
道之長乳歯神　三五
調 ミツキ　一一九
御調　二〇〇
御綱柏　一八三
御津前　一八三
水之穂真若王　一一一
みづの小佾　一二五

弥都波能売神　三〇
水歯別命　一七六・一九五・一九八
水穂五百依比売　一一二
水穂真若王　一一三
弥豆麻岐神　六五
御杖
三五・一四三・一五三・一六八
御手　三五・三九・四〇・四二
四四・五八・七三・九一
一三四・一三五・一八九
一九〇
幣帛《ミテグラ》　一二五・一五一
みとあたはす　五五
御年　一〇三・一〇四・一〇五
一〇六・一〇七・一〇八
一一〇・一一三・一三〇
一四七・一四八・一五七
一七六・一九二・一九七
一九八・二〇〇・二〇八
二二七・二三六・二三九
御歳　二一九
みとのまぐはひ　二五
御供　一一八
御伴人　二一一
御名　四〇・四六・七〇・七七

御名代　八〇・一〇三・一二五
一三五・一四九・一五一
一五五・一五六・一九九
一七八・一八七・二〇〇
二二二・二三七
水底　三六
水門　五一
水戸の神　二八・七三
御名部造　一一三
御寝《ミネ》　一〇一・一一三
一三七・二〇八
身の尋長《ミノタケ》　八五
三野之稲置　一〇五
三野郎女　一五八
三野の宇泥須和気　一三三
美濃国　六九
三野国　一三六
三野の国造　一三三
三野の国の本巣国造　一一三
美努村　一二五
御歯　一九八・二三三
陵《ミハカ》　九一
御陵《ミハカ》　二三三
御刀《ミハカシ》　三一・四七
一三八・一四一・一四三

御佩《ミハカシ》　八一・一三六
御佩かせる　三一
御褌　三五
御脛　一一二
御鼻　三六
御葬　一四六
御腹　八六・一五一・一五三
三腹郎女　一七六
御膝　一一三
御火焼の老人　一四〇
御嚢　三五・一三七
御懐《ミフツコロ》　一三四
御船　九〇・一二八・一三九
一五三・一八二
壬生部　一七八
三重　一四三
三重の婇　二三・二二五
三重の勾　一四三
三重村　一四三
みほと　三〇
御大之前《ミホノサキ》　七一
御大之御前　六三
御馬　五八・一九四・二二一
御馬甘《ミマカヒ》　一五三
御真木入日子印恵命

一一二・一一三
御枕方　三一
御真津日子訶恵志泥命
一〇五・一〇六
御真津比売命　一一二・一二四
御馬王　一九三
御幣の物《ミマヒ—》　二二三
耳　四五
御身　三五・三七・一三一
一九八・二二一
御みづら　三三・三九・四〇
耳王　二一八
御室楽《ミムロウタゲ》　一三四
妻《ミメ》　一四七
妾《ミメ》　一三一・一七九
御目　三六
御裳　一三四・一五三
御所《ミモト》　五三・六八・二二一
御諸の山　六四
御諸山　一一五
宮　四七
屯宅　二〇九
三宅連　一三〇
美夜受比売　一三七・一四〇・一四一

宮首別 ミヤヂノワケ　一四七
造木 ミヤツコギ　二〇五
宮主矢河枝比売　一五八・一六一
宮の首 ミヤノオビト　四八
宮柱ふとしり　五五・七三・七七
宮人振　二〇三
御病　一四四・二〇〇
鹵簿 ミユキノツラ　二三〇
御世　一九・六八・一一四・一一七
一一九・一二三・一四九
一六〇・一七五・一七八
一七九・一九三・一九七
二二八
美呂浪神　六三
美和　九九・一一六
三勾 ミワ　一一六
美和河　二二五
神君 ミワノキミ　一一六
美和山　一一六
御井津比売　一一一
御井神　五五
御食 ミヲシ　一四三・一五三
身を滌く　一七

三尾君　一三・二三八
三尾君加多夫　二三八

【む】

呉公 ムカデ　五三・五四
向かひ火　一三八
適妻 ムカヒメ　五五・一七三・二〇七
麦　四五
むくの木の実　五四
牟宜都君 ムゲツノキミ　一三三
无耶志の国造　四一
牟耶臣　一〇六
虫　一八五・一八六
胷形の奥津宮 ムナカ
タ――　四一・六三
胷形君　四一
胷形の中津宮　四一
胷形の辺津宮　四一
空し船　一五四
胷乳 ムナチ　四三
徒手 ムナデ　一四一
胷　三一・六八・一三四
胸　三三
連 ムラジ　二〇九

牟礼之別　二一
室　一三四
室毗古王　二一・一二

【め】

目　四五・一三九・一五〇・二〇九
海布 メ　七三
目合 メアハセ　五三・八三
盲 メシヒ　一二七
女鳥王　一五八・一八八・一八九
目子郎女　二三八
牝馬 メマ　一六七

【も】

喪　五四・六九
殯宮 モガリノミヤ　一五〇
毛受　一九七
毛受野　一九八
毛受の耳原　一九三
以ちいつく　三六・四一
以ち拝く モチイツク　一一・一二八
本辞 モトツコトバ　二〇
本つ主　一二九
物実 モノザネ　四一

物部 モノノベ　二三八
物部荒甲之大連　二三九
物部連　九八
裳の緒　四三
水取司 モヒトリノツカサ　一八三
喪船　一五三・一五四
百枝槻 モモエツキ　二二三
百師木伊呂弁　一七六
百足らず　七三
百取の机代の物　七九・八三・二二五
百の王　一八
百官 モモノツカサ　一六九・一九六・二〇三
二三〇・二三一
桃子 モモノミ　三三
百八十神 モモヤソガミ　七三
喪屋　六九
喪山　六九
守君　一三三
諸県君 モロアガタノキミ　一六三
諸県君牛諸　一七

【や】

八咫烏 ヤアタカラス 九三・九四
八尺の鏡 四三
八頭 四六
八門 四七
八河江比売 六三
矢河枝比売 一五八
矢河枝比売命 一六一
八上比売 五〇・五一・五五
焼遺 ヤキツ 一三八
八の雷神 ヤクサノイカヅチ 三三
八坂入日子命 一二三・一三一
八坂之入日売命 一三一
八尺の勾璁 三九・四〇・四三・七五
矢刺す 九五・一七〇・二三〇
八さずき 四七
八塩折の酒 四七
八塩折の紐小刀 一一三・一二三
八嶋士奴美神 四八・六三
八嶋牟遅神 六三
安河 ヤスノカハ 一八
安国造 一四六
安萬侶 ヤスマロ 一七・二一・二三
八十膳夫 ヤソカシハテ 九六
八十神 四九・五〇・五一・五二・五三・五五・一七四
八十埛手 ヤソクマテ 七三
八十建 九六
八十友緒 二〇〇
八十禍津日神 三六・三七
八谷 四六
八田王 二四一
八田若郎女 一五八・一七七・一八二・一八六・一八七・一八八
八田部 一八七
八田間の大室 五四
八千矛神 四九・五六
八拳須 ヤツカヒゲ 三七
八拳鬚 ヤツカヒゲ 一三六
八爪入日子王 一二一
八目の荒籠 一七五
八苽之白日子王 ヤツリノシロヒコノミコ 一九九
八紘の琴 ヤツヲノコト 三八
和し平く ヤハシコトムク 一一九
八尋白智鳥 ヤヒロシロチドリ 一四五
八尋殿 二四
八尋わに 八六
八重言代主神 七一・七二・七三
八百万の神 四三・四四・六六・六七
山海の政 一六〇
山川 三九
山さち 八一
山佐知毗古 八一
山下影日売 一〇九
山代 一一七・一二三・一四七・一五四・一八二・一八三・一八四・二二一
山代の内臣 一〇九
山代之荏名津比売 一二一
山代の大箇木真若王 一二三
山代国 一一八・一三九
山代の国造 四一
山代王 二四一・二四三
山代の猪甘 二二一
山末之大主神 六五
山たづ 二〇五
山田の曽富騰 六四
八俣のをろち 四六・四七
山道君 一七六
倭 ヤマト 六四・一二六・一四四・一五三・一九四・一九六・一九七・二三四
倭建御子 一三五
倭建命 一三一・一三三・一三五・一三六・一三七・一四二・一四六
倭飛羽矢若屋比売 ヤマトトビハヤワカヤヒメ 一〇八
夜麻登登母々曽毗売命 一〇八
倭根子命 一三一
倭の淹知造 ——アムチノミヤツコ 四一
倭の漢直 一九四
倭国 五八・二三〇
倭の国造 九〇
倭の田中直 四一

倭の屯家 一三三
倭は師木の登美の豊朝倉の曙立王 一二七
倭日子命 一一四
倭比売 一三八
倭比売命 一三〇・一三一・一三四・一三七・一三八
倭男具那王 一三五
倭男具那命 一三一
山野 二九
山の神 二九・一二五・一四一・一五一
山のたわ 一二八
山の辺の道の上 一四七
山辺道の勾の崗の上 一一九
山辺之別 一三一
山部 一六七
山辺の大鶴 ――オホタカ 一三六
山部大楯連 一八九
山部連小楯 二二八
山守部 一六七
山ゆり草 一〇一
八尾 四六

【ゆ】
由碁理 一一〇
湯津石村 三一
湯津楓《ユツカツラ》 六八
湯津香木《ユツカツラ》 八二
湯津々間櫛 三三
湯津爪櫛 四七
弓絃《ユヅル》 一五四
夕日の日照る国 七七
尿《ユマリ》 三〇
弓 五五
玄王《ユミハリノミコ》 二四三
弓矢 一七四・二二一

【よ】
横臼《ヨクス》 一六六
善事《ヨゴト》 二二一
依網の阿毗古《ヨサミノアビコ》 一二三
依網池 一一九・一七八
吉野→エシノ
余曽多本毗売命 一〇六
束装《ヨソヒ》 五八・七四・二三〇
夜半 一一六
仕丁《ヨホロ》 一八二
読歌 二〇六
黄泉戸大神《ヨミトノオホカミ》 二四
黄泉の坂 二四
莪原《ヨモギハラ》 二一〇
黄泉軍《ヨモツイクサ》 二三
黄泉津大神 二四
黄泉神 二三
幽《ヨモツクニ》 一七
黄泉国 二三
よもつしこめ 二三
黄泉比良坂 二三・二四・二五
黄泉戸喫《ヨモツヘグヒ》 二三
夜之食国《ヨルノヲスクニ》 三七
万の神 四三
万の物の妖 三八
万の妖 四三
万幡豊秋津師比売命 七五
甲《ヨロヒ》 一七〇・二二一
鎧《ヨロヒ》 一六九

【ろ】
論語 一六七

【わ】
若葦 七二
若雷 二三
若木入日子命 一二〇
若木之入日子王 一三一
若日下王 二〇七
若日下部 一七八
若日下部王 一七八・二二二・二二三・二二四
若日下部命 一七七
若桜部 一九七
若桜部臣 一九七
若沙那売神 六五
若狭国 一五五
若狭の耳別 一二二
若建吉備津日子 一三一
若建吉備津日子命 一〇八
若建王 一四六・一四七
若帯日子天皇 一四八
若帯日子命 一三二・一三三
若帯比売命 二二二
若盡女神 六二
若年神 六五
和訶奴気王 一四八

尾津前　一四三
壮夫 ヲトコ　九九・一一五・一一六
男の弓端の調――ユハズノミツキ　一一九
袁杼比売 ヲドヒメ　二三一・二三六
少女　一一七・一一八
童女 ヲトメ　四六・四七・一三四・二二五・二二七
美人 ヲトメ　七八・九九・一一六・一三八・二三九
稚女 ヲトメ　四六
嬢子 ヲトメ　一〇一・一三三・一三四・一六一・一六三・一六五・一七三・一七四・一八一・二〇九・二一七・二一九
嬢女 ヲトメ　一三
媛女 ヲトメ　九九・一〇〇・二三一
袁那弁郎女　一五九
袁那弁王　一三一
小野臣　一〇六
男之水門　九一

婇 ヲバ　八八・一三四・一三七・一三八・二一九・二四一
小羽江王　一五九
小椅江 ヲバシノエ　一七八
小椅君　九九
尾翼鱸 ヲハタススキ　七四
小長谷造　一〇三
小長谷若雀命　二三六・二三七
小長谷部　二三七
小濱 ヲバマ　一八・七一
尾張　一二六
小治田　二〇九
小治田大宮　三
小治田臣　二一〇
小治田王　二四三
小治田宮　二四五
小治田の御世　三
尾張国　一二六・一三七・一四〇
尾張国の三野別　一三一
尾張の国造　一三七
尾張の丹波臣　一〇三
小張王　二四三
尾張連　一〇六・一〇九・一一三・一五八・二三八
小船　一七三

袁本杼命 ヲホドノミコト　二三七
牡馬 ヲマ　一六七
小俣王　一一一・一一二
女 ヲミナ　一一三・一五三・一七一・一七三・一九〇
女人 ヲミナ　一一三・一三四・一七三・一九四
女嶋　六
女の手末の調　一一九
小目の山君　一三一
拝み祭る　七六
拝む　七六・九四・一二七・一二八・一三七・一九六・一九七・二〇七・二〇九・二一一
蛇 ヲロチ　一八・四七

新版《しんぱん》

古事記《こじき》

現代語訳付《げんだいごやくつ》き

中村啓信《なかむらひろとし》＝訳注

角川文庫 15906

平成二十一年九月二十五日　初版発行
平成二十二年五月三十日　再版発行

発行者―山下直久
発行所―株式会社角川学芸出版
東京都文京区本郷五―二十四―五
電話・編集（〇三）三八一七―八五三五
〒一一三―〇〇三三
発売元―株式会社角川グループパブリッシング
東京都千代田区富士見二―十三―三
電話・営業（〇三）三二三八―八五二一
〒一〇二―八一七七
http://www.kadokawa.co.jp
印刷所―暁印刷　製本所―本間製本
装幀者―杉浦康平

SP A-111-1 ISBN978-4-04-400104-9 C0193